이각 박안경기 2

二刻 拍案驚奇

Amazing Stories (the 2nd version)

옮긴이

문성재 文盛哉, Moon Seong-jae

우리역사연구재단 책임연구원, 국제PEN 한국본부 번역원 중국어권 번역위원장. 고려대학교 중어
중문학과를 졸업하고 국비로 중국에 유학하여 남경대학교(중국)와 서울대학교에서 문학과 어학으
로 각각 박사 학위를 받았다. 그동안 옮기거나 지은 책으로는『중국고전희곡 10선』·『고우영 일지
매』(4권, 중역)·『도화선』(2권)·『간전노』·『회란기』·『진시황은 몽골어를 하는 여진족이었다』·
『조선사연구』(2권)·『경본통속소설』·『한국의 전통연희』(중역)·『처음부터 새로 읽는 노자 도덕
경』·『루쉰의 사람들』·『한사군은 중국에 있었다』·『한국고대사와 한중일의 역사왜곡』·『정역 중
국정사 조선·동이전』1~4·『격강투지』·『남채화』등이 있다.
2012년에 케이블 T채널이 기획한 고대사 다큐멘터리『북방대기행』(5부작)에 학술자문으로 출연했
으며, 현대어로 쉽게 풀이한 정인보『조선사연구』가 대한민국학술원 '2014년 우수학술도서'(한국
학 부문 1위),『루쉰의 사람들』이 한국출판문화산업진흥원 '2017년 세종도서'(교양 부문),『한국고
대사와 한중일의 역사왜곡』이 롯데장학재단의 '2019년도 롯데출판문화대상'(일반출판 부문 본상)
을 수상했으며, 작년에는『박안경기』가 대한민국 학술원 '2023년 우수학술도서'(인문학 부문)로 선
정되었다. 현재는『금관총의 주인공 이사지왕은 누구인가』의 저술과 함께『정역 중국정사 조선·동
이전』5(신당서권)의 역주작업을 진행 중이다.

이각 박안경기 2

초판발행 2025년 4월 10일

지은이 능몽초
옮긴이 문성재

펴낸이 박성모
펴낸곳 소명출판
출판등록 제1998-000017호
주소 06641 서울시 서초구 사임당로14길 15 서광빌딩 2층
전화 02-585-7840
팩스 02-585-7848
이메일 somyungbooks@daum.net
홈페이지 www.somyong.co.kr

ISBN 979-11-5905-958-2 94820
979-11-5905-956-8(전 8권)
정가 40,000원

이 책은 2019년도 정부재원(교육부)으로 한국연구재단의 지원을 받아 연구되었음(NRF-2019S1A5A7069359)
This work was supported by National Research Foundation of Korea Grant funded by the Korean Government(NRF-2019S1A5A7069359).

한 국 연 구 재 단
학술명저번역총서

이각 박안경기 2

二刻 拍案驚奇

Amazing Stories (the 2nd' version)

능몽초 저

문성재 역

일러두기

1. 이 책은 번역과정에서 일본 도쿄[東京]의 내각문고(內閣文庫)에 소장되어 있는 상우당(尙友堂)『이각 박안경기(二刻拍案驚奇)』('내각문고본')의 상해고적(上海古籍) 출판사판 영인본(1988)을 저본으로 삼고, 강소고적(江蘇古籍)·천진고적(天津古籍) 두 출판사에서 펴낸 동 미비본(眉批本), 그 밖에도 다수의 주석본들을 참조하였다.

2. 이 책에 사용된 각종 도판들은『이각 박안경기』속 상황에 최대한 가까운 이미지를 제시하기 위하여 『삼재도회(三才圖會)』·『장물지(長物志)』·『소주청명상하도(蘇州淸明上河圖)』등, 능몽초와 비슷한 시기에 간행된 명대의 백과전서·문학작품·회화·지도 등에서 우선적으로 선별하여 활용하였다. 그리고 보다 정확한 설명이 요구될 경우에는 근래에 작성된 도판·지도·사진들도 추가로 사용하였다.

3. 본문에서 내용이나 맥락을 이해하는 데에 지장이 없는 경우에는 번역이 다소 투박하거나 어색하더라도 한 문장 한 단어까지 가능한 한 문법에 충실하게 직역(直譯)을 하였다. 다만, 독자가 혼동할 우려가 있는 경우에는 의역(意譯)을 하고 새로 주석을 붙이거나 접속사 등을 추가하여 독자들이 맥락을 파악하는 데에 지장이 없도록 하였다.

4. 상우당본 원문에는 현대식 문장부호가 전혀 사용되지 않았으며, 20세기 이래로 문장부호를 표시한 현대의 역주본들은 모두가 편집자의 입장에서 임의적으로 문장을 끊어 읽은 경향이 있다. 이 책에서는 그같은 기존의 끊어 읽기가 원작의 호흡이나 리듬을 살리는 데에 미흡하다는 판단에 따라 역자가 독자적인 방식으로 끊어 읽고 새로 문장부호를 표시하였다.

5. 화본소설은 원래 판소리나 '모노가타리(物語)·조루리(淨瑠璃)' 등과 같은 서사예술에서 비롯된 문학 장르이다. 그래서 이야기꾼의 해설 부분은 어투를 통상적인 예사체(하게체)가 아닌 경어체(합쇼체)로 번역하여 독자들이 공연장에서 직접 이야기를 듣는 것 같은 느낌을 가질 수 있도록 하였다.

6. 『이각 박안경기』가 지닌 송·원대 화본 본연의 특색과 풍격을 최대한 재현한다는 취지에 따라 독서나 이해에 지장을 주지 않는 한 동어 반복이나 상투어, 호칭 변동, 과장된 어투 등, 서사예술의 전형적인 연출상의 장치들을 최대한 활용하였다.

7. 소설과 희곡은 장르의 특성상 장면마다 호흡·발화·동작이 이루어질 때마다 휴지(休止, pause)가 발생한다. 이 점에 착안해 독자들이 맥락을 이해하는 데 도움을 주고자 짧은 휴지는 "…"로, 장면이나 동작이 전환될 정도로 긴 휴지는 "(…)"로 표시했다.

8. 본문과 제40권 희곡에 삽입된 가사 제목을 표시할 때에는 독자들이 쉽게 식별할 수 있도록【서강월】식으로 두꺼운 꺾쇠(【】)를 사용하였다. 제목을 표시할 경우, 역사서·시문집·소설·희곡 등의 도서명이나 회화(그림)명·지도명 등에는 겹낫표(『』), 장절(章節, chapter)·논문 등 그 내용의 일부에는 홑낫표(「」)를 사용하였다.

9. 독자가 400년 전에 출판된 『이각 박안경기』의 원형을 이해하는 데에 편의를 제공하기 위하여 원본의 미비(眉批)·방비(旁批)·삽화를 모두 반영하고 미비에는 '【즉공관 미비】', 방비에는 '【즉공관 방비】' 식으로 표시하여 쉽게 식별할 수 있게 하였다. 또, 명대 출판계에서 상용되었던 각종 약자(略字)·별자(別字)·고체자(古體字)·이체자(異體字)들도 그대로 반영하고 '[교정]' 표시를 붙여 설명하였다. 다만, 원본의 권점(圈點)은 현실적으로 표시할 방법이 없어서 생략하였다.

10. 본문에 한자어를 사용해야 할 경우, 번잡함을 피하기 위하여 익숙한 표현이나 관련 주석을 붙일 때에는 한글로만 표기하였다. 그러나 생소한 표현이어서 오독의 우려가 있거나 독자의 이해를 도울 필요가 있을 경우에는 '거인(擧人)'·'덤받이[拖油瓶]' 식으로 추가로 괄호 안에 한자를 병기하였다.

11. 이 책의 마지막 작품인 제40권은 명대 잡극(雜劇) 희곡으로 체제가 다른 가사와 대사와 시가 함께 사용되었다 그래서 이 삼자를 시각적으로 구분하기 위하여 가사는 굵은 글자로 처리하였다. 또, 잡극 가사에서는 간혹 일종의 감탄사가 사용되는데 이 경우는 일률적으로 위첨자로 처리하였다.

12. 맞춤법과 외래어 표기는 1989년 3월 1일부터 시행되는 「한글 맞춤법 규정」과 『문교부 자료』·『표준 국어 대사전』(국립국어연구원) 등을 따랐다.

『이각 박안경기』 완역본 출판에 즈음하여

　　중국문학사에서 '소설novel'은 입에서 입으로 전승되던 고대의 신화나 전설들에서 유래하였다. 그것들이 지식인들에 의하여 문언文言, 서면체 중국어으로 기록·개작되면서 위·진대의 '지괴志怪' 소설과 '지인志人' 소설을 거쳐 당대의 전기傳奇소설로 발전되었다. 이 소설의 전통과는 별도로 당대에는 서역西域의 불교가 중국에 수용되는 과정에서 이야기의 구연과 시가의 가창이 조화된 서역의 서사예술敍事藝術, narative arts이 도입되면서 백화白話, 구어체 중국어로 이야기를 들려주는 변문變文이 출현하게 된다.

　　송대에는 직업적인 이야기꾼인 '설화인說話人, narrator'이 저잣거리 공연장에서 불특정 다수의 청중 / 관중을 대상으로 이야기를 들려주는 공연 행위를 '들려준다telling'는 뜻의 '설', '이야기story'라는 뜻의 '화'를 써서 '설화說話'라고 불렀다. 당시에 설화는 시각적인 효과도 중시되었지만 주로 청각에 호소하는 서사예술이었다. 그래서 단시간 내에 생생하고 명쾌한 서사를 통하여 흥미를 자극하여 좌중을 휘어잡는 데에는 과장된 추임새, 만화화 된 인물형상, 참신한 줄거리, 치밀한 구성이 대단히 중요한 요소로 간주되었다. 이때 이야기꾼이 청중 / 관중에게 들려주는 이야기의 줄거리를 기록해 놓은 일종의 공연 비망록narrative script이 바로 '화본話本'이다. '이야기 대본story script'이라는 뜻의 화본은 송대에 몇 가지 유형이 유행했는데, 그 중에서 대표적인 것이 길이가 짧은 '소설小說'과 역사 이야기를 다루어 길이가 긴 '강사講史'였다. 당시의 이야기꾼들은 소재나 체제가 서로 다른 이 두 가지 중에서 상대적으로 길이가 짧고 짜임새가 있는 소설을 선호하였다. 이렇게 저잣거리에서 연행되던 화본이 목판 인쇄를 통하여 통속적인 읽을거리로서의 화본소설로 거듭난 것은 그로부터 3~4백 년이 지난 명대부터이다.

명대의 경우 건국 초기에는 대부분 이른바 '정통문학'으로 일컬어지던 시가·산문을 다룬 도서들이 주종을 이루었다. 그러나 중기인 가정嘉靖 연간부터 상업경제가 발전하면서 크고 작은 도시들이 도처에 형성되기 시작하였다. 그 과정에서 글자를 읽을 줄 알고 제법 구매력을 갖춘 도시인들이 유력한 사회계층으로 정착하게 된다. 그러자 당시 도서의 상업적인 출판과 판매를 겸하는 출판업자인 서상書商들은 목판 인쇄술의 발달로 대량인쇄가 가능해지자 당시 상당한 구매력을 가지고 있던 도시민들의 문화 취향에 영합할 수 있는 도서들을 경쟁적으로 선보였다.『중국판각종록中國版刻綜錄』에 따르면, 가정 연간부터 말기인 숭정 연간까지 120년 사이에 새로 선보인 도서들만 해도 2,019종을 넘을 정도였다.

시민들을 대상으로 한 소설·희곡·민요 등의 통속 예술이 그 유례類例를 찾아보기 어려울 정도의 번성기를 맞이한 것도 이 무렵이었다. 그렇다 보니 내용이 통속적이면서도 가격도 현실적인 화본소설들이 독서시장에서 베스트셀러로 각광 받고 또 그것을 모방한 다양한 아류작들이 줄을 잇는 것은 아주 자연스러운 현상이었다.[1] 지식인은 지식인들대로 독서시장의 그 같은 추세에 발맞추어 당시 민간에 전해지던 화본을 수집해

---

1 명대의 소설·희곡과 독서시장의 관계에 관해서는 문성재, 「명말 희곡의 출판과 유통 – 강남지역의 독서시장을 중심으로」,『중국문학』제41집, 2004, 제147~164쪽을 참조하기 바람.

소설집을 엮고 거기에 자신들의 의견이나 해설을 붙여 부가가치를 높이는 일도 많아졌다. 처음에는 이야기꾼들이 '손님들'에게 이야기를 들려줄 때 참고하던 투박한 비망록이 어느 사이에 서재에서의 품격 있는 독서를 위한 읽을거리로 격상된 것이다. 그 '고상한' 화본소설집들 중에서 가장 유명한 것이 바로 풍몽룡馮夢龍이 엮은 『유세명언喩世明言』·『경세통언警世通言』·『성세항언醒世恒言』이다. 중국문학사에서 '삼언三言'으로 통칭되는 이 소설집들이 독자들에게서 큰 인기를 끌자 학식이 풍부한 지식인이 송·원대 화본의 틀을 모방하여 비슷한 성격의 소설을 짓는 풍조가 유행하게 되는데, 그 서막을 연 것이 바로 '즉공관주인即空觀主人' 능몽초였다.

능몽초凌濛初, 1580~1644는 생전에 활발한 저술활동을 벌여 역사서나 문학이론서는 물론이고 시문·산곡·희곡·소설 등의 방면에서 주목할 만한 작품들을 남겼는데 그 중에서도 송·원대 화본話本의 문체를 모방해 지은 이야기들'의화본'을 모아 놓은 소설집 『박안경기』와 『이각 박안경기』가 가장 유명하다.

중국문학사에서 '이박'으로 일컬어지는 이 두 소설집은 『태평광기太平廣記』·『이견지夷堅志』·『전등신화剪燈新話』·『정사情史』 등, 서면체 중국어고문로 지어진 송·원·명대에 소설집들에서 참신하고 흥미로운 소재를 취하여 당시 독서시장에서 인기를 끌던 화본의 양식을 모방하여 구어체 중국어백화로 새로 지은 2차 창작의 결과물이다. 특히 『이각 박안경기』는 당·송·원·명 등 언어 층위가 서로 다른 역대 왕조의 서면체와 구어체의 표현들이 복잡하게 뒤섞여 있다. 쉽게 말하면 고려시대를 배경으로 한 이야기인데 등장인물이나 이야기꾼이 '노다지'니 '낭만적' 같은 표현들을 사용한 것과 같은 격이다. (두 표현은 근대에 '노 터치No touch'와 '로맨틱 romantic'이 우리말과 한자어로 수용된 표현이다.) 이런 식으로 시대와 층위에서 상이한 표현들이 뒤섞여 있다 보니 언어적인 견지에서는 『박안경기』에 그다지 좋은 점수를 주기 어려운 것이다. 그럼에도 불구하고 문학적인 견지에서 이야기한다면 그 평가는 사뭇 달라진다. '설화'를 생업으로 하는 이야기꾼이 아닌 정통 지식인이 송·원대 화본을 모방해 창작한 최초의 의화본 소설집일 뿐만 아니라, 저잣거리의 공연예술에서 서재의 읽을거리로 이행하는 중국소설의 발전과정을 고스란히 보여 주는 산 증거이기 때문이다. 중국의 소설사학자 석창유石昌渝가 중국 화본소설의 문인화文人化 작업을 최종적으로 완성시킨 것이 능몽초의 '이박'이라고 높이 평가한 것도 바로 이같은 이유 때문이다. 그렇다 보니 지금까지 관련 학자들은 말할 것도 없고, 문학·연극·오락·출판 관련 종사자들에게도 '이박'이 대단히 중요하고 흥미로운 텍스트로 간주되어 왔다.

『이각 박안경기』에 대한 번역작업은 중국에서 처음으로 시도되었다. 30여 년 전1992에 경관교육警官教育 출판사를 통하여 『백화 이각 박안경기 상석白話二刻拍案驚奇賞析』이라는 제목으로 현대중국어로의 완역이 이루어졌다. 그로부터 10년 뒤2003에는 외문外文 출판사를 통하여 마문겸馬文謙이 『놀라운 이야기들Amazing tales』이라는 제목으로 영문판 번역이 이루어졌다. 그러나 전자에서는 장르가 다른 희곡인 제40권이 번역대상에서 제외되었고 후자에서는 수록 작품의 절반 수준인 19편만 번역되었다. 게다가, 정도의 차이는 있지만, 두 번역본 모두 작품 줄거리를 이해하는 데에 단서를 제공하는 시가나 은유적인 성 묘사가 등장하는 대목들이 맥락을 무시한 채 일률적으로 배제되었다. 번역의 수준이나 책의 완성도 등 여러 면에서 완역으로 보기 어려운 것이다. 이 같은 기계적인 배제는 줄거리의 맥락과 스토리텔링의 리듬을 파괴하여 독자들이 능몽초가 제시한 메시지에 다가서는 것을 방해한다. 그런 점에서 본다면, 역자가 이번에 선보이는 『이각 박안경기』는 능몽초 원작의 진면목眞面目 그대로 최대한 보전保全했으니 그야말로 명·실名實이 상부相符하는 최초의 완역본이라고 하겠다.

역자는 2019년도 한국연구재단 명저번역사업의 지원 덕분에 일본에서 발견된 중국의 고전소설집을 한국인인 역자가 처음으로 완역해 내었다는 점에서 큰 자부심을 느낀다. 개인적으로 그보다 더 감개무량한 것은 석·박사 시절 명대 희곡과 구어에 천착할 때에 수시로 접했던 능몽초·풍몽룡·탕현조湯顯祖·심경沈璟 등의 이름과 작품들을 이번 연구과제 수행과정에서 재회했다는 점이다. 이런저런 사정 때문에 본의 아니게 오랫동안 중단해야 했던 중국의 희곡·소설과 구어체 중국어에 다시 한번 집중할 수 있는 소중한 기회를 주신 한국연구재단과 심사위원 여러분께 진심으로 감사드린다. 학문적으로 부족한 점이 많음에도 불구하고 백락伯樂의 혜안으로 소중한 기회를 주신 한국연구재단과 심사위원 여러분이 아니었다면 이 책은 빛을 보기 어려웠을 것이다. 모쪼록 이 책이 중국의 구어체 문학·예술에 흥미를 가지고 있거나 관련 연구에 종사하는 독자들에게 유용한 지침서가 되기를 바랄 따름이다.

이번에 책이 나오기까지는 많은 분의 도움이 있었다. 역자가 역주작업에 만전을 기할 수 있도록 물·심 양면으로 응원해 주신 소명출판의 박성모 대표님, 그리고 최고의 책을 선보이겠다는 일념으로 디자인은 물론이고 삽화·지도·도판에까지 온 정성을 다해 주신 이선아 편집자 등 여러 선생님들께도 진심으로 감사의 말씀을 드리고 싶다. 이 모든 분의 도움과 격려가 없었더라면 이번의 쾌거는 이루어질 수 없었을 것이다.

2024년 8월 23일
서교동 조허헌에서
문성재

이각 박안경기 2 _ 차례

이각 박안경기 전체 차례

『이각 박안경기』서

『박물지』[1]에 이런 말이 있었던 것으로 기억한다.

"한나라의 유포[2]가『운한도』를 그리자 그것을 본 이들이 덥다고 느꼈다. 또
『북풍도』를 그리자 그것을 본 이들은 춥다고 느꼈다."

당시에 나는 개인적으로 '그림은 사실 실물이 아닌데 어떤 까닭에 그
렇게 된단 말인가' 하고 의아하게 여겼었다. 그러나 그러면서도 '사람들
이 그 작품을 보고 그렇게 여겼던 게지' 하고 말하였다. 그런데 거기서
더 나아가 승요[3]의 경우에는 용의 눈을 그리자 우레와 번개가 치더니 벽
을 부수고 사라졌다고 하며, 오도현[4]의 경우에는 전각 안에 용 다섯 마리

---

1 『박물지(博物志)』: 명대의 동사장(董斯張, 1587~1628)이 엮은 『광박물지(廣博物
志)』를 말한다. 이 책은 서진(西晉)의 학자 장화(張華)가 지은『박물지(博物志)』를 증보
한 것으로, 당대 이전의 역대 전적·문헌들에서 사물의 기원에 관한 자료들을 모아 총
22개 분야로 구분해 소개하였다. 동사장은 절강성 오정(烏程, 지금의 오흥) 사람으로,
자가 연명(然明), 호가 하주(遐周), 별호가 차암(借庵)·수거사(瘦居士)이다. 박학다식
하여 강남에서 명성이 높았으며 당시의 명사인 풍몽룡(馮夢龍)·동기창(董其昌) 등과도
교분이 있었으나 몸이 약해 병치레를 하다가 마흔도 되지 않아 죽었다.
2 유포(劉襃): 중국 후한의 환제(桓帝) 때에 촉군태수(蜀郡太守)를 지냈다. 서화에 뛰어나
중국 산수풍경화의 선구자로 훌륭한 작품을 많이 남겼으며, 특히 산천의 풍광을 묘사하
는 데에 탁월한 재능을 보였다.
3 승요(僧繇): 중국 남북조시기의 양(梁)나라 화가 장승요(張僧繇, 479~?)를 말한다. 지
금의 강소성 소주(蘇州) 사람으로, 벼슬로는 우군장군(右軍將軍)·오흥태수(吳興太守)
를 지냈다. 산수와 불화에 뛰어나서 산수화에서는 '몰골법(沒骨法)'이라는 독특한 그림
체를 창안했으며, 불화의 경우 일가를 이루어 '장가양(張家樣, 장가 스타일)'이라는 찬사
를 받기도 하였다. 풍격이 비슷하여 당대의 오도현과 나란히 일컬어지곤 하였다.
4 오도현(吳道玄): 당대의 유명한 화가 오도자(吳道子, 680?~759)를 말한다. 양적(陽翟,

를 그리자 큰 비가 쏟아져 이내와 안개가 꼈다고 한다. 물론 이런 일화들이 있다고 해서 그림 속의 용을 실제로 존재하는 것으로 여겨서는 안될 것이다. 그러나 그렇다고 해서 그것들을 허구라고 치부한다 한들 그런 일화 자체만으로도 그 작품들이 실제의 용을 능가했다는 뜻이 아니겠는가? 그렇다고 한다면 글을 짓는 사람들의 경우 역시 마찬가지일 수밖에 없을 것이다.

'몰골법'의 비조 장승요의 대표작 『설산홍수도(雪山紅樹圖)』와 그 확대 화면(우)

지금 소설들 중에서 세상에 간행된 것들은 대충 따져 보아도 백 가지

지금의 하남성 우주) 사람으로, 젊어서부터 그림으로 명성을 얻었으며 나중에는 '화성(畵 聖, 그림의 성인)'으로 일컬어졌다. 연주(兗州) 하구(瑕丘, 지금의 산동성 자양)의 현위 (縣尉)가 되었으나 얼마 되지 않아 사직하였다. 나중에는 낙양을 떠돌며 벽화를 그리다가 현종(玄宗)의 개원(開元) 연간에 궁중으로 영입되어 공봉(供奉)·내교박사(內敎博士)를 역임하였다. 장욱(張旭)·하지장(賀知章)에게서 글씨를 배웠고 인물·산수·금수·초목 ·신귀·누각 그림에 뛰어났으며 특히 불교와 도교 등 종교 관련 그림에 정통하였다.

가 넘는다. 그렇기는 하지만 그 소설들은 사실적이지 못한 경향이 두드러지는데 그같은 병폐는 '신기한 것을 좋아하는' 사람들의 심리에서 비롯된 것이다. 그런 사람들은 신기한 것을 신기하게 여기는 것만 알 뿐 신기한 데가 없는 쪽이 더 신기하다는 이치는 알지 못한다. 그래서 눈 앞에 펼쳐지는 명심해야 할 이야기들은 제쳐 놓은 채 무작정 남들이 입에 올리지도 않고 거론하지도[5] 않는 세계에나 매달린다. 마치 화가가 개나 말은 그릴 생각을 하지 않고 그저 귀신이나 허깨비만 그리려 드는 것처럼 말이다. 그래서 '나는 그런 이야기를 듣는 것이 두려워 멈출 따름이다'라고 말하는 것이다.

유월석[6]은 청아하게 휘파람을 불고 피리를 부르는 것만으로도 오랑캐들이 눈물을 흘리고 심지어 포위를 풀고 물러가게 할 수 있었다. 그런데 지금 사물의 상태나 인간의 감정을 예로 들자면 겉을 꾸미는 일이나 장

---

5 거론하지도[議]: 중화서국(中華書局)판 『이각 박안경기』에서는 이 부분의 글자가 '의로울 의(義)'로 되어 있다. 그러나 원본인 상우당(尙友堂)본 『이각 박안경기』나 현대의 기타 판본들에는 모두 '논의할 의(議)'로 나와 있다. 실제로 전후 맥락을 따져 보더라도 이 글자는 '거론하다, 문제를 제기하다' 등의 의미를 나타내는 것으로 해석해야 옳다. '의로울 의'는 교열과정의 착오라는 뜻이다.

6 유월석(劉越石): 서진(西晉)의 정치가이자 시인인 유곤(劉琨, 271~318)을 가리킨다. 중산(中山) 위창(魏昌, 지금의 하북성 무극) 사람으로, '월석'은 자이다. 진나라에 충성한 데다가 명망이 높아서 혜제(惠帝) 때에 광무후(廣武侯)로 봉해지고 원제(元帝) 때에는 시중태위(侍中太尉)로 임명되었다. 영가(永嘉) 연간 초기에 대장군(大將軍)·도독병주제군사(都督并州諸軍事)를 지낼 때 군정(軍政)을 정비하였다. 나중에 오랑캐들이 진양(晉陽, 지금의 산서성 태원 일대) 성을 포위하자 성루에 올라가 휘파람을 불고 밤에는 호가(胡笳, 북방민족의 피리)를 불어 향수에 젖은 오랑캐들이 스스로 포위를 풀고 물러가서 성을 지켜 내었다. 정치적으로는 유연(劉淵)·석륵(石勒)과 대립했는데 나중에 상황이 역전되어 석륵에게 패하자 선비족 출신의 유주자사(幽州刺史) 단필제(段匹磾)에게 귀순했다가 죽음을 당하였다. 현존하는 작품으로는 『부풍가(扶風歌)』등 3편이 있다.

기로 여길 뿐이지 사람들로 하여금 그 속에서 노래 부르게 하거나 흐느끼게 하는 데에는 뛰어나지 못 하다. 그런 경우가 어찌 '기이함과 기이하지 않음은 굳이 지혜로운 사람이 나타날 때까지 기다리지 않아도 안다'는 경우가 아니겠는가?[7] 그러니 이렇게 해명할 수밖에 없을 것 같다.

"중국에서 글은 남화[8]와 충허[9] 때부터 이미 우언이 많았다. 나중의 비유선생[10]이나 빙허공자[11]의 경우라고 한들 어찌 내용의 사실성을 얻고자 그것을 추구한 것이었겠는가? 그러나 그런 경우들은 글로는 탁월하다고 할 수 있을지 몰라도 이야깃거리로는 탁월한 경우가 아닌 것이다. 연의[12]

7 안다[知] : 중화서국판『이각 박안경기』에는 이 부분의 글자가 '지혜 지(智)'로 되어 있다. 그러나 원본인 상우당본『이각 박안경기』나 현대의 기타 판본들에는 모두 '알 지(知)'로 나와 있다. '지혜 지'는 교열과정의 착오라는 뜻이다.
8 남화(南華) :『남화진경(南華眞經)』을 줄인 이름.『남화진경』은 전국시대 사상가인 장주(莊周)의 저서『장자(莊子)』를 도교에서 높여 부르는 이름이다.
9 충허(沖虛) : 전국시대의 사상가 열어구(列御寇)의 저서『열자(列子)』의 다른 이름. 당나라 현종의 천보(天寶) 원년에 열자를 '충허진인(沖虛眞人)'으로 봉하면서 도교에서 그 제목을『충허진경(沖虛眞經)』으로 높여 부른 것이다.
10 비유선생(非有先生) : 전한의 문장가 동방삭(東方朔)이 지은 「비유선생론(非有先生論)」에 등장하는 허구의 인물. 그 글에 따르면 오(吳)나라에서 벼슬을 지냈는데 3년동안 말을 하지 않았다고 한다. 그래서 오나라 왕이 그 이유를 묻자 간언을 했다가 불행을 당한 역대 충신들의 일화들을 열거하고 왕에게 허심탄회하게 충언을 받아들여 어진 정치를 베푸는 명군이 되기를 설득했다고 한다. '비유(非有)'는 이름부터가 글자 그대로 풀면 '존재하는 사람이 아니다'라는 뜻이다.
11 빙허공자(馮虛公子) : 전한의 문장가 장형(張衡)이 지은 노래인『양경부(兩京賦)』에 등장하는 허구의 인물. 그 노래에서 빙허공자는 또다른 인물 안처선생(安處先生)과 함께 차례로 당시의 도읍으로 '서경(西京)'으로 일컬어진 장안(長安, 지금의 섬서성 서안시)과 '동경(東京)'으로 일컬어진 낙양(洛陽, 지금의 하남성 낙양시)의 성대한 풍광을 칭송하였다. '빙허(馮虛)'는 글자 그대로 풀면 '허구에 근거하였다', 즉 가상의 인물이라는 뜻이다.
12 연의(演義) : 문학 장르들 중의 하나인 소설(小說, novel)을 고대부터 중국식으로 달리 일컬은 이름. 남북조시대의 역사가 범엽(范曄)의『후한서(後漢書)』「주당전(周黨傳)」

라는 분야의 경우에는, 없는 것을 지어내는 일은 쉽지만 실제로 있는 것을 묘사하는 일은 어렵다. 그렇기 때문에 양쪽을 동등한 것으로 보고 논의해서는 안 되는 것이다. 『서유기』[13] 라는 소설이 기괴하고 황당하여 상식적이지 못하다는 사실만 해도 그렇다. 그것을 읽는 사람들은 누구라도 그것이 모순 투성이라는 사실을 다 안다. 그렇기는 하지만 그 소설에서 다루어진 내용에 따르면 그 스승과 제자 네 사람[14]은 저마다 각자 정체성을 가지고 저마다 각자 행동을 한다. 그래서 시험 삼아 그 소설 속의 한마디 말이나 한 가지 행동을 고르고, 이어서 사람들에게 가만히 맞추어 보게[15] 해 보면 그것이 어느 등장인물의 말과 행동인지 알 수가 있다. 이

에 나오는 "주당 등은 문장으로는 의미를 잘 부연하지 못하거니와 무예에 있어서도 군주를 위하여 죽지 못하였다.(黨等文不能演義, 武不能死君)"에서 볼 수 있듯이, 글자 그대로 풀면 '의미(내용)를 부연하다' 정도의 뜻으로, 역사적 사실들에 관하여 그 사실들을 토대로 하되 민간에서 전해지는 전설이나 소문들을 곁들이면서 상세하게 기술하는 행위나 그 결과물(저술)을 가리킨다.

13 『서유기(西遊記)』: 명대 소설가 오승은(吳承恩)이 지은 100회본 장편 소설. 천상을 어지럽힌 뒤 500년이 지나 당나라의 승려 삼장법사(三藏法師) 현장(玄奘)의 제자가 된 손오공(孫悟空)이 저팔계(豬八戒)·사오정(沙悟淨)과 함께 불경을 구하기 위하여 천축국(天竺國)으로 가는 길에 요괴들을 제압하고 81가지 시련을 겪은 끝에 깨달음에 이르는 과정을 다루었다. 기본 줄거리는 당시까지 민간에 전승되던 현장의 일화들을 토대로 하되 당시의 소설인 화본(話本)과 연극인 잡극(雜劇)의 허구적인 이야기들을 곁들여 장편 소설로 완성되었다.

14 스승과 제자 네 사람[師弟四人] : 『서유기』의 주인공인 삼장 법사(三藏法師)와 그 제자 손오공(孫悟空)·저팔계(豬八戒)·사오정(沙悟淨)을 말한다.

15 가만히 맞추어 보게[暗中摹索] : 명대의 유행어. 원래는 어두움 속에서 물건을 더듬는 것을 가리키는 말이다. 당대에 유지기(劉知幾, 661~721)가 지은 『수당가화(隋唐嘉話)』에 따르면, 당나라 사람 허경종은 성정이 무척 오만해서 친구들의 이름을 외우는 것을 소홀히 여겨 상대방을 불쾌하게 만들기 일쑤였다. 그래서 한 친구가 허경종이 머리가 나쁘다고 빈정거리자 이렇게 말했다고 한다. "자네 이름을 기억하지 못하는 것은 자네 명성이 너무 하찮기 때문일세. 만약 조식·유정·심약·사조 같은 분들을 마주쳤다면 가만히 맞추어 보기만 해도 바로 알아 봤을 거야!" 나중에는 전례가 없거나 스승이 없는 상황에서 오로지 자신의 능력과 지식만으로 깨우치는 것을 가리키는 말로 사용되기도 하였다. 중

는 곧 '허구적인 내용 속에도 사실적인 요소를 담고 있는 경우'이니, 이것이야말로 '진수를 표현한다'[16]는 경우일 것이다. 그런데도 처음부터 『수호전』보다 못하다'고 비웃는다면 그것이야말로 어찌 '사실적이냐 그렇지 않으냐의 관문이 신기하냐 그렇지 않으냐의 대전제를 강화시킨다'는 논리가 아니겠는가?'

명대에 간행된 『이탁오선생비평 서유기(李卓吾先生批評西遊記)』의 삽화(일본 내각문고 소장)

화서국판『이각 박안경기』에는 '모색'의 '모'가 '비빌 마(摩)'로 되어 있다. 그러나 원본인 상우당본은 물론이고 현대의 각종 판본 역시 모두 '본 뜰 모(摹)'로 나와 있다.

16 '진수를 표현한다'는 것[傳神阿堵] : '아도(阿堵)'는 남북조시대 강남지역의 구어적 표현으로, '이것(this 또는 the thing which~)'을 뜻한다. 유송(劉宋)의 유의경(劉義慶)이 지은 소설집『세설신어(世說新語)』에서는 동진(東晉)의 화가 고개지(顧愷之)의 회화이론을 이렇게 소개하였다. "고장강이 인물을 그릴 때에는 더러 몇 년씩이나 눈동자를 그리지 않았다. 사람들이 그 까닭을 물었더니 고씨가 말했다. '신체의 아름다움과 추함은 본래 오묘함과는 관계가 없습니다. 진수를 표현하여 묘사하는 요체는 바로 이것에 있으니까요.(顧長康畵人, 或數年不點目睛, 人問其故. 顧曰, 四體妍蚩, 本無關于妙處, 傳神寫照, 正在阿堵中)" 여기서의 "이것"은 눈(eyes)을 가리킨다.

즉공관주인이라는 분은 그 사람 자체도 기이하거니와 그 글도 기이하며[17] 그 역정 또한 기이하다. 과거에서 뜻을 제대로 펼치지는 못 했으나 원대한 그 재능을 출판계에 발휘하는 기회를 만나자[18] 남은 재능을 끌어내어 전기를 짓고, 거기서 몸을 더 낮추어 연의를 지었기 때문이다. 그것이 이 『박안경기』가 두 차례에 걸쳐 간행되기에 이른 연유이다.

그가 수집한 이야기들은 대부분 매우 사실적이고 근거가 있는 것들이다. 비록 간혹 신이나 귀신의 이야기를 다룬 이야기들도 있지만 그렇다보니 역사가인 사마천[19]이 역사를 기록할 때만큼이나 묘사가 사실적이다. 그리고 용이 또아리를 틀고 있었다거나 뱀이 길을 막고 있었다거나 귀신을 거론하는 논리 따위가 아무리 현실과 거리가 멀다고는 하지만 없는 일은 아닐 것이다. 그러니 이국적인 볼거리를 곁들임으로써 세속의 유생들이 가진 편견을 깨는 것도 나쁠 것은 없다고 본다. 또 요염한 미인이나 풍류 넘치는 밀회 같은 소재들도 소설집에는 꼭 수록해야 할 것들이었다. 다만 세상 풍속을 더럽히는 이야기들의 경우만큼은 모조리 배제시키려 노력하였다.

---

17 그 글도 기이하며[其文奇] : 중화서국판 『이각 박안경기』의 서문에는 이 구절이 빠져 있다.

18 뜻을 제대로 펴지는 못했으나 원대한 그 재능을 발휘하는 기회를 만나자[因取抑塞磊落之才] : 전후 맥락을 따져 볼 때 작자 능몽초가 과거시험에서는 뜻을 이루지 못했으나 출판업에 종사하면서 상당한 족적을 남긴 일을 두고 한 말로 보인다.

19 역사가인 사마천[史遷] : '사천(史遷)'은 중국 정사 '25사(廿五史)'의 첫 번째 정사인 『사기(史記)』를 편찬한 전한대 사관 사마천(司馬遷)을 말한다.

녹문자[20]가 늘 송광평[21]의 사람 됨됨이를 힐난한 것은 그 취지가 그의 냉철한 이성[22]을 비판하는 데에 있었다. 그런데 그가 지은 『매화부』[23]는 참신하고 활달하면서도 선명하게 빛나니 남조시대 서씨[24]와 유씨[25]의 문체를 터득했다고 할 만하다. 그 점을 놓고 본다면, 일반적으로 소박함과

20 녹문자(鹿門子) : 당대의 유명한 시인이자 문장가인 피일휴(皮日休, 838?~902)를 말한다. 생전에 양양(襄陽, 지금의 호북성)의 녹문산(鹿門山)에 머문 적이 있어서 그 이름을 호로 삼았다. 피일휴는 자가 습미(襲美) 또는 일소(逸少)이며, '녹문자'와 함께 간기포의(間氣布衣)를 호로 사용하였다. 진사로 급제한 뒤로 태상박사(太常博士)·비릉부사(毗陵副使) 등을 역임했으며, 당시의 문장가 육구몽(陸龜蒙)과 함께 '피·육(皮陸)'으로 나란히 일컬어졌다.

21 송광평(宋廣平) : 당대 중기에 승상(丞相)을 지낸 송경(宋璟, 663~737)을 말한다. 현종 때에 명재상으로 이름이 높았으며 국법을 준수하고 몸가짐을 바르게 하여 요숭(姚崇)과 함께 당나라를 대표하는 어진 재상으로 나란히 일컬어졌다. 매화를 좋아했으며 그가 지은 『매화부』는 특히 유명하다.

22 냉철한 이성[鐵石心腸] : '철석심장(鐵石心腸)'은 글자 그대로 풀면 '쇠나 돌 같은 마음'이라는 뜻으로, 의지가 강하여 감정에 쉬이 휘둘리지 않는 사람을 가리키는 말로 주로 사용된다.

23 『매화부(梅花賦)』 : 당나라 현종 때의 재상인 송경이 지은 노래. 피일휴가 지은 『피자문수(皮子文藪)』에 따르면, 송경은 공직에 오르기 전에 『매화부』를 지어 온갖 화초들 사이에서 외롭게 핀 매화를 예찬하면서 자신의 심정을 토로하였다. 당시의 문장가이자 정치가인 소미도(蘇味道)가 이 작품을 극찬하면서 그의 이름이 알려져 이후의 관직 생활에도 적잖은 도움을 받았다고 한다.

24 서씨[徐] : 남북조시대 진(陳)나라의 시인·문장가로 명성이 높았던 서릉(徐陵, 507-583)을 가리킨다. 동해(東海)의 담(郯, 지금의 산동성 담성) 사람으로, 자는 효목(孝穆)이다. 양(梁)나라 때에 동궁학사(東宮學士)를 지냈고 진나라에 이르러 상서 좌복야(尙書左僕射)·중서감(中書監)을 지냈다. '궁체시(宮體詩)'의 대표적인 작가의 한 사람으로, 나중에는 궁체시의 대표작들을 소개한 『옥대신영(玉臺新咏)』을 엮기도 하였다.

25 유씨[庾] : 남북조시대 양(梁)나라의 시인·문장가로 명성이 높았던 유신(庾信, 513~581)을 가리킨다. 양나라 신야(新野) 사람으로, 자는 자산(子山)이다. 양나라 원제(元帝)가 즉위하자 우위장군(右衛將軍)에 임명되었다. 사신으로 서위(西魏)에 파견되었을 때 서위가 양나라를 멸망시키자 서위에 남았으며, 북주(北周)가 건국되자 표기대장군(驃騎大將軍)·개부의동삼사(開府儀同三司) 등을 역임하며 '유개부(庾開府)'로 일컬어지기도 하였다. 서릉과 마찬가지로 문체가 화려하고 아름답기로 유명하여 당시에 그같은 문체가 '서·유체(徐庾體)'로 불려졌다.

누추함에 부쳐 세상 사람들의 이목을 어지럽히는 부류는 거의 믿을 바가 못되는 것들인 셈이다.[26] 즉공관주인의 말을 빌린다면 그야말로 '세상에서 내 이야기를 구할 수 있는 이들이 충신이나 효자가 되는 데에 어려움이 없게 해줄 것이고, 그렇게 되지 못하는 자들이라도 음행을 일삼지는 않게 될 것'이라는 격이다. 그 부분은 지은이가 애를 쓴 결과이거니와 '평범함 속의 기이함'의 틀을 초월한 경우라 할 것이다.

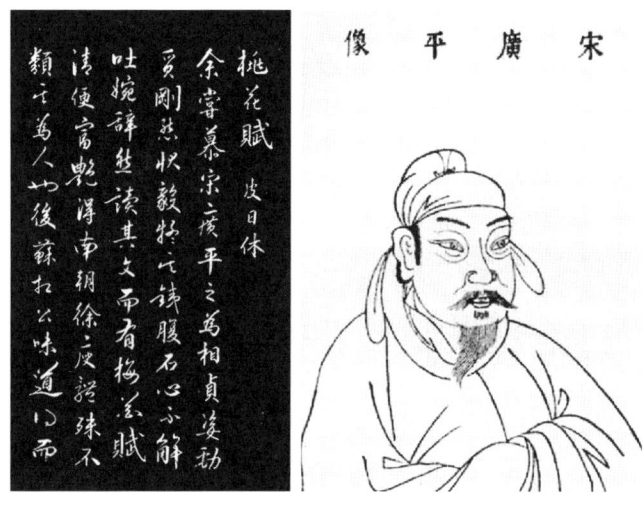

『매화부』(탁본 글씨 피일휴)와 그 작자 송경의 초상

이제 책은 마침내 완성되었지만 즉공관주인은 벼슬을 지내느라 아직

---

26 소박함과 누추함에 부쳐~[凡託於椎陋以眩世, 殆有不足信者夫] : 이 부분은 원래 북송의 정치가이자 문장가였던 소식(蘇軾)이 「『모란기』서(牡丹記叙)」에서 한 말에서 유래하였다. 소식은 그 서문에서 "이제 내가 그것을 보니 일반적으로 소박함과 누추함에 부쳐 세상사람들의 눈을 어지럽히는 것들을 또 어찌 믿을 만하겠는가?(今以余觀之, 凡託於椎陋以眩世者, 又豈足信哉)"라고 하였다.

돌아오지 않았다. 그러나 서사에서는 서둘러 책을 펴내고자 하여 내게 서문을 써 달라고 청탁하였다. 나는 붓조차 제대로 잡지 못하는 주제이니 그야말로 "무염을 부각시킬 욕심에 서자를 능욕하고 마는 격"[27]이 아니겠는가! 그러니 나로서는 아무래도 "키 질 해서 까부르니 겨만 앞에 남더라"[28]라고 변명하는 수밖에 없을 듯하다.

임신년[29] 겨울날에 수향거사가 서문을 짓고 쓰다

---

27 무염을 부각시킬 욕심에~[刻画無鹽, 唐突西子] : 명대의 유행어. '무염(無鹽)'은 중국 전설에 등장하는 고대의 추녀, '서자(西子)'는 중국 춘추시대 월(越)나라의 미녀 서시(西施)를 가리킨다. 글자 그대로 풀면 추녀를 무리하게 미화하려고 애쓰다가 도리어 미녀가 무색해지게 만든다는 뜻으로, 주객이 전도된 상황을 가리키는 말로 사용되었다. 때로는 앞의 '무염을 부각시킨다(刻画無鹽)'만 사용하기도 하였다.

28 키 질 해서 까부르니~[簸之揚之, 糠秕在前] : 명대의 유행어. '공자 앞에서 문자를 쓴다'의 경우처럼, 재주가 없음에도 불구하고 과분한 자리를 지키고 있는 것을 겸손하게 표현하거나 비꼬는 말이다. 남북조시대 유송의 유의경이 지은『세설신어』에 따르면, "왕문도와 범영기는 둘 다 간문제 때의 중신이다. 범씨는 나이가 많지만 자위가 낮았고 왕씨는 나이는 적지만 지위가 높았다. 그를 앞에 세우니 도로 서로 앞자리를 양보했는데 그렇게 오래 옮기고 옮긴 끝에 왕씨가 결국 범씨 뒤에 서게 되었다. 그래서 왕씨가 '키 질 해서 까부르니 겨만 앞에 남았군요!' 하고 게면쩍어 하니 범씨도 '체 질 해서 걸렀더니 모래가 뒤에 남았습니다 그려!' 하며 서로 겸양했다고 한다.(王文度范榮期俱爲簡文所要. 范年大而位小, 王年小而位大, 將前, 吏相推在前, 既移久, 王遂在范後. 王因謂曰, 簸之揚之, 糠秕在前. 范曰, 洮之汰之, 沙礫在後)" 여기서 '겨'는 왕문도가 자신을, '모래'는 범영기가 자신을 각각 겸손하게 빗대어 표현한 말이다.

29 임신년[壬申] : 숭정제 재위기간의 임신년을 말한다. 서기로는 1632년에 해당한다.

二刻拍案驚奇序

嘗記博物志云, 漢劉褒畫雲漢圖, 見者覺熱, 又畫北風圖, 見者覺寒. 竊疑畫本非眞, 何緣至是. 然猶曰, 人之見, 爲之也. 甚而僧繇點睛, 雷電破壁, 吳道玄畫殿內五龍, 大雨輒生煙霧, 是將執畫爲眞, 則旣不可, 若云贋也, 不已勝於眞者乎.

然則操觚之家, 亦若是焉則已矣. 今小說之行世者無慮百種, 然而失眞之病, 起於好奇, 知奇之爲奇, 而不知無奇之所以爲奇. 舍目前可紀之事, 而馳騖於不論不議之鄉, 如畫家之不圖犬馬而圖鬼魅者, 曰, 吾以駭聽而止耳. 夫劉越石清嘯吹笳, 尚能使群胡流涕, 解圍而去. 今擧物態人情, 恣其點染, 而不能使人欲歌欲泣於其間, 此其奇與非奇, 固不待智者而後知之也.

則爲之解曰, 文自南華沖虛, 已多寓言, 下至非有先生馮虛公子, 安所得其眞者而尋之. 不知此以文勝, 非以事勝也. 至演義一家, 幻易而眞難, 固不可相衡而論矣. 卽如西遊一記, 怪誕不經, 讀者皆知其謬. 然據其所載, 師弟四人各一性情, 各一動止. 試摘取其一言一事, 遂使暗中摸索, 亦知其出自何人. 則正以幻中有眞, 乃爲傳神阿堵而已, 有不如水滸之譏. 豈非眞不眞之關, 固奇不奇之大較也哉.

卽空觀主人者, 其人奇, 其文奇, 其遇亦奇. 因取其抑塞磊落之才, 出緒餘以爲傳奇, 又降而爲演義, 此拍案驚奇之所以兩刻也. 其所捃摭, 大都眞切可據. 卽間及神天鬼怪, 故如史遷紀事, 摹寫逼眞. 而龍之踞腹, 蛇之當道, 鬼神之理, 遠而非無, 不妨點綴域外之觀, 以破俗儒之隅見耳. 若夫妖艷風流一種, 集中亦所必存, 唯汚穢世界之談, 則夐夐乎其務去. 鹿門子常怪宋廣平之爲人, 意其鐵心石腸, 而爲梅花賦, 則淸便艶發, 得南朝徐庾體. 繇此觀之, 凡託於椎陋以眩世, 殆有不足信者夫. 主人之言固曰, 使世有能得吾說者, 以爲忠臣孝子無難, 而不能者, 不至爲宣淫而已矣. 此則作者之苦心, 又出於平平奇奇之外者也.

時剞劂告成, 而主人薄游未返. 肆中急欲行世, 徵言於余. 余未知捔管, 毋乃刻畫無鹽, 唐突西子哉. 亦曰簸之揚之, 糠粃在前云爾.

壬申冬日 睡鄕居士 題幷書

『이각 박안경기』 소인

    정묘년[1] 가을의 일은 뜻을 이루는가 싶었으나 급제하지 못하고 말았다. 그래서 미련을 떨치지 못하고 남경으로 돌아와 전해 들은 고금의 신기한 이야기들 중 특기할 만한 것들을 우연히 재미 삼아 골라 살을 붙이고 이야기로 만들어 잠시나마 마음속의 응어리를 풀고자 했다. 애초에는 널리 전하려고 한 것이 아니라 잠시나마 장난 삼아 응어리 진 마음이라도 후련하게 풀자는 생각이었다. 그런데 지인들 중에서 나와 내왕하던 이들이 한 편을 받아서 읽고 나면 한결같이 책상을 치면서 '참 기이하기도 하구려 이 이야기는!' 하는 것이 아닌가. 그 일이 서상[2]의 귀에까지 들어가고, 그것이 계기가 되어 '정식으로 출판하자'며 알음 알음으로 사람을 통해 요청해 왔다. 그래서 그 이야기들을 베끼고 모아 책으로 엮은

---

1   정묘년[丁卯] : 서기로는 1627년에 해당한다. 이 해는 명나라 황족으로 제14대 황제 희종(熹宗)의 배다른 동생인 주유검(朱由檢, 1611~1644)이 제15대 황제로 즉위한 숭정(崇禎) 원년에 해당한다. 능몽초가 과거시험에서 낙방한 일을 거론한 것을 보면 "정묘년 가을"에 숭정제의 즉위를 축하하기 위하여 특별히 과거시험이 거행되었음을 알 수가 있다.

2   서상(書商) : 명대에 서점의 일종인 서방(書坊)을 경영하면서 동시에 도서의 판각·인쇄·출판·판매를 도맡았던 도서 관련 전문 상인. 중국에서 영리성 서점의 역사는 오대(五代) 시기의 서사(書肆, 서점)로부터 시작되었으나 서상이 출판과 판매에 본격적으로 나서기 시작한 것은 송대부터이다. 근세인 명·청대에는 서상의 활동이 행정수도로 북방에 위치한 북경과 문화수도로 남방에 위치한 남경을 중심으로 활성화 되었다. 일부 지역의 서상들은 북경에 개설한 상인들의 사교 장소인 회관(會館)을 거점으로 삼았는데 강서지역 서상들의 문창회관(文昌會館), 하북지역 서상들의 북직문창회관(北直文昌會館), 강남지역 서상들의 숭덕회소(崇德會所, 소주)이 그것들이다. 명대 강남지역의 서상과 출판사업에 관한 문화사적 고찰은 문성재의 논문 「明末 희곡의 출판과 유통—江南지역의 독서시장을 중심으로」(『중국문학』, 제41집, 2004)를 참조하기 바란다. 전후 맥락을 따져 볼 때 여기서 능몽초가 언급한 "서상"은 박안경기를 두 차례에 걸쳐 출판해 준 소주 상우당(尙友堂)의 운영자 안소운(安少雲)을 가리킨다.

것이 마흔 편이나 된 것이다. 그것들은 억지로 지어낸 말이거나 투박한 이야기들이어서 장독을 덮기에도 부족한 내용들이었다. 그런데 그럼에도 불구하고 날개가 돋아 날고 다리가 생겨 달리기라도 하는 것처럼 빠르게 유행하였다. 그렇다 보니 수염을 꼬고 피를 토하며 글공부[3]에만 몰두할 때와 비교해 보면 팔리는 쪽과 안 팔리는 쪽이 되려 하늘과 땅만큼 큰 차이를 보일 정도였다.

능몽초의 전작 『박안경기(拍案驚奇)』의 초판본 표지(좌)와 중판본 표지(우).
중판본 맨위에 '초각' 두 글자가 추가되어 있다

아아, 글에 언제 정해진 값이 있었다던가! 서상이 무심코 한번 시도해 보았다가 성공을 거두자 '또 내겠다'고 하길래 나는 웃으면서 "한번으로

---

3   필총(筆塚) : 글자 그대로 풀면 '붓무덤' 정도의 뜻이다. 당나라의 명필인 회소(懷素)는 오래 써서 닳은 붓을 그냥 버리지 않고 산 아래에 묻어 주고 그 자리를 '필총'이라고 불렀다고 한다. 나중에는 부지런히 글씨 또는 글을 공부하는 것을 가리키는 표현으로 사용되곤 하였다.

도 충분하지 않소?" 하고 말하였다. 그리고는 세상에 알려지지 않은 일화나 새로 나온 이야기들을 되돌아 보았다. 그랬더니 화제로 삼을 만한 데도 지난번에는 미처 책으로 엮지 못했던[4] 작품들 중에도 백량대[5]를 짓고 남은 목재나 무창의 남은 대나무[6] 같은 소재가 꽤 많았다. 그래서 '도중에 멈출 수는 없다'고 여겨 일단 이번에도 마흔 편을 엮기로 한 것이다. 그 작품들 중에서 귀신을 언급하고 꿈을 거론한 것들은 실제로 있었던 일도 있고 황당무계한 것도 있었지만 이번 책 역시 독자들을 설득하여 경계로 삼게 하는 데에 그 취지를 두었다. 교화의 죄인이 되기를 바라지 않는 심정은 이번이나 지난번이나 매 한 가지인 셈이다.[7]

---

4 미처 책으로 엮지 못했던[未及付之于墨] : '부지우묵(付之于墨)'은 글자 그대로 풀면 '글로 짓다' 정도의 뜻이다. 여기서는 서상이 『이각 박안경기』 출판을 제안하기 전까지만 해도 작자 능몽초는 과거에 수집해 놓았던 의화본 소재들을 소장만 하고 있었을 뿐 창작(2차 창작)으로 옮길 생각은 하지 않고 있었다는 뜻으로 해석된다. 그러다가 서상이 정식으로 출판을 제안하자 소장했던 소재들을 추리고 자신만의 언어로 재창작하여 『이각 박안경기』를 선보인 것으로 보인다. 중화서국판 『이각 박안경기』에서는 세 번째 글자가 '아들 자(子)'로 나와 있으나 '어조사 우(于)'를 잘못 읽은 것이다.
5 백량대[栢樑] : '백량(栢樑)'은 한대에 지어진 백량대(柏梁臺)를 가리킨다. 지금의 섬서성 서안시 미앙구(未央區)의 장안 고성(長安故城) 안에 지어졌다고 전해지며 때로는 궁전을 뜻하는 말로 사용되기도 한다. "백량대를 짓고 남은 목재[栢樑餘材]"는 글자 그대로 풀면 '황제의 궁전을 짓는 데에 사용하고 남은 목재' 정도의 뜻이므로 품질이 아주 좋은 고급 목재를 말한다. 여기서는 재능이 출중한 인재를 뜻하는 말로 사용되었다.
6 무창의 남은 대나무[武昌剩竹] : 『진서(晉書)』의 「도간전(陶侃傳)」에 따르면, 동진 시기에 강서지역의 관리이던 도간은 공정하게 국법을 집행하고 성실하게 백성들을 대했는데 무창태수(武昌太守)를 지낼 때에는 매사에서 백성들의 권익을 최우선으로 두었다고 한다. 물자의 절약을 강조했던 그는 배를 건조하고 남은 나뭇조각들을 모아 놓았다가 겨울에 땅바닥에 깔아 물자나 행인들이 쉽게 이동할 수 있게 했으며, 남은 대나무는 전선의 대못으로 만들어 그 배를 고정하는 데에 사용하여 백성들로부터 칭송을 받았다고 한다. 원래는 그럭저럭 쓸 만한 목재를 가리키는데 여기서는 쓸 만한 인재를 뜻하는 말로 사용되었다.
7 이번이나 지난번이나 매 한 가지인 셈이다[後先一指] : '이번[後]'은 이각 박안경기, '지난번[先]'은 그보다 먼저 간행된 『박안경기』(초각)를 두고 한 말이다. 능몽초가 초심(初

축건씨[8]는 이 정도의 작품들조차 '야릇한 말로 업보를 짓는 짓'으로 여긴다. 그런 시각에서 본다면 아무리 패관[9]의 몸을 빌어 불법을 설파한다고 해도 '유마거사[10]가 과거시험을 감독하는 격'이니 시험장에서 면박을 당하고 쫓겨나는 수모를 피할 수 없으리라.

숭정 임신년[11] 겨울에 즉공관주인이 옥광재에서 글을 짓다

心)를 저버리지 않고『박안경기』에 이어『이각 박안경기』의 집필·간행 과정에서도 "교화의 죄인이 되지 않는 것[不爲風雅罪人]"을 가장 중요한 가치로 두었음을 알 수 있다.

8 축건씨(竺乾氏) : 명대의 유행어. 원래는 불교의 비조 석가모니를 가리키지만 때로는 불교 또는 불가를 일컫는 말로 사용되기도 한다. 여기서도 '불가'의 의미로 사용되었다.

9 패관(稗官) : 중국 고대의 하급 관리를 낮추어 일컫던 이름. 한대의 역사가인 반고(班固, 32~92)는 자신이 편찬한『한서漢書』의 「예문지(藝文志)」에서 소설의 유래와 관련하여 "소설가 부류는 대개가 하급 관리들에서 비롯되었다. 거리의 대화나 골목의 이야기들이나 길가에서 듣거나 길에서 하는 말을 토대로 지은 것이다.(小說家者流, 蓋出於稗官. 街談巷語, 道聽途說者之所造也)"라고 소개하였다. 반고의 설명에 등장하는 하급 관리 즉 '패관'과 관련하여 당대의 훈고학자이던 안사고(顏師古, 581~645)는 삼국시대 위나라의 학자인 여순(如淳, 3세기)의 "자잘한 알곡을 '패'라고 한다. 거리의 대화나 골목의 이야기, 그런 것은 하찮고 맥락 없는 말들이다. 임금은 민간의 풍속을 알고자 하기 마련이다. 그래서 '패관'을 두고 그들로 하여금 그런 이야기들을 소개하고 이야기하게 했던 것이다.(細米爲稗. 街談巷說, 其細碎之言也. 王者欲知里巷風俗, 故立稗官, 使稱說之.)"라는 설명을 근거로 "패관은 하급 관리이다.(稗官, 小官)"라고 설명하였다.

10 유마거사(維摩居士) : 인도 고대 불교의 고승으로 알려진 유마힐(維摩詰)을 말한다. 불교의 비조인 석가모니와 같은 시대 사람으로 '비마라힐(毗摩羅詰)'로 불리기도 하는데, 그 의미대로 풀면 '무구칭(無垢稱, 티 없는 이름)' 또는 '정명(淨名, 깨끗한 이름)' 정도의 뜻이라고 한다. 전설에 따르면 불제자인 사리불(舍利佛)·미륵(彌勒)·문수사리(文殊師利) 등과 함께 대승불교의 교리를 해설했다고 하며, 현재 전해지는『유마경소설경(維摩經所說經)』에는 그가 여러 불제자들과 나눈 문답이 소개되어 있다. '유마거사가 과거시험을 감독한다'는 말의 경우, 유마거사는 불가의 성인이고 과거시험은 유가의 행사이므로 앞뒤가 맞지 않는 이율배반(二律背反)의 상황을 두고 한 말로 이해할 수 있겠다.

11 숭정 임신년[崇禎壬申] : 서기 1632년에 해당한다.

二刻拍案驚奇小引

丁卯之秋事, 附膚落毛, 失諸正鵠, 遲迴白門, 偶戲取古今所聞一二奇局可紀者, 演而成說, 聊舒胸中磊塊. 非曰行之可遠, 姑以遊戲爲快意耳. 同儕過從者索閱一篇竟, 必拍案曰, 奇哉, 所聞乎. 爲書賈所偵, 因以梓傳請. 遂爲鈔撮成編, 得四十種. 支言俚說, 不足供醬瓿, 而翼飛脛走, 較撚髭嘔血筆塚硏穿者, 售不售反霄壤隔也. 嗟乎, 文詎有定價乎.

賈人一試之而效, 謀再試之. 余笑謂一之已甚, 顧逸事新語可佐談資者, 乃先是所羅而未及付之于墨, 其爲栢梲餘材武昌剩竹, 頗亦不少. 意不能恝, 聊復綴爲四十則. 其間說鬼說夢, 亦眞亦誕. 然意存勸戒, 不爲風雅罪人, 後先一指也. 竺乾氏以此等亦爲綺語障, 作如是觀, 雖現稗官身爲說法, 恐維摩居士知貢擧, 又不免駁放耳.

崇禎壬申冬日　即空觀主人題於玉光齋中

제5권

양민공이 원소절에 아들을 잃고 열셋째가 다섯 살에 황제를 알현하다

襄敏公元宵失子 十三郎五歲朝天

해제

송나라 신종神宗 때 양민공 왕소王韶의 아들 남해南陔는 원소절정월 대보름에 하인 왕길을 따라 등불 구경을 하러 나갔다가 선덕루宣德樓의 오산鰲山 앞에서 유괴 당한다. 다섯 살 배기였지만 총명하고 기민했던 남해는 동화문東華門까지 끌려갔을 때 앞에서 가마 너댓 대가 다가오자 큰소리를 질러서 도움을 요청한다. 그 서슬에 유괴범은 남해를 내려놓고 도망치고 가마에서는 품계가 높은 근시 중대인中大人이 나와 남해를 구해서 대궐 안으로 데려간다. 이튿날, 그 일을 안 황제는 즉시 남해를 입궁시키게 한다. 남해는 황제가 묻는 말마다 청산유수로 유창하게 대답하는 한편 황제에게 유괴범을 체포할 수 있는 묘책을 알려 준다. 남해는 자신이 유괴되었을 때 은밀히 유괴범의 옷깃에 표식을 남겨 놓았다고 밝히면서 은밀히 조사를 하면 범인을 체포할 수 있을 것이라고 고한다. 그 말을 들은 황제는 몹시 기뻐하면서 일단 남해를 대궐에서 잠시 지내게 하고 개봉부에 조사를 지시한다.

조정의 밀지를 받은 개봉부의 부윤은 집포사신인 하何 관찰觀察에게 명령하여 포졸들을 이끌고 각지를 탐문해서 범인을 체포하게 한다. 남해를 유괴했던 당초의 유괴범은 '조수아雕手兒'로, 당시 마침 옥진원에서 술을 마시다가 개봉부의 사령인 이운李雲에게 체포된다. 개봉부는 그 과정에서 작년 원소절에 발생했으나 미제로 남아 있던 진주희眞珠姬 사건까지 동시에 해결한다. 황제는 남해가 신동인 것을 알고 다시 그를 대궐 안으로 불러 치하하고 사람을 보내 그를 집으로 귀가시킨다. 그러자 남해의 총명함에 놀란 집안사람들은 다 같이 그를 칭찬해 마지 않는다.

　이 이야기는 남송 소설가 악가岳珂, 1183~1243가 지은 소설집『정사桯史』와 홍매의『이견지 보』권8에 소개된「진주족희眞珠族姬」이야기를 소재로 지어졌다. 중국 근대의 학자 동강董康, 1867~1947이 엮은 희곡 소개서인『곡해총목제요曲海總目提要』권35에 따르면, 청대의 전기傳奇 희곡인『자금어紫金魚』에도 왕채王寀의 일화가 차용되었다. 나중에 포옹노인抱甕老人이 엮은 소설집『금고기관今古奇觀』에는 제36회에「십삼랑오세조천十三郎五歲朝天」이라는 제목으로 소개되었다.

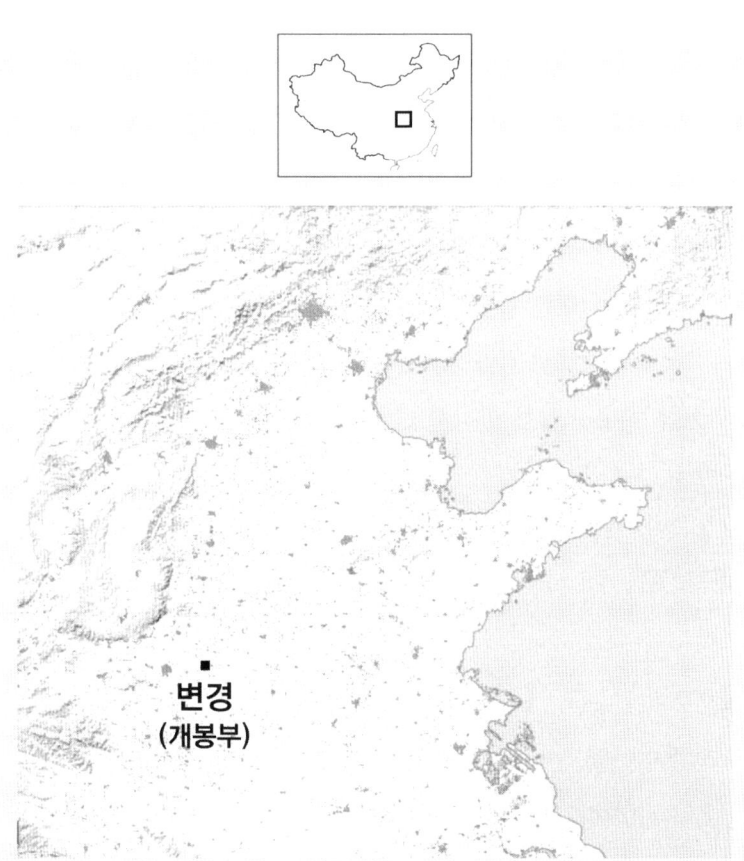

변경
(개봉부)

번역

이런 가사가 있습니다.

상서로운 연기 황궁 정원 위로 뜨니	瑞烟浮禁苑,
마침 붉은 칠 한 대궐에 봄 돌아왔네.	正絳闕春回,
새해 정월이 이제 반이 지났는데도	新正方半,
얼음 같은 보름달에는 계수나무꽃 가득하네.	氷輪桂華滿.
꽃거리며 노래 넘치는 저잣거리에는	溢花衢歌市,
부용꽃이 두루 피었네.	芙蓉開遍.
용 장식된 누각에서 양쪽 바라보니	龍樓兩觀,
은 촛대 보니 수 놓은 공까지 번쩍이네.	見銀燭星毬有爛.
주렴을 걷어 올리고	捲珠簾,
하루 종일 풍악과 노래 들리고	盡日笙歌,
비녀며 팔찌 낀 여인들로 북적거리네.	盛集寶釵金釧.
참으로 부럽구나.	堪羨.
화려한 미인들 속	綺羅叢裡,
난초와 사향 향기 속에서	蘭麝香中,
참으로 거닐고 놀기에 좋기도 하다.	正宜遊玩.
바람 부드럽고 밤 포근한데 꽃그림자 어지럽고	風柔夜煖花影亂,
웃음 소리 요란하구나.	笑聲喧.

온 길이 미녀들로 흥청거리는데	鬧蛾兒滿路,
무리를 이루어 몰려 다니며	成團打塊,
모자 쓴 사내들 에워싸고 도는구나.	簇着冠兒鬪轉.
기쁘게도 황제 계신 도읍이	喜皇都
왕년의 풍광 뒤쫓아	舊日風光,
태평성대를 다시 보게 되었구나!	太平再見.
─ 가사를 【서학선】에 부치다	─ 詞寄【瑞鶴仙】

이 가사는 바로 송나라 소흥[1] 연간의 가객인 강백가[2]가 지은 것입니다. 백가는 원래 장강 이북 출신이었는데 어가를 따라 강남으로 건너 왔지요. 그는 악부[3]를 잘 짓는 재주 많은 선비라고 이름이 나 있었습니다. 그

---

1   소흥(紹興) : 남송의 개국 황제인 고종(高宗) 조구(趙構, 1107~1187)가 1131~1162년까지 32년 동안 사용한 연호. "소흥 20년"은 서기 1150년에 해당한다.

2   강백가(康伯可) : 남송대의 정치인인 강여지(康與之, ?~?)를 말한다. 활주(滑州, 지금의 하남성 활현) 사람으로, 호는 순안(順庵)·퇴헌(退軒)이며, '백가'는 자이다. 금나라 군의 남침으로 변경(汴京, 지금의 하남성 개봉시)이 함락되자 가솔들을 데리고 남하하여 강남의 의흥(宜興, 강소성)·건창(建昌, 강서성) 등지를 전전하였다. 건염(建炎) 연간 초기에 양주(揚州)에 주둔하는 고종에게 송나라를 재건할 대책인 「중흥 10책(中興十策)」을 바쳐 명성을 얻었다. 그 뒤로 궁중에서 연회나 권신의 생일에 되면 그 자리에 어울리는 가사를 짓곤 했는데 대부분이 태평성대를 노래하는 것들이었다. 주화파 수장인 진회(秦檜, 1091~1155)가 득세하자 그 수하로 들어갔으며, 소흥 17년(1147)에 군기감(軍器監)에 발탁되어 복건 안무사(福建安撫司)로 나갔으나 진회가 죽자 관직이 박탈되고 흠주(欽州)·뇌주(雷州) 등지로 유배 다니다가 죽었다.

3   악부(樂府) : 중국 고대의 관서 및 그 관서에서 지은 시가의 이름. 한대에 음악 관련 업무의 총괄을 위하여 설치하였다. 관련 관원으로는 혜제(惠帝) 때에 이미 악부령(樂府令)이 있었으며, 무제 때에 비로소 악부를 설치하고 이연년(李延年)을 협률도위(協律都尉)로 삼아 궁정·순행·제사 등의 행사에 사용하는 음악을 관장하는 한편 민간에 전해지는 가요들을 채집하여 반주를 넣었다. 이때 악부에서 채집해 개작한 민간의 시가를 '악부'로 부르기 시작하였다. 나중에는 위·진대로부터 당대까지 반주를 넣을 수 있는 시가 및 이를 모방해 지은 작품들까지 통틀어서 '악부'로 불려졌다.

래서 신왕神王에게 글을 올려 고종[4] 황제에게 천거되었답니다. 이 가사는 상원절[5]의 아름다운 풍광을 다룬 것으로, 고종 황제가 이 작품을 몹시 칭찬하면서 황금과 흰 비단을 아주 많이 하사했지요.

그러면 가사에서 어째서 "왕년의 풍광 뒤쫓아, 태평성대를 다시 보게 되었구나!"라고 했을까요? 아마도 정강靖康 연간의 난리[6]로 휘종[7]과 흠종[8]

---

4 고종(高宗) : 남송의 초대 황제인 조구(趙構, 1107~1187)를 말한다. 자는 덕기(德基)로, 휘종의 아들이자 흠종의 동생이다. 강왕(康王)에 봉해졌을 때에 북방민족인 여진족(女眞族) 출신의 금나라가 휘종과 흠종을 포로로 끌고 간 "정강의 변고"가 발생하였다. 그 뒤로도 수시로 송나라를 침략하고 살인과 약탈을 일삼아 민심이 흉흉해지자 당시의 '남경'이던 하남의 상구(商丘)에서 종묘에 제사를 지내고 황제로 즉위한 후 연호를 '건염(建炎)'으로 바꾸었다. 이어서 장강 이북의 영토를 포기하고 그 이남으로 도주하니 이것이 남송 왕조(1127~1279)의 시작이다. 이 사건을 역사적으로 "건염 연간에 강남으로 건너간 일[建炎南渡]"로 부른다. 그 후인 소흥 원년(1131), 고종은 항주를 월주(越州)를 소흥부(紹興府)로 격상시키고 임시 도성 즉 '행재(行在)'로 삼더니 얼마 후 임안(臨安), 즉 지금의 항주에 정식으로 도읍을 정한다. 정치적으로는 우매하고 무능했지만 서예에 뛰어나 당대의 명필로 평가받았다.

5 상원절(上元節) : 중국 고대의 명절들 중 하나인 음력 정월 대보름을 말한다. 때로는 원소절(元宵節) · 소정월(小正月) · 원석(元夕) · 등절(燈節) 등으로 불리기도 한다. 중국에서는 예로부터 연말연시에 등불과 연관된 민속활동이 많이 거행되었는데, 정월 대보름이 되면 사람들은 집집마다 문 앞에 등불을 내걸고 '원소(元宵)'를 먹으면서 등불을 감상했다고 한다. 원소절이 등불을 감상하는 '등절'로 정착된 것은 당대 중기부터이다.

6 정강 연간의 난리[靖康之亂] : 북송의 제9대 황제 흠종(欽宗) 조항(趙恒, 1100~1156)의 재위기간인 정강 연간(1126~1127)에 금나라가 남침한 사건을 일컫는 말. 정강 2년 4월 금나라 군은 남하하여 북송의 도성인 동경(東京, 지금의 하남성 개봉)을 유린한 후 흠종과 그 부황인 휘종, 그리고 다수의 황족과 후궁, 대신 등 3천여 명을 포로로 끌고 본국으로 돌아갔다. 송나라는 이 사건을 계기로 그동안 동경에 축적되었던 경제적 부를 방화와 약탈로 하루아침에 날려버렸을 뿐 아니라, 정치적 거점이 갑작스럽게 강남으로 이동하면서 강역의 절반 이상을 금나라에게 빼앗기고 사회, 문화적으로도 커다란 혼란에 휩싸이게 된다.

7 휘종(徽宗) : 북송의 제8대 황제 조길(趙佶, 1082~1135)을 말한다. 제6대 황제 신종(神宗)의 아들이자 철종(哲宗)의 동생이다. 정강 연간에 금나라 군사가 대거 남침하여 도성을 포위하자 측근이던 이강(李綱, 1083~1140)의 건의에 따라 제위를 급히 태자 조환(趙桓)에게 선양함으로써 금나라의 예봉을 피하려 하였다. 그러나 금나라와의 교섭이 좌절

이 끌려 가고 중원이 모조리 금나라 오랑
캐 수중으로 넘어갔기 때문일 테지요. 다
행스럽게도 강왕康王은 강남으로 건너와
황제로 즉위했지요. 한 변두리에서 가까
스로 안정을 유지하면서 여유를 즐기고
즐거움을 누리다 보니 어쨌든 번성기의
모습을 흉내내려고 한 셈이지요. 그러니
가객이 이렇게 노래한 것도 스스로 울적
함을 풀고 즐거움을 찾고자 한 것뿐인 것
입니다.[9] 그러니 당초 유기경[10]의 또다른
가사에 어디 비길 수가 있겠습니까?

강여지가 작성한 것으로 전해지는 서찰(대만
고궁박물원 소장)

되고 아들 흠종과 함께 포로가 되어 금나라로 끌려갔다가 거기서 병사하였다. 고대의 군
주로서는 좀처럼 드물게도 다양한 예술 분야에서 두각을 드러낸 팔방미인이었지만 정치
적으로는 나라를 망쳤다는 부정적인 평가를 받는다.

8 흠종(欽宗) : 북송의 제9대 황제이자 마지막 황제인 조환(趙桓, 1100~1161)를 말한다.
정화(政和) 5년(1115) 황태자로 책립되자마자 휘종에게서 선양(禪讓)을 받아 제위에
오르고 나서 연호를 '정강(靖康)'으로 바꿨다. 성품이 우유부단하고 변덕이 심했으며 판
단력이 부족하였다. "정강 연간의 변고"가 발생했으나 당시의 내우외환에 적절하게 대처
하지 못하고 결국 부황인 휘종과 함께 금나라로 끌려갔다가 남송 소흥(紹興) 26년
(1156) 연경(燕京) 즉 지금의 북경에서 죽었다.

9 【즉공관 미비】 說破南宋君臣. 남송의 군신들을 모두 거론하는군.

10 유기경(柳耆卿) : 북송의 유명한 가객인 유영(柳永, 984?~1053?)을 말한다. 본명은 영
(永)이며 기경(耆卿)은 그의 자이다. 한때 둔전 원외랑(屯田員外郞)을 지낸 적이 있기 때
문에 '유둔전(柳屯田)'으로 불리기도 한다. 사대부 집안 출신으로 문학적·음악적 재능
이 출중했으나 과거시험에서 번번히 낙방하자 실망하여 방탕한 생활을 하였다. 그의 작
품들은 음률이 정교하고 일상의 내용을 소재로 삼은데다 당시 유행하던 구어를 애용하여
남녀의 애절한 사랑을 잘 표현했기 때문에 "우물을 마시고 사는 사람들이 있는 곳이면
어디서나 그의 사가 불려졌다"고 할 정도로 널리 애창되었다. 그가 죽었을 때에는 기녀들
이 돈을 갹출하여 장례를 지내 주었다는 일화가 있다.

"꽃 깊은 대궐의 물시계   禁漏花深,

영원한 해는 수를 놓으매   繡工日永,

훈풍에 포근한 기운 퍼지면서   薰風布煖.

좋은 풍광 연출해 내네   變韶景

도성의 열두 군데 대문에는   都門十二,

원소절 정월 대보름에   元宵三五,

은빛 나는 달빛이 가득하네.   銀蟾光滿.

날아 오르듯 지어진 누각이며   凌飛觀.

우뚝하니 아름다운 황궁   聳皇居麗,

굴뚝에선 아름다운 기운 상서로운 연기   佳氣瑞煙葱倩.

어가가 대보름 날 밤에   翠華宵幸,

이곳 신선이 사는 듯한 성과 뜰에 납시셨네.   是處層城閬苑.

용과 봉황으로 장식된 촛대   龍鳳燭

은하수와 서로 빛을 반사하네.   交光星漢.

지척의 오산 마주하고 꿩부채 펼치고   對咫尺鼇山開雉扇.

악부에서 관·민 두 곳 신선들을 만나매   會樂府兩籍神仙,

이원[11]에서 온갖 풍악 다 울리누나.   梨園四部絃筦.

---

11 이원(梨園) : 당대 중기의 황실 정원 이름. 현종(玄宗) 이융기(李隆基, 685~762)가 이원
    을 조성하고 그곳에서 궁정 가무단의 가수·악사·무용수들을 육성했는데 이들을 '이원
    자제(梨園子弟)'라고 하였다. 송대 이후로는 원대 잡극(雜劇)·명대 곤곡(崑曲)·청대 경
    극(京劇) 등 연극 극단의 배우를 일컫는 말로 전용되었다.

새벽이 다 되어	向曉色
도성 사람들 미처 흩어지기 전에	都人未散.
온 거리 다 채우고	盈萬井
황제께 '만세' 하며 환호하네.	山呼鼇抃.
바라건대 해마다	願歲歲,
황제 의장대 속에서 늘 어가 뵐 수 있기를!"	天仗裏常瞻鳳輦.
─가사를 【경배락】에 부치다	─詞寄【傾盃樂】

이 가사는 한결같이 번성기의 대궐 이야기를 들려주고 있습니다. 송나라 때 즐거움을 만끽한 날은 원소절이었답니다. 등불을 떠들썩하게 늘어놓고 어가까지 친히 행차해서 황제와 백성들이 다 같이 즐겼으니까

이병 초상

요. 그래서 "금오위도 밤에 통금령 내리지 않았으니, 물시계야 재촉하지 말거라!"[12]라고 한 것입니다. 그러나 온 성내의 귀한 댁 규수들이 밤새도록 나가서 놀면서 이렇다 할 금기조차 없다 보니, 개중에는 몰래 밀회를

약속하고 그렇고 그런 일들을 벌여서 온갖 이야깃거리들을 다 만들어 내었지요. 당시의 이한로[13]도 이런 가사를 한 수 지었답니다.

황제 계신 도성의 대보름날에	帝城三五,
등불 빛과 꽃 저자가 길 가득 펼쳐지네.	燈光花市盈路.
도성 거리 거닐면서	天街游處,
이제야 믿겠구나.	此時方信,
대궐 있는 도성의 백성들	鳳闕都民,
사치롭고 호사스럽기도 하다.	奢華豪富.
비단 등롱 막막 지나가고	紗籠纔過處,
벽제 소리[14]에 몸 돌리더니	喝道轉身,
한쪽에서 어린 아이 와서 멈추네.	一壁小來且住.
보아하니 많은 재능 있는 선비며 고운 미녀들	見許多才子艷質,

---

12 금오위도 밤에 통금령 내리지 않으니~[金吾不禁夜, 玉漏莫相催] : 당대 중기의 시인 소미도(蘇味道, 648~705)가 지은 시의 마지막 두 구절. 역시 당대의 소설가 유숙(劉肅)이 지은 소설집 『대당신어(大唐新語)』에 따르면, 당나라 무측천(武則天, 624~705)의 신룡(神龍) 연간(705)의 원소절에 장안에서 등불놀이가 성대하게 거행되어 금오위가 통금을 해제하자 고관대작으로부터 장인·상인 등의 평민들까지 밤 나들이를 나와 인산인해를 이루었는데, 문인들은 저마다 시를 지어 그 성황을 기념했다고 한다. 이때 시를 지은 자가 수백 명이나 되었는데 당시 중서시랑(中書侍郞)이던 소미도의 시가 걸작으로 평가받았다고 한다.

13 이한로(李漢老) : 남송대의 대신이자 시인인 이병(李邴, 12세기)을 말한다. 제주(濟州) 임성(任城, 지금의 산동성 제녕시) 사람이며, '한로'는 자이다. 숭녕(崇寧) 5년(1106)에 진사가 되었으며 한림학사(翰林學士)를 역임하였다. 소흥 연간 초기에는 참지정사(參知政事)·자정전학사(資政殿學士)를 지냈으며 나중에는 천주(泉州)에서 살았다.

14 벽제 소리[喝導] : '갈도(喝導)' 또는 '갈도(喝道)'는 고대 중국에서 관리가 행차할 때 그 행렬 맨 앞에 앞장을 서서 관리의 행차를 알려 행인들이 길을 비키도록 유도하던 행위를 가리킨다. 우리나라에서는 이를 '벽제(辟除) 소리'라고 하였다.

손 마주잡고 어깨 나란히 한 채 속삭이네.　　　携手並肩低語.

이리저리 오가는 이들은 뉘 집 여자들인고?　　東來西往誰家女.

옥빛 매화 사서 다투어 머리에 꽂고　　　　　　買玉梅爭戴.

천천히 걸을 때마다 그윽한 향이 나네.　　　　　緩步香風度.

이리저리 둘러보고 돌아보는데　　　　　　　　北觀南顧,

가만 보니 화려한 초 그림자 속으로　　　　　　見畵燭影裏,

신선들이 수도 없이 많구나.　　　　　　　　　神仙無數.

사람 넋을 미친 듯이 이끄니　　　　　　　　　引人魂似醉,

서둘러 달 아래에서 돌아감이 나으리.　　　　　不如趁早步月歸去.

정 깊은 이 두 눈을　　　　　　　　　　　　　這一雙情眼,

남들이 바라보는 걸 어이 막을 수 있으리오?　怎生禁得許多胡覰.

—가사를 【여관자】에 부치다　　　　　　　　—詞寄【女冠子】

　이 가사를 자세히 살펴보면 원소절 밤에 사람들로 흥청거리는 틈을 타서 그렇고 그런 수작들을 벌이는 사례가 이루 셀 수조차 없을 정도였음은 말할 나위도 없습니다. 이제부터 소생이 원소절에 일어난 일을 하나 들려 드리도록 하겠습니다.

온 대갓집을 다 들썩거리더니　　　　　　　　鬧動公侯府,

제왕의 용안을 여의네.　　　　　　　　　　　分開帝主顏.

교활한 이는 땅으로 들어가고　　　　　　　　猾徒入地去,

어린 아이는 천자 뵙고 돌아오네.　　　　　稚子見天還.

　그럼 이야기를 들려 드리도록 하겠습니다. 송나라 신종[15] 시절에 대신
으로 왕양민[16] 공이라는 사람이 있었는데, 이름으로는 외자인 '소韶'자를
썼으며 온 집안이 서울에 살고 있었습니다. 참으로 '깊고 깊은 재상부[17]'
라더니 부귀롭고 사치스러움은 새삼 말할 나위도 없었답니다. 그 해의
정월 열닷새 원소절이었습니다. 당시는 왕안석[18]이 기용되기 전이고 신

15　신종(神宗) : 북송(北宋)의 제6대 황제 조욱(趙頊, 1067-1085 재위). 11세기에 송나라는
　　외면상으로는 문치(文治)가 자리잡고 명신들이 대거 배출되는 등 전성기를 맞았으나, 내
　　치에서는 과중한 군사비와 행정상의 비효율성·분배상의 불균등 등·거상들과의 유착, 외교
　　에서는 호전적인 북방민족의 군사적 압박 속에 군사력의 열세와 소극적인 조공외교로
　　체제상의 위기에 직면해 있었다. 얼마 후 황제로 즉위한 조욱은 왕안석을 재상으로 기용하
　　고 재정·군사·관제와 관련된 일련의 신법들을 급진적으로 추진함으로써 부국강병을
　　도모하였다. 그 결과 오랜 폐해들이 극복되고 왕조의 체제를 정비하고 국가 재정의 보전에
　　도 어느 정도 기여하였다. 그러나 본인의 의지와는 달리 구법당(훈구파)과 신법당(개혁
　　파)의 국론분열과 권력투쟁이 심화되자 개혁에 환멸을 느끼고 38세의 나이로 죽었다.
16　왕양민(王襄敏) : 송대의 정치가인 왕소(王韶, 1030~1081)를 말한다. 강주(江州) 덕안
　　(德安) 사람으로, 자는 자순(子純)이다. 인종(仁宗) 가우(嘉祐) 3년(1058)에 진사로 급
　　제하고 건창군(建昌軍) 사리참군(司理參軍)에 임명되었다. 신종의 희녕(熙寧) 원년
　　(1068)에는『평융책(平戎策)』세 편을 지어 바치고 서하(西夏)를 제압할 방책을 건의하
　　여 신종과 당시의 재상 왕안석(王安石)의 주목을 받으면서 진봉로경략사 기의문자(秦鳳
　　路經略司機宜文字)가 되었다. 나중에 조하안무사(洮河安撫司)가 된 뒤로는 서부 방면의
　　강족(羌族)을 안무하여 그 족장 유룡가(俞龍珂) 휘하의 12만명을 귀화시키기도 하였다.
　　이와 함께, 또다른 강족 족장 목정(木征)이 서하와 내통하자 여러 차례 정벌에 나서 그
　　공로로 희하로 도총관(熙河路都總管)·경략안무사(經略安撫使)를 거쳐 추밀부사(樞密
　　副使)에 임명되기도 하였다. 원풍(元豐) 4년(1081)에 죽자 조정에서 생전의 공로를 기
　　려 '양민(襄敏)'을 시호로 내렸다.
17　깊고 깊은 재상부[潭潭相府] : 북송의 정치가이자 역사가인 사마광(司馬光, 1019~108
　　6)의 시 「유의 선배 대명위를 전송하며[送劉儀先輩大名尉]」에 나오는 말. "깊고 깊은 재
　　상부 대문 열리자 깃발 든 기병들이 삼대 대감 호위하네(潭潭相府開, 旌騎擁三臺)" 두 구
　　절로 시작된다.
18　왕안석(王安石, 1021~1086) : 북송의 정치가이자 문학가. 자가 개보(介甫) 호가 반산
　　(半山)으로 임천(臨川) 사람이다. 인종의 경력(慶歷) 2년(1042) 진사 출신으로, 강남지

법新法이 시행되기 전이며 사방의 영토도 침범 당한 일이 없어서 온 백성들이 즐거이 생업에 종사하니 그야말로 태평성대였지요.[19] 그래서 집집마다 화려한 등롱을 내걸고 열사흘부터 시작해서 도성이 온통 아침까지 환호 소리가 이어졌다지요. 그리고 이 밤의 열닷새는 '정야正夜'여서, 해마다 절도가 있어서 임금[20]이 직접 나와서 밤새도록 구경을 하고 놀았습니다. 그래서 온 성내의 귀한 댁 규수들은 용안을 한번 보기만을 기다렸답니다. 게다가 이 날은 여간 해서는 보기 어려운 밝은 보름달이 허공에 따서 대낮과도 같이 빛나서 각양각색의 희한하고 정교한 화려한 등롱들을 비추어서 예전부터 '등불과 달이 서로를 비춘다燈月交輝'라고 할 정도로 무척 아름다운 경치였지요. 양민공 댁의 여인들은 부인夫人으로부터 늙은이이든 새파란 나이이든 간에 가지런히 차려 입지 않은 이가 하나도

역의 지방관으로 재직하면서 능력을 인정받았다. 1058년 인종에게 「만언서(萬言書)」를 올려 기술을 갖춘 유능한 관리들을 기용할 것을 주장했다. 1060년 조정으로 진출한 그는 개혁군주 신종이 즉위하자 "신법당(新法黨)"의 영도자로서 북송 건국이래의 제도상의 폐단들을 적시하며 개혁의 필요성을 피력한 일을 계기로 황제의 신임 속에 신종의 희녕(熙寧) 2년(1069)에 참지정사(參知政事)에 임명되어 국정 전반을 총괄하면서 한기(韓琦)·사마광(司馬光) 등 화북(華北) 출신이 주축을 이룬 "구법당(舊法黨)"을 축출하고 이재에 능한 강남 출신의 신진관료들을 대거 발탁/중용하면서 각 방면에서 본격적으로 "신법(新法)" 즉 개혁정치를 단행하였다. 그의 신법은 국가 재정의 확보와 국가 행정의 효율성 증대 등의 측면에서는 나름대로 성과를 거두었다. 그러나, 중소농민과 중소상인의 구제라는 당초의 목적은 조세의 증대, 화폐경제의 강요 등으로 말미암아 후진지역에서는 오히려 영세농민의 몰락을 가속화시켜 반대파인 구법당 재집권의 단서를 제공하였다. 원풍(元豊) 2년(1079)에 형국공(荊國公)에 책봉된 후로 "왕형공(王荊公)"으로 불렸다. 그가 남긴 시들은 청신하면서도 고답적이어서 "당·송 팔대가(唐宋八大家)"의 한 사람으로 추앙받았다.

19 【즉공관 미비】着眼. 可見王安石用後便不太平了. 중요한 대목이군. 왕안석을 기용한 뒤로는 나라가 평안하지 못하게 되었음을 알 수 있다.

20 임금[官家] : '관가(官家)'는 우리나라에서는 '관청'을 뜻하는 말로 사용되지만 중국에서는 송대부터 민간에서 황제를 일컫는 또다른 존칭으로 사용되었다.

없을 지경이었습니다. 시종도 천막을 끌고 나와서 거리에서 등불 구경을 하면서 거닐고 놀았답니다.

손님들, 어째서 천막을 썼는지 아십니까? 아마 벼슬아치 집안의 여인들은 저잣거리 사람들과 스치고 부대끼면 체면을 잃을까 걱정해서였을 겁니다. 그래서 명주 비단을 쓰거나 베 따위를 써서 길게 원형으로 차단막을

청대에 간행된 『만소당 화전(晩笑堂畵傳)』에 그려진 왕안석 초상

만들어 에워싸고 외간사람들을 차단하려는 의도로, 그 안쪽에서 걷는 사람은 사방을 다 둘러볼 수가 있었답니다. 진晉 왕조 시절에는 그것을 '보장'[21]이라고 불렀습니다. 그래서 '자사보장紫絲步障'이니 '금보장錦步障'이니 하는 이름으로 일컬어졌지요. 물론, 이것은 대갓집의 법도가 그러했기 때문이랍니다.

객쩍은 이야기는 일단 접어 두고 다시 이야기를 들려 드리도록 하지

---

21 보장(步障) : 글자 그대로 풀면 '움직이는 천막' 정도의 뜻으로 해석된다. '자사 보장'은 자주색 견직물로 만든 보장, '금보장'은 다색 비단으로 만든 보장을 말한다.

요. 양민공에게는 어린 도련님[22]이 있었는데, 그가 맨 나중에 낳은 가장 어린 아들로, 순서는 열셋째이며, 어릴 적 이름은 '남해(南孩)'였습니다. 나이가 이제 다섯 살인데, 총명하고 눈치가 빠른데다가 용모도 남달라서 온 집안 안팎의 남녀노소 모두가 그를 좋아 했습니다. 양민공과 부인은 말 할 필요도 없었지요. 그런데 남해도 이때 거리로 가서 등불을 구경하려고 하지 뭡니까. 남해는 대갓집 도련님으로 가지런하게 차려 입기는 했지만 그래도 평범한 편이었습니다. 머리에 쓴 모자가 온통 구멍을 내지 않은 대두 크기의 바닷진주로 장식되어 있는 것이 특이했지만요. 한 쌍의 봉황이 모란꽃을 관통하는 양식으로 되어 있는데 정면에는 묘안석[23] 보석 한 알이 박혀 있어서 눈빛이 번쩍이고 있었고, 주위에는 또 오색의 보석들을 박아 넣었는데 바로 아청[24]·조모록[25] 같은 것들이었습니다. 그 모자만 해도 천 꿰미 정도의 가치를 가지고 있었던 셈이지요!

양민공은 왕길(王吉)이라는 하인에게 분부해서 무등을 태우고 집안 여인들을 따라 함께 등불 구경을 다녀오게 했습니다. 왕길은 법도를 아는 사람인지라 자신도 남자라고 여겨서 감히 휘장 안에 들어가 걷지 않고 그저 휘장 바깥에서 걸었습니다. 그렇게 선덕문[26] 앞까지 왔을 때였습니다.

---

22 도련님[衙內] : '아내(衙內)'는 중국 고대에 관원의 자제를 높여 부르던 호칭이다. 당대에는 경비 업무를 담당한 관리에 대한 호칭이었으나 오대(五代)와 송대에는 이 직무를 대신의 자제들에게 맡기는 것이 관례가 되면서 나중에는 관료의 자제를 두루 일컫는 말로 전용되었다. 여기서는 일률적으로 "도련님"으로 번역하였다.

23 묘안석(猫眼石) : '고양이 눈(cat's eye)'을 닮은 1자 문양이 있는 값진 보석. 황색·갈색·녹색 등 다양한 색깔의 것들이 있다.

24 아청(鴉靑) : 흑청색을 띠는 보석의 일종.

25 조모록(祖母祿) : 녹색을 띠는 상당히 비싼 보석인 에메랄드(emerald)의 중국식 이름.

26 선덕문(宣德門) : 북송의 동경(東京, 지금의 하남성 개봉시) 황궁에 있던 정문의 이름. 남쪽 방향으로 난 대문으로, '선덕루(宣德樓)'로 불리기도 하였다.

에메랄드는 명대부터 '조모록'으로 불렸다

공교롭게도 신종 황제가 마침 선덕문 문루[27]에 행차해서 어명으로 만인이 문루의 등불들을 우러러 구경할 수 있도록 허락했기 때문에 금오위[28] 조차 사람들을 막을 수가 없었지요. 문루 위에는 오산[29]을 가설하여 등불 빛이 찬란하고 향불 연기가 가득한 데다가 궁정의 음악이 연주되고 퉁소며 북을 연주하는 소리로 떠들썩한 것이었습니다. 문루 아래에서는 온갖 놀이들을 다 펼쳐서 황제가 눈요기를 하게 해 주는 것이었지요. 구경을

---

27 문루(門樓) : 중국 고대에 성문 위에 세우던 누각.
28 금오위(金吾衛) : 중국 고대의 관직명. 궁정 내에서 황제를 호위하거나 황제가 외부에 순행을 나갔을 때 호종하는 등의 업무를 관장하던 친위대를 말한다.
29 오산(鰲山) : 옛날 중국에서 명절 때마다 볼거리로 세우던 산 모양의 가건물. 처음에는 색색의 비단으로 거대한 산 모양의 가건물을 얽어 짓고 그 위에 인형·등롱 등 각양각색의 장식물들을 설치한 후 신선이 모임을 즐기는 장면을 연출하다가 시간이 지나면서 다양한 꽃등으로 장식하는 형태로 변모하여 '채산(彩山)'·'등산(燈山)'으로 불려졌다. 다음 쪽 삽화의 그림을 참조하기 바란다.

하는 사람들은 그야말로 인산인해人山人海로, 하도 사람들이 북적거려서 빈틈조차 없을 정도였습니다. 한림 승지[30]로 왕우옥[31]이라는 사람이 지은 『상원응제上元應制』 시가 그 증거입니다.

눈 녹고 하얀 달빛 대궐 누대에 가득한데　　　　　雪消華月滿仙臺,
만 개의 촛불 누각 마주한 채 황제의 부채 펼치네.　萬燭當樓寶扇開.
암수 두 봉황 구름 속에서 어가 모셔 내려오고　　雙鳳雲中扶輦下,
여섯 자라가 바다 위에서 봉래산 몰고 오누나.　　六鰲海上駕山來.
호경의 봄날 술은 주 무왕의 잔치 자리 적시고　　鎬京春酒沾周宴,
분수에 가을바람 부는데 한나라 선비만 못하네.　汾水秋風陋漢才.
태평성대의 음악에 사람들 모두 즐거워하니　　　一曲昇平人盡樂,
군왕께 이번에도 축하의 술 올리네.　　　　　　君王又進紫霞盃.

이때 왕길은 인파 속으로 들어가 있었는데 어깨에 어린 아내를 무등 태운지라 몹시 불편해서 등불 구경을 별로 후련하게 할 수가 없지 뭡니까. 그런데 갑자기 어깨가 좀 가벼워지는가 싶더니 한 동안 몰입해 보느

30　한림승지(翰林承旨) : 중국 고대의 관직명. 정식 명칭은 '한림학사승지(翰林學士承旨)'이다. 황제의 문학시종관으로, 당대에 처음으로 설치되어 역대 왕조에 계승되었으며, 명·청대에는 진사들 중에서 '한림천대도선생(翰林天臺陶先生)'이라는 이름으로 선발하였다.
31　왕우옥(王禹玉) : 북송의 재상이자 문학가이던 왕규(王珪, 1019~1085)를 말한다. 성도(成都) 화양(華陽) 사람으로, '우옥'은 자이다. 인종(仁宗) 경력(慶曆) 2년(1042)에 진사가 되어 양주통판(揚州通判)이 된 것을 시작으로 지제고(知制誥)·한림학사·지개봉부사(知開封府)·참지정사(參知政事)·집현전대학사(集賢殿大學士)·상서좌복야 겸 문하시랑(尙書左僕射兼門下侍郎) 등을 지내고 순국공(郇國公)·기국공(岐國公)에 차례로 봉해졌다. 사후에는 태사(太師)에 추증되고 '문공(文恭)'이라는 시호를 받았다.

양민공이 원소절에 아들을 잃다

라 자신의 임무조차 잊어버린 채 허리도 펴고 고개도 들고 거기다가 이리저리 움직이면서 넋이 나간 채 위쪽을 쳐다보고 있었습니다. 그러다가 불현듯

'도련님은?'

하는 생각이 들어서 서둘러 고개를 돌려 보았더니 어깨에 없는 것이 분명했습니다. 그는 사방을 둘러보았지만 전부가 낯선 사람들 뿐, 끝까지 어린 도령의 그림자조차 보이지 않는 것이 아닙니까 글쎄! 그래서 찾아보려고 했지만 인파에 발이 묶이는 바람에 움직일 수조차 없었습니다. 왕길은 마음이 급해지고 얼이 다 나간 채로 몸을 힘껏 빼서 뼈와 근육이 다 얼얼해질 정도가 되어서야 간신히 사람들이 적은 곳으로 갈 수가 있었지요. 그러다가 자기 집 일행과 마주치자 물었습니다.

"막내 도련님 보셨어요?"

"막내 도련님은 자네가 무등을 태우고 있더니 어째서 우리한테 와서 묻는 게야!"

"인파로 북적거리다 보니 누가 손을 뻗어 내 어깨에서 채어 간 것 같습니다! 분명히 우리 댁의 동료들이 내가 애쓰는 것을 보고 대신 안아서 내 수고를 좀 덜어 주려고 한 건지도 모르겠군요! (…) 나는 순간적으로 편

해진 것에만 정신을 파는 통에 인파들 속에서 자세히 살피지도 못했는데 막상 찾으려고 하니까 벌써 사라지고 없지 뭡니까요 글쎄! (…) 다들 정말 못 보셨어요?"

한 집 식구들은 그 말을 듣더니 다들 당황하면서 말했습니다.

"장난치지 말게! 그게 어디 장난칠 일인가? 이렇게도 조심성이 없다니! (…) 자네가 저 많은 사람들 속에서 잊어버리고서 난데없이 여기서 이 사람 저 사람한테 묻고 있으니 일을 망치는 격이 아닌가 말이야![32] (…) 아무래도 각자 다시 사람들이 북적거리는 데로 가서 찾아보도록 하세!"

그래서 일행 열 명 정도가 왕길과 함께 인파 속을 들락날락거리고 큰소리로 부르고 외치기도 해 보았지만 사람들이 너무도 많으니 어쩌겠습니까? 그 인산인해에서 누구한테 묻는단 말입니까? 결국 아내를 찾느라 눈이 다 아프고 목이 다 쉬어 버렸건만 전혀 행방을 알 수가 없지 뭡니까. 그렇게 한 동안 찾느라 왔다갔다 하면서 이 사람한테도 물었다가 저 사람에게도 물었다가 별의별 수를 다 써 보았건만 그래도 행방이 보이지 않아서 다들 당황해서 어쩔 줄을 모를 때였지요. 그러나 어떤 이는

"어쩌면 누가 안고 집으로 갔을 지도 몰라!"

---

32 【즉공관 미비】小人誤事每如此. 소인배가 일을 그르치는 것이 매양 이런 식이지.

하기도 하고 어떤 이는

"너도 나도 다 여기에 있는데 또 누가 안고 가겠어?"

하기도 하는 것이었습니다. 그러자 왕길이 말했습니다.

"일단 집에 가서 좀 물어 보고 방법을 강구합시다!"

그런데 어떤 나이 든 하인이 말하는 것이었지요.

"집에는 절대로 있을 리가 없고 … 머리 위의 등불들이 사람 눈을 빼앗는 동안 못된 놈한테 유괴되어 가신 게지! (…) 우리 일단 부인 마님은 놀라게 해 드리지 말고 … 먼저 집으로 가서 대감 마님께 알려 드린 다음 사람을 시켜 서둘러 붙잡는 것이 상책일세!"

그러자 왕길은 '마님에게 알리자'는 말을 듣더니 지레 겁을 집어먹고[33] 말했습니다.

"마님께 뭐라고 고하게요? 일단 차근차근 따져보고 알아봅시다. 성급하게 나서지 않는 게 좋아요."

---

33 【즉공관 미비】不由不怯. 자기도 모르게 겁을 먹게 되지.

양민공 댁 사람들은 모두가 당황한 상태였습니다. 그러니 어디 왕길의 말을 들으려 하겠습니까? 그들이 우루루 집으로 달려 와서 은밀히 물어 보았지만 어디 막내 아내가 집에 있어야지요. 별 수 없이 양민공을 만날 수밖에 없었지요. 그러나 어물어물하면서 막내 아내가 실종된 일을 대놓고 고할 엄두가 나지 않는 것이었습니다. 양민공은 사람들이 안절부절하는 모습을 보더니 대뜸 물었습니다.

"너희들은 간 지 얼마 되지도 않았는데 어째서 다 같이 돌아온 게냐? 게다가 … 다들 당황하고 얼이 나간 꼴을 하고 있으니 … 분명히 이유가 있을 테지."

하인들은 그제서야 왕길이 인파 속에서 막내 아내를 잃어버린 일을 자세히 이야기해 주었습니다. 왕길은 왕길대로 무릎을 꿇더니 연신 머리를 조아리면서 죽여 달라고 비는 것이었습니다. 그러자 양민공은 전혀 개의치 않고 오히려 웃으면서 말했습니다.

"사라졌으면 당연히 돌아올 텐데 뭘 이렇게 당황하느냐?"

"이건 못된 놈들이 유괴해 간 것이 분명한데 어떻게 돌아오시겠습니까요? 마님! 역시 개봉부[34]에 알려 서둘러 붙잡아야 합니다! 그래야 도

---

34 개봉부(開封府) : 북송의 수도. 지금의 하남성(河南省) 개봉시(開封市) 일대에 해당한다. 변수(汴水)를 끼고 있어서 '변경(汴京)·변량(汴梁)'으로 불리기도 하였다.

런님을 잃어버리는 일이 없으십니다요!"

사람들이 이렇게 말하자 양민공은 고개를 가로 저으면서 말했지요.

"그럴 것 없느니라!"

사람들은 하늘처럼 중대하고 불처럼 다급하다[35]고 여겼건만 양민공은 대수롭지 않게 여기면서 표정 하나 바뀌지 않은 채 천하 태평이지 뭡니까.[36] 사람들은 그 영문을 알 수가 없어서 하는 수 없이 휘장 안으로 가서 부인에게 그 사실을 고했지요.

놀란 부인은 서둘러 돌아와서 눈물을 머금고 양민공에게 상의하러 왔답니다. 그러자 양민공이 말하는 것이었습니다.

"만약에 다른 아들을 잃어버렸다면 서둘러 찾아나섰어야 옳겠지. 허나 … 이번에는 우리 열셋째니까 알아서 돌아올 것이 분명하오. 걱정할 것 없소이다!"[37]

"그 녀석이 영리하기는 하지만 그렇게 어린 나이에 기껏해야 너댓 살

---

35 하늘처럼 중대하고 불처럼 다급하다[天樣大, 火樣急] : 명대의 유행어. 사안이 매우 중대하고 급박한 것을 가리킨다.
36 【즉공관 미비】大臣之度. 대신의 도량인 게지.
37 【즉공관 미비】知子莫如父. 아들을 알기로는 아비만한 이가 없는 법.

배기 꼬맹이일 뿐입니다! 인파 속에서 떠밀려서 없어졌는데 어떻게 알아서 돌아올 리가 있겠어요?"

부인이 이렇게 말하자 유모들도 말했습니다.

"들자니 못된 놈들이 남의 집 아이들을 유괴해 간다고 합니다. 눈을 밀어서 멀게 하기도 하고 다리를 잘라서 없애기도 하고 … 하여튼 온갖 수단과 방법을 다 써서 몸을 망친 다음 거지로 꾸며서 돈을 구걸한데요! 서둘러 찾아 나서지 않으시면 도련님은 해코지를 당하실 게 분명합니다!"

왕규 초상

하면서 저마다 울고 불고 난리가 아니었습니다. 하인들은 하인들대로 말하는 것이었지요.

"마님, 개봉부에 맡겨 체포하지는 않더라도 방을 몇 장 쓰거나 아니면 크게 대자보라도 붙이시지요! 누가 상금이 욕심나서 행방을 수소문해서 알려 주러 올지도 모르잖습니까!"

이렇게 그 짧은 시간에 너도 한 마디 나도 한 마디 떠들썩하게 말을 쏟아내지 뭡니까. 그러나 양민공만은 느긋한 모습으로 대수롭지 않게 여기면서 말하는 것이었습니다.

"자네들이 아무리 이러쿵저러쿵 해 봤자 다 쓸모 없는 소리일 뿐이야. 며칠 지나면 알아서 집으로 온다니까!"

송대 화가 소한신(蘇漢臣)의 『화랑도축(貨郎圖軸)』에서 아이들이 들고 노는 마합라(동그라미)와 확대한 모습(우)

그러자 부인이 말했습니다.

"인형[38] 같이 귀여운 아이인데 … 어떻게 잃어버리고도 관심조차 없이

---

38 인형[魔合羅] : 어린 아이 모양을 한 조각 인형. 마합라(摩合羅) 또는 마후라(摩侯羅)는 산스크리트어인 마하칼라(mahākāla)를 음역한 것으로, 원래는 불경에 나오는 뱀의 신을 뜻한다. 『세시기사(歲時紀事)』 등의 기록에 따르면, 송·원대에 주로 음력 7월 7일 밤에 진흙이나 나무·상아·옥·밀랍 등의 재료를 써서 어린 아이 모양의 인형을 빚어 옷을

그런 한가한 소리나 할 수 있어요!"

"나한테 맡겨 놓구려. 원래대로 아이를 돌려 줄 테니까 성급해 하지 마
시오."

그러나 부인의 입장에서야 어디 마음을 놓을 수가 있겠습니까? 하인
들, 유모들조차 양민공의 이야기를 들으려 하지 않는 것이었습니다. 그
래서 부인이 알아서 하인들에게 분부해서 여기저기 찾아보게 한 것은 말
할 것도 없습니다.

다시 이야기를 들려 드리도록 하겠습니다. 그날 밤 남해가 왕길의 어
깨에 무등을 타고 있을 때였습니다. 마침 인파가 밀리고 떠들썩할 때 갑
자기 누가 왕길 곁으로 다가오더니 슬쩍 손을 뻗어 채어 가서 원래대로
똑같이 무등을 태웠습니다. 남해도 구경을 하느라 정신이 팔려 있는 참
이어서 조금도 눈치채지 못하고 있었지요. 그런데 가만 보니 그 사람이
남해를 뒤에 지자마자 인파들 속에서 허우적거리며 비집고 들어가는 것
이 아닙니까. 남해가 그제서야

"왕길아, 어째서 이렇게 우악스럽게 걷는 거야!"

입힌 후 칠석(七夕)에 제단에 올렸다고 한다. 나중에는 일종의 장난감으로 전용되어, 그
것을 갖고 놀면 부녀자들이 아이를 낳을 수 있다고 믿었다고 한다.

하고 고함을 지르면서 자세히 보았더니 왕길은 무슨 왕길입니까? 옷이니 모자니 옷차림이 전부 딴 판이었습니다. 남해는 나이가 어렸지만 머리는 아주 총명해서 못된 자가 인파로 북적거리는 틈을 타서 자신을 유괴하는 것임을 금방 눈치챘습니다. 그래서 소리를 지르려고 좌우를 둘러보았지만 아는 사람이 하나도 없지 뭡니까. 그러자 그는 속으로 생각했지요.

"내 머리에 쓴 진주 모자를 탐낸 것이 분명해. 만약 이 자한테 유괴되면 사람들이 나를 찾기가 어려울 거야. (…) 내가 모자만 감추면 이 몸은 건드릴 리가 없지!"

결국 손으로 머리에서 모자를 벗어서 소매 속에 감추고 말도 하지 않고 당황하지도 않은 채 그 자가 무등을 태우고 가는 대로 내맡기는 것이었습니다. 마치 전혀 눈치도 못한 것처럼 말이지요. 그렇게 동화문[39]에 다다랐을 즈음이었습니다. 가마 너댓 대가 꼬리를 이어서 다가오는 광경이 보이자, 남해는 속으로 생각했지요.

'가마 안에는 벼슬아치나 귀인이 타고 있는 것이 분명해. 지금 소리 질러서 구해 달라고 부탁하지 않고 언제까지 기다리겠나?'

---

39 동화문(東華門) : 북송대에 황제가 기거하는 대궐의 동쪽 대문 이름.

남해는 가마가 좀 가까이 다가오는 것을 보고 선을 뻗어 가마의 가리 개를 붙잡더니 큰 소리를 질렀습니다.

"도둑이야 도둑! 사람 살려요 사람!"

남해를 업고 있던 그 도둑은 뜻밖의 사태가 벌어져 갑자기 등에서 이렇게 소리를 지르자 깜짝 놀라고 말았습니다. 그래서 남들한테 붙잡힐까 봐서 허둥지둥 남해를 등에서 끌어 내리고 재빨리 달아나서 인파 속에 자취를 감추는 것이었지요. 그러자 가마를 탄 사람은 가마 안에서 아이가 부르는 소리를 듣고 발을 걷고 보았더니 검은 머리에 뽀얀 얼굴의 인형 같은 어린 아이이지 뭡니까. 그는 속으로 호감이 생겨서 가마를 세우고 그를 안더니 물었습니다.

"너는 어디서 왔느냐?"

그러자 남해가 말했지요.

"도둑이 유괴해 왔어요!"

"도둑이 어디 있는데?"

"방금 소리를 지르니까 인파 속으로 사라졌어요."

그러자 가마를 탄 사람은 남해가 똑똑하게 말하는 것을 보더니 머리를 쓰다듬으면서 말했습니다.

"귀여운 녀석, … 당황할 것 없다! 일단 나를 따라 다서 방법을 강구하자꾸나!"

그리고는 두 손으로 안아서 무릎 위에 놓았습니다. 가마는 곧바로 동화문으로 들어가서 곧장 대궐 안까지 직행하는 것이었지요.

가마 안의 사람이 어떤 이인지 아십니까? 알고 보니 대궐을 드나들 정도로 품계가 높고 황제를 가까이에서 모시는 중대인[40]이었지 뭡니까! 그는 황제가 문루에 행차하여 등불 구경을 마치자 먼저 일반 중귀中貴[41] 녀댓 사람과 함께 대궐로 들어가서 연회를 준비하려던 참이었습니다. 그런데 뜻밖에도 소리를 지르는 남해와 마주치자 가마 안에 태워 안고 대내까지 들어간 것이었습니다. 중대인은 시종들에게 분부하여 남해를 데리고 자신이 당직을 서는 방으로 가서 과자를 먹이고 이불로 몸을 따뜻하게 해 주었습니다. 그리고 남해를 놀라게 만들까 봐서 조심하라고 부하

40 중대인(中大人) : 중국 고대에 나이가 많고 권세를 가진 궁녀들을 높여 부르던 호칭. 나중에는 환관을 높여 부르는 데에도 사용되었다. 송대의 악가(岳珂)가 지은 『정사(桯史)』「남해탈모(南陔脫帽)」의 "열흘을 있었더니 대궐에서 송아지 수레가 나와 집으로 와서 중대인이 어명을 알리는 것이었다[居旬日, 內出犢車至第, 有中大人下宣旨]"에 언급된 '중대인'도 환관을 가리킨다.
41 중귀(中貴) : 중국 고대에 황제의 총애를 받는 조정 중신 또는 대궐의 환관을 높여 부르던 호칭.

들에게 신신당부했지요.[42] 내감[43]들 심성이란 것이 어린 것을 좋아하다 보니 자연히 그렇게 한 것이었습니다.

이튿날 아침, 중대인 너덧 명은 곧바로 신종이 계신 어전으로 가서 머리를 조아리며 무릎을 꿇고 말했습니다.

"만세萬歲[44] 마마께 아뢰나이다. 소인들이 간밤에 마마를 모시고 등불 구경을 하고 돌아오다가 동화문 밖에서 웬 길을 잃은 아이를 발견해 대궐 안으로 데리고 들어왔나이다. 이는 만세 마마께옵서 황자를 얻으실 징조인 바 소인들은 기쁨을 억누를 길이 없나이다! 아직 뉘집 아이인지 알지 못하여 미처 어명을 요청하지 못하여 함부로 처신할 수 없기에 특별히 이에아뢰는 바이옵니다!"

신종은 이때 태자를 얻지 않은 참이어서 아들을 얻는 데에 마음이 급할 때였습니다. 그런데 웬 아이를 발견했다는 이야기를 듣고 나니 득남의 상서로운 징조로 여겨 몹시 반가워하면서 서둘러 불러 들여 보이게 했습니다.[45] 중대부는 어명을 받들어서 서둘러 당직실로 들어가 남해를

---

42 **【즉공관 미비】** 太監心性. 태감의 심성을 보여 주는군.
43 내감(內監) : 중국 고대에 환관(宦官)들을 두루 일컫던 이름. 당대에는 내시감(內侍監)을, 명대에는 내관감(內官監)을 설치했는데 둘 다 주로 거세된 환관들로 충당되었다. 환관은 때로는 '태감(太監)'이라는 존칭으로 불리기도 하였다.
44 만세(萬歲) : 중국 중·근세에 황제에 대한 또다른 호칭. 중국에서는 신하들이 황제의 만수무강을 축원하는 뜻에서 황제를 '만세'로 부르기도 하였다.
45 **【즉공관 미비】** 皇帝心性. 황제의 심성을 보여 주는 게지.

안더니 미리 남해를 보고
말했습니다.

북송 신종 초상

"어명을 내리셨으니 이
제 마마를 뵈러 가야겠다.
놀라거나 무서워해서는 안
되느니라?"

남해는 '마마를 뵙는다'
는 말을 듣자 황제를 만난
다는 것을 눈치챘지요. 그
래서 당황하지도 서두르지
도 않고 소매 속에서 구슬

모자를 꺼내더니 간밤처럼 지니고 중대인을 따라서 그 길로 신종황제를
알현하러 왔습니다. 남해는 아이여서 만세 삼창[46]을 한다든지 하는 예절
을 배운 적은 없었습니다. 그런데도 두 손을 모으고 다리를 굽힌 채 한번
두 번 절을 하고 머리를 조아리지 뭡니까. 신종은 하도 기뻐 발을 동동
구르고 반가워 하면서 입을 열어 물었습니다.

---

46 만세 삼창[山呼] : 한나라 무제(武帝)가 원봉(元封) 원년(BC110) 봄에 숭산(嵩山)에 올
    랐을 때 아전과 병졸들이 '만세'를 외치면서 환호하는 소리를 세 번 들었다고 한다. 이때
    부터 중국에서는 신하들이 황제의 만수무강을 축원하는 뜻에서 머리를 조아리며 세 번
    '만세'를 외치곤 했는데, 이를 '산호(山呼)'라고 불렀다. 때로는 이 같은 환호를 외친 장소
    가 숭산임을 감안하여 '숭호(嵩呼)'라고 부르기도 하였다. 여기서는 편의상 "만세 삼창"
    으로 번역하였다.

"꼬마야, 너는 뉘집 아들인고? 네 성씨가 무엇인지는 알겠느냐?"

그러자 남해는 황공해 하면서 일어나 대답했습니다.

"저는 성이 왕으로, 바로 신하 소의 막둥이입니다!"

신종은 남해가 이야기를 하는데 목소리도 맑고 낭랑한 데다가 말씨도 점잖은 것을 보고 상당히 놀라고 신기하게 여겼습니다. 그래서 또 물었지요.

"너는 어째서 이곳까지 왔는고?"

그러자 남해는 이렇게 말하는 것이었습니다.

"간밤 원소절에 온 집안 식구들이 등불 구경을 하게 되어서 용안을 뵈옵는데 떠들썩하고 어지러운 인파 속에서 도둑이 몰래 저를 등에 업고 달아났지요. 그런데 뜻하지 않게도 내관의 행렬이 보이기에 염치 불구하고 구해 달라고 소리를 지를 수밖에 없었나이다. 그러자 도둑은 도망치고 신은 중귀대인을 따라서 함께 이곳까지 오게 되었나이다. 이렇게 용안을 뵙게 되었으니 참으로 천만의 다행이옵니다!"

그러자 신종이 말했지요.

아이 형상으로 만들어진 송대의 자기 베개

"너는 올해 몇 살인고?"

"신은 다섯 살이 되었나이다."

"어린 나이에 이렇게 응대를 잘하다니 왕소에게 믿음직한 아들이 있
는 셈이로구나! (…) 간밤에 너를 잃어 버렸으니 온 집안 식구들이 얼마
나 놀랐을지 모르겠구나. 짐이 이제 당장 너희 아비에게 돌려 보내 주도
록 하마. 다만…, 어떤 도둑인지 찾아내지 못한 것이 유감이로구나!"

그러자 남해는 이렇게 대답했습니다.

"폐하께옵서 그 도둑을 찾고자 하신다면 전혀 어렵지 않나이다."

그래서 신종이 놀랍기도 하고 기쁘기도 해서 말했지요.

"너에게 도둑을 잡을 수 있는 방법이라도 있는고?"

"신은 도둑에게 업혀 갈 때 이미 집안 하인이 아님을 눈치챘습니다. 그래서 바로 머리에 썼던 구슬 모자를 벗어서 잘 숨겼지요. 그 구슬 모자 꼭지에는 신의 어미가 수를 놓는 바늘로 색실을 그 위에 끼워 꽂은 것으로 상서롭지 못한 기운을 쫓기 위한 것이었습니다. 신은 그때 그 자의 등 위에서 도둑을 기억할 방법이 없다고 생각해서 모자를 벗을 때 바늘의 실을 끌러서 몰래 그 자의 옷깃 재봉선 쪽으로 바늘을 옷 안에 끼워서 은밀한 표식으로 삼았습니다. 지금 폐하께옵서 명령을 내리시어 은밀히 조사하게 하시고, 만약 옷깃에 그런 바늘과 실이 있다면 그 자가 바로 간밤의 도둑일 것입니다! 그러니 무엇이 어렵겠나이까?"

그러자 신종은 깜짝 놀라면서 말했습니다.

"신기하구나 이 아이는! 어린 나이에 이토록 식견이 대단하다니! (…) 짐이 도둑을 잡지 못한다면 아이만도 못한 꼴이 되겠구나! 짐이 그 도둑을 잡아 처벌하고 나서 너를 귀가시켜 주겠느니라!"

황제는 이어서 측근 내시를 보고 칭찬하면서 말했습니다.

"이렇게 기이한 아이를 대궐 나인들에게 인사를 시키지 않으면 안 되지!"

그리고는 어명을 내려 서둘러 흠성황후[47]에게 대전으로 들게 했습니다.

대궐에서 시중을 드는 나인은 어명을 받들어 후궁으로 가서 흠성황후가 입궐하라는 어명을 전했습니다. 만세 삼창이 끝나자 신종은 흠성황후를 보고 말하는 것이었지요.

"궁 밖에 훌륭한 아들이 있으니 … 경은 잠시 궁 안에 머물면서 짐 대신 이 아이를 며칠만 돌보도록 하시오 아들을 얻게 될 징조이니!"

흠성은 비록 어명을 받들고 황은에 감사했으나 무슨 영문인지 알지 못하여 속으로 망설이면서 결정을 내리지 못하는 것이었습니다. 그러자 신종이 말했습니다.

"상세한 내막을 알자면 이 아이를 데리고 궁 안으로 가서 물어 보도록 하시오. 이 아이가 알아서 분명히 이야기해 줄 것이니!"

흠성은 어명을 받들어 남해를 데리고 후궁으로 돌아갔습니다.

---

[47] 흠성황후(欽聖皇后, 1047~1102) : 북송 황제 신종의 황후. 정식 칭호는 '흠성헌숙황후(欽聖憲肅皇后)'이다. 원래 성은 향(向)으로, 명재상인 향민중(向敏中, 949~1020)의 증손녀이다.

신종은 한편으로는 밀지(密旨)를 써서 중대인을 파견해 개봉부로 가져가서 불문곡직 하고 처음부터 다시 대윤[48]에게 분부하고 기한을 정해 도둑을 체포해 보고하게 했습니다. 개봉부의 대윤이 밀지를 받았으니 예사롭지 않은 사건을 어떻게 감히 조금인들 지체할 수가 있겠습니까? 즉시 당일의 집포사신[49]이던 하(何) 관찰[50]을 불러 분부를 하는 것이었지요.

흠성황후 초상

"오늘 밀지를 받들었으니 자네는 사흘 내에 원소절 밤에 못된 짓을 벌일 패거리를 붙잡도록 하게!"

---

48 대윤(大尹) : 중국 고대의 관직명. 원래는 춘추전국시대 송나라의 관직명이었으나 명대에 태수(太守)에 대한 다른 호칭으로 사용되기도 하였다.

49 집포사신(緝捕使臣) : 송대에 죄인 체포 등의 업무를 전담한 하급 무관. 각 주(州)·군(郡)마다 몇 명씩 인원을 배치하였다.

50 관찰(觀察) : 중국 당·송대의 비상설 관직으로 각 도(道, 방면)의 민정을 살피기 위하여 파견하던 관찰사(觀察使)를 줄여서 일컫던 이름. 명·청대에 '관찰'로 일컬어졌다.

그러자 관찰은 이렇게 고했습니다.

"도둑도 없고 증거도 없는데 어떻게 체포하란 말씀이십니까?"

대윤은 하관찰을 위로 불러올리더니 귀에 대고 가만히 중대인이 전달한 바늘과 실을 암호로 하라는 이야기를 자세히 일러 주었습니다.

"그렇다면 사흘 안에 이번 임무를 마무리할 수 있다고 장담합니다! 다만 … 소문을 내서는 안 되겠군요!"

하관찰이 이렇게 말하자 대윤이 말했습니다.

"자네는 이 일을 잘 해결하도록 하게. 이번에는 어명을 받든 일이야! (…) 다른 도둑들과는 다르니 각별히 조심하도록 하게!"

관찰은 대답을 하고 나와서 사신 당직실로 갔습니다. 그리고는 눈썰미 좋고 손이 재빠른 포졸 한 무리를 전부 소집해서 상의했지요.

"원소절 밤에 흥청거리는 틈을 타서 못된 짓을 벌이는 놈들이야 한둘이 아닙니다. 아이를 잃어버리는 집도 한둘이 아니고요. 뜻밖에도 이 집의 아이를 채어 가지 못한다 하더라도 다른 집에서 목적을 이루는 경우도 많답니다. (…) 사건이 생긴 날이 얼마 되지 않았으니까 그 놈들 보나

마나 화류계나 요릿집에서 느긋하게 즐기느라 아직 헤어지지 않았을 것이 뻔합니다! 이름이나 지역은 모르더라도 이 암호가 있으니 무슨 걱정이 있겠습니까? 행방을 감추었다고 해도 얼마든지 찾아낼 수가 있지요! 우리 포졸 몇십 명이 패를 나누어서 수소문해 보면 저절로 행방을 알 수 있을 겝니다."

관찰은 그 자리에서 장삼張三은 동쪽으로 보내고 이사李四는 서쪽으로 보내는 등, 각자 방향을 확인하고 나서 찻집이며 술집 등, 사람들이 많이 모이면서도 낯설고 수상한 곳들이 보이기만 하면 주의 깊게 밀착해서 주시하기로 하고 각자 그 자리를 떠났지요.

알고 보니 그날 밤 그 도둑은 '조아수雕兒手'라고 불리는 이름난 도둑이었습니다. 한 패가 열 명 정도 되는데, 사람들이 북적거리는 틈을 타서 인파들 속에서 본분에 맞지 않는 짓을 일삼는 것이 전문이었지요. 이 일을 증명하는 시가 있습니다.

컴컴한 밤에 남 손에 있는 물건 탐나면	昏夜貪他唾手財,
그저 손 빠르고 눈썰미가 좋아야 한단다.	全憑手快眼兒乖.
세상사람들아 마구 행동한다 비웃지 마소.	世人莫笑胡行事,
남들에게 애걸하는 것보다 더 딱하다오.[51]	譬似求人更可哀.

---

[51] 【즉공관 미비】 今之求富貴利達者思之. 오늘날 부귀와 영달을 추구하는 이들은 이 점을 고려해야지.

그 도둑은 당시 왕 씨댁 대문 앞에서 동정을 엿보다가 막내 아내가 가지런히 차려 입고 업혀 나오는 광경을 보자마자 절로 마음이 동해서 길에서 그를 미행하면서 조금도 벗어나지 않았던 것이었지요. 그러다가 선덕문 문루 아래에 이르렀을 때 인파가 밀리고 북적거리는 곳에서 빈 틈이 보이자마자 두 손을 뻗어 남해를 업고 냅다 도망쳤던 것입니다. 그런데 상대가 어린 아이라고 얕보고 '설사 눈치를 채더라도 놀라 겁을 집어먹거나 울고 보채는 정도일 테니 방해 될 일이 없다'고 여기고 염두에 두지 않았던 것입니다. 그런데 뜻밖에도 벼슬아치 가마 곁을 지날 때 '도둑이야!' 하고 고함을 지르는 바람에 순간적으로 당황한 나머지 이해득실을 따져보고 남해를 내려놓고 내뺐던 거지요. 아 그런데 등에 업혀 있을 때 몰래 남해의 꾀에 넘어가서 확인할 수 있는 암호를 남기게 될 줄은 몰랐던 것입니다. 그것은 귀신조차 생각하지 못한 일이었지요.

나중에 그 자리에서 도망쳐서 한 패거리를 만나 다 함께 모였을 때 각자 훔친 물건을 꺼내는데, 비녀·금은보화·진주·옥 하며 담비 귀마개에 여우꼬리 목도리 같은 것까지 없는 것이 없지 뭡니까. 그런데 유독 그 도둑만 반 손이었습니다. 그 도둑이 그 까닭을 해명하자 다른 도둑들이 말했습니다.

"진주 달린 모자만 낚아채 오지 그랬나!"

그러자 그 도둑이 말하는 것이었지요.

"그 아이 몸의 옷에는 온통 보배로운 진주를 단추로 박아 넣고 손과 발에는 다 팔찌 발찌를 하고 있더군. 너댓 살 배기 꼬맹이 하나만 해도 어쨌든 돈 두 꿰미 값어치는 되는데 왜 그 녀석을 호락호락 포기하겠나?"[52]

"그래서 그 꼬맹이를 어쨌는데? 이거야말로 '욕심이 하도 많아서 씹지도 않고 꿀꺽 삼킨 격'[53]이 아닌가 말이야!"

다른 도둑들이 이렇게 말하자 그 도둑이 말했습니다.

"딱 내시 가마 옆을 지날 때 소리를 지르지 뭔가! 수행하는 시종들이 범·이리와도 같은 데다가 하도 많은 사람들이 거기에 있어서 이 몸이 붙잡히지 않은 것만 해도 천만다행인 셈인데 거기다 재물까지 바란다고?"

"정말 대단하군 그래! 이제 다행히 무사하니 형제들! 일단 공평하게 돈을 내서[54] 술이나 먹고 기분이나 풀러 가세!"

---

52 【즉공관 미비】貪賊. 탐욕스러운 도적 같으니.

53 욕심이 하도 많아서 씹지도 않고 꿀꺽 삼킨 격[貪多嚼不爛] : 명대의 유행어. 글자 그대로 직역하면 '욕심이 많아서 충분히 씹지 않다' 정도로 번역된다. 음식이란 꼭꼭 씹어 잘 찢은 다음에 목으로 넘겨야 소화가 잘 되는데 식탐이 하도 많다 보니 음식을 제대로 씹어 찢기도 전에 바로 삼켜 버린다는 뜻이다.

54 공평하게 돈을 내서[打平夥] : '타평과(打平夥)'는 명·청대의 유행어로, 여러 사람이 각자 같은 액수로 공평하게 돈을 내고 그 돈을 모 음식이나 술을 사 먹는 것을 가리킨다. 지금의 더치페이(Dutch pay)에 해당한다. 청대의 연혁지『한단현지(邯鄲縣志)』「방언 (方言)」에서는 "돈을 갹출해서 술을 마시는 것을 '타평화'라고 한다(醵錢飲酒曰打平火)" 나 광서(光緖) 7년(1881)의 연혁지『의양현지(宜陽縣志)』「방언」에서는 "사람들이 모여 마시고 먹을 때에 한 사람이 돈을 내는 것을 '후', 사람들이 공평하게 돈을 내는 것을 '타

이리하여 하루에 한 사람씩 물주가 되어 으슥한 술집만 골라 가면서 가서 실컷 술을 마시는 것이었습니다.

이 날은 마침 옥진원玉津院 옆 어떤 술집에서 왁짜지껄 소리를 지르면서 실컷 마시고 있었습니다. 그런데 이운李雲이라는 포졸 하나가 무심코 그 밖을 지나가는데 획권을 놓고 주사위 노름[55]을 하는 소리가 들리는 것이 아닙니까. 그는 생각이 깊은 사람이었습니다. 그래서 즉시 가던 길을 되돌아서 그 집 문을 들어와 보았지요. 아 그런데 이 자들의 행동거지며 분위기를 살피다 보니 속으로 뭔가 짚이는 것이 있지 뭡니까. 그래서 걸어가서 어떤 일인용 좌석에 앉더니 외쳤습니다.

"먹을 술 하고 밥 좀 주시오!"

평화'라고 한다[衆人聚飮食 一人出錢謂候, 衆人對錢謂打平和]"고 하였다. 또, 민국(民國) 16년(1927)의 연혁지『통화현지(通化縣志)』「인민풍속(人民風俗)」에서는 "'타평과'란 돈을 공평하게 내서 먹거리를 사는 것을 말한다[打平夥, 均錢購食]"라고 하였다. 구어를 발음을 따서 한자로 표기한 경우여서 지역에 따라서는 때로는 '타병과(打平夥 · 打瓶夥)' 나 '타평화(打平伙 · 打平火 · 打平和)'나 '타병화(打拼伙)'나 '타품호(打品壺)' 등으로 다르게 적기도 하였다.『이각 박안경기』제39권에도 같은 표현이 보인다. 명대의 의화본소설집인『고금소설(古今小說)』「월명화상도류취(月明和尙度柳翠)」의 "그대는 유 부윤과 반씩 부담해서 자기 밑천을 받아 돌아가야 합니다[你與柳府尹打了平火, 該收拾自己本錢回去了]"에서 보듯이, 때로는 양쪽 모두 손해를 보지 않는 것을 뜻하는 말로 사용되기도 했다.

55 주사위 노름 하는 소리[呼紅喝六] : '호홍갈륙(呼紅喝六)'은 노름판에서 주사위를 던질 때에 "웃 나와라" 식으로 외치는 소리를 말한다. 중국의 전통적인 주사위 노름에서 '요 (소, 1)'는 지는 패이고 '륙(六, 6)'은 이기는 패여서 일반적으로 상대방이 던질 때에는 '요[나와라]'를 외치고 자신이 던질 때에는 '육[나와라]' 하고 외쳤다. '요'의 경우 주사위에 약간 크고 빨간 점을 찍어 놓았기 때문에 빨갛다는 뜻에서 '홍(紅)'으로 부르기도 하였다.

점원이 술잔과 젓가락을 잘 놓고 그 자리를 떠나자 그는 벌떡 일어나 뒷짐을 지더니 천천히 왔다갔다 하면서 곁눈질로 그들을 한 사람 한 사람 살폈지요. 그런데 그 속에 정말 옷깃에 한 치 정도 길이의 짧은 색실 실밥이 걸려 있는 것이 아닙니까. 이운은 '이제 잡았다' 싶어서 술집 주인을 불렀습니다.

"일단 술 데우는 건 천천히 부탁합시다. 내 밖으로 가서 손님을 한 분 모셔서 같이 먹을 생각이니까!"

그리고는 서둘러 문 밖으로 나가더니 입으로 호각을 불자마자 칠팔명 이나 되는 포졸이 몰려들더니 묻는 것이었습니다.

"이형, 무슨 동정이라도 있소?"

그러자 이운은 손가락으로 술집 안을 가리키면서 말했습니다.

"지금 저 안에 있네. 벌써 똑똑히 확인했지! 우리 몇이서 여기를 지키고 있고 한 사람을 보내서 열 명 정도의 동료들을 새로 부른 다음에 다같이 손을 쓰자구!"

그러자 그 중에서 걸음이 빠른 포졸 하나가 나는 것과도 같이 달려가서 새로 열 명 정도의 포졸들을 불러 오는 것이었습니다. 그리고는 다들 함성을 지르면서 술집 안으로 돌진하더니 외쳤습니다.

"어명을 받들어 원소절 밤에 도둑질을 벌인 일당을 체포하겠다! 주인은 협조하고 한 놈도 놓쳐서는 안될 것이다!"

'어명'이라는 소리를 들은 술집 주인은 사태가 심상치 않다는 것을 눈치채고 서둘러 점원이며 잡일꾼이며 젊은이들을 불러 모아서 연장을 들고 나와서 포졸들을 도왔습니다. 열 명 정도의 도둑들은 한 명도 도망치지 못한 채 전부 포승에 묶여 자빠지는 것이었지요. 그야말로

> 대낮에 양심을 저버리는 짓을 하지 않으면   日間不做虧心事,
> 한밤에 누가 대문 두드려도 놀라지 않는다.[56]   夜半敲門不喫驚.

보통은 도둑이 포졸을 발견하면 쥐가 고양이와 마주친 것처럼 그 모습만 봐도 금세 꼼짝도 못하는 법입니다. 또, 포졸이 도둑을 발견하면 선학이 뱀굴을 발견하는 것처럼 그 공기 냄새만 맡아도 바로 아는 법이지요. 그래서 이 두 부류의 사람들은 늘 은밀히 소통하면서 늘 고분고분하게 대해 주는 법인데 이렇게 쓰는 돈을 '타업전打業錢'이라고 부릅니다. 만약

---

[56] 대낮에 양심을 저버리는 짓을 하지 않으면~[日間不做虧心事, 夜半敲門不喫驚] : 송대 화본소설집인 『경본통속소설』「최녕의 억울한 죽음[錯斬崔寧]」에도 "'총각, 그냥 내빼면 안되지. 대낮에 양심에 꿀리는 짓을 하지 않았다면 한밤중에 누가 대문을 두드려도 놀라지 않는다'지 않던가? 따라간들 무슨 상관이 있겠어?[後生你去不得! 你日間不作虧心事, 半夜敲門不吃驚. 便去何妨]"식으로 같은 표현이 보인다.

도둑을 다 잡고 나서 별다른 중요한 공무가 없는 이상 이득이 좀 생기면 금세 방심하곤 하지요.[57] 그런데 이번에는 황제가 기한을 정하고 체포하라고 명령을 내린 도둑인지라 옷깃 위의 실밥을 통해 단서를 찾아내야 하니 어디 여유를 부릴 수가 있겠습니까? 그 자리에서 바로 포승으로 묶자마자 일단 그 도둑의 옷부터 벗겼습니다. 도둑들이 제 아무리 입으로는 강변을 해도 하나같이 온몸을 벌벌 떨면서 얼굴이 흙빛으로 변해 버렸답니다. 그렇게 몸을 한번 뒤졌더니 한결같이 이런저런 장물들이 튀어나오는 것이었지요. 포졸들은 그 길로 도둑들을 개봉부로 압송해 와서 대윤에게 보고했습니다.

재판정에 모습을 나타낸 대윤은 옷깃의 실밥이 진짜임을 확인하고 누명을 쓴 일이 없음을 분명히 확인하고 나서 큰소리로 형벌을 가해서 사실대로 실토하게 했지요. 옷을 벗기고 묶은 채로 모진 매질을 가하니 온갖 고초를 다 당하면서도 이 완고한 도둑들은 끝까지 자신들의 죄를 자백하지 않는 것이었습니다. 그러자 대윤은 당장 옷깃의 실밥을 들고 그 도둑에게 물었지요.

"네 몸에 어째서 이것이 있는 게냐!"

영문을 모르는 그 도둑은 되는 대로 얼버무렸습니다. 그러자 대윤이

---

57 【즉공관 미비】所以賊愈多也. 그래서 도적이 더욱 많아지는 게지.

웃으면서 말했습니다.

"이런 고약한 도둑이 꼬맹이한테 당했으니 어찌 하늘의 심판이 분명하다고 하지 않을 수 있겠는가! (…) 너는 원소절 밤에 내관의 가마 옆을 지날 때 구해 달라고 소리친 아이를 기억하느냐? 네 몸에 은밀한 증거가 있다. 그런데도 언제까지 잡아뗄 테냐!"

도둑은 그제서야 자기도 모르는 사이에 아이에게 당한 사실을 깨달았습니다. 그는 둘러댈 핑계가 없자 사실대로 자백할 수밖에 없었습니다. 알고 보니 오랜 세월 동안 인파로 흥청거리는 명절만 되면 사방으로 다니면서 도둑질을 하는가 하면, 평소에는 아이나 여자들 유괴해 팔거나 목숨을 해쳐서 그동안 지은 죄가 산처럼 많아서 일일이 셀 수조차 없었는데 운 좋게도 여태까지 들통 난 적이 없었던 것이었습니다. 그러나 금년 원소절 행사 뒤에 갑작스럽게 체포될 줄 누가 알았겠습니까 글쎄! 어린 아이의 꾀에 넘어가고 그 일을 들은 황제를 움직이는 바람에 이번에 체포되기에 이르렀던 것이지요. 하늘이 정한 운명에서 망할 때가 되었으니 죽음을 피할 수 없게 된 것이 아니겠습니까?

대윤은 그 도둑의 진술을 받아 공문을 작성했습니다. 대윤은 왕년에 발생한 원소절 진주희眞珠姬 사건의 경우 지금 체포령이 떨어졌으나 아직 진범이 체포되지 않은 그 사건이 생각났습니다.[58] 그건 또 무슨 일인지

---

58 【즉공관 미비】節外生枝. 또다른 문제가 생긴 게로군.

아십니까? 손님들, 일단 이쪽 이야기는 접어 두고 소생이 그 이야기를 들려 드리는 것부터 들어 보시지요.

　그 사건 역시 바로 선덕문에서 등불 놀이가 열리는 바람에 발생한 사건이었답니다. 왕후며 귀족·국척 댁의 여인들이 한결같이 휘장을 대문 밖 양쪽으로 드리우고 낮에 먼저 그곳에서 등불 구경을 할 시간을 기다렸습니다. 그때, 왕족인 종왕[59] 댁이 동쪽 끝에 있었습니다. 그런데 그 댁 '진주'라고 하는 따님이 조씨가 왕족이었기 때문에 사람들이 모두 그녀를 '진주족희眞珠族姬'라고 불렀답니다. 그녀는 나이가 열일곱 살로, 아직 남의 집에 출가하지 않은 상태였는데, 낯빛이 밝고 고우며 옷차림도 산뜻하고 아름다워서 사람들의 이목을 빼앗았습니다. 한편, 종왕의 부인 쪽 처제 집안은 서쪽 끝에 있었습니다. 그런데 그 이모는 외조카인 진주희가 휘장 안에서 등불을 구경하는 것을 알고 어린 여종을 시켜 초대하면서 이렇게 전하게 했습니다.

　"'만약 오겠다면 두교[60]를 보내서 맞이하겠다'고 하십니다."

　그 소리를 들은 진주희는 몹시 기뻐하면서 모친을 보고 말했지요.

59　종왕(宗王) : 송·원대에 황족들 중에서 왕으로 책봉된 사람을 높여 부르던 호칭. 원나라 조정 및 이후의 몽골지역 각 부족들의 수장에 대한 칭호로도 사용되었다. 『원사(元史)』「제왕표(諸王表)」에 따르면, 칭기스칸의 황금가계와 관련된 몽골 귀족 남자들 역시 '종왕'의 봉호를 부여받을 수 있었다고 한다.

60　두교(兜轎) : 중국에서 산에 오를 때에 타는 가마. 때로는 '두자(兜子)'로 불리기도 하였다.

"소녀 그렇지 않아도 이모님을 뵈려던 참입니다. 그런데 마침 이모님 께서 초대하셨으니 가 보는 것이 옳지요!"

부인 역시 흔쾌히 허락하고 어린 여종을 보내 먼저 보고를 하고 진주 희를 맞이할 가마가 오기만 기다렸습니다. 그런데 얼마 지나지 않았을 때였습니다. 가만 보니 두교 한 대가 서쪽으로부터 휘장 앞으로 오는 것 이 아닙니까. 진주희는 아무래도 아이이다 보니 얼른 이모한테 가서 놀 고 싶은 마음이 간절했습니다. 그래서 유모들을 시켜 맞이하러 온 가마 가 맞는지 묻게 하고 종복에게 분부해 뒤따르게 하고 자신은 그 사이를 못 참고 허둥지둥 먼저 가마에 올라 타 버리는 것이었습니다.[61] 그렇게 그 자리를 떠나고 좀 지나자 앞서 왔던 여종이 또 두교 한 대를 이끌고 왔지 뭡니까. 그런데 그 여종이 이렇게 말했습니다.

"속히 진주희를 만나기만 기다리고 계십니다. 어서 가마에 오르시지요."

여종이 이렇게 말하자 종왕부의 하인이 말했습니다.

"진주희는 방금 먼저 가마를 타고 갔는데? 어째서 또 맞이하러 왔대요?"

그래서 여종이 말했습니다.

---

61 【즉공관 미비】娃子性, 自貽伊戚. 아이 같이 굴다가 결국 불행을 자초하는군.

"저만 이 가마와 같이 왔을 뿐인데? 어디에 또 무슨 가마가 먼저 왔다는 겁니까?"

하인들은 뭔가 좀 이상하다는 것을 눈치채고 다들 부산해지기 시작했습니다. 그 소식을 들은 종왕이 사람을 시켜 서쪽으로 가 보게 했더니 절대로 그곳에는 없는 것이 확실했지요. 종왕은 허겁지겁 시종이며 종복들에게 분부해서 사방을 다 찾아보게 했지만 아무 행방도 찾을 길이 없었습니다. 종왕은 서둘러 문안을 작성해 개봉부에 진정을 넣었지요. 개봉부에서는 왕부와 관련된 사안임을 알고 지체할 엄두도 내지 못하고 집포사신들을 파견해 집집마다 행방을 조사하게 했습니다. 왕부에서는 왕부대로 자체적으로 상금을 걸어 관련 정보를 제보하는 사람에게는 이천 꿰미의 돈을 주겠다고 밝혔으나 끝까지 아무 소식도 없었던 것은 말할 필요도 없었습니다.

계속 이야기를 들려 드리도록 하겠습니다. 진주희는 가마를 타고 나서 가만 보니 가마꾼들이 네 다리의 보조를 맞추면서 날으듯이 달리는 것이었습니다. 진주희는 속으로 생각했지요.

'금방 닿을 거리인데 … 굳이 이렇게 서둘러 갈 필요가 있나?'

그래도 '가마꾼이 평소부터 그렇게 다닌 거겠거니' 싶어서 대수롭지 않게 여겼지요. 아 그런데 눈을 들어서 보니 갑자기 모퉁이를 도는데 평소 다니던 길이 아니지 뭡니까. 그리고는 차츰 좁은 골목 안으로 들어가고 가마꾼들은 걸음이 주춤주춤 하면서 갈수록 더 컴컴해지는 것이었습니다. 진주희가 속으로 좀 의심을 품는 순간이었습니다. 갑자기 가마가 멈추더니 가마꾼들이 전부 그 자리를 떠나 버리는 것이 아닙니까. 그런데 아무도 마중을 하지 않길래 하는 수 없이 스스로 발을 들어올리고 가마에서 나와서 시선을 집중해 쳐다 보다가 '이제 끝났구나' 하고 좌절하고 말았습니다. 알고 보니 오래된 사당인데, 옆으로는 열 명 넘는 귀졸鬼卒이 저마다 무기와 곤장을 들고 늘어서 있고 가운데에는 웬 신이 앉아 있는 것이 아닙니까. 그 신은 얼굴 크기가 한 자 남짓이나 되고 수염이 턱에 가득 나 있는데 눈빛은 횃불 같고 어깻죽지가 흔들거리는 것이 마치 살아 있는 것 같았습니다.[62] 당황한 진주희는 당연히 절을 할 수밖에 없었지요. 그러자 그 신이 입을 열고 큰소리로 말하는 것이었습니다.

"무서워하지 마라. 나는 너와 전생에 인연이 있었느니라. 그래서 신의 힘을 써서 너를 이곳까지 이끈 것이니라!"

진주희는 신이 말을 하는 것을 보고 더더욱 놀라고 무서워서 소리 놓아 울기 시작했지요. 그러자 옆의 귀졸 둘이 걸어와서 그녀를 부축하자 그 신이 말하는 것이었습니다.

---

62 【즉공관 미비】 □而可駭. □□하여 놀랄 만하다.

남송대 화가 공개(龔開, 1222~1307)가 그린 『중산출유도(中山出游圖)』 속의 귀신들

"어서 기분을 풀어 줄 술을 가지고 오거라!"

그러자 옆의 또다른 귀졸이 더운 술을 한 잔 따르더니 진주희의 입가로 들이대었습니다. 진주희는 거절하려고 하다가도 무서운 나머지 억지로 입으로 받아 마시는데 귀졸이 한꺼번에 다 쏟아 붓는 것이 아닙니까. 진주희는 하늘과 땅이 빙글빙글 도는가 싶더니 인사불성이 되어서 땅바닥에 쓰러지고 말았습니다. 그러자 신이 자리를 내려 와서 웃으면서 말하는 것이었지요.

"걸려들었구나!"

그제서야 옆의 귀졸들은 모두 모여들더니 신과 함께 복장을 벗고 가면을 벗는 것이었습니다. 알고 보니 그들은 전부 산 사람으로, 고약한 도둑 패거리가 변장을 하고 몽한약[63]을 진주희에게 먹인 것이었지 뭡니까! 그들이 진주희를 뒤로 매고 가니 뒤에서 웬 노파가 걸어 나오더니 그녀를 부축해 침상에 내려서 눕히는 것이었습니다. 그리고 도둑들은 그녀가 인사불성인 틈을 타서 차례로 겁탈을 하지 뭡니까![64] 불쌍하게도 금지옥엽 같이 고귀한 사람이 불한당들 손에 능욕을 당한 것입니다! 그들은 겁탈을 하고 나서 노파에게 잘 감시하도록 분부하고는[65] 각자 흩어져 그 자리를 떠나서 또 못된 짓들을 벌였답니다.

진주희는 날이 밝을 때까지 잠을 자고 이윽고 정신을 차렸습니다. 그런데 눈을 뜨고 보았지만 어디인지 알 수가 없는데 웬 노파가 옆에 앉아 있는 광경이 눈에 들어왔습니다. 진주희는 아래쪽이 몹시 아프길래 손으로 더듬어 보니 주위가 부어 있는 것이 아닙니까.[66] 사람 손을 탄 것이 분명한지라 노파에게 물었지요.

"여기는 어디길래 나를 이곳에 데려다 놓은 거예요?"

그러자 노파가 말하는 것이었습니다.

---

63 몽한약(蒙汗藥) : 중국 원·명대의 마취약의 일종. 술이나 음식에 타서 먹이면 의식을 잃었다고 한다. 주로 희곡·소설 등의 구어체 문학작품들에서 자주 등장한다.
64 【즉공관 미비】可恨. 괘씸하구나!
65 【즉공관 미비】婆子亦動情否. 노파 역시 마음이 흔들렸나?
66 【즉공관 미비】可憐. 딱하구나!

"간밤에 장정들이 아가씨를 데려 왔지 뭐야. (…) 애태울 것 없어. 좋은 데로 보내 준다고 약속하지!"

"나는 종왕부의 딸이다! 너희 고약한 것들이 어쩌자고 이런 못된 짓을 벌였단 말이냐!"

"이제는 왕부고 자시고 할 게 없는 신세야! 이 늙은것이 보아하니 네가 금지옥엽 왕가의 자손이라니 너에게 도둑질은 시키지 않겠군 그래!"

진주희는 그 노파가 하는 말의 영문을 알지 못하고 두 손으로 눈을 가린 채 내내 울기만 했습니다. 알고 보니 이 노파는 인신매매꾼[67]으로, 전문적으로 대갓집을 다니면서 일꾼으로 사람을 대어 주는 사람이었습니다. 그 도둑들이 사람을 납치하자마자 그 노파 집으로 와서 맡기고 며칠 정도 지내고 나면 물주가 와서 사 가곤 했지요. 이때 도둑들이 진주희를 남겨 놓자 노파는 좋은 말로 달래서 서로 익숙해졌답니다.

그렇게 두세 날이 지났을 때였습니다. 가만 보니 어느 날 웬 가마가 와서 태워 갔는데 듣자니 그녀를 벌써 성 밖의 어떤 부잣집에 첩으로 팔았다는 것이었지요.

---

67 인신매매꾼[牙婆] : 송대 이래로 부녀자를 납치하거나 유인해 기생이나 첩으로 팔아 이득을 챙기는 노파를 부르는 말로, 때로는 '아온(牙媪)·아수(牙嫂)' 등으로 불리기도 하였다.

그 집 주인은 혼사를 치르고 나서 첫 날 밤을 보낼 때 그녀가 처녀가 아니라는 것을 속으로 눈치챘지만 아름다운 모습을 보고 몹시 기뻐하면서 그것을 대수롭지 않게 여겼습니다. 하물며 그녀에게 내력을 묻는 일조차 언급한 적이 없었지요. 진주희는 진주희대로 속으로 수치심과 울분을 품고 있으면서도 자신에 관한 이야기를 섣불리 털어놓을 엄두를 내지 못했답니다. 그러나 그 집에는 첩이 하도 많다 보니 진주희가 주인의 총애를 독차지하자 다들 질투를 하면서[68] '그 년은 내력이 확실하지 않아. 아마도 집에 있을 때 간통을 저질렀다가 쫓겨난 종년일 테지' 하고 험담을 하기가 일쑤였습니다. 그렇게 날이면 날마다 주인 귓가에 대고 잔소리를 해대자 주인은 견디다 못해 우연히 그녀의 내력을 물었답니다. 그러자 진주희는 그동안 속에 담아 두었던 일들을 따져 보면서 큰소리로 울면서 자신의 내력을 털어 놓는 것이었습니다. 주인은 그제서야 종왕의 딸이 남에게 납치된 뒤 자신에게 팔려왔다는 것을 알았지요. 주인은 부인대로 과거에 상금을 걸고 사람을 찾는다는 방을 본 적이 있으므로 단단히 놀라고 말았습니다. 그는 일이 알려지면 자신까지 연루될까 겁이 나서 서둘러 사람을 시켜 당초에 중매를 섰던 그 인신매매꾼 노파를 찾았으나 이미 그 행방을 알 수 없게 되었지 뭡니까. 그러자 주인은 곰곰이 생각했습니다.

'그런 간교한 놈들은 지금은 무사할지 모르지만 언젠가는 진상이 드

---

68 【즉공관 미비】覷得此妬. 이 질투 덕분이군.

러날 것이 분명해! 추궁이라도 하면 … 지금 우리 집에 있으니 숨길 수도 없을 테니 엄청나게[69] 큰일이 아닌가! 더욱이 … 왕부의 여자라면 장난이 아니지! (…) 언젠가는 그녀의 행방을 찾을 날이 올 것이 분명하다! (…) 엉뚱한 놈들이 못된 짓을 벌이고 골칫거리를 여기다 버려 놓았으니 놈들 때문에 억울한 죽음을 당하게 생겼지 않은가?'[70]

그는 속으로 꾀를 하나 내어서 하인 둘을 시켜 집에서 낡은 대나무 가마를 매고 오게 해서 잘 꾸몄습니다. 그리고 나서 진주희를 불러낸 다음 주인이 고개를 숙이고 절을 하더니 말했습니다.

"그동안 멀쩡한 눈으로도 귀한 분을 알아보지 못하여 당돌한 경우를 많이 당하셨으니 귀한 분을 모욕한 셈입니다! 이 모든 것이 못된 놈들이 벌인 짓이지 소인은 전혀 몰랐습니다![71] 이제 몸값을 포기하고 귀하신 분을 그냥 왕부로 돌려보내 드리고자 합니다. 모쪼록 자비를 베푸시어[72]

---

69 엄청나게[天大的] : '천대(天大)'는 명대부터 사용된 표현으로, 글자 그대로 풀면 '하늘만큼 큰' 정도로 번역된다. 일반적으로 「天大+的+명사」의 구조로 사용되어 명사를 수식하는 관형어로 충당된다. 여기서는 편의상 '엄청나게'로 번역하였다.

70 골칫거리[愁布袋] : '수포대(愁布袋)'는 원·명대의 유행어로, 골치나 부담을 안겨 주는 애물단지를 가리키는 말이다. 여기서는 편의상 '골칫거리'로 번역하였다.

71 【즉공관 미비】主翁來得, 所以終得脫禍也. 주인이 나타나서 마침내 불행에서 벗어날 수 있게 되었군.

72 자비를 베푸시어[高擡貴手] : '고대귀수(高擡貴手)'는 원래 『이천격양집(伊川擊壤集)』「사저사승혜희이(謝寧寺丞惠希夷)」에 나오는 말로, 글자 그대로 직역하면 '선생의 손을 높이 들어 주십시오' 정도로 번역된다. 가로막고 있는 손을 높이 치켜들어 자신이 그 앞을 지나갈 수 있게 해 달라는 뜻으로, 상대방에게 용서를 빌거나 사정을 봐 줄 것을 부탁할 때 하는 말이다.

매사를 눈감아 주시고 소인을 연루시키지만 말아 주십시요!"

　진주희는 '자신을 집으로 돌려보내 준다'는 말을 듣노라니 마치 하늘에서 사면장을 받는 것[73] 같았습니다. 게다가 따지고 보면 주인으로부터 우대를 받았던 데다가 그가 정중하게 사과하는 것을 보니 정말 미안하게 여겨져서 이렇게 대답했습니다.

　"제 부모님을 뵙기만 한다면 절대로 당신의 이름은 입 밖에 내지 않도록 하겠습니다!"

　주인이 진주희에게 가마에 오르게 하자마자 두 하인은 그 가마를 매고 날으듯이 떠나는 바람에 진주희는 미처 작별인사 한 마디조차 남길 겨를이 없었습니다. 하인들은 서둘러 대여섯 리 길을 가는 것이었지요.
　황량한 들판까지 가마를 매고 갔을 때였습니다. 가마를 매었던 하인들이 가마를 내려놓자마자 달아나 한 줄기 연기처럼[74] 그 자리를 떠나 버리는 것이었습니다.[75] 진주희가 가마 안에서 머리를 내밀고 바깥을 보는데 가만 보니 쥐 죽은 듯 조용하고 아무도 없는 것이 아닙니까. 진주희는 가마에서 걸어나와 주변을 살폈지만 가마를 매고 왔던 사람들은 그림자도

73　하늘에서 사면장을 받는 것[一封九重恩赦] : 명대의 유행어. 속박에서 해방된다는 뜻이다.
74　한 줄기 연기[一道煙] : '일도연(一道煙)'은 근세의 구어식 표현으로, 행동이 아주 민첩한 것을 나타낸다. 『박안경기』 제17권의 "急急走去, 開了小門, 一道煙走了"에도 같은 표현이 보이는데, 때로는 '일류연(一溜煙)' 식으로 쓰기도 한다.
75　【즉공관 미비】脫得去, 謝神明. 이제야 마수에서 벗어났구나. 하늘님 감사합니다!

보이지 않았습니다. 그녀는 당황하면서 말했지요.

"내 이렇게 운명이 기구할 수가! (…) 어쩌자고 난데없이 이곳에다 나를 팽개쳤단 말인가! 만에 하나라도 또 못된 놈과 마주치기라도 한다면 어쩌면 좋아!"

진주희는 어쩔 줄을 몰라 하면서[76] 하는 수 없이 도로 가마 안으로 들어가 앉았습니다. 그리고는 소리 놓아 대성통곡 하고 마구 울부짖으면서 몸을 가마 안에서 계속 발버둥을 치는 바람에 머리가 다 흐트러질 정도였지 뭡니까.

이때가 바로 봄인 삼월[77]이었습니다. 그래서 늘상 교외에 답청[78]을 나오는 사람들이 있었지요. 그런데 누가 넓은 들판을 바라보는데 웬 대나무 가마에서 누가 대성통곡을 하고 있지 뭡니까. 그 사람들은 하도 이상해서 차츰 다가오는데 처음에는 한두 사람뿐이더니 나중에는 사람들이 키처럼 빙 둘러싸더니 묻고 따지기도 하고 자기들끼리 떠들어대기도 하

---

76 어쩔 줄을 몰라 하면서[沒做理會處]: '몰주리회처(沒做理會處)'는 당황해서 쩔쩔 매는 모습을 나타내는 명대의 구어식 표현이다. 풍몽룡의 화본소설집인 『유세명언』「임효자열성위신(任孝子烈性爲神)」의 "이튿날 아침 일찍 일어나 칼을 허리춤에 끼우고 어쩔 줄을 몰라 하는 것이었다(次日早起, 將刀揷在腰間, 沒做理會處)"에도 같은 표현이 보인다. 때로는 '몰주도리처(沒做道理處)·몰주내하처(沒做奈何處)·몰주사량처(沒做思量處)' 등으로 달리 사용되기도 하지만 그 의미는 대체로 동일하다.
77 봄 삼월[春三月]: 양력으로는 4월 말 5월 초 쯤 되는 셈이다.
78 답청(踏靑): 중국 고대의 풍속. 중국인들은 해마다 청명절(淸明節)이 되면 교외로 나가 묘역을 소제하거나 나들이를 하면서 공놀이·그네타기·연날리기 등의 놀이들을 즐기곤 하였다.

열셋째가 다섯 살에 황제를 알현하다

는 것이었습니다. 그러자 진주희는 당황한 나머지 하소연할 엄두가 나지 않아서 더더욱 한 마디도 제대로 말을 내뱉지 못했지요. 그런데 그 중에 물정을 잘 아는 웬 사람이 주위사람들에게 떠들지 말라고 손사래를 치고 나서 낭랑한 목소리로 물었습니다.

"아가씨는 … 어느 댁 식구요? 무슨 일로 혼자서 이렇게 가마에 앉아 있는 거요?"

진주희는 그제서야 눈물을 머금은 채로 이야기를 하기 시작했습니다.

"소녀는 왕부의 족희[79]인데 못된 놈들에게 납치되어 이곳까지 왔습니다. 누가 왕부에 알려 준다면 꼭 단단히 상을 내리겠습니다!"

당시 왕부에서 상금을 건 벽보를 붙이네 개봉부에서 방을 붙이네 한 것을 모르는 사람이 어디 있겠습니까? 진주희가 이야기를 하기가 무섭게 어느 사이에 공을 세우려는 이가 날기라도 하듯이 달려가서 제보를 했겠다? 그리고 얼마 지나고 나니 왕부에서 일하는 시종들이 그렇게 많이 가서 확인해 보니 정말 낡은 가마 안에 있는 것이 진주족희이지 뭡니까! 그들은 황급히 가마를 매고 오더니 그녀를 갈아 태워서 그 가마를 매고 왕부로 돌아왔답니다. 부모와 온 집안사람들은 머리가 흐트러져 있고

---

79 족희(族姬) : 문중의 여식. 여기서는 송나라 황실의 여식을 가리키는 말로 사용되었다.

온 얼굴에 눈물자국으로 얼룩덜룩한 그녀의 모습을 보더니 끌어안고 대성통곡 하는 것이었습니다. 진주희는 그럴수록 마구 날뛰면서 울고 부느라 몇 번이나 까무라쳤다 되살아났답니다.[80] 그렇게 실컷 울고 나서야 당초 실종되고 오늘 돌아오게 된 경위를 빠짐없이 자세하게 이야기하는 것이었지요. 그러자 종왕이 말했습니다.

"너를 끌고 간 놈이 어느 집인지 아느냐? 집집마다 조사를 해야겠다!"

진주희는 속으로 그 와중에도 그 주인을 지켜 줄 생각으로[81] 이렇게 대답했습니다.

"집은 알겠는데 … 이름은 모르고 지역도 모르겠군요. 더욱이 하도 멀리 와서 어디쯤인지 기억조차 나지 않습니다! 더욱이 그 집은 당초 상황을 모릅니다. 모두가 못된 놈들이 벌인 짓인 걸요!"

---

80 울고 부느라 몇 번이나 까무라쳤다 되살아났다[一佛出世, 二佛生天] : 명대의 유행어. '일불출세, 이불생천(一佛出世, 二佛生天)'은 글자 그대로 직역하면 '첫번째 부처가 인간 세상에 태어나고 두 번째 부처가 천당에 태어나다' 정도로 번역할 수 있다. 불교 경전에서는 부처가 1소겁(小劫, 약 1,700만 년)이 지나야 태어난다고 가르친다. 『성세항언(醒世恒言)』·『금운교전(金雲翹傳)』·『조세배(照世杯)』등, 명·청대의 의화본소설들에서는 오랜 시간을 거치거나 생사를 오가는 긴박한 상황을 묘사할 때에 주로 사용된다. 여기서도 형벌이 하도 가혹하여 의식을 잃었다 돌아왔다를 몇 번이나 거듭하는 상황을 가리킨다. 『박안경기』는 물론이고 『이각 박안경기』 제5권·제18권·제23권 등에도 같은 표현이 보인다. 이 밖에도 시내암의 『수호전』, 양신(楊愼)의 『입일사 탄사(卄一史彈詞)』, 풍몽룡의 『성세항언』, 등 명·청대 소설들에도 비슷한 표현이 많이 확인된다. 때로는 '일불출세, 이불열반(一佛出世, 二佛涅槃)', '일불출세, 구족승천(一佛出世, 九族升天)', '일불열반, 이불출세(一佛涅槃, 二佛出世)' 식으로 사용되기도 하였다.

81 【즉공관 미비】忠厚人. 성실하고 너그러운 사람이다.

종왕은 속으로 '집안의 허물은 남에게 알리면 안된다'[82]고 여겼습니다. 딸을 남에게 출가시키지 못할까 걱정이 되어서 말입니다! 하는 수 없이 꾹 참고 티를 내지 않으면서 철저하게 조사하되, 그저 은밀히 개봉부에 부탁해 신중하게 도둑의 정체를 수소문하게 할 수밖에 없었지요.

그로부터 한 해가 지났을 때 또 원소절 밤에 왕 씨댁에서 그런 사건이 생긴 것이었습니다.[83] 이때 대윤은 왕 씨댁에 못된 짓을 벌인 도둑들을 체포하고 나서 왕부의 일을 떠올리고 그 도둑들을 끌고 와서 물어 보았지요. 그랬더니 정말로 바로 그 패거리들이지 뭡니까! 대윤은 이를 갈면서 탁자를 치고 욕을 퍼부었습니다.

"이 악독한 연놈들! 죽어 마땅하구나!"

그리고는 형리들에게 온 힘을 다해서 곤장을 치라고 호령하여 범인들이 저마다 예순 대씩 곤장을 쳤습니다. 그리고나서 사형수 감옥에 가두고 나서 황제에게 상소를 올려 현명한 처분을 내려 줄 것을 요청했지요. 그 상소문의 내용은 대체로 다음과 같았습니다.

---

82 집안의 허물은 남에게 알리면 안된다[家醜不可外揚] : 중국 근세의 유행어. 집안의 불미스러운 일은 남들에게 함부로 알려서는 안된다는 뜻이다. 송대 석보제(釋普濟)의 불교어록집인 『오등회원(五燈會元)』에는 "집안의 허물은 밖에 알리지 않는다(家醜不外揚)"로 사용되었다. 『경세통언(警世通言)』·『성세항언(醒世恒言)』이나 『박안경기』 제12권 등, 주로 명대의 구어체 소설·희곡 작품들에도 같은 표현이 보인다.

83 【즉공관 미비】移花換木, 暗渡陳倉. 남들 눈을 속이고 양동작전을 펼치는군.
천진고적판(제487쪽)에는 '바꿀 환(換)'이 '이을 접(接)'으로 나와 있다.

"도적들이 원소절에 벌인 짓은 도둑질에 지나지 않으나 상습적으로 죄를 저지르니 모두 잡아 들여 응징함이 옳다. 이 올빼미 표범 같은 무리를 어찌 천자께서 계신 도성에 내버려 둘 수가 있겠는가? 마땅히 모두 도륙함으로써 도성을 안정시킴이 옳다!"

상소문을 본 신종 황제는 개봉부에서 도둑들을 모두 체포한 것을 깨닫고 웃으면서 말했습니다.

"정말 그 꼬맹이가 예상한 대로구나!"

황제는 몹시 기뻐하면서 상소문에서 요청한 바를 윤허하고 해당 관원으로 하여금 즉시 처리하게 했답니다. 이어서 개봉부에 도둑들이 자백한 내용을 한 통 적어서 보여 줄 것을 명령했습니다. 개봉부에서는 어명에 따라서 도둑들을 참수형에 처하고 나서 한편으로는 상소문을 작성해 다시 도둑들의 그간의 죄상과 자백 내용을 상세하게 기술했지요. 신종은 그 상소문을 받자마자 자백서를 용포 소매 속에 넣더니 웃는 얼굴로 대궐로 돌아가는 것이었습니다.

계속 이야기를 들려 드리도록 하겠습니다. 정궁正宮인 흠성황후欽聖皇后는 그날 직접 어명을 받아 보니 궁 밖의 아이를 기르도록 내린다는 내용이길래 아들을 얻을 징조로 여기고 그 자리에서 황은에 감사한 뒤 남해를 데리고 후궁으로 왔습니다. 그리고는 남해에게 그 내력을 상세하게 물어 보았지요. 그랬더니 그 어린 아이는 대답이 청산유수 같고 말씨도 또랑또랑하지 뭡니까. 남해는 황제의 어전에서도 그랬듯이, 낯선 사람들도 두려워하지 않고 마치 자기 집에 있는 것과 매 한 가지로 장난을 치고 웃는 것이었습니다. 흐뭇해진 흠성황후는 마음을 열고 남해를 데려다 무릎 위에 앉히고 '보배'니 '예쁜 녀석'이니 하면서 쉬지 않고 불러 대었습니다. 그러다가 궁녀들에게 명령해서 화장 상자를 가져오게 해서 머리를 빗기고 얼굴을 고쳐 주는가 하면 연지를 개어서 이마에 찍어주기도 하는 등, 더더욱 가지런하게 꾸며 주었답니다. 온 후궁의 비빈들은 흠성황후가 정전에서 웬 아이를 하사받았다는 소식을 듣고 다들 후궁으로 몰려들었습니다. 황후마마에게 축하 인사도 하고 아이도 구경할 겸 해서 말이지요. 아마 어린아이가 대궐에는 있은 적이 없었기 때문에 정말 희한하게 여겼던가 봅니다.[84] 그리고 막상 보고 나니 거기다가 이목이 수려하고 입술도 발갛고 이도 뽀얀데 인형 같은 녀석이 말도 잘 해서 묻는 족족 다 술술 대답을 하지 뭡니까. 그러니 싫어 할 사람이 어디 있겠습니까?

비빈들은 황후마마의 기분을 맞춰 주기도 해야겠고 거기다가 아이도 좋아해서 앞다투어 귀한 노리개며 금이나 진주로 된 팔찌 발찌 같은 것들을 꺼내서 상견례 삼아 모두 남해의 작은 소매 속으로 밀어 넣는 바람에 소매 속이 가득 차서 더 이상 담을 데가 없을 지경이었지요. 흠성황후는 한 늙은 내관에게 명령하여 그것들을 차례로 대신 간수하게 했습니다. 이어서 남해를 데리고 궁전마다 가서 인사를 시키고 놀게 해 주게 했

---

84 【즉공관 미비】宮中閑況. 대궐의 한가한 모습이로군.

지요. 그러자 각 궁전마다 성대한 행사로 여기고 서로가 경쟁적으로 또 저마다 상을 내리니 대궐 안이 정말 즐겁고 떠들썩해졌지 뭡니까.

그렇게 열흘 정도 되었을까요? 마침 떠들썩하게 놀고 있는데 갑자기 황제가 흠성황후의 궁으로 행차하여 지난번의 아이를 불러 오라고 명령 하는 것이었습니다. 그래서 흠성황후가 그 자리에서 남해를 데리고 황제 에게 인사를 마치자 신종이 흠성황후에게 물었습니다.

"어린 녀석이 놀라지 않았소?"

그러자 흠성황후는 이렇게 대답했습니다.

"성은을 입어 어명에 따라 잠시 이 아이를 보살폈나이다. 이 아이는 총 명하고 비범하여 대궐에 있으면서도 조금도 태도를 바꾸지 않으니 물정 에 밝은 자라도 이 정도는 아닐 것입니다. 이는 참으로 폐하의 하늘 같은 큰 복이온 즉, 나라와 집안에 이 같은 신동이 태어난 것을 신첩 큰 다행 으로 여기나이다!"

"경들에게 알려 드릴 일이 있소. 그날 밤 못된 짓을 벌인 놈들을 모조 리 개봉부에서 체포했다는구려! 오로지 옷깃의 그 실밥 암호 덕분에 한 놈도 놓치지 않았다고 합디다. 이 아이가 무척 슬기롭다고 하겠소! (⋯) 이제 도둑들이 모두 참형에 처해 진 바, 그 집안에서 이 사실을 알지 못하고 집에서 난리가 났을 테니 오늘 아이를 잘 돌려보내도록 합시다!"

그러자 흠성황후와 남해는 머리를 조아리고 황은에 고마워하는 것이
었습니다. 이어서 그 자리에서 어명을 내려 지난번에 남해를 대궐로 안
고 들어왔던 그 중대인에게 명령하여 아이를 호송해 집으로 돌려보내고
황금으로 만든 뿔소 한 마리를 하사하여 그들의 놀란 가슴을 달래게 했
답니다.[85]

중대인은 어명을 받들자마자 어전에서 남해를 안고 흠성황후에게 작
별인사를 하고 그 길로 대궐을 나섰지요. 흠성황후는 그래도 못내 아쉬
워하면서 자신의 물건[86]을 상으로 내렸습니다. 그리고 지난번에 각 궁에
서 내린 물건들과 한 상자에 넣어서 함께 중대인에게 주어 잘 걷어서 그
집으로 보내 주게 했지요. 궁궐 대문을 나온 중대인은 명령을 내려 송아
지가 끄는 달구지를 준비하게 해서 어명을 지참하고 바로 남해를 안아
품 안에 앉히고 그 길로 왕 씨댁을 향하여 출발했습니다.

---

85 **【즉공관 미비】** 大人家做事不小. 대갓집이 하는 일이 작지 않군.
86 자신의 물건[梯己] : '제기(梯己)'는 체기(體己)로도 쓰는데, 명·청대 구어체 중국어에
서는 원래 서로 마음이 잘 맞는 것을 가리키는 말이다. 그러나 때로는 은밀히 모은 재물이
나 소중하게 소장하는 물건을 가리키는 말로 사용되기도 하였다. 명대 소설가 시내암의
『수호전』 제62회의 "이튿날, 송강이 다시 자신의 물건으로 전송해 주었다[次日, 宋江又
梯己送路]"에도 해당 용례가 보인다. 청대 중기의 풍속을 다룬 『통속편(通俗編)』「제기인
심사(梯己引心史)」에서도 "원대 사람들은 자기 물건을 말할 때에 '제기물'이라고 하였다
[元人謂自己物, 則曰梯己物]"라고 소개하였다. 여기서는 편의상 "자신의 물건"으로 번역
하였다.

갈 때는 갑자기 도적에게 끌려가더니　　　　去時驀地偸將去,
오는 날은 하늘에서 뚝 떨어진 셈이로다.　　　來日從天降下來.
안은 아이 무슨 인연으로 황제를 알현했을꼬?　孩抱何緣親見帝,
아련히 귀신의 사신인가 의심하노라!　　　　恍疑鬼使與神差.

　다시 이야기를 들려 드리도록 하겠습니다. 왕양민의 집에서는 그날 밤
막내 아내를 잃어버리고부터 온 집안 안팎의 어른 아이 할 것 없이 걱정
을 하고 그리워하면서 눈물을 흘리지 않는 사람이 없었습니다. 유독 양
민공만은 전혀 개의치 않고 끝까지 사람을 시켜 찾지 않는 것이었지요.
부인은 집사와 함께 집안 하인들에게 곳곳마다 조사해 보게 했습니다.
그러나 그래도 행방이 묘연하지 뭡니까. 그래서 사람들이 괴로워하면서
아무 일도 제대로 할 수가 없었습니다. 그런데 갑자기 이날 대궐[87]로부터
급보가 날아들어 중대인이 직접 어명을 지니고 댁으로 와서 낭독하기로
했다는 것이었습니다. 양민은 영문을 모르고 서둘러 향안[88]을 갖다 놓고
마중을 하도록 분부하고 자신은 의관을 차려 입고 홀을 든 채로 엎드려
어명을 들었습니다. 그런데 가만 보니 중대인이 어린 아이 하나를 안고
달구지에서 내리는 것이 아닙니까. 하인들이 다가가서 서로 살펴보다가
그것이 막내 아내임을 확인하고 깜짝 놀라서 무심결에 다들 춤을 덩실덩

87　대궐[朝門] : ‘조문(朝門)’은 원래 중국 고대에 황제가 사는 궁전의 정문을 가리키는 말이
　　다. 여기서는 ‘황제가 계신 곳’이라는 의미로 사용했기 때문에 편의상 “대궐”로 번역하였다.
88　향안(香案) : 명대에 신위를 모시거나 향로, 촛불·제물을 올리는 데에 사용한 장방형의
　　탁자. 일반적으로 불교 사찰이나 도교 사원에서 신을 모시거나 가정에서 신령이나 조상
　　에게 제사를 지낼 때에 주로 사용했지만 이 장면을 통하여 황제의 조서를 영접할 때에도
　　사용했음을 알 수 있다.

실 추면서 기쁨을 감추지 못하는 것이었지요. 그 때 중대인은 큰소리로

"일단 어명을 받들도록 하라!"

하고 말하더니 어명을 큰 소리로 이렇게 낭독했습니다.

"'경이 원소절에 아들을 잃었으나 짐이 그 아이를 얻었기에 이제 돌려 보내겠소. 이에 특별히 마음을 달래고자 기념물을 하나 내려 그 어린 아들의 뜻을 칭찬하는 바이오.'[89] 예의를 갖추시오!'"[90]

중대인이 어명을 낭독하고 나서 양민은 절을 올리고 춤을 추어[91] 황은

---

89 【즉공관 미비】元有盛世君臣之風. 알고 보니 태평성대의 군신의 기풍을 지니고 있었구나.

90 예의를 갖추시오[欽哉] : '흠재(欽哉)'는 글자 그대로 직역하면 '천자께 존경하는 마음을 갖도록 하라!' 정도로 번역된다. 여기서는 편의상 "예의를 갖추시오"로 번역하였다. 참고로, 중국 고대에 환관이 낭독하는 황제의 조서는 '흠차(欽此)'라는 표현으로 마무리되었는데 그 의미는 '천자를 존경하는 마음가짐으로 이상과 같이 인용하였소!' 정도로 번역할 수 있다. 따라서 '흠재'나 '흠차'는 황제의 칙명(勅命)이나 그것을 담은 조서(詔書) 내용과는 별도로 그것을 낭독하는 환관이 하는 말인 셈이다. 공문에서 주로 사용되는 '등인(等因)·등정(等情)·등유(等由)' 등의 표현과는 상대적으로 '흠차'나 '흠재'는 황제의 칙명·조서에만 한정된 표현이었다.

91 절을 올리고 춤을 추어[拜舞] : '배무(拜舞)'는 중국 중·근세에 신하가 황제에게 갖추는 예절로서, '배무례(拜舞禮)'로 불리기도 하였다. 원래 중국에 고유한 습속은 아니며 5호 16국 시기를 거치면서 북방에서 중원으로 전래된 외래문화의 하나로, 수나라를 거쳐 당나라 때에 크게 유행했으며 송·명대까지 계승된 것으로 보인다. 장단의(張端義, 1179~?)의 필기소설집인 『귀이집(貴耳集)』에 따르면, 송나라 효종(孝宗)이 조정 대신에게 '어째서 북국의 사신이 추는 배무가 우리나라의 것보다 더 보기 좋은가?' 하고 묻자 그 대신이 '북국 사람들의 옷차림 때문인 듯 싶사옵니다' 하고 대답했다고 한다. 또, 『자치통감(資治通鑑)』·『신당서(新唐書)』등의 사서들에 따르면, 당대에 모우가한(牟羽可汗)이 당나라 황제인 덕종(德宗)에게 배무를 추게 하여 충돌이 일어난 일을 소개하기도

에 감사한 다음 성지를 넘겨 받고 중대인과 의례적인 인사를 주고받은 뒤 주인과 빈객으로 나누어 자리에 앉고 나니, 중대인이 웃으면서 말하는 것이었습니다.

"노선생,[92] 참 똑똑한 아드님을 두셨소이다!"

그래서 양민이 그 까닭을 물으려고 하는데 중대인이 싱글벙글 하면서 소매 속에서 문서를 한 권 꺼내더니 말했습니다.

하였다. 배무를 하는 구체적인 방법에 관해서는 중국에는 남은 기록이 보이지 않으며 일본에 관련 기록이 일부 남아 있다. 당나라와 비슷한 시기인 헤이안[平安] 시대에 일본 궁중에서 당나라의 배무를 본 떠서 서훈·임관이나 녹읍을 하사할 때에 당사자가 추었다는 배무(拜舞, 하이부, 하이무)의 경우에는 상체만을 움직여 왼쪽-오른쪽-왼쪽의 순서로 절을 했다고 한다. 이 경우 서거나 앉아 손을 움직이고 좌우를 돌아보며 기쁜 나머지 손을 흔들고 발을 구르며 어쩔 바를 모르는 심정을 나타낸다. 일본의 고전인 『슈가이쇼(拾芥抄)』「고오시코지 나이후쇼(後押小路内府抄)」에 따르면, 그 방법은 두 번 절을 하고 나서 선 채로 허리 이상을 왼쪽으로 향하게 하고, 두 손을 왼쪽으로 펴 소매를 맞추고, 이를 오른쪽 또는 왼쪽으로 향하게 하고, 또 무릎을 꿇어 왼쪽 무릎을 땅에 대고, 같은 식으로 절을 했다고 한다. 또, 『고시다이쇼(江次第抄)』에 따르면, 처음에 두 번 절하는 것은 황제가 내린 조명(詔命)을 삼가 받든다는 뜻이고, 나중에 춤을 추는 것은 황제의 은혜를 입은 것을 기뻐한다는 뜻이라고 한다. 물론, 그 방식에는 시대에 따라 변화가 있어서 『세조쿠센신히쇼(世俗浅深秘抄)』에 의하면 조정의 조회나 천황이 행차할 때에 천황은 왼쪽-오른쪽-왼쪽, 신하는 오른쪽-왼쪽-오른쪽의 순서로 절을 했던 것이 나중에는 반대로 천황이 오른쪽-왼쪽-오른쪽, 신하가 왼쪽-오른쪽-왼쪽의 순서로 절을 했다고 한다. 중국의 경우 당대로부터 한참 지난 명대의 실록(實錄) "홍무 8년 2월 신묘삭일에 주상께서 역대 제왕에게 제사를 올리시다[洪武八年二月辛卯朔, 上躬祀歷代帝王]" 대목에서는 명대의 배무례의 절차·방법 등을 비교적 상세하게 소개해 놓았는데, 대체로 춤을 추면서 머리를 조아리고 '만세'를 외치는 식으로 진행되었다고 한다. 보다 자세한 설명은 문성재 역주, 『정역 중국정사 조선·동이전 3』의 '배무례' 주석(제152~153쪽)을 참조하기 바란다.

92 노선생[老先兒] : '노선아(老先兒)'는 원·명대의 구어식 표현으로, 연배가 높은 상대를 높여 부르는 호칭인 '선생(先生)'과 비슷한 표현이었다.

"노선생, … 아드님이 실종되었다 나타난 경위를 아시려면 이 문서만 보면 잘 알 수 있으실 겝니다!"

양민이 그것을 건네받아 보았더니 바로 개봉부에서 도둑들을 체포하고 받은 자백서였습니다. 양민은 처음부터 읽어 보고 개봉부에 밀지를 내려 도둑들을 체포한 것을 깨닫자 말했지요.

"젖비린내 나는 어린 녀석이 이토록 폐하를 놀라시게 만들다니! (…) 거기다가 폐하께옵서 도둑을 잡느라 마음을 쓰시는 수고를 끼쳐 드렸구나! 참으로 이 늙은 신하가 몸이 가루가 되고 뼈가 으스러져도 성은의 만분의 일조차 갚기 어렵겠사옵니다!"

그러자 중대인은 웃으면서 말했습니다.

"그 도둑들은 모두 아드님이 스스로 붙잡았습니다! 폐하께 조금도 폐를 끼쳐 드리지 않고 말씀입니다. 그래서 기막히다는 게지요!"

남해는 당시 입으로 '그날 밤 어떻게 어떻게 해서 어떻게 황제를 뵈었고 어떻게 황후께 절을 올렸고 하는 것들을 또렷하고 또랑또랑하게 종알종알 고하는 것이었습니다. 그리고 이에 앞서 온 집안사람들이 '어명이 내렸다'는 말을 들었을 때 벌써 중문中門 어귀에서 사람들 사이에 끼어서 지켜보고 있었습니다. 남해가 수레에서 나오자 사람들은 놀랍기도 하고 기쁘기도 했지만 도무지 영문을 알 수가 없었지요. 그런데 남해가 이렇게 모두 상세하게 이야기하는 것을 듣고 나서야 속으로 납득이 되었던지 다들 그가 똑똑하고 치밀하다고 칭찬하고 감탄해 마지 않는 것이었습니다. 그제서야 양민이 아들의 실종을 마음에 두지 않고 찾아 볼 생각조차 않으면서 '그 녀석은 알아서 돌아올 것'이라고 한 것이 참으로 선견지명이 있어서였다고 믿었습니다. 양민은 하인들에게 분부하여 술상을 차려 중대인을 잘 대접했습니다. 중대인은 중대인대로 황제가 위로하기 위해 상으로 내린 황금 뿔소, 그리고 흠성황후와 각 궁의 비빈들이 하사한 물건들을 늘어 놓았습니다. 참으로 금은보화가 집안에 가득하여 눈이 부실 정도로 빛나는데 그 가치가 만 냥이 넘을 것 같았지요. 중대인은 남해의 머리를 쓰다듬으면서 말했습니다.

"왕형, 이 정도면 자네가 과자를 사 먹기에는 충분하겠지?"

그러자 양민은 이번에도 머리를 조아리며 대궐을 향해 황은에 감사해 하는 것이었습니다. 그리고는 즉시 아이를 가르치는 훈장에게 일러 감사의 뜻을 담은 표[93]를 작성하게 해서 일단 중대인 편에 황제에게 바쳤습니

---

93 표(表) : 중국 고대에 신하가 제왕에게 특정한 사안에 대하여 진술하거나 요청 또는 건의할 때 올리던 글. 한대에는 이를 장(章)·주(奏)·표(表)·의(議)의 네 가지로 구분했는데, 유송의 문학가 유협(劉勰, 465?~532)은 『문심조룡(文心雕龍)』 「장표(章表)」에서 "장은 황은에 감사하는 데에, 주는 관원을 탄핵하는 데에, 표는 의견을 개진하는 데에, 의는 이의를 제기하는 데에 각각 사용하였다[章以謝恩, 奏以按劾, 表以陳情, 議以執異]"고 하였다. 이 중에서 표는 주로 신하가 제왕에 대한 충성심과 소망을 피력하는 데에 주된 목적이 있었다.

다. 그리고 다음날 아침 조회 때에 황제를 알현한 자리에서 다시 어린 아들을 데리고 가서 황은에 감사의 뜻을 전하기로 했답니다. 그러자 중대인이 말했지요.

"아드님은 이 몸이 뜻하지 않게 마주쳐서 폐하께 데려가 뵙게 해 주었지요. 그러니 이 몸도 약소하나마 선물을 주어 기념으로 삼을까 합니다!"

그리고는 원보[94] 두 개, 화려한 비단 여덟 표리表裏[95]를 꺼내 놓는 것이었습니다. 양민은 몇 번이나 사양하다가 하는 수 없이 받고, 이와는 별도로 후한 선물을 준비해서 중대인에게 답례로 전달했지요. 그렇게 해서 중대인은 수레를 타고 황제에게 보고를 하러 떠나는 것이었습니다.

양민이 중대인을 배웅하고 돌아오자 온 집안사람들이 기뻐하면서 축하인사를 건넸습니다. 그러자 양민공이 말하는 것이었습니다.

---

94 원보(元寶) : 명대에 유통되었던 화폐의 일종. 명대에는 금으로는 다섯 냥·열 냥짜리 원보를, 은으로는 쉰 냥짜리 원보를 만들어 유통시켰다고 한다. '원보'는 그 이름 자체가 행운을 뜻하는 데다가 첫 글자인 '원(元)'은 세 단계의 과거시험에서 모두 급제하기를 기원하는 '삼원급제(三元及第)'의 '원'과 같은 글자를 썼기 때문에, 행운이나 부귀를 상징하는 도안에 자주 등장하였다.

95 표리(表裏) : 명대에 사용된 단위사. '표리부동(表裏不同)'이라는 말에서 볼 수 있듯이, '표리'는 원래 '겉과 속'을 뜻하는 문어체 표현이다. 그러나 송·원·명대에는 "저사 양표리(紵絲兩表裏)" 식으로 견직물이나 천의 길이를 나타내는 구어식 표현으로도 사용되었다. 명대 초기의 대신인 양사기(楊士奇)의 『삼조성유록(三朝聖諭錄)』에서도 "영락 연간의 (…중략…) 조서 (…중략…) 짐이 경에게 몹시 감동하여 특별히 경에게 백미 10석, 예단 2표리, 실초 2,000관을 내리오([永樂中 (…중략…) 璽書] (…중략…) 朕深感卿, 特賚卿白米十石·綵幣二表裏·實鈔二千貫)" 식으로 해당 용례를 확인할 수가 있다.

"내가 여러분에게 '서두르지 말라'고 말한 것은 열셋째가 스스로 돌아올 수 있을 거라고 믿었기 때문이오.[96] (…) 지금 돌아올 뿐만 아니라 많은 하사품까지 받았군 그래! 더욱이 벌써 도둑들을 붙잡은 것이 모두가 열셋째 자신의 주장이었다고 하니 … 내가 조급하게 굴지 않은 것이 옳았다는 것을 알겠는가?"

그러자 집안사람들은 저마다 그의 선견지명에 탄복하는 것이었습니다. 나중에 남해는 이름을 '왕채(王寀)'[97]로 지었습니다. 정화[98] 연간에 문장으로 크게 명성을 떨쳤으며 공명에 있어서도 높은 지위에까지 올랐지요. 그가

『중화미덕고사(中華美德故事)』에서 소개한 왕채의 모자 모습

---

96 【즉공관 미비】 應口. 되는 대로 하는 소리.
97 왕채(王寀, 1078~1118) : 송대의 시인이자 가객. 강주(江州) 덕안(德安, 지금의 강서성 덕안현) 사람으로, 자는 보도(輔道), 또는 도보(道輔)이며 '남해'는 호인 '남해거사(南陔居士)'를 줄인 말이다. 학문을 즐기고 글월에 능하여 진사에 급제해 교서랑(校書郞)에 임명되었으며, 휘종의 선화(宣和) 연간(1119~1125)에는 시랑(侍郞)에 이르렀다. 심장병을 앓아서 도교의 연단술(煉丹)과 신선술에 몰두했다고 한다. 그러나 휘종이 내전(內殿)에 천신(天神)을 강림하게 하라는 명령을 내렸으나 임영소(林靈素)의 무함으로 도술이 신통력을 발휘하지 못하자 대리시(大理寺)의 감옥에 갇혔다가 죽음을 당하였다. 저서로는 『민산백경시(岷山百境詩)』 2권이 있다.
98 정화(政和) : 송나라 제8대 황제 휘종 조길이 사용한 4번째 연호. 1111~1118년까지 8년 동안 사용되었다.

어렸을 때의 행동거지가 이와 같았던 것만 보더라도 장성했을 때 크게 성공할 것
으로 이미 예정되어 있었던가 봅니다!

어릴 때도 총명하더니 커서도 대단하네   小時了了大時佳,
다섯 살배기 시절부터 자랑할 만했구나!   五歲孩童已足誇.
꾀로 악당 붙잡기를 손바닥 뒤집듯이 해내매   計縛劇徒如反掌,
천자께서 집까지 돌려보내 주었단다.   直教天子送還家.

제6권

이 장군이 처남을 잘못 맞아들이고
유 씨네 딸이 남편을 속여 따르다

李將軍錯認舅 劉氏女詭從夫

해제

원나라 순제順帝 지원至元 연간에 회남淮南의 유취취劉翠翠는 학당에서 이웃집 아들인 금정金定과 동창으로 함께 공부를 하였다. 두 사람은 총명한 데다가 준수하여 사람들이 '부부'라고 농담을 할 정도였다. 16살 되던 해에 두 사람은 부부가 되고 금슬이 남다르다. 그러나 1년 뒤에 장사성張士誠이 반란을 일으키고 유취취는 장사성 휘하의 선봉先鋒 이장군李將軍에게 납치되어 가서 겁박 속에 아내가 된다. 얼마 뒤에 반란이 평정되자 금정은 취취를 그리워한 끝에 천리 머나먼 길을 마다하지 않고 아내를 찾아 나선다. 도중에 풍찬노숙하면서 온갖 고생을 다 겪은 끝에 마침내 호북湖北 땅에서 취취의 행방을 확인한다. 그는 취취의 오라비 유금정劉金定으로 신분을 감추고 이장군을 찾아가서 그 휘하에서 문서 업무를 담당한다. '오라버니가 왔다'는 소리를 듣고 허둥지둥 밖으로 나온 취취는 전 남편 금정인 것을 확인하지만 이장군이 버티고 있는 탓에 그대로 오누이로 지내기로 한다. 금정은 이장군의 막부에서 남들을 온화하게 대해 주면서 선행을 두루 베푼다. 그리고 취취와 둘이서 만날 기회를 모색하지만 몇 달이 지나도록 내내 뜻을 이루지 못한다.

그러던 어느 날, 혼자 방에 있던 금정은 취취를 그리워하는 마음이 간절해지자 내심을 시로 적어 낡은 저고리 속에 넣어서 시녀를 시켜 취취에게 전달하게 한다. 취취는 그 시를 발견하고 통곡하면서 눈물을 머금고 화답시를 지어서 마찬가지로 저고리 속에 꿰매어서 시녀를 통해 금정에게 전달한다. 금정은 취취의 마음이 변하지 않은 것을 확인하지만 부부가 지척에 있으면서도 회포를 풀 길이 없어 종일 우울하게 눈물을 흘리고 식음을 전폐한 끝에 병을 얻어 죽고 만다. 금정을 안장한 취취는 취취대로 마음의 안정을 찾지 못하여 병을 얻고 몸져눕더니 두달이 자나자 결국 숨이 지고 만다. 이장군은 취취의 유언을 따라 두 사람을 한 곳에 합장해 준다. 나중에 두 사람의 넋은 유취취의 부친을 이끌어서 꿈 속에서 이별 후의 사연을 고한다. 대성통곡하던 부친은 두 사람의 남다른 금슬을 염두에 두고 묘지로 가서 제사를 지내고 두 사람의 넋을 위로한다.

이 이야기는 명대 소설가 구우瞿, 1347~1433가 지은 소설집『전등신화剪燈新話』의「취취전翠翠傳」과 극작가 엽헌조의 희곡『금취한의기金翠寒衣記』및 풍몽룡馮夢龍, 1574~1646의『정사情史』에 소개된「유취취劉翠翠」이야기를 소재로 지어졌다. 동강의『곡해총목제요』권23에 따르면,『영두서齱頭書』에도 이 이야기가 다루어져 있다.

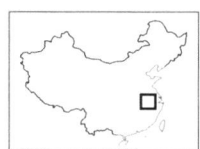

회안

양주 ● 고우

윤주

금릉
(남경)

평강
(소주)

호주 ●
▲도량산

임안
(항주) ● 소흥

번역

이런 시가 있습니다.

하늘에선 비익조[1] 되기 바라며	在天願爲比翼鳥,
땅에선 연리지[2] 되기를 바라노라.	在地願爲連理枝.
하늘과 땅이 비록 오래가도 끝날 날 있건만	天長地久有時盡,
이 한은 이어지고 이어져 끝이 없구나!	此恨綿綿無限期.

비익조(『삼재도회』)

---

1   비익조(比翼鳥) : 중국의 고대 전설에 등장하는 새. 암수가 다 눈이 하나, 날개가 하나 뿐
    이어서 따로 떨어지면 날 수가 없고 둘이 하나가 되어야만 날 수가 있다고 전해진다. 중국
    의 고전문학에서는 금슬 좋은 부부를 상징하는 새로 소개된다.
2   연리지(連理枝) : 중국의 고대 전설에 등장하는 나무. 서로 다른 나무의 가지들이 맞닿아
    결이 통하면서 한 그루가 되었다는 뜻으로, 다정한 연인이나 금슬이 좋은 부부 사이를
    가리키는 말로 주로 사용된다.

명대에 간행된 원대 잡극 희곡 『여지향(荔枝香)』에서 형상화한 당현종과 양귀비

이 네 구절은 바로 백낙천[3]의 『장한가』[4]에 나오는 말입니다. 당초에

3 　백낙천(白樂天) : 당대의 사실주의 시인 백거이(白居易, 772~846)를 말한다. 자는 낙천
　(樂天), 호는 향산거사(香山居士)·취음선생(醉吟先生)으로, 본관은 태원(太原)이며 나
　중에 하규(下邽)로 이주하였다. 정원(貞元) 16년(800)에 진사(進士)로 입신하여 한림학
　사(翰林學士)·좌습유(左拾遺)를 거치고 잠시 강주사마(江州司馬)·충주사마(忠州司馬)
　로 좌천되었다가 나중에는 중서사인(中書舍人)·형부상서(刑部尙書)에 이르렀다. 평이
　하고 소박한 시를 많이 지어서 그의 시는 상류층에서 일반 서민들까지는 물론이고 신라
　(新羅)·일본(日本) 등 이웃나라 사람들에게서도 널리 사랑을 받았다고 한다. 고문(古
　文)이나 가사에도 뛰어났으며, 나중에는 원진(元稹)과 함께 참신한 노래를 지향하는 신
　악부(新樂府) 운동을 주도하였다. 진사가 되기 전인 정원 15년에 낙양(洛陽) 성선사(聖善
　寺)의 응공(凝公)을 사사한 이래로 유관(惟寬)·오과(烏窠) 등의 선사(禪師)들을 스승으
　로 모시고 교류하는 등 젊어서부터 당시 유행하던 남종 선(南宗禪) 불교의 영향을 강하게
　받았다.
4 　「장한가(長恨歌)」 : 백거이가 지은 시의 하나. 현종 이융기와 양 귀비의 사랑을 낭만적으
　로 묘사한 작품으로, 후대 문학가들에게 영감을 주어 각종 희곡·소설 작품들로 재창조
　되었다. 희곡으로는 청대 초기의 극작가 홍승(洪昇, 1645~1704)의 전기(傳奇) 희곡인
　『장생전(長生殿)』이 유명하다.

당 명황[5]이 양 귀비[6]와 칠월 초이렛날 밤에 장생전[7] 앞에서 하늘을 우러러 사사로운 소원을 빌 때에 생생세세 부부가 될 수 있기를 빌었지요. 나중에 마외[8]에서 곤란에 빠져 양 귀비가 스스로 목을 매었습니다. 명황은

---

5   당 명황(唐明皇) : 당나라의 제9대 황제인 현종(玄宗) 이융기(李隆基, 685~762)를 말한다. 예종(睿宗) 이단(李旦)의 셋째아들로, 712년부터 756년까지 재위하여 당나라에서 재위 기간이 가장 길며 중국을 대표하는 4대 미인들 중 하나인 양 귀비와의 사랑으로도 유명한 황제이다. 역사적으로 당나라 황제들은 도교의 시조인 노자(老子)가 이씨라는 전설에 주목하여 노자의 후예로 자처하면서 도교를 숭상하였다. 그 중에서도 현종은 도교 신앙이 독실하여 교세의 확장에 큰 영향을 준 황제였다. 즉, ① 개원(開元) 9년(721)에는 당시의 유명한 도교 종사이던 사마승정(司馬承禎, 647~735)을 도읍이던 장안으로 불러 도교 의식을 거행하고 도사 자격을 부여받았다. ② 개원 19년(731)에 5대 명산[五岳]에 노자를 모시는 노군묘(老君廟)를 세우는가 하면 ③ 개원 21년(733)에는 노자의『도덕경』에 직접 주석을 붙이고 집집마다 그것을 한 권씩 소장하게 하는 한편『도덕경』으로 과거를 실시하여 인재를 발탁하기도 하였다. ④ 개원 25년(737)에는 도사와 여관(女冠)들을 종정시(宗正寺)에 예속시키고 도사를 황족과 동등하게 예우했으며, ⑤ 개원 29년(741)에는 장안과 낙양 두 도읍 및 각 주에 숭현학(崇玄學)을 두고 학생들이『도덕경』·『장자(莊子)』·『열자(列子)』·『문자(文子)』 등의 도교 경전들을 익히도록 유도하기도 하였다. ⑥ 천보(天寶) 원년(742)에는 장자를 남화진인(南華眞人), 문자를 통현진인(通玄眞人), 열자를 충허진인(沖虛眞人), 경상자(更桑子)를 통허진인(洞虛眞人)으로 각각 봉하고 이들의 경전을 모두 '진경(眞經)'으로 개칭하였다. ⑦ 천보 8년(749)에는 자신들의 시조로 믿어지던 노자에게 '성조대도현원황제(聖祖大道玄元皇帝)', 얼마 후에는 '대성조고상대도금궐현원천황대제(大聖祖高上大道金闕玄元天皇大帝)'라는 존호를 추증하기도 하였다. ⑧ 양 귀비 역시 현종이 정식으로 귀비로 책봉하기 직전에 한 동안 도교의 여도사로 지내면서 '태진(太眞)'이라는 도호(道號)로 불린 바 있다.

6   양 귀비(楊貴妃, 719~756) : 당대의 미인. 아명이 옥환(玉環)으로, 포주(蒲州) 영락(永樂) 사람이다. 원래는 현종의 아들인 수왕(壽王)의 왕비로 간택되었지만 재색을 겸비한 그녀에게 반한 현종이 천보(天寶) 4년(745)에 자신의 귀비로 책봉하였다. 가무와 음률에 능한 그녀는 현종의 마음을 사로잡았을 뿐만 아니라, 그로 인하여 양국충 등 그의 일족이 부귀영화를 누리며 국정에 간여하기까지 하였다. 천보 14년에 안록산의 난이 일어나자 현종과 함께 장안을 떠나 피신하다가 섬서성(陝西省) 서쪽의 마외파(馬嵬坡)에 이르러 병변을 일으킨 병사들에 의해 피살당하여 마외파에 묻혔다. 그 후로 역대의 수많은 문학가들이 그녀와 현종의 사랑을 소재로 한 작품들을 지었는데, 그 중에서도 백거이의『장한가』가 특히 유명하다.

7   장생전(長生殿) : 중국 당대의 전각 이름. 당나라의 도읍인 장안(長安, 지금의 섬서성 서안시)의 화청궁(華淸宮) 안에 있었다고 한다. 청대에 홍승은 같은 이름의 희곡을 창작하였다.

속으로 그녀에 대한 미련을 떨쳐 버리지 못하고 홍도도사(鴻都道士)에게 명령을 내려 그녀의 넋을 찾아오게 했지요. 도사는 정신을 모으고 기운을 가누어 그녀를 옥진선궁(玉眞仙宮)에서 만났더니, '장생전 앞에서의 사사로운 소원 때문에 도로 인간 세상으로 내려가서 명황과 내세의 부부가 되어야겠다'고 했다는 것이었습니다. 그래서 백낙천이 그 일을 기술하여 『장한가』를 지으매 이 네 구절이 들어가게 된 것이지요. 대체로 세상에서는 그저 짝을 짓기를 바란다고들 하지요. 하늘과 땅이야 아무리 마르고 닳아도 그 사랑만은 끝까지 스러지지 않는다고 하면서 말입니다.

소생이 이제 우선 짝을 이루기를 바라지 않은 옛적의 어떤 이상한 이야기 하나를 맛보기[9] 삼아 들려 드리기로 하겠습니다. 송나라 때 당주[10] 고을 비양[11] 땅에 왕팔랑(王八郞)이라는 부자가 살았습니다. 그는 강회[12]지

---

8 마외(馬嵬) : 중국 고대의 지명. 지금의 섬서성 함양시(咸陽市) 인근의 홍평시(興平市) 서쪽에 해당한다.

9 맛보기[德勝頭回] : 화본소설의 도입부(prologue)에 해당하는 부분. '덕승' 또는 '득승(得勝)'은 송사(宋詞) 이래로 많이 사용되어 온 소곡의 하나인 '득승령(得勝令)'을 말한다. 송·원대의 이야기꾼은 이야기를 시작하기 전에 '득승령'을 연주하여 청중을 모았는데, '득승'이라는 말 자체가 '승리(성공)을 기원한다'는 뜻이다. 또, '두회'는 첫 대목·첫 마당이라는 뜻이다. 노신(魯迅, 1881~1936)도 『중국소설사략(中國小說史略)』에서 "그 전반부는 '득승두회'라고 하는데, '두회'는 앞 대목이라는 말과 같다. 이야기를 듣는 청중 가운데 군인이나 민간인이 많았기 때문에 길한 말을 붙여서 '득승'이라고 한 것이다(凡其上牛, 謂之得勝頭回, 頭回由云前回. 聽說話者多軍民, 故冠以吉語曰得勝)라고 소개한 바 있다.

10 당주(唐州) : 중국 고대의 지명. 지금의 하남성 당양현(唐陽縣) 일대에 해당한다. 당나라 무덕(武德) 8년(625)에 현주(顯州)를 고쳐 설치했으며, 비양(泌陽)·동백(桐柏)·사기(社旗)·방성(方城)·당하(唐河)·조양(棗陽)·수주(隨州) 등의 현을 관할하였다.

11 비양(比陽) : 중국 고대의 지명. 지금의 하남성 주마점시(駐馬店市)에서 관할하는 비양현에 해당한다.

12 강회(江淮) : 지금의 강소성 북쪽, 즉 장강(長江) 이북 지역.

역에서 큰 장사를 하면서 어떤 창기와 아주 가까운 사이로 지내고 있었지요. 그렇게 서로 오래 지내다 보니 사이가 부부는 저리 가라 할 정도였답니다. 그러나 그녀를 집으로 데리고 돌아가기라도 할라치면 집안에는 진작부터 아내가 있다 보니 여간 못마땅한 것이 아니었습니다. 창기를 맞아들일 마음을 먹은 마당에[13] 집에 돌아와 예전의 아내를 보니 더더욱 미운 생각이 들 수밖에요. 그래서 옳다 그르다 빌미를 잡아서 아내를 쫓아낼 궁리만 했지 뭡니까.

그 아내는 아내대로 머리가 잘 돌아가서 '아니다' 싶자 바로 딴 마음을 품고 남편 집안에 미련을 가질 마음이 없었지요.[14] 그러나 막상 그 집을 떠나고 싶어도 아깝게도 전부터 치밀하게 쌈짓돈을 좀 모아 놓은 적이 없는지라 쉽사리 갈 수가 없는 처지였습니다. 그때 곁에는 딸이 하나 있었는데 나이가 겨우 몇 살밖에 되지 않았지요. 그 아내는 그 딸을 빌미로 삼아서 완곡한 어조로 남편에게 이렇게 달랬답니다.

"내가 당신한테 시집 온지도 벌써 몇 해나 되었네요. 딸도 어린데 당신이 나를 쫓아내면 날더러 어디로 가란 말이에요? 난 절대로 못 나갑니다!"

말은 이렇게 하면서도 날마다 그 집을 떠날 궁리만 하는 것이었지요.

나중에 왕생은 결국 회상[15]으로 가서 그 창기를 데리고 돌아왔지 뭡니

---

13 【즉공관 미비】男人之情如此. 남자의 정이란 것이 이런 식이지.
14 【즉공관 미비】女人之情如此. 여자의 정이란 것이 이런 식이지.

까 글쎄! 그는 집에 도착하기도 전에 가까운 골목에 따로 집 한 채를 빌려서 그녀와 함께 살림을 차렸습니다. 그 사실을 안 아내는 더더욱 그 집을 떠나기로 마음을 굳혔습니다. 그리고 집안의 귀중품들을 모조리 감추어 놓고 무거운 가구며 집기들은 모두 가져다 팔아치웠지요. 왕생이 집에 돌아왔을 때에는 집안에 있던 의자며 탁자조차 온전하게 남은 것이 없을 정도였습니다. '젓가락은 많은데 사발은 적은 격'[16]으로 도무지 사람 사는 집 구석 같지가 않지 뭡니까. 이웃들을 찾아가서 확인한 결과 아내가 다 거덜 낸 것을 알고 순간적으로 성이 나서 말했습니다.

"내 이제는 당신을 더 이상 붙잡을 이유가 없어졌어. 오늘은 기필코 결판을 내고 말겠어!"

그러자 아내도 발끈해서 소매를 걷어부치면서 말하는 것이었습니다.[17]

"결국 나를 내버려 두지 않을 거라는 건 나도 알고 있었어요! 기어코 나를 내쫓겠다면 나도 이유는 분명히 알고 나갑시다! 당신 하고 같이 관가에 가서 끝장을 봅시다!"

그러더니 왕생의 두 소매를 붙잡고 오는 길 내내 아우성을 치면서 현

---

15 회상(淮上) : 중국 고대의 지명. 지금의 안휘성 방부시(蚌埠市) 회상구에 해당한다.
16 젓가락은 많은데 사발은 적은 격[箸長碗短] : 명대의 속담. 집안의 집기가 제대로 갖추어져 있지 않거나 어지럽게 널려 있는 것을 두고 하는 말이다.
17 【즉공관 미비】膽大了. 간이 부었군 그래!

관아의 재판정까지 왔습니다. 지현이 자세하게 물어 보니 부부 두 사람이 서로 이혼하기를 바라면서 조금도 미련이 없는 것이었습니다. 지현은 진술서를 받고 손도장을 찍게 한 뒤 두 사람이 바라는 대로 이혼하게 해주었지요. 그리고 재산은 부부가 반씩 나누어서 각자 살게 하되 아내가 만약 재가할 경우에는 그 재산을 추징하여 남편에게 돌려주게 했습니다. 아 그런데 두 사람이 낳은 외동딸은 양쪽에서 서로 데려가려고 하는 것이 아닙니까.

"지아비가 무정한 자여서 창녀를 총애하고 본처를 버렸습니다요! 만약에 딸을 지아비한테 주었다가는 나중에 방황하다가 창녀가 되고 말 겁니다!"

그 아내가 이렇게 하소연하자 지현은 그녀의 말이 옳다고 여기고 딸을 아내가 데려가도록 판결을 내리니 서로가 이의를 제기하지 않는 것이었지요. 현 관아의 대문을 나오자 이리하여 두 사람은 각자 관계를 끊었답니다.

왕생은 혼자 창기를 맞이해 집으로 데려와서 함께 살았습니다. 아내는 딸과 함께 따로 다른 마을에서 집 한 채를 사서 살았지요. 그리고 병이며 통 같은 것들을 좀 사서 대문 앞에 진열해 놓고 소규모로 장사를 했습니다.[18] 물론, 그녀의 수중에는 돈이 있었습니다마는 남편이 나중에 또 꼬

---

18 【즉공관 미비】女人之識見如此. 아녀자의 식견이 이런 식이다.

투리를 잡을까 봐서 일부러 이런 모습을 연출한 것이었지요.

그러던 어느 날이었습니다. 왕생이 우연히 그곳을 지나가는데 공교롭게도 아내가 거기에 그 병이며 통들을 부려 놓고 있는 것이 아닙니까 글쎄. 왕생은 그래도 옛 정이 좀 남아 있었던지 참지 못하고 좋은 뜻으로 그녀를 보고 말했습니다.

"이런 물건들로 이문이 얼마나 남는다고 (…) 차라리 다른 장사를 좀 하든지 하지 그러시오?"

그러자 그의 아내는 버럭 화를 내더니 그를 쫓아내면서 욕을 퍼붓는 것이었습니다.

"나와 당신은 이혼을 했으니 남남이에요! 당신더러 내 걱정이라도 해 달랍디까? 여기까지 와서 웬 목청을 돋우고 난리셔?"

몹시 무안해진 왕생은 집으로 돌아오더니 그 뒤로는 다시는 서로 안부를 묻지 않게 되었답니다.

그렇게 얼마 지난 뒤에 그녀의 딸은 비녀를 꽂을 나이가 되자[19] 방성

---

19 비녀를 꽂을 나이가 되자[及笄] : '급계(及笄)'는 글자 그대로 직역하면 '비녀를 꽂을 나이' 정도로 번역되는데, '기변(既笄)'이라고 부르기도 한다. 중국 고대에는 여자는 나이가 15살이 되면 비녀를 꽂아 머리를 고정했는데 이때가 되면 혼례를 치를 나이가 된 것으로 간주하였다.

전方城田의 집안에 시집을 갔습니다. 왕생의 아내는 그제서야 주머니에 모아 놓았던 귀중품들을 꺼내더니 전부 사위에게 주었답니다. 얼추 십만 꿰미 가까이 되었는데 모두가 왕 씨네에 있을 때 남편 몰래 감추어 두었던 물건들이었지요.[20] 이를 통해서 왕생도 물론 아내에게 무정하게 바깥에서 바람을 피웠지만 그의 아내 역시 한 마음은 아니었음을 알 수 있는 셈입니다.

나중에 왕생은 회남[21] 땅에서 객사하고 그의 아내 역시 딸의 집에서 죽었습니다. 입관을 마치고 땅에 안장하려 할 때 딸이 말했습니다.

"살아 계실 적에는 아버지와 마음이 맞지 않으셨지. 하지만 이제는 나란히 돌아가셨으니 이제는 한곳에 모셔야 옳아. (…) 그게 딸인 나의 효심인 게지!"

딸은 그 길로 사람을 시켜 회남에 가서 영구를 모셔 돌아오게 했습니다. 그리고는 다시 관을 열고 모친의 시신과 함께 각자 몸을 씻고 옷을 갈아입힌 뒤 두 시신을 한 침상에 눕혔지요. 날이 밝은 때가 되자 관을 내리고 함께 안장했답니다.

그렇게 잘 모시고 얼마 지났을 때였습니다. 딸은 건너와서 보다가 깜

---

20 【즉공관 미비】女人之局面如此. 여자의 상황은 이런 것이다.
21 회남(淮南) : 중국의 지역명. 일반적으로 회하(淮河) 이남, 장강(長江) 이북의 지역을 가리키며, 특히 안휘성의 중부를 일컫는다.

짝 놀라고 말았습니다. 두 시신이 원래는 똑같이 반듯하게 누워 있었는데 이번에 보니 동서로 서로 등진 채 각자 다른 쪽으로 돌아누워 있는 것이 아닙니까 글쎄! 딸은 집안사람들을 다 불러 모아 그 광경을 바라보면서 다들 놀라고 기이하게 여기는 것이었습니다.[22]

"생전에 그렇게 사이가 안 좋으시더니 사후에도 이렇게 서로 등을 지셨구나!"

하고 누가 말하자 어떤 사람이 이렇게 말했습니다.

"우연히 누가 옮겨 놓았겠지. 돌아가신 시신이 돌아누울 턱이 있남?"

딸은 눈물을 흘리고 아버지 어머니 다 부르면서 원래대로 시신을 똑바로 눕혔지요. 이튿날 관을 내릴 때 손을 써서 시신을 일으키려 할 때였습니다. 두 시신이 또 옆으로 돌아누워서 서로 등을 지고 있지 뭡니까. 그제서야 정말 살아 있을 때의 원한 때문임을 알게 되었답니다. 딸은 그것을 참지 못하고 기어이 두 시신을 가져다 함께 안장하기는 했습니다마는 두 사람은 저승에서도 서로가 편안하지 못할 거라는 것을 알아야 합니다. 이 이야기는 부부가 짝이 되기를 바라지 않는 경우의 본보기로서, 영원토록 부부가 되기를 바라는 경우와는 상당히 차이가 있는 셈입니다.

---

22 **【즉공관 미비】** 此爲奇耳. 生前常事, 不足奇也. 이것을 기이하게 여긴다고? 생시에 늘상 있는 일이니 기이하게 여길 것도 없지.

이제는 부부가 생이별을 당했다가 사후에 그 넋이 다시 한곳으로 돌아와 끝까지 사라지지 않은 이야기를 들려 드리도록 하겠습니다. 이 이야기를 통하여 세상의 부부들이 알고 보면 저마다 이런 사랑을 지니

남송대에 만들어진 원앙 문양 합자

고 있음을 알 수가 있습니다. 이 이야기를 증명해 주는 시가 있지요.

살았을 적엔 잠자리 함께 못 하다가	生前不得同衾枕,
죽고나서 그 이와 한 무덤 쓰려 하네.	死後圖他共穴藏.
세상 인정 다함이 없어서	信是世間情不泯,
한빙[23] 무덤 위에 원앙 있단 말 믿겠노라.	韓憑塚上有鴛鴦.

---

23 한빙(韓憑) : 중국 전국시대의 정치가로, '한붕(韓朋)'으로 불리기도 한다. 송(宋)나라 강왕(康王)의 사인(舍人)이던 그가 미모의 하씨(何氏)를 아내로 맞아들이자 강왕이 가로채 자신의 첩으로 삼았다. 이에 불만을 토로하매 강왕이 감옥에 가두자 스스로 목숨을 끊었다. 하씨는 한빙의 옷을 은밀히 지니고 있다가 강왕과 함께 누대에 올라갔을 때에 스스로 몸을 던져 자살하고 만다. 나중에 그 허리띠에서 자신의 시신을 한빙과 함께 합장해 달라는 글이 나오자 격분한 강왕은 유언을 들어 주지 않고 두 사람을 서로 마주보게 한 채로 따로 묻어 주었다. 그러자 나중에 두 무덤 끝에서 큰 가래나무가 자라나 열흘만에 아름들이로 자라면서 가지와 뿌리가 서로 얽히는 것이었다. 거기다가 원앙새도 암컷과 수컷이 따로 나무에 머물면서 아침저녁 내내 그 자리를 떠나지 않은 채 슬프게 우는 것이었다. 그러자 송나라 사람들은 한빙 부부의 일을 딱하게 여기며 그 나무를 '상사수(相思樹, 서로를 그리워하는 나무)'라고 불렀다고 한다. 나중에는 남녀간의 생사를 초월한 사랑의 미담으로 널리 전해졌다. 한빙의 이름은 진(晉)나라 간보(干寶)의 소설인 『수신기(搜神記)』, 당나라 유순(劉恂)의 『영표녹이(嶺表錄異)』 등에는 '한붕(韓朋)'으로, 당대의 백과전서인 『예문유취(藝文類聚)』와 불교서적인 『법원주림(法苑珠林)』 등에는 '한빙(韓馮)'으로 소개되었다.

이 이야기는 원나라 순제[24] 지원[25] 연간의 것입니다. 회남에 유劉씨 성의 평민이 살았습니다. 그는 딸을 하나 두고 있었는데 이름이 취취翠翠였지요. 그녀는 태어나서부터 총명하기가 남달라서 글자를 보기만 해도 구별할 수 있었고, 대여섯 살이 되자마자 『시경』『서경』까지 외우고 읽을 수가 있었지 뭡니까. 그녀의 이런 모습을 본 부모는 의논한 끝에 아예 그녀를 학당에 보내 그녀가 글공부를 좀 하고 나면 관례를 치르지 않은 수재[26]로 키우겠다고 했습니다. 마침 인근에 무료 학당이 하나 있어서 늙은 훈장을 한 분 초빙해서 많은 학동들이 그곳에서 그를 스승으로 삼아 글공부를 했답니다. 그래서 유옹 역시 딸을 보내 입학시켰지요. 학당에는 금金 씨댁의 아들이 하나 있었는데 이름이 금정金定이었습니다. 그 아이는 태어날 때부터 준수하고 점잖은 데다가 천성이 총명했습니다. 그래서 취취와는 남녀 짝을 이루면서 정말 이 학당에서 특출한 학생이었답니다. 게다가 둘은 동갑지기이다 보니 학당의 학생들이 다들 두 사람을 이렇게 놀리곤 했지요.

---

24 순제(順帝) : 원나라의 제11대 황제 보르지긴 토곤테무르(孛兒只斤・妥懽帖睦爾, 1333~1370)를 말한다. 고려에서 바친 공녀(貢女)인 기씨(奇氏)를 황후로 맞았는데, 나중에 북원(北元) 정권에서는 '혜종(惠宗)'이라는 묘호로 일컬어졌다. 명대 이래의 중국사에서는 '순제'로 일컬어졌다.

25 지원(至元) : 원나라의 초대 황제 보르지긴 쿠빌라이(孛兒只斤・忽必烈, 1215~1294)가 사용한 연호. 1264~1294년의 31년 동안 사용하였다.

26 수재(秀才) : 중국 고대에 선비들을 높여 부르던 호칭. '수재'는 한대 이래로 인재를 발탁하는 절차로서 존재했으며, 당대에도 과거시험 과목으로 존립하다가 나중에 폐지되었다. 당대의 제도를 계승한 송대에는 과거시험에 급제한 선비들만 한정해서 '수재'로 불렀지만 명대에는 과거시험에의 당락과는 상관없이 선비들에 대한 통칭으로 사용되기도 하였다.

"너희 둘은 똑같이 총명한 데다가 똑같은 나이니까 나중에는 부부가 되겠구나?"

금정과 취취는 말은 하지 않았지만 속으로는 은근히 그렇게 여기면서 서로 사랑했습니다. 금생은 과거에 시를 한 수 지어 취취에게 주어 연모하는 마음을 보이기도 했답니다. 그 시의 내용은 이랬지요.

열두 난간의 칠보대에	十二欄杆七寶臺,
봄바람 닿는 곳마다 아름다운 풍광 펼쳐지네.	春風到處艶陽開.
동쪽 뜰 복숭아나무 서쪽 뜰 버드나무를	東園桃樹西園柳,
어째서 옮겨 와 함께 심지 않는고?	何不移來一處栽.

그러자 취취 역시 운을 맞추어서 그에게 답시를 지어 주었지요.

평생에 축영대[27]에게 아쉬움이 남더라.	平生有恨祝英臺,
품기만 하고 왜 열려 하지 않았는고?	懷抱何爲不肯開.

---

27 축영대(祝英臺) : 중국 고대 전설에 등장하는 인물. 전설에 따르면 동진(東晉)의 목제(穆帝) 때에 회계(會稽)에 사는 양산백(梁山伯)은 사내 차림을 한 여자 축영대와 3년 동안 함께 공부하였다. 축영대가 고향으로 돌아가자 양산백은 사방으로 수소문 한 끝에 축영대가 여자라는 사실을 알고 청혼하려 한다. 그러나 축영대가 이미 마씨(馬氏)와 정혼을 한 것을 안 축영대는 실망한 나머지 홧병을 얻어 죽어 청도원(淸道原)에 묻힌다. 이듬해에 마 씨네에 출가한 축영대는 배를 타고 양산백의 무덤을 찾아가려 하지만 바람과 물결 때문에 나아가지 못한다. 간신히 뭍에 내린 축영대가 그 무덤에서 통곡하는데 별안간 땅이 꺼지면서 무덤이 열리자 그 안으로 몸을 던져 저승에서 재회했다고 한다. 이 전설은 그 뒤로 중국의 소설·희곡·연극·영화 등 다양한 장르를 통하여 지금까지 전해지고 있다.

바라건대 동군께서 염두에 두시고　　　　　　我願東君勤用意,
어서 꽃나무 옮겨다 양지에 심어 주소서!　　　早移花樹向陽栽.

학당에서 한 해 남짓 배우고 나자 취취는 무슨 글이든 한번 보기만 해
도 다 외워 버려서 아주 많은 책을 독파했지요. 그리고 그 뒤로는 나이가
차츰 많아지면서 학당에 나오지 않게 되었답니다. 그러다가 열여섯 살이
되자 부모는 그녀를 남의 집에 출가시키기로 했습니다. 취취는 누가 혼
담을 넣었다는 소리를 듣더니 방문을 닫아걸고 울기만 하면서 밥조차 먹
으려 들지 않는 것이 아닙니까. 부모는 처음에는 그 일을 대수롭지 않게
여겼습니다. 그러나 나중에는 번번이 그러는 모습을 보고는 속으로 좀
난감하다고 여기게 되었지요. 그래서 자세하게 캐물었지만 끝까지 털어
놓으려 하지 않는 것이 아닙니까. 그래도 몇 번이나 이리저리 둘러서 캐
물어서 털어만 놓으면 꼭 그녀 뜻대로 들어 주겠다고 약속했지요. 그러
자 취취가 말하는 것이었습니다.

"서쪽집 금정이 저 하고 동갑인데 전에 같이 학당에서 글공부를 할 때
속으로 이미 그 아이 하고 부부가 되기로 약속을 했답니다. (…) 이번에
제 소원을 안 들어주시면 저는 죽어 버릴 거에요. 절대로 남한테는 시집
안 갈래요!"

부모는 그 이야기를 듣고 나서 생각했습니다.

축영대(좌)와 양산백(우)의 이야기를 다룬 홍콩 영화 포스터

'금 씨댁 아들이 총명하고 준수하기는 하지 … 하지만 집안 형편이 가난하니 어디 우리 집하고 격이 맞겠나?'

그러나 딸의 입장이 단호해서 걸핏하면 울음을 멈추지 않는데다가 마시고 먹는 것조차 거부하는 것을 보니 자칫 그 소원을 들어 주지 않았다가 만에 하나 사달이라도 날까 겁이 나지 뭡니까. 그래서 하는 수 없이 그녀에게 이렇게 약속할 수밖에 없었습니다.

"네 마음이 그렇다면 어려울 것도 없느니라. (…) 내가 중매인을 시켜 혼담을 넣어 보마!"

유옹은 매파 한 사람을 구해 와서 딸 취취가 서쪽집 김 씨댁 정 도령에게 출가시키려고 한다는 이야기를 했습니다.

"금 씨댁은 가난한데 … 이댁과 어디 어울리기나 하남유!"

매파가 이렇게 말하자 유부인이 말했습니다.

"우리집 취취가 그 댁의 정도령 하고 동갑인 데다가 예전에 같은 학당에서 공부를 했네. (…) 취취가 그가 아니면 출가하지 않겠다고 하지 뭔가? (…) 그래서 딸아이 소원을 들어주려고 하네!"

구영의 『소주청명상하도』에 묘사된 명대 학당

"댁에서 가난하다고 싫어하실 줄 알았지요! (…) 그렇게 하시겠다면야 어려울 게 뭐가 있겠어요? 쇤네가 바로 성사시켜 드리겠습니다요!"

매파는 지시를 따라서 바로 금 씨네로 와서 혼담을 넣었지요. 그러자 금 씨네 부모는 그 말을 듣더니 부끄러워 몸 둘 바를 몰라 하면서 매파에게 이렇게 대답했습니다.

"우리집에 무슨 새간이 있다고 감히 그 댁 따님을 며느리로 맞아 들인

단 말이요?"

"그렇게 말씀하실 것 없습니다! (…) 유 씨댁 취취 아씨가 속으로 반드시 이댁 도령님한테 시집을 가겠다고 몇 번이나 울고 불고 식음을 전폐하면서 다른 집에서 혼담을 넣는 족족 다 거절했지 뭐에요 글쎄! 고맙게도 그 댁 부모님께서 따님이 그처럼 뜻을 굳게 세운 것을 보고 진작에 따님 소원을 들어주어 댁의 도령님에게 출가시키기로 하셨답니다! (…) 지금 댁에서 만약에 가난하다고 거절하시면 이런 좋은 인연을 잃을 뿐만 아니라 그 아씨의 그런 정성과 호의까지 저버리는 격이 아니겠습니까?"

그러자 금 씨네 노부부가 말하는 것이었습니다.

"우리집 정도령의 재능이나 외모만 보면 그 댁 취취 아씨와 어울리긴 하지요. 그렇기는 해도 … 형편은 정말이지 가난하니 어디 정혼을 할 수가 있겠소? (…) 그러니 쉬이 말씀을 따를 수가 없구려!"

"뜻을 받드시는 편이 안 받드시는 것보다야 낫습니다! 말씀을 좀 완곡하게 하시는 수밖에요."

그러자 금 씨댁 노부부가 말했습니다.

"완곡 … 하게라니요?"

"지금 제가 두 분 대신 이렇게 전하겠습니다. 그냥 '저희 집에 아들이 있는데 꽤 시문을 압니다. 귀댁에게 혼담을 넣어 과분한 후의를 보이시니 어찌 그 말씀을 따르지 않을 수가 있겠습니까? 다만 저희 집은 빈궁한 집안 출신이어서 여태까지 가난한 것을 감수해 왔습니다. 만약 따님을 며느리로 들이자면 반드시 혼례에 필요한 제반 절차를 여쭈어야 하건만 그것들을 장만할 여력이 없습니다. 그러니 꼭 양해해 주시고 조금도 나무라지 않으셔야만 그 뜻을 받들 수가 있습니다.' 이렇게만 전하면 그 댁에서도 댁에서 예물을 장만하지 못하시는 것을 눈치챌 것은 물론이고 딸의 뜻을 어길 수가 없으니 마지 못해 따를 수밖에 없을 테니까요."

그러자 금 씨네 노부부는 몹시 기뻐하면서 말했습니다.

"가르쳐 주신 대로 할 테니 그저 성사되도록 수고 좀 해 주십시요!"

그러자 매파는 정말로 그 말을 유 씨댁에 가서 그대로 고했습니다. 유 씨댁 부모는 딸을 너무도 사랑한 나머지 속으로 그저 혼사를 이룰 생각밖에 없었지요. 그래서 매파가 금 씨댁에서 집이 가난해서 예물을 보낼 수 없다고 고하자마자 이렇게 말하는 것이었습니다.

"예로부터 '혼인에 재물을 거론하는 것은 오랑캐들의 법도[28]'라고 합

---

28 혼인에 재물을 거론하는 것은 오랑캐들의 법도[婚姻論財, 夷虜之道] : 중국 고대의 유행어. 예의를 중시하는 나라(중국)에서 중요하게 여기는 가치는 재물이 아니라 사랑이라는

디다. 우리 집이야 그저 사위만 생기면 그만이지 무슨 재물이나 예물까지 바라겠소이까?[29] 다만 한 가지 … 그 댁에서 부족하시다면 우리 딸이 그 댁에 가서도 지내기 어려울까 걱정입니다. (…) 그러니 … 우리 집으로 들여서 데릴사위로 삼는 수밖에요. (…) 그 길밖에 없을 것 같습니다."

그래서 매파는 또 그 뜻을 금 씨댁에 가서 알렸습니다. 그같은 제안은 금 씨댁 입장을 고려해서 한 결정이었으니 금 씨댁에서 어디 마다할 리가 있겠습니까? 너무도 반가워하면서 흔쾌히 승낙하는 것이었지요. 이리하여 유 씨댁에서 좋은 날을 골라서 금정을 데릴사위로 데려가고, 무릇 폐백이며 양이나 술 같은 것들도 모두 여자 집에서 알아서 준비해 왔답니다. 예로부터 이런 말이 있지요.

| 데릴사위는 | 入舍女婿 |
| 불알 두 쪽만 차고 가면 된다.[30] | 只帶着一張卵袋走. |

뜻으로 한 말이다. 수나라의 학자 왕통(王通, 584~617)이 『문중자(文中子)』에서 "혼인에 재물을 거론하는 것은 오랑캐들의 법도[婚姻論財, 夷虜之道]"라고 한 것이 유래가 되었으며, 원대 왕실보(王實甫)의 잡극 희곡 『파요기(破窰記)』, 명대 초기 구우(瞿佑, 1347~1433)의 문어체 소설집인 『전등신화(剪燈新話)』 제3권 및 후기의 풍몽룡(馮夢龍, 1574~1646)의 송대 화본소설집 『유세명언(喻世明言)』 제2권 등, 원·명대의 소설·희곡에서 자주 보인다. 그러나 이는 허무맹랑한 낭설이다. 중국의 남북조시대 정사인 『주서(周書)』 「고구려전」에 따르면, 고구려에서는 "혼인을 하고 아내를 맞이할 때의 예법에 있어서는 재물이나 폐백을 갖추는 경우가 거의 없다. 만약 재물을 받으면 당사자가 '계집종이라도 파느냐'고 말할 정도로 세간에서는 그런 짓을 무척 치욕스럽게 여겼다[婚娶之禮, 畧無財幣, 若受財者, 謂之賣婢, 俗甚恥之]"(문성재 역주, 『정역 중국정사 조선·동이전 2』, 제431쪽)고 한다. 6세기 고대로부터 능몽초 당시인 16세기까지 동이(東夷) 등 주변 이민족들에 대한 중국 학자들의 문화인식에 문제가 많았음을 알 수가 있다.

29 【즉공관 미비】好婦翁. 훌륭한 부모로군.

금 씨댁에서는 정말로 돈 한 푼 들이지 않고 혼사를 치루었지 뭡니까요. 그것은 바로 유취취가 단호한 각오로 금정에게 반하고 부모가 그녀의 뜻을 거역할 수가 없어서 하는 수 없이 뜻을 굽히고 딸의 요구를 따랐기 때문이었습니다.

그날로 금정이 유 씨댁으로 건너와서 맞절을 하고 부부가 상봉하니 두 사람 다 만족스러워 하는 것이었습니다. 이날 밤, 취취는 베개맡에서 가사를 한 편 지어 금생에게 선사했습니다.

일찍이 책더미 속에서 붓·벼루 함께 쓰다가	曾向書墨同筆硯,
왕년의 그 이가 이제 신랑 되셨구나.	故人今作新人.
신방에 화촉 밝히니 봄날과도 같구나.	洞房花燭十分春.
땀은 나비의 가루를 적시고	汗沾蝴蝶粉,
몸에선 사향 내음 자극하누나.	身惹麝香塵.
운우의 정 나누는 것 참 어색하여	殢雨尤雲渾未慣,
베개 맡에서 눈썹 찌푸리고 부끄러워하며	枕邊眉黛羞顰.
어여삐 여기고 아끼며 빈번하다 마다하지 마소.	輕憐痛惜莫辭頻.
낭군께 바라건대 이제부터	願郎從此始,

---

30 데릴사위는 불알 두 쪽만 차고 가면 된다[入舍女婿, 只帶着一張卵袋走] : 명대의 유행어. 명대에 강남지방에서는 성년 남자가 어떠한 지참금도 없이 빈 손으로 데릴사위로 처가에 들어가는 경우가 많았음을 짐작할 수가 있다.

날이면 날마다 가까워지기 바라나이다.   日近日相親.

—이는【임강선】가락을 따랐다   —右調【臨江仙】

그러자 금생도 운율을 맞추어 가사 한 편을 답례로 지어 주는 것이었
습니다.

돌이켜 보건대 서재에서 붓·벼루 함께 썼더니   記得書齋同筆硯,

신부가 다른 이가 아니었구나.   新人不是他人.

쪽배 타고 봄 찾아 온 무릉 방문 하니   扁舟來訪武陵春.

신선의 거처가 신선계와 이웃해 있고   仙居鄰紫府,

인간 세상이 홍진 세속과 격리되어 있구나.   人世隔紅塵.

바다와 산으로 맹세한 마음 이미 정하고   誓海盟山心已許,

몇 번이나 웃고 찌푸리며   幾番淺笑深顰.

사람 보면 그래도 수시로 말 걸었지.   向人猶自語頻頻.

속내에는 다른 뜻 없이   意中無別意,

가까워지고 나서 가까운 이 누구 있더냐?   親後有誰親.

—곡조가 앞과 같다   —調仝前

두 사람은 사이좋기가 정말이지 비취가 붉은 노을 진 하늘에 있고, 원
앙이 푸른 못을 노니는 것과 다를 바가 없을 정도였습니다. 그러나 즐거
움이 다하고 슬픔이 찾아올 줄 누가 알았겠습니까! 즐겁게 지낸 지 한 해

도 되지 않아 원나라의 정치가 기강을 잃자 사방에서 도적들이 일어났지 뭡니까. 그 중에서 소금장사인 장사성[31] 형제가 고우[32]에서 군사를 일으켜 바다를 낀 군현郡縣들이 모조리 함락되었습니다. 그의 부하들 중에 '이李장군'이라는 자가 있었는데 병력을 이끌고 선봉에 서서 가는 곳마다 민간에서 얼굴이 고운 여자들을 약탈하곤 했답니다. 그 병력이 회안[33]에 이르렀다가 유취취의 명성을 듣고 하인 한 무리를 거느리고 대문 안으로 쳐들어왔다가 마음에 들자 납치해서 가 버렸지 뭡니까요 글쎄! 이 당시에는 온 집안사람들이 자기 목숨을 보전하느라 이리저리 도망치다 보니 어느 누구도 다가가서 한 마디인들 할 엄두인들 내겠습니까? 멀쩡하게 눈을 뜬 채로 그놈들이 무리 지어 가는 것을 지켜보고만 있었어야 했지요.[34] 금정은 울고 불다가 몇 번이나 까무러쳤다가 되살아나기를 거듭했습니다. 그는 관군의 종적을 따라 다니면서 그녀를 찾아 다녔습니다마는 원나라가 관군을 데리고 북쪽에서 와서 토벌에 나섰지만 양쪽이 팽팽하

---

31 장사성(張士誠, 1321~1367) : 원대 말기의 군벌. 태주(泰州, 지금의 강소성 태주시) 백구장(白駒場) 사람으로, 어릴 때 이름은 구사(九四)였다. 지정 13년(1353)에 동생인 사덕(士德)·사신(士信)과 함께 염전 일꾼들과 함께 군사를 일으켜 태주·홍화(興化)·고우(高郵) 등지를 함락시키고 이듬해에 주(周)나라를 세우고 '성왕(誠王)'을 자처하면서 지금의 강소성 일대에서 할거하였다. 나중에는 원나라에 투항하고 홍건적(紅巾賊)의 지도자 유복통(劉福通)을 죽이고 '오왕(吳王)'을 자처했으나 주원장에게 패하고 포로가 되어 남경으로 끌려갔다가 스스로 목을 매고 죽었다.

32 고우(高郵) : 중국 고대의 지명. 지금의 강소성 양주시(揚州市)에 속한 고우시(高郵市) 일대에 해당한다.

33 회안(淮安) : 중국 고대의 지명. 지금의 강소성 중북부인 강회 평원(江淮平原) 동부의 회안시 일대에 해당한다. 옛 회하(淮河)와 경항대운하(京杭大運河)가 교차하는 지점이기도 하다.

34 【즉공관 미비】此時亦能哭泣不食乎. 이 상황에서 아무리 울고 분다 한들 끼니를 먹지 않을 수가 있을까?

게 맞서면서 전쟁이 그칠 새가 없게 되는 바람에 길에는 다니는 사람조차 끊겼지 뭡니까요. 그렇다 보니 무턱대고 갔다가 반란군이라도 만나 그들 손에 죽기라도 한다면 어디 하소연 할 곳도 없었습니다. 그저 괴로움을 참으면서 지낼 수밖에요!

그렇게 지정[35] 말년에 이르자 장사성은 세력이 커져서 강남과 강북, 삼오[36]와 양절[37]로부터 그대로 양광[38]과 익주[39]까지 영역을 개척하여 모조리 장악했답니다. 원나라 조정은 토벌할 수가 없자 하는 수 없이 그들을 회유하기로 결정했지요.[40] 사성은 원래

원대 말기 장사성의 세력권. 주로 지금의 강소와 절강 두 지역에 걸쳐 할거하였다

---

35 지정(至正) : 원나라의 제11대 황제 보르지긴 토곤테무르(1333~1370)가 사용한 마지막 연호. 1341~1370년의 30년 동안 사용하였다.

36 삼오(三吳) : 중국 고대의 지역명. 원래 진(晉)대에는 강소성의 오흥(吳興)·오군(吳郡) 및 절강성의 회계(會稽)를 가리키는 지역명이었으나 나중에는 장강 하류의 강남지역을 두루 일컫는 이름으로 범위가 확장되었다. 여기서도 '강남지역'으로 이해하면 좋을 듯하다.

37 양절(兩浙) : 중국 고대의 지역명. 중국에서는 전통적으로 절강성의 전당강(錢塘江)을 중심으로 그 동쪽을 '절동(浙東)', 그 서쪽을 '절서(浙西)'라고 불렀는데 이 두 지역을 아울러 '양절'로 일컬었다.

38 양광(兩廣) : 중국 고대의 지역명. 광동(廣東)·광서(廣西) 두 지역을 아울러 '양광'으로 일컬었다.

39 익주(益州) : 중국 고대의 지역명. 한나라 무제가 설치한 '13자사부(十三刺史部)'의 하나로, 지금의 사천성 등지에 해당하며 치소는 지금의 성도시 일대였다.

40 【즉공관 미비】招撫二字內衰世之妙着, 儒將之兵機. '초무' 두 글자 속에 쇠약한 세상의 묘

통일할 생각이 없었습니다. 그저 현 상태로도 이미 만족하고 있었기 때문에 전쟁을 멈추려고 했지요. 그래서 마침내 원나라 조정에 투항하고 그 연호를 받들면서 왕의 작위를 받고 각자의 영역을 지켰습니다. 민간은 그제서야 안정되었고 도로도 그때서야 다닐 수 있게 되었지요. 취취를 그리워하던 금생은 한시도 그녀 생각을 지울 수가 없었습니다. 그래서 길을 다니기 수월해지자마자 바로 외지로 나가서 그녀의 행방을 찾아볼 생각으로 몇 냥의 노자를 챙기고 봇짐을 싼 뒤 자기 부모와 작별한 뒤 장인과 장모를 보고 말했습니다.

"이번 걸음에서 반드시 아내의 행방을 찾아내고 말겠습니다. 만약 찾아내지 못하면 맹세코 돌아오지 않겠습니다!"

하고는 통곡을 하면서 집을 떠났습니다. 그는 도중에 양주[41]에서 장강을 지나 윤주[42]로 들어갔는데, 풍찬노숙을 하고 밤에는 묵고 새벽에 길을 나서는 식으로 평강[43]까지 왔지요. 그런데 길에 있는 사람이 하는 말을 들

책이며 유학자 장수의 대책이 깃들어 있지.

41 양주(揚州): 중국 고대의 지명. 명대에 남직예(南直隷)에 속했던 양주부(揚州府)로, 지금의 강소성 양주시에 해당한다.

42 윤주(潤州): 중국 고대의 지명. 수나라 개황(開皇) 15년(595)에 설치되었으며, 고을 동쪽에 자리잡고 있는 윤포(潤浦)에서 그 이름이 유래하였다. 지금의 강소성 진강시(鎭江市)와 단양·구용(句容)·금단(金壇) 등의 현을 관할하였다. 당나라 말기에 단양군(丹陽郡), 윤주로 차례로 개칭되다가 북송의 정화(政和) 3년(1113)에 진강부로 개칭되었다.

43 평강(平江): 중국 고대의 지명. 지금의 강소성 소주시 일대에 해당한다. 송대에 '평강'으로 일컬어졌는데, 소주의 옛 성 안을 남북으로 흐르는 평강하(平江河) 물줄기를 따라 총 1,606m에 걸쳐 형성되어 있었다고 한다. 이 구역 양쪽으로는 크고 작은 거리와 골목들이 복잡하게 이어지고 10개나 되는 우물이 있다고 해서 '십천리(十泉里)'로 일컬어지기도

으니, 이장군이 소흥[44]을 지키고 있다는 소식을 듣고 서둘러 임안[45]까지 달려가 전당강[46]을 지나서 서흥[47]의 밤배를 타고 소흥에 도착했습니다. 거기서 사람들에게 물어 보니 이장군이 벌써 안풍[48]으로 전보되어 가서 주둔하고 있다지 뭡니까. 그래서 다시 고생을 마다하지 않고 물어 물어 안풍까지 갔더니 안풍 사람이 말하는 것이었습니다.

　"이틀만 일찍 오셨어도 그때까지 여기에 계셨을 텐데 … 지금은 호주[49]로 돌아가 주둔하고 계십니다. 얼마 전에 출발하셨지요."

　"호주에 도착했을 때 또다른 곳으로 가시는 건 아닐지 걱정이로군요!"

하였다. 원대에는 소주 인근의 오현(吳縣)·상숙(常熟)·곤산(崑山) 등의 현을 관할하였다.

44　소흥(紹興) : 중국 고대의 지명. 지금의 절강성 소흥시 일대에 해당한다.

45　임안(臨安) : 송대의 지명. 지금의 절강성 항주시(杭州市) 임안구(臨安區)에 해당한다.

46　전당강(錢塘江) : 중국의 하천 이름. 절강성 전당현(錢塘縣) 즉 지금의 항주 일대를 흐르는데 강줄기가 갈 지(之) 자로 구부러져 흐르기 때문에 때로는 '절강(浙江)·곡강(曲江)·지강(之江)'으로 부르기도 하였다. 강물이 바다로 진입하는 해녕(海寧) 구간은 나팔 모양을 하고 있어서 밀물 때가 되면 바닷물이 폭 100km의 강 입구로 밀려든다. 이때 밀려든 바닷물은 서서히 좁아지는 지형으로 인해서 최고 높이가 3.5m에 이르고 천둥 같은 소리를 내는 거센 파도를 이루어 장관을 이룬다.

47　서흥(西興) : 절강성 전당강 남안의 소도시. 지세가 험하지만 절서와 절동을 연결해 주는 관문으로 교통이 발달되었다. 춘추시대에는 고릉(固陵)으로 불렸으며, 육조시대에 서릉(西陵)으로 불렸으나 오대시기의 오월왕 전류(錢鏐, 852~932)가 '릉(陵)'은 죽은 왕의 무덤을 연상시켜 불길하다 하여 '서흥'으로 개명했다고 한다.

48　안풍(安豐) : 중국 고대의 지명. 지금의 강소성 흥화시(興化市)에 속한 안풍진(安豐鎭) 일대에 해당한다.

49　호주(湖州) : 중국 고대의 지명. 지금의 절강성 호주시(湖州市)에 해당하는 지역으로, 태호(太湖)의 남안, 항주 북쪽, 상해 남쪽에 자리잡고 있다. 명대부터 고급 비단의 생산지로 유명하였다.

"호주는 군대가 주둔하는 곳이니 다른 데로는 안 가실 겁니다."

"그렇다면 ⋯ 저 멀리 하늘 끝에 있다고 해도 얼마든지 가야지요!"

그래서 계속 호주 쪽으로 갔지요.

따지고 보면 금생은 동분서주 하면서 얼마나 먼 길을 달려 왔는지 모를 정도였습니다. 그렇게 길에서 두 해가 넘는 기간을 보내도록 아내는 한번도 만나 보지 못했지만 그 마음만은 해이해진 적이 없었지요. 도중에 노자가 떨어지면 하는 수 없이 동냥을 하면서 버텼고 숙박비가 바닥나면 별 수 없이 한 데에서 노숙을 해야 했답니다. 그래도 정말로 마음은 철석 같이 굳어서 만 번을 죽어도 마다하지 않을 태세였습니다. 그렇게 얼마 지나지 않아[50] 호주에 도착해 물어서 찾아가니 정말 이장군이라는 사람이 그곳에 주둔하고 있었지요. 그 장군은 장왕[51]의 신임을 받던 인물로, 존귀하고 중후하게 처신하면서 그 위세가 아주 대단했습니다. 그 관아 대문 앞으로 가서 보니 정말 위엄이 넘치지 뭡니까요. 그 광경을 볼작시면

---

50 얼마 지나지 않아[不則一日] : '부즉일일(不則一日)'을 글자 그대로 풀면 '하루가 되지 않아서'로 번역할 수 있다. 그러나 물리적, 지리적으로 따져 보면 '열흘 정도 지나서'로 이해해야 하는 셈이다. 이는 송·원대의 화본소설, 명대의 의화본소설 등 구어체 문학작품들에서 화자가 거론하는 '부즉일일'이 실제에 근거한 표현이 아니라 이야기꾼의 상투적이고 관용적인 표현으로 굳어졌음을 시사해 주는 셈이다. 이 같은 상황은 『박안경기』의 다른 작품들에서도 마찬가지이다. 따라서 여기서는 '부즉일일'을 편의상 "얼마 지나지 않아"로 번역하기로 한다.

51 장왕(張王) : 장사성을 가리킨다. 자세한 내용은 "장사성" 주석을 참조하기 바란다.

가림벽은 새로 단장되어 있고	門墻新綵,
늘어선 창들은 삼엄도 하다.	縈戟森嚴.
괴수 얼굴에 청동 고리는	獸面銅環,
나란히 머금고 은근하며	並銜而宛轉,
무쇠 같은 건장한 사나이들	彪形鉄漢,
마주 선 모습 우뚝도 하구나.	對峙以巍峩.
문틀 위로 붙여져 있는 것은	門闌上貼着
글자 쓰지 않은 복숭아나무 널 두 쪽	兩片不寫字的桃符,
걸상 옆에 늘어서 있는 것은	坐墩邊列着
음식도 먹지 않는 사자 한 쌍	一雙不喫食的獅子,
천상의 신선세계는 아니라 해도	雖非天上神仙府,
이것만으로도 인간세상서 부귀 누리는 집이로다!	自是人間富貴家.

금생은 대문 앞까지 와서 한 동안 서 있기만 할 뿐 들어갈 엄두도 내지 못했습니다. 그렇다고 입을 열기도 어려웠지요. 그래서 머리를 내밀고 안쪽을 좀 바라보다가 다시 몇 걸음을 물러섰다가 하면서 안절부절하는 것이었습니다.

그렇게 경황이 좀 없을 때였습니다. 가만 보니 대문을 지키는 웬 늙은 종이 걸어 나오더니 묻는 것이었습니다.

"수재님, 무슨 일이라도 있으십니까? (…)이 대문 앞에서 기웃기웃

하시니 … 설마 간첩은 아니시지요? (…) 장군께서 아시면 난리가 납니다요!"

그러자 금생은 그에게 큰소리로 인사를 했습니다.

"노인장, 인사 받으십시요!"

늙은 종은 반절을 하더니 말했습니다.

"무슨 … 하실 말씀이라도 있으십니까요?"

"소생은 회안 사람입니다. 지난번 난리가 났을 때 누이를 하나 잃어 버렸는데 듣자니 이 관아에 있다고 하더군요. 해서 천 리 길도 마다하지 않고 한번 얼굴이라도 보고 싶어서 이렇게 … 확신을 할 수도 없어서 누구 한 분 찾아서 좀 여쭈어 보려던 차에 반갑게도 노인장을 뵙게 된 것입니다!"

"함자가 어떻게 되시는지요? 누이 분은 이름이 어떻게 되시고요? 나이는 얼마나 됩니까? (…) 분명히 일러 주시면 제가 대신 찾아서 수재님 한테 알려 드리지요."

금생은 자신의 진짜 성씨를 숨기고 아내의 성씨만 일러 주면서 말했습니다.

"소생은 성이 유, 이름은 금정입니다. 누이는 '취취'라고 부르지요. 글자를 알아서 편지도 주고받았답니다. (…) 잃어 버렸을 때 나이가 마침 열여섯 살이었으니 … 금년까지 세면 스물네 살이 되었을 겁니다!"

늙은 종은 고개를 끄덕이면서 말했습니다.

"그렇지, 그렇지! (…) 우리 관아에 정말 유씨 성을 가진 젊은 댁이 있기는 합니다요. (…) 회안 사람이고 … 금년에 스물네 살에 … 글자도 알고 시도 지을 줄 알더군요. 거기다가 매사에 딱 부러지고 빈틈이 없답니다. (…) 우리 나리님께서 각별하게 총애하는 소실[52]로, 다른 이들은 따라올 수 없을 정도랍니다. (…) 수재님 말씀이 틀림이 없군요, 틀림 없어요! 말씀대로 누이시라면 수재님께서는 처남이 되시는군요. (…) 수재님, 일단 문간방에 좀 앉아 계십시오. 제가 가서 장군께 고해 알려 드리겠습니다요!"

그 종은 허둥지둥 뛰어 들어가고 금생은 문간방에서 그가 대답하러 오기를 기다리고 있었던 것은 말할 필요도 없었습니다.

---

52 각별하게 총애하는 소실[專房] : '전방(專房)'은 남자의 총애를 받는 애첩을 가리키는 송대의 구어식 표현이다. 송대 문헌인 『기담시어(綺談市語)』「친속문(親屬門)」에서는 "총애하는 이를 '전방'이라고 한다[寵人, 專房]"라고 설명하였다. 원래는 고대에 황제의 수많은 비빈이나 대갓집의 처첩들 중에서 자신만 사용하는 방을 가질 정도로 총애를 받는다는 뜻에서 한 말이다.

계속 이야기를 들려 드리도록 하겠습니다. 유취취는 그 해에 납치되어 가서 이장군을 처음 만났을 때 먼저 울고불고 죽네 사네 하면서 그를 따르려 하지 않았답니다. 그러자 이장군은 그녀에게 겁을 주었지요.

　"나를 따르면 너희 집안사람들을 곤란하게 만들지 않겠다. 허나! … 따르지 않으면 그 집은 풀 한 포기 남겨 놓지 않을 테다!"

　취취는 부모와 시가에 누가 될까 두려워서 억지로 순종할 수밖에 없었습니다.[53] 이장군은 그녀가 총명하고 영리한 데다가 글도 알고 물정에도 밝은 것을 보고 마치 진주나 옥처럼 사랑해서 몹시 챙겨주고 무슨 말이든 다 들어주곤 했지요. 취취는 비록 그의 시중을 들면서 웃는 얼굴로 말했지만 한 순간도 남편을 그리워하지 않은 적이 없었고, 기쁜 날이 없었습니다. 그녀는 속으로 이런 공상까지 했습니다.

　"연분이 끊어지지 않았다면 어쩌면 … 그래도 언젠가는 만나게 되겠지."

　그러나 날이 가고 또 가도 이장군이 사방으로 출정하다 보니 정처가 없지 뭡니까요.
　그렇게 자기도 모르는 사이에 어느 덧 육칠 년이 지났답니다. 이날 이

---

53 【즉공관 미비】以身全家, 未爲不是. 每見有對賊失節而一家殲滅無遺者, 一個忠成九族殃, 傷哉. 한 몸으로 집안을 건사하는 일은 잘못 아닌 것이 없었다. 도적을 만나 절개를 잃고 온 가족이 남김 없이 몰살된 이를 볼 때마다 충성심 하나 때문에 구족이 멸족된 셈이니 슬프기 짝이 없다!

장군이 보니 늙은 종이 와서 고하기를 취취의 오라비 유금정이 바깥에서 뵙기를 바란다는 것이었습니다. 그래서 이장군이 취취에게 물었지요.

"너희 집에 오라비가 있었더냐?"

그러자 취취는 속으로

'내게 무슨 오라버니가 있겠어? (…) 아마도 서방님이 이곳까지 찾아왔다가 사실대로 밝히기 곤란해서 그렇게 갖다붙였을 테지.'

하는 생각에 말을 바꾸어 이렇게 둘러대었지요.

"오라비가 하나 있기는 합니다마는 몇 년째 생이별을 했으니 맞는지 아닌지 모르겠군요. 일단 그 사람 이름이 무엇인지 물어 보면 알 수가 있습니다."

"문지기 하는 말이 '유금정'인가 뭔가라더구나."

취취는 '금정'이라는 말을 듣자 마음속이 칼로 에듯이 아프지 뭡니까. 그녀는 남편이 유씨로 속이고 찾아온 것을 눈치채고 말했습니다.

"그렇다면 정말 제 오라비입니다. 오라버니를 뵙고 싶어요!"

"내가 먼저 나가서 만나 보마. 그리고 나서 너를 부르도록 하지."

장군은 늙은 종에게 분부했습니다.

"가서 그 유 수재를 안으로 모셔라!"

늙은 종은 명령에 따라 밖으로 나와서 금생을 데리고 들어갔습니다. 이장군은 무인 출신이어서 거만하게 행동해서 거실로 가서 가운뎃자리에 앉는 것이 아닙니까. 금생은 위쪽을 향해 두 번 절을 할 수밖에 없었지요.[54] 장군은 절을 받고나서 물었습니다.

"수재는 어떤 일로 왔는가?"

"금정은 성이 유이며 회안 사람입니다. 왕년에 전란으로 집안사람들이 뿔뿔이 흩어진 뒤에 누이 하나를 잃어 버렸습니다. 듣자니 장군님 댁에 있다고 해서 특별히 고향에서 이곳까지 달려 왔습니다. 모쪼록 한번만 보게 해 주십시오!"

장군은 그가 점잖고 말도 조리가 있는 것을 보더니 반가운 표정을 지으면서 말했습니다.

---

54 【즉공관 미비】本色之甚. 그야말로 참모습이로고!

"처남, 일어나시오! 처남 누이는 별고 없이 잘 지낸다오. 지금 당장 나와서 만나게 해 드리리다!"

장군 곁에는 '소수'[55]라는 동자가 하나 서 있었습니다. 장군은 그 동자를 시켜 집안으로 들어가 이렇게 명령을 전하게 했지요.

"유 나리께서 특별히 고향에서 멀리까지 오셨다고 아씨께서 어서 나와서 만나 보라고 하십니다!"

앞서 그 이야기를 들은 취취는 마침 온몸이 다 근질거리던 참이었습니다. 그런데 밖에서 부른다는 소리를 듣자 두 걸음을 한 달음에 내달아 서둘러 거실로 뛰어나와 고개를 들고 보았더니 정말로 남편 금정이었습니다! 장군이 위쪽에서 눈을 부릅뜨고 있는 바람에 다가가서 상봉하기는 곤란했고 그저 내친 김에 그대로 밀어붙여 누이 행세를 하면서 '오라버니' 하고 부르면서 오누이의 예법에 따라 거실 앞에서 재회하는 수밖에 없었지요.

손님들, 제 이야기 좀 들어 보십시오. 만약 이때 소생이 그 곁에 있었더라면 그 장군을 덥석 잡아 끌어내고 두 사람이 오랫동안 이야기를 나

---

55 소수(小竪) : '소수(小豎)'라고도 적는다. 상대를 낮추어 부르는 말로, 글자 그대로 직역하면 '하찮은 종놈'이라는 뜻이다. 봉황산(鳳凰山) 168호 한대 묘에서 출토된 죽간의 "달구지 한 대와 종 하나(牛車一兩, 竪一人)"에서도 볼 수 있듯이, 고대에는 '종복'을 뜻하는 글자였으며, 나중에는 '궁중에서 부리는 하급 관리'를 가리키는 말로도 사용되었다.

누고 느긋하게 회포를 풀게 해 주었을 것입니다. 그렇게 해 주어야 경우에 맞는 일이 아니겠습니까? 그런데 이 장군이라는 작자는 눈치도 없이 마치 시험장에서 감독을 하는 어사[56]라도 되는 것처럼 눈 한번 깜빡하지 않고 그 자리에 앉아 있는 것이었습니다. 금생과 취취는 비록 부부가 상봉하는 자리였지만 은밀한 사랑의 속삭임[57] 한 마디조차 하지 못하고[58] 그저 부모님의 안부만 물어 볼 수밖에 없었지 뭡니까! 두 사람은 '부모님은 잘 계신지' 물으면서 서로 마음만 확인할 따름이었습니다. 눈물은 속으로만 흘릴 수밖에 없었답니다!

예전엔 한 숲 속 새들이더니   昔爲同林鳥,
지금은 따로 나는 제비 되었네.   今作分飛燕.
상봉하고도 서로 난처해 하니   相見難爲情,
차라리 보지 말 것을!   不如不相見.

또, 옛날 악창공주[59]가 양월공[60]의 처소에서 서덕언[61]과 만날 때에도

---

56 어사(御史) : 명대의 관직명. 명대에 조정에서 지방관들을 감찰하고 죄인을 심문하거나 중사의 득실을 직언하게 하기 위해 시행하였다. 건국 초기인 태조의 홍무 연간에는 임시로 간간이 파견하다가 성조의 영락(永樂) 원년(1403)부터는 상설제로 바뀌어, 각 성(省)마다 한 사람씩 파견되었다. 품계는 낮았지만, 황제를 대신하여 전국을 순시하며 국가대사는 조정에 상소하고 사소한 사안들은 직접 판결을 내리는 등, 포정사사(布政使司)와 경쟁적인 관계를 유지했으며, 각 부(府)·주(州)·현(縣)의 지방관들도 그 명령을 따라야 할 정도로 권력이 막강하였다. '순안어사(巡按御史)'로 불리기도 하였다.

57 은밀한 사랑의 속삭임[私房話] : '사방화(私房話)'는 제3자가 들어서는 안될 부부 사이의 은밀한 이야깃거리를 가리키는 말이다.

58 【즉공관 미비】眞難爲情. 참으로 난감하다.

59 악창공주(樂昌公主) : 중국 남북조시대 진(陳)나라 후주(後主) 선제(宣帝)의 딸이자 진

이런 시를 지은 일이 있었지요.

> 오늘은 어째서 옮기셨나　　　　　　　今日何遷次,
> 새 관리가 옛 관리를 마주하고도　　　新官對舊官.

숙보(陳叔寶, 553~604)의 누이동생. 평판이 나빴던 진숙보와는 달리 성격이 부드럽고 현숙하며 대범하고 문학적으로도 조예가 깊어서 백성들의 칭송을 들었다고 한다.

60　양월공(楊越公) : 수나라 문제(文帝) 당시에 재상을 지낸 양소(楊素, 544~606)를 말한다. 진숙보의 진나라를 멸망시키는 데에 공로를 세워서 문제가 진나라 궁궐에 있던 궁녀들을 하사했다고 한다. 당대 말기에 두광정(杜光庭, 850~933)이 지은 문언체 소설인『규염객전(虯髯客傳)』에도 등장한다. 이 소설에서 이정(李靖)은 장안(長安)에서 당시 사공(司空)으로 있던 양소를 만나러 갔다가 그 집 가희인 홍불(紅拂)에게 연정을 품고 함께 야반도주를 한다. 그 후 길에서 장규염(張虯髯)이라는 호걸을 만나 함께 태원(太原)으로 가서 이세민(李世民) 즉 훗날의 당나라 태종을 만난다. 장규염은 본래 천하를 가지려는 뜻을 품고 있었으나 이세민의 비범함을 보고 자신의 재산을 털어 이정에게 주고 그가 이세민을 도와 당나라를 세우도록 이끈다.

61　서덕언(徐德言) : 남북조시대 진나라 제2대이자 마지막 군주인 진숙보의 부마. 진나라에서 이름난 명사로 진숙보의 누이동생인 악창공주와 혼인하여 부마가 되었으며 공주와 금슬이 좋아서 나랏사람들로부터 천생연분이라는 찬사를 받았다. 그러나 진숙보의 폭정으로 국운이 기울자 북방의 수나라가 그 틈을 노려 진나라를 침공하였다. 난리통에 생이별을 하게 된 두 사람은 청동거울을 둘로 쪼개어 각자 반 쪽씩 지니면서 훗날 정월 열닷새에 서울에서 거울을 파는 것을 신호로 재결합하기로 약속하였다. 결국 진나라가 멸망하고 수나라가 천하를 통일하자 서덕언은 당초의 약속대로 장안으로 왔으나 공주가 수나라 승상인 양소에게 출가한 사실을 알고 좌절한다. 결국 희망을 버린 서덕언은 공주에게 전해 달라면서 자신이 가지고 있던 거울 반 쪽과 자신이 지은 시 한 편을 그 하인에게 건넨다. 거울과 시를 전달 받은 공주가 하염없이 눈물을 흘리는 것을 이상하게 여긴 양소는 그녀로부터 사연을 듣고 두 사람의 처지를 딱하게 여겨 결국 공주를 서덕언에게 돌려보냈다고 한다. 참고로 이 이야기에 소개된 서덕언의 시는 일부 문구에서 원작과는 다소 거리가 있다. "거울과 사람 모두 떠나갔다가 거울은 돌아왔건만 사람은 미처 돌아오지 못했구나. 다시는 항아 같은 그녀 모습 볼 수 없게 되고 그저 빛나는 밝은 달만 남았구나! [鏡與人俱去, 鏡歸人未歸. 無復姮娥影, 空留明月輝)" 부마는 '부마도위(駙馬都尉)'를 줄여서 일컫는 이름으로, 한나라 무제 때 처음으로 설치되었다. 한대에 황제가 출행할 때 황제가 타는 어가 즉 정거(正車)를 봉거도위(奉車都尉)가, 황제의 시중을 맡은 측근들의 수레인 부거(副車)는 부마도위가 각각 관장하였다. 공주와 혼인하는 사람에게 이 벼슬을 내린 것은 위·진시대 이후부터이다.

웃는 것도 우는 것도 다 엄두를 못 내니   笑啼俱不敢,
이제야 사람 구실 어렵단 말 믿겠구나!   方信做人難.

지금의 취취의 이 모습이 그런 경우와 꽤 비슷한 데가 있는 것 같습니다. 다만, 악창과 서덕언의 경우, 두 사람이 부부라는 사실을 양월공이 알고 있었습니다마는 여기의 금생과 취취는 그저 오누이 사이로 재회했을 뿐이었습니다. 더욱이 속내를 다 감추고 남이 눈치채기라도 할까 두려워 했으니 그 사정이 더더욱 딱했지요! 심지어 이장군은 투박한 무관이다 보니 비밀을 눈치채지 못하여 전혀 의심을 품지 않았습니다. 그는 그저 진짜 오라비인 줄로만 알고 처남으로 받아들여 친혈육을 그리는 마음이 간절해지는 것이었습니다. 그래서 금생을 보고 말했지요.

"처남! 기왕에 멀리까지 찾아온 이상 먼 길을 오느라 심신이 지쳤을 테니 내 집에서 한동안 편히 쉬도록 하시오! 내가 처남을 위해서 방법을 강구해 보리다!"

장군은 새 옷 한 벌을 꺼내 처남에게 입히도록 분부하고 입고 있던 흙먼지로 더럽혀진 낡은 옷은 벗게 했습니다. 그리고 서쪽의 첫 번째 작은 서재 방을 청소하고 침상과 침구들을 가져다 놓고 갖가지 물품들을 잘 준비한 다음 금생이 그 방에서 쉬도록 해 주었습니다.[62] 금생은 장군이

---

62 【즉공관 미비】□□之意愈殷, 還妻之望愈絶矣. □□하는 마음이 간절하면 할수록 아내를 돌려 준다는 기대감은 갈수록 멀어지는 것을!

이 장군이 처남을 잘못 맞아들이다

자신을 머물게 해 주어 기회를 봐서 아내와 만날 수 있기를 바라던 참인데 지금 그가 이렇게 자진해서 챙겨 주는 것을 보자 자신이 원하던 바인지라 기쁜 마음으로 서재에서 묵었지요. 다만 아내가 안채에 있을 것을 속으로 생각하노라니 정말 괴롭기 짝이 없었습니다![63]

그렇게 하룻밤을 보내고 다음날 아침에 일어나니 소수가 와서 고하는 것이었습니다.

"장군께서 거실에서 이야기를 나누자며 수재님을 부르십니다."

얼마 뒤에 장군은 금생과 인사를 나누고 나서 물었습니다.

청대의 『개자원화전(芥子園畵傳)』에서 소개한 악창공주 초상

"취취가 글자를 알던데 … 처남은 글을 좀 하시오?"

"소생은 고향에서 유학을 업으로 삼고 있었습니다. 시문은 기본이고 경전이며 사서에 백가[64]까지도 모두 섭렵했지요. 그러니 모르는 것이 어

---

63 【즉공관 미비】 眞難爲情. 참으로 난처하구나.
64 백가(百家) : 전국시대의 '제자 백가(諸子百家)'를 말한다. 주대(周代)로부터 진시황(秦

디 있겠습니까?"

금생이 이렇게 말하자 장군은 반가워하면서 말하는 것이었습니다.

"처남한테 솔직히 말하자면, … 난 젊어서 배우지 못한 데다가 난세를 만나는 바람에 길고 큰 창 쓰는 솜씨 하나만으로 이 자리까지 올라왔소이다! 다행스럽게도 우리 왕께서 신임하셔서 나한테 빌붙는 자들도 아주 많지. 해서 날마다 손님들로 대문이 넘쳐 나지만 나 대신 접대할 만한 인물이 없고, 오가는 서찰들이 잔뜩 쌓였건만 대신 처리할 만한 인물이 없어서 내 정말이지 짜증이 다 날 지경이외다![65] (…) 이번에 다행스럽게도 처남이 예까지 왔고 … 글도 알고 예의범절에도 밝으니 이참에 내 집에서 기실[66]을 맡아 준다면 나도 훨씬 편해질 것 같구려. 더욱이 아주 가까운 친척이 아니오? (…) 처남도 분명히 거절하지 않을 걸로 믿소! (…) 처남 생각은 … 어떻소이까?"

금생은 안채에서 머물고 싶던 참인지라 이렇게 대답했습니다.

"소생의 재능이 하찮아서 장군의 기대에 부응하지 못할까 걱정입니다

始皇)에 의해 천하통일이 이루어지는 기원전 3세기까지 활동한 수많은 철학자와 학파를 가리킨다. 이들의 다양한 철학적 문제의식은 크게 유가(儒家)·묵가(墨家)·도가(道家)·법가(法家)의 네 가지 유파로 개괄할 수 있다.

65 【즉공관 미비】本色之甚. 그야말로 참모습이로고!

66 기실(記室) : 중국 고대의 관직명. 후한대에 설치되었으며, 공문을 작성하거나 전달하는 업무를 관장하였다.

… 마는 어찌 감히 거절할 수가 있겠습니까!"

장군은 그 말을 듣고 몹시 기뻐하면서 서둘러 안채에서 열 통 정도의 서신을 가지고 나와 개봉해 금생에게 건네면서 말했습니다.

"그럼 수고스럽지만 처남이 나 대신 서찰의 내용을 잘 읽어 보고 그들한테 답장을 해 주시오. 내 마침 이 문제들 때문에 골치를 앓던 참인데 이제는 됐구만 그래!"

금생은 그것들을 들고 서재로 가서 처음부터 끝까지 차례로 개봉해 내용들을 잘 읽어 본 다음 일일이 답장을 잘 작성해서 초고를 가져다 장군에게 보였지요. 장군이 금생을 시켜 한번 읽어 보게 했더니 거기에 중간중간 설명까지 곁들이지 뭡니까.[67] 그것을 다 듣고 나서 장군은 손뼉을 치면서 말하는 것이었습니다.

"기막혀, 기막히군! 구구절절 내가 속으로 하고 싶던 이야기로구려! 처남 정말 대단해! 하늘께서 나를 도우라고 보내 주셨군 그래!"[68]

이리하여 이때부터 더더욱 금생을 아주 잘 대해 주는 것이었습니다.

---

67 【즉공관 방비】如畵. 그 상황이 보지 않아도 눈에 선하구나.
68 【즉공관 미비】禰衡之所以服黃祖也. 예형이 황조를 탄복하게 만든 셈이로군.

금생은 총명한 사람이다 보니 장군의 집에서 분수를 잘 지키면서 온화하게 사람들을 대해 주었습니다. 그래서 집 안에서 집 밖까지 그를 좋아하지 않는 사람이 없을 정도였지요. 그는 그럴수록 몸을 삼가면서 말을 할 때에도 함부로 언성을 높이는 법이 없었습니다. 장군 앞에서는 그저 그의 좋은 점만 이야기해 주니 장군이 흡족해 한 것은 굳이 말할 필요도 없었지요. 그러나 금생은 몸만 걱정 없이 편하게 지내게 된다면 틈을 내서 아내를 좀 만나 그간의 고생했던 일들을 털어놓을 생각뿐이었습니다. 게다가 아내가 남을 몇해째 따르고 있으니 그녀의 속내는 어떻게 바뀌었는지, 그녀와 인연을 끊는다고 이야기해야 할 지도 알 수가 없었지요.[69] 그러나 거실 앞에서 그렇게 한번 본 뒤로는 다시는 만나 볼 수가 없게 될 지 누가 알았겠습니까 글쎄! 그렇다고 장군에게 만나보고 싶다는 뜻을 토로하려 하다가도 괜한 의심을 불러 일으켜 오히려 역효과가 생기지나 않을까 두려워했습니다. 그래서 은밀히 꾀를 좀 서서 소식을 주고 받으려 해도 규방이 하도 깊어 안채와 바깥채가 단절되어 있다 보니 편의를 도모할 길이 없었지요.

그렇게 날이 가고 또 가서 어느 사이에 벌써 몇 달이 지났답니다. 때는 바야흐로 가을에 접어들어 서풍이 밤에 불기 시작하고 이슬이 서리로 변해 있었지요. 그는 빈 방에 외롭게 있노라니 한숨이 다 나오고 슬퍼서 밤새도록 잠을 이룰 수가 없었습니다. 더욱이 아내 취취가 이때 비단금침

---

69 【즉공관 미비】 此亦要緊. 그것도 아주 중요하지.

속에서 남과 같이 자고 일어나고 할 것을 생각하니 기분이 좋을 리가 있나요? 마음속으로 아직도 나를 기억하고 있는지? 내가 이처럼 쓸쓸하고 외롭게 지내느라 매 순간을 괴로워하고 있는 것을 알기나 하는지?[70] 그러다가 속내를 한 편의 시로 지어 보았습니다.

고운 꽃을 옥 난간으로 옮겨다 놓았더니	好花移入玉闌干,
봄 풍광조차 다시 볼 필요 없겠구나.	春色無緣得再看.
즐거울 때야 슬플 때 고역임을 어찌 알겠나?	樂處豈知愁處苦?
헤어지기 아무리 쉬워도 보기는 어려운 것을!	別時雖易見時難.
어느 해에 변방서 다시 말머리 돌리시나?	何年塞上重歸馬,
이 밤에 뜨락에서 홀로 난새 춤을 추네.	此夜庭中獨舞鸞.
안개 낀 누각 구름 뜬 창문은 얼마나 깊길래	霧閣雲窗深幾許,
딱하게도 그 둥글디 둥근 달을 다 저버리는고?	可憐辜負月團團.

시가 완성되자 금생은 그것을 편지지에 적더니 그것을 부쳐서 취취에게 보여주고 그녀의 속내를 알고 싶었습니다. 그러나 소문이 나기라도 할까 두려워서 꾀를 내어 베 두루마기의 목 부위 재봉선을 뜯고 시를 그 안에 감춘 다음 바깥에서 원래대로 꿰맸습니다. 그리고 나서 서재에서 시중을 들던 소수를 불러서 이렇게 말했지요.

---

70 【즉공관 미비】眞難爲情. 정말 난처하구만.

"날이 차졌는데 내 입은 옷이 얇구나. (…) 이 두루마기는 때가 잔뜩 탔으니 대신 안채로 가지고 가서 내 누이한테 전해 주겠니? 옷깃을 뜯어 씻을 건 좀 씻고 기울 건 좀 기워 달라고 해라. 내가 가져다 입을 수 있도록 말이다."

그러면서 백 전 정도의 돈을 꺼내 소수에게 쥐어 주고 말했습니다.

"심부름 좀 부탁한다! (…) 이 돈은 과자라도 좀 사 먹도록 하렴."

소수는 돈을 보더니 몹시 기뻐하면서 어디 마다할 턱이 있습니까? 베 두루마기를 가지고

『삼재도회』에 소개된 난새의 모습

그 길로 안채로 들어가서 취취에게 건네면서 말했습니다.

"바깥채의 유 나리께서 가지고 들어가라고 하셨습니다. 취낭한테 수선 좀 부탁드린다면서요."

취취은 남편이 그것을 맡긴 데에는 분명히 까닭이 있다는 것을 눈치챘

습니다. 그래서 소수를 시켜 두루마기를 내려놓고 하루가 지난 뒤에 가지러 오도록 일렀지요.

소수가 자리를 떠나자 취취는 두루마기를 위에서부터 아래까지 자세히 살펴보다가

'서방님께서 입던 옷이건만[71] 내가 한참 동안 바느질도 해 드리지 못했구나!'

하는 생각이 들면서 눈물이 진주와도 같이 줄줄 흘러내리지 뭡니까. 그러다가도

'서방님께서 여기에 오신지가 오래되었는데 오늘 특별히 옷을 내게 맡기신 것을 보면 … 절대로 수선이나 세탁을 하자는 것이 아니야. (…) 여기에는 무슨 내막가 있는 것이 분명해!'

하는 생각에 문을 닫고 옷을 들고 와서 꼼꼼하게 솔을 뜯었습니다. 옷 깃을 뜯자마자 정말 작은 편지지 한 장이 그 속에 들어 있는데 알고 보니 한 편의 시이지 뭡니까. 취취는 그것을 가져다 읽기 시작했지요. 읽으면서 오열하는데 마구 눈물이 쏟아지는 것이었습니다. 취취는 그것을 다 읽고 나서 통곡하면서 말했습니다.

---

71 【즉공관 방비】傷心. 슬프구나!

목을 감싸는 옷깃의 흰 천 부분이 시를 감춘 곳으로 보인다

"우리 서방님! (…) 서방님이 내 속마음을 어떻게 알겠어요?"

　그녀는 눈물을 머금은 채 천천히 두루마기를 씻고 잘 기운 다음 마찬 가지로 시를 한 편 지어서 옷깃 속에 넣고 꿰매었습니다. 그리고 나서 소 수를 불러 가지고 나가서 금생에게 주게 했지요. 금생이 그것을 받아 옷 깃을 뜯어서 보니 정말 답장이 들어 있는데 마찬가지로 한 편의 시였습 니다. 금생은 눈물을 훔치면서 그 시를 읽었습니다.

고향서 전쟁 벌어지고부터	一自鄕關動戰鋒,
옛 슬픔 새 한이 얼마나 무겁고 무거운지!	舊愁新恨幾重重.
애간장 끊어졌다지만 정은 끊기 어려우니	腸雖已斷情難斷,
살아서야 섬기지 못했어도 죽어서는 섬기리.	生不相從死亦從.
늘 여덕의 말처럼 깨진 거울 지니다가	長使德言藏破鏡,

마침내 조자건이 유룡을 노래하기 바랐지.　　終敎子建賦游龍.

녹주와 벽옥의 속내 일이　　　　　　綠珠碧玉心中事,

오늘 그대에게 닥칠지 누가 알았으리오?　今日誰知也到儂.

금생은 그 시를 다 읽고 나서야 취취가 부득이하게 그렇게 지내고 있을 뿐 그 사랑의 마음을 그대로 가지고 있다는 것을 깨달았지요. 그러나 한편으로는 그녀가 죽음을 각오한 것을 생각해 보니 이번 생에서는 상봉할 가망이 없다는 생각이 들었습니다. 감동스럽기도 하고 속상하기도 해서 하루 종일 우울한 마음으로 눈물을 흘리며 끼니까지 소홀히 하는 바람에 급기야 화병이 들어 버렸지 뭡니까 글쎄!

장군은 장군대로 당황해서[72] 몇 번이나 의원을 불러 치료를 부탁했지요. 그러나 이런 말이 있지요.

마음의 병은 역시 마음으로 고쳐야 된다.[73]　　心病還須心上醫.

금생의 이 병을 의원이 어디 고칠 수 있겠습니까? 그렇다 보니 나날이 증세가 무거워지더니 급기야 몸져눕고 말았지 뭡니까! 안채에서는 안채

---

72 【즉공관 방비】 爲回書而急也. 답장 쓰는 일로 마음이 급해진 게지.

73 마음의 병은 역시 마음으로 고쳐야 된다[心病還須心上醫] : 원·명대의 속담. 마음의 병은 고칠 수 있는 약이 없으니 마음을 잘 다스리는 수밖에 없다는 뜻이다. 원대 극작가 오창령(吳昌齡)의 잡극 희곡 『장천사단풍화설월(張天師斷風花雪月)』에는 "마음의 병은 역시 마음으로 고칠 수밖에 없다[心病還從心上醫]"(제2절)로 사용되었다.

대로 그 소식을 들은 취취는 심정이 칼로 에는 것 같았습니다. 하는 수 없이 장군을 보고 '서재로 가서 오라비 병 구완을 좀 해야겠다'고 말했지요.[74] 장군은 병세가 이미 악화된 것을 보고 그녀를 막기 어렵다는 판단에 따라 곧바로 허락했고 취취는 그제서야 서재로 갈 수가 있었습니다. 그것은 그 부부의 두 번째 만남이었습니다. 그러나 불쌍한 금생은 침상에서 가냘픈 숨만 남은 채 몸조차 돌리지 못하는 것이 아닙니까! 그 모습을 본 취취는 몹시 슬퍼하면서 눈물을 머금은 채 손으로 그의 머리를 들더니 가만히 그를 불렀습니다.

"오라버니! (…) 기운을 차리세요! 당신 누이 취취가 여기서 보고 있잖아요!"

말을 마친 그녀는 눈물을 샘 솟듯이 흘렸습니다. 금생은 웬 소리를 듣고 두 눈을 간신히 뜨더니 아내 취취가 자신을 부축하고 있는 것을 발견하고 길게 한 숨을 쉬더니 말하는 것이었습니다.

"누이…, 난 이제 틀렸네! (…) 누이가 어려운 걸음을 해서 이렇게 얼굴을 보는군! (…) 누이가 여기 있을 때 내가 누이 품에서 죽게 되었으니… 이제 눈을 감을 수 있겠어."[75]

---

74 【즉공관 미비】何不早些. 진작에 좀 그렇게 하지 않고!
75 【즉공관 미비】石人下淚. 석상조차 눈물을 흘리겠군!

그리고는 취취에게 침상 가에 앉게 하고 나서 스스로 억지로 머리를 들어 취취의 무릎을 베자마자 어느 사이 세상을 등지고 마는 것이었습니다!

취취는 통곡을 하다가 몇 번이나 까무라쳤답니다.[76] 그녀가 그 사실을 장군에게 고해 알리자 장군도 그를 몹시 불쌍하게 여겼습니다. 그러면서도 취취가 괴로워할까 걱정이 되었던지 후하게 장례를 치루어 주되 그를 위하여 도량산[77] 산자락에 평탄한 곳을 찾아서 관을 내려 안장해 주도록 분부했지요. 그래서 취취는 다시 장군에게 이야기를 하고 자신이 직접 운구해 갔습니다. 그리고는 봉분이 다 덮여질 때까지 지켜보면서 대성통곡을 하면서 몇 번이나 까물어쳤다가 겨우 의식을 되찾아서 집으로 돌아왔답니다. 그러나 그때부터 정신이 오락가락하면서 안절부절 하더니 결국 병이 들고 말았지 뭡니까. 이장군은 백방으로 의원을 불러서 치료하려고 애를 썼습니다. 그러나 취취는 마음속으로 이미 죽기로 각오한 터여서 끝까지 약을 먹으려 들지 않았지요.[78] 그렇게 침상에 앓아 누운 지가 거의 두 달이 다 되어갔습니다. 그러던 어느 날이었습니다. 장군을 방에 들어오게 한 그녀는 눈물을 글썽이면서 그를 보고 말했지요.

---

76 몇 번이나 까무라쳤답니다[發昏章第十一] : '발혼장 제11(發昏章第十一)'은 현기증이 난 것[發昏]을 두고 한 말이다. 그 뒤에 '장 제11(章第十一)'을 붙인 것은 중국에서는 고대에 책을 엮을 때 각 장의 마지막에 "장 제××(章第××)"라고 표시하여 장과 장을 구분했기 때문이다. 여기서는 이 전통적인 분장체제(分章體制)를 흉내내어 언어유희를 벌인 경우이므로, 굳이 따로 번역하지 않고 "몇번이나 까무라쳤다" 식으로 의역하였다.

77 도량산(道場山) : 중국의 산 이름. 지금의 절강성 호주시 경내에 자리잡고 있다. 남북조시대 양(梁)나라의 여눌 선사(如訥禪師)가 이 산에 암자를 지으면서 '도량산'으로 불리기 시작했다고 한다.

78 【즉공관 미비】繊是幻時不食之初心. 이거야말로 몽롱할 때는 먹지 않겠다는 초심인 게지. 천진고적판(제 497쪽)에는 '환(幻)'이 '어릴 유(幼)'로 나와 있으나 전후 맥락을 따져 볼 때 오독이다.

호주 도량산의 풍광

"소첩은 열일곱 살 때 집을 등지고 장군을 따른 지가 벌써 팔 년이나 되었습니다. 타향을 떠돌다 보니 지금은 친지 하나 없이 그저 오라비 하나만 있었건만 … 이번에 그분도 돌아가시는 바람에 소첩 너무도 괴로워서 결국에는 몸져 눕게 되었습니다! (…) 제가 드리는 말씀을 꼭 명심하시고 제 시신을 오라비 곁에 묻어 주십시오. 어쩌면 황천黃泉에서라도 오누이가 서로를 의지하면서 타향의 외로운 넋이 되는 신세를 면할 수 있겠지요! 그렇게만 된다면 장군께서 소첩을 저버리지 않으신 큰 은혜가 될 것입니다!"[79]

---

79 【즉공관 미비】 言甚可悲, 那得不聽. 말이 참 슬프구나. 어찌 들어 주지 않을 수가 있겠는가?

취취는 말을 마치고 나서 대성통곡을 하는 것이었습니다. 장군은 감정을 억누르지 못하고 좋은 말로 그녀를 위로하면서 괜한 일에 마음을 쓰지 말고 일단 몸부터 추스리라고 일렀지요. 그러나 얼마 이야기하지도 않았는데 정신이 몽롱해지더니 어느 사이에 숨이 지고 말았지 뭡니까! 장군은 한 바탕 통곡을 하고 나서 그녀가 임종 당시 당부했던 말을 떠올리고 차마 그 말을 저버릴 수가 없어서 정말로 그녀를 운반해 가서 금생의 무덤 옆에 안장해 주었습니다. 불쌍한 금생과 취취 두 사람은 생전에는 짝을 이루지 못했건만 오누이라고 속인 덕분에 사후에 한 곳에 묻히게 된 것입니다!

그 뒤로 우리나라의 홍무[80] 연간 초기에 이르렀을 때입니다. 이때는 장사성이 이미 멸망당하고 천하가 하나로 통일되어 길이 평안해졌지요. 취취 집인 회안의 유 씨댁에서 어떤 옛 종이 호주로 와서 비단을 팔게 되었습니다. 그는 우연히 도량산 아래를 지나다가 어떤 큰 집 한 채를 발견했는데, 푸른 문과 붉은 대문이 서 있고 느티나무와 버드나무가 살짝 가려져 있었지요. 그리고 대문 앞에 사람이 둘 있는데 하나는 남자 하나는 여자 차림을 하고 어깨를 나란히 한 채 앉아 있는 것이었습니다. 그 종은 대갓집 가족으로 여기고 멀찍이 피해서 지나가려고 했지요. 그런데 문득 들어 보니 두 사람이 자신을 부르는 것이 아닙니까. 그래서 그 앞으로 다가가서 보았더니 뜻밖에도 금생과 취취였습니다!

---

80 홍무(洪武) : 명나라를 세운 개국군주인 태조 주원장(朱元璋, 1328~1398)이 1368~1398년까지 사용한 연호.

劉氏女誑從夫

二刻驚奇像

유 씨네 딸이 남편을 속여 따르다

취취는 입을 열어 부모님이 살아 계신지, 고향 상황은 어떤지를 물었고 좋은 일일이 대답을 해 주었지요.

"아씨와 서방님께서는 고향을 떠나신 지가 몇 해나 되었건만 어째서 여기에 정착하셨습니까요?"

종이 이렇게 묻자 취취가 말하는 것이었습니다.

"당초 전란이 일어났을 때 나는 이장군에게 납치되어 이곳까지 왔네. 나중에 서방님께서 먼길을 오셔서 나를 찾으시자 장군께서 좋은 뜻에서 나를 서방님께 돌려주셨지.[81] 그래서 여기에 정착하게 됐다네!"

"쇤네 지금 바로 회안으로 돌아가는 길입니다요. 아씨께서 댁에 부치실 서신을 쓰시면 가지고 가서 아버님과 마님께 알려 드리지요. 댁에서 두 분 행방을 알지 못하셔서 내내 걱정이 태산이시거든요!"

"그렇게 해 주면 그 이상 좋은 일이 어디 있겠는가!"

하더니 그 종을 데리고 들어가서 그에게 저녁밥을 대접하고 하룻밤을 묵게 해 주었습니다. 그리고는 이튿날 서신 한 통을 꺼내서 '부모님께 잘

---

81 【즉공관 방비】鬼話. 헛소리.

좀 전해 달라'고 그에게 당부하는 것이었지요. 종은 고맙다는 인사를 하고 서신을 지니고 회안으로 가서 유옹에게 전해 주었지요. 이때 유 씨댁과 금 씨댁은 오랫동안 두 사람 소식이 없자 자연히 다들 전란 통에 죽었다고 여기고 있었습니다. 그런데 갑자기 집으로 보낸 서신을 지니고 돌아왔길래 물어 보니 호주에서 보낸 것이라면서 '두 사람은 호주에 살고 있다'고 하니 정말로 '희소식이 하늘로부터 날아온 격'[82]이었지 뭡니까요! 그래서 일가 친척들을 다 불렀더니 모두 그 서신을 보러 왔답니다. 알고 보니 취취의 명의로 작성된 것인데 바로 사륙문[83]으로 된 장편 서신으로 그 내용은 다음과 같았지요.

"아버님 절 낳으시고 어머님 절 기르시니 그 그지 없는 은혜 보답하기 어렵사옵니다. 지아비가 말하면 아녀자는 따르며 평소에 '삼종'의 대의를 중시해 왔지요. 이는 인륜에 있으며 이미 정해진 것이나 지금의 사정

---

82 희소식이 하늘로부터 날아온 격[喜從天降] : 명대의 속담. 뜻밖의 경사가 생긴 것을 가리키는 말이다. 『박안경기』 제32권에도 "唐卿見女子獨在船上, 喜從天降, 急急跳下船來" 식으로 같은 표현이 보인다.

83 사륙문(四六文) : 중국 고대에 유행한 문체의 일종. 4자와 6자로 이루어진 구절들을 통하여 댓구·음률·전고·문사의 아름다움을 추구하는 산문 형식의 하나인데, 일반적으로 변려문(騈儷文)이라고 불리워진다. 후한 말기부터 글에 댓구가 많이 사용되기 시작하고, 위·진대에 이르러 이러한 경향이 더욱 뚜렷해진다. 남북조시대에 이르러서는 유미주의·형식주의의 문학이 성행하여 내용보다는 형식의 아름다움을 추구하는 분위기가 압도하여 문학작품은 물론이고 조서(詔書)·장표(章表)·서간(書簡) 또는 학술저서 등과 같은 비문학적인 글들조차 모두 사륙문으로 쓰여질 정도였다. 사륙문은 외형적인 형식미를 지나치게 추구하는 까닭에 내용이 상대적으로 공허하고 빈약하게 되어버려 문학적으로 높은 가치를 지닌 것은 찾기가 쉽지 않다. 사륙문으로 유명한 것은 공치규(孔稚圭)의 「북산이문(北山移文)」, 유협(劉勰)의 『문심조룡(文心雕龍)』, 종영(鍾嶸)의 『시품(詩品)』 등이 있다.

중국의 역대 사륙문의 대표작들만 엄선해 놓은 『팔가사륙문주(八家四六文注)』

에 어려움이 많으니 어쩌겠습니까! 지난날 한나라가 나날이 기울고 초 땅의 분위기가 몹시 악화되매 태아검 칼자루를 왕조를 향하여 거꾸로 겨누고 황지의 군사를 함부로 일으켰습니다. 이에 큰 돼지와 긴 뱀이 서로 물고 싸우는가 하면 수펄과 암나비가 각자 살아남고자 발버둥 쳤습니다. 난리 통에 옥처럼 부서질 수는 없었기에 이에 창졸간에 구차하게 목숨을 보전했지요. 전장의 말 치닫고 정벌의 안장을 따랐습니다. 그래서 높은 하늘 바라보아도 날개가 여덟 개여도 솟아오를 수 없고 옛 나라 생각해 보아도 얼이 빈번이 다 나가 버리곤 했지요. 좋은 날은 쉬이 지나매 슬픈 난새는 나무닭과 짝을 짓고, 원망하는 부부가 원수 되매 까마귀 까치가 단봉을 공격하는 것조차 두려워했습니다. 아무리 되는 대로 응대하며 즐겁게 여기려 해도 결국에는 감정이 격해져 슬픔이 앞서는군요. 그러나 밤 달 아래서 두견이 울고 봄바람 속에서 나비가 꿈을 꾸듯이 시간이 가고 상황이 바뀌면 시련은 사라지고 기쁜 일이 찾아오는 법입니다. 지금 양소가 거울을 보고 남의 아내를 원래 주인에게 되돌려주고, 왕돈이 누각을 열고 고생하던 집안의 기생을 풀어준 격으로, 봉래 섬에서 왕년의 약속을 이루고 소상강에서 옛 님과 상봉을 했습니다. 스스로 운명이 기구함을 불쌍히 여기며 봄날 찾기 늦은 것을 야속해 하지 않았습니다. 장대의 버들은 아무리 이미 남의 손에 꺾였다지만 현도관의 복사꽃은 왕년의 모습과 변함이 없습니다. 병은 가라앉고 비녀는 꺾이고 말았다 싶더니만 벽옥이 되돌아 오고 구술 돌아올 줄을 어찌 기대인들 했겠습니까? 옥소녀의 양대의 인연과는 같을지언정 홍불 기생의 한 순간의 결합에는 비교하기 어렵겠지요.[84] 참으로 하늘께서 우리의 편의를 헤아려 주신 셈이니 이 일이 우연히 일어난 것은 아닐 테지요. 난새의 뼛골 졸여 만든 아교로 끊어진 인연 다시 이어 다시금 사이좋고 끈끈한 정을 이어가게 되었기에 물고기 배를 빌어 집에 부치는 편지를 보내어 삼가 안부 여쭙습니다. 부모님의 뜻을 받들기도 전에 먼저 이렇게 글을 올리나이다!"

伏以父生母育, 難酬罔極之恩, 夫唱婦隨, 夙著三從之義. 在人倫而已定, 何時事之多艱. 曩者漢日將傾, 楚氛甚惡, 倒持太阿之柄, 擅弄潢池之兵. 封豕長蛇, 互相吞倂, 雄蜂雌蝶, 各自逃生. 不能玉碎于亂離, 乃至瓦全于倉卒. 驅馳戰馬, 隨逐征鞍, 望高天而八翼莫飛, 思故國而三魂屢散.[85] 良辰易邁, 傷靑鸞之伴

---

84 【즉공관 미비】正重疊叙己事, 並不寒暄父母, 亦無是理. 자기 일만 반복해서 늘어 놓고 부모 안부는 전혀 묻지 않다니 이런 이치는 없다.

85 【즉공관 미비】此原傳筆也.幽明相通, 一訴情事, 何至處文.可厭乃爾,老學究伎倆, 然改之無端, 姑仍其舊. 이는 원래 전해지는 글이다. 저승과 이승이 서로 통하여 사랑을 하소연하니 어디 처문에 이르겠나. 이렇게 혐오스럽구나. 노선생이 기량을 부렸지만 괜히 고쳤다 싶다. 그래서 잠시 예전 것을 그대로 따르기로 한다.

木雞, 怨耦爲仇, 懼烏鴉之打丹鳳. 雖應酬而爲樂, 終感激以生悲. 夜月杜鵑之
啼, 春風蝴蝶之夢. 時移事往, 苦盡甘來. 今則楊素覽鏡而歸妻, 王敦開閣而放
妓, 蓬島踐當時之約, 瀟湘有故人之逢. 自憐賦命之屯, 不恨尋春之晚. 章臺之柳,
雖已折于他人, 玄都之花, 尚不改于前度. 將謂甁沉而簪折, 豈期璧返而珠還.
殆同玉蕭女兩世姻緣, 難比紅拂妓一時配合. 天與其便, 事非偶然. 煎鸞膠而續
斷絃, 重諧繾綣, 托漁腹而傳尺素, 謹致叮嚀. 未本甘旨, 先此申復.

서신을 다 읽고 나서 사람들은 기뻐했지요. 유옹이 종에게 물었습니다.

"자네는 어디에 사는지 장소를 기억하는가?"

"아주 큰 집이었습니다요! 제가 집 안에서 하룻밤을 묵고 집으로 보내
는 서신을 받아 왔읍지요. 그런데 어떻게 기억하지 못할 리가 있겠습니
까요?"

"그렇다면 내 자네 하고 같이 호주에 좀 다녀와야 되겠네. 그 부부를
좀 만나고 와야겠어!"

곧바로 유옹은 노자를 챙겨 집을 떠나서 종과 함께 곧장 호주로 직행
했습니다. 종은 그를 데리고 도량산 아래 지난번에 묵었던 곳까지 갔지

천진고적판(제 498쪽)에는 '이를 지(至)'가 '방패 간(干)'으로 나와 있으나 오독이다.

요. 그런데 기괴하다는 소리밖에 나오지 않는 것이었습니다. 집 그림자는커녕 무슨 고대광실이 있단 말입니까? 그저 들풀과 황야의 안개만 자욱하고 여우나 토끼가 다닌 자취들 뿐이지 뭡니까! 그런데 무성한 숲속에 무덤 두 개가 나란히 있을 뿐이었습니다.

"잘못 찾아온 건 아닌가?"

하고 유옹이 말하자 종이 말하는 것이었습니다.

"지난번에는 분명히 여기였습니다요! (…) 쇤네한테 먹으라고 주신 것은 호주의 맛좋은 쌀밥이며 초계[86] 시냇물에서 잡은 신선한 붕어와 오정[87]에서 빚은 술이었어요.[88] 확실합니다요! 하룻밤을 묵고 갔는데 어떻게 잘못 찾아왔을 리가 있습니까요?"

이렇게 이상해 하고 있을 때였습니다. 마침 웬 늙은 중이 석장[89]을 들고 오는 것이 아닙니까. 그래서 유옹과 종이 물었지요.

---

86 초계(苕溪) : 중국 고대의 하천 이름. 절강성의 천목산(天目山)에서 발원하여 동초(東苕)와 서초(西苕)로 갈라지는데 오흥현(吳興縣)에 이르러 태호(太湖)로 유입된다.
87 오정(烏程) : 중국 고대의 현 이름. 지금의 절강성 호주시 일부 지역에 해당한다. 원래는 고성(孤城)으로 불리던 곳으로, 기원전 223년 그 지역의 오건(烏巾) · 정림(程林) 두 집에서 빚은 술이 유명하다고 하여 진나라 때 '오정'으로 개명했다고 한다. 『박안경기』의 저자 능몽초의 본향이기도 하다.
88 【즉공관 미비】 酒食却自何來. 술과 음식이 대관절 어디서 나왔단 말인가?
89 석장(錫杖) : 중국 고대에 불교 승려들이 짚고 다니던 지팡이.

"노스님 … 전에 여기에 큰 집 한 채가 있었지요? (…) 금관인이라는 분이 유 씨댁 아가씨라는 분하고 안에서 살고 계셨는데 … 지금은 어째서 안 보이는지 원!"

그러자 늙은 중이 말하는 것이었습니다.

"여기는 바로 이장군이 장례를 치루어 드린 유생과 취취 오누이 두 분의 무덤이올시다. 무슨 집이 있었다고 그러십니까? (…) 귀신을 보신 게지요!"

"서신을 써서 집으로 보냈길래 찾아온 걸요. (…) 지금 그 서신이 여기 있는데 귀신이 그랬을 리가 있습니까!"

북송 화가 장택단(張擇端)의『청명상하도』에서 상인이 허리에 차고 있는 전대

유옹은 이렇게 말하면서 서둘러 전대纏帶 속에서 지난번 서신을 꺼내서 보았더니 아무 것도 적혀 잇지 않은 백지이지 뭡니까 글쎄! 그제서야 정말로 귀신이었고, 이곳이 바로 두 사람의 묘지라는 사실을 깨달았지요. 그래서 늙은 중에게 물었습니다.

"방금 말씀하신 이장군은 어디 계십니까? 제가 그분에게 자세하게 여쭈러 가야겠는데요."

"이장군은 장사성의 부하였습니다. 벌써 우리 왕조에게 주살되어 뼈조차 어디에 뒹굴고 있는지 알 수가 없어요. 어디 이런 무덤엔들 묻혔겠습니까! 그런 판국에 어디에 가서 찾으시겠다는 말씀이십니까!"[90]

유옹은 그 말을 듣고 두 사람이 이미 죽은 것을 깨닫고 자기도 모르게 대성통곡 하면서 무덤을 보고 말했습니다.

---

90 【즉공관 미비】能幻形見僕而不見父, 亦所不解. 환영으로 종복의 얼굴은 보이는데 아비는 보이지 않는다? 그것도 납득할 수가 없군.

"내 딸아! 네가 서신 한 통으로 나를 속여 천 리 먼 길을 오게 만든 것도 본래는 나를 한번만 만나보려는 뜻이었겠지? 이제 내가 이곳에 왔건만 너희들은 자취를 감추어 어디서도 찾을 길이 없으니 날더러 어떻게 살란 말이냐! (…) 나와 너는 부녀 사이이니 사람과 귀신의 처지일지언정 방해 받을 일이 없느니라. (…) 너에게 만약 넋이 있다면 제발 나 하고 좀 상면해서 내 마음을 좀 놓게 해 다오!"

"시주[91] 어른, 슬퍼하실 것 없습니다! 그 관인과 아씨 두 분은 … 제가 참선에 들어갔을 때[92] 만나볼 수 있을 겝니다. 제가 머무는 선방이 여기서 멀지 않소이다. 단월 어른, 오늘은 날이 벌써 저물었으니 이 한 데에 계시면 편치 않으실 테니 일단 선방으로 가서 묵으시지요. 제가 참선에 들어갔을 때 그들로부터 소식을 듣고 알려드리도록 하겠습니다. 어떻습니까?"

---

91 시주[檀越] : '단월(檀越)'은 불교 용어로, 산스크리트어 '다나 빠띠(daana padi)'를 한자로 번역한 말이다. 산스크리트어에서 '다나'는 '베풀다·주다'라는 의미를 나타내는 동사이며 '빠띠'는 '주인·물주'라는 의미를 가진 명사이다. '다나 빠띠'는 '베푸는 주인' 즉 자선가를 뜻하며 이를 의미대로 한자로 옮긴 것이 시주(施主)이다. 국내에서는 '단월'이 그다지 널리 사용되지 않기 때문에 여기서는 편의상 "시주"로 번역하였다.

92 참선에 들어갔을 때[定中時] : '정(定)'은 불교 용어인 선정(禪定)을 가리키는 것으로 보인다. 원래 불교에서 세속적인 잡념과 번뇌를 가라앉히고 평정한 마음을 유지하면서 정신을 집중해 수행하는 명상을 산스크리트어의 '댜나(dhyana)', 빨리어의 '쟈나(jhana)'인데, 이것을 발음대로 한자로 표기한 것이 '선(禪)'이며, 그 의미를 한자로 풀어 쓴 것이 '정'이다. 소통의 방식이나 글자는 다르지만 '선'과 '정'은 사실상 같은 의미(참선)를 가진 말인 셈이다. '정중(定中)'은 그같은 참선에 들어간 상태를 뜻하므로 여기서는 편의상 "참선에 들어갔을 때"로 번역하였다. 뒤에 나오는 '입정(入定)'은 '참선에 들어간다'는 뜻으로 본질적으로 같은 말이지만 표현을 달리하여 "수행"으로 번역하였다.

늙은 중이 이렇게 말하자 유옹이 말했습니다.

"그렇다면 노스님께서 가르침을 주시면 정말로 고맙겠습니다!"

이리하여 종과 함께 늙은 중을 따라서 반 리도 가지 않아 선방에 도착했습니다. 늙은 중은 잿밥을 그와 종에게 먹도록 주고 잘 방을 잘 치워 편히 쉬게 해 주고 늙은 중은 혼자서 수행을 하러 갔습니다.

선방에 들어온 유옹이 마악 침상에 오르려고 할 때였습니다. 갑자기 문 소리가 나더니 젊은 나이의 부부가 눈 앞으로 다가오길래 자세히 보니 바로 취취와 금생이 아닙니까 글쎄! 두 사람은 함께 무릎을 꿇고 절을 하더니 몸을 들썩거리고 슬프게 울면서 말도 하지 못하는 것이었지요. 유옹은 유옹대로 눈물을 흘리면서도 취취를 쓰다듬으면서 말했습니다.

"애야 ⋯ 하고 싶은 말이 있거든 그냥 하려무나!"

그러자 취취는 이렇게 말했습니다.

"이전에 불행하여 병란을 만나는 바람에 치욕을 무릅쓰고 목숨을 부지하기 위하여 고향을 등져야 했지요. 하늘에 빌어도 길이 없어서 하루를 한해처럼 보내야 했습니다! 다행히 하늘도 서방님을 저버리지 않아 찾아와 수소문한 끝에 오누이 행세를 하며 잠시나마 얼굴을 볼 수가 있었지요. 그러나 부부가 떨어져 지내다 보니 둘 다 한을 품는 바람에 서방 님이 먼저 돌아가시고 소녀 역시 뒤따라 죽고 말았답니다! 그나마 다행 스럽게도 이장군이 제가 서방님 곁에 묻히는 것을 허락해 준 덕택으로 지금은 두 넋이 서로 의지하며 지내고 있지요. 다만 집안 소식을 알 수가 없어서 특별히 종에게 이 서신을 전해 달라고 부탁한 것이었습니다! (…) 소녀와 금서방님은 살아서는 비록 서로 다른 곳에 떨어져 있었지만 죽어서는 같은 곳으로 돌아갔습니다. 소녀 소원을 풀었으니 아버님 어머 님께서는 걱정하지 마십시요!"

유옹은 그 말을 듣고 나서 통곡을 하면서 말했습니다.

"내 이번에 이곳에 올 적에는 너희 부부가 아직 살아 있는 줄 알고 너 희들과 같이 고향으로 돌아가려고 했건만 … 내일은 너희 유골만 가지고 돌아가 선영에 이장하는 수밖에 없게 되었구나! (…) 그래도 내가 이곳 까지 온 보람은 있구나!"

"이전에는 아버님 어머님을 걱정해서 이 서신을 드렸었지요. 이번에 아버님께서 멀리까지 와 주시어 자애로움을 충분히 느낄 수가 있었습니 다! 그래서 저승을 피하지 않고 외람되게도 금서방과 함께 뵈러 온 것입 니다. (…) 이제 가족이 만나 보았으니 서로 그리워하는 괴로움을 위로 하기에 충분할 듯싶습니다. 만약 유골을 이장하려 하신다면 그것만은 절 대로 따르지 못할 것 같군요!"

"어째서냐?"

"소녀 살아서는 부모님을 모시지 못했으니 죽어서라도 선영에 묻히는 것이 옳습니다. 하지만 … 저승길이 그런 대로 조용하니 수고를 끼쳐서는 안 되지요. 더욱이 이곳은 물과 산이 수려하고 초목이 흐드러져 있는 데다가 금서방님과도 한 곳에서 같이 지내고 있습니다.[93] 가까운 곳에 선방이 있다 보니 수시로 오묘한 가르침도 들을 수가 있고요. (…) 얼마 뒤에는 금서방님과 같이 환생하여 다시 부부가 되려고 합니다! 이곳에서 충분히 평안하오니 다른 말씀은 하실 것 없습니다."

그리고는 유옹을 끌어안고 소리 놓아 통곡을 하다가 절간에서 종소리가 울리자 어느 사이에 사라져 버리는 것이었습니다. 유옹이 통곡을 하면서 눈을 떴더니 바로 남가일몽南柯一夢이었지 뭡니까 글쎄! 그때 늙은 중이 앞으로 다가와서 말했습니다.

"간밤에 무엇을 좀 보셨는지요?"

그래서 유옹이 꿈에서 들은 말을 일일이 다 들려주니 늙은 중이 말하는 것이었습니다.

---

93 【즉공관 미비】心願只在此耳. 속으로 바라던 것이 여기에 있었군 그래.

"따님의 넋은 아직 사그라지지 않았으니 그 말을 믿을 만하지요! 저승의 일을 … 단월 어른께서 그처럼 분명하게 겪으셨으니 이제는 슬퍼하실 것 없습니다."

그러자 유옹은 몇 번이나 감사 인사를 하고 늙은 중과 헤어졌습니다. 그리고는 종과 함께 저잣거리로 가서 제물과 술을 좀 장만한 다음 다시 묘지로 와서 제사를 지냈습니다. 그리고 한 바탕 통곡을 하고 나서 뱃머리를 돌려 회안으로 돌아갔답니다.

지금도 도량산에는 금랑과 취취의 무덤이 남아 있어서 그곳을 지나는 사람들이 저마다 두 사람의 일화를 미담으로 여긴답니다. 이 경우는 그야말로 살아서는 서로 생이별을 하고 죽어서는 짝을 이루었건만 그것조차 만족스럽게 여겨 그런 많은 기이한 모습들을 드러내었으니 정말로 지극한 사랑의 발로인 셈입니다. 이 이야기를 증명하는 시가 있지요.

연리지를 한 곳에 심을 필요 어디 있으랴?	連理何須一妻栽,
다정하다면 그저 죽어 함께 묻히기만 바랄 뿐.	多情只願死同埋.
금정과 취취의 왕년의 일화를 보노라니	試看金翠當年事,
아둔한 장군 쪽이 더 안쓰럽구나!	憒憒將軍更可哀.

연리지 예시

제7권

여 사군이 관리 집안 아내와
정분이 나고
오 태수가 의리로
유학자댁 딸을 아내로 맞이하다

呂使君情媾宦家妻 吳太守義配儒門女

해제

　남송의 소흥 연간에 사천 땅 한주 태수漢州太守 동빈경의 아들 동원광董元廣은 아내를 데리고 서울로 향한다. 가는 길에 여 사군呂使君을 마주치자 두 집안은 길동무가 되어 함께 임안으로 가면서 서로 내왕하며 아주 가깝게 지낸다. 원광의 전처인 축祝씨는 불행하게 요절하여 후처를 들인다. 여 사군의 준수한 풍채에 반한 그녀는 욕정이 생기고 그것을 눈치 챈 여 사군은 서로 눈길을 주고받는다. 배가 임안에 도착하고 얼마 지나지 않아 동원광이 병으로 죽자 여 사군은 자기 일처럼 도맡아 그의 장례를 치루어 준다. 장례를 치룬 원광의 후처는 사천 땅으로 돌아가려 하고 여 사군은 여 사군대로 서둘러 공무를 끝내고 뱃머리를 나란히 함께 동행한다. 가는 길에 배를 부두에 대자 후처는 장례를 도와준 데 대해 감사의 인사를 한다는 명목으로 술을 준비해 여 사군을 대접한다. 술자리에서 두 사람은 대화를 나누다가 추파를 주고받지만 다른 사람들의 보는 눈이 많아서 눈치를 보던 중에 마침내 밤중에 '혼자 창문을 열고 달 구경을 한다'는 명목으로 은밀히 만나고 급기야 불륜까지 저지른다.

　비현邠縣까지 이르렀을 때 원광의 후처는 배의 물건과 모든 공금을 여 씨네로 옮기게 하고 수행원들도 그녀를 따라 여 씨네 집안으로 들어간다. 동 씨네 친척들 중에는 축차건祝次騫이 있었는데 바로 원광 전처의 오라비였다. 그는 당시 가주 태수嘉州太守를 지내다가 이로운사利路運使에 제수된다. 여 사군에게는 직속 상관이다 보니 여 사군은 부임할 엄두를 내지 못한다. 몇 년 뒤에 축차건의 아들 축동로祝東老가 사천 총간四川總幹이 되어

가는 길에 면주綿州에 들르자 현지의 태수이던 오중광吳仲廣이 술을 차려 대접한다. 술자리에서 기생 설천薛倩에게 반해 그 내력을 묻던 동로는 그녀가 바로 동원광의 딸임을 알게 된다. 축 씨댁과는 가까운 친척이지만 계모와 사이가 좋지 않아 기방에 팔려 간 지 1년이 넘었다는 것이었다. 이튿날, 축동로는 설천을 만나고 오중광이 그녀의 내력을 일일이 알려 준다. 그녀를 자신의 집으로 옮겨 잠시 지내게 조치한 오 태수는 대화를 나누던 중 그녀가 면주의 사史 수재를 사랑하는 것을 알고 그를 불러 와서 예물과 지참금을 내고 두 사람의 인연을 맺어 준다.

이 이야기는 홍매『이견지 지무夷堅志支戊』권9에 소개된「동한주 손녀董漢州孫女」이야기를 소재로 지어졌다.

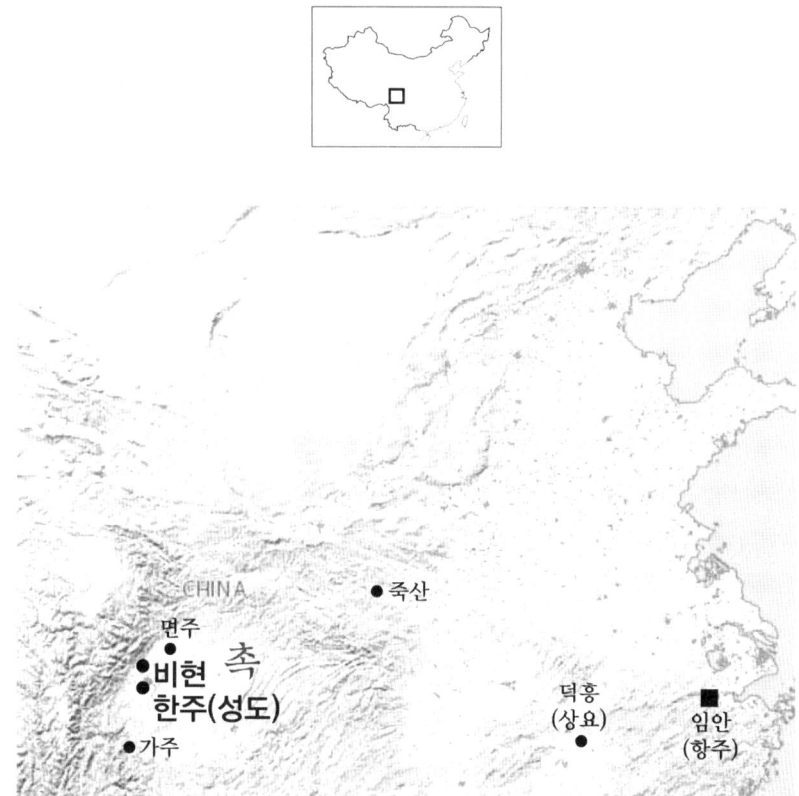

CHINA

죽산

면주
비현 촉
한주(성도)
가주

덕흥
(상요)

임안
(항주)

번역

이런 가사가 있습니다.

시원스런 눈썹 빼어난 눈초리로	疏眉秀盼,
봄바람 마주보고 있는데	向春風,
역시나 선화[1] 연간에 유행하던 복장이로구나.	還是宣和裝束.
귀티 넘치는 공교로운 자태 하며	貴氣盈盈姿態巧,
행동거지조차 하물며 예사롭지 않구나.	舉止況非凡俗.
송나라 황실 종가댁 여인이요	宋室宗姬,
진왕의 고명 따님의 지체로	秦王幼女,
일찍이 흠자태후[2] 집안에 출가하셨건만	曾嫁欽慈族.
전쟁이 난무하면서	干戈橫蕩,
만사가 천지 따라 뒤집혀 버리누나!	事隨天地翻覆.
무심코 마주쳐 한번 웃음에 상봉을 이루매	一笑邂逅相逢,
'가득 한 잔 마시시라' 권하며	勸人滿飲,
횡적을 부는구나.	旋吹橫竹.
세상 떠돌다 보면 어차피 모두 나그네 신세	流落天涯俱是客,
평소에 친하게 지내려 기 쓸 것 어디 있나?	何必平生相熟.

---

1 선화(宣和) : 휘종 조길이 1119년부터 1125년까지 7년 동안 사용한 6번째 연호.
2 흠자태후[欽慈] : 북송대의 황후 진씨(陳氏, 1054~1089)를 말한다. 개봉 사람으로, 태위(太尉)로 추증된 진수귀(陳守貴)의 딸이다. 신종(神宗) 조욱(趙頊)의 비빈이자 휘종의 생모이다.

지난날은 부귀영화를 누리다가	舊日榮華,
이제는 파리해진 몸으로	如今憔悴,
술잔의 맛난 술 권하는 신세 되었구나.	付與杯中釅.
흥망 따위 따지지 말고	興亡休問,
그녀[3] 위해 이 술잔부터 비우리라!	爲伊且盡船玉.

흠자태후 초상

이 가사는 【염노교】[4]라고 부르는데, 바로 송나라의 사신 장효순[5]이 점

한[6]이 베푼 연회 자리에서 감회를 표현한 작품입니다. 당시에는 정강靖康

연간의 변란[7]으로 휘종[8]과 흠종[9]이 포로가 되고 얼마나 많은 황가의 자

는 숙통(叔通), 별호는 용계거사(龍溪居士)이며, 성도 광도(廣都, 지금의 성도시) 사람이
다. 휘종 대관(大觀) 3년(1109)에 진사가 되어 벼슬이 자정전 대학사(資政殿大學士)에
이르렀다. 남송에 이르러 금나라에 사신으로 갔다가 억류된 뒤에 강암에 따라 금나라의
예부상서 · 한림학사 승지(翰林學士承旨)를 지내고 하내군 개국공(河內郡開國公)에 책봉
되면서 '국사(國師)'로 존경 받았으나 나중에 남송으로 도망치다가 죽음을 당하였다. 다
만, 이야기꾼은 이 가사를 장효순의 작품으로 소개했으나 일반적으로 우문허중의 작품
으로 보고 있다.

5 장효순(張孝純, ?~1144) : 북송대의 정치가. 자는 영석(永錫)으로, 등양(滕陽, 지금의 산
동성 등주시) 사람이다. 선화 연간 말기에 하동선무사 겸 지태원부(河東宣撫使兼知太原
府)를 지냈으며 나중에 금나라와 전쟁이 벌어지자 금나라에 투항하여 그 위성국가인 제
(齊)나라에서 승상을 지냈다.

6 점한(粘罕) : 금(金)나라 황실 출신의 명장인 완안종한(完顔宗翰, 1080~1137)을 말한
다. 여진식 이름은 점몰갈(黏没喝) 또는 점한이며, 호수(虎水, 지금의 흑룡강성 하얼빈시
인근) 사람이다. 국상인 완안살개(完顔撒改)의 장자이다. 용감하고 지략이 뛰어나 금나
라 태조 아골타(阿骨打)를 황제로 옹립하였다. 요나라 천조제(天祚帝)의 천경(天慶) 5년
(1115)에는 군사를 일으켜 요나라를 토벌할 것을 건의하여 달로고성(達魯占城)에서 요
나라 군사를 크게 이겼다. 태종이 즉위하자 송나라를 공격할 것을 건의하고 금나라 태종
의 천회(天會) 3년(1125)부터 대거 황하를 넘어 송나라를 공격하여 정강 연간의 변란을
일으키고 송나라 황제 휘종과 흠종을 포로로 사로잡았다. 사후에 금원군왕(金源郡王)에
봉해졌다가 세종의 대정(大定) 연간에 진국왕(秦國王)에 추증되고 '환충(桓忠)'이라는
시호를 받았다.

7 정강 연간의 변란[靖康之亂] : 북송의 제9대 황제 흠종의 재위기간인 정강 연간
(1126~1127)에 금나라가 남침한 사건을 일컫는 말. 정강 2년(1127) 4월 금나라 군은
남하하여 북송의 도성인 동경(東京, 지금의 하남성 개봉)을 유린한 후 흠종과 그 부황인
휘종, 그리고 다수의 황족과 후궁, 대신 등 3천여 명을 포로로 끌고 본국으로 돌아갔다.
송나라는 이 사건을 계기로 그동안 동경에 축적되었던 경제적 부를 방화와 약탈로 하루
아침에 날려버렸을 뿐 아니라, 정치적 거점이 갑작스럽게 강남으로 이동하면서 강역의
절반 이상을 금나라에게 빼앗기고 사회, 문화적으로도 커다란 혼란에 휩싸이게 된다.

8 휘종(徽宗) : 북송의 제8대 황제인 조길(趙佶, 1082~1135)을 말한다. 제6대 황제 신종
(神宗)의 아들이자 철종(哲宗)의 동생이다. 정강 연간에 금나라 군사가 대거 남침하여
도성을 포위하자 측근이던 이강(李綱, 1083~1140)의 건의에 따라 제위를 급히 태자 조
환에게 선양함으로써 금나라의 예봉을 피하려 하였다. 그러나 금나라와의 교섭이 좌절
되고 아들 흠종과 함께 포로가 되어 금나라로 끌려갔다가 거기서 병사하였다. 고대의 군
주로서는 좀처럼 드물게도 다양한 예술 분야에서 두각을 드러낸 팔방미인이었지만 정치
적으로는 나라를 망쳤다는 부정적인 평가를 받는다. 때로는 '도군황제(道君皇帝)'로 부

손들이 개나 양과도 같은 오랑캐들에 의해 북녘으로 끌려갔는지 모릅니다. 그야말로

> "나인들은 붉은 소매로 눈물 훔치고
> 왕자는 흰 옷차림으로 길을 가누나!"
>
> 內人紅袖泣,
> 王子白衣行.

하는 시절이었지요. 그때가 닥치고 보니 당신이 금지옥엽[10]이라 한들 그게 다 무슨 상관이랍니까? 다들 딱할 정도로 시련을 당해야 했답니다. 얼굴 반반하고 기예를 좀 갖춘 이들 정도 되어야 권문세가에 노비로 거두어져 그런 대로 의지처가 생긴 셈이었습니다. 그 나머지는 이리저리 끌려 다니면서 개나 돼지와도 같은 대접을 받았지 뭡니까 글쎄. 장효순은 황제의 명령을 받들어 그들 나라의 운중부[11]에 사신으로 갔다가 대장(大將)인 점한이 연 연회 자리에서 피리를 불며 술을 권하는 어떤 여자가 남쪽[12] 말투를 쓰는 것을 발견했습니다. 그래서 은밀히 그녀에게 물어 보니

르기도 하였다.

9 흠종(欽宗) : 북송의 제9대 황제이자 마지막 황제인 조환(趙桓, 1100~1161)를 말한다. 정화(政和) 5년(1115) 황태자로 책립되자마자 휘종에게서 선양(禪讓)을 받아 제위에 오르고 나서 연호를 '정강'으로 바꿨다. 성품이 우유부단하고 변덕이 심했으며 판단력이 부족하였다. "정강 연간의 변고"가 발생했으나 당시의 내우외환에 적절하게 대처하지 못하고 결국 부황인 휘종과 함께 금나라로 끌려갔다가 남송 소흥(紹興) 26년(1156) 연경(燕京) 즉 지금의 북경에서 죽었다.

10 금지옥엽(金枝玉葉) : 원래는 황족의 자손을 가리키는 말로 사용되었으나 나중에는 대갓집 자제들이나 유약한 사람들을 일컫는 말로 사용되기도 하였다.

11 운중부(雲中府) : 송대의 지명. 지금의 산서성(山西省) 대동시(大同市)에 해당한다. 역사적으로 운중(雲中)·대군(代郡)·평성(平城)·항주(恒州)·운주(雲州) 등으로 불려졌다. '대동'이라는 이름은 당나라 후기인 회창(會昌) 3년 (843)에 운주와 울주(蔚州)를 통합하여 대동도(大同道)를 설치하면서 비롯되었다.

바로 진왕秦王의 공주였지 뭡니까 글쎄![13] 점한은 그녀를 종으로 부리고 있었지요. 그녀는 이야기를 마치자마자 오열하면서 눈물을 흘리는 것이었습니다. 효순은 슬픈 마음을 억누를 길이 없어서 이 가사를 읊은 것이었지요.

북송 흠종 초상

나중에 금나라 사람들은 흠종을 원나라 때 대도[14]가 있었던 연경[15]으

---

12 남쪽[南方] : '남방(南方)'은 글자 그대로 풀면 '남쪽 지방'이라는 뜻이지만 여기서는 강남에서 중흥한 송나라 즉 남송을 가리킨다.

13 【즉공관 방비】 可憐. 딱하구나!

14 대도(大都) : 원대의 도읍. 지금의 북경(北京)에 해당하며, 중통(中統) 원년(1206)에 쿠빌라이가 황제로 즉위하면서 원 제국의 도읍이 되었다. 몽골로는 '다이두'로 불렸으며, 돌궐어로는 대칸이 머무는 곳이라는 뜻으로 '칸발릭(Khanbaliq)'으로 불려지기도 하였

로 이주시켰습니다. 그들은 평순주(平順州) 지방까지 와서 역관에 머물게 되었지요. 때는 바야흐로 칠월 칠석 명절을 맞이했을 때였습니다. 금나라 오랑캐들은 이날 관청들마다 역참에 술집을 마련하고 사람들이 마음대로 술을 사서 모여 마실 수 있게 해 주었습니다. 흠종은 혼자 내실에 앉아서 떠들썩한 바깥을 한가하게 쳐다보고 있었습니다. 그런데 가만 보니웬 여진족 노파가 젊은 미모의 여자들 몇을 데리고 술을 마시는 자리들 곁에서 노래를 부르기도 하고 춤을 추기도 하고 피리도 불기도 하면서 자리에 앉은 길손들에게 술을 부어 주고 마실 것을 권하는 것이 아닙니까. 길손들은 술을 마시고 나서 저마다 은화나 술과 음식 따위를 상으로 주었습니다. 그러자 여자들은 그것들을 받는 족족 여진족 노파에게 갖다 바치는 것이었지요. 그 노파는 물건이 많네 적네 하면서 받아 온 것이 적은 여자들을 때렸습니다. 그 여진족 노파는 생각해 보면 중국에서의 기생어미와도 같은 셈이었습니다.

얼마 뒤에 역참의 관리는 검은 옷의 관리를 하나 불러 술과 음식을 흠종에게 갖다 주게 했습니다. 그때 흠종은 부드러운 두건에 두루마기를 한 수재[16] 차림을 하고 있었지요. 그래서 그 여진족 노파는 그가 왕년의

다. 원대의 유병충이 계획 건설을 주도하여 지원(至元) 4년(1267)부터 순제(順帝) 지정(至正) 28년(1368)까지 원나라 도읍이었다. 이야기꾼은 명대 사람이기 때문에 시대적으로 가까운 원대 도읍 대도를 들어 그보다 앞서 존재했던 연경의 위치를 설명하고 있다.

15 연경(燕京) : 중국 요·금대의 지명. 거란 개태(開泰) 원년(1012)에 유도부(幽都府)를 바꾸어 '연경'으로 격상시키면서 석진과 완평(宛平, 지금의 북경성 서남편)을 치소(治所)로 삼았다. 지금의 하북지역 남부 거마하(拒馬河)·대청하(大淸河)·해하(海河) 이북, 자형관(紫荊關) 이동, 내장성(內長城) 이남, 준화(遵化)·풍남(豐南) 및 천진시 영하(寧河)이서를 관할하였다. 송나라가 건국된 뒤로는 잠시 '연산(燕山)'으로 개명했다가 금나라천회(天會) 연간(1123~1137)에 도로 환원되었다.

16 수재(秀才) : 중국 고대에 선비들을 높여 부르던 호칭. '수재'는 한대 이래로 인재를 발탁

중원 왕조의 황제였다는 것도 모른 채 '길손이 술을 먹으려나 보다' 싶어서 횡적[17]을 부는 여자 하나를 방 안으로 보내 술 시중을 들게 했답니다. 그런데 그가 남쪽의 관리인 것을 안 여자는 마음속이 벌써부터 착잡해져서 오열하면서 피리조차 제대로 불지 못하는 것이 아닙니까 글쎄! 그래서 흠종은 여자를 보고 말했지요.

"나는 자네와 동향일세. (…) 자네는 동경[18] 뉘댁의 여인인가?"

그러자 그 여자는 바깥을 몇 번이나 힐끗거리면서 바로 말을 꺼낼 엄두를 내지 못하다가 그 여진족 노파가 멀찍이 서 있는 것을 보고 나서야 입을 여는 것이었습니다.

"저는 바로 백왕궁百王宮 위왕魏王의 손녀이옵니다! 당초에는 흠자태후의 조카손자에게 출가했었지요. 그런데 … 서울이 함락되고 오랑캐들에게 붙잡혀 이곳까지 끌려 왔다가 점한 집에 여종으로 팔리게 되었습니다. 나중에는 주인집 본처의 질투로 … 하루 종일 매를 맞고 욕질을 당하다가 이 오랑캐 여인에게 팔려 왔답니다! (…) 그 여인은 여러 여자들을 데리고 와서 이곳에서 밤낮으로 술값과 음식을 받아내는데 각자 할당량

하는 절차로서 존재했으며, 당대에도 과거시험 과목으로 존립하다가 나중에 폐지되었다. 당대의 제도를 계승한 송대에는 과거시험에 급제한 선비들만 한정해서 '수재'로 불렀지만 명대에는 과거시험에의 당락과는 상관없이 선비들에 대한 통칭으로 사용되기도 하였다.
17 횡적(橫笛) : 가로로 부는 피리.
18 동경(東京) : 북송의 도읍이던 개봉부(開封府)의 다른 이름.

이 있어서 받아 온 것이 적으면 모질게 매질을 하곤 한답니다! (…) 언제
쯤 이런 신세를 면하게 될지 모르겠군요! (…) 나리님도 동경 분이시라
니 … 역시 붙잡혀 오셨을 테지요?"[19]

흠종은 그 말을 듣고 나서 대답하기가 난처했지요. 그저 몰래 눈물만
흘리다가 눈으로는 차마 참고 볼 수 없길래 그녀에게 이것저것을 잘 챙
겨 주고 내 보냈습니다. 이 여자는 바로 장효순이 술자리에서 만난 바로
그녀였답니다. 가사의 "진왕의 어린 딸"에서 '진왕'은 바로 정미[20]의 후
손이지요. 휘종 때 다시 '위왕'으로 책봉되었으니 위왕이 바로 진왕인 것
입니다. 그야말로 황가의 자손이건만 불행한 일을 당하는 바람에 이 지
경까지 몰락하고 말았으니 어찌 딱한 일이 아니겠습니까?

그러나 이때는 천지가 뒤집힌 시절이었습니다. 황제조차 자기 한 몸
돌아볼 겨를이 없었지요. 그러니 이런 일이야 두 말 할 나위도 없었습니

---

19 **【즉공관 방비】** 却不道怎的. 이게 웬일이란 말인가.
20 정미 : 북송 왕조의 황족 조정미(趙廷美, 947~984)를 가리킨다. 송나라를 세운 태조 조
광윤(趙匡胤), 태종 조광의(趙光義)의 동생으로, 자는 문화(文化)이다. 본명은 광미(光
美)이나 태종의 이름자를 피하여 '정미'로 바꾸었다. 태조의 건륭(建隆) 원년(960)에 가
주방어사(嘉州防御使)로 제수되고 다음 해부터 흥원윤(興元尹)·산남서도절도사(山南
西道節度使)를 지내는 한편 검교태보(檢校太保)·시중(侍中)·경조윤(京兆尹)·영흥군
절도사(永興軍節度使) 등이 추가되었다. 태종이 즉위한 뒤에는 중서령(中書令)·개봉윤
(開封尹)이 추가되고 제왕(齊王)에 봉해졌다. 태원(太原) 정벌에 나선 뒤로는 진왕(秦
王)에 봉해졌으나 태평흥국(太平興國) 7년(982)에 무고를 당하여 서경유수(西京留守)
로 좌천되었다. 나중에는 노다손(盧多遜) 사건에 연루되어 배릉현공(涪陵縣公)으로 강
등되고 방주(房州)에 안치되었다가 화병으로 죽었다. 사후에는 휘종이 즉위한 뒤에 위왕
(魏王)으로 새로 책봉되었다.

다. 이 경우 말고도 태평성대에 대대로 벼슬을 살던 집안이 불행을 만나 타락한 경우도 있었답니다. 만약 몇 명의 좋은 사람을 만나지 못했더라면 어디 그 몸이 위기를 벗어날 수가 있었겠습니까? 그래서 이렇게 이야기하는 것입니다.

미인은 예로부터 박명한 경우 많았지만	紅顔自古多薄命,
창기로 전락한 경우는 더 가련하단다.	若落娼流更可憐.
임자 만나 분발하게만 해 준다면	但使逢人提拔起,
진흙탕 들판에서조차 푸른 연꽃 핀단다.	淤泥原會長靑蓮.

이제 이야기를 들려 드리도록 하겠습니다. 송나라 때 요주[21]의 덕흥현[22]에 동빈경董賓卿이라는 관리가 살았습니다. 그는 자가 중신仲臣이고, 부인은 같은 현의 축祝씨였지요. 그는 소흥[23] 연간 초기에, 사천 땅인 한주[24]의 태수[25]에 임명되어 온 가족이 부임 길에 올랐습니다. 그러나 뜻밖에도

---

21 요주(饒州) : 송대의 지명. 수나라 개황(開皇) 9년(589)에 파양군(鄱陽郡)을 고쳐 설치했다가 당나라 무덕(武德) 4년(621)에 다시 원래의 이름을 회복하였다. 원나라 지원(至元) 14년(1277)에 요주로(饒州路)로 격상되었다.

22 덕흥현(德興縣) : 송대의 지명. 지금의 강서성 동북부의 상요시(上饒市)에 속한 덕흥시 일대에 해당한다.

23 소흥(紹興) : 남송의 개국 황제인 고종(高宗) 조구(趙構, 1107~1187)가 1131~1162년까지 32년 동안 사용한 연호. "소흥 20년"은 서기 1150년에 해당한다.

24 한주(漢州) : 송대의 지명. 남송의 단평(端平) 연간에 철폐되었다가 원나라 중통(中統) 원년(1260)에 다시 설치되었다 지금의 사천성 성도시 일대에 해당한다.

25 태수(太守) : 중국 고대의 관직명. 진(秦)대 이래로 군(郡)의 군사·재정·사법을 담당한 지방 행정 수장으로, 원래는 관직명으로는 '군수(郡守)', 존칭으로는 '태수'를 병용하다가 한대에 경제(景帝) 유계(劉啓, BC188~BC141) 때부터 '태수'를 정식 관직명으로 사용하기 시작하였다. 녹봉은 2천 석(石)으로, 지위는 지금의 각 부 장관에 해당하는 '9경

중신은 벼슬을 얼마 하지도 않아서 재임 중에 죽고 말았지 뭡니까. 한 집안 남녀노소 식구도 많은데다가 여정도 먼데 공금에서 지출되는 여비는 약소했습니다. 그렇다 보니 바로 돌아올 수는 없어서 바로 그곳에 집을 구해 잠시 체류하게 되었지요.

중신의 맏아들 원광原廣은 축 씨댁 사위이기도 했습니다. 그는 조상이 생전에 쌓은 공로로 벼슬을 할 자격을 지니고 있었습니다. 그러나 아직 발령은 받지 않아서 지금은 잠시 한주에서 아버지의 상을 치르고 있었지요. 삼년상을 다 치른 그는 모친·형제들과 작별을 하고 가솔들을 데리고 인사 명령을 받들러 대궐로 간 다음 관직에 전보되면 그곳이 어디인지 확인하고 나서 온 집안 식구들을 대동할지 상의할 작정이었습니다. 그러나 뜻밖에도 길을 나서기 전에 그 아내인 축씨마저 죽고 딸 하나만 남았지 뭡니까. 원광은 한주에서 어떤 부잣집 딸을 후처로 맞아들여 아내와 딸을 데리고 함께 자리가 생긴 임안[26]으로 가서 방주[27] 죽산竹山의 현령이

(九卿)'과 대등했으며, 군의 관리인 연사(掾史)를 임명할 수 있었다. 후한대 말기로부터 조정에서 새로 주목(州牧)을 설치하여 태수보다 우월한 지위를 부여하면서 그 권한이 점차 축소되었다. 나중에는 영토의 확장과 함께 남북조시대에 새로운 행정 단위인 주 (州)가 차츰 늘어나는 반면 군의 관할 범위가 축소되면서 군수의 권한이 주의 행정 수장인 자사(刺史)에게 위임되는 경우가 많았다. 수(隋)나라 때부터는 군을 폐지하고 주만 설치하여 자사가 군수의 역할을 담당하게 되면서 '태수'가 자사에 대한 별칭으로 전용되었다.

26 임안(臨安) : 남송의 도읍지로 지금의 항주. 원래 오월(吳越, 907~978)의 도읍지로서, 경제 조건이 양호하여 남송의 도읍으로 정해진 이래로 남송이 원나라에 멸망당할 때까지 138년 동안 정치·경제·문화의 중심지가 되었다.

27 방주(房州) : 중국 고대의 지명. 수나라 개황 18년(598)에 나주(羅州)를 고쳐 설치하고 죽산(竹山)을 치소로 삼았다. 당나라 정관(貞觀) 10년(636)에 치소를 방릉(房陵, 지금의 방현)으로 옮겼다. 지금의 호북성 방현(房縣)·죽산·보강(保康)·죽계(竹溪) 등지를

되었지요. 그곳은 지역이 좁은데다가 길은 멀었습니다. 그래서 사천 땅까지 가서 가솔들은 데려오지도 못하고 그저 아내와 딸만 데리고 관아에서 지낼 수밖에 없었답니다. 그로부터 세 해가 지나 임기가 만료되자 다시 상경할 생각으로 당시 가족을 데리고 동쪽으로 향했지요.

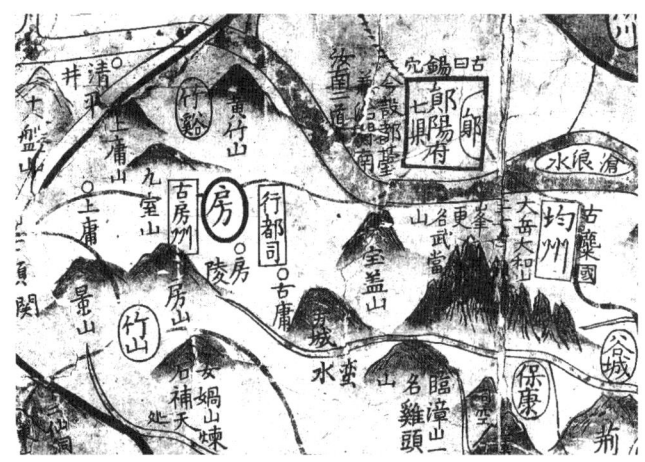

청대(1785)에 제작된 『대청광여도(大淸廣輿圖)』 속의 방주 일대. 위의 물줄기를 따라 장강 유역으로 이동하였다

그나마 다행스럽게도 죽산으로부터 임안까지는 길은 멀었지만 장강에서 배를 타면[28] 한번에 갈 수 있는 곳[29]이었습니다. 그에게는 한 배로

관할하였다. 명나라 홍무 8년(1375)에 현으로 강등되었다.

28 배를 타면[下了船] : 상우당본 원문(제365쪽)에는 '하료해선(下了船)'으로 되어 있으나 번역할 때는 '바닷배에서 내려'가 아니라 '바닷배를 타고'로 해야 한다. 명·청대 구어에서는 '하선(下船)'이 일부 방언(강남)에서는 '배에 타다'로 사용되기도 했기 때문이다. 여기서 죽산(호북성 방현)으로부터 임안(절강성 항주)까지는 장강 물줄기를 따라 만들어진 물길이다. 배에서 내려 육로로 이동하면 한번에 가기 어렵다는 뜻이다. 그러므로 '하(下)'는 '내리다'가 아니라 '타다'로 번역해야 옳다. 송·원대의 백화는 이처럼 현대 중국어의 의미나 용법과는 편차가 큰 경우가 제법 존재하기 때문에 이해와 번역에 각별

동행하는 사람들 중에는 어떤 관리도 하나 끼어 있었습니다. 그는 사천 사람으로 성이 '여呂'씨여서 남들이 다들 그를 '여 사군使君'[30]이라고 부르곤 했는데, 그 역시 임안에 공무를 보러 가던 참이었지요. 이 관리는 젊고 풍류風流가 넘치는 데다가 외모도 준수했습니다. 관리라기보다는 오히려 대갓집 도령 같았지요. 두 사람은 한 곳에서 같이 지내다 보니 양쪽이 서로 이야기를 주고받는 사이가 되었습니다.

여 사군은 동 씨댁 배에 예전 한주 태수의 아들이 타고 있다는 사실을 알고는 자신도 '왕년에 그 고을의 백성이었지' 하는 생각에 건너와서 절을 했지요. 그러자 동원광은 일가 친척이 아직 한주에서 머물고 있다는 이야기를 시작으로, 후처 역시 한주 사람이니 그야말로 두 집안이 한 집안처럼 내왕하는 사이라는 이야기까지 해 주었습니다.[31] 사람들은 '이곳에서 한 배에서 만난 것도 참으로 인연이 있는 셈'이라고 여기고 서로가 기쁘고 다행스럽게 여겼지요. 대개 객지를 여행하는 사람들은 먼 여행길이 적적하다 보니 어떻게든 연고를 좀 찾아서 내왕하려고 애쓰곤 했습니다. 게다가 양쪽이 모두 벼슬을 하는 관리 집안으로 지체도 서로 걸맞다 보니 내왕하기가 한결 수월했지요. 그렇데 보니 양가에서는 이쪽이 저쪽 배로 건너가거나 저쪽이 이쪽 배로 건너오기도 하고, 어떨 때는 술을 마시고 어떨 때는 바둑을 두고 또 어떨 때에는 한가하게 이야기를 나누는

히 유념할 필요가 있다.
29 한번에 갈 수 있는 곳[一水之地] : 한 강 줄기를 끼고 연결되는 도시라는 뜻이다.
30 사군(使君) : 중국 고대에 주의 행정 수장인 자사(刺史), 군의 행정 수장인 태수(太守)를 높여 부르던 호칭.
31 【즉공관 미비】果然通起家來. 정말로 집안끼리 내왕하게 되었군.

등, 정말로 하루도 만나지 않는 날이 없을 정도였지 뭡니까. 설사 피붙이라 해도 이 정도는 아니었을 것입니다. 물론 이런 일은 관리들이 객지로 나갔을 때에게는 늘상 있는 일이었지요.

그런데 뜻밖에도 동 씨댁 배에서 어떤 사람의 심기를 건드려 버렸지 뭡니까요. 그 사람이 누구냐고요? 바로 저 죽산 지현의 후실 마나님이었습니다. 알고 보니 동원광의 이 후처는 초혼이 아니었습니다. 이전에 어떤 무관에게 출가했는데 그녀가 우아하면서도 요염한 데다가 성정이 음탕하다 보니 무관이 무척 그녀를 사랑해서 온 힘을 다해 그녀를 받드느라 밤낮으로 쉬지 않다 보니 몸이 허약해져서 병이 들자마자 죽고 말았던 것이었지요. 한창 나이에 젊어서 홀몸이 되었으니 어떻게 참을 수가 있었겠습니까? 그렇다고 남에게 출가하려고 해도 상대 쪽에서 '그녀가 요사스럽고 음탕하다'는 명성을 듣기만 하면 아무도 그 일을 맡을 엄두를 내지 못하는 것이 아닙니까! 그래서 객지 사람에게 출가하겠다고 것이 바로 이 동원광에게 출가한 것이었습니다. 그러나 원광은 성품이 겁이 많고 나약하다 보니 더더욱 보탬이 되지 않아서 도무지 그녀의 뜻을 이룰 수가 없었지요. 그녀는 욕망이 불 같이 일어나서 당최 만족시킬[32] 방법이 없지 뭡니까요 글쎄! 그러던 차에 복스럽고 준수한 이 여 사군을 보고 나니 '큰일이다' 싶을 정도로 욕망의 불이 활활 타오르는 것이었습

---

32 만족시킬[煞渴]: '살갈(煞渴)'은 명·청대의 강소·절강 등 강남지역의 방언으로, '후련하게 만족시키다' 정도의 의미를 나타낸다. 때로는 '살갈(殺渴)·찰갈(刹渴)' 등으로 표기하기도 하였다.

呂使君情媾窓家妻

여 사군이 관리 집안 아내와 정분이 나다

니다. 거기다가 같은 사천 사람이어서 고향 말씨도 익숙하다 보니 남편하고는 비교도 할 수 없을 정도였지요. 그가 배로 오기만 하면 선창 안에서 차를 따라 줍네 술을 데웁네 하고 몹시 살갑게 대해 주면서 일부러 목청을 돋우어 그로 하여금 눈치를 채게 하려는 것이었습니다.

여 사군은 머리가 좋은 사람이어서 그 의도를 대강 알아챘지요. 그러나 같은 지인 사이인 것이 마음에 걸려서 당장은 손을 쓸 수가 없었습니다. 그러나 뜻밖에도 그 마님은 때로는 얼굴을 절반 드러내기도 하고 때로는 온몸을 드러내기도 하면서 서로 눈짓을 주고받는 것이었습니다. 당장 덥석 그를 끌어안고 들어오고 싶은 마음이 굴뚝같았지요. 아무리 그래도 낮에는 눈에 욕망의 불이 이글거려도 해소할 길이 없었습니다. 그러나 일단 충동이 생기면 그저 남편만 희생양 삼아[33] 쉴 새 없이 그 짓을 벌이는 바람에 원광이 겨우 가냘픈 숨만 남아 더 이상 견디지 못하고 병이 생기게 만들고 말았지 뭡니까. 여 사군은 동 씨댁 배로 건너와서 정성껏 위문을 하면서 새벽이고 밤이고 가리지 않았습니다. 그리고 그 틈을 타서 동 씨댁 마님과 눈짓을 주고받고 양쪽이 시시덕거리다 보니 어느 사이 사이가 훨씬 가까워져 있었지요.

배가 임안에 도착했을 때에는 동원광은 병으로 몸을 일으키지도 못할

---

[33] 남편만 희생양 삼아[做丈夫不着] : 명대의 구어체 중국어에서 「做+명사+不着」 구조는 일반적으로 "아무개를 희생양으로 만들다" 또는 "무엇을 거덜내다"라는 의미를 나타낸다. 이때 그 사이에 들어가는 명사는 해당 행위나 상황을 당하는 객체이다. 여기서도 "남편을 희생시키다"의 의미로 해석할 수 있다.

지경이었습니다. 여 사군은 자신이 탄 배에 이렇게 분부했지요.

"동 나리는 나와는 교분이 각별한 분이시다. 배에서 병을 앓고 계시니 뭍에 내릴 수는 없다. 내 짐도 뭍에 부려 놓을 것 없이 배 안에 두면 아침저녁으로 관리할 수가 있지. (…) 내가 처리할 모든 공무는 성 안으로 지고 들어가서 처리하면 되느니라!"

그리고 나서 이틀이 지나자 동원광은 결국 죽고 마는 것이었습니다. 여 사군은 자진해서 그의 장례를 챙겨 주고 그의 조문을 온 사람들에게는 그저

"서로 내왕하다 보니 사이가 각별해서요. 당연히 대신 도와 드려야지요!"

하고 말할 뿐이었지요. 그러자 오가는 사람들은 저마다 '그의 정의감이 남다르다. 요즘 세상에는 보기 드물 정도이다'라며 칭찬을 아끼지 않는 것이었습니다. 그러나 그에게는 진작부터 남들이 알지 못할 꿍꿍이 속이 있다는 사실을 어떻게 알겠습니까?[34] 그야말로

"주공[35]이 유언비어를 두려워 하던 날,   周公恐懼流言日,

---

34 【즉공관 미비】世人昧声, 往往乃爾. 세상사람들이 어리석다 보니 매번 이런 식이다.
35 주공(周公) : 주나라 문왕(文王)의 아들이자 무왕(武王)의 아우인 희단(姬旦, ?~BC1105)을 말한다. 그의 채읍(采邑, 영지)이 지금의 섬서성 기산현(岐山縣) 동북쪽에 해당하는 주(周) 땅에 있었기 때문에 '주공' 또는 '주공 단(周公旦)'으로 일컬어졌다.

왕망[36]이 미천한 선비에게 겸손하게 대할 때,　王莽謙恭下士時.

만약 그때 그들이 바로 죽었더라면　　　　假若當時身便死,

그 평생의 진실과 거짓 누가 눈치 챘겠는가?"　一生眞僞有誰知.

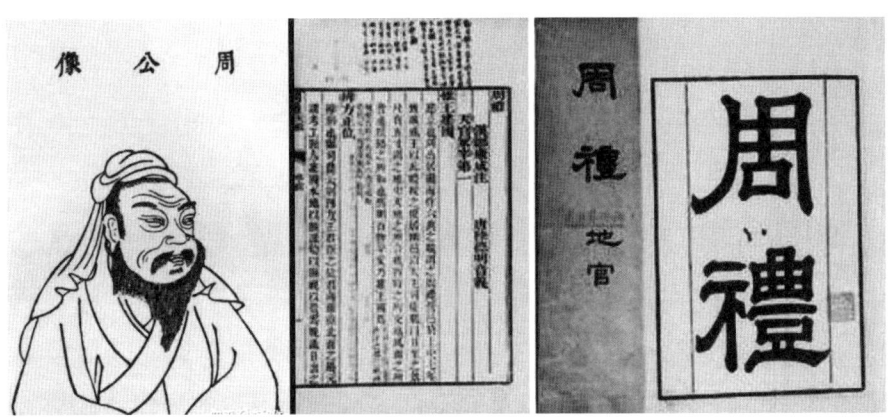

주공 단과 그가 지은 것으로 전해지는 『주례』

여 사군은 동 씨댁 부인과 의논을 하고 말했습니다.

형인 무왕을 보필하여 은나라를 멸망시키고 주 왕조를 세웠으며, 무왕이 죽자 어린 조카 성왕(成王)을 왕으로 옹립하고 섭정을 맡아 주나라의 왕권과 제도를 공고하게 다졌다. 그가 제정한 각종 제도들은 '주례(周禮)'라는 이름으로 확고하게 자리잡아 후세에까지 큰 영향을 주었다.

36 왕망(王莽, BC45~AD23) : 신(新)나라의 초대 황제. 황문랑(黃門郎)·신야후(新野侯)를 거쳐 기원전 8년 38세의 나이로 당시의 재상인 대사마(大司馬)가 되었다. 신흥 외척의 압박으로 한때 정계에서 물러났다가 쿠데타에 성공하여 다시 대사마로 복귀했으며 9세의 평제(平帝)를 옹립하고 자신의 딸을 왕후로 삼았다. 기원후 5년에는 평제를 독살하고 2세의 유영(劉嬰)을 황제로 세웠다가 한나라를 멸망시키고 신나라를 세워 황제가 되었다. 주(周)나라 시대의 정전법(井田法)을 모방하여 토지개혁을 단행하고 노비 매매를 금지시키는 등의 정책을 폈다가 실패하고 신나라 건국 15년 만에 장안(長安)의 미앙궁(未央宮)에서 부하의 손에 죽음을 당하였다.

"고향 요주까지는 멀고 사천 땅의 소식은 듣기 어려운 판국입니다. (…) 동공의 영구는 … 차라리 임안에서 일단 땅을 골라서 안장하도록 하시지요. 나중에 친족들이 모이면 그때 새로 방법을 강구하기로 하시고요!"

의논을 마친 뒤에도 모든 일은 여 사군이 다 처리했지요. 그는 한편으로는 동공의 영구를 잘 안치했습니다. 일이 다 끝나자 부인은 원광의 전처 소생의 딸을 데리고 나와서 사군에게 절을 하면서 고맙다고 인사를 했지요.

"돌아가신 지아비가 불행을 당하셨건만 만약 대인[37]께서 세심하게 처리해 주지 않으셨더라면 의지할 데 없는 저희 모녀가 어떻게 돌아가신 지아비를 안장할 수가 있었겠습니까? 참으로 골육과도 같은의 은혜가 아닐 수 없사옵니다!"

부인이 이렇게 말하자 사군이 말하는 것이었습니다.

"소관은 오는 도중에 동공의 은혜를 입고 서로 내왕하는 각별한 사이가 되어서 오랫동안 함께 하기를 바라던 참이었습니다. 헌데 이렇게 하루아침에 세상을 버리실 줄 누가 알았겠습니까! (…) 객지 길에 일을 처

---

37 대인(大人) : 명대의 존칭. 주로 고위 관리나 권문세족을 높여서 부르던 호칭이다.

리해 줄 이가 없는 상황에서 이 일이야말로 소관이 기꺼이 해야 할 일입니다. 조금 도와드렸을 뿐 어디 고맙다는 말씀을 들을 일인가요? 다만…, 안장은 다 마쳤는데 … 이제 부인께서는 어떻게 … 하실 작정이신지요"[38]

"돌아가신 지아비의 가솔이 모두 사천 땅에 있고 저 역시 사천 사람입니다. (…) 이곳은 몸을 맡길 친척이 한 분도 안 계시니 도로 사천 땅으로 돌아가는 수밖에 없지요! 다만, … 길이 멀기도 하고 … 홀로 남은 저희 모녀가 의지할 데조차 없어서 … 한 걸음도 옮기기 어려우니 이를 어쩌면 좋답니까!"

그러자 사군은 웃으면서 말했습니다.

"부인께서는 걱정하지 마십시오. (…) 소관도 공무를 다 처리하고 나면 즉시 사천으로 돌아가야 합니다. 제가 모시고 함께 가시면 되지요. 다만 … 부인께서 마다하지 않으시면 그걸로도 만족합니다!"

그러자 부인 역시 웃음을 머금고 말하는 것이었습니다.

"정말 그렇게만 돌보아 주신다면 고향으로 돌아갈 날이 오겠군요! 이처럼 감격스러운데 이 은혜 갚는 일을 어찌 감히 잊을 수가 있겠습니까!"

---

38 【즉공관 미비】還是孺人行止要緊. 아무래도 마나님의 처신이 아주 중요하고 말고.

사군은 웃음 띤 얼굴로 눈짓을 하면서 말하는 것이었습니다.

"어디 … 부인께서 어떻게 갚으실지 두고 보지요!"

두 사람의 말은 각자 의도가 있다 보니 서로가 그 뜻을 짐작했습니다. 다만 각자 관선官船을 한 척씩 타고 온 데다가 사람 눈도 많았습니다. 마음은 급했지만 수작을 부리기에는 여의치 않아 그저 침만 삼킬 뿐이었지요. 이 놓치기 아까운 광경을 [상조商調]【착호로錯葫蘆】가사가 아주 잘 묘사하고 있습니다.

사랑하는 두 사람이	兩情人,
각자 다른 배에 있으니	各一舟.
봄바람 같은 마음을	總春心,
주체하지 못 하누나.	不自由.
급기야	只落得
짝 이루어 나는 나비는 장자의 꿈을 꾸고	雙飛蝴蝶夢莊周.
산 애물단지는 여전히 만나지도 못하고 있으니	活寃家猶然不聚頭,
언제까지 견뎌낼 지 모르겠구나.	又不知幾時消受.
그야말로	抵多少
눈 빠지고 애 끊어지는 것도 견우 쪽이렷다?	眼穿腸斷爲牽牛.

다시 이야기를 들려 드리도록 하지요. 여 사군은 오로지 동 씨대 부인

을 유혹할 작정으로 자신의 공무를 서둘러 처리하는 한편 출발을 재촉하는 것이었습니다. 두 관선은 바짝 붙은 채로 같이 가는데 앞서거니 뒤서거니 하면서 출렁거리는 강물만 사이에 두고 있었습니다. 그리고 어떤

像 子 莊

장주 초상

부두에 도착하자 동 씨댁 부인은 술자리를 잘 준비해서[39] 장례에 대한 사례라는 명목으로 여 사군 한 사람만 초대하는 것이었습니다. 여 사군은 그 부름을 듣고 떨듯이 기뻐했습니다. 그리고는 아주 멋지게 차려 입고 서둘러서 동 씨댁 배로 건너오는 것이었지요.

부인은 웃음 띤 얼굴로 그를 맞이해 선창으로 들어가더니 연신 고맙다고 인사를 했습니다. 차를 석 잔 마시고 나서 술자리가 준비되자 두 사람은 동서쪽으로 서로 마주보고 앉았습니다. 어린 딸은 부인 어깨 너머에서 옆으로 앉아 있었지요. 그 딸은 겨우 열 살도 채 되지 않다 보니 무슨 영문인지 미처 알지 못했습니다.[40] 그러나 부친 생전에 서로 내왕하던 사람인 것을 보고 '한 자리에 같이 앉아 술을 먹을

---

39 【즉공관 미비】乃喜筵耳. 축하 피로연이로군.
40 【즉공관 미비】卽知, 亦且奈何. 안다고 한들 또 어쩔 텐가?

수 있겠다'고 여겼답니다. 배 안의 외지 사람들은 그들대로 두 사람이 나누는 이야기가 전부 현지 사투리인 것을 보고, 거기다 날마다 아주 각별하게 내왕하는 것을 보니, 아주 가까운 친척 사이인 것으로만 여길 뿐 그 속의 내막에야 어디 신경이나 쓰겠습니까? 그러나 술을 마신다는 핑계로 둘이 시시덕거리기 딱 좋은 때라는 것을 어느 누가 알기나 했겠습니까요 글쎄! 그야말로

차는 꽃의 주선자요   茶爲花博士,
술은 여색의 중매인이라.[41]   酒是色媒人.

두 사람은 술을 마시는 도중에 이야기가 오가면서 은근한 눈짓을 주고받았습니다. 거기에는 중매인을 쓸 필요도 없고 직접 얼굴을 마주한 채 말을 나누는데 성사되지 않을 일이 어디 있겠습니까요? 다만 사람들의 이목이 많다 보니 눈속임을 좀 할 필요는 있었지요.

그러다가 보니 달이 뜬지라 하는 수 없이 일어나 작별인사를 나누었습니다.

"이렇게 서둘러 헤어지고 나면 부인께서는 … 밤에 외로우셔서 어떻게

---

41 차는 꽃의 주선자요~[茶爲花博士, 酒是色媒人] : 명대의 속담. 글자 그대로 직역하면 '차는 꽃의 주선자요 술은 호색한들의 매개체' 정도로 번역할 수 있다. 송대 화본소설집인 『경본통속소설(京本通俗小說)』「연옥관음(碾玉觀音)」에도 "道不得個 '茶爲花博士, 酒是色媒人'"식으로 같은 표현이 보인다. 때로는 풍몽룡의 『성세항언(醒世恒言)』 제13권에서는 "봄은 차의 주선자요 술은 호색한들의 중매인[春爲茶博士, 酒是色媒人]"처럼, 앞 구절이 다르게 사용되기도 하였다.

시간을 보내실지 참!"

사군이 이렇게 말하자 부인은 그 말뜻을 눈치채고 대답했습니다.

"혼자서 들창을 열고 달 구경이나 하는 수밖에 없지요!"

사군은 자신을 받아들이겠다는 뜻임을 눈치채고 마찬가지로 이렇게 대답했습니다.

"달이 참 아름답습니다! (…) 혼자 편히 주무시지 못하겠다면 … 창문을 열고 달이라도 감상하십시오. (…) 이런 환한 달빛을 저버려서는 안 되지요!"

두 사람이 하는 말 좀 보십시오! 하나같이 숨은 뜻을 감추고 있어서 한 사람은 창문을 열라 하고 한 사람은 들창을 열겠다 하는 것이 밤에 창문으로 들어와서 밀회를 즐기자고 약속하는 것이 분명하지 뭡니까?

자기 배로 온 사군은 심복 가동家僮을 부르더니 배 위의 뱃사람들에게 이렇게 분부하게 했습니다.

"두 배를 나란히 밀착시키도록 해라. 선창[官艙]을 서로 마주보게 해서 보살펴 드리기 수월하게 말이다!"

뱃사람들은 그 분부에 따라 즉시 두 배를 바짝 붙여 놓는 것이었습니다.

인적이 끊어지고 나서 사군은 살그머니 일어나서 자기 배 선창 안의 들창을 가만히 들어 열었습니다. 그리고는 맞은 편 배를 보았더니 선창의 작은 창문이 빗장을 지르지 않은 채 닫혀 있는 것이었습니다. 사군은 맞은 편의 작은 창문 쪽에 대고 기침을 한번 했습니다. 그러자 그쪽에서는 작은 두 창문이 활짝 열리는 것이 아닙니까. 달빛 속에서 몸과 얼굴을 드러내는데 바로 동 씨댁 부인이 거기에 혼자 있는 것이었지요. 사군이 서둘러 배로 뛰어 내리자 그쪽의 부인도 피하지 않는 것이었습니다. 두 사람은 서로 끌어안더니 그 길로 선창의 침상으로 그 짓을 벌이러 갔답니다.

한쪽은 이제 막 과부 된 문군이라	一个新寡的文君,
빈 자리 채워 줄 상대가 필요하던 참이요	正要相如補空.
한쪽은 홀아비 신세의 송옥이라	一个獨居的宋玉,
짝 지을 이웃집 여자를 기다리던 참이었네.	專待鄰女成雙.
한쪽은 묶이지 않은 쪽배 마냥	一个是不繫之舟,
사람이 이끄는 대로 따르고	隨人牽挽.
한쪽은 강물 속의 노 같아서	一个如中流之檝,
나를 흔들어 놓는데	惟我蕩搖.
백사장 가의 가마우지 마냥 같이 자기 좋고	沙邊鸂鶒好同眠,
물 밑의 원앙 마냥 즐거움 함께 할만하구나.	水底鴛鴦堪比樂.

탁문군 초상

그렇게 운우雲雨의 정을 나누고 나서 사군이 말했습니다.

"소생이 부인과 뜻하지 않게 마주쳤거늘 뜻밖에도 오랜 소원을 이루었으니 삼생[42]의 행운입니다!"

"전에 님을 얼핏 뵈었을 때부터 저는 끌리는 마음 주체할 수가 없었지요. 나중에 세상을 떠난 지아비가 변고를 당했을 적에도 세심하게 배려해 주셔서 얼마나 감격했던지요! (…) 여인네가 따로 보답해 드릴 것이

---

42 삼생(三生) : 과거의 전생(前生), 현재의 현생(現生), 미래의 후생(後生)을 말한다.

없기에 오늘 이 한 몸으로 보답합니다. (…) 바라건대 제가 스스로 몸을 바치는 것을 꺼리시고 훗날 저를 버리셔서 저를 실망하게 하시지는 마십시요!"

"그대가 소생을 마다하지 않으니 일단 즐거움을 누립시다. 그런 근심일랑 하지 말고요!"

이때부터 아침에는 몰래 나가고 밤에는 몰래 들어오는 식으로 날마다 어김없이 드나들면서 바깥에 그 일을 아는 이가 있어도 아랑곳하지 않는 것이었습니다.

그러던 어느 날이었습니다. 한참 즐거움을 만끽하고 있는데 사군이 별안간 한숨을 길게 쉬더니 말하는 것이었습니다.

"지금은 다행히 같은 길을 가고, 거기다가 기쁘게도 촉[43] 땅으로 가는 길이 아직은 머니 그래도 시간이 좀 있습니다. 허나, … 만약 그곳에 당도하기만 하면 그대에게도 집이 있고 소생에게도 본처가 있으니 … 이 즐거움을 어찌 늘상 누릴 수가 있겠소이까!"

"그런 말씀 마십시요! 제 지아비가 세상을 떠났고 자녀도 없지만 만일 한주에 당도하면 … 어쩌면 친척들에게 얽매이게 될까 걱정입니다. 지금

---

43 촉(蜀) : 중국 고대의 지역명. 지금의 사천(四川) 지역에 해당한다.

가는 도중에 제가 스스로 결심하여 이대로 개가하여 님을 따르고 동 씨 댁에 가지 않는다 한들 어느 누가 저를 막을 수가 있겠어요?"

사군은 그 말을 듣고 몹시 반가워하면서 말했습니다.

"그렇게만 된다면야 그 두터운 사랑에 감지덕지이지요! (…) 소생은 익주[44] 땅 성도成都의 비현[45]에 원래부터 전답이며 집들이 있어서 어디에 서든지 살 수 있습니다. (…) 저것이 그리 가는 사잇길입니다. (…) 그 곳에 당도하면 내 그대를 맞이해 가서 살게 해 주고 이 관선 두 척은 돌려보내면 됩니다. 동 씨댁 사람들 중에서 그대를 따르기를 바라는 이가 있다면 그런 사람도 그대를 따라와 살게 해 주시오. 그것을 바라지 않는 사람은 그들 뜻대로 한주에 가서 각자 자기 갈 길을 가게 하면 됩니다. (…) 한주는 멀기도 하거니와 … 그쪽에는 모두가 고아이거나 과부들 테 니 이곳 일을 누가 신경인들 쓸 수 있겠습니까? 설혹 이야기를 흘리는 자 가 있더라도 … 그대가 도중에 남편 상을 만나는 바람에 내가 벌써 예의 를 갖추어 소실을 들였다고만 하면 아무도 나를 탓하지 못할 것입니다!"

"그거야말로 장기적인 대책이로군요! 다만, … 제 곁에는 아직 그 어린 계집아이가 있지요. 전처 축씨 소생이지만 이제 그 아이에게는 갈 곳이

---

44 익주(益州) : 중국 고대의 지역명. 한나라 무제가 설치한 '13자사부(十三刺史部)'의 하나 로, 지금의 사천성 등지에 해당하며 치소는 지금의 성도시 일대였다.

45 비현(郫縣) : 중국 고대의 지명. 지금의 사천성 성도시 도심의 서북쪽 비도구(郫都區)에 해당한다.

없으니 마음의 짐인 셈입니다!"

"그것은 더더욱 대수롭지 않습니다! 지금은 아직 어리니 일단 곁에 두고 양육하시다가 나중에 누가 찾아오면 그 사람에게 돌려주면 됩니다. 아무도 찾아오지 않으면 장성하고 나서 어디든 상관하지 않고 가서 살게 하면 되는데 무슨 걱정이십니까?"

두 사람은 이렇게 가는 길 내내 잘 의논했습니다. 비현에 도착하자 정말 두 배의 물건들을 전부 옮겨 가서 지냈답니다. 안타깝게도 동 씨댁은 죽산에 현령으로 부임한 일을 계기로 공금 노자에 아내와 딸까지 전부가 남의 차지가 되고 만 셈이었습니다.[46] 그 집을 따라온 하인들도 저마다 불평이었지만 상전의 부인이 이미 개가한 데다가 여 사군 역시 관리이다 보니 어느 누가 그와 악다구니를 벌일 엄두를 내겠습니까? 그 결정에 불복하거나 내켜 하지 않는 이들만 그 자리에서 사방으로 뿔뿔이 흩어져 버렸답니다. 여 사군은 그렇게 이득을 보기는 했지만 그렇게 떠나간 사람들이 가는 곳마다 그 일을 떠벌리고 다녔답니다. 그래서 그 이야기를 들은 사람들이나 왕년에 그가 고결한 인품을 지녔다고 칭찬했던 이들은 모두가 그의 파렴치한 행태를 알고 그의 사람 됨됨이를 경멸하게 되었지요. 동 씨댁 친척들이 그 이야기를 듣고 더더욱 이를 갈며 분개한 것은 두 말 할 나위도 없었습니다.

---

46 **【즉공관 미비】**必有宿負. 不然何慘至此. 전생의 악연이 있는 것이 분명하다. 그렇지 않고서야 어찌 이다지도 참담할 수가 있단 말인가!

동 씨댁 친척들 중에서는 축 씨네가 가장 절박했습니다. 그 집안은 이 대에 걸쳐 동 씨댁과 혼인관계를 맺어 왔기 때문이지요. 외지에 부임한 그 많은 사람들이 모두 그 부인들의 형제이거나 숙질 사이였습니다. 개 중에 축차건祝次騫이라는 사람은 조정에서 벼슬살이를 하고 있었는데 바 로 동원광의 처형[47]이었지요. 그는 동씨 일가가 몰락하여 뿔뿔이 흩어져 원광의 아내와 딸이 남의 차지가 된 데다가 행방조차 알 수 없게 된 일을 생각하면서 밤낮으로 걱정을 했습니다. 그때 그 동리의 왕공숙王恭肅공이 사천 땅에 와서 제사[48]를 지내게 되자 그에게 관할지역을 탐문해 볼 것을 부탁했지요. 그러나 거리가 멀고도 넓은데 어느 누가 그 행방을 알겠습 니까요? 그러다가 건도[49] 연간 초기에 축차건은 가주[50]의 태수로 임명되 더니 곧바로 이로운사利路運使에 제수되었습니다. 전날의 그 여 사군은 마 침 결원이 생긴 가주에 전보되었지요. 그래서 축차건과 교대하기 위해 와야 했습니다. 여 사군은 차건이 동 씨댁 전처의 일족임을 눈치챘습니 다. 자신이 그런 파렴치한 짓을 벌였으니 어디 그를 만날 담력이 있었겠 습니까? 차일피일 미루고 버티면서 부임해 올 엄두를 내지 못하는 것이 아닙니까. 축차건은 축차건대로 여 사군을 짐승과도 같은 자로 괘씸하게

---

47 처형(妻兄) : 손윗처남. 우리나라에서는 '아내의 언니'라는 뜻으로 사용되는데 잘못된 호 칭이다.

48 제사(制使) : 중국 고대의 관직명. 황제가 파견한 사자를 가리키며, 송대에는 전전사(殿 前司)에 소속된 하급 군관을 말하였다.

49 건도(乾道) : 남송의 효종(孝宗) 조신(趙昚)이 서기 1165~1173년까지 9년 동안 사용한 두 번째 연호. 뒤에 나오는 '건도 병술년'은 건도 2년으로, 서기 1166년에 해당한다.

50 가주(嘉州) : 중국 고대의 지명. 지금의 사천성의 사천분지 서남부인 미산시(眉山市)·낙 산(樂山) 지구에 해당한다. 역사적으로 한대-남북조 시대에는 남안현(南安縣), 북주시 기에는 평강군(平羌郡), 송대에는 가정부(嘉定府), 원대에는 가정로(嘉定路), 명대에는 가정주(嘉定州) 등으로 일컬어졌다. '가주'는 가정주를 줄여서 부른 이름으로 보인다.

여기고 있던 참이었지요. 그래서 속으로 그와 마주치지 않을 생각으로[51] 그가 오지 않는 틈에 관인과 인끈을 끌러서 동료 관리에게 넘겨 잠시 보관하게 한 뒤 바로 그곳을 떠나 버렸습니다. 여 사군이 임지에 도착했을 때에는 누가 그를 찾아와 시비를 가리고 그를 탄핵하는 상소를 올렸지 뭡니까요. 조정에서 진노하자 허둥지둥 떠나고 말았답니다.

축차건은 사천 방면에서 벼슬을 한 것도 헛되게도 끝내 조카딸의 소식을 알지 못한 것을 속으로 내내 한스러워 했지요.

그럼에도 불구하고 사람이 소원을 이루지 못하면 하늘은 반드시 그 해결책을 구해 주시기 마련인가 봅니다. 건도 연간의 병술년이 되었을 때였습니다. 차건의 아들 축동로祝東老는 이름이 진형震亨이었는데, 그 역시 사천 총간四川總幹 벼슬을 하게 되었지 뭡니까. 그는 격문檄文을 받고 성도에 공무를 보러 가다가 도중에 면주[52]를 지나가게 되었습니다. 면주의 태수 오중광吳仲廣은 나와서 그를 맞이하고 술을 차려 후하게 대접했지요. 중광은 원래 대제학사待制學士 출신으로, 풍류와 글재주가 아주 남다른 사람이었습니다. 그는 이날 고을에서 연회를 열자 수청을 드는[53] 창기나 예

---

51 【즉공관 미비】此處權宜見他, 使其無地自容, 且可以偵得其甥. 次騫一誤, 致有落娼之辱, 天也. 이 대목에서 대충 그를 보건대 그를 몸 둘 곳 없게 만들고 거기다가 그 외조카까지 정탐할 수가 있다. 차건이 한번 실수 하는 바람에 창기로 전락하는 능욕을 당하고 말았으니 하늘의 뜻이로다!

52 면주(綿州) : 중국 고대의 지명. 수나라 개황 5년(585)에 그 일대를 흐르는 면수(綿水)에 착안하여 명명되었다. 치소는 파서(巴西)로 지금의 면양시(綿陽市) 동쪽에 해당하였다.

53 수청을 드는[承直] : '승직(承直)'은 글자 그대로 풀면 '관청에서 번을 서다[當直]' 정도의 뜻으로, 주로 관리들에게 사용되는 표현이다. 여기서는 뒤에 언급된 대상이 창기(倡妓)와 예인(藝人)이어서 편의상 "수청을 들다"로 번역하였다.

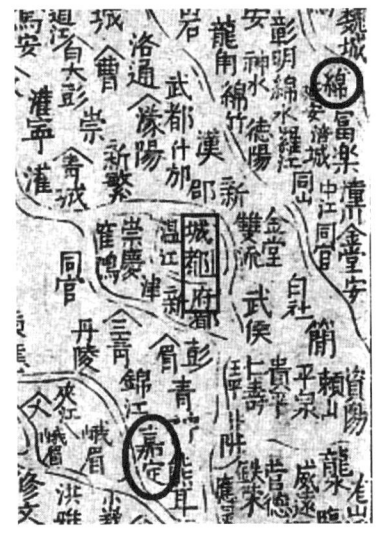

명대의 백과전서 『삼재도회』 「사천여도(四川輿圖)」에 그려진 가주(하)와 성도부(중)와 면주(상)의 위치

인들 치고 모이지 않은 이가 없을 지경이었습니다. 동로는 그 사이에 앉아 있다가 문 서까래 옆에 웬 기생이 서 있는 것을 발견했습니다. 자태가 차분하면서도 우아한 것이 마치 양갓댁 규수 같이 조금도 경망스러운 데가 없지 뭡니까. 동로는 눈 한번 깜빡이지 않고 시선을 집중해서 한참을 바라보았습니다. 그런데 마침 기생들 중 행수[54]가 다가와서 술을 따라 주는 것이 아닙니까. 동로는 잠시 그 술을 받지 않고 그 문 서까래 옆의 기생을 가리키면서 물었지요.

"저 사람은 누구인가?"

그러자 행수는 웃으면서 말했습니다.

---

54 행수(行首) : 중국 고대에 관청 행사에서 수청을 드는 관기(官妓)들 중에서도 으뜸 가는 기생. 소설·희곡 등의 구어체 문학에서는 그 앞에 '수청을 든다'는 뜻의 '상청(上廳)'을 추가하여 '상청행수(上廳行首)'로 일컫기도 하였다. 수하의 기생들을 관리하기도 했으며, 나중에는 이름난 기생을 두루 일컫는 말로 전용되었다. 옛날 중국에서는 관기들은 수청이나 노역에 출석할 의무를 지고 있었다. 때문에 관청에서 연회를 거행한다든지 관청의 수장에게 개인적인 길흉사가 있으면 반드시 가서 가무를 하거나 술 시중을 들어야 했다.

명대 후기 주원량(朱元亮)의 풍류 가이드 『청루운어』에 묘사된 술자리에서 거문고를 연주하는
기생의 모습

"나리…, 마음에 드십니까?"

"마음에 들어서가 아닐세! (…) 보아하니 그녀에게는 자네들 하고는
다른 데가 꽤 많은 것 같아서 속으로 의아하게 여기던 참이야. 그래서 물
어본 게지!"

"저 아이는 '설천(薛倩)'이라고 합니다."

그래서 동로가 자세하게 물으려고 하는데 오 태수가 자리에서 걸어나
와 큰 잔에 술을 따라서 마시라는 것이 아닙니까. 동로는 하는 수 없이
말을 멈추고 태수가 손에 든 술잔을 받아서 자리에 놓더니 마시기를 사

양하는 것이었습니다.

"주량이 적어서 정말이지 마실 수가 없습니다. 작은 잔으로 흥을 돋우는 정도는 괜찮습니다!"

그러자 태수는 행수가 마침 옆에 있는 것을 보고 곧바로 그 큰 잔을 가리키면서 분부했습니다.

"자네는 여기서 총간을 맡고 있으니 기필코 술 마시는 일을 총책임 져야 하네. 안 그랬다가는 자네한테 벌을 내릴 테야!"

그러자 행수가 웃으면서 말했습니다.

"쇤네한테 벌을 주실 것 없습니다요. 만약에 총간께 많이 마시게 만드시려거든 설천이더러 모시라고 하십시오. 자연히 조금도 거절하지 못하실 겝니다!"[55]

오 태수도 웃으면서 말했습니다.

"이상한 말이로구나! (…) 총간이 과거에 저 아이 하고 아는 사이였던

---

55 **【즉공관 미비】** *妓女撚酸之態.* 기녀가 질투하는 모습이로군.

게냐?"

"소인은 여태껏 한 번도 태수님 댁을 예방한 적이 없습니다. 그런데 어떻게 기생들과 만날 수가 있겠습니까?"

동로가 이렇게 말하자 태수는 행수에게 반문했습니다.

"그렇다면, … 자네는 어째서 그렇게 말한 게야?"

"방금 총간께서 가만히 물으시는데 … 저 아이한테 아주 단단히 빠지신 것 같더군요!"

그러자 동로는 이렇게 말했습니다.

"방금 우연히 마주치고 나서 저 아이의 품격을 보아하니 마치 닭의 무리 속에 들판의 두루미가 깃든 것 같았습니다. 소관이 보기에는 내부인[56] 같지는 않더군요. 속으로 이상하게 여기다가 행수에게 물어본 것입니다. 어찌 무슨 다른 뜻이 있겠습니까?"

---

56 내부인[個中之人] : 명대 구어체 중국어에서 '개중(個中)'은 특정한 상황을 직접 겪거나 그 내막을 잘 아는 사람을 가리킨다. 따라서 '개중인(個中人)'은 '당사자' 또는 '내부인(inner circle)' 정도의 뜻으로 이해할 수 있는 셈이다. 『박안경기』 제25권에도 "아우야, 너도 당사자인데 어째서 남 이야기 하듯이 하는 게냐![兄弟你也是個中人, 怎學別人說淡話]" 식으로 같은 표현이 보인다.

"그렇다면 설천이를 총간 옆에 불러서 술을 권하게 하면 되겠구만?"

행수는 그 명령에 따라 당장 설천을 불러서 그의 시중을 들게 했습니다. 동로는 막 그녀의 내력을 물을 생각이었는데 마침 자기 생각과 일치하자[57] 작은 걸상 하나를 가져 오게 해서 그녀를 앉히더니 그녀에게 나지막이 물어 보았습니다.

구영 『소주청명상하도』 속의 걸상

"보아하니 너는 결코 화류계의 기생은 아니다. 그런데 어째서 여기에 있는 것이냐?"

그러자 설천은 대답할 엄두를 내지 못하고 한숨만 쉬면서 엉뚱한 소리로 얼버무리려 드는 것이 아닙니까. 동로는 더더욱 이상하게 여기고 좀 있다가 다시 물었지요.

"사실대로 내게 이야기 하거라!"

---

57 **[교정]** 생각[懷] : 천진고적판(제505쪽)에는 네 번째 글자가 '잔 배(杯)'로 나와 있다. 그러나 상우당본 원문(제382쪽)은 물론이고 강소고적판(제147쪽) 역시 '품을 회(懷)'로 되어 있다. 이를 통하여 천진고적판이 '회'의 약자인 '회(怀)'를 '배'의 본자[杯]로 오독한 것임을 알 수 있다.

그러나 설천은 그래도 입을 열지 않고 말을 하려다가도 또 멈추는 것이었지요.

"사실대로 말해도 괜찮다니까!"

"말씀을 드린다 해도 아무 의미가 없습니다! 오히려 망신만 당하겠지요."

"전부 다 내게 일러 주면 보탬이 없을지 어떻게 아느냐?"

"나리께서 물으시니 감히 말씀을 드리지 않을 수가 없겠군요. 그러나 사실 말씀을 드리자니 부끄럽기 짝이 없습니다! (…) 저는 본래 양갓집 자식으로 조부와 부친이 모두 벼슬을 지내셨지요. 그러나 불행을 만나는 바람에 정조를 잃고 수모를 당하고 말았지 뭡니까! (…) 그저 전생에 지은 업보를 이승에서 갚는 셈인데 그런 이야기는 해서 무엇 하겠습니까?"

그러자 동로는 가엾게 여기면서도 퍼뜩 생각이 나서 말했습니다.

"너희 조부와 부친이 혹시 … 한주 지주와 죽산 지현이 아니셨느냐?"

그러자 설천을 깜짝 놀라서 통곡을 하면서 말하는 것이었습니다.

"나리께서 … 어떻게 아셨습니까?"

"정말 그렇다면 … 너희 모친은 성이 축씨렸다?"

"나중에 계모가 오기는 했습니다만 저를 낳고 돌아가신 어머니는 바로 축씨이셨지요!"

"너희 모친은 바로 내 고모님[58]이시다. 불행하게도 일찍 돌아가셨지. (…) 내 너와 계모가 객지를 떠돈다는 이야기를 듣고 몇 해를 찾아 헤맸다마는 끝내 소식이 없었느니라. 그런데 뜻밖에도 여기서 만나게 될 줄이야! (…) 어쩌다가 기적[59]에 들어 정조를 잃게 되었느냐? 자세하게 내게 들려 다오!"

"아버지께서 돌아가시자마자 여사관이라는 자가 장례를 돌보아 주고 계모와 함께 사천 땅으로 돌아왔지요. 그러나 사천 땅에 당도해 그의 집 대문 앞을 지나가게 되었는데 뜻밖에도 모조리 다 자기 소유로 독차지했지 뭡니까, 계모와 저는 그를 따라서 몇 해 동안 살았습니다. 그런데 그

---

58 고모님[姑娘] : '고랑(姑娘)'은 현대 중국어에서는 '처녀·색시(maiden)'의 의미로 사용되고 있다. 그러나 원·명대 구어에서는 '고모(paternal aunt)'의 의미로 되었으므로 앞서의 '처형'처럼 해석에 각별히 유념할 필요가 있다. '낭(娘)'이 시간이 흐르면서 '모(母)'로 대체된 셈이다. 여기서는 '고랑'을 편의상 '고모님'으로 번역하였다.

59 기적(妓籍) : 중국 고대에 관청에서 관리하는 관기(官妓)의 내력을 기재한 장부. 옛날 중국에서는 관기들은 수청이나 노역에 출석할 의무를 지고 있었다. 때문에 관청에서 연회를 거행한다든지 관청의 수장에게 개인적인 길흉사가 있으면 반드시 가서 가무를 하거나 술 시중을 들어야 했다. 뒤에는 "악적(樂籍)"이 나오는데, 의미상으로는 관청의 연회에서 풍악을 담당한 예인들인 악호(樂戶)의 내력을 기재한 장부라는 뜻이지만, 관기들은 수청과 음악을 동시에 담당했으므로 본질적으로는 같은 뜻으로 이해해도 무방하다.

해에 벼슬을 구하는 일을 그르치고 고향집에 돌아오고부터는 우울하고 못마땅하게 여기다가 병이 들어서 죽고 말았지요.[60] 계모는 계모대로 의지할 데가 없자 저를 팔아 설마(薛媽)로부터 칠만 전[61]을 받고 결국 기적에 들어가고 말았지요. 지금은 벌써 한 해가 넘었습니다! 아버지께서 돌아가실 때를 돌이켜 보면 … 나이는 어렸지만 마치 엊그제 일 같군요. 그런데 객지를 떠돌며 온갖 수모를 다 겪으면서 이 지경에까지 이를 줄 누가 알았겠습니까!"

말을 마친 그녀는 소리 놓아 통곡을 하는 것이었습니다. 동로도 자기도 모르게 울기 시작했지요.

처음에는 나지막히 이야기를 나누다 보니 남들은 두 사람이 귓속말을 하는 광경을 보고 다들 '둘이 시시덕거리면서 닭살 돋는 꼴을 보이는 것이 분명하다'고 여기면서 신경이나 썼나요 어디? 그런데 두 사람 다 하나가 되어 통곡을 하는 모습을 보고 그제서야 모두 놀라서 죄다 와서 캐묻는 것이었습니다. 그러자 동로가 말했지요.

"이 사연은 아주 많아서 오늘 다 말씀드릴 수가 없습니다. 게다가 별별

---

60 【즉공관 미비】元來董孺人又弄死一个了. 이제 보니 동마나님이 또 한 사람을 죽게 만들었구나.

61 칠만 전[七十千錢] : '7만'을 '70천(七十千)' 식으로 표현한 것은 중국에서는 고대에 엽전을 줄에 꿸 때 천 닢[전]을 한 꿰미[緡]로 삼았기 때문이다. 따라서 '칠십천'은 곧 1,000 닢씩 꿴 엽전이 70꿰미라는 의미인 셈이다.

우여곡절을 다 겪었지요. 그러니 다음에 태수님께 자세하게 말씀드리도
록 하겠습니다!"

태수는 태수대로 좀 이상하기는 했지만 더 묻기가 곤란했지요. 그렇게
해서 술자리가 끝나 각자 흩어지고 동로도 혼자 관사로 쉬러 갔습니다.

설천은 집에 도착해 술자리에서 있었던 일을 설마를 보고 말했습니다.

"총간 나리는 제 친척이십니다. 오늘 이야기를 나누었는데 스스로 인
정하시더군요. 내일 그분 처소에 가서 뵈면 분명히 특별히 상을 내리실
거에요!"

그러자 설마는 몹시 기뻐하는 것이었습니다. 이튿날이 되자 설마는 설
천을 데리고 총간이 머무는 관사 앞까지 와서 접견을 요청했습니다.[62] 축
동로는 그 이야기를 듣고 즉시 그 모녀를 안으로 들이게 했지요. 그리고
는 마악 자세하게 이야기를 나누려고 하는데 가만 보니 누가 태수 오중
광도 왔다고 알리는 것이 아닙니까. 동로는 웃으면서 설천을 보고 말했
습니다.

"마침 잘 왔구나!"

---

62 **【즉공관 미비】** 薛媽望賞賜耳. 若知自此失女, 必不來也. 설마는 상을 내려 줄 것을 기대한
   게지. 만약에 이렇게 딸을 잃을 줄 알았다만 오지 않았을 것이 분명하다.

설천 모녀는 그것이 무슨 뜻인지 모르고 있었습니다.

태수가 가마를 내리자 설천은 다가가서 먼저 큰 절을 했습니다. 그러자 태수가 웃으면서 말하는 것이었지요.

"어제 다 울지 못해서 오늘 더 울려고 온 게냐?"

그러자 동로는 이렇게 말했습니다.

"마침 태수님을 뵙고 어제 통곡을 한 사유를 말씀드리려던 참이었습니다! (…) 이 아이의 아비 동원광은 바로 죽산의 지현이며, 조부 중신은 한주의 태수이니 이대에 걸쳐 벼슬을 지낸 집안의 자손이지요. 다만, … 조부가 세상을 떠나시고 부친마저 서울에서 돌아가시는 바람에 그 아내와 딸이 배를 타고 길을 가던 중 도적을 만나면서 이 지경까지 몰락한 것이랍니다! (…) 태수님께 바라옵건대 부디 서둘러 이 아이를 악적[63]에서 빼 주시기 바랍니다!"

태수는 그녀를 가엽게 여기고 말했습니다.

"그랬었구만! 악적에서 빼는 일이야 본관이 관장하고 있으니 아주 쉬운 일이외다. 허나 … 악적에서 뺀 뒤에 이 아이는 도대체 어떻게 할 것이

---

[63] 악적(樂籍) : 중국 고대에 악호(樂戶)나 관기(官妓)의 내력이 기재된 장부. 옛날에는 관기가 악부(樂部)에 속해 있었기 깨문에 그 장부를 '악적'이라고 불렀다.

오? 만약 … 공에게 마음이 있다면 기꺼이 도와주도록 하리다!"

"그런 말씀이 아닙니다. (…) 이 아이의 모친이 바로 소관의 고모님이
시니 소관은 바로 이 아이와는 직계 사촌 오누이 사이인 셈입니다. (…)
이제 이렇게 만난 이상 좋은 사람을 골라 그 사람에게 출가시켜 그 여생
을 마치게 해 줄 생각입니다. 그러나 소관에게는 아직 처리해야 할 공무
가 있으니 금방은 그렇게 딱 맞아 떨어지는 이를 구할 수가 없습니다. 소
관 생각으로는 이 아이를 잠시 존부인[64] 처소에 부탁드려 한 동안 지내게
해 주시면 소관이 일단 성도에 한번 다녀올까 싶습니다. 그 길에 각 어
사[65]와 각 군이 건네는 물건들은 모두 가져다 이 아이의 지참금으로 삼고
천천히 좋은 사위감을 하나 골라 줄까 싶습니다. 그러면 친척으로서 제
가 할 도리를 다하는 셈이 되겠지요."

그러자 태수가 웃으면서 말했습니다.

"이 세상 의로운 일들을 어째서 축공 혼자 다 해낼 수가 있겠소이까?
(…) 나도 기꺼이 이십만 전을 내어 돕겠소!"

"태수님께서 이처럼 정의로우시니 이 아이는 불행 중에 큰 다행인 셈

---

64 존부인(尊夫人) : 명대에 상대방의 모친을 높여 부르던 호칭.
65 각 어사[諸臺] : '제대(諸臺)'는 대체로 '제로어사대(諸路御史臺)'를 줄여서 일컫는 호칭
    으로, '각 방면으로 파견된 어사들'을 가리킨다.

입니다!"[66]

그리고는 그 자리에서 설천에게 분부했습니다.

"오 태수님을 따라 관아의 마님 처소로 가서 지내도록 해라. 내가 돌아
오면 처리하도록 하자!"

그렇게 해서 태수는 그녀를 데리고 그 자리를 떠났지요.
동로는 설마를 건너오게 해서 먼저 일만 전을 상으로 내리고 말했습니다.

"설천이의 몸값은 내게 있네. 이문을 쳐서 자네에게 돌려줌세!"

설마는 총간이 적극적으로 나서는데 어디 거역할 엄두를 낼 수 있겠습
니까? 하는 수 없이 쓸쓸하게 혼자 그 자리를 떠났습니다. 동로는 동로
대로 성도로 출발한 것은 말할 것도 없었지요.

계속 이야기를 들려 드리도록 하겠습니다. 설천을 데리고 관아로 온
오 태수는 그녀더러 부인에게 인사를 하게 했습니다. 그리고는 까닭을

---

66 불행 중의 큰 다행[不幸中大幸] : 명대의 유행어. 송대의 시인 양만리(楊萬里, 1127~
    1206)의 『강서속파이증거사시집서(江西續派二曾居士詩集序)』에서는 "생시에는 쓰이지
    않더라도 죽어서 전해지기만 한다면 불행 중의 다행이리라[生而不用, 没而有傳, 不幸之幸
    也]"라고 했으며 원대 극작가 범강(范康)의 잡극 희곡인 『죽엽주(竹葉舟)』 제1절에서는
    "그건 소생으로서는 불행 중의 다행이올시다[這是小生不幸中之幸也]" 식으로도 사용되
    었다.

이야기하고 부인에게 그녀를 잘 대해 주도록 이르니 부인도 승낙하는 것이었지요. 오 태수는 관아에서 설천의 거동을 자세히 한참을 살폈습니다. 그러다가 그녀가 여전히 온 얼굴에 시름이 가득한 채 쉬지 않고 한숨을 쉬는 것을 보고 속으로 생각했지요.

'저 아이는 양갓댁 고명딸로 내내 몰락해 있었으니 의기가 소침한 것은 저 아이 탓이 아니다.[67] 지금 이미 만난 사촌 오라비의 부탁으로 관아에서 거두어 지내게 해 주었고, 나중에 짐을 꾸려 남의 집에 출가시키면 그걸로도 좋은 데에서 보살펴 주는 셈이다. 헌데 … 어째서 아직도 저렇게 불편해 하는 것일까? (…) 저 아이 마음속에는 아무래도 떨쳐 버리지 못한 일이 있는 게야!'

그래서 부인에게 시켜서 그녀에게 느긋하지만 아주 상세하게 캐물어 보게 했습니다. 그랬더니 설천이 처음에는 이야기를 하지 않으려 하는 것이 아닙니까. 그러자 오 태수가 그녀를 보고 말했지요.

"무슨 속내 일인지는 모르겠지만 그래도 분명하게 이야기해 보거라. 그러면 내가 해결해 주도록 하마!"

설천은 그제서야 말했습니다.

---

67 【즉공관 미비】吳太守若亦是呂使君, 此女不能免矣. 오 태수도 만약 여 사군이었다면 이 여인은 면하기 어려웠으리라.

"나리께서 몇 번이나 캐물으시니 말씀을 드리지 않을 수가 없습니다마는 … 들려 드리자니 좀 허탈하군요!"

"일단 이야기해 보아라. 어떤 일인지 보게 말이다!"

"소녀 마음속에서 정말 떨쳐 버릴 수 없는 사람이 한 분 있습니다. 그래서 나리께 들킨 거지요."

"누구이길래?"

"소녀 비록 화류계에 있사오나 껄렁한 자제들과는 마음을 열고 내왕한 적이 없었습니다. 오직 선비 한 분이 계신데 … 나이는 바야흐로 약관弱冠으로 아직 혼인을 하지 않으셨지요. 과거에 저희 기방에도 들르셔서 서로 사랑하는 사이가 되었답니다. 그 분도 소녀가 양갓집 출신이라는 사실을 알고 더더욱 가엽게 여겨 갈수록 사랑이 깊어져서 성내에 들르기만 하면 어김없이 와서 이야기를 나누었답니다. 그 댁 부모님께서 그 일을 아시고 댁으로 데려가서 모질게 매질을 하고 서재에 가두어 버렸지 뭡니까! 그 뒤로 비록 이따금 서신이 오기는 했지만 다시는 그 분 얼굴을 볼 수가 없었습니다! 이제 나리들께서 잘 대해 주시기는 하십니다마는 … 만약 이곳을 벗어난다면 그 선비와는 다시는 만날 방법이 없겠지요. 그래서 저도 모르게 속으로 슬퍼하면서 시름을 떨치지 못한 것입니다. 그것을 뜻밖에도 나리께서 간파하신 거지요."

"그 선비는 성이 무엇인고?"

"사史씨입니다. (…) 수재[68]로, 집은 시골에 있지요."

"그의 아비는 어떤 자인가?"

"나이 많은 훈장입니다."

"그 자에게 가산이 얼마나 있길래? 너를 아내로 들일 능력은 있느냐?"

"가난한 유학자 집안이다 보니 그 선비님도 몇 번 들르기는 했지만 재력이 딸리다 보니 쓰는 돈이 많지는 않았지요. 다만 … 정리상 저버릴 수가 없다 보니 자주 보러 오기는 하더군요. 그러나 … 그 집안이 보다시피 가산이 거덜 나고 감옥에 갇히는 신세가 되어 버렸는데 소녀를 맞아 들일 돈이 어디 있겠습니까?"[69]

"네가 보기에 그의 됨됨이가 어떻더냐? (…) 정말 진심으로 그가 마음에 드는 게냐?"

---

68 수재(秀才) : 중국 고대에 선비들을 높여 부르던 호칭. '수재'는 한대 이래로 인재를 발탁하는 절차로서 존재했으며, 당대에도 과거시험 과목으로 존립하다가 나중에 폐지되었다. 당대의 제도를 계승한 송대에는 과거시험에 급제한 선비들만 한정해서 '수재'로 불렀지만 명대에는 과거시험에의 당락과는 상관없이 선비들에 대한 통칭으로 사용되기도 하였다.
69 【즉공관 미비】惟其無錢, 所以有愛. 오로지 그에게 돈이 없기에 사랑하는 마음이 있는 게지.

"사람 됨됨이는 아주 참되고 성실합니다. 경박스러운 젊은이들 하고
는 다르다니까요! 그래서 소녀도 무척 존경하고 사랑하는 것입니다. 그
런데 되려 소녀 때문에 고생을 할지 누가 알았겠습니까? (…) 지금은 뜻
을 이루셨으니 하소연할 데가 없군요."

말을 마친 그녀는 벌써 또 눈물이 쏟아지는 것이 아닙니까.

태수는 잘 물어 본 다음 본채를 나가 은밀한 표票를 한 장 뽑더니 사역
하나를 보내 날쌘 말을 골라 주고 서둘러 면주 학당의 사 수재를 데려 오
되 '관아에 일이 생겨서 그러니 지체해서는 안된다'고 둘러대게 했습니
다. 그 사역은 은밀한 표가 생기자 여우가 범의 위세를 빌린 것 같이 어
깨가 으쓱해졌습니다. 그는 상황이 긴박하기라도 한 것처럼 서둘러 시골
로 와서 사 씨네 집으로 들어가서 붉은 글씨로 작성된 관아의 표[70]를 보
여 주었습니다. 그런데 바로 '관아에서 말까지 보내 수재를 소환하고 즉
시 보고하라'라는 내용이지 뭡니까. 사 씨네 부자는 놀라서 얼이 다 나갔
지만 두 사람 다 영문을 알 수가 없었지요. 사 씨네 아버지는 아들을 나
무라면서 말했습니다.

"네 녀석이 웬 종일 기방에서 놀아나더니 그 집에서 고소를 한 게지.

---

70 붉은 글씨로 작성된 관아의 표[朱筆官票] : 명대에 관청에서 붉은 주사(朱砂)로 글씨와
관인을 찍어 발부한 문서. 때로는 '작은 표[小票]'로 표현하기도 하는데 이 경우는 '약식
으로 발부한 공문서' 정도의 의미로 해석된다.

그런 일 말고 또 무슨 일이겠느냐!"

그러자 사 수재가 말했습니다.

청대 함풍 4년(1854) 호부에서 발행한 10냥 짜리 관표

"태수 대인께서 소자를 소환하시고 거기다가 말까지 한 필 보내셨으니 … 글 문제로 무슨 의논하실 것이 생기셨는지도 모르지요."

"네 녀석을 모시러 오기라도 했단 말이냐? 간첩[71] 조차 하나도 없이 붉은 글씨의 표만 가지고 왔는데도?"

"소자를 고소할 자는 절대로 있을 리가 없습니다!"

사씨 부자 두 사람이 쉴새 없이 넘겨 짚는데 사역은 출발하자고 무작정 재촉만 하는 것이 아닙니까. 사 씨네 부친은 하는 수 없이 술과 밥을

---

71 간첩(柬帖) : 명대에 특정한 사실을 통지하거나 공지하는 내용을 담은 쪽지.

챙겨서 사역을 대접했습니다. 그리고는 수고비를 좀 챙겨 주고 아들을 주 관아로 출발하게 보내는 것이었지요. 그야말로

까마귀 까치가 동시에 우니   烏鴉喜鵲同聲,
좋을지 나쁠지 전혀 장담할 수가 없구나.   吉凶全然未保.
이제 관아에 잡혀 가면   今日捉將官去,
이번에는 목이 달아나게 생겼네!   這回頭皮送了.

사 선비는 사역과 함께 그 길로 면주로 왔습니다. 그리고 무슨 까닭인지 알지 못하여 평복을 입고 관아로 들어가 태수를 만났지요. 그러자 태수는 정복으로 바꾸어 입고 오게 하는 것이 아닙니까. 사 선비는 그제서야 의심이 좀 많이 누그러졌습니다. 그가 옷을 갈아입고 들어가 인사를 하자 태수가 묻는 것이었습니다.

"수재라는 자가 새파란 나이에 어째서 글공부에 전력하지 않고 예절에 어긋난 곳에 가서 수시로 놀아난 것인가? 그 이유가 무엇이냐!"

그러자 사 선비가 말했습니다.

"소생은 『시경』과 『서경』을 외우고 읽어서 제법 예법을 알고 있습니다. 그러나 누추한 저희 집 창가를 지키며 여태껏 예법에 어긋나는 곳은 기웃거린 적이 없었습니다!"

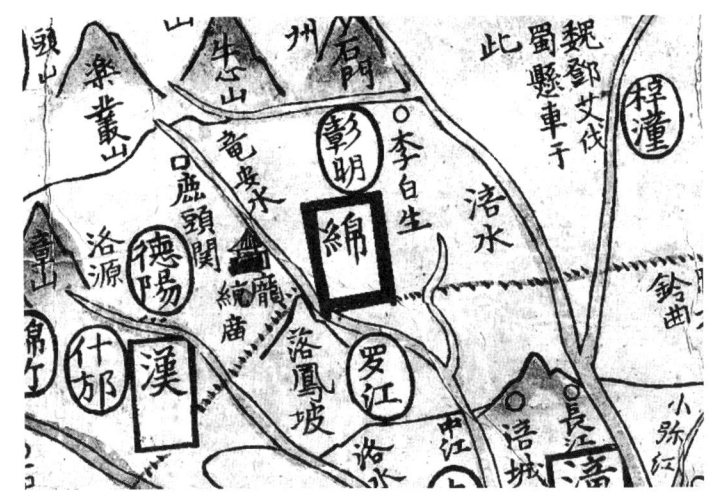

『대청광여도』에 그려진 면주 일대의 모습. 이백의 출생지(상)과 방통이 죽었다는 낙봉파(하)도 보인다

그러자 태수는 웃으면서 말했습니다.

"그래도 설가네에는 좀 다니지 않았는가?"

사 선비는 태수가 사실을 말하는 것을 보고 두 뺨이 빨개지더니 말했습니다.

"대인을 속일 생각은 없었습니다! 객지인 면주의 성내에 머물다 보니 글공부를 하는 여가에 이따금 벗들과 흥이 나서 생각 없이 걸음 한 일은 더러 있었사오나 예법에 벗어나는 일은 절대로 없었습니다!"

그러자 태수가 또 물었습니다.

"수재 된 몸으로 이야기를 하면서 굳이 감출 것은 없네. (…) 설천과 내왕한 일을 사실대로 내게 고하도록 하게."

사 선비는 태수가 아주 친근하게 묻자 속일 수 없다는 것을 깨닫고 하는 수 없이 이렇게 대답했습니다.

"대인께서 그 일을 물으시니 어찌 감히 속이겠습니까? (…) 그 여인은 비록 몰락해 화류계에 몸을 두고 있으나 사실은 창기의 부류가 아니오라 바로 명문가 관리 집안의 자손이온데 불행하게도 거기까지 이른 것입니다. 소생이 우연히 만났을 때 그녀의 품격이 양갓댁 규수와 비슷한 데가 있는 것을 발견했습니다. 그래서 그 사유를 자세히 물어 보고 의분을 금할 길이 없었지요. 그러나 신분이 미천하고 힘이 부족하여 그녀를 화류계에서 구할 수 없음을 애석해 했습니다. 그래서 그녀를 가엽게 여기고 함께 어울린 것입니다! (…) 비록 남녀의 사사로운 감정이 얽혀 있지만 사실은 역시 사대부로서의 정의감 때문이기도 했습니다. 그러나 그같은 사소한 일을 대인께서 어찌 아시고 물으시는지 모르겠사오나 참으로 황송하고 부끄럽습니다! 그래서 사실대로 고하는 바이오니 대인께서는 용서해 주시기를 빕니다!"

"헌데 지금 … 만약 그 여인을 그대에게 짝 지어 준다면 … 그대는 아내로 맞기를 바라는가?"

태수가 이렇게 말하자 사 선비가 말하는 것이었습니다.

"진흙탕 속에서 피어난 푸른 연꽃일지언정 기꺼이 털고 닦기를 바라는 바입니다. 다만 … 가난한 선비로서는 이룰 수 없는 일이기에 감히 헛된 바람을 품을 수는 없겠지요!"[72]

접부채 모양을 본 떠 그린 『연화도』

그러자 태수는 웃으면서 말했습니다.

"우선 한 쪽에 서 있게. 내 한 가지 일을 보여 드리지."

태수는 즉시 명령패를 하나 뽑더니 설마를 불러 들였습니다. 설마가 허둥지둥 와서 태수에게 인사를 하니 태수가 곳간지기 관리를 시켜 백

---

[72] 【즉공관 미비】不敢請耳,固所願也. 부탁할 엄두를 내지 못하지만 정말 바라는 바지.

장의 관권[73]을 꺼내 오게 해 그에게 건네고 말했습니다.

"어제 듣자니 자네가 설천을 사 들일 때 몸값이 칠만 전이라고 하더군. 이제 자네에게 삼만 전을 더하여 도합 백 장을 줄 테니 가져가도 좋네!"

이때 사 선비는 옆에 서 있는데 태수가 손가락으로 그를 가리키더니 설마를 보고 말하는 것이었습니다.

"자네 딸은 이제 이 수재에게 출가했네. 이 관권은 바로 내가 수재를 위해 내는 예물일세!"

설마는 그 뜻을 거역할 엄두를 내지 못하고 하는 수 없이 그것을 받았습니다. 게다가 그 자리에서 사 선비의 존재를 알게 되었으므로 까닭을 묻기도 난처했지요. 기생어멈들의 심성이라는 것이 십만 전을 보고 나니 따져 보아도 밑지는 장사는 아니지 뭡니까. 그렇다 보니 그 딸이야 앞으로 어떻게 되든 간에 마음에도 두지 않는 것이었습니다. 그래서 이러쿵저러쿵 가리지 않고 신바람이 나서 혼자 나가는 것이었지요.

이때 사 선비는 태수가 그렇게 처분을 내리는 것을 보면서도 그 의도를 깨닫지 못하고 속으로 생각했습니다.

---

73 관권(官券) : 명대에 관청에서 직접 발행하거나 나아가 관청이 그 공신력을 보증하는 어음.

'설마 … 태수님이 자기 돈까지 내면서까지 내게 아내를 구해 준단 말인가? (…) 이걸 어떻게 이해해야 할지…"

그가 얼이 다 나가서 아무 생각도 없을 때였습니다. 태수는 사 선비를 불러 다가오게 하더니 웃으면서 말하는 것이었습니다.

"그대가 가난해 아내를 들일 수 없다길래 방금 벌써 그대를 위해서 예물을 넣었소.[74] 이제 그 여인을 그대에게 아내로 삼게 해 주었는데 … 마음에 드시오?"

사 선비는 머리를 조아리면서 말했습니다.

"대인께서 무슨 사유로 이 같은 큰 은혜를 베푸시는지 알 수는 없사오나 … 너무도 기대 밖이기는 합니다마는 … 어찌 펄쩍거릴 정도로 반가운 일이 아닐 수가 있겠습니까! 다만 … 집안에 엄한 아버님이 계시니 이 일을 고하지 않을 수가 없습니다. (…) 만약 맞아들인 것이 창기임을 아신다면 일이 성사된다는 보장이 없습니다. 소생이 걱정하는 것은 바로 그것뿐입니다!"

"그대는 그 여인이 총간 축사군의 사촌누이임을 여태 모르고 있구려.

---

74 【즉공관 미비】天掉下美前程. 하늘에서 아름다운 미래가 떨어져 내린 셈이로군.

지난번에 여기서 만났을 때 이미 본관에게 '그녀가 악적을 벗어나게 해 달라'고 부탁하면서 '성도에서 돌아와서 그녀에게 남편감을 구해 주겠다'고 합디다. (…) 본관은 그같은 의로운 행동을 보고 처음부터 이십만 전을 들여 혼인을 돕기로 약속했다오. 지금 그 여인은 이 관아에 있소. 어제 그녀가 속으로 슬퍼하는 모습을 보고 그 사유를 물었다가 그대와 의기가 투합함에도 불구하고 뜻을 이루지 못하고 있다는 사실을 알게 되었지. 해서 본관이 그 일 때문에 그대를 부르고 그대 두 사람의 좋은 일을 이루어주려 한 게요. (…) 방금 이미 십만 전을 설마에게 갚았고 이제 다시 십만 전으로 그대의 혼례를 도움으로써 본관의 언약을 실천하고자 하오. 총간이 돌아오면 잘 준비해서 부부의 인연을 맺도록 하시오. 만일 그대 부친이 물으면 굳이 설 씨네 이야기를 거론하지 말고 '총간의 사촌 누이로, 태수가 중매를 섰다'라고만 일러 주면 아무 걱정도 없을 게요!"

사 선비는 그 말을 듣고 몹시 반가워하면서 고맙다고 인사를 했습니다.

"소생이 무슨 행운으로 이 같은 뜻밖의 인연으로 이 같은 각별한 예우를 받는지! (…) 설사 뼈가 가루가 되고 몸이 으스러지더라도 그 은혜를 보답하기 어려울 것입니다!"

태수는 이어서 곳간지기 관리를 불러 관권을 백 장 가져오게 해 사 선비에게 건넸습니다. 그러자 사 선비는 그것을 넘겨받아 감사의 절을 하고 그 자리를 물러가는 것이었습니다. 그는 재판정 계단 아래에 연꽃이 활짝 피어 있는 광경을 보고 시를 한 수 읊음으로써 태수의 은혜에 감동한 마음을 표현했답니다. 그 시는 다음과 같았습니다.

"검푸른 흙 묻은 연꽃 묻힌 채 은근히 향기 내니   蓮染靑泥埋暗香,
동군께서 옮겨다 다 같이 꽃 피우게 해 주었네.   東君移取一齊芳.
구슬 받쳐 들고 남처럼 결초보은 하노라니   擎珠擬作啣環報,
어느새 해바라기 마음 좇아 햇빛을 바라보네."   已學葵心映日光.

집에 도착한 사 선비는 태수가 한 말대로 부모에게 고했습니다. 부모는 뜻밖의 경사를 희소식 만나 한 푼도 들이지 않고 아주 만족스러운 혼사를 치루게 되었다고 여겼지요. 게다가 관권을 잔뜩 가지고 돌아온 것을 보고 그 내력을 물었더니 태수가 혼례 비용을 도와주었다고 하니 더욱 경비에 여유가 생기는 셈인지라 몹시 기뻐하는 것이었습니다.[75] 사 씨 댁에서는 한편으로는 술잔치의 이것저것들은 잘 준비하고 총각이 답신을 주기만 기다린 것은 두 말 할 필요도 없었습니다.

다시 이야기를 들려 드리도록 하지요. 오 태수는 사 선비 쪽 문제를 해결하기는 했지만 설천 앞에서는 한 마디도 누설하지 않았습니다. 한 달이 지나자 축동로는 성도의 공무를 마치고 다시 면주로 돌아와 태수를 예방했습니다. 그가 태수를 만나자마자 사촌누이의 혼사 문제를 꺼내자

---

75 【즉공관 미비】 未有見利而不喜者. 이득을 보고도 반가워하지 않는 경우는 여태껏 없었지.

태수가 말했습니다.

"헤어진 뒤에 벌써 훌륭한 신랑감을 여기에다 구해 놓았소이다. 축공이 오면 바로 출가시키라고 말이오!"

명대 후기 소설가 매정조(梅鼎祚)가 지은 화류소설 『청니연화기(淸泥蓮花記)』의
「조문희전」 대목

"이번 길에 얻은 노자는 다 합쳐서 오십만 전입니다. 이제 전액 모두 그 아이에게 건네서 가정을 이루게 해 주어야겠습니다!"

"본관이 약속한 이십만 전은 … 십만 전은 벌써 그녀의 몸값으로 갚고 십만 전은 그 혼례 비용으로 준비했소이다. 오늘 또 이런 부조금이 생겼으나 생계 걱정은 할 필요가 없겠구려! 게다가 그 사람은 의지할 만하니

축공은 안심해도 좋소이다!"

"신랑감이 … 어떤 사람인지요?"

"선비인데 성이 사씨입디다. 이제 즉시 그를 소환해서 인사를 하도록 하시오."

"선비라면 딱 좋지요!"

태수는 당장 사람을 시켜 사 수재를 소환해 와서 동로에게 인사를 시켰습니다. 동로는 그가 젊은 나이인 데다가 풍채가 출중한 것을 보고 속으로 무척 기뻐했습니다. 태수는 즉시 내일이 아주 좋은 날이라 하여 날을 잡고 그에게 가마를 준비하고 이튿날 면주로 와서 신부를 맞이해 가게 했지요. 태수는 관아로 돌아가 설천을 보고 말했습니다.

"총간이 도착했네. 훌륭한 신랑감은 벌써 골라 놓았으니 내일 혼례를 치르면 된다네. 지참금도 모두 준비되었으니 … 이제는 양갓댁 며느리가 되었군 그래!"

그러자 설천은 내심 기쁘기도 하고 슬프기도 했습니다. 기쁜 것은 친척을 만나고, 거기다 태수의 선처로 인하여 화류계를 벗어나 지아비에게 출가하고 양갓집 며느리가 된 것이었습니다. 또, 슬픈 것은 속으로 사모

했던 선비를 이제 다시는 만날 수 없게 되었다는 것이었지요. 그야말로

웃을 수도 울 수도 없으니	笑啼俱不敢,
이제야 사람 구실하기 어려움을 믿겠구나!	方信做人難.
등불도 불이라는 것을 진작에 알았더라면	무知燈是火,
마음이라도 편히 놓았을 것을![76]	落得放心安.

이튿날, 축동로는 일찍 면주 관아에 도착해 뒷채에 앉아서 태수에게 이야기를 하고 설천을 나오게 해서 인사를 시켰습니다. 동로는 즉시 오십만 전의 돈을 설천에게 건네면서 말했지요.

"너의 지참금을 좀 도와줌으로써 조금이라도 고종사촌으로서 정성을 다하려 한다. 다만 … 괜히 태수님까지 이십만 전이나 되는 돈을 쓰게 해 드리는 폐를 끼쳐서 몹시 마음이 불편하구나!"

그러자 태수는 웃으면서 말하는 것이었습니다.

"이런 좋은 일에 어찌 한 푼도 못 쓰게 할 수가 있소이까!"[77]

---

76 등불도 불이라는 것을~[무知燈是火, 落得放心安] : 명대의 속담. 아무리 조건이 미흡해도 현실을 인정하고 받아들인다면 괜한 헛수고는 피할 수 있다는 뜻이다. 여기서는 신랑감이 사 씨댁 선비임을 진작에 알았더라면 마음 고생은 하지 않았을 것이라는 뜻으로 한 말이다.

77 【즉공관 미비】總幹本中表, 不足奇也. 太守實難及矣. 총간은 본래 내종 사촌이니 신기하게 여길 것도 없지만 태수의 경우는 정말 의외로군.

설천이 머리를 조아리며 몇 번이나 감사해 하자 동로가 말했습니다.

"신랑감은 태수님께서 고르셨다. (…) 꽤 괜찮은 사람이니 평생토록 의지할 수 있을 게다!"

그러자 태수가 웃으면서 말했습니다.

"신랑감이야 총간의 사촌누이께서 직접 골랐으니 본관 하고는 상관이 없지요."

그러자 동로와 설친은 모두 놀라면서 영문을 모르는 것이었지요. 그러자 태수가 말했습니다.

"조금만 있으면 저절로 아시게 될 것이외다!"

이렇게 이야기를 하고 있을 때였습니다. 문지기가 들어오더니 사 수재가 신부를 맞이하러 가마를 준비해 왔다고 고하는 것이 아닙니까. 태수는 즉시 사 수재를 안으로 들어오게 했지요. 그런 다음 사 선비를 가리키면서 설천을 보고 이렇게 말하는 것이었습니다.

"지난번에 자네가 몇 번이나 말하지 않으려 했지. 그러나 똑똑히 말만 하면 자네를 도와주기가 수월할 것 같네! 이제 이번 생은 자네 지아비를 위해 살게 되었으니 … 자네도 내심 부족한 것이 없을 테지?"

설천은 그 말을 듣서야 용기를 내고 눈을 들어 보았더니 바로 그동안 마음속으로 사모해 왔던 사람이지 뭡니까 글쎄. 그제서야 방금 태수가 한 말 뜻을 눈치채고 속으로 몰래 한량 없이 기뻐하는 것이었습니다.

태수는 즉시 명령을 내려 향안[78]을 가져오게 해서 그 두 사람이 혼례를 올리게 했지요. 혼례가 끝나고 나서 두 사람은 곧바로 총간과 태수에게 절을 하면서 고맙다고 인사를 했습니다. 그러자 태수는 붉은 장식[79]과 양과 술, 그리고 악대를 그의 집으로 보내 주도록 분부했습니다. 동로는 동로대로 종복에게 명령해서 아까 그 오십만 전의 지참금을 지고 전부 사 씨댁으로 보내 주게 했지요. 사 씨댁 아버지는 총간 댁의 사촌누이를 맞아들이는 것으로 알고 그 일을 영광스럽게 여겼습니다마는 아들이 예전에 기방에 갔다가 사랑하는 사이가 된 창기라는 사실은 알지 못했지요. 물론 나중에 차츰 그 사실을 알게 되었지만 두 큰 관아의 수장이 발 벗고 도와주었고, 거기다가 그 많은 지참금을 거저 챙긴지라 아주 흡족하게 여겼답니다. 사 선비 부부 두 사람은 오 태수에게 감격한 나머지 위패를 만들어 사당에 모시고 제사를 지내면서 향불이 꺼질 날이 없도록

---

78 향안(香案) : 명대에 신위를 모시거나 향로, 촛불·제물을 올리는 데에 사용한 장방형의 탁자. 일반적으로 불교 사찰이나 도교 사원에서 신을 모시거나 가정에서 신령이나 조상에게 제사를 지낼 때에 주로 사용했지만 이 장면을 통하여 황제의 조서를 영접할 때에도 사용했음을 알 수 있다.
79 붉은 장식[花紅] : '화홍(花紅)'은 중국에서 과거에 급제한 급제자나 혼례를 치루는 신랑이 착용하던 금빛 꽃과 붉은 비단을 말한다. 여기서는 편의상 "붉은 장식"으로 번역하였다.

전국시대 초나라 죽간에 기록된 『도덕경』제 75장 대목

정성을 다했지요.

이듬해에 사 선비는 향시에서 급제했습니다.[80] 동로는 이번에도 사람을 한주로 보내 동 씨댁 형제들을 찾아내는 데에 성공했습니다. 이어서 현지의 운사運使에게 그들의 생계거리를 잘 보살펴 주도록 당부했습니다. 그리고는 사 선비 부부 두 사람에게 그 일을 알리고 그들이 동 씨댁과 서로 내왕하게 해 주었지요.

사 선비는 나중에 과거에 급제해서 처가 사람들을 잘 보살펴 한주의 후손들이 끊어지지 않게 해 주었습니다. 이거야말로 '불행 속의 다행'[81]이라고 할 수 있나니, 좋은 사람을 만났기 때문에 이 같은 결과를 얻었던 거지요. 그렇지 않고 세상 사람들이 죄다 여 사군 같았더라면 이대에 걸쳐 벼슬을 지낸 그 두 집안의 자손들은 결국에는 몰락하고 말았을 것입니다. '하늘의 그물 성기고도 성기다'[82]고 하던데 여 사군의 자식들은 또

---

80 향시에서 급제했습니다[領鄉薦] : '향천(鄉薦)'이란 당대에 특정 주·현의 지방관이 서울의 예부(禮部)에서 치루어지는 진사 시험 지원자를 추천하던 것을 말한다. 나중에는 향시(鄉試)에 급제한 사람을 '향천'으로 부르기도 하였다. 나중에는 향시에서 급제한 것을 '영향천(領鄉薦)'으로 불렀다.

81 불행 속의 다행[不幸中之幸] : 재난 등 불행들 속에도 위안이 되고 다행스러운 일이 있기 마련이라는 뜻이다.

82 하늘의 그물 성기고도 성기다[天網恢恢] : 춘추시대의 사상가 노자(老子)의 『도덕경(道德經)』 제75장(백서본 제38장)에 나오는 말. 제75장은 하늘의 도[天道]에 순응하는 처

오 태수가 의리로 유학자 댁 딸을 아내로 맞이하다

어떻게 되었는지는 알 수가 없군요!

고관대작들이 음행을 부추겨	公卿宣淫,
남의 집 자녀들을 망쳤구나.	誤人兒女.
도와주는 이를 만나지 못했다면	不遇手援,
어찌 제 자리로 돌아갈 수 있었겠나?	焉復其所.
저 둥그런 오랑캐 집들[83]을 바라보노라니	瞻彼穹廬,
눈물이 비처럼 쏟아지누나.	涕零如雨.
천년토록 마음 아플 손	千載傷心,
제왕가의 자손들인가 하노라!	王孫帝主.

순차적으로 재구성한 몽골 가옥 게르(гэр) 짓는 모습

세의 원칙을 3단계에 걸쳐 서술했는데, 여기서 '하늘의 그물[天網]'은 곧 '도'의 다른 이름으로 해석된다. 두 구절에 대한 번역은 문성재 『처음부터 새로 읽는 노자 도덕경』(제416쪽)을 따랐다.

83 둥그런 오랑캐 집들[穹廬] : '궁려(穹廬)'는 몽골족의 전통 가옥 게르(гэр)를 말한다. 덮개와 기둥을 세우고 덮개 주위로 장대를 끼우고 엮은 대로 벽을 만든 다음 가죽을 덮어 만든다. 중국에서는 그 모양이 둥글다고 해서 '궁려'라고 불렀다.

제8권

심 장사가 삼천 금에 웃음을 사고
왕 조의가 하룻밤 사기극을 벌이다

沈將仕三千買笑錢 王朝議一夜迷魂陣

해제

　북송대 선화宣和 연간에 평강부平江府에 심沈씨 성의 관리가 살았는데 장사랑將仕郎에 제수되어 부임을 위해 서울로 향하였다. 그의 거처 옆에는 정십鄭十과 이삼李三 두 건달이 살았는데 하루 종일 그와 짝을 지어 기방을 드나들면서 술을 마시고 즐기느라 반년도 되지 않아서 서울에서 놀러 다니지 않은 곳이 없을 지경이 된다. 그러던 어느 날, 정십과 이삼은 심 장사와 성 밖으로 나들이를 가기로 약속한다. 그들은 발 닿는 대로 걸어서 어떤 연못 옆까지 왔다가 건장한 사내 몇 명이 웃통을 드러내고 연못에서 몸을 씻고 있고 기슭에는 좋은 말이 몇 필 묶여 있는 광경을 발견한다. 그 사내들은 세 사람이 다가오자 다함께 연못에서 뛰어나와 허둥지둥 옷을 입고 인사를 한다. 심 장사 일행이 답례를 하자 그들은 앞으로 지나간다. 이삼의 제안으로 심 장사 일행은 말을 타고 군수인 왕 조의王朝議의 집을 예방하고 왕 조의는 술자리를 성대하게 마련하여 그들을 대접한다. 술자리가 끝나자 심 장사는 정원으로 산보를 하러 갔다가 내실에서 아름다운 여인 7~8명이 바야흐로 돈을 걸고 놀이를 하고 있는 광경을 발견한다. 이삼은 이삼대로 그 속에 섞여 놀자 심 장사는 자기도 모르게 마음이 동했는지 정십에게 자신도 데리고 들어가 달라고 간청한다.

　맛난 술에 아름다운 여자들까지 함께 어울리자 심 장사는 마치 신선계에 들어가기라도 한 것처럼 의기가 양양해져서 무심결에 수중에 지니고 있던 3,000냥의 은자를 모두 잃고 만다. 승부근성이 발동한 심 장사는 왕 조의와 사흘 뒤에 다시 만나기로 약속한다. 심 장사는 나흘째 되는 날까지 기다렸지만 정십과 이삼에게서 전혀 기별이 없는 것이었다. 정오가 지나도 소식이 없자 혼자서 지난번 길을 따라 왕 조의의 집까지 찾아갔지만 집은 텅 비고 사람 하나 보이지 않는다. 심 장사는 그제서야 정십·이사 등이 치밀하게 짜 놓은 계략에 속은 것을 깨닫는다. 그곳 주민들의 증언을 통하여 왕 조의의 집 역시 그 패거리가 임시로 빌린 것이고 미녀들은 모두 현지의 기생들이었음을 깨닫지만 때는 이미 늦은 뒤였다.

이 이야기는 홍매 『이견지 보』 권8에 소개된 「왕 조의王朝議」 이야기를 소재로 지어졌다. 부일신의 잡극 희곡집 『소문소』에 소개된 『매소국금買笑局金』에도 이 이야기가 다루어져 있다.

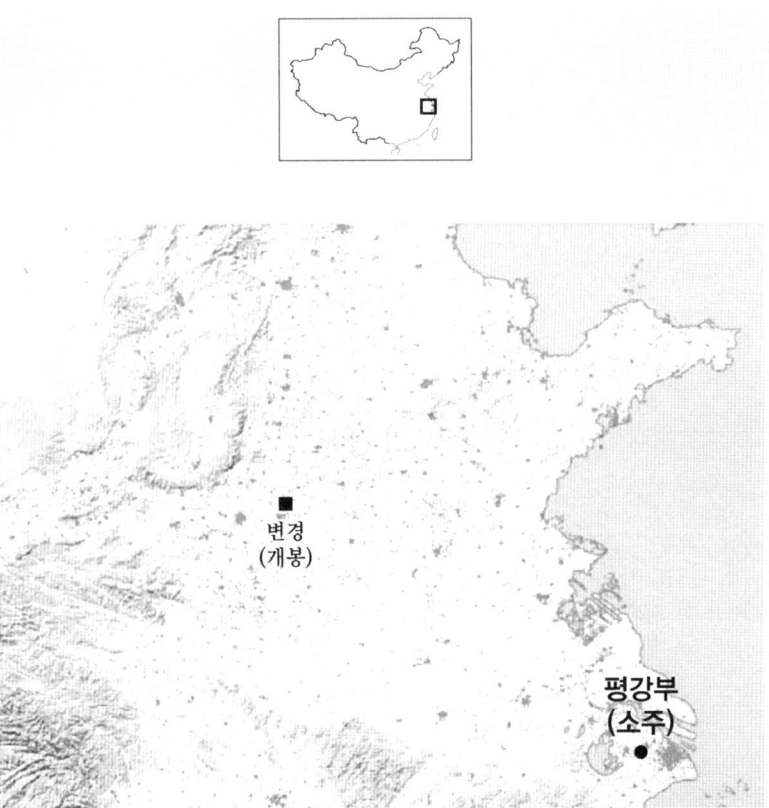

변경
(개봉)

평강부
(소주)

번역

이런 가사가 있습니다.

풍류 넘치는 마음으로	風月襟懷,
즐거움 누릴 것 도모하고	圖取歡來,
놀이판에 철저하게 준비해 놓았네.	戲場中盡有安排.
'장땡 나오라' 하며 노름을 하니	呼盧博賽,
이 어찌 호탕하지 않을쏘냐마는	豈不豪哉.
자기 마음은 물론이고	費自家心,
자기 기운, 자기 재물까지 날렸구나.	自家力, 自家财.
'교활한 속임수 내서'	有等奸胎,
비상한 재주 뽐내곤 하더니	慣弄喬才,
교묘하게 꾸며 몸짓·표현도 눈치채기 어렵네.	巧妝成科諢難猜.
이 패거리가	非關此輩,
고약한 심보 부리는 것과 상관 없이	忒使心乖.
언제나 스스로 집착하고	總自家痴,
스스로 성을 내고	自家狠,
스스로 바보짓 하는 셈이지!	自家騃.
―가사를【행향자】가락에 부치다	―詞寄【行香子】

이 가사는 세상의 온갖 즐거운 일들이 한결같이 기분을 내고 위안으로 삼을 만하지만 유독 노름 하나만은 그 해로움이 결코 가볍지 않다는 것

을 이야기해 주고 있습니다. 일반적으로 세상 사람들은 늘 탐욕에 이끌리곤 하지요. 분수를 지키는 사람들을 한번 보십시오. 하루 종일 고생 고생 해서 생업에 매달리느라 돈을 그다지 많이 만져 볼 수가 없습니다. 그러나 노름판에서는 이기기만 하면 순금이든 백은이든 주사위를 한두 번 던지기만 해도 한 몫 단단히 챙길 수 있지요 그러니 밑천도 쓰지 않는 대단한 장사 아니겠습니까? 그러나 노름판에서는 주사위를 몇 번 던져서 이기더라도 금세 도로 지기 마련이라는 것을 어떻게 알겠습니까! 이길 때에는 '횡재'[1]라고 여깁니다. 그래서 자릿세[2]를 챙기는 자나 상을 바라는 자, 옆에서 거들어 주는 자들이 죄다 몰려들어서 끈질기게 바람을 잡곤 합니다. 노름에서 이긴 사람은 그럴 때마다 의기가 양양해져서 돈을 쓸 때에도 인색하지 않지요. 그러나 끗발이 사그라지고 잃는 수만 몰려들어서 자기도 모르는 사이에 빈털터리가 되면 그게 죄다 자기네 피 같은 돈일 뿐 주위사람들은 그에게 한 푼도 보태 주지 않는 법입니다. 그래서 잃는 경우가 많고 따는 경우는 적을 수밖에 없는 거지요. 어떤 이들은 이런 이치에 승복하지 않고 이렇게 말합니다.

"내가 땄을 때 접고 잃지 않으면 되지 않는가!"

---

1   횡재[僥來之物] : '당래지물(僥來之物)'은 명대의 구어로, 뜻밖에 얻어지거나 분수에 맞지 않게 얻은 재물을 말한다.

2   자릿세[粘頭] : '점두(粘頭)'란 명대의 구어로, 노름판에서 돈을 딴 사람으로부터 받는 배당금을 말한다. 여기서는 편의상 "개평"으로 번역하였다. 상우당본 원문(제404쪽)에는 '점두(粘頭)'로 되어 있지만 시내암의 『수호전(水滸傳)』(제104회) 등 명대의 다른 소설들에는 '염두(拈頭)'로 쓰기도 하였다. 때로는 '추두(抽頭)'로 부르기도 하였다.

명대의 쌍륙 놀이판과 말. 아래쪽에 주사위가 2개 보인다

이 말은 일리가 있어 보입니다마는 어느 누가 그렇게 호락호락 해낼 수가 있겠습니까. 어떤 이는 천금을 따면 만금을 원하는 식으로 사람 마음이라는 것이 만족하지 않으면 멈추려 들 리가 없습니다. 어떤 이는 끗발이 오르면 언제까지나 그럴 줄로 여기고 신바람이 나서 멈추려 들지 않지요. 어떤 이는 남들이 자신을 쫄보 티를 낸다고 비웃을까 봐서 이런저런 걱정 때문에 멈추기가 만만치 않습니다.[3] 그러다가 나중에 지기라도 하면 아무리 후회해도 늦지요. 그러면서 '아까도 멈추지 않았는데 이제 와서 이렇게 포기하자는 말인가' 하면서 더더욱 멈출 생각을 하지 못합니다. 원 없이 놀기 전에는 절대로 판을 끝내지 않겠다는 투로 말이지요. 게다가 또 판을 마치자마자 지는 자들은 어김없이 몇 차례 끗발이 오르기만 하면 본전을 회수하지 못했는데[4] 어떻게 호락호락 멈추려고 들겠습니까? 거기다가 일단 본전이 손에 들어오더라도 그렇습니다. 조금이라도 더 딸 생각을 하다 보니 어디 멈추려고 들겠습니까. 그렇다 보니 노름 맛에 빠지기만 하면 어김없이 낮도 없고 밤도 없이 가산을 쏟아붓고 땅 마지기를 날리면서도 정신이 다 나간 채 식음을 전폐하고 달려드는 것입니다. 그래서 지인들이 비웃고 처자식들이 원망을 해도 이 지경에

---

3 【즉공관 미비】道盡博場中光景. 노름판의 진풍경을 모두 털어 놓았군.
4 본전을 회수하지 못했는데[不勾番本] : '번본(番本)'의 '번'은 원래 '뒤집을 번(翻)'으로 써서 '번본(翻本)'으로 써야 옳다. 가게나 노름판에서 투자한 본전(밑천)을 원금의 액수만큼 회수하는 것을 말한다.

이르면 도무지 아랑곳하지 않게 되지요. 그저 속으로 이 일만 떠올리면서 마치 '눈을 져서 우물을 메우려 드는 것'[5]과도 같은 격입니다. 아무리 애써도 마음을 채울 날이 없는 거지요.[6] 재물이란 것이 전생에서 타고 난 것으로 사람들 저마다 한계가 있다는 것은 아예 생각도 하지 않습니다. 어디 여러분이 빈손으로 따서 자기 것으로 삼도록 내버려 둘 턱이 있겠습니까? 돈을 딸 수 없는 것은 말할 것도 없고 설사 딴다고 하더라도 행운이라고는 할 수가 없는 것이지요.

송나라 희녕[7] 연간에 상국사[8] 앞에 어떤 관상쟁이가 살았지요. 사람 상을 아주 잘 봐서 손님들로 문전성시를 이루었습니다. 그때 남성[9]에서 과거가 열리다 보니 수험생들이 앞다투어 죄다 몰려 와서 과거 결과를

---

5 눈을 져서 우물을 메우려 드는 것[擔雪填井] : 명대의 4자 성어. 당대의 불교 어록인 『오등회원(五燈會元)』「淨因繼成禪師(정인계성선사)」에 나오는 말로, 물을 만나면 녹는 눈으로 우물을 메우려 드는 것처럼 헛 수고만 하고 아무 보상도 얻지 못하는 경우를 가리킨다. 『수호전』(제83회)에서는 "마치 눈을 져서 우물을 메우려 드는 것 같다[正如擔雪填井一般]"로 사용되었다. 여기서는 뒤의 "아무리 애를 써도 채울 날이 없다[再沒個滿的日子了]"와 함께 앞뒤로 이어지는 일종의 헐후어(歇後語)로 사용된 것으로 보인다.

6 【즉공관 미비】果能贏, 且不顧其他矣. 정말 이길 수만 있다면 다른 것 따위는 돌아볼 수 없다는 거군.

7 희녕(熙寧) : 중국 북송 제6대 황제인 신종(神宗) 조욱(趙頊, 1048~1085)이 1068년부터 1077년까지 10년간 사용한 연호.

8 상국사(相國寺) : 중국 하남성 개봉시(開封市)에 있는 대상국사(大相國寺)를 말한다. 북제(北齊) 천보(天保) 6년(555)에 지어진 불교 사찰로, 원래 이름은 '건국사(建國寺)'였으나 당대인 연화(延和) 원년(712)에 황제 예종(睿宗)이 자신의 즉위를 기념하여 '대상국사'라는 이름을 하사하였다. 송대에는 황실의 지원으로 여러 차례 확장되면서 송나라에서 가장 큰 사찰이 되었으나 나중에는 전란과 홍수로 훼손되었으며 지금 존재하는 것은 청대 강희(康熙) 10년(1671) 이후로 여러 차례 중건된 것이다.

9 남성(南省) : 원래는 상서성(尙書省)의 별칭으로, 때로는 상서성에 예속된 하부기관으로 예부(禮部)를 가리키기도 하였다. 여기서는 과거시험을 주관한 예부를 가리키는 말로 사용되었다.

물었습니다. 그때마다 그가 일일이 상을 보아 주는데 운세를 다 맞추는 것이었지요. 그런데 성이 정丁에 이름이 식湜인 웬 수험생이 사람들을 따라서 집으로 찾아왔지 뭡니까. 관상쟁이는 그를 보더니 깜짝 놀라면서 말했습니다.

대상국사 전경. 당·송대에 지어진 것은 오랜 홍수로 땅 속에 매몰되어 그 흔적을 찾아볼 수 없다

"형씨는 기색이 남다르군요. 내가 예서 별별 사람들 상을 다 봤소이다 마는 형씨에 필적하는 이는 본 적이 없습니다. (…) 이 몸이 보아 하니 일등으로 급제하시겠소이다!"

이름을 물은 다음 관상쟁이는 바로 붓을 가져다 손에 들고 큰 글씨로 몇 글자를 종이에 적고

"이번 과거의 장원은 정식이올시다!"[10]

하더니 그 종이를 벽에 붙이고는 정 선비에게 손을 모으고 말했습니다.

"나중에 맞는지 증거로 삼읍시다!"

몹시 기뻐하면서 자부심이 높아진 정 선비는 관상쟁이와 헤어져 처소로 돌아와서도 자기도 모르게 속이 다 후련해져서 놀잇거리를 찾아 볼 작정이었습니다.

알고 보니 이 정 선비는 나이가 젊고 재능이 뛰어났지만 딱 하나 안 좋은 버릇이 하나 있었습니다. 노름을 몹시 즐긴다는 것이었지요. 고향 집에 있을 때 이미 엄청난 가산을 날려 버리는 바람에 아버지가 빈 방에 가두고 그를 굶겨 죽이려고 들었을 정도였습니다. 그런 것을 그 집의 웬 노파가 딱하게 여기고 벽을 부수어서 도망칠 수 있게 해 주었지요. 서울에 와서는 결원이 생긴 태학[11]에 응시하고 운 좋게도 남성의 급제자 명단에 드는 바람에 정시[12]를 앞두고 있던 참이었습니다. 그렇게 마음에 여유가

---

10 **【즉공관 미비】** 有膽. 기개가 있군.
11 태학(太學) : 중국 고대의 최고 학부. 서주(西周)시대에 처음으로 설립되었고 그 후로 역대 왕조에서 대대로 인습되었다. 당대의 태학은 도읍인 장안(長安, 지금의 서안)에 있었다.
12 정시(廷試) : 중국 고대에 과거(科擧) 시험의 마지막 단계로 황제의 주관하에 조정에서 치루어지던 전시(殿試)를 가리킨다. 전시는 때로는 '어시(御試)·정시·정대(廷對)' 등으로 불리기도 하였다. 일반적으로 내각(內閣)에서 예상문제를 출제하여 황제에게 보고하면 황제가 그 중 적당한 문제를 골라서 회시(會試)에 급제한 수험생들을 대상으로 시험을 보였다고 한다. 이 시험에서 수석을 차지한 수험생을 '장원(狀元)'이라고 불렀다.

생기자 그놈의 노름 버릇이 또 도진 거지요. 게다가 많은 가산을 들여서 속임수까지 익힌 덕에 '끗발이 오르면 딸 수도 있다'는 생각에 속이 다 근질거려서 견딜 수가 없었습니다. 그러던 차에 듣자니 이번에 같이 급제한 사천四川 출신의 수험생 두 사람이 노잣돈을 많이 챙겨 왔고 마찬가지로 노름을 즐긴다는 것이었습니다. 정 선비는 청첩을 하나 쓰더니 가동을 시켜 그 두 사람에게 술집에 가서 술을 마시자고 초대했지요. 두 사람은 흔쾌히 그 요청에 따라 술집으로 와서 각자 손님과 주인 자리에 앉았습니다.

그렇게 얼큰해질 만큼 술을 마셨을 때였습니다. 정 선비네 가동은 따로 웬 보따리를 가져다가 왼쪽 탁자 위에 놓더니 어떤 상자[匣子]를 꺼내 열고 한 쌍의 상종[13]을 꺼냈지요. 그런데 손님 두 사람이 상자 안을 보니 놀이 도구들이 많이 들어 있는데, 바로 골패骨牌·쌍륙雙陸·바둑·장기에다가 오목[14]·투자[15]·발마撥馬 등등, 죄다 노름판에서 쓰는 것들이었지요.

---

13 상종(賞鍾) : 중국 고대에 놀이판에서 내리는 술을 담는 데에 사용한 잔.
14 오목(五木) : 중국 고대의 놀이의 일종. 나무를 깎아 다섯 개의 말을 만들고 그것을 던져 승부를 겨루었기 때문에 '오목'으로 불려졌다. 이 놀이에 사용되는 말은 때로는 돌·옥·상아·뼈로 만들기도 하였다. 나중에는 이 다섯 개의 말이 주사위[骰子]로 대체되었다고 전해진다. 송대 학자인 정대창(程大昌, 1123~1195)이 저술한 『연번로(演繁露)』의 기록에 따르면, 오목의 말은 양쪽 끝을 뾰족하게 만들고 한쪽은 검은 바탕에 송아지를 그리고 한쪽은 흰 바탕에 꿩을 그렸다. 말을 던질 때 가장 점수가 높은 것은 '로(盧)'로, 말 5개가 전부 검은 쪽이 나온 경우이고, 그 다음은 '치(雉)'로, 4개가 검은 쪽 1개가 흰 쪽이 나온 경우였다. 그 다음으로도 검은 쪽과 흰 쪽의 비율에 따라 '효(梟)' 또는 '건(犍)'으로 불렸다. 나중에는 말의 두 끝을 깎고 모양을 네모의 육면체로 만들었는데 이것이 주사위인 '투자(骰子)'였다. 오목은 초기 말의 모양이나 놀이 방법을 따져보면 우리나라의 전통적인 놀이의 하나인 윷놀이와 비슷한 점이 많다.
15 투자(骰子) : 중국의 전통적인 놀이에 사용되는 주사위.

두 사람은 정 선비가 노름을 즐기는 것을 눈치챘습니다. 거기다 두 사람이 속으로 즐기는 것이기도 하기에 서로 마주보면서 웃었습니다. 그러다가 정 선비가 대뜸 말했지요.

송대의 쌍륙 교본 『보쌍(譜雙)』에 소개된 북방식 쌍륙

"우리 … 술김에 셋이서 노름이나 좀 하면서 즐기는 것이 어떻겠습니까?"

그러자 두 사람은 손뼉을 치면서 말하는 것이었습니다.

"좋지요. 좋고 말고요!"

세 사람은 다 같이 자리에서 일어섰는데 윗층 옆쪽에 작은 다락방이 하나 보이는 것이었습니다. 정 선비는 그쪽을 가리키면서 말했습니다.

"이 안이 제법 조용하군요."

그리고는 가동에게 놀이 도구를 챙기게 하더니 함께 다락방으로 와서 서로 약속했습니다.

"우리가 오늘 판이 벌어져서 즐기기는 하지만, 서로가 벗 사이입니다. 그러니 승부가 무척 크게 벌어지면 너무도 난감합니다. 사람마다 딱 일 만 전을 기준으로 하되, 전부 따도 삼 만까지로 제한시키고, 전부 잃어도 일 만을 넘지 않도록 정해서 재미있게 시간을 보내기만 바랄 뿐입니다."

이렇게 다짐하고 나서야 자리에 앉아 놀기 시작하는 것이었습니다.
처음에는 정말로 별로 큰 액수가 오가지 않았습니다. 그러나 일단 흥이 오르기 시작하자 '누가 누가 잘하나' 하는 식으로 저마다 승부를 가리려 들었지요. 그러니 이삼만 전으로는 고작 한번 놀 수 있을 뿐인데 어떻게 쉴 수가 있겠습니까? 두 사람은 다시 가동을 시켜 거처로 가서 또 물건을 가져오게 하는 것이었습니다. 급기야 밑천에는 얽매이지 않고 수시로 돈을 들이밀면서 순서조차 따지지 않는 것이 아닙니까.
정 선비는 아주 수완이 좋아서 따면 딸수록 신바람이 났습니다. 그러자 두 사람은 두 사람대로 지기 싫어서 판돈을 거칠게 마구 재어 놓고 다시 노름을 벌이는데 돈을 걸 때마다 액수는 늘어만 갔지요. 그러나 정 선비가 번번이 이기는 바람에 두 사람이 건 돈이라는 돈은 마치 온갖 강들이 바다로 다 흘러 들어가듯이 전액 모두 정 선비한테로 가서 모이는 것을 어쩌겠습니까요? 결국에는 연전연승하는 바람에 두 사람은 빈털터리가 되고 말았습니다. 두 사람은 두 사람대로 겁이 났습니다마는 울분을 억누르면서 고개를 푹 숙이고 풀이 죽은 채로 작별하는 수밖에 없었답니다.

정 선비가 딴 돈을 모두 세어 보니 총액이 육백만 전이나 되길래, 가동 등에게 그것을 지고 처소로 돌아가게 하는데 기뻐서 어쩔 줄을 모를 지경이었지요.

이틀이 지난 뒤였습니다. 정 선비는 이번에도 관상쟁이 가게로 마실을 갔습니다.

『소주청명상하도』에 그려진 명대의 관상가. 다양한 인상을 그린 족자 아래에서 상을 봐 주고 있다

그가 지난번에 한 말이 맞는 말인지 다시 확인해 볼 참으로 말이지요. 그런데 그 집 대문을 들어오기가 무섭게 관상쟁이가 그를 보더니 깜짝 놀라서 말하는 것이었습니다.

"형씨는 어쩐 일로 기색이 이렇게 크게 변했소이까! 이래서야 이번에는 급제하기 어렵겠소이다. 장원은 말할 것도 없구요!"

그리고는 서둘러 지난번에 벽에 붙였던 그 종이를 떼서 북북 찢어 버리더니 한숨을 쉬면서 말했습니다.

"내 명성을 망쳐 버렸으니 이번에는 맞추기는 글렀소이다. 분하구려, 분해!"

그러자 정 선비는 당황하면서 말했습니다.

"지난번에 소생에게는 당초 그런 바램조차 없었는데 귀하께서 그렇게 장담하지 않았습니까! 그런데 오늘은 어째서 말씀이 바뀌었단 말입니까! 이것이 어찌 된 노릇입니까?"

"사람이 공명을 얻는지 상을 볼 때에는 우선 천정天庭[16]의 기색을 봅니다. 지난번에는 귀하의 상이 누러면서도 윤택이 나더이다. 장원이 아니면 그런 경우가 없지요. 그래서 장담했던 것인데 … 지금은 메마르고 탄 데다가 검고 생기가 없소이다. 그러니 어디 공명을 얻기를 바랄 수가 있겠습니까?[17] 혹시 … 형씨께서 무슨 나쁜 마음이라도 품고 잇속을 챙기는 짓을 벌여 천지신명의 뜻을 저버리신 것은 아니신지요? 생각을 좀 해 보십시오."

---

16 천정(天庭) : 중국 고대의 관상학 용어. 눈썹으로부터 두발 사이의 이마 부분을 가리킨다.
    일반적으로 이 부분이 길고 풍성하며 네모 반듯하고 넓으면 고귀한 상(相)으로 여겨졌다.
17 【즉공관 미비】不敢欺. 속일 엄두를 내지 못하지.

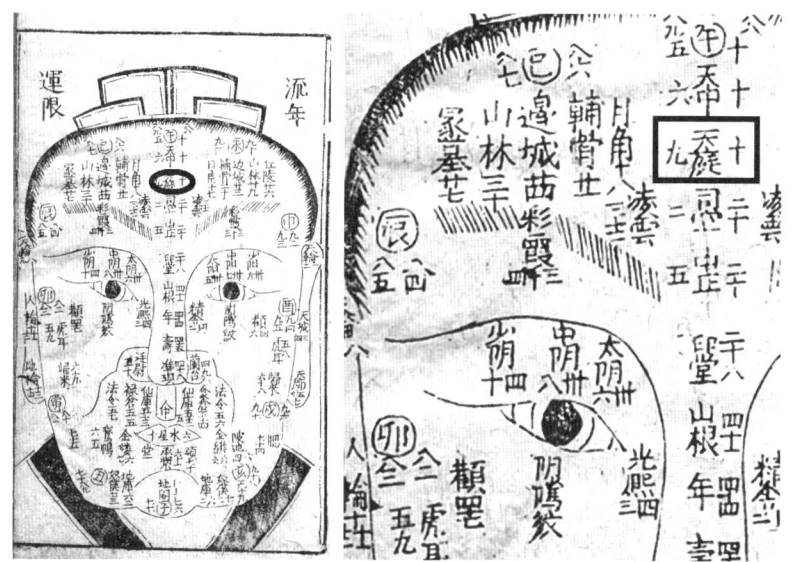

명대 말기에 간행된 『신각 원유장선생 비전상법(新刻袁柳莊先生秘傳相法)』에 표시된 천정의 위치(좌)와 확대면(우)

관상쟁이가 이렇게 말하자 정 선비는 머리카락이 다 곤두서는 것이 아닙니까. 그래서 바로 노름을 해서 연전연승 한 일을 털어 놓고 말했지요.

"설마 그 노름 때문에?"

"형씨께서는 놀이 삼아 한 일이라고 하실지 모르나 … 재물이 걸린 일이다 보니 천지신명께서 간여하시게 되는 것입니다. 의롭게 얻은 것이 아니면 저절로 복이 줄어들 수밖에요!"

관상쟁이가 이렇게 말하자 정 선비는 그 일을 후회했습니다. 그러나 돌이킬 길이 없었지 뭡니까. 그는 한 동안 생각해 보더니 관상쟁이에게 물었습니다.

"제가 이참에 돈을 전부 그 두 분에게 돌려 드린다면 … 원래대로 되돌아갈 수 있지 않겠습니까?"

"마음을 먹기만 해도 아무도 모르는 사이에도 천지신명께서는 금방 아시지요. 정말 잘못을 뉘우치신다면 그래도 좋은 성적으로 급제하실 수는 있을 겝니다. 다만 … 석차는 지난번과 같을 수가 없고 … 오 등 아래로는 바랄 수 있습니다. (…) 반드시 명심하도록 하십시오!"

정 선비는 서둘러 처소로 돌아가더니 사람을 시켜 두 사람을 처소로 초대하게 했습니다. 두 사람은 '또 노름 타령을 하려나 보다' 싶어서 뿌리칠 요량이었습니다. 그래서 잰 걸음으로 서둘러 건너왔더니 정 선비가 두 사람과 인사를 나누고 나서 말하는 것이었습니다.

"지난번에는 우연히 장난을 좀 쳤습니다 … 다들 객지에서 지내는 처지인데 어디 정말로 재물을 챙기려는 생각을 할 리가 있겠습니까? 오늘 일부러 두 분을 건너오시도록 모신 것은 당초의 물건들을 돌려드리기 위해서입니다!"

두 사람은 뜻밖의 일인지라 말했습니다.

"노름에서 잃은 것인데 어찌 돌려받을 수가 있겠습니까! 아니면, (…) 또 노름을 좀 해서 어쨌든 우리가 좀 따 가는 편이 낫겠습니다."

"도의로 맺은 벗이신데 어찌 한 순간의 놀이로 객지에서 노자로 쓰실 재물을 잃게 해 드릴 수 있겠습니까! 소생은 맹세코 단 한 문[18]도 가질 엄두가 나지 않습니다. 다시 그런 짓을 할 엄두도 못 내겠고요!"

정 선비는 곧바로 가동을 시켜 지난번 물건들을 각각 두 사람의 처소로 갖다 주게 했습니다. 두 사람은 몹시 반가워하면서 '정 선비가 무척 인품이 훌륭하다'고 여기고 몇 번이나 고맙다고 인사를 하고는 그 자리를 떠나는 것이었지요. 그러나 정 선비가 사실은 자신의 공명을 이루는 일이 소중하다고 여겨서 관상쟁이의 말을 따라 지난번의 잘못을 고쳤다는 것은 알 리가 없었습니다.

나중에 정시에서 급제자를 호명할 때 정말로 정 선비는 서탁[19]이 포함

---

18 문(文) : 중국 고대에 엽전을 세는 단위. 일반적으로 천 개의 엽전 즉 1천 문을 한 꿰미에 꿰어서 '1관(貫)'으로 불렀다. 때로는 '전(錢)'으로 부르기도 하였다.

19 서탁(徐鐸, 11세기) : 북송대의 정치가. 자는 진문(振文)·진보(振甫)이며, 복건성의 보전(莆田) 사람이다. 희녕 9년(1076)에 그 형인 서열(徐銳)와 함께 과거시험에 지원하여 북송이 개국한 이래 53명째 장원으로 급제했다고 한다. 급사중 직학사원(給事中直學士院)·예부시랑(禮部侍郞)·어사중승(御史中丞)을 역임하였다. 휘종이 즉위하자 용도각 대제 겸 지청주(龍圖閣待制兼知靑州)를 지냈으며 숭녕(崇寧) 연간에는 예부상서를 제수받고 이어서 이부상서로 승진하였다.

된 급제자 방에 육 등으로 나와 있는 것이 아닙니까. 그 관상가가 예측한 결과와 한 치도 틀림이 없었지요.[20] 만약 그때 그 노름만 아니었더라면 이번 시험의 장원은 의심할 것도 없이 정식으로, 남에게 양보하지 않았을 것을 이번에 다섯 등급이나 떨어진 셈이었습니다. 그나마 잘못을 뉘우치고 선행을 베풀어 남의 재물을 돌려준 덕분에 그래도 우수한 성적을 얻을 수가 있었지, 만약에 사소한 잇속을 탐내느라 미련에 빠져 대오각성하지 못했더라면 공명을 얻지도 못할 뻔 했지 뭡니까요 글쎄! 그렇기 때문에 재물에는 한도가 있기 마련이어서 노름을 통해서 얻을 수야 있지만 그렇게 해서 따더라도 좋아할 일은 아니라고 하는 것입니다. 게다가 이익이 걸린 이런 일에서는 잇속을 챙기려는 술수를 한 바탕 부리게 됩니다. 노름판의 건달들 중에 평소에 무리를 지어 젊은 자제들을 속이곤 하는데, 이들을 세간에서는 '한 패'라고들 하지요. 이들은 납가루를 넣어서 '약투藥骰'를 만드는데 가벼운 것도 있고 무거운 것도 있습니다. 그런데 손가락으로 글자가 적힌 쪽을 쥐고 자신이 생겼을 때 던지면 어김없이 이기는 패가 나오지만 만약에 되는 대로 던지면 열 번 중에 아홉 번은 지곤 합니다. '손사수법'이라는 것도 있는데 빨간 패를 쥐고 여섯을 깔기도 했습니다. '음양출법'이라는 것도 있는데, 너 한번 나 한번[21] 하는 식

---

20 【즉공관 미비】名之與利, 不能兩得如此. 공명과 이익이란 이런 식으로 둘을 다 얻을 수는 없다.
21 너 한번 나 한번[推班出色] : '추반출색(推班出色)'은 명대의 구어체 문학작품에서 빈번하게 등장하는 강남지역의 구어식 표현으로 그 의미가 무엇인가에 대해서는 학자들마다 이설이 분분하다. 가장 보편적으로 통용되는 것이 고문달(高文達)의 해석인데, 그는 『근대한어사전(近代漢語詞典)』에서 추반(推班)을 '좀 모자란 것[差一點的]', 출색(出色)을 '좀 나은 것[好一點的]'으로 각각 해석하였다. 그렇다면 '추반출색'은 "(실력이나 수준이) 좀 딸리는 놈이나 좀 나은 놈을 막론하고" 정도로 이해할 수 있는 셈이다. 반면에 주지

으로 내지요. 그래서 물정을 모르는 젊은이들은 일단 끗발이 오르면 무작정 판돈을 거는데, 이들을 세간에서는 '주두酒頭'라고들 하지요. 이들은 일단 올가미에 걸려들면 헤어날 길이 없습니다. 그런데 여러분이 따 가도록 내버려 둘 사람이 어디 있겠습니까? 양갓댁 자제분들에게 간곡하게 당부드립니다. 제발 남의 물건에 눈독을 들이지 마십시오. 정식의 이야기를 보더라도, 남의 것을 따자 장원이 될 복이 달아나고 말았습니다. 그러니 그럴 복조차 없는 사람들이야 어떻겠습니까? 그러니 질 수밖에 없는 사람들이야 어떻겠습니까? 차라리 본분을 지키는 법을 잘 익히는 것만도 못한 것입니다. 이를 증명하는 시가 있습니다.

재물은 어차피 남의 물건인데	財是他人物,
거기에 연연하여 욕심 낼 것 어디 있나?	痴心何用貪.
자고 일어날 적마다 절개 잃는 일 많고	寢興多失節,
주리고 배부른 일 역시 서로 반반이라네.	飢飽亦相參.
노름에서 지면 속이 고통스럽고	輸去中心苦,
이기면 사람들이 저마다 군침 흘리지.	贏來衆口饞.
결국은 지기는 마찬가지이니	到頭終一敗,
그 고통이 누구한테 달겠는가?	辛苦爲誰甜.

봉(周知峰)의 『명청소설속자속어연구(明淸小說俗字俗語硏究)』(제118쪽)에서 '추반'과 '출색'을 명대의 노름인 골패(骨牌) 판에서 사용된 용어라고 주장하면서 '추반'을 패를 내놓는 것, '출색'을 (패의) 색깔을 바꾸는 것으로 해석하고 '추반출색'을 '고르고 바꾸는 것[調來換去]'이라고 해석하였다. 전후의 맥락을 감안할 때 여기서는 주지봉의 해석이 보다 합리적이라고 판단하여 '추반출색'을 "너 한번 나 한번"으로 의역하였다.

소생이 세상 사람들에게 노름을 하지 말라고 쓴 소리를 드리다 보니 문득 어떤 사람이 생각나는군요. 일 없이 빈둥거리면서 건달들[22] 손에 놀아나 무심결에 노름을 했다가 남김없이 탈탈 털리면서도 속수무책이었답니다. 이야기를 들려 드리자니 우습고도 재미있군요!

풍류객이 실수로 화려한 자리에 끼었다가	風流誤入綺羅叢,
신기하여 여기며 밤새 미녀들과 어울리네.	自訝通宵依翠紅.
'술 취한 사람 마음은 술에 없다' 누가 그랬나?	誰道醉翁非在酒,
결국 눈 깜짝할 새에 빈털터리 만들었구나!	却教眨眼盡成空.

이 이야기는 바로 송나라 도군황제[23]의 선화[24] 연간에 있었던 일입니다. 평강부[25]에 심沈씨 성을 가진 관리가 한 사람 있었습니다. 조상의 음

---

22 건달들[光棍] : '광곤(光棍)'은 원·명대의 속어로, 건달이나 불량배·부랑자 등을 가리키곤 하였다. 『원곡선(元曲選)』에 수록된 원대의 희곡인 잡극(雜劇) 『살구권부(殺狗勸夫)』 「설자(楔子)」에 "뜻밖에도 이 두 불량배를 믿고 우리 일가를 망치고 말았구나!(却信着這兩個光棍, 搬壞了俺一家兒也)"라고 나와 있는 것을 보면 원대 무렵부터 사용되기 시작한 말로 보인다. 나중인 명·청대에는 원대보다 널리 사용되면서 관청에서 건달이나 불량배들을 두루 일컫는 통칭으로 사용되었으며 심지어 청대의 법률인 『대청률(大淸律)』에는 이들을 전문적으로 다룬 "광곤례(光棍例)" 항목까지 둘 정도였다.

23 도군황제(道君皇帝) : 북송의 제8대 황제인 휘종(徽宗) 조길(趙佶, 1082~1135)을 말한다. 제6대 황제 신종(神宗)의 아들이자 철종(哲宗)의 동생이다. 정강 연간에 금나라 군사가 대거 남침하여 도성을 포위하자 측근이던 이강(李綱, 1083~1140)의 건의에 따라 제위를 급히 태자 조환(趙桓)에게 선양함으로써 금나라의 예봉을 피하려 하였다. 그러나 금나라와의 교섭이 좌절되고 아들 흠종과 함께 포로가 되어 금나라로 끌려갔다가 거기서 병사하였다. 고대의 군주로서는 좀처럼 드물게도 다양한 예술 분야에서 두각을 드러낸 팔방미인이었지만 정치적으로는 나라를 망쳤다는 부정적인 평가를 받는다.

24 선화(宣和) : 휘종 조길이 1119년부터 1125년까지 7년 동안 사용한 6번째 연호.

25 평강부(平江府) : 남송대의 지명. 지금의 강소성 소주시(蘇州市) 일대에 해당한다. 소주의 옛 성 안을 남북으로 흐르는 평강하(平江河) 물줄기를 따라 총 1,606m에 걸쳐 형성되

덕을 입어 장사랑[26] 벼슬에 제수되
어 서울로 올라가서 발령을 기다리
던 참이었지요. 이 장사랑은 집안
형편도 넉넉하고 나이도 많지 않은
데다가 수중에 금은보화를 많이 지
니고 있었습니다. 젊은 나이이다
보니 좋아하는 것도 누각에서 가무
를 즐기고 미녀들과 어울려 경치를

발해 유적지에서 출토된 주사위
(부산일보 2014년 9월 15일)

즐기면서 먹고 마시는 것이었지요. 게다가 수중에 가진 것이 값진 물건
들이다 보니 즐거움을 주는 것들만 보면 돈을 물처럼 쓰면서 조금도 아
까워하는 기색이 없었답니다. 대체로 세상사가 다 그런가 봅니다. 돈을
펑펑 쓰는 풍류객이 있으면 어김없이 기분을 맞추어 주고 수족 노릇을
하는 바람잡이들이 꼬이기 마련이니까요.

그의 처소에서 그리 멀지 않은 곳에 놀고 먹는 건달 둘이 살았습니다.
하나는 정鄭가이고 하나는 이李가인데 도무지 내력을 알 수 없는 자들이
었지요. 그렇다고 해서 진짜 이름 같은 것도 없어서 그저 '정십가鄭十哥'니
'이삼가李三哥'로만 부르곤 했습니다. 하루 종일 심 장사의 처소에 와서 그
와 함께 거동하고 함께 먹고 마셨으며, 심 장사는 심 장사대로 한시도 그

어 있었다고 한다. 이 구역 양쪽으로는 크고 작은 거리와 골목들이 복잡하게 이어지고
10개나 되는 우물이 있다고 해서 '십천리(十泉里)'로 일컬어지기도 하였다. 원대에는 소
주 인근의 오현(吳縣)·상숙(常熟)·곤산(崑山) 등의 현을 관할하였다.

26 장사랑(將仕郞) : 중국 고대의 관직명. 수·당·송대에는 종9품(從九品), 명대에 정9품
(正九品)으로, 문관들 중에서 품계가 가장 낮은 관리였다.

두 사람을 떠날 줄 몰랐답니다. 그 두 사람도 때로는 돈을 내고 심 장사를 홍등가[^27]의 예쁜 기생 집으로 초대하여 답례로 술자리를 마련하고 신나게 먹고 그대로 기생 집에서 자기도 했지요. 그러다 보니 서로 짜고 그의 집에서 기분을 맞추고 수족 노릇을 하면서 내내 그를 속이면서 돈을 내게 만들어 다들 몫을 챙기곤 했으며 절대로 괜히 손해를 보는 일이 없었답니다. 심 장사는 심 장사대로 한창 나이에 여색을 밝히고 변덕이 죽 끓듯 하다 보니 조금이라도 끌리면 바로 여자를 바꾸는 등, 한 여자에게만 연연하지는 않았지요. 그렇다고 해서 그의 많은 재물을 뜯을 수는 없는지라 그저 그와 어울려 기분이나 맞추어 주고 지내면서 늘 입에 기름칠[^28]을 하는 것이 고작이었습니다. 그렇게 돌아다니기를 거의 반 년째 하다 보니 성내에서 즐기는 곳 치고 다녀가지 않은 곳이 없을 정도였답니다.[^29]

그러던 어느 날이었습니다. 심 장사는 두 사람과 의논했지요.

"우리가 성내에서는 어디든지 다 가 본 셈이군요. 게다가 시끄럽고 번잡해서 그다지 흥도 생기지 않습니다. (…) 우리 성 밖 들판으로 가서 기

---

27 홍등가[平康里] : 오대(五代) 시대의 왕인유(王仁裕, 880~956)가 지은 『개원천보유사(開元天寶遺事)』에 따르면, 당대에 "장안에는 평강방이 있었는데 기녀들이 거주하는 구역으로 도성의 젊은 의협들이 이곳으로 몰려들었고, 또 해마다 급제한 새 진사들도 붉은 종이를 가지고 그 구역을 순례하여 당시 사람들이 그 곳을 '풍류의 요람'이라고 일컬었다[長安有平康坊, 妓女所居之地, 京城俠少萃集於此, 兼每年新進士, 以紅箋名紙遊謁其中, 時人謂此坊爲'風流藪澤']"고 한다. 이로부터 '평강' 또는 '평강리'는 기방이나 화류계를 가리키는 말로 사용되기 시작하였다.

28 입에 기름칠[嘴頭肥膩] : 감언이설로 사람들을 현혹하는 것을 두고 한 말이다.

29 【즉공관 미비】如此大老官, 也算□節的. 이렇게 관록 대단한 관리인데도 □□□인 셈이로군.

분을 전환하고 좀 노는 것이 어떻겠습니까?"

"구미가 당깁니다. 나리께서 점점 몸이 달아오르시는 모양이군요. 다만 … 오늘은 미처 끝내지 못한 일이 좀 있어서 모실 수가 없군요. 만약 내일까지 연기해 주시면 좋겠습니다만 …"

하고 정섭과 이삼이 말하자 심 장사가 말했습니다.

"내일이라면 상관은 없습니다. 그러나 약속을 어기면 안됩니다?"

"나리께서 이처럼 즐거워하시는데 저희가 만약에 핑계를 대고 가지 않는다면 속물이 아니고 무엇이겠습니까? 내일 반드시 와서 모시도록 합지요!"

두 사람은 작별하고 하룻밤 동안 돌아가 있다가 다음날이 되자 와서 심 장사를 만나더니 말했습니다.

"성 밖에서 재미가 어떠십니까?"

"두 분 오시기만 기다리고 있었습니다!"

심 장사가 이렇게 말하자 정섭이 말했습니다.

"나리께서는 … 가마로 가시겠습니까, 말로 가시겠습니까?"

"한가하게 걸으면서 기분 전환을 하러 가자면야 먼 길을 갈 것도 아닌데 가마나 말을 탈 필요가 있겠습니까!"

하고 이삼이 말하자 심 장사가 말하는 것이었습니다.

"삼가 형님 말씀이 옳습니다. 그런 자들이 따라 다니면 형님한테 이래라 저래라 해댈 텐데 그리 되면 자유롭지 못하지요. 우리는 그저 산보나 하고 기분 전환이나 할 계획이니까 걷든 멈추든 자기 마음대로 하면 되니 기막히지 뭡니까! 그냥 가동이나 하나 붙여서 가면 그만입니다."

몸에 지닌 물건이 있었던 심 장사는 마음을 놓지 못하고 자신을 따라온 가동을 시켜 가죽 상자를 하나 메고 뒤를 따르게 하고,[30] 정십과 이삼 두 사람과 함께 느릿느릿 걸어서 장안문[31] 밖으로 나왔습니다. 그런데 가만 보니

가까스로 성곽에 올랐더니	甫高城廓,
저잣거리가 차츰 멀어지누나.	漸遠市廛.
들쑥날쑥 옛 나무 옆을 강물이 돌아가고	參差古樹遶河流,

---

30 【즉공관 미비】 不如放在下處的無事. 차라리 거처에 두는 편이 무사할 텐데.
31 장안문(長安門) : 소주성(蘇州城)의 대문들 중 하나.

나풀거리는 버들솜이 들판 기슭 날아다니네.	蕩漾游絲飛野岸.
베 발 드리운 술 파는 곳엔	布帘沽酒處,
농부와 촌노인만 와서 맛 보네.	惟有耕農村老來嘗.
쪽배에 물고기 싣고 돌아오니	小艇載魚還,
죄다 목동·나무꾼만 와서 묻누나.	多是牧豎樵夫來問.
밥 짓는 연기 사방에서 일어나고	炊烟四起,
먹구름 그림자 속으로 인가가 있구나.	黑雲影裏有人家,
길은 갈래가 많고	路徑多歧,
푸른 풀 흔적 속에 구멍 길이 나 있는데	靑草痕中爲孔道.
남다른 들판의 재미인지라	別是一番野趣,
갑자기 세간 일들을 잊게 만드누나.	頓敎忘却塵情.

세 사람은 발 닿는 대로 걸으면서 경치를 감상하고 놀면서 이야기도 나누고 길을 걷기도 했습니다. 그렇게 구불구불 두세 리 길을 가서 웬 못 가에 이르렀을 때였지요. 가만 보니 허벅지가 굵고 발이 큰 사내 몇이 웃통을 벗어 제치고 손에는 가죽 고삐을 잡고 좋은 말 대여섯 필을 끌고 못에서 몸을 씻고 있는 것이 아닙니까. 그들은 그 세 사람이 걸어서 가까이 오는 광경을 보고 우루루 못을 뛰어 나오더니 허둥지둥 옷을 입고 세 사람을 향하여 한 목소리로 맞이하는 것이었습니다. 그러자 심 장사는 놀라 이상하게 여기면서 두 사람에게 물었지요.

심 장사가 삼천 금에 웃음을 사다

"이 자들은 평소에 알고 지낸 사이도 아닌데 어째서 … 우리 세 사람을 보고 이렇게 공손하게 대하는 걸까요?"

"이 자들은 왕王 조의[32] 사군[33]의 졸개들입니다. 왕 사군은 우리 둘과 아주 사이가 좋지요. 그래서 이 자들이 우리가 지나가는 것을 보고 감히 함부로 대하지 못하는 것입니다."

정십과 이삼이 이렇게 말하자 심 장사가 말했습니다.

"알고 보니 그랬군요. 난 또 '어째서 까닭 없이 앞으로 나왔나' 했지요."

세 사람은 다시 이야기를 하면서 길을 걸어서 못 가에서 앞으로 또 몇 백 걸음을 갔습니다. 그런데 이삼이 별안간 심 장사를 부르면서 말하는 것이었습니다.

"나리 … 상의할 말씀이 좀 있습니다."

---

[32] 조의(朝議) : 중국 고대의 관직명인 조의대부(朝議大夫)의 약칭. 수나라 문제(文帝) 때에 종3품(從三品)의 품계로 처음으로 설치되고 명망이 있는 문·무 관원들에게 내려졌다. 양제(煬帝) 때 철폐되었으나 당대에 다시 정5품 하(正五品下)의 품계로 설치되었다. 송대에는 당대의 제도를 인습하다가 태평흥국(太平興國) 원년(976)에 '조봉대부(朝奉大夫)'로 개칭되다가, 신종의 원풍(元豐) 3년(1080)에 이루어진 개혁을 통하여 태상경(太常卿)·태상소경(太常少卿) 및 좌우사(左右司)의 낭중(郎中)을 대신하였다.

[33] 사군(使君) : 중국 고대에 주의 행정 수장인 자사(刺史), 군의 행정 수장인 태수(太守)를 높여 부르던 호칭.

"무슨 말씀이십니까?"

하고 심 장사가 말하자 이삼이 말하는 것이었지요.

"오늘 나들이는 꽤 신바람이 나는군요. 다만 … 발 닿는 대로 걷다 보니 쉴 만한 곳이 없네요. (…) 만약에 이 대로 돌아간다면 의미가 없습니다. 방금 전 주공의 말을 타고 왕공께 인사를 좀 드리면 딱 좋지 않겠습니까?"

"왕공이 뉘신지요? 내가 누구인지도 모르는데 어떻게 그 분께 인사를 드리겠습니까?"

그러자 이삼은 이렇게 말했습니다.

"그 어른은 아주 대단한 분이십니다. 예전에 큰 고을의 군수를 지내셨는데 가산이 아주 넉넉하고 소실도 엄청 많답니다.[34] 그분은 자기 집에 손님들이 내왕하는 것을 아주 좋아해서 융숭하게 접대하는 것을 게을리하는 법이 없지요. 지금은 춘추가 높으신 데다가 병치레도 좀 하시는 바람에 소실들이 다들 마음이 떠나 버렸답니다. 그러나 그분이 단단히 지키고 있어서 막역한 사이인 우리 두 사람만 만날 수가 있고 평소 상관 없

---

34 【즉공관 미비】 果有若等, 原是游時最趣事, 能不動心. 정말 그런 일이 있다면 원래부터 가장 재미 있을 테니 마음이 움직이지 않을 수가 있겠나?

는 자들이 오면 바깥에 나오지 못하게 하지요. 그 소실들은 딱히 할 일이 없어서 그저 하루 종일 짝을 지어 놀 뿐입니다. 만약에 우리가 뵈러 가면 그분도 무척 반가워하실 겝니다. (…) 나리께서는 이전에 만나 뵌 적이 없으시겠지만 우리가 같이 가서 그저 '고아한 인품을 흠모하여 한번 뵙기를 원한다'고만 하시면 그분도 나리가 우리의 좋은 벗인 것을 보고 함부로 대하지는 못하실 겝니다. 우리 두 사람이 거기다가 그분한테 술까지 한 동이 건네고, 그분이 나리가 서울에서 발령을 기다리고 계신 것을 눈치채면 같은 관리라며 더더욱 관심을 가지고 분명히 아주 훌륭한 진수성찬을 차려 대접하실 겝니다. 우리가 흉금을 열고 그분과 하룻밤을 즐겁게 보낼 수 있다면야 그것도 즐거운 일일 테지요. 적막하게 당초처럼 세 사람이서 돌아가는 것보다야 훨씬 나을 것 아닙니까요!"

심 장사가 속으로 결정을 내리지 못하고 있는데 정십이 또 말하는 것이었습니다.

"그분은 정말 즐거움을 누릴 줄 아는 분입니다요. 아름다운 소실들이 아주 많지만 그분은 그래도 벗들 앞에서는 아주 극진하시고 흥을 돋울 줄 아십니다. 게다가 마시고 먹는 것에도 정성을 다해서 언제나 근사하고 정갈하게 차리고자 애쓰시지요. 벗들이 음식을 못마땅하게 여겨서 마음껏 먹지 못할까 걱정하면서 말입니다. (…) 그런 즐거움과 열정을 어디서 또 찾을 수가 있겠습니까요? 나리께서 기왕에 여기까지 오셨으니 당연히 그분 하고 인사라도 좀 나누셔야지요. 이런 기회를 놓치시면 안

됩니다요!"

그래서 심 장사도 기뻐하면서

"정말 그렇다면야 지금 바로 두 분과 함께 그분에게 인사를 좀 드리는 편이 낫겠군요."

하고 말하니 이삼이 말하는 것이었습니다.

"우리 다시 못가로 돌아갑시다. 그분 말을 넘겨받으러 가야지요."[35]

이리하여 세 사람은 아까 그 길을 되돌아갔습니다. 못가에 이르렀을 때 정십과 이삼은 큰소리로 말했지요.

"말 네 필을 끌고 오게!"

그러자 말지기는 거역할 엄두도 내지 못하고 이렇게 대답하는 것이었습니다.

"우리 대감님 말이지만 나리들께서 타시겠다니 얼마든지 타십시요!"

---

35 【즉공관 미비】逐節有興趣. 갈수록 재미 있군.

정섭·이삼과 심 장사는 각자 한 필씩 말을 탔고, 심 씨댁 가동조차 상자를 받쳐 들고 말을 탔습니다. 그러자 말지기가 말머리를 잡고 묻는 것이었습니다.

"나리들께서는 어디로 가시게요?"

정섭은 채찍 끝으로 한쪽을 가리키면서 말했지요.

"자네 나리 댁에 가는 길일세."

"알겠습니다요!"

말지기는 앞에서 걸어서 길을 안내하기 시작하였습니다.

세 사람이 말머리를 나란히 하고 길을 가는데 두 마을을 돌아가니 웬 솟을대문이 하나 보이는 것이 아닙니까. 그러자 이삼이 말했습니다.

"도착했습니다요! (…) 정섭 형님은 일단 나리를 모시고 잠깐만 서 계십시오. 내가 먼저 들어가서 알려드려서 마중하러 나오시기 수월하게 말입니다!"

그러자 심 장사는 상자를 열고 명첩[36]을 하나 꺼내더니 이삼이 가지고

명대 삽화에 묘사된 솟을대문의 모습

알리러 가게 했습니다. 이삼은 대문 안으로 들어가더니 잠시 있다가 나와서 말했지요.

"주인장께서 새 손님이 여기에 오셨다는 말을 듣고 몹시 반가워하더군요. 다만 … 오랫동안 병치레를 하여 기운이 없어서 의관을 갖추기 어려우니 평상복 차림으로 만나기를 바라십니다."

그러자 심 장사가 말했습니다.

"따지고 보면 처음 찾아뵙는 것이니 예의상 의관을 제대로 갖추어야 도리이겠지만 지금 주인장께서 당부하시니 오히려 폐를 끼칠까 걱정이었습니다. 그런데 평상복도 괜찮다고 하시니 정말 마음이 놓입니다."

이삼은 다시 들어가 그 말을 고했습니다. 그런데 가만 보니 왕 조의가 두 가동을 시켜 부축하게 하고 이삼과 함께 나와서 심 장사 일행을 마중 나오는 것이었지요. 심 장사가 고개를 들고 보는데 그 모습을 볼작시면

---

36 명첩(名帖) : 명대의 명함의 일종. 카드처럼 생긴 현대의 명함과는 달리, 자신을 소개하는 내용을 적은 종이와 그것을 싼 겉봉으로 구성되는 것이 보통이었다.

몸가짐은 단정하고	儀度端莊,
외모는 파리한데	容顏贏瘦.
하나는 나서고 하나는 물러서니	一前一却,
그야말로 들판의 학 비틀걸음 걷는 것 같네.	渾如野雀步罡,
숨 헐떡이고 한숨 쉬는 모습은	半喘半吁,
그야말로 오 땅의 소가 달 바라보는 격이구나.	大似吳牛見月.
짙은색 옅은색은 생각하지 않아도 아니	深淺躬不思而得,
해오라기 원앙들에게서 배워라도 온 걸까?	是鷺鴛班裏習將來,
길고 짧은 숨은 약속이나 한듯 똑같으니	長短氣不約而同,
꾀꼬리·제비 둥지에 그래도 지러 갈 텐가?	敢鶯燕窩中輸了去.

심 장사가 왕 조의를 만나 보니 허약하고 늙은 모습이기는 했지만 사대부의 품격이 자연스럽게 드러나자 숙연하게 존경하는 마음이 생기는 것이었습니다. 왕 조의는 왕 조의대로 심 장사를 보니 젊은이의 풍채를 지닌지라 자기도 모르게 얼굴에 웃음을 머금고 공손하게 본채로 안내하는 것이었지요. 심 장사와 두 사람은 왕 조의와 인사를 나누었습니다. 심 장사는 흠모한다는 인사를 했습니다.

"정십·이삼 두 분께서 소개해 주신 덕택으로 훌륭한 분을 뵙게 되니 저로서는 기쁘기는 합니다마는 정말 무례함을 용서해 주십시오!"

"두 분의 벗이 곧 소생의 벗이지요. 하물며 두 분은 여느 선비들보다도

나은 분이니 그런 두 분과 함께하는 분이라면 분명히 훌륭한 분이실 테
지요. 이 늙은이가 운 좋게도 이렇게 뵙게 되었습니다 그려!"

차를 마시고 났을 때였습니다. 조의는 손님들에게 절을 하고 동헌[37]으
로 들어가 종에게 술자리를 마련하고 정성을 들여 상을 차리도록 분부했
습니다. 그리고 얼마 지나지도 않아서 술잔과 접시에 과일과 음식들이 금
세 차려지는 것이었습니다. 심 장사가 보니 대단한 상차림은 아니지만 한
결같이 훌륭하고 정결한 데다가 가지가지가 다 차려져 있어서 여염 집에
서 차릴 수 있는 음식들이 아니지 뭡니까. 조의는 겸손하게 말했습니다.

"창졸간에 다 장만할 수가 없어서 과일과 요리에 변변찮은 술 뿐이니
대접이 소홀하다고 나무라지 마시기 바랍니다!"

그러자 정십과 이삼이 말하는 것이었지요.

"심 선생은 아주 소탈한 분이십니다. 우리 둘도 벗으로 거두어 주시는
이상 외간 손님으로 여기실 필요는 없을 듯싶습니다. 그저 주인장께서 즐
겁기만 하시다면 술만 마셔도 괜찮으니 너무 겸손해 하실 것 없습니다!"

---

37 동헌(東軒) : 중국 고대의 가옥에서 거실의 남향 처마를 부르는 이름. 고을 원님(사또)가
공무를 보는 공간으로서의 문화적 개념은 우리나라의 조선시대에 이르러 새로 생긴 것으
로 보인다.

가동 둘은 수시로 술을 따르고 세 손님은 마음 놓고 음식을 먹었으며 주인은 주인대로 허약한 몸임에도 끝까지 배석한 채 접대하는 것이었습니다.

이윽고 날이 저물고 등불을 붙일 때가 되었습니다. 조의는 그래도 한동안 자리를 지키고 있더니 갑자기 목에서 숨이 차는지 연거푸 기침을 멈추지 않는 것이었습니다. 가래 섞인 목소리가 톱을 켜는 소리와도 같이 그 자리에 울리더니 더 이상 버티지 못하는 것이었지요.[38] 조의는 두 가동을 시켜 부축하게 하더니 몸을 일으킨 다음

"소생 몸이 좋지 않아서 귀한 손님들께서 왕림하셨는데도 주인으로서의 예의도 갖출 수가 없으니 어쩌면 좋습니까!"

하더니 정 선비를 보고 말했습니다.

"어쩔 수가 없군요. 죄송하지만 정형이 주인의 예의를 대신 갖추어 손님께서 마음 편하게 실컷 술을 드시게 해 드리십시오. 흥을 깨지 마시고요. 이 늙은이는 잠깐 가서 좀 쉬다가 약을 달여 먹고 나서 좀 진정되면 바로 와서 모시도록 하겠소이다. 죄송합니다, 정말 죄송합니다!"

---

38 **【즉공관 미비】** 匪夷所思. 보통사람들은 상상조차 못할 일이로군.

조의는 그러면서 두 가동의 부축을 받으면서 그 자리를 떠났습니다.

결국 그 세 사람만 자리에 남았고 가동들도 이제는 술을 따르러 나오지 않는 것이었습니다.

"내가 사람들을 찾으러 가 보리다."

이삼은 일어나서 안으로 들어갔습니다. 심 장사는 집 주인이 자리를 떠나고 술자리 분위기가 시들해진 것을 보고 속으로 좀 실망한 눈치였지요. 그렇다고 해서 작별하고 돌아가고 싶어도 주인과 인사도 나누지 않은 데다가 여흥이 다하지도 않은지라 어쩔 수 없이 뜰로 내려와서 산보를 하는 수밖에 없었지요. 그런데 문득 환호하면서 은자를 던지는 소리가 잇따라 들리는 것이 아닙니까.[39] 그래서 그 소리를 따라서 가 보니 동헌 뒤의 작은 다락방에서 등불에 비친 그림자들이 창문 틈으로 비치는 것이었습니다. 심 장사가 창문 틈을 좀 크게 벌려 방 안을 몰래 훔쳐보았지요. 보지 않았더라면 만사 아무 일도 없었을 텐데[40] 그렇게 보는 바람에 그야말로

---

39 【즉공관 미비】俱是突起奇峰. 모두가 불쑥 솟은 기이한 봉우리 같구나.

40 만사 아무 일도 없었을 텐데[萬事全休] : '만사전휴(萬事全休)'는 일반적으로 두 가지 느낌(nuance)으로 사용된다. '만사가 끝장 났다'는 의미나 '만사에 아무 문제도 생기지 않다'라는 의미가 그것이다. 여기서는 전후 맥락을 따져 볼 때 후자의 의미로 이해해야 옳다. 원대 극작가 고칙성(高則誠, 1305~?)의 남회 희곡인 『비파기(琵琶記)』에서 "당장 양곡을 내게 돌려 다오. 그러면 아무 일도 없을 것이다!(你快把糧米還了我, 萬事全休)"에도 같은 표현이 보인다.

| 몸 반쪽이 마비되어 | 酥麻了半壁, |
| 한 덩이로 얼어붙고 마는구나. | 軟癱做一堆. |

그 방 안이 어떤 상황이었는지 아십니까? 그 모습을 볼작시면

밝은 초 높이 꽂아 놓고	明燭高張,
커다란 탁자 가운데에 늘어놓은 채로	巨案中列.
주사위 던져 승부를 겨루네.	擲盧賽雉,
옥 같은 가녀린 손으로 들어올리고	纖纖玉手擎成,
'여섯 나와라' '하나 나와라'	喝六呼么,
작은 붉은 입술로 소리 지르누나.	點點朱唇吐就.
금 보요[41]에	金步搖,
옥 팔찌로	玉條脫,
다들 판돈 다 걸고 자웅을 다투네.	盡爲孤注爭雄.
풍류 넘치는 여인들에	風流陣,
살 냄새 넘치는 인간 병풍들인데	肉屛風,
급기야 자청해서 있는 대로 다 거네.	竟自和盤托出.
만약 광한전[42] 안이 아니라면	若非廣寒殿裡,

---

41 보요(步搖) : 중국 고대의 여성용 머리 장식의 하나. 금실을 구부려 꽃가지를 만들고 진주나 옥을 달아 늘어뜨린 다음 비녀처럼 머리에 꽂으면 걸음을 옮길 때마다 흔들려서 '보요'라고 불렀다고 한다.

42 광한전(廣寒殿) : 중국의 고대 전설에서 달에 있다고 전해지는 궁전. 때로는 '광한궁(廣寒宮)'으로 불리기도 하였다.

어디 이런 신선계의 분위기 연출하겠나?   怎能勾如許仙風.

금곡원[43] 안이 아니라면   不是金谷園中,

어디서 이런 미인들 나타날 수 있겠나?   何處來若干媚質,

아무리 어리석은 이라도 말 잊고 말레라   任是愚人須縮舌,

어찌 탕아조차 한 수 접고 들어가지 않겠나! 怎教浪子不輸心.

보요 예시. 경극에서 여배우가 착용한 것이다

---

43 금곡원(金谷園) : 서진(西晉)의 정치가이자 거부로서 관직을 이용하여 온갖 이권을 독점
하면서 엄청난 부와 권세를 누린 석숭(石崇, 249~300)이 당시 도읍이던 낙양(洛陽) 서
쪽에 조성한 별장. 석숭은 권세를 이용하여 온갖 이권을 독점하고 엄청난 부와 권력을
누리면서 이곳에서 수시로 연회를 열고 관리와 문인들을 초대해 풍류를 즐겼는데 술자
리에서 시를 짓지 못하는 사람은 벌로 술을 세 말이나 마시게 했다고 한다.

알고 보니 심 장사가 창문 틈새로 들여다보니 안에서 아름다운 여인 칠팔 명이 팔선탁[44]을 둘러싸고 서 있는 광경이 눈에 들어오는 것이었습니다. 탁자 위에서는 긴 촛불이 환하게 밝혀져 있고 한가운데에는 술을 담은 그릇과 주사위를 노는 쟁반이 하나 놓여져 있었지요. 또 쟁반 옆에는 칠팔 더미의 직물들이 놓여 있는데, 미녀들마다 한 더미씩인 것을 보니 그것을 가져다 노름에 걸 판돈 같았습니다. 여인들은 주먹을 흔들고 소매를 걷어붙인 채 저마다 승부를 겨루려고 하는 것이었습니다. 그런데 등불 아래에서 몰래 훔쳐보자니 정말로 저마다 항아[45]가 인간 세상에 강림한 것처럼 자태며 태도가 좀처럼 보기 드물 지경이지 뭡니까요 글쎄! 심 장사는 자기도 모르는 사이에 얼이 다 나가서 뚫어져라 바라보면서 군침을 흘렸습니다. 그렇게 어쩔 줄을 모르고 있는 찰나 가만 보니 그 이삼이 어떻게 들어갔는지 그 속에 끼어서[46] 주사위를 쥐고 던지려고 하는 것이었습니다. 여인들은 노름의 흥이 절정에 이르렀을 때 문득 판돈을 건 것이 이삼인 것을 발견하고 다들 이렇게 소리를 질러 대었지요.

"이 수재님, 또 짓궂게 끼어들어서 우리 누이들의 흥을 깨고 그러시네요!"

---

44 팔선탁(八仙桌) : 명대에 유행한 탁자의 하나. 면이 비교적 넓은 정사각형 탁자로, 한 쪽마다 두 명씩 여덟 사람이 앉을 수 있다고 해서 중국의 민간 전설에 등장하는 여덟 신선[八仙]을 빗대어 이름을 붙였다고 한다. 마작(麻雀)을 놀 때 자주 사용된다.

45 항아(嫦娥) : 중국 고대 전설에 등장하는 여신. '항아(姮娥)'로 쓰기도 한다. 제곡(帝嚳)의 딸로 요 임금의 사수였던 후예(后羿)의 아내가 되었는데 미모가 출중했다고 한다. 『회남자(淮南子)』「현명훈(賢冥訓)」에 따르면, 남편 후예가 서왕모(西王母)에게서 불로장생의 영약을 구해 오자 그것을 몰래 훔쳐 먹고 신선이 되어 월궁(月宮)으로 승천하여 영생을 살았다고 한다.

46 【즉공관 미비】又妙. 이것도 기가 막히군!

그러자 이삼은 능글맞은 표정으로 말했습니다.

"내가 끼어서 누이들을 위해서 흥을 돋구는 것도 나쁠 건 없잖은감?"

그래서 어떤 여인이

"어쨌든 아는 사이니까 상관은 없지. 놀고 싶으면 끼세요. 하지만 쩨쩨하게 굴지 말고 냉큼 판돈이나 거세요!"

하고 말하자 다른 여인들도

"이 쫌생이가 어디 큰 판돈을 감당할지 두고 볼까?"

이렇게 주거나 받거니 하면서 놀리는 것이었습니다. 그러다가 이삼이 주사위를 좀 놀다가 익살스러운 표정을 지어 보이자 다들 그를 놀림감으로 삼았지요. 이삼은 그래도 부끄러움을 꾹 참고 능글맞게도 여인들이 대놓고 무시하든 말든 끝까지 고집스럽고 뻔뻔스럽게 그 사이에 끼어 있는 것이 아닙니까. 그러다가 순식간에 너 나 할 것 없이 급기야 다함께 그에게 안에서 던지게 하는 것이었습니다.
심 장사는 이삼의 상황을 보자 더더욱 마음이 흔들렸는지 발을 동동 구르면서 말했습니다.

"참으로 신선의 경지로구나! (…) 만약 내가 이삼처럼 저 속에서 한 바탕 같이 어울릴 수만 있다면 죽어도 여한이 없을 텐데!"[47]

그는 속이 다 근질거릴 정도로 안달이 났습니다. 마치 뜨거운 땅 위의 민달팽이처럼 잠시도 가만히 있지 못했습니다. 그래서 다급히 걸어와서 정섭과 상의하려고 하는 것이었지요. 정섭은 마침 혼자 앞에 앉아서 졸고 있는데[48] 심 장사가 다급하게 그를 흔들어 깨우더니 말하는 것이었습니다.

"참 잠도 잘 주무시는군요! 우리가 다 같이 여기 왔는데 이형만 꿀 항아리 속에 들어와 계시다니요!"

"왜 그러시는지 …"

하고 이삼이 말하자 심 장사는 그의 손을 잡아 채더니 갑자기 창문 옆으로 와서 방 안을 가리키면서 말했습니다.

---

47 【즉공관 미비】摩登迦淫席, 雖阿難亦動, 況血氣未定者乎. 마탕가의 음란한 자리라면 아무리 아난이라도 마음이 흔들릴 테지. 하물며 혈기가 왕성한 사람의 경우에서랴!
고대 인도에서 가장 천하게 여기는 백정 계급인 마탕가(Matanga, 摩登伽)의 여인인 쁘라크르띠(Prakrti, 鉢吉帝)가 석가모니의 수제자인 아난(阿難, Ananda) 존자를 보고 음란한 마음을 먹고 요술로 홀려 그 방 안에 붙잡아 두었다. 이에 문수보살(文殊菩薩)이 정광신주(頂光神呪)를 외워 아난 존자를 구해내고 쁘라크르띠까지 교화하매 마침내 머리를 깎고 기원정사(祇園精舍)에서 석가모니의 설법에 깨달음을 얻어 아라한(阿羅漢, Arhat)이 되었다고 한다.

48 【즉공관 미비】又妙. 이것도 기막히군.

"저걸 보십시요!"

정섭이 창호지에 구멍을 뚫어서 보았더니 정말로 이삼이 여인들과 같이 안에서 뒤섞여 노름을 하고 있지 뭡니까 글쎄. 그래서 정섭은 심 장사를 보고 말했습니다.

"이삼 이 양반 참 염치도 없구만!"

"이렇게 좋은 자리를 … 어째서 이형한테만 알려 준단 말입니까! 나도 안에서 주사위 좀 놀 방법을 강구해 주십시요! 오늘 여기까지 온 일이 허사가 되지 않게 말입니다!"

하고 심 장사가 말하자 정섭이 이렇게 말하는 것이었습니다.

"여인들은 모두가 왕공의 시녀들입니다. 그분은 방금 전에 주무시러 들어가시고 여인들은 한가해지자 여기서 놀고 있는 거지요. 우리는 아주 잘 아는 사이여서 이삼이 끼어든 겁니다. 여인들은 평소에 나리와는 아는 사이가 아니고 주인장께서도 자리에 안 계신데 어떻게 그녀들과 어울릴 수가 있겠습니까요? 우리 하고는 비교할 수 없지요."

심 장사는 안달이 나서 말했습니다.

"아이고 형님, 저 좀 밀어 주십시요!"

"만약에 저 자리에 끼려면 판돈이 있어야 됩니다. 그래야 노름을 할 수가 있으니까요."[49]

하고 정십이 말하자 심 장사는 이렇게 말하는 것이었습니다.

"제가 지니고 온 상자 안에 금보金寶 천 금도 있고, 또 차권자[50]도 이삼천 장이 있으니 판돈으로 쓸 수가 있습니다! (…) 정형께서 어떻게든 저를 끼워 넣어 좀 즐기게만 해 주셔서 … 이 물건들을 두 손으로 몽땅 갖다 바칠 수만 있다면 그거야말로 제 소원을 이루는 셈일 것입니다!"

그러자 정십이 말했습니다.

"그러시다면 … 언성을 높이지 마시고 살금살금 저를 따라 오셔서 천

---

49 【즉공관 방비】要着. 있어야지.
50 차권자(茶券子) : 중국에서 관청에서 세금을 납부한 차 상인에게 발급하던 영업 및 판매 허가증인 '차인(茶引)'의 별칭. 이 허가증은 때로는 일종의 유가증권으로 화폐처럼 유통되기도 하였다. 그 제도는 북송대에 시작되어서 20세기까지 시행되었다. 북송 휘종의 숭녕 4년(1105)에 '차인법(茶引法)'을 제정한 뒤로 동남지역에서 시행되었으며 이 법을 어긴 자에 대해서는 차 현물을 몰수하는 한편 곤장이나 유배 등의 형벌을 내리기도 하였다. 차인을 위조하거나 허가 없이 불법적으로 차를 판매하거나 체포를 거부할 경우에는 심하면 사형까지 내릴 수 있었다. 남송 고종의 건염(建炎) 연간(1127~1130)에는 시행 범위가 사천지역까지 확대되었으며, 그 제도는 원대를 거쳐 명·청대까지 인습되었다. 뒤의 '차인' 주석을 참조하기 바란다.

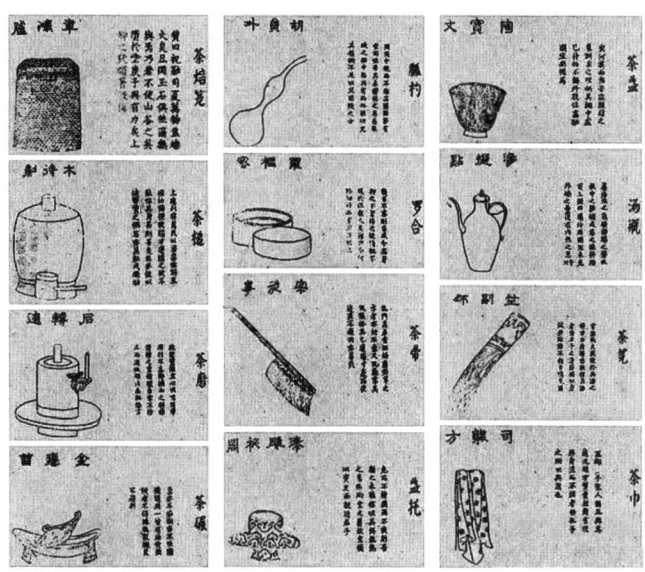

남송대 심안노인(審安老人)이 지은 『다구도찬(茶具圖贊)』의 삽화. 송대에 차를 끓여 마실 때 사용하던 도구들이 그려져 있다

천히 끼도록 하십시오. 절대로 그녀들을 놀라 흩어지게 만드시면 안됩니다? 그러면 낭패를 보십니다요!"

심 장사는 조심조심 그의 말을 따라서 한 마디도 내뱉을 엄두를 내지 못했습니다. 정십은 그의 손을 끌고 돌고 도는데 꽤나 익숙하지 뭡니까. 그러더니 벌써 사람들이 모여 노름을 하는 자리까지 왔습니다. 여인들은 바야흐로 노름에 빠져서 다들 고개를 들지 않아서 심 장사를 미처 발견하지 못하는 것이었습니다. 정십은 그의 옷자락을 덥썩 잡더니 그를 사람들이 듬성듬성 서 있는 자리로 끌고 와서 서게 했습니다. 그렇게 한참 구경을 하다가 양쪽이 승부를 보고 판돈을 걸 때가 되어서야 정십이 입을 여는 것이었습니다.

"우리도 주사위 좀 놀게 해 주시렵니까?"

그래서 여인들이 고개를 들고 보다가 정섭을 알아보았습니다. 그러나 그 곁에 웬 낯선 사람이 서 있는 것을 발견하고 다들 소리치는 것이었습니다.

"뉘댁 자제이신데 난데없이 여기에 오셨습니까?"

"이쪽은 내 좋은 벗인 심 나리이십니다. 그대들이 오늘밤에 좋은 자리를 가진다는 것을 알고 한번 끼이고 싶어 하시는 것이니 놀랄 것 없습니다."

정섭이 이렇게 말하자 여인들이 말했습니다.

"주인님께서 당신들과 내왕하는 사이셔서 우리도 서로가 거리낌 없이 대하는 것입니다. 그런데 어떻게 다른 댁 젊은이를 데리고 와서 우리 모임에 끼어 드실 수가 있어요?"

그 와중에 물정을 좀 아는 여인이 말했습니다.

"두 분의 좋은 벗이라시니 일심동체인 셈이올시다. 기왕에 … 오셨으니 마음 편하게 해 드려야 지요!⁵¹ 일단 지각 한 벌주부터 드십시요!"

그리고는 큰 술잔을 가져다 데운 술을 한 잔 가득 따라서 심 장사에게 주는 것이었습니다. 심 장사는 이때 몸이 벌써 맥이 풀린 상태였습니다만 아름다운 여인이 직접 술을 건네는 것을 보았으니 마다할 수가 있나요? 두 손으로 받더니 단숨에 다 마시고 한 방울도 남기지 않는 것이었습니다. 술을 주었던 여인은 다른 여인들을 보고 웃으면서 말했습니다.

"대단한 분이시네. (…) 각자 한 잔씩 드려도 되겠어."

"여러분, 노름 분위기를 깨면 못 써요. 내 벗인 심나리도 여러분과 한판 하기를 바라신답니다. 그러니까 주사위를 놀면서 술을 마시고 흥을 돋군다면 더 재미가 있겠지요."

정십이 이렇게 말하자 물정에 밝은 아까 그 여인이 말하는 것이었습니다.

---

51 기왕에 오셨으니~[旣來之, 則安之] : 『논어(論語)』의 「계씨(季氏)」에 나오는 말. 원문은 "대체로 이와 같으니 먼곳 사람들이 복종하지 않으면 문덕을 닦아 그들이 찾아오게 할 것이며, 그들을 오게 한 이상 그들을 편안하게 해 주어야 옳다[夫如是, 故遠人不服, 則修文德以來之. 旣來之, 則安之]". 원래는 먼곳에 사는 사람들을 불러 들이고 포용한다는 의미로 사용한 말이다. 원대 극작가인 오창령(吳昌齡)의 잡극 희곡 『장천사(張天師)』 제1절(第一折)의 "'그들을 오게 한 이상 그들을 편안하게 해 주어야 옳다'지요. 선녀께서는 앉으시지요. 소생이 술 한 잔 올리겠소이다![旣來之, 則安之. 仙子請坐, 容小生遞一杯酒咱]"에서 볼 수 있는 것처럼, 나중에 원대 이래의 구어체 중국어에서는 '기왕에 여기까지 왔으니 마음을 편하게 해 주어야 한다'라는 의미로 사용되기도 하였다. 여기서는 '기왕에 심 장사가 노름판에 끼게 되었으니 그 소원을 들어 주는 것이 도리이다'라는 의미로 사용되었다.

"좋습니다, 좋아요. 그렇지만 주인님께서 깨지 않도록 조심해야지요."

그녀가 이어서 어린 여종을 불러 일렀습니다.

"어서 조의님 방으로 가서 기다리고 있거라. 만약에 주무시면 서둘러 와서 알려 다오. 절대로 일을 그르치면 안되느니라!"

여종이 명령을 받들어 그 자리를 떠나자 여인들은 곧바로 심 장사와 노름판을 벌였습니다. 심 장사는 선녀들이 사는 궁궐에 있다고 기뻐하면서 의기가 양양해졌던지 주사위를 던질 때마다 이기는 것이 아닙니까. 여인들은 머리에 꽂았던 비녀며 장식들을 전부 뽑아 판돈으로 삼아 노름을 했지만 모조리 심 장사에게 잃는 바람에 그 액수가 잠깐 사이에 얼추 천 금이나 되지 뭡니까. 여인들은 저마다 눈을 휘둥그레 뜨고 얼이 나가 버리고 눈 앞은 판돈이 텅 비고 마는 것이었지요. 그러자 정섭은 심 장사를 잡아채더니 말했습니다.[52]

"딸 만큼 따셨으니 이번 판은 좀 쉬시지요!"

그러나 심 장사는 얼이 나가 버렸는지 속으로 조금이라도 더 오래 끼어서 즐기면 좋겠다는 생각뿐으로 재물을 잃고 따는 것은 관심도 없었지

---

52 【즉공관 미비】凡抓捏, 無不有妙處. 보통 잡아채다 보면 기막힌 수가 나오지 않는 경우가 없지.

요. 그러니 어디 그만 두려고나 하겠습니까? 손을 뻗어 술을 갖다 마시다가도 마시고 나면 또 주사위를 던지고 던지고 나면 또 마시는 것이었습니다. 여인들은 여인들대로 다시 흥에 겨워 그를 상대해 주느라 겨를이 없었답니다. 심 장사는 갈수록 그들에게 미련을 가지고 열광하면서 여인들이 전부 빈털터리가 되어 걸 물건조차 없게 만들어 버리지 뭡니까요 글쎄!

아 그런데 그 중에 웬 작은 여인이 나이는 가장 젊으면서도 미모는 가장 뛰어난데 그녀만 가장 많이 잃고 있다가 심 장사가 승세를 계속 이어나가며 연전연승하자 성난 표정을 지으면서 일어나 그 자리를 떠나는 것이 아닙니까. 그녀는 방으로 가서 여기저기 기웃거리더니만 양지옥^{羊脂}玉⁵³으로 만들어진 화병을 하나 들고 심 장사 앞으로 와서 탁자 위에 올려놓더니 말했습니다.

"이 병은 값이 천 꿰미는 됩니다. 이것만 걸고 승부를 여기서 내자구요!"[54]

그러자 여인들이 물었습니다.

"이것은 네 것도 아닌데 어째서 가져와서 판돈으로 거는 게냐?"

---

53 양지옥(羊脂玉) : 옥의 일종. 서역의 화전(和田)에서 나는 우수한 품종으로, 양의 기름처럼 불투명한 색깔이 도는데, 생산량이 희소해서 가치가 높다.
54 【즉공관 미비】怒態極趣. 성내는 모습이 아주 재미 있구나.

왕 조의가 하룻밤 사기극을 벌이다

양지옥을 깎아 만든 보살상(확대 사진)

"이건 주인님의 물건이에요. 이번 판에서 이긴다면 좋겠지만 만약에 생각과는 달리 이번에도 잃어서 내일 주인님께서 캐물으시기라도 하면 분명히 매를 맞겠지요. 하지만 상황이 이렇게 되었고 내 기분도 갈 데까지 갔으니 이렇게 하지 않을 수가 없습니다!"

작은 여인이 이렇게 말하자 사람들은 그녀에게

"내키는 대로 마구 행동하면 어떻게 해? 만에 하나 또 지기라도 하면 다시는 돌이킬 수가 없단 말이다!"

하고 설득했지요. 그러나 그 작은 여인은 발끈 화를 내면서 말하는 것이었습니다.

"내가 알아서 하겠다는데 어째서 나를 막아요!"

하면서 기어이 주사위를 던지려 드는 것이었습니다. 사람들은 그녀가 성을 내는 것을 보고 말했습니다.

"원래 재미로 한 건데 어째서 이렇게까지 하려는 거니?"

심 장사는 작은 여인의 처지를 보고 딱하기도 하고 사랑스럽기도 해서 속으로 망설였습니다.

"내 본래 의도야 어디 그녀를 이길 생각이겠는가. 주사위에서 이기는 패가 나온 것뿐인 걸. (…) 어떻게 이번 판을 거들어서 그녀한테 져 주어야겠다. 그래야 그녀의 화를 풀어 줄 수 있겠지. (…) 안 그랬다가는 되려 내가 흥을 깨게 생겼어!"

손님들, 제 이야기 좀 들어 보십시오. 이 주사위라는 것이 제 아무리 지각이 없다고는 해도 아주 신통방통해서 사람의 마음이나 흥을 따르는 것을 아주 잘합니다. 처음에 심 장사에게 운이 옮겨 가자 끗발도 곧바로 그를 따라 가서 연전연승한 것이었습니다. 그러나 잠시 쉬고 나니 끗발이 사그라들고 지는 패만 나오기 시작했지요. 더욱이 속으로 좀 미안하게 여기고 스스로 지기를 바라면서 아까의 예봉은 벌써 상당히 누그러져 있었습니다. 게다가 그 작은 여인이 화를 내면서 발끈하는 모습이 아주 재미 있었든지[55] 얼이 이미 그녀 때문에 다 날아가 버린 상태였습니다. 그래서 마음속이 싱숭생숭 하다 보니 주사위를 던지자마자 대패해 버리지 뭡니까.

"이렇게 고마운 일이 있나![56] 이번 판은 내가 이겼군요!"

작은 여인은 이렇게 소리치면서 화병을 아래가 위로 가게 뒤집어 놓았습니다. 심 장사는 '기껏해야 화병일 뿐이고 설사 값이 천 꿰미나 된다고 해도 갚아 줄 만하다'고 여기고 있었습니다. 그러나 웬걸 화병 속에는 금비녀며 진주목걸이며 하는 것들이 그 안에 가득 차 있을 줄이야 누가 알았겠습니까 글쎄! 하나하나 쏟아내 보니 번쩍번쩍 빛이 나서 눈이 다 부실 정도였습니다. 그 값어치가 얼마나 되는지는 모르지만[57] 전부 다 진 쪽에서 배상해야 할 판이었지요. 심 장사는 할 말이 없었습니다. 정십과 이삼 두 사람이 여인들과 함께 값을 따져 보니 삼천 꿰미나 되었지요. 심

---

55 【즉공관 미비】直得一輪. 한 번 져 줄 만도 하지.
56 이렇게 고마운 일이 있나[慚愧] : '참괴(慚愧)'는 원래 '부끄럽구나' 식으로 자신의 잘못이나 단점을 뉘우치고 부끄러워하는 말이다. 그러나 당·송대 이후로는 '잘됐다', '다행이다', '고맙다' 등과 같이 어떤 사람이나 상황을 반기는 말로 더러 전용되기도 하였다. 여기서는 후자의 용법으로 사용되었다.
57 【즉공관 미비】若此擲不勝, 其中物必有妙用, 料不至爲沈生攫得也. 만약 이번에 이기지 못하면 그 속의 물건들은 분명히 요긴하게 썼을 것이고, 심선비가 독차지 할 일도 없었으리라.

장사는 남탓을 할 수가 없어서 전부 아까 땄던 판돈을 전액 되돌려주어도 천 금이 넘지 않지 뭡니까. 그래서 하는 수 없이 그 방을 나와 가동을 불러서 지니고 온 상자에서 차권자 2천여 장을 가져다가 값을 쳐서 전부 돈을 갚았지요.

이야기꾼 양반, '차권자'가 어떤 물건이요? 금이나 은하고 맞먹는 거요?

손님들, 제 말씀 좀 들어 보십시오. '차권자'는 '차인'[58]일 겁니다. 송대에는 차각세茶権税를 금지하고 차 상인이 관은[59]을 납부하기만 하면 차인을 지급했는데 그 차인만 인정하되 소지자가 누구인지는 따지지 않았답니다. 그래서 이 차인만 가지고 있으면 어디를 가더라도 차를 팔 수가 있었지요. 차인 한 장의 이윤은 한 냥 남짓이었습니다. 그렇다 보니 대갓집이라면 누구나 차인을 잡히고 이윤을 내었고, 그래서 이 차인을 은자 삼

---

58 차인(茶引) : 중국 근세에 유통된 유가 상업신용증권의 일종. 북송 휘종(徽宗)의 숭녕 원년(1102)에 우복야 겸 중서시랑(右僕射兼中書侍郞)이던 채경(蔡京)이 처음으로 법제화하고 민간에서 차를 만들고 관청에서 그 차를 수매하는 절차를 규정하였다. 이에 따라 차 상인들은 반드시 해당 관청에 세금을 납부하고 관청에서 발행한 차인을 증거로 차를 운송·판매하였다. 운송·판매하는 차의 수량과 지점에 따라 장인(長引)·단인(短引)·정인(正引)·여인(餘引) 등으로 구분되었다. 사천지방의 경우에는 다시 현지에서 소화하는 수량에 대해서는 토인(土引), 중원으로 송출하는 수량에 대해서는 복인(腹引)을 발급해 주었다. 이 제도는 송대 이후에도 계속 계승되었으며 청대 말기에는 중원지역에서는 차츰 폐지되고 티벳·섬서·감숙 등 일부 지역에서만 시행되었다. 참고로, 명대에는 차인 1도(道)마다 한 꿰미 1,000전(錢)을 관청에 납입하고 찻잎 100근을 구매할 수 있었으며, 경유지마다 관청의 확인을 받는 식으로 찻잎의 판매가 완료되면 즉시 해당 관청으로 가서 차인을 반납하였다. 차인을 위조할 경우 당사자의 가산을 압수하고 그 일을 신고한 이에게는 은자 20냥을 내렸다.
59 관은(官銀) : 명대에 관청에서 제작한 은자.

아 사용하곤 했답니다. 소소경[60]의 어미가 차인을 삼천 장 받고 소경을 풍괴(馮魁)에게 출가시킨 것이 바로 그런 경우인 거지요. 그래서 심 장사가 이천여 장의 차인을 썼다는 것은 곧 이천여 냥의 은자를 썼다는 뜻이 되는 것입니다.

심 장사 자신은 '한 판을 져도 자신에게는 그래도 몇백 장이 남아 있고, 그 밖에 금보나 다른 물건들은 밖에 온전히 잘 있다'고 여겼답니다. 게다가 계속 노름을 하면 도로 딸 수가 있다고 생각했지요. 그런데 문득 들어 보니 조의가 안에서 큰 소리로 기침을 하면서 급하게 타호[61]를 찾는 소리가 들리는 것이 아닙니까. 여인들은 당황해서 서둘러 세 손님을 다락방 밖으로 밀어내고 불을 끄더니 다함께 방 안으로 도망치는 것이었습니다.

세 사람은 도로 처마 밖 당초 술을 마시던 곳으로 와서 막 앉는데 가만 보니 가동 둘이 다시 나와서 술을 권하면서 말하는 것이었습니다.

---

60 소소경(蘇小卿) : 중국의 민담에 등장하는 북송대의 유명한 기생. 명대의 소설가이자 극작가인 매정조(梅鼎祚, 1549~1615)가 지은 『청니연화기(靑泥蓮花記)』의 「소소경」에 따르면, 여주(廬州)의 창기인 소소경은 선비인 쌍점(雙漸)과 교분이 두터운 사이였는데 쌍점이 과거를 보러 가서 오랫동안 돌아오지 않자 끝까지 다른 손님을 받지 않고 절개를 지켰다고 한다. 그런데 기생어미가 차 상인인 풍괴와 짜고 소소경을 풍괴에게 팔아 넘기는 바람에 억지로 그의 배에 태워져 예장(豫章)까지 가게 된다. 도중에 금산사(金山寺)라는 절에 들른 소소경은 절의 벽에 쌍점에 대한 그리움과 신세를 한탄하는 내용의 시를 적었는데 과거에 급제해서 여주로 돌아가던 쌍점이 그 시를 보고 예장의 풍괴를 찾아서 몸값을 치르고 소소경을 되찾아 와 정식으로 부부의 인연을 맺었다고 한다.
61 타호(唾壺) : 가래나 침을 뱉는 용도로 사용하는 그릇.

"조의께서 누누이 귀빈께 당부하셨습니다. '밤이 깊어 몸이 피곤해서 모실 엄두가 나지 않지만 귀빈께서 흥겹게 한 잔이라도 더 드시기를 바란다'고 말입니다."

북송대에 만들어진 청백자 타구 (절강성 호주시 (湖州市) 박물관 소장)

그러나 세 사람은 한 목소리로 작별인사를 했습니다.

"술자리 흥이 다 잦아들었으니 더 이상 폐를 끼칠 것 없이 작별인사를 드리고 가야지요."

그러자 가동은 안으로 들어가 조의에게 그 말을 고하고 다시 나와서 말했습니다.

"조의께서 '창졸간에 결례가 많았습니다. 밤이 깊어졌으니 직접 인사하실 것까지는 없습니다. 앞으로 사흘 뒤에 세 분과 다시 이곳에 모여 더욱 거리낌 없이 술을 마시고 싶으니 모쪼록 마다하지 말아 주십시오.' 하고 말씀하셨습니다!"[62]

이어서 말지기를 부르더니 아까처럼 세 분을 처소까지 배웅해 드리고 돌아와 보고하라고 분부하는 것이었습니다. 세 사람은 심 씨네 가동과 함께 아까 그 말들을 타고 왕 씨댁을 떠났지요.

그렇게 성문 어귀까지 오니 동이 트기 시작하고 성문은 벌써 열려 있었습니다. 마부는 심 장사를 처소까지 배웅해 주었고 심 장사는 마부에게 술값을 상으로 주었습니다. 정십과 이삼 두 사람이 마부에게 주어야 할 술값 역시 심 장사가 대신 내 주고, 모두 돌려 보냈습니다. 그러자 정십과 이삼은 심 장사와 작별하면서 말했습니다.

"밤새도록 잠을 못 주무셨으니 일단 각자 처소로 돌아가 좀 쉬고 다음 날이 되면 또 약속한 자리에 가도록 하시지요."

그리고는 두 사람은 작별인사를 하고 그 자리를 떠나는 것이었습니다. 심 장사가 간밤의 일을 생각해 보니 일이천 꿰미[63]의 밑천을 잃기는

---

62 **【즉공관 미비】** 拖此後步, 更妙, 有深情. 이 다음 수를 끈 것은 더 기막히다. 깊은 감정이 담겨 있으니.
63 꿰미[緡] : '민(緡)'은 원래 고대에 엽전을 꿰던 끈을 부르던 이름으로, 나중에는 엽전을 세는 단위['꿰미']로 전용되었다. 한 꿰미는 1,000전(錢)으로, 때로는 '관(貫)'으로 불리기도 하였다. "1~2천 꿰미"라면 100만~200만 전에 해당하는 셈이다.

했지만 정말 만족스럽게 여겨졌습니다.[64] 생각해 보건대 나이 든 여인들이 자신을 칭찬해 준 것은 얼마나 정겨웠습니까? 작은 여인이 자신에게 화를 낸 것도 그것대로 재미가 있었습니다. 그 나머지 여인들이 차례로 술을 권하고 번갈아서 노름을 한 것 역시 참으로 분에 넘치는 일이었습니다. 그러나 모두가 주인장 몰래 한 일들이었지요. '고약하게도 정십과 이삼 두 작자가 그런 복을 먼저 누리기는 했지만 이제는 내가 그 집 대문을 들어간 이상 그들과 익숙해져서 그 두 사람과 똑같이 즐기게 되었다. 어쩌면 그 과정에서 그것 말고도 할 수 있는 일이 생길지도 모르지.' 하면서 더더욱 의기양양해 하는 것이었습니다.

이틀 동안은 피곤해서 외출을 하지 않고 사흘째 날이 되자 이른아침에 일어나 또 왕 조의와 약속한 자리에 가려고 했지만 정십과 이삼 두 사람은 올 기색도 없지 뭡니까. 그래서 서둘러 가동을 시켜 두 사람 처소로 가서 불러 오게 했더니 두 사람 처소의 사람이 외출했다고 대답하는 바람에 우두커니 두 사람을 기다리는 수밖에 없었지요. 그런데 해가 중천에 떴는데도 오지 않자 심 장사는 다급해져 안달복달 하다 보니 애간장이 다 터져 나올 판국이지 뭡니까! 그래서 곰곰히 생각을 해 보았지요.

'그 두 사람이 나와의 약속을 어기고 먼저 가 버린 건 아닐까? (…) 내가 벌써 인사를 나누고 폐를 끼쳤으니 아는 사이가 된 셈인데 굳이 두 사

---

64 【즉공관 미비】眞是着鬼. 정말 귀신이 붙었나 보다.

람을 기다릴 필요가 어디 있겠나? (…) 그렇기는 하지만 안채까지 들어가자면 그래도 그들의 안내가 필요하지. (…) 내 지금 선물을 좀 마련해서 전번 밤의 술대접에 사례를 하러 갔다가 만약에 그 두 사람이 먼저 가 있으면 그 다음부터는 굳이 말이 필요 없지. 그러나 … 만약에 두 사람이 없으면 (…) 분명히 올 거야! 어쨌든 거기서 그들을 기다리면 되지 무슨 걱정이람?'

빗장 예시

그는 가동을 시켜 말을 빌리고 선물을 가지고 성문을 나섰습니다. 그리고 지난번 그 길을 따라서 왕 조의의 집 안까지 왔습니다. 대문 앞에 이르렀을 때 가만 보니 대문에 빗장이 걸려 있지 뭡니까.[65] 그래서 먼저

---

65 【즉공관 미비】此時何不再一裝局哄之? 蓋所得已厭, 恐再試而或露耳. 이 상황에서 어째서 더 속임수를 꾸며 그를 속이지 않았을까? 아마도 딴 것만으로도 충분한 데다가 계속 속였

가동을 시켜 옆의 작은 쪽문을 찾아 그쪽으로 들어가는데 집안가지 들어갔는데도 안에 한 사람도 보이지 않는 것이었습니다. 가동은 무슨 영문인지도 모른 채 집에서 나와서 심 장사에게 그 일을 보고했지요. 그러자 심 장사는 놀라고 이상하게 여기면서도 무슨 착오가 잇는 것은 아닌가 싶어서 다시 가동과 함께 안으로 들어가서 둘러보는데 가만 보니 앞채의 동헌과 사람들이 모여 노름을 했던 그 작은 다락방은 완연히 그날 밤의 광경이 역력하건만 인적이 하나도 없는 것이 아닙니까.[66] 그는 깜짝 놀라면서 말했습니다.

"분명히 이 안이었는데? (…) 이게 무슨 해괴한 노릇이람?"

그는 서둘러 대문 왼쪽으로 와서 가죽 용품 가게를 하는 사람에게 물었습니다.

"이 저택의 왕 조의 어른의 온 가족이 다 어디로 가셨소이까?"

"이 저택은 내상[67]이신 후侯 영감[68]님의 빈 집입니다요. 여지껏 왕 조의니 뭐니 하는 사람은 여기에 산 적이 없는뎁쇼?"

다가는 발각될 수도 있기 때문이었을 테지.

66 【즉공관 미비】如夢. 꿈만 같구만.
67 내상(內相) : 중국 고대에 궁중에서 황제의 시중을 들던 고위급 환관을 높여 부르던 호칭.
68 영감[公公] : '공공(公公)'은 중국에서 남편의 부친이나 조부를 부르는 호칭으로 사용되었지만, 때로는 나이가 많은 남자나 궁중의 내시(內侍)를 맡은 고위급 환관을 일컫는 호칭으로 사용되기도 하였다.

하고 갓바치가 말하자 심 장사가 말했습니다.

"전번 밤에 왕 조의라는 분이 식솔들과 같이 바로 여기서 살고 있었는데? (…) 우리가 그분에게 인사하러 왔더니 그분이 집주인 자격으로 우리를 붙잡길래 밤새 술을 마셨소이다! (…) 분명이 여기인데 어째서 그런 적이 없다고 하는 게요!"

"사흘 전에 몇이나 되는 웬 껄렁한 젊은이들이 수청을 드는 이름난 기생들을 끼고 와설랑 이 집에 세를 들어 술을 마시면서 노름을 하더니만 다음날 딴 돈을 나누어 가지고 뿔뿔이 흩어졌는뎁쇼?[69] 무슨 왕 조의가 손님을 초대해요 초대하기는요! (…) 이쪽 나리 … 혹시 … 놈들 속임수에 넘어가신 거 아닙니까?"

심 장사는 그제서야 교활한 속임수로 올가미를 만들고 자신의 차권자들을 뜯어갔다는 사실을 눈치챘습니다. 일이천 금이나 되는 물건은 다 날아가 버린 것이 분명했습니다. 그러나 다시 생각을 바꾸어서 그날 못가에서 말을 부른 일, 저택 안에서 손님을 접대한 일, 나중에 다락방에

---

69 【즉공관 미비】房不可久假, 故不得不散. 집을 오랫동안 빌릴 수가 없어서였을 테지. 그래서 흩어지지 않을 수 없었던 게야.
천진고적판(제519쪽)에는 마지막 글자가 '감히 감(敢)'으로 나와 있다. 그러나 전후 맥락을 따져 볼 때 '흩어질 산(散)'을 써서 "흩어지지 않을 수 없다" 식으로 해석되어야 옳다. 상우당본(제441쪽) 원문에는 미비의 해당 글자가 잉크에 뭉개져 있어서 어느 글자인지 알 수가 없다. 그러나 강소고적판(제173쪽)에서도 '흩어질 산'으로 해석했으므로 바로잡는다.

모여 노름을 한 일 등을 돌이켜 생각해 보았지만 모두가 무심결에 벌어진 일이었습니다. 그런데 설마 그런 일들조차 처음부터 계획되었던 속임수였던 것일까요?[70] 그는 반신반의 하면서 말했습니다.

"두 사람을 만나지 못한 것이 정말 아쉽구나. 분명히 무슨 이유가 있을 게야. 며칠 더 기다렸다가 그 두 사람을 찾으면 물어 보도록 하자!"

그러나 이 날 이후로 몇 번이나 사람을 시켜 정십과 이삼 두 사람의 거처로 가서 물어보게 했지만 그 거처에 있는 사람들조차 그 사정을 모르고 이렇게 말하는 것이었습니다.

"그날 외출한 뒤로는 돌아온 적이 없습니다. 자물통을 걸어 놓은 두 방도 열고 들어가 보니 안에는 물건이 하나도 없더군요. 어디로 갔는지 알 길이 없습니다요."

심 장사는 그제서야 전번에 일어난 일련의 사건들은 남들 눈에 티가 나지 않았을 뿐이지 마부와 가동도 모두가 한 통속으로, 겨우 그날 밤에 패거리를 급조한 것이었음을 깨달았습니다.[71] 그야말로 "아주 교묘하게 속이면, 신들조차 눈치채지 못한다"는 경우였던 셈이지요.

---

70 【즉공관 미비】惟其如此, 所以爲神棍. 그래서 그런 게지. 그렇기 때문에 '도사(신곤)'라고 하는 게지.
71 【즉공관 미비】打合在一夜, 其習成非一日之力矣. 하룻밤 내내 한데 어울렸다면 그 습관은 하루 이틀 된 것이 아닐 것이다.

좋은 벗 하고 명소 구경 한 거라 말하지 마소.　　漫道良朋作勝游,
그 속에 음모 감추어져 있을 줄 누가 알았으랴?　誰知肬篋有陰謀.
청정한 규방은 외간 사람은 갈 수 없는 곳인데　清閨不是閒人到,
그놈의 미련 때문에 수를 잘못 두고 말았구려!　祇爲痴心錯下籌.

제9권

경박한 신랑이 갑자기 신부와 이별하고
고용된 시녀가 옥 두꺼비를 알아 보다

莽兒郎驚散新鶯燕 俏梅香認合玉蟾蜍

해제

　항주杭州의 수재 봉래의鳳來儀는 젊은 나이에 재주가 출중하지만 부모를
여의어 형편이 가난하다 보니 독신으로 지낸다. 그러다가 외삼촌 금삼金
三 원외의 도움을 받고 마침내 외삼촌의 성씨로 학당에 입학한다. 금삼
원외는 자기 돈으로 그에게 거처를 구해 준다. 그리고 두상문竇尙文·두상
무竇尙武 형제와 함께 공부하게 해서 세 사람은 의기투합한다. 나중에 두
씨네 형제는 볼 일이 있어서 외지로 나가고 봉래의 혼자만 화원에 남아
글공부를 이어나간다. 그러던 어느 날, 서재를 나가 산보를 하던 그는 동
쪽 담장 너머에 웬 선녀처럼 아름다운 여자가 서 있는 것을 발견한다. 두
사람은 한참을 서로 마주 보노라니 서로 흠모하는 감정이 생긴다. 이튿
날, 또 당초의 장소에 온 봉래의는 그 여자가 보이지 않자 실망하는데 갑
자기 담장 쪽문이 열리더니 웬 여종이 꽃을 따려고 화원으로 온다. 여종
에게 말을 건 봉래의는 그녀가 용향이며 어제 그 미모의 여자는 양 소매
임을 알게 된다. 그래서 그가 용향에게 자신의 마음을 소매에게 대신 전
해 줄 것을 부탁하자 용향이 승낙한다. 이리하여 그는 소매와 시가를 주
고받으면서 서로 마음을 나눈다. 얼마 뒤에 봉래의는 다시 양 소매에게
정표로 옥으로 만든 두꺼비를 보내고 소매 역시 금반지 하나를 답례로
전달하면서 8월 15일 한가위에 그의 서재에서 밀회를 가지기로 약속한
다. 두 사람이 밀회를 가지는 사이에 난데없이 두 씨네 형제가 들이닥치
는 바람에 밀회는 중단되고 만다. 나중에 다시 밀회를 기약하지만 뜻밖
에도 소매는 그 사이에 손녀를 출가시키려는 외조모의 손에 이끌려 살던

집을 떠난다. 봉래의는 봉래의대로 나중에 과거를 치루기 위하여 서울로 가는 바람에 두 사람은 연락할 길이 끊어지고 만다.

얼마 뒤에 금삼 원외는 봉래의의 동의도 구하지 않고 어떤 집에 혼담을 넣고 소매를 그리워하던 봉래의는 몹시 괴로워한다. 외조카가 삼갑三甲으로 급제해 진사進士가 되자 금삼 원외는 혼담을 넣었던 혼처와 본격적으로 혼인 채비를 서두른다. 양 씨댁에 보낸 예물에 옥 두꺼비가 들어 있는 것을 안 양 소매는 그제서야 자신의 남편감이 바로 꿈에서도 잊지 못하던 봉래의임을 알고 기뻐한다. 용향은 금 씨댁에서 옥 두꺼비의 주인이 봉래의임을 확인하고 그제서야 봉래의가 그동안 외숙부의 성씨로 지내는 바람에 서로가 오해하고 혼사를 거부했다는 것을 깨닫고 기쁜 마음으로 혼례를 치른다.

이 이야기는 엽헌조가 지은 잡극 희곡인『소매옥섬素梅玉蟾』이야기를 소재로 지어졌다. 나중에 부일신이 지은 잡극 희곡집『소문소』의『섬여가우蟾蜍佳偶』에도 이 이야기가 다루어져 있다.

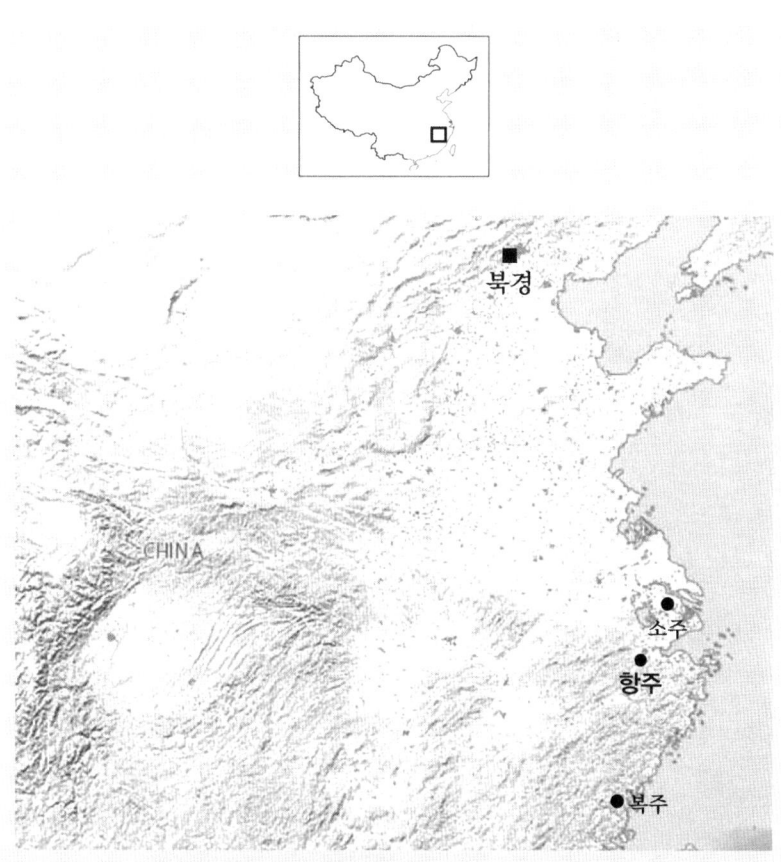

CHINA

북경

소주

항주

복주

이런 시가 있습니다

세상의 '좋은 일엔 시련이 많다'더니	世間好事必多磨,
인연이 닿지 않았으니 어이 하리오!	緣未來時可奈何.
마지막에 가서야 마침내 정과를 이루니	直至到頭終正果,
무슨 일로 세월을 허송하려 드는가!	不知底事欲蹉跎.

好事多磨

중국 영화 『호사다마』. 마지막 글자는 '마귀 마(魔)'가 아니라 '갈 마(磨)'로 써야 옳다

　이야기를 들려 드리도록 하겠습니다. 예전부터 사람들은 '좋은 일에 는 시련이 많다'[1]고 말하곤 합니다. 마지막에 가서 일을 이루지 못한 경

우는 말할 것도 없고 설사 마지막에 가서 뜻을 이루더라도 처음에는 온
갖 곤란을 다 겪고 몇 번이나 기회를 놓치고 몇 번이나 속을 태우고 나서
야 소원을 이루곤 하지요. 왕선객과 유무쌍[2]의 경우만 해도 그렇습니다.
두 사람은 사촌 오누이로 어릴 때 벌써 집안끼리 혼인을 시키기로 약속
한 사이였답니다. 나이가 다 찼을 때 유 상서劉尙書와 부인이 결정을 내려
서 두 사람이 바로 짝을 지었더라면 더 이상 무슨 말이 필요하겠습니까?
아 그런데 마음을 바꾼 상서가 기를 쓰고 혼인을 막는 것이었습니다. 부
인이 설득해서 가까스로 수락하고 막 혼사를 치르려고 하는 참인데 아
이번에는 주차[3]와 요영언[4]의 반란을 만나 황제가 몽진[5]을 떠나는 바람에

---

1 좋은 일에는 시련도 많은 법[好事多磨] : 명대의 한자 성어. 우리나라에서는 '호사다마
　(好事多魔)'라고 쓰고 '좋은 일에는 마가 낀다' 식으로 새기지만 잘못된 용법이다. 여기
　서의 '마'는 '악귀 마(魔)'가 아니라 '갈 마(磨)'를 써야 옳기 때문이다. '마(磨)'는 중국에
　서 원래의 '갈다(grind)'라는 의미와 함께 나중에는 '고통을 당하다(suffer)'나 '좌절을
　겪다(frustrate)'의 경우처럼 정신적으로 시련을 당하는 것을 나타내는 데에 사용되는
　경우도 많다. '갈 마(磨)'가 '악귀 마(魔)'로 잘못 전해지게 된 것은 두 글자가 형태나 발
　음에서 서로 비슷한 것이 결정적인 원인으로 작용한 것으로 보인다. 여기서는 '호사다마'
　를 편의상 "좋은 일에는 시련도 많다"로 번역하였다.
2 왕선객(王仙客)과 유무쌍(劉無雙) : 당대에 설조(薛調)가 지은 전기(傳奇)소설인 『무쌍
　전(無雙傳)』에 등장하는 주인공. 당나라 덕종(德宗) 건중(建中) 연간에 조정 대신 유진
　(劉震)이 자신의 딸 무쌍을 외조카 왕선객에게 짝 지어 주기로 하였다. 그러나 주자의
　반란에 연루되어 반역죄로 죽음을 당하고 후궁으로 끌려간 무쌍은 왕릉 청소에 차출되었
　다. 무쌍은 선객에게 부탁해 협객 고압아(古押衙)와 함께 모산도사(茅山道士)로부터 약
　을 구해 먹고 숨진다. 그래서 선객이 몸값을 치르고 시신을 거두어 돌아오니 무쌍이 소생
　하여 함께 양등으로 돌아가서 50년 동안 해로했다고 한다.
3 주차(朱泚, 742~784) : 중국 당대의 장수. 유주(幽州) 창평(昌平, 지금의 북경 창평현 남
　쪽) 사람으로, 동생이자 당대의 군벌이던 주도(朱滔)에 의해 유주절도사로 추대되고 건
　중 연간에 조정에 반기를 들었으나 곧 관군에게 진압되었다.
4 요영언(姚令言, ?~784) : 당대의 장수. 하중부(河中府), 즉 지금의 산서성 영제현(永濟
　縣) 사람이다. 젊은 나이에 종군하여 처음에는 경원절도사(涇原節度使) 마린(馬璘)의 휘
　하에 있다가 전공을 세워 금오대장군 동정(金吾大將軍同正)에 임명되고 나중에는 어사
　중승(御史中丞)이 되었다.

서로 생이별을 하고 말았지 뭡니까! 전란이 평정되고 나서야 선객이 서울로 들어와서 그 집을 찾아갔습니다. 그랬더니 뜻밖에도 유 상서는 남에게 모함을 당하고 일가는 후궁[6]으로 불려 들어가 버렸지 뭡니까. 그렇게 해서 하늘과 인간 세상에 길이 끊어지듯이 영원히 다시 만날 길이 없게 돼 버렸지요. 그러나 인연이 끝나지 않았던지 조정에서 궁녀들을 차출해 황릉을 청소하게 되었는데 마침 그 속에 무쌍이 끼어 있었습니다. 역참 뜰에서 왕선객에게 소식을 전하고 기이한 고압아古押衙라는 협객을 따라서 모산도사茅山道士의 신비의 영약으로 '무쌍에게 사약을 내리라'고 조서를 조작해 황릉에서 그 시신을 빼돌리고 그녀를 되살려 비로소 부부가 되어 함께 양한[7]으로 돌아갔답니다. 그렇게 되기까지 얼마나 많은 세월을 허비하고 얼마나 많은 고생을 했는지 모를 지경입니다. 진작에 결국 이렇게 부부가 될 줄 알았더라면 무슨 까닭으로 괜히 그렇게 많은 시련을 겪어야 했던지요? 하늘님이 무슨 마음을 품으셨던지 정말 모를 지경이지 뭡니까! 또 이런 말도 있지요 '시련을 당하지 않으면 좋은 점이 드러나지 않는다.'[8] 그래서 옛날 사람들은 이렇게 이야기 했답니다.

뼛속까지 사무치는 한 바탕 추위 없다면　　　　不是一番寒徹骨,

5　몽진(蒙塵): 글자대로 풀이하면 '먼지를 뒤집어쓰다'라는 뜻으로, 고대에는 일반적으로 제왕이 전란을 피해 도성 밖으로 피신하는 것을 완곡하게 가리키는 말로 사용되곤 하였다.
6　후궁[掖庭]: '액정(掖庭)'은 원래 비빈들이 지내도록 대궐 옆에 지은 건물을 말하는데, 나중에는 후궁을 두루 일컫는 말로 전용되기도 하였다.
7　양한(襄漢): 중국 고대의 지명. 호북성에서 양수(襄水)와 한수(漢水)가 경유하는 양양(襄陽) 일대를 일컫는다.
8　시련을 당하지 않으면 좋은 점이 드러나지 않는다[不遇艱難, 不顯好處]: 명대의 속담. 고난을 겪지 않으면 평소의 부부 사이가 얼마나 소중한 것인지 깨닫지 못한다는 뜻이다.

코 속까지 스미는 매화 향기 어찌 얻을 수 있겠나![9]   怎得梅花撲鼻香.

간통을 저지르는 것만 해도 그렇지요. 간통만 하고 끝냈더라면 진작에 상황이 끝났을 것 아닙니까? 그러나 그런 일은 일어나지 않았지요. 결국 그 많은 고난들과 무한한 풍파들을 다 겪은 끝에 나중에 뜻을 이룰 때 그 것이야말로 희한한 일로 여겨지는 법입니다. 그렇기 때문에 내막을 잘 아는 사람들은 "훔칠 수 있는 것이 훔칠 수 없는 것보다 못하다"[10]라고들 하는데 정말이지 의미가 심장한 말이올시다!

이제부터 어떤 인연이 뜻을 이루려던 찰나에 뜻하지 않게도 생이별을 하고, 나중에 서로가 희망을 버렸다가 또다시 우여곡절을 겪은 끝에 부 부가 되는 이야기를 들려 드리도록 하겠습니다. 이것은 인온대사[11]가 사 람들의 운명을 뒤집어 놓은 경우라고 하겠습니다.

계속 이야기를 들려 드리겠습니다. 이 이야기가 어느 고을 어떤 집안 에서 유래하고 어떻게 시작해서 어떻게 마무리되는지 아십니까? 손님

---

9 뼛 속까지 사무치는~ : "뼛 속까지 사무치는 한 바탕 추위가 없다면, 코 속까지 스미는 매화 향기를 어찌 얻을 수 있겠나(不是一番寒徹骨, 爭得梅花撲鼻香)" 이 두 구절은 송대의 승려 보제(普濟)가 엮은 『오등회원(五燈會元)』「용문원선사 법사(龍門遠禪師法嗣)」"도 량명변선서(道場明辯禪師)"조에 나오는 말로, 시련(추위)을 이겨내야 행복(매화)을 맛 볼 수 있다는 뜻이다. 『이각 박안경기』 제29권에도 같은 표현이 보인다.
10 훔칠 수 있는 것이 훔칠 수 없는 것보다 낫다[偸得着不如偸不着] : 명대의 속담. 우여곡절 을 겪으면서 어렵게 얻는 물건이야말로 고귀한 것이라는 뜻이다.
11 인온대사(氤氳大使) : 중국 고대의 전설에서 혼인을 관장하는 신. 그 역할에 있어 월하노 인과 비슷하며, 때로는 '인온사(氤氳使)'로 줄여 부르기도 하였다.

들, 성급해 하지 마십시오. 소생이 자초지종을 이야기해 드리도록 하겠습니다. 그 일을 증명하는 시가 있지요.

> 오리 잡다가 원앙을 놀라게 만들어　　　打鴨驚鴛鴦,
> 따로 날아 각자 다른 곳으로 가 버렸네.　分飛各異方.
> 하늘께서 내리신 천생연분은　　　　　　天生應匹耦,
> 늘어 세워 놓으면 절로 짝이 되는 법.　羅列自成行.

이야기를 들려 드리도록 하겠습니다. 항주부[12]에 어떤 수재[13]가 살았는데, 성이 봉鳳, 이름이 내의來儀, 자가 오빈梧賓이었지요. 젊은 나이에 재능이 비상했지만 부모가 모두 돌아가시고 집안 형편이 가난하여 여태 아내를 맞아들이지 못한 상태였습니다. 그에게는 금삼金三 원외[14]라는 외삼촌이 있었는데, 그가 비범한 그릇인 것을 일마다 그를 보살피고 도와 주곤 했지요. 봉 선비는 외삼촌 집안의 성씨로 꾸며서 학교에 들어가고 시험장에 들어가 과거를 치루어 벌써 과거에 급제한 상태였습니다. 그런데 벗들과 내왕할 때에도 '봉 선비'라고 밝혔지만 급제자 명단의 이름은 성

12　항주부(杭州府) : 명대의 도시 이름. 지금의 절강성 항주시 일대에 해당한다.
13　수재(秀才) : 중국 고대에 선비들을 높여 부르던 호칭. '수재'는 한대 이래로 인재를 발탁하는 절차로서 존재했으며, 당대에도 과거시험 과목으로 존립하다가 나중에 폐지되었다. 당대의 제도를 계승한 송대에는 과거시험에 급제한 선비들만 한정해서 '수재'로 불렀지만 명대에는 과거시험에의 당락과는 상관없이 선비들에 대한 통칭으로 사용되기도 하였다.
14　원외(員外) : 원·명대의 존칭. 원래는 정원 이외의 관원을 뜻했지만 나중에는 매관매직으로 이 벼슬을 살 수 있게 되면서 재산이 많거나 권세가 있는 부자들을 부르는 호칭이 되었다. 여기서는 후자에 해당한다.

씨가 금씨로 되어 있었지요. 금 원외는 그동안 글공부를 하는 데에 드는 돈[15]을 다 대어 주었을 뿐만 아니라 그에게 오산[16]의 왼편에 뜻이 있는 정 자 한 곳을 세 들어서 벗 두 사람과 짝이 되어 글공부를 하게 해 주었습 니다. 그 두 사람은 친척 집 형제로, 하나는 두상문竇尙文, 하나는 두상무竇 尙武라고 불렀는데, 두 사람 모두 젊은이의 호기로 안하무인으로 대하는 부류였습니다. 세 사람은 죽이 잘 맞아서 제법 관중과 포숙,[17] 뇌의와 진 중[18] 같은 기풍을 지니고 있었지요. 두 씨네 형제는 어떤 친척이 서울에 가서 벼슬을 살게 되어 그를 전송해 주어야 했기 때문에 소주[19]로 지인에 게 인사를 간 상태였습니다. 봉 선비는 이미 급제한 상태이기는 했습니 다마는 봄철의 과거시험까지는 그래도 시간이 여유로웠기 때문에 아직 도 뜰에서 글공부를 하고 있었답니다.

그러던 어느 날이었습니다. 해거름이 되어서 책을 소리 내어 읽다가

---

15 글공부를 하는 데에 드는 돈[燈火之費] : 초를 사거나 등잔 기름을 사는 데에 드는 돈을 가리키는데, 일반적으로 생활비를 일컫는 말로 사용되기도 한다.

16 오산(吳山) : 중국 절강성 항주시의 산 이름. 서호(西湖) 동남쪽에 있는 작은 산으로, 춘 추시대에 오나라와 월(越)나라가 패권을 다툰 산이라고 하여 '오산'으로 불렸다고 한다.

17 관중과 포숙[管鮑] : 춘추시대 초기의 정치가인 관이오(管夷吾, ?~BC645)는 처음에는 제(齊)나라 환공(桓公) 소백(小白)의 형인 공자(公子) 규(糾)를 섬겼으나 소백이 권력투 쟁에서 최종적으로 승리하자 추방될 위기에 처했으나 친구 포숙아(鮑叔牙)의 추천으로 오히려 환공의 경(卿)으로 중용되었다. 그 뒤로는 환공의 신임에 힘입어 일련의 개혁을 단행하여 제나라를 부강하게 만드는 한편, 주나라 왕실을 존대하고 주변 오랑캐들을 정 벌함으로써 제후들에 의해 '춘추 5패(春秋五霸)'로 발돋움하게 만들었다.

18 뇌의와 진중[雷陳] : 후한대에 같은 고을에 살던 친구인 뇌의(雷義)와 진중(陳重)은 우정 이 각별하여 그 고을에서 '아교나 옻칠도 그 단단하기가 뇌의와 진중보다 못하다고 자인 할 정도이다(膠漆自謂堅不如雷與陳)'라는 말이 다 유행할 정도였다고 한다.

19 소주(蘇州) : 명대의 지명. 남직예(南直隸)에 속했던 소주부(蘇州府), 즉 지금의 강소성 소주시를 말한다.

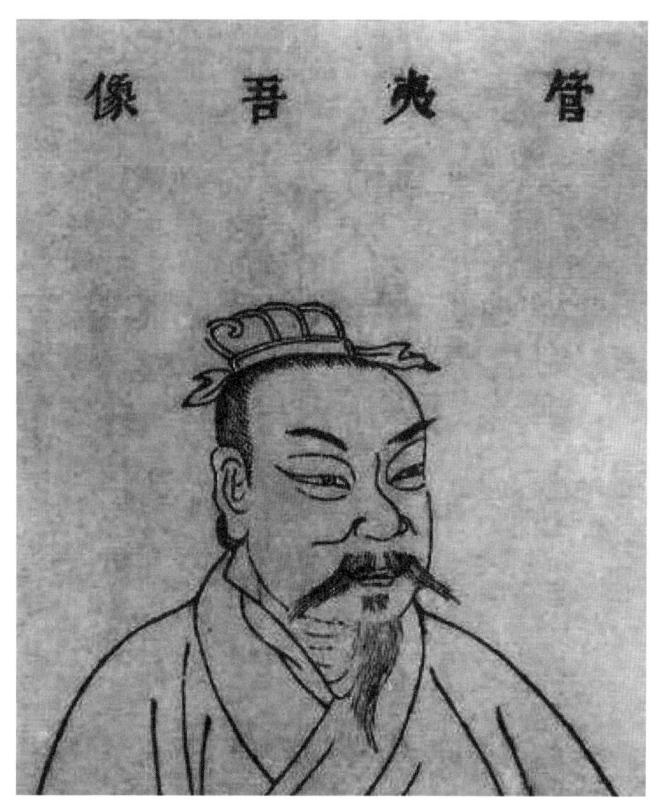
관중 초상

좀 피곤해지자 글방에서 나와서 느긋하게 뜰을 거닐기 시작했습니다. 그
런데 뜰 동쪽에 이르렀을 때였습니다. 가만 보니 담 너머의 누각 위에서
웬 여자가 창가에 기댄 채 서 있는데 외모가 천상의 미인 같지 뭡니까 글
쎄! 그저 담 하나만 사이에 두고 있을 뿐이니 거리가 많이 먼 것도 아니
었습니다.

그 여자는 봉 선비가 젊은 나이에 아름다운 모습을 보더니 마음이 좀
끌리는지 조금도 숨지 않는 것이었지요. 봉 선비는 봉 선비대로 그녀를

넋을 잃고 지켜보고 있는 것은 말할 것도 없었습니다. 그렇게 네 개의 눈동자가 서로를 마주보기를 족히 한 시진[20]이 넘었을 때였지요. 봉 선비가 뜰의 국화를 보고 노는 척 하면서 왔다 갔다 하면서 온갖 멋진 자태를 다 연출하면서[21] 차마 그 자리를 떠나지 못하는 것이었습니다. 그렇게 날이 어둑어둑해질 때가 되었을 때였지요. 가만 들어 보니 웬 여자가 이렇게 부르는 것이었습니다.

"용향龍香아, 누각 창문을 닫거라!"

웬 시녀가 발걸음을 옮겨 창문을 '쾅' 하고 닫자 봉 선비는 그제서야 발걸음을 돌리는 것이었습니다. 그는 속으로 생각했지요.

'이웃에 저런 미모의 여자가 있는 줄은 몰랐구나! (…) 성이 뭐고 이름은 어떻게 될까? (…) 어떻게 분명하게 알아나 봤으면 좋겠는데…'

그렇게 하룻밤을 보내고 이튿날 이른 아침에 일어났는데 책이며 역사책을 읽을 마음이 생기지 않지 뭡니까. 그는 서둘러 머리를 빗고 세수를 하자마자 뜰 동쪽으로 왔습니다. 그리고는 고개를 들고 그 이웃집 누각 위를 쳐다 보았지요. 그러나 어제의 그 여자가 보이지 않길래 마침 실망

---

20 시진(時辰) : 고대 중국에서는 하루를 열두 시진으로 나누고 간지(干支)로 불렀으므로, 한 시진은 지금의 두 시간에 해당된다. 현대 중국어에서 한 시간을 '소시(小時)'라고 하는 것은 이 시진을 염두에 둔 표현이라고 할 수 있다.
21 【즉공관 방비】酸相. 궁상은!

하는 찰나에 문득 듣자니 담 모퉁이의 쪽문이 열리는 소리가 들리더니 웬 참한 어린 여종이 걸어 들어오더니 그 길로 꽃밭으로 들어가서 국화를 캐는 것이 아닙니까. 봉 선비는 말이라도 걸어 볼 요량으로 일부러 목청을 돋우어서 이렇게 말했습니다.

"뉘집 여자이길래 꽃을 훔쳐 가는 게요!"

그러자 여종이 [22]톡 쏘아 붙이는 것이었습니다.

"우리 이웃집 뜰이라고요! (…) 어디서 온 건달이길래 나를 도둑 취급 한담?"

그러자 봉 선비가 웃으면서 말했습니다.

"도둑도 아니고 건달도 아니올시다! (…) 순간적으로 실언을 한 것 같은데[23] … 서로 자리를 피하도록 합시다."

여종은 여종대로 웃으면서 말하는 것이었지요.

---

22 톡 쏘아붙이는 것이었습니다[啐了一聲] : '쵀(啐)'는 원래 '침 뱉다'라는 의미를 나타낸다. 그러나 근세의 구어체 중국어에서는 '쵀료일성(啐了一聲)' 식으로 사용되어 '꾸짖다, 나무라다'의 의미를 나타내었다.
23 【즉공관 방비】軟了. 마음이 누그러졌구만.

인사를 나누는 왕선객과 유무쌍

"안 비키면 … 당신이 어쩔 건데요?"

"아가씨한테 물어나 봅시다. (…) 꽃은 캐어 가서 누구한테 꽂아 주려고요?"

"우리댁 아씨께서 단장을 마치셔서 이걸 꽂아 드리려고요."

"그 댁 아씨 … 성함이 어떻게 되시오? 뉘댁 규수이신지?"

"우리댁 아씨는 성이 양楊이고 자字가 소매素梅이십니다. 아직 남한테 시집 안 가셨고요."

"댁 어르신[24]께서는 어떤 분이시오?"

"부모님께서 모두 돌아가셔서 오라버님 부부[25]에게 기대어 같이 지내고 계시지요. (…) 천성이 고요하고 조용한 것을 좋아하셔서 혼자 누각에서 수를 놓곤 하신답니다."[26]

그러자 봉 선비가 말했지요.

"어제 보니 누가 누각 위에서 창가에 기댄 채 서 있던데 … 그 분일 테지요?"

"바로 그분이지 또다른 사람이 있으려고요?"

"그러면 아가씨가 … 혹시 용향 아가씨요?"

---

24 댁 어르신[堂上] : '당상(堂上)'은 원래 집 건물 위를 가리키는 말이지만 명대에는 부모를 뜻하는 말로 사용되기도 하였다. 여기서는 특히 부친을 뜻하는 말로 사용되었다.
25 오라버님 부부[兄嫂] : 우리 말에서는 '형수(兄嫂)'는 형이나 오빠의 배우자 즉 형수를 가리키는 말로 사용된다. 그러나 명대 구어에서는 여기서와 마찬가지로 더러 '형과 형수' 두 사람을 아울러 일컫는 호칭으로 사용되기도 하므로 주의가 필요하다.
26 【즉공관 방비】更妙. 더욱 기가 막히는구만.

그러자 여종이 놀라면서 말했습니다.

"나리가 어떻게 그걸 다 아세요?"

봉 선비는 사실 어제 부르는 소리를 듣고 귀에 잘 새겨 두었던 지라 되는 대로 거짓말을 둘러 대었습니다.

"소생이 그동안 듣자니 '동쪽 이웃인 양 씨댁에 소매라는 아가씨가 계신데 세상에 둘도 없는 미인이며, 시녀인 용향 아가씨는 아주 영리하고 아주 현숙하다'고 하더군요. 그래서 흠모한 지가 오래 되었소이다!"

용향은 역시 여종이다 보니 그로부터 몇 마디 칭찬을 듣자 '외간남자가 정말 좋은 말도 잘한다' 싶어서 기쁜 기색을 띠면서 말했습니다.

"쇤네한테 무슨 재능이 있다고 나리께서 다 아신데요?"

"'강한 장수 휘하에는 약한 병사가 없는 법!'[27] 그런 아가씨라면 당연

---

27 강한 장수 아래에는 약한 병사가 없는 법[强將下無弱兵] : 송대의 문장가 소식(蘇軾)이 지은 『제연공벽(題連公壁)』에 나오는 말. 원문에는 "속담에 '강한 장수 아래에는 약한 병사가 없다'고 하더니 그 말이 참으로 믿을 만하다. 내가 안국연공의 자손들을 보아하니 어느 하나 남의 일에 관심을 가지는 자가 없더라[俗語云'强將下, 無弱兵', 眞可信, 吾觀安國連公之子孫, 無一好事者]"라고 되어 있다. 지도자(윗사람)가 훌륭하면 추종자(아랫사람)도 그를 본받고 따른다는 뜻으로 하는 말인데, 때로는 『금병매 평화(金瓶梅評話)』 제54회의 "自古道 '强將手下無弱兵'" 식으로 사용되기도 하였다.

히 이런 하녀[28] 아가씨가 있어야 어울리는 법이지요. (…) 어제 그 댁 아가씨 모습을 뵙고 오늘은 용향 아가씨까지 마주쳤으니 참으로 엄청난 복이올시다! 용향 아가씨가 어떻게 … 선처해 주셔서 소생이 다시 아가씨를 … 한번 뵐 수 있게 좀 해 주시겠습니까?"

"나리는 참 경우가 없으시군요! 남의 댁 따님을 무슨 화류계 기방도 아니고 나리가 뭐라도 되는 줄 아세요? 낯설고 아는 사이도 아닌데 보기는 누굴 또 보겠다고 그래요!"

그러자 봉 선비는 이렇게 말하는 것이었습니다.

"소생은 성이 봉, 이름이 내의로 올해 가을 과거에서 거인舉人[29]이 된

---

28 하녀[梅香] : '매향(梅香)'은 원대 이래로 소설·희곡에서 하녀나 여종의 이름(고유명사)으로 널리 사용되었다. 원대 극작가 백박(白樸)이 지은 잡극 희곡인 『동장기(東牆記)』 제1절의 "젊은 처자가 또 하나 있는데 … 아씨가 부리는 몸종이랍니다[更有個小妮子, 是小姐使喚的梅香]"에서 볼 수 있듯이, 나중에는 하녀나 여종 자체를 일컫는 명칭(일반명사)로 전용되곤 하였다. 여기서는 용향을 가리킨다.

29 거인(舉人) : 중국 고대에 과거에 급제한 사람을 부르던 호칭. 글자 그대로 '천거 받은 사람'이라는 뜻으로, 그 유래는 한대에서 찾을 수 있다. 과거제도가 실시되기 한참 전인 한대에는 인재를 등용할 때 각 군·국(郡國)에 명령을 내려 유능하고 현명한 인재들을 추천하게 했는데 이것이 '거인'의 어원이 된 것이다. 그 후 당·송대에 과거제도가 시행되면서 진사과(進士科)가 개설되자 과거에 응시하여 급제한 사람들을 '거인'으로 부르게 되었다. 명·청대에는 관련 호칭이 더욱 세분화되어 향시(鄕試)에 합격한 사람을 '거인' 또는 '대회장(大會狀)·대춘원(大春元)' 등으로 일컬었으며, 격을 갖추어서는 '효렴(孝廉)', 속칭으로는 '거자(舉子)'나 '나리'를 뜻하는 '노야(老爺)' 등으로 불려졌다. 명대 이후로는 거인에게는 기본적으로 계속해서 회시(會試)에 응시할 자격을 가지는 것은 물론이고 여기에 추가로 '출신(出身)' 즉 벼슬을 할 자격도 주어졌다. 적합한 설명이 될지 모르겠지만 이를 쉽게 설명하자면, 당시의 거인에게는 향시에 합격한 후 다시 바로 '출신'하여 말단 관리(9급 공무원)부터 시작하거나 일정 기간의 준비를 거쳐 추가로 그보다 단계가

몸이오. 이 뜰에서 글공부를 하는데 바로 옆집 이웃이지요. 그 댁 아가씨는 말 그대로 당대의 가인이요 소생 또한 지금의 재자로 손색이 없소이다. 한번 뵙는다 한들 그 댁 아가씨로서도 모욕은 아닐 것이외다!"[30]

"샌님네들은 늘 이런 식으로 뻔뻔한 소리 늘어 놓는다니까? 이젠 그런 꼴을 하도 봐서 나리가 추근거리는 것도 귀찮네요. 그냥 국화나 가지고 가서 아씨한테 꽂아나 드릴래요!"

하더니만 몸을 돌리자마자 가 버리는 것이 아닙니까. 봉 선비는 그래도 그 뒤를 따라서 배웅하면서 인사를 하고 말했습니다.

"제발 수고스럽겠지만 용향 아가씨가 댁의 아가씨께 '봉래의가 몇 번이나 안부를 전하더라'고 전해 주시오!"

용향은 그래도 못 들은 척 쪽문으로 들어가더니 '쾅' 하고 문을 닫아 버리는 것이었습니다.

봉 선비는 발걸음을 돌려 되돌아가는 수밖에 없었습니다. 그런데 가만 들어 보니 누각 창문이 활짝 열리더니 높은 데서 누가 이렇게 부르는 소리가 들리는 것이었습니다.

높은 회시에 지원하여 고급 관리(5급 공무원)으로 시작하는 선택권이 주어졌던 셈이다.
30 【즉공관 방비】 趍臉. 얼굴 따라 가는 게지.

송대의 『사림광기(事林廣記)』에 소개된 인사(읍) 예법

"용향아, 어째서 가더니 안 오는 게냐?"

봉 선비가 서둘러 고개를 들고 보니 바로 어제 창가에 기대고 있던 그 여자였습니다. 단장을 막 마쳤는데 용향이 꽃을 꺾으러 가서 돌아오지 않자 창문을 열고 부르다가 하필이면 봉 선비와 정통으로 얼굴을 마주쳤 겠다? 봉 선비가 그녀를 올려다 보니 볼수록 아름답기가 남다르게 느껴 지지 뭡니까. 양 소매는 양 소매대로 봉 선비를 눈으로 보더니 얼이 나가 서 힐끗거리면서 눈을 뗄 줄 모르는 것이었지요. 봉 선비는 '그녀의 마음을 움직일 수 있겠구나' 싶어서 시를 한 수 읊었습니다.

몇 번이나 딱한 밤 헛되게 지샜건만	幾回空度可憐宵,
진나라 누각³¹에 퉁소 부는 미인 있을 줄이야!	誰道秦樓有玉簫.
지척의 은하수는 건너가기 어려우니	咫尺銀河難越渡,
심 서방³² 허리가 안 야윌 수 있겠는가?	寧交不瘦沈郎腰.

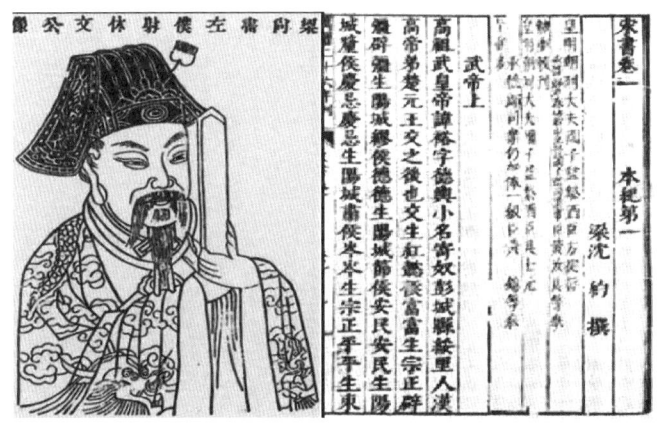

심약과 그가 저술한 『송서(宋書)』

---

31 진나라 누각[秦樓] : '진루(秦樓)'는 원래 진나라 목공[秦穆公]이 딸 농옥(弄玉)을 위해 지어 준 누각으로 농옥이 퉁소를 불면 봉황이 날아 왔다고 해서 '봉루(鳳樓)'로 불리기도 하였다. 여기서 "옥 퉁소 부는 미인"은 소매를 가리킨다.

32 심 서방[沈郞] : 중국 남조(南朝) 양(梁)나라의 정치가이자 문학가인 심약(沈約, 441~513)을 가리킨다. 심약은 자가 휴문(休文)으로, 오흥(吳興) 무강(武康) 사람이다. 유송대에 상서 탁지랑(尙書度支郞)으로 출사한 이래 제나라에서 저작랑(著作郞)·중서랑(中書郞)·국자제주(國子祭酒)·남청하태수(南淸河太守)를 지내고 양나라에서는 건창후(建昌侯)에 봉해지는 한편 상서 좌복야(尙書左僕射)·상서령(尙書令)·영중서령(領中書令)을 역임하였다. 문재가 뛰어나 『진서』를 저술한 이래 제나라 고제(高帝)의 명령으로 『제사(齊史)』로, 양나라 때에는 무제(武帝)의 명령으로 영명(永明) 5년(487)에 『송서』를 편찬하였다. 평소 책을 소장하기를 좋아하여 장서가 2만권에 이르렀다고 한다. 시문이 뛰어나서 화려한 데다가 수사적으로도 공교로운 문체에 역점을 두었다.

누각 위의 양 소매는 그가 읊는 시를 듣고 그 시에 담긴 뜻을 따져 보고 자신을 떠 보는 것임을 눈치챈 것이 분명했습니다. 그러나 이 훤한 선비가 누구인지 모르는 데다가 그것을 물어 볼만한 데도 없지 뭡니까. 그렇게 속으로 망설이고 있는 참인데 가만 보니 용향이 손에 국화를 한 송이 들고 오는 것이었지요. 용향은 꽃을 예쁘고 꽂아 주고 나서 묻는 것이었습니다.

"아씨 … 그 뜰의 얼빠진 샌님 보시는 … 거예요?"

그러자 소매는 손을 저으면서 말했지요.

"아직 저기서 어슬렁거리고 있으니까 소리를 좀 낮춰라. 그 자가 들을라!"

"들으라고 하는 소리인 걸요. 뭐 그런 뻔뻔스럽고 염치 없는 인간이 다 있담!"

"그 자가 어떤 자인데? 어떻게 염치가 없는데? (…) 그 이야기부터 해 보렴!"

그러자 용향이 말하는 것이었습니다.

"제가 꽃을 꺾는데 그 자가 어디서 튀어나왔는지는 몰라도 저 하고 마주치자마자 뜬금없이 절더러 자기 꽃을 훔친다고 난리길래 한 바탕 무안을 주었지요. 나중에는 ··· 저한테 '꽃을 꺾어서 누구한테 꽂아 줄 거냐'고 묻길래 제가 '아씨한테'라고 말했답니다. 그랬더니 아씨 성함을 듣더니만 웬 영문인지 제 이름이 용향인 것까지 다 알고 있지 뭐예요 글쎄! 그러더니 '그동안 아가씨 성함을 흠모해 왔기 때문에, 그래서 시녀의 이름까지 다 속에 새겨 두고 있었다'는 거예요. 거기다가 '어제 아가씨 모습을 얼핏 뵈었는데 또 좀 뵈었으면 좋겠다'고 하더라구요. 그래서 이번에도 제가 '낯설고 모르는 사람'이라고 무안을 주었더니 그 자가 그제서야 이름을 말하면서 '봉래의라고 하는데 올해에 급제한 거인으로 이 뜰에서 글공부를 하는데 바로 옆집 이웃이다'라고 하는 거예요. 제가 상대를 해 주지 않자 공손하게 인사를 하면서 절더러 아가씨한테 안부 인사를 전해 달라고 통사정 하면서 '아씨는 가인이고 자기는 재자'라지 뭐에요 글쎄! (···) 참 염치도 없는 자지요?"

"소리를 좀 낮추라니까. 보아하니 ··· 그 자가 나이 젊은 선비이다 보니 자기 재주가 대단하다고 자부하는 게지. (···) 네가 상대를 안 해 주는 건 상관 없다마는 ··· 함부로 입을 놀려서 그 자 부아를 돋구어서는 안되느니라!"[33]

"아씨는 이 용향이가 그 자 부아를 돋굴까 걱정이시군요? 제가 가서 그 자를 불러 와서 아씨를 뵙게 해 드릴 테니 아씨가 알아서 상대해 주시

---

33 【즉공관 방비】 有心人. 배려하는 마음이 있는 사람이로군.

든지요."

"미련퉁이 같으니! 못된 말버릇 좀 보게! 어떻게 그 자더러 나를 만나
라고 부추길 수가 있어?"

두 사람은 이야기를 나누면서 누각을 내려갔습니다.

이쪽[34]의 봉 선비는 위에서 한 동안 소곤소곤 이야기를 나누는 소리가
들리고 똑똑히 듣지는 못했지만 분명히 자기 이야기를 하는 것임을 눈치
채고 나니 속이 몹시 근질거리는 것이었습니다. 그러다가 누각 위에 아
무도 보이지 않자 그제서야 글방으로 돌아 왔지요. 그때부터 책은 펴 볼
생각도 들지 않고 차며 밥은 먹을 생각도 들지 않는 것이었습니다. 온 마
음이 소매한테만 쏠린 채 날마다 동쪽 담에서 머리를 내밀고 엿보다가
번번이 서로 눈이 마주치곤 했답니다. 소매는 소매대로 얼이 다 나가서
그 젊은 선비를 뇌리에서 떨쳐 버릴 수가 없었지요. 그래서 날마다 몇 번
이나 누각에 올라가서 그를 마주치기만 하면 눈빛을 주고받곤 했습니다.
그러나 서로가 마음은 있었지만 내내 이야기 한 번 나눈 적이 없었지만
요. 거기다가 번번이 용향을 보내서 꽃을 꺾어 오라는 핑계로 꽃밭에 가
서 그가 왔는지 알아보게 시켰답니다. 용향은 아씨의 속내를 눈치챈 데

---

34 이쪽[這裏] : '저리(這裏)'는 '여기, 이쪽'이라는 뜻으로, 명대의 이야기꾼들이 장면을 전
환시키거나 시점을 변경할 때에 상투적으로 사용하던 표현이다. 여기서는 편의상 "이쪽"
으로 번역하였다.

다가 봉 선비가 민망해 하는 것을 보고 속으로 좀 기분이 좋았던지 두 분 사이에서 인연을 맺어 줄 작정이었지요.[35] 그래서 난데없이 글방으로 와서 소식을 전해 주고 봉 선비 앞에서 소매가 사랑에 빠졌다고 일러 주지 뭡니까.

"상대방도 내게 제법 마음이 있는 것 같기는 한데 … 누각 위와 아래로 갈라져 있어서 입을 열기가 곤란하니 … 아무리 속마음이 있다고는 해도 전달할 길이 없소이다!"

봉 선비가 이렇게 말하자 용향이 말했습니다.

"나리가 우리 아씨한테 편지라도 한 통 쓰지 않으시고요."

그러자 봉 선비는 기뻐하면서 말하는 것이었지요.

"아가씨도 … 글자를 좀 압니까?"

"아씨께서 즐기시는 것이 시를 읊거나 노래를 짓는 건데 글자만 알다 뿐이겠어요?"

---

35 【즉공관 방비】偸期者必藉此等之力. 바람 피는 이들은 어김없이 이런 힘을 빌리기 마련이더군.

"그렇다면 ··· 내가 이 마음을 담은 가사를 지을 테니 ··· 수고스럽겠지만 아가씨가 대신 좀 전해 주시구려. 댁의 아씨가 무슨 ··· 이야기를 하시나 봅시다."

봉 선비는 붓을 들더니 일필휘지로 가사를 써 내려 갔습니다. 그 내용은 다음과 같았지요.

낙엽이 물가 평지에 지고	木落庭皋,
누각 너머로	樓閣外,
오색 구름 반이나 몰려 드누나.	彤雲半擁.
하필이면 저	偏則向
처량한 글방에	淒凉書舍,
어느새 찬 기운이 드는구나.	早將寒送.
눈가로 경국지색의 미모 은밀히 전하고	眼角偷傳傾國貌,
마음속에는 다정의 씨를 전했었지.	心苗曾偫多情種.
하늘님께 여쭙건대	問天公
언제가 되어야 만날 날 결정하사	何日判佳期,
기쁨의 사랑 이룰 수 있을꼬!	成歡寵.
―가사를 【만강홍】에 부치다	―詞寄【滿江紅】

봉 선비는 가사를 다 쓰고 나서 용향에게 건네주었습니다. 그러자 그것을 용향이 소매 속에 넣어서 집으로 돌아가 소매한테 가는 것이었지요.

얼굴에 웃음꽃이 흐드러진 채로 말이지요. 그래서 소매가 물었습니다.

"방금 그 집 글방에 있더니 무슨 이야기를 들었길래 싱글벙글 하면서 오는 거니?"

그러자 용향이 말하는 것이었지요.

"그 봉 나리는 정말 웃겨요. 이 용향이를 보더니 별 이야기도 하지 않고 종이 한 장에 붓 한 대를 꺼내더니 다짜고짜 글을 쓰지 뭐에요 글쎄? (…) 제가 … 그 양반이 안 보이는 틈에 한 장을 빼돌려 왔지요. (…) 아씨 … 그 양반이 뭐라고 썼어요?"

그러자 소매는 그것을 넘겨받아 한번 훑어보더니 말했습니다.

"가사를 한 편 썼구나. (…) 그 자가 널더러 가져가게 한 게 분명한데 네년이 거짓말을 하다니!"

"솔직히 말씀드릴게요! 실은 그 양반이 절더러 가져가라고 했어요. (…) 저는 글자도 모르는데 그 양반이 뭐라고 썼는지 알게 뭐에요. (…) 아씨께서 순간적으로 나무라실까 겁나서 하는 수 없이 그렇게 말씀드린 거예요."[36]

"나도 너를 나무랄 생각은 없다. 다만 ⋯ 선비가 오만방자하니 몇 글자라도 답장을 하지 않으면 그 자가 내가 그 뜻을 모른다고 여기고 계속 추근거릴 테지. (⋯) 나는 가사나 노래로 재주를 뽐낼 것 없이 있는 그대로 몇 마디 말만 적어서 답장을 해 주면 된다."

용향은 즉시 먹을 갈고 꽃무늬가 있는 편지지를 가져다 탁자 위에 펼쳐 놓았습니다. 대단한 소매는 초고도 쓰지 않은 채로 붓을 들자마자 글을 써 내려 가는 것이었습니다. 그 내용은 다음과 같았지요.

"자고로 고결한 여자는 절개를 지키고 의로운 여인은 인재를 아꼈지요. 양자가 다 현명하다면 각자 자신이 옳다고 여기는 바를 실천하면 그만입니다. 그러나 그렇지 못한 자를 만나 약조를 가벼이 여기고 믿음이 없다면 의로움이 고결함만도 못한 격이겠지요. 귀하와 이웃이어서 다행히 눈길 나누는 사이로 지내지만 인연이 있고 없고는 귀하가 알아서 생각해 보시지요. 괜스레 글장난이나 하면서 경박하게 남 유혹하지는 마십시오. 간단히 이렇게 답장을 드리고 성의를 다했으니 더 이상 여러 말 하지 않겠습니다."

自古貞姬守節, 俠女憐才. 兩者俱賢, 各行其是. 但恐遇非其人, 輕諾寡信, 俠

---

36 【즉공관 미비】 機變捷於紅娘. 임기응변이 홍낭보다 잽싸군!
　　홍낭(紅娘)은 당대 소설가 원진(元稹)이 지은 소설 『앵앵전(鶯鶯傳)』 및 그 희곡판인 원대 극작가 왕실보(王實甫)의 잡극 희곡 『서상기(西廂記)』에 등장하는 인물이다. 당나라 상국(相國, 재상)의 고명 딸인 최앵앵(崔鶯鶯)의 몸종으로, 최앵앵이 가난한 집안의 선비 장군서(張君瑞)와 연분을 맺는 데에 큰 역할을 하였다. 나중에는 남녀의 인연을 맺어 주는 중매인을 뜻하는 이름으로 일컬어지기도 하였다.

不如貞耳. 與君爲隣, 幸成目遇, 有緣與否, 君自揣之. 勿徒調文琢句, 爲輕薄相誘已也. 此相復, 寸心已盡, 無多言.

이렇게 쓴 그녀는 잘 봉해서 용향에게 간수하다가 하루 뒤에 그 봉 선비에게 가져다 주도록 일렀습니다.

용향은 그 당부대로 봉 선비의 글방으로 찾아 왔습니다. 봉 선비는 놀랍고 기뻐서 말했지요.

"용향 아가씨가 오셨구려! 그 서신은 … 아가씨께 전달해 드렸는지…"

그러자 용향은 거드름을 피우면서 말하는 것이었습니다.

"서신은 무슨 서신이에요! 날더러 대신 혼이라도 나라는 소리에요?"

"아이구 우리 누님! 이렇게 시달리게 만들어 드려서 어쩐담?"

"아씨께서 나리의 서신을 보시고 표정이 바뀌더니 '웬놈의 서신을 가져다 달라더냐! 나는 규방의 고명딸인데 왜 외간남자와 서신을 주고 받는단 말이냐?' 하시면서 때리려고 하시지 뭐에요!"

"그 댁 아가씨께서 내가 외간남자여서 서신을 주고받을 수 없다고 여기셨다면 누각 위에서 나를 빤히 쳐다보신 건 뭐랍니까? 본인이 시비를 자초해 놓고³⁷ 어쩌자고 아가씨를 때린단 말씀이요!"

"나도 맞을 짓까지는 하지 않았지요. 그래서 내가 이렇게 대답했지요. '저는 글자도 모르는데 그 양반이 뭐라고 썼는지 알게 뭐랍니까? 아씨께서 불만이시라면 보실 것 없이 가져다 그 양반한테 돌려주면 그만입니다.³⁸ 고민하실 것 뭐가 있어요?' 그랬더니 안 때리시더군요."

"택도 없는 소리! 서신을 읽지도 않았는데 도로 가지고 왔다면 무슨 소식을 받을 수 있겠어? 내 일을 망친 게 아니오!"

"망쳤든 말든 돌려 드릴 테니깐 보든가 말든가 알아서 하세요!"

그리고는 소매 속에서 꺼내더니 땅바닥에 떨어뜨리는 것이었습니다. 봉 선비가 그것을 주웠는데 지난번에 가져 간 서신이 아니지 뭡니까요. 그제서야 용향이 자신을 놀린 것을 눈치채고 웃는 얼굴로 말했습니다.

"내가 '그 댁 아가씨께서 나만큼은 나무라지 못하실 것'이라고 했지요? (…) 내게 좋은 소식을 주신 것이 분명해!"

---

37 시비를 자초해 놓고[招風攬火] : '초풍남화(招風攬火)'는 명대의 한자 성어로, 빌미를 만드는 것을 가리킨다. 풍몽룡 『고금소설(古今小說)』 제1권의 "당신은 곱게 생겼으니 문 앞에서 바깥 구경일랑 하지 마시오 괜한 시비를 부를 테니![你又生得美貌, 莫在門前窺瞰, 招風攬火]" 등에도 같은 표현이 보인다.
38 【즉공관 미비】龍香饒有趣致. 용향에 정취가 넘치지.

그리고는 서신을 뜯어서 자세히 읽어 보더니 발을 동동 구르면서 말하는 것이었지요.

"정말 식견이 있는 여자로구려! (…) 나한테 마음이 있는 것이 분명한데 … 내가 나중에 변심할까 걱정해서 가볍게 처신하지 않으려는 게지요! (…) 이제 또 용향 아가씨한테 이 신물을 그녀에게 전해 달라고 부탁하고 … 진심 어린 말이 담긴 서신을 써서 그녀에게 만날 날짜를 정해 줄 것을 부탁해야 겠구려. (…) 이런 식으로 왔다갔다 유명무실한 짓이나 하면서 나를 공연히 상사병에 걸려 죽게 만들지 말말이오!"

"남을 도와주려면 끝까지 도와 줘야지요. 어서 쓰세요. 내가 갖다 드릴게요. 나한테도 다 생각이 있으니깐!"

봉 선비는 상자를 열더니 흰 옥으로 만든 웬 두꺼비 문진을 꺼냈습니다. 그 문진은 그가 과거에 급제했을 때 외삼촌 금삼 원외가 그에게 축하 선물로 준 바로 그것이었습니다. 정교하게 제작한 것으로 그야말로 골동품이었지요. 이번에 그것을 가져다 소매에게 신물로 보내 주려는 것이었습니다. 그는 서신을 이렇게 한 통 썼습니다.

"주신 서신을 보았더니 모두가 내심을 토로하셨더군요. 물건이 하찮기는 합니다마는 어찌 그 깊은 정을 저버릴 수가 있겠습니까? 하룻밤의 즐거움을 기꺼이 함께 해 주신다면 기필코 부부의 인연을 맺도록 하겠습니다. 이에 삼가 백옥으로 만든 두꺼비를 드려 잠시 신표로 삼고자 합니다. 형산에서 난 옥은 그 단단하고 윤택함이 변치 않는다는 뜻을 땄으며, 달 속의 두꺼비는 그 둥글어 흠이 없다는 뜻은 땄습니다. 모쪼록 만남을 기약하여 님에 대한 애절한 소망을 풀기를 바랄 뿐입니다."

承示玉音, 多關肝鬲. 儀雖薄德, 敢負深情. 但肯俯通一夕之歡, 必當永矢百年之好. 謹貢白玉蟾蜍, 聊以表信. 荊山之產, 取其堅潤不渝, 月中之象, 取其團圓無缺. 乞訂佳期, 以蘇渴想.

그리고는 끝에는 이렇게 적혀 있었지요.

과분한 사랑을 받는 불초 소생 봉래의가 머리 조아립니다
소매 아가씨 귀하
辱愛不才生鳳來儀 頓首
素梅娘子 妝前

봉 선비는 서신을 잘 봉하고 나서 옥두꺼비와 함께 용향에게 건네면서 용향을 보고 말했지요.

"내가 그 댁 아가씨 하고 백년대사를 치루느냐 마느냐 하는 천금이나 될 무거운 소임은 이 두 물건에 달려 있소. 제발 … 용향 아가씨가 힘껏 보살펴 주어서 답장을 좀 받아내 주시오!"

"당부할 필요 없어요. 나도 두 분 일이 성사되기를 간절하게 바라는 입장이니까요. 할 말 있으면 얼굴 대놓고 이야기하세요 이렇게 서신이나 주거니 받거니 귀찮게 굴지 말고!"

그러자 봉 선비는 인사를 하면서 말했습니다.

"아이구 예쁜 누님! 이렇게까지 도와주시다니 정말 크나큰 은덕이올시다!"

그러자 용향은 웃으면서 그것들을 들고 그 자리를 떠나는 것이었습니다. 방으로 들어 온 용향은 소매에게 이렇게 전했습니다.

"봉 나리가 아씨 서신을 보더니 아주 칭찬에 감탄까지 하면서 '아가씨에게 식견이 있으시구려' 하더군요. 거기다가 답장을 한 통 쓰고 옥으로 만든 물건까지 이렇게 신물로 보냈지 뭐에요!"

그것을 건네받은 소매가 옥 두꺼비를 보니 반들반들 빛나고 사랑스럽기도 하지 뭡니까. 그래서 웃으면서 말했답니다.

"그 자가 어쩌자고 보낸 거지? 일단 서신을 뜯어보자꾸나!"

소매는 그 서신을 보는 동안 내내 고개를 몰래 끄덕이고 뺨이 살짝 붉어지면서 다소 망설이는 눈치였습니다. 그러다가 "과분한 사랑을 받는 불초 소생"까지 읽더니 웃으면서 이렇게 말하는 것이었지요.

"아둔한 수재 같으니! 누가 당신을 사랑한다고!"[39]

"아씨께서 사랑하지 않으신다면 … 차라리 그 양반 하고 관계를 끊고 내왕하는 것도 거절하시지요 뭐. (…) 그 양반 하고 밀고 당기고 난리를 치셨는데 … 사랑하지 않는다고 믿으려 들겠어요 어디?"

용향이 이렇게 말하자 소매는 소매대로 웃으면서 말하는 것이었습니다.

"고약한 년! 너도 그 자와 한 패인 게로구나? 내 그렇지 않아도 너 하고 의논할 일이 있다. (…) 나도 … 속으로는 정말 그 자를 좀 … 사랑하는 마음이 있는데 솔직히 너를 속여 넘기지는 못하겠구나! 허나 … 지금 그 자가 이 옥 두꺼비를 신물로 보내 날더러 만나자고 하니 그게 … 어디 되겠느냐?"

"아씨도 참? 만약에 되지도 않을 일이고 그 양반을 사랑해 보았자 쓸모가 없는 일이라면 그럼 왜 사서 그 선비님을 속여서 이러지도 저러지도 못한 채[40] 넋을 빼고 만사를 다 제쳐 놓게 만드시는 거예요?"

---

39 【즉공관 미비】 正眞愛所露. 이거야말로 참사랑의 발로일 테지!
40 【즉공관 방비】 慈悲肚腸. 자비롭기도 하시지.

"선비가 매정하게 대할까 두려워서 그러는 거지! 지금 당장의 즐거움에 한 눈을 팔았다가 … 나중에 맹세를 마음에 두지 않고 나를 저버리기라도 하면 그땐 어쩌려고?"

"이 용향이도 중매쟁이는 못해 먹겠네요. 아씨께서는 지금 '그 양반하고 관계를 끊겠다'면서도 그 양반을 사랑하고, '그 양반을 따르겠다'면서도 그 양반을 의심하시는군요! 그렇게 이것도 저것도 고민이시라면 차라리 약속해서 그 양반 하고 직접 한번 만나 보시지요! 그 양반 … 말하는 것이 진지하고 거기다가 맹세까지 하는 걸 보세요. 방금 전에 아씨 뜻에 따라서 이러쿵저러쿵 그 일을 성사시켜 주셨지요. 만약에 성실해 보이지 않으신다면 … 아씨께서 바로 뿌리치시고 다시는 그 양반한테 미련을 두지 않으시면 되잖아요!"

"일리 있는 말이다! 내 그 자한테 답장을 보내도록 하마. 공교롭게도 오늘 밤이 열닷새로 온 집안사람들이 모이는 밤이니 그 자와 오늘밤에 글방에서 만나기로 약속을 하면 되겠구나!"

소매는 몇 자를 적은 다음 손가락에서 누금[41] 가공한 반지를 빼서 봉선비의 옥 두꺼비에 대한 답례로 용향에게 가지고 가게 이르는 것이었습니다.

---

41 누금(累金) : 귀금속 가공 기법. 장신구나 기물에 가는 금실을 엮어서 장식하는 것을 말하는데 '누사(累絲)'로 일컫기도 한다.

누금기법으로 가공된 봉황 장식(중국 남경시 박물관 소장)

용향은 그 요청을 수락하고 뜰로 가면서 속으로 생각했습니다.

'가약을 맺을 날이 바로 오늘 밤이니 그 샌님이 땡 잡았네. (…) 바로 알려주면 안되지.'

용향이 글방으로 들어와서 가만 보니 봉 선비가 봉창을 바라보면서 마침 그 자리에서 우두커니 생각에 잠겨 있는 것이었습니다. 그러다가 용향을 발견하고 억지로 벌떡 일어나더니 말했지요.

"우리 예쁜 아가씨! 그 큰일은 … 어떻게 되었소?"

"어떻게 되긴 뭘 어떻게 되요? (…) 아씨께서 … 나리가 주제를 모르고

'다짜고짜 만날 날짜를 묻는다니 사람을 그렇게 만만하게 보았더냐!' 하시더니만 … 화를 내면서 서신을 몽땅 찢어발기시고 그 옥 두꺼비조차 패대기를 쳐 박살을 내 버리시지 뭐에요!"

그러자 봉 선비는 얼이 빠져서 말하는 것이었습니다.

"그렇다면 … 난 어떻게 해야 좋담? 언제까지 기다려야 된단 말이요? 그러다가 사람이 상사병을 앓다가 다 죽게 생기지 않았소이까!"

"당황하실 건 없고 … 좋은 소식도 있기는 있는데요."

봉 선비는 반가워하면서 말했습니다.

"좋은 소식이 있다면 어서 알려 주시구려!"

"참 제멋대로이시군요! 입을 잔뜩 벌리고서 '어서 알려 주소, 어서 알려 주소!'라니요. 점잖게 좀 구세요!"[42][43]

---

42 점잖게 좀 구세요[陪個小心] : '배소심(陪 / 小心)'은 명대의 유행어이다. 상대방을 대할 때에 낮은 목소리로 점잖게 상대를 공경하고 자신을 낮추므로써 사람들의 호감을 사는 것을 두고 하는 말이다. 『박안경기』의 "只須陪些小心, 元自不妨"에서 볼 수 있듯이, 때로 는 '배사소심(陪些小心)' 식으로 사용하기도 하였다. 경우에 따라서는 '배(陪)'를 '배(賠)'로 적기도 하였다.

43 【즉공관 미비】 嬌態可掬. 아이고 귀여워라.

그러자 봉 선비는 웃으면서

"우리 예쁜 아씨! 그건 내가 잘못 했소이다!"

하더니만 무릎을 꿇고 이렇게 말하는 것이었습니다.

"아이고 어머니! 무슨 좋은 소식인지 나한테 이야기 좀 해 주십시오 제발!"

그러자 용향은 그를 부축해 일으키면서 말했습니다.

"환장해서 그러지 말고 … 일단 일어나세요. 내가 나리한테 이야기해 드릴게요. (…) 우리 아씨께서 처음에는 싫다고 하셨는데 … 내가 몇 번이나 설득을 했더니 날짜를 잡아 보라고 하시더군요."

"언젠데?"

용향은 웃으면서 말했습니다.

"내년이요."

"만약에 … 내년이 되면 나는 상사병에 일 주기 제사상을 받아야 할 판이라오!"

"죽고 나서 나한테 목숨 값 내놓으라고 하면 안됩니다? (…) 사람이야 나리가 죽어도 아랑곳하지 않겠지만 나리를 고쳐 줄 처방은 여기 이렇게 있답니다."

그러면서 소매 속에서 반지와 그 서신을 꺼내더니 봉 선비에게 건네면서 말하는 것이었습니다.

"상사병으로 죽을 일은 없으니 … 좋아 죽지나 마세요!"

봉 선비가 그것을 받아서 뜯어 보니 거기에는 이렇게 적혀 있었습니다.

"부질없이 서신을 주고받았을 뿐 아직 당신의 속내를 알 수 없군요. 밤의 이야기를 적으시고 각자 바라는 바를 밝히도록 하시지요. 그러면 당신에게 거절당하는 낭패도 없을 테고 담을 넘는 바람둥이라는 수모도 당하지 않을 테지요. 평생을 함께 하는 일은 중대하니 맹세를 지킬 것입니다. 일단 반지를 예물로 삼을까 합니다. 한번 뱉은 말은 황금만큼 소중하며 가벼운 감정은 경계함이 마땅합니다. 이것이 다입니다! 끝으로 시를 한 수 덧붙입니다.

거문고 소리 듣던 마음 거두어 들이고

통소 부는 짝을 방문하노라.

옥 두꺼비에게 한 말씀 부치오니

맑은 달빛 오늘밤에 가득하구나!"

徒承往復, 未測中心. 擬作夜談, 各陳所願. 固不爲投梭之拒, 亦非效踰牆之徒.
終身事大, 欲訂完盟耳. 先以約指之物爲定, 言出如金, 浮情宜戒, 如斯而已. 末
附一詩云, 試斂聽琴心, 來訪吹簫伴. 爲語玉蟾蜍, 清光今夜滿.

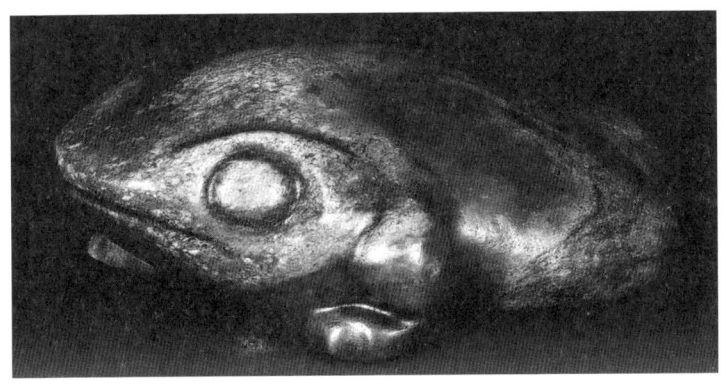

푸른 옥으로 만들어진 한대의 옥 두꺼비

그것을 다 읽은 봉 선비는 만날 날짜를 잡고 거기다가 그것도 바로 당
일 밤인 것을 알고 기뻐서 몸조차 가눌 수 없을 지경이지 뭡니까 글쎄!
그는 용향을 보고 말했습니다.

"이게 모두 내 목숨을 구해 주신 현명한 아가씨 덕택이요! 이 은혜 어
떻게 갚아 드려야 할지!"

그러자 용향이 말했지요.

"쓸데없는 이야기는 그만 하시고 … 그렇게 약속하신 이상 밤이 되면 절대로 누가 여기서 방해하게 해서는 안됩니다?"

"동창인 벗이 둘 있는데 외지에 나간 지 오래 되었소이다. 외숙부 댁에서 밥을 가지고 오는 자가 하나 있는데 … 밥을 받자마자 돌려보내면 부르지 않는 이상 함부로 들이닥치지는 못할 겁니다. 그 외에는 … 따로 여기까지 올 사람이 없으니 괜찮소이다 괜찮아요! 다만, … 그 댁 아가씨께서 그때 가서 변덕만 부리지 않으시면 그만입니다!"

"그건 걱정할 것 없어요. 전부 나한테 맡겨 놓으면 오늘 밤에 가약을 맺게 되실 거라고 장담합니다!"

그리고는 용향은 혼자서 집으로 돌아갔답니다.
봉 선비는 그저 즐거운 밀회를 준비할 마음뿐으로, 글방에 머물면서 날이 저물기만을 간절하게 바라고 있었지요. 저쪽의 소매는 소매대로 심장이 벌렁거리고 있었습니다. 마치 아이가 폭죽놀이를 할 때 같이,[44] 좋

---

[44] 마치 아이가 폭죽놀이를 할 때~[小兒放紙炮, 又愛又怕] : 명대의 속담. 아이가 폭죽을 터뜨릴 때 그 놀이가 속으로 은근히 끌리면서도 한편으로는 자칫 몸을 상하지나 않을까 두려워하는 것처럼, 좋아하는 마음과 두려운 마음이 섞인 복잡한 심정을 두고 한 말이다. 때로는 "아이가 폭죽놀이를 하는 것 같다 — 좋아하면서도 두려워한다" 식으로 주절과 종속절을 나누어서 헐후어(歇後語)처럼 사용하기도 하였다.

아하면서도 두렵기도 하지 뭡니까. 그래서 용향이 돌아오면 상의해서 밤에 약속 장소로 가기로 작정했지요. 그런데 공교롭게도 용향이 벌써 와서 이렇게 보고하는 것이었습니다.

"그 봉 나리 말이에요 … 아씨 글을 보더니만 아주 신바람이 났더라구요. 저한테 무릎까지 꿇고 몇 번이나 절을 다 하지 뭐에요 글쎄?"

그래서 소매가 말했습니다.

"말을 그렇게 했다마는 부끄러워서 … 어떻게 간단 말이냐?"

"그 양반 하고 약속하신 이상 장난을 치시면 안되지요!"

"안 … 가면 어떻게 되는데?"

"안 가셔도 상관은 없지요 뭐. 그치만 … 이 용향이가 그렇게 엄청난 거짓말을 해 놨으니 나중에 그 양반이 상사병을 앓다가 죽으면 저승에서 저한테까지 죗값을 물으려고 드시겠지요."

"너는 네 내세 걱정이나 하렴. 이제는 내 종신대사는 걱정하지 말고!"

"종신대사는요 무슨? 결사적으로 마음을 모질게 먹고 그 양반한테 출가하셔야지!"[45]

"그럼 … 네 말대로 한번 가 보는 것도 괜찮을 테지. 그래도 오라버니 내외가 잠이 들고 나야 되겠다!"

이렇게 이야기를 나누는 사이에 벌써 날이 어두워져서 하늘에는 밝고 둥그렇게 밝은 보름달이 떠오르는 것이었습니다. 용향은 자리를 떠난 지 한 경 넘게 지났을 때 돌아와서 말했습니다.

"큰 나리 큰 아씨 다 저녁밥을 드셔서 제가 두 분 곁에서 상을 치우고 주무실 때까지 기다렸다가 왔어요. (…) 우리는 … 등불을 붙이면 안되니 깐 쪽문을 열고 밝은 달이 떠 있는 틈을 타서 살금살금 가도록 하시지요!"

"네가 앞장을 서고 나는 뒤에서 따라서 가마. 누가 올 지도 모르니까 …"

그렇게 해서 정말로 용향이 앞서고 소매가 뒤따르면서 남몰래 글방 앞 까지 왔답니다. 그러자 용향이 손짓을 하면서 말했습니다.

"저기 등불 있는 데가 … 그 분 글방이 아니냐?"

---

45 【즉공관 미비】大見識女子, 非可以馬泊六目之. 식견이 대단한 여인이다. 한낱 중매장이로 취급할 부류가 아니구나!

소매는 '글방'이라는 말을 듣자마자 걸음을 멈추었습니다. 봉 선비는 마침 학수고대하노라니 좀이 쑤셔서 견딜 수가 없지 뭡니까. 그래서 한동안 들락날락거리다가 잠시 창문 앞에서 쉬고 있을 때였습니다. 가만히 들어 보니 문 밖에서 걸음소리가 들리길래 서둘러 마중을 하러 나왔는데 이쪽에서 용향이 입을 여는 것이었습니다.

"봉 나리! (…) 아씨께서 오셨는데 인사도 안 하고 뭐 하세요!"

그래서 봉 선비가 달 아래에서 쳐다보니 정말이지 하늘의 선녀께서 인간세상에 강림하신 것 같지 뭡니까 글쎄! 그는 자기도 모르게 무릎을 꿇더니 말하는 것이었습니다.

"소생이 크나큰 행운으로 아가씨께서 이토록 마음을 쓰게 해 드렸으니 죽어도 갚기 어렵겠습니다!"

그러자 소매는 얼굴이 빨개져서 덥석 부축해 일으키더니 말했지요.

"나리! 자중하시고 … 하실 말씀이 있으시면 천천히 말씀하시지요."

그러자 봉 선비는 일어나자마자 소매의 옷소매를 잡은 채 말했지요.

"바깥은 불편하니 … 아가씨 … 어서 방으로 들어가시지요!"

소매가 문 안으로 들어가자 바깥에서 용향이 말했습니다.

"아씨! (…) 저 혼자 갈께요!"

그러자 소매가 용향을 부르는 것이 아닙니까.

"용향아 … 가면 안돼!"

"아가씨! (…) 돌아가서 집안이라도 치우게 내버려 두시지요!"

봉 선비가 이렇게 말했더니 소매가 이번에도 용향을 부르는 것이었습니다.

"좀 … 있다가 와야 된다?"

그래서 용향이 말했습니다.

"알았다니까요. 봉 나리 … 문을 잠그세요!"[46]

그렇게 해서 용향이 돌아가자 봉 선비는 문을 닫아걸고 안으로 들어와

---

46 【즉공관 미비】好个會幇襯的龍香. 참 장단을 잘 맞추어 주는 용향이로고!

서 덥썩 끌어안더니 이렇게 말했습니다.

"아가씨! 이 봉래의가 상사병을 앓다가 죽나 싶었는데 … 이제는 이 봉래의가 운이 좋아서 죽을 판이올시다!"

그는 한 손을 소매의 가슴 속으로 가져가더니 옷을 마구 잡아 당기는 것이 아닙니까요! 소매는 그 옷을 누르면서 말했습니다.

"선비님! 서두르지 마시고 … 똑똑하게 말씀을 하세요. 그래야 즐거움을 누릴 수가 있지요!"

"우리 둘 마음이야 서로 아는데 이제 와서 또 무슨 말을 한단 말이오?"

그는 기어이 그녀를 끌어안고 침상 쪽으로 밀어부쳤지요. 소매는 소매대로 발을 버티면서 끝까지 꼼짝 할 생각도 하지 않은 채 말했습니다.

"평생의 중대사를 어떻게 대충 해치우려 드십니까?[47] 맹세부터 하십시오. 영원히 마음을 바꾸지 않겠다고요!"

봉 선비는 그녀를 밀어붙이면서 입으로는 이렇게 뇌까렸습니다.

---

47 【즉공관 미비】 到此不得不草草. 이쯤 되면 대충대충 해치우지 않을 수가 없겠지.

"봉래의가 만약에 이 은정을 저버린다면 장래가 영원히 불행해질 것이요!"

소매는 그런 그의 모습을 보더니 그를 달래기도 하고 사랑을 느끼기도 해서 어느새 저절로 마음이 누그러져서 자기도 모르게 다리에 힘이 풀려서 그가 떠미는 대로 밀려갈 수밖에 없었지요.

그렇게 침상 위에 쓰러지는 찰나였습니다. 가만히 들어 보니 뜰 문 밖이 온통 떠들썩해지더니 북을 두드리는 것과도 같이[48] 문을 두드리는 것이 아닙니까.[49] 봉 선비는 한창 안달이 나 있던 참에 이만저만 놀란 것이 아니었지요.

"이상하다! 이 늦은 때에 누가 문을 두드리는 게지? 아무리 생각해 보아도 올 사람이 없는데 … 아가씨, 당황하지 마시오. 문은 잠가 놓았으니 괜찮소이다! 우리 … 다시 침상으로 올라갑시다. 저 자가 문 밖에서 부르

---

48 북을 두드리는 것과도 같이[揎鼓也似甌門] : 중국의 설화(說話) 대본인 송·원대 화본(話本)과 이를 모방한 명·청대 의화본(擬話本)에는 "X也似"구조의 비유법이 자주 보인다. 이 경우, '也似'의 앞과 뒤에는 일반적으로 명사나 동사가 와서 '명사 / 동사 + 也似 + 명사 / 동사' 구조를 이루며, 앞의 "X也似" 부분은 그 뒤에 명사가 오면 그 대상을 수식하는 한정어로, 그 뒤에 동사가 오면 그 행위를 묘사하는 상황어로 각각 작동한다. 문성재(2010)에 따르면, 여기에 사용된 '야(也)'는 해당 부분을 읽거나 노래할 때 엑센트를 주거나 리듬을 주기 위해 추가된 것이다. '문법적' 용도를 위하여 필연적으로 추가된 성분이 아니라 '음악적' 효과를 위하여 인위적으로 추가한 장치라는 뜻이다. 『박안경기』에서는 이 "X也似"구조의 표현들은 일률적으로 '야(也)'의 리듬감을 살려 "X와도 같은" 식으로 번역하였다.

49 【즉공관 방비】 *冤家到了.* 애물단지가 행차하셨군.

新鶯兒
莽兒郞驚歡
三刻拍案新綬

九回

경박한 신랑이 갑자기 신부와 이별하다

든 말든 상관하지 말고!"

소매는 소매대로 당황해서 말하는 것이었습니다.

"안될 것 같네요. 차라리 저는 갈래요!"

안달이 난 봉 선비는 왈칵 끌어안더니 말했습니다.

"그래서야 어디 쓰겠소? 그건 나를 생떼같이 죽이는 격이올시다!"

그야말로 색욕에 간이 하늘만해졌는지[50] 봉 선비는 바깥 사정은 아랑
곳하지도 않고 소매의 속옷을 풀어 헤치더니 허겁지겁 일을 치루려 드는
것이었습니다. 그러나 꽃밭의 문이 하도 오래 되어서 더 이상 버티지 못
할 줄 누가 알았답니까! 어느 사이에 바깥의 그 무리가 문을 박차 열고
그길로 고함을 지르면서 들어와 곧장 봉 선비의 글방 문 앞까지 들이닥
치는 것이 아닙니까. 봉 선비는 사람들이 코 앞까지 들이닥치는 소리를
듣고 나서야 당황해서 말하는 것이었습니다.

---

50 색욕에 간이 하늘만해졌는지[色膽大如天] : 명대의 속담. 거리낌 없이 여색을 탐내는 것
을 두고 한 말이다. 명대의 소설인 『수호전(水滸傳)』 제45회에 해당 용례가 보이지만 금
대의 동해원(董解元)이 지은 『서상기 제궁조(西廂記諸宮調)』에 "색욕이 하늘만큼 크다
(色膽天來大)"라는 표현이 등장하는 것을 보면 이미 송・금대부터 이런 표현이 화본 등의
공연예술에 상투적인 표현으로 자주 사용되었음을 짐작할 수 있다.

"이상도 하지! 이 소리는 두 씨네 형제 두 사람 같은데? 언제 돌아온 거지? 하필 이럴 때에! 망할 놈들 같으니라구 … 이를 어쩌야 좋담?"

그는 하는 수 없이 손을 멈추더니 소매를 보고 말했습니다.

"내가 문을 막을 테니 아가씨는 등불을 불어서 *끄고* 아무 소리도 내지 마시오!"

소매는 속으로 놀란 나머지 한 손으로 잠방이를 묶고[51] 한편으로는 불을 불어 끈 다음 살그머니 으슥한 곳을 골라 선 채로 숨조차 제대로 쉬지 못하는 것이었지요. 문가로 다가간 봉 선비는 두 손으로 걸상을 들어서 문을 막고 나서 도로 들어와서 소매를 다독거릴 참이었습니다. 그런데 가만히 들어 보니 바깥에서 문을 치면서 말하는 것이었지요.

"봉형! 어서 문을 여시오!"

그러자 봉 선비는 벌벌 떨면서 대답했습니다.

"뉘 … 뉘 … 뉘시오?"

---

51 【즉공관 방비】難爲情. 난감하구만.

그러자 목소리가 좀 작은 이가

"소생 두상문입니다."

하고 말하는가 싶더니 또 한 사람은 크게 고함을 지르는 것이었습니다.

"소생 두상무올시다! 두 달 동안 못 뵙다가 이제야 돌아왔습니다! 이렇게 달빛도 좋은데 어여 문을 열고 나오시오! 우리 같이 술이나 먹으러 갑시다!"

"밤이 깊었소이다. 소생은 벌써 잠자리에 들어서 일어나기 좀 그렇군요. 내일 실컷 먹도록 하시지요!"

봉 선비가 이렇게 말하자 바깥의 두 씨네 맏이[52]가 말하는 것이었습니다.

"제 집이 멀지 않으니 가서 담소를 나누기에 아주 편하지요. (…) 사람을 시켜 모시려다가 봉형께서 벌써 잠이 드셔서 안 오실 것 같길래 우리 형제 둘이 일부러 모시러 왔습니다. 어서 일어나시오!"

---

52 두 씨네 맏이[竇大] : 원문에는 '두대(竇大)'로만 소개되어 있다. '문(文)'과 '무(武)'의 경우, 중국식 화법에서는 일반적으로 '문'을 중시하고 '무'를 상대적으로 낮게 보는 경향이 있다. 따라서 여기서의 "맏이"는 두상문을 가리키는 것으로 보는 편이 합리적이며, 그렇다면 "두 씨네 둘째" 즉 '두이(竇二)'는 두상무를 가리킬 것이다.

"밤이 깊은 데다가 바람도 불고 이슬까지 내렸는데 … 뜨뜻한 이부자리에서 나오면 곳불이 들지 않겠소이까! (…) 정말이지 일어나기 좀 그러니까 강요하지 마시고 사정 좀 봐 주십시오."

"봉형께서는 주량이 평소 대단하시더만 오늘 밤에는 웬 일로 그러십니까?"

맏이가 이렇게 말하자 이번에는 둘째가 고함을 질러 대는 것이었지요.

"사나이 대장부가 술을 먹으면서 달 구경을 하자는 신나는 일을 들었으면 옷을 걸치고 냉큼 일어나야지[53] 바람·이슬이 무슨 대수요!"

"오늘 밤은 뜻하지 않게도 흥이 안 나는군요. 양해해 주시구려!"[54]

그러자 이번에도 둘째가 말했습니다.

"기어이 우리 흥을 깨고 이렇게 돌아가게 하실 겁니까? 봉형이 정말 안 일어나면 … 우리는 이참에 문을 부수고 들어갑니다? 실례를 하더라도 나무라지 마시오!"

---

53 【즉공관 방비】不知更有興於此者. 이보다 더 흥겨운 이가 있을 지 모르겠군.
54 【즉공관 미비】反該說今夜正在高興, 望乞見量. 되려 '오늘 밤은 지금 한창 흥이 오르는 참이올시다. 그러니 양해해 주십시요!'라고 대답을 했었어야지.

그러자 당황한 봉 선비는 가만히 생각해 보았습니다.

'만약에 ⋯ 저 자가 정말로 박차고 들어오면 어쩌면 좋지?'

그리고는 나지막히 소매를 보고 말하는 것이었지요.

"저 자가 만약 부수고 들어오면 일이 들통날 것이 분명하오. (⋯) 아가씨, 일단 침상 뒤에 숨어 있으면 ⋯ 내가 문을 열고 나가서 저들을 돌려보내고 오리다!"

소매는 소매대로 이렇게 속삭였습니다.

"서두르세요 좀 ⋯! 저는 돌아가야겠어요. 이번 일을 제대로 대응하지 못하면 어쩌시게요?"

소매가 침상 뒤켠 어두운 곳에 몸을 숨기자 봉 선비는 그제서야 걸상을 치우고 문을 열고 나왔지요. 그는 그 형제 두 사람을 보고도 인사도 하지 않은 채 손 가는 대로 빗장을 지르더니 말했습니다.

"방 안에 불이 없으니 ⋯ 내가 문을 걸고 나서 두 분 하고 같이 앉아서 이야기를 나누도록 하시지요!"

전통적인 중국의 침상

그러자 두씨 형제가 말하는 것이었습니다.

"뭘 앉아서 이야기를 합니까! 술 상자가 전부 거기에 멀쩡히 다 있는
데요? (…) 일단 저희 집에 가서 노름도 하고[55] 술도 실컷 먹읍시다! 날
이 새도록 말입니다!"[56]

---

55 노름도 하고[呼盧] : '호로(呼盧)'란 '로!' 하고 외친다는 뜻이다. 중국 고대의 주사위는
    한쪽은 검은색을 칠하고 송아지를 그렸고 한쪽은 흰색을 칠하고 꿩을 그렸는데, 주사위
    다섯 개 모두 검은 면이 나오면 '로(盧)'라고 하여 1등으로 쳤다. 그래서 주사위를 굴릴
    때 놀이에서 이기기 위해서 늘 "로[나와라]!" 하고 외치곤 했다고 한다. 여기서 '로(盧)'
    는 검은색을 뜻한다. 중국 하북성의 현 이름인 노룡(盧龍) 역시 '검은 룡'이라는 뜻이다.
    여기서는 '호로'를 "노름도 하고" 식으로 번역하였다.
56 【즉공관 방비】苦哉. 환장하겠구만!

"소생은 안 되겠소이다, 좀 봐 주시오!"

그러자 둘째가 말했습니다.

"우리가 바짝 흥이 올랐는데 봉형이 안되든 말든 무슨 상관이랍니까? 우리 다들 끌고 가세!"

두 형제는 똑같이 손을 써서 잡아 끌고 가는 것이 아닙니까. 거기다가 그 집 가동들까지 미는 놈은 밀고 끄는 놈은 끄니[57] 안 갈려야 안 갈 수가 있나요?[58] 봉 선비는 죽는 소리를 하면서도 사정을 하소연할 도리가 없었습니다. 그야말로

벙어리가 무심결에 황백[59] 맛을 보았나   啞子慢嘗黃栢味,
그 쓴 맛 남들에게 표현하기 어렵구나![60]   難將苦口向人言.

---

57 _끄는 놈은 끄니[攘的攘]_ : '양(攘)'은 원래 '물리치다'라는 뜻으로 해석해야 하지만 여기서는 '끌다'의 의미로 번역하였다.
58 **【즉공관 방비】** 毒甚. 참 고약하구나!
59 황백(黃栢) : 한약재인 황벽(黃檗)의 속칭. 그 뿌리와 껍질이 해독제로 사용되는데, 맛이 무척 쓰다.
60 벙어리가 무심결에 황백 맛을 보았나, 그 쓴 맛 남들에게 표현하기 어렵구나[啞子漫嘗黃栢味, 難將苦口向人言] : 송・원대 화본소설을 모아 놓은 『경본통속소설(京本通俗小說)』의 「착참최녕(錯斬崔寧)」에 나오는 말. 일반적으로 남들에게 말할 수 없는 개인적인 사정이나 고충이 있는 것을 표현할 때 사용하며, 우리 속담의 '벙어리 냉가슴 앓다'와 비슷한 경우이다. 때로는 '벙어리가 황련을 먹듯이, 고충이 있건만 말로 표현할 수 없구나[啞巴吃黃連, 有苦說不出]' 식으로 사용되기도 한다.

꼼짝 할 수도 없이 그저 덩달아 고래고래 고함을 지르면서 가는 수밖에 없었답니다.

한약재 황백의 잎과 껍질

이쪽[61]의 소매는 방에서 심장이 쿵쿵 뛰어서 하마터면 간이 다 떨어질 지경이었습니다. 정말로 후회하고 또 후회했지요. 그러다가 인기척이 차츰 멀어지자 마음을 가라앉히고 침상 앞으로 나왔습니다. 그리고는 옷매무새를 좀 바로잡고 나서 문 바깥을 둘러보니 고요한 것이 아무도 없길래 생각했습니다.

'이제는 … 아무도 없나 보구나! 그를 기다릴 수는 없으니 서둘러 돌아

---

61 이쪽[這裏] : 명대의 이야기꾼들이 장면을 전환시키거나 시점을 변경할 때에 상투적으로 사용하던 표현.

가자!'

그래서 문을 끌어당기는데 뜻밖에도 바깥쪽에서 빗장이 걸려 있는 것이 아닙니까. 마음을 모질게 먹고 힘껏 잡아당기다가 그만 긴 손톱 두세 개가 전부 문 틈에 끼여 부러져 버리고 말았습니다.[62] 나오려고 해도 나올 수가 없었지요. 그래서 용향을 부르려고 하는데 문득 이런 생각이 드는 것이었습니다.

'용향은 분명히 집에 있을 테니 바깥에서 어디 듣고 있을 리가 있어?'

거기다 그 소리를 남들이 들을까 두렵기도 했습니다. 그렇게 이러지도 저러지도 못한 채 속만 태우면서 어쩔 줄을 모를 뿐 당최 어떻게 해 볼 방법이 없었지요. 그러다가 이윽고 밤이 깊어졌는데 앉아 있기도 좀이 쑤시는 데다가 봉 선비는 돌아올 기색도 보이지 않지 뭡니까. 그녀는 속으로 화도 나고 원망스럽기도 해서

'설마 술에 정신이 팔려서 내가 여기에 있다는 것조차 잊어버린 걸까?'

하는 생각을 하면서도 이렇게 그를 두둔하기도 했습니다.

---

62 【즉공관 방비】 勿遽之狀如在目前. 다급한 상황이 눈앞에 선하구만.

'방금 선비님은 끝까지 가지 않으려고 하셨어. 역시 그 정신 나간 친구들이 선비님을 놓아 주지 않는 게지!'

그녀는 몸을 뒤척이기도 하고 왔다갔다 하기도 했다가 따분해 하기도 하고 떼를 쓰기도 하다 보니 몸이 피곤해지고 하품까지 연달아 나왔지요. 그렇다고 잠을 좀 자자니 남의 집 침상이어서 잠도 오지 않고 누워 있을 수도 없었지요. 거기다가 속사정이 있다 보니 애가 다 탈 정도인데 어디 잠이나 와야지요! 마냥 앉아만 있기가 지루하길래 가사를 한 수 지었습니다.

규방 깊은 곳에 갇힌 다정스러운 이여,	幽房深鎖多情種,
이 맑은 밤 길고 길건만 뉘와 함께 하리오?	淸夜悠悠誰共.
원앙·봉황 수 놓인 비단금침 수줍게 응시하며	羞見枕衾鴛鳳,
답답한 심정으로 옷 입은 채 덮고 자는데	悶則和衣擁.
난데없이 맹렬한 찬바람 불더니	無端猛烈陰風動,
새로 꾼 꿈 놀라 깼더니	驚破一番新夢.
창 밖에는 밝은 달이 서리 위로 비치고	窗外月華霜重,
도원동은 적막하기만 하구나!	寂寞桃源洞.
─가사를 【도원억고인】에 부치다	─詞寄【桃源憶故人】

소매가 가사를 다 읊고 나니 어느 사이에 닭이 울 때가 다 되었지 뭡니까.

이불보에 수놓아진 원앙이 문양

한편 용향은 집에서 잠을 자고 일어나서 생각했습니다.

"지금쯤이면 아씨가 봉 나리 하고 즐거운 시간을 충분히 보냈을 테지?[63] 가서 시중을 들고 나서 아씨를 모시고 좀 일찍 돌아와야겠구나. 날이 밝아 누가 발견하기라도 해서 사달이 나지 않도록 말이야."

쪽문을 열고 이슬이 내린 풀을 밟으면서 천천히 글방 앞까지 왔을 때였습니다. 가만 보니 문에 빗장이 질러져 있는 것이 아닙니까. 그녀는 이

---

[63] 【즉공관 방비】做夢. 꿈도 야무지군

상한 생각이 들었습니다.

'이걸 … 바깥에서 누가 빗장을 건 거지? 참 이상한 일도 다 있네!'

이렇게 몇 마디 혼잣말을 하고 있는데 안에서 소매가 그 소리를 듣더니[64] 입을 열었습니다.

"용향이 왔니?"

"예, 왔어요."

"어서 문을 열고 들어오렴!"

그래서 용향이 문을 열고 들어가 보는데 가만 보니 소매가 옷과 화장도 그대로인 채로 덜렁 혼자 앉아 있지 뭡니까. 용향은 놀라서 물었지요.

"아씨! 이렇게 일찍 일어나셨어요?"

"일찍 일어나긴! 하룻밤 내내 잠도 자지 못한 걸!"

---

64 **【즉공관 미비】** 聽蛩然足音而喜, 此其時也. '발걸음 소리만 들어도 반갑다'고 하더니 지금이 그런 때로군.

"왜 … 안 주무셨어요? (…) 봉 나리는 어디로 가고?"

그러자 소매는 한숨을 쉬더니 말하는 것이었습니다.

"이런 공교로운 일이 다 있다니! 한두 마디 이야기를 나누지도 않았는데 나리의 정신나간 친구들이 뜰 문을 박차고 들어와서 달 구경을 가자면서 끌고 가 버렸단다! 봉 나리는 몇 번이나 사양하고 거절하면서 끝까지 문을 열지 않으려 했는데도 악착같이 밀고 들어오지 뭐니! 하는 수 없이 문을 열고 그 자들을 따라서 가더니만 여태까지 안 오는구나! 거기다가 문에 빗장까지 거는 바람에 내가 나오려고 해도 나올 수가 없고 앉아 있으려고 해도 그럴 수가 없어서 이 하룻밤을 꼬박 벌을 섰지 뭐야! (…) 지금 네가 딱 맞추어서 와 주었기에 망정이지 … 우리 어서 돌아가자꾸나!"

"어떻게 그런 일이! 아씨, 마음이 있으시다면 … 이쯤 됐으면 봉 나리도 나중에는 돌아올 테니 그래도 여기서 좀 기다려 보지 그러세요?"

그러자 소매는 자기도 모르게 눈물이 글썽글썽해지더니[65] 한숨을 내쉬면서 말하는 것이었습니다.

"기다리긴 뭘 기다려! 그냥 돌아갈 테야!"

---

[65] 【즉공관 미비】 眞可痛苦流涕而長太息者也. 참으로 고통에 눈물 흘리며 장탄식을 할 만한 사람이지.

그야말로

갑자기 고깃배가 비목어[66]를 놀라게 만들고,　　驀地魚舟驚比目,
순식간에 나뭇꾼 도끼가 연리지[67]를 찍는구나!　　霎時樵斧破連枝.

소매가 용향과 함께 돌아간 것은 말할 필요도 없었습니다.

　계속 이야기를 들려 드리도록 하겠습니다. 봉 선비는 남 산통 다 깬 두
씨네 맏이와 둘째가 다짜고짜 자신을 끌고 가는 바람에 한밤중에 술을
마실 수밖에 없었습니다. 봉 선비는 정말이지 '뜨거운 땅바닥의 그리마'
와도 같이 잠시도 몸을 쉴 겨를이 없었습니다. '제발 좀 봐 달라'는 말을
꺼내자마자 두 씨네 둘째에게 큰 사발 째 벌주를 받아야 했습니다. 봉
선비가 아무리 속으로 바라지 않아서 거절하려고 해도 남들이 빈틈을 발

66　비목어[比目] : 중국 고대의 전설에 등장하는 물고기. 일반적으로 눈이 한 쪽으로 쏠린
　　넙치·도다리(광어)·가자미 같은 어종을 말한다. 옛날 사람들은 이 어종은 눈이 하나만
　　있는 것으로 오해하여 반드시 짝을 이루어 두 눈을 이용해야만 이동할 수 있다고 믿었다
　　고 한다. 전국시대의 백과전서인 『여씨춘추(呂氏春秋)』「우합(遇合)」에서는 "무릇 만나
　　는 데에는 때가 맞아야 한다. 때가 맞지 않으면 반드시 때가 맞기를 기다려서 실천으로
　　옮겨야 한다. 그렇기 때문에 날개를 나란히 나는 새는 나무에서 죽고 눈을 나란히 헤엄치
　　는 물고기는 바다에서 죽는다[凡遇合也時, 不合, 必待合而復行, 故比翼之鳥死乎木, 比目之
　　魚死乎海]"라고 소개하고, 전한대의 백과전서인 『이아(爾雅)』「석지(釋地)」에서는 "동방
　　에 비목어가 있는데 암수가 눈을 맞대지 않으면 다닐 수가 없다. 그 이름을 '넙치'라고
　　한다[東方有比目魚焉, 不比不行, 其名謂之鰈]"라고 소개하므로써 부부의 금슬을 상징하
　　는 물고기로 간주하였다. 근세의 중국인들은 부부가 사용하는 물건에 비목어 문양을 그
　　려서 서로 사이가 좋아 한 순간도 떨어지지 않기를 기원하기도 하였다.
67　연리지(連理枝) : 중국 고대의 전설에 등장하는 나무. 서로 다른 나무의 가지들이 맞닿아
　　결이 통하면서 한 그루가 되었다는 뜻으로, 다정한 연인이나 금슬이 좋은 부부 사이를
　　가리키는 말로 주로 사용된다.

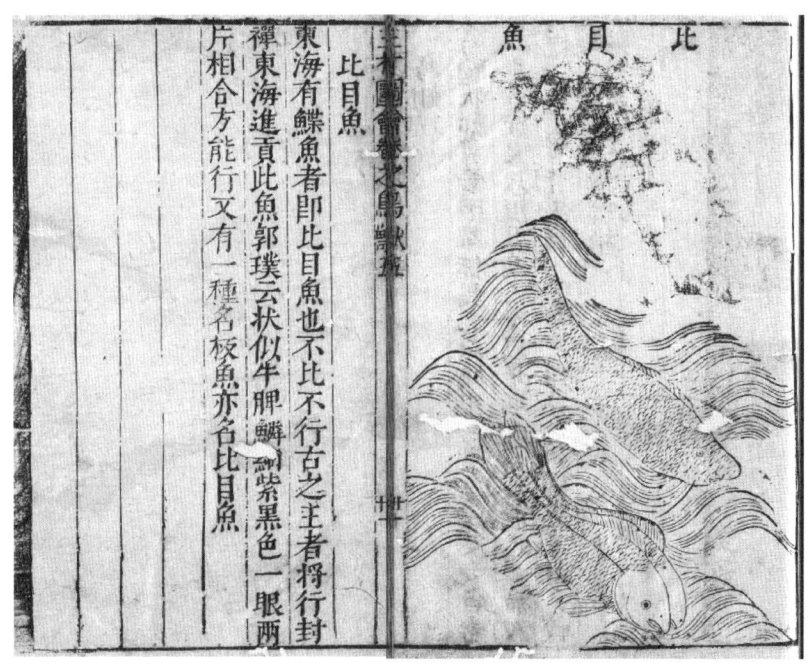

견하기라도 할까 두려워서 하는 수 없이 억지로 기분을 맞추어 주면서 조금이라도 일찍 그 자리가 끝나기만 바랄 뿐이었지요. 그런데 뜻밖에도 그들이 아무래도 젊은이이다 보니 먹다가 흥이 생기자 먹을수록 격렬해 져서 어디 자리를 끝내려 들어야지요! 봉 선비는 정말이지 소리를 지를 겨를조차 없지 뭡니까. 그러더니 동녘이 밝아지고 사람들이 곤죽이 되어 더는 먹을 수 없을 지경이 되고 나서야 자리가 끝났습니다.

봉 선비는 끝까지 조심하면서 잔뜩 취하기 전에 술기운만 좀 지낸 채 두씨 형제와 작별하고 한 걸음을 열 걸음처럼 비틀비틀 집으로 돌아왔습 니다. 그런데 뜰 안에 도착했을 때였습니다. 가만 보니 방문이 활짝 열려 있는 것이 아닙니까. 그래서 허둥지둥 다가가서 불렀습니다.

"아가씨? (…) 아가씨!"

그러나 어디 사람 그림자 하나 보여야지요. '어젯밤에는 여기에 있었는데 지금은 보이지 않네' 하는 생각이 들자 무심결에 술기운을 빌어 선반을 두드리고 걸상을 치다 보니 부아가 치밀지 뭡니까. 그래서 눈물을 구슬처럼 흘리면서[68] 욕을 퍼붓는 것이었지요.

"저 망할 놈의 두가네 형제 놈들이 내게 해코지를 하다니! 천신만고 끝에 이제야 간신히 성사되게 생겼는데 뜻을 이루기도 전에 난데없이 둘 사이를 갈라놓다니! (…) 이제 또 얼마나 애를 써야 인연을 이룰 수 있을지 기약이 없구나! (…) 그녀가 겁을 집어먹고 다시는 안 오려 할까 봐서 걱정이다! 이를 어째야 좋담?"

그렇게 답답하고 울적한 심정으로 침상 위에 쓰러져 버리는 것이었지요.

그렇게 잠이 들었다가 해가 서쪽으로 질 때까지 자고 나서야 자리에서 일어났답니다. 그는 허둥지둥 뜰 동쪽 담장 옆으로 가서 살펴보았지만 누각의 창문은 굳게 닫힌 채 인적조차 보이지 않는 것이었습니다.[69] 쪽문

---

68 【즉공관 미비】未免有情, 亦復誰能遣此. 정이 있다고 하지 않을 수 없다. 또 누가 이렇게까지 할 수가 있겠는가?

을 밀어 보았지만 역시 단단히 잠긴 상태이지 뭡니까. 소식을 알아 볼 데 조차 없는지라 투덜거리면서 돌아와 잠시 글방에서 속상해 한 것은 말할 필요도 없었습니다.

계속 이야기를 들려 드리도록 하겠습니다. 양 소매는 자기 방으로 돌아왔지만 마음속은 여전히 진정되지 않은 상태였습니다. 그래서 용향을 보고 말했지요.

"앞으로는 절대로 조심해야 한다. 이런 꼴 나지 않도록!"

그러자 용향이 말하는 것이었습니다.

"아씨, … 그렇게 할 수 있을지 걱정이군요!"[70]

---

69 【즉공관 미비】又在巫山那廟. 이번에도 무산 그 쪽이렷다?
　무산(巫山)은 중국의 사천성과 호북성의 경계지대에 자리잡고 있는 산으로, 장강이 그 사이를 관통해 흐르면서 삼협(三峽)을 형성하고 있다. 산의 모습이 '무당 무(巫)'자와 비슷하게 생겼다고 해서 '무산'으로 일컬어졌다고 한다. 전국시대 초(楚)나라의 가객 송옥(宋玉)이 지은 「고당부(高唐賦)」에 따르면, 초나라의 양왕[楚襄王]이 고당(高唐)으로 유람을 갔다가 꿈에 어떤 여자를 만났는데, 작별할 때 "소녀는 무산의 남쪽 고구의 험지에 산답니다. 아침에는 떠다니는 구름이고 저녁에는 움직이는 비가 되어 아침저녁으로 양대 밑에 있답니다[妾在巫山之陽, 高丘之阻, 朝爲行雲, 暮爲行雨, 朝朝暮暮, 陽臺之下]"라고 말했다. 다음날 아침 현장으로 간 양왕은 그 여인의 말이 사실인 것을 알고 그 곳에 사당을 짓고 '조운(朝雲)'이라고 이름 붙였다고 한다. 중국문학에서는 이로부터 남녀간의 정사를 형용할 때 운우·무산·고당·양대(陽臺) 등의 말로 완곡하게 표현하곤 하였다. 이 미비에서도 그런 취지에서 무산을 언급한 것이다.
70 【즉공관 방비】觀破. 눈치를 챘구만.

"일단 내가 마음을 모질게 먹고 조심해야지!"[71]

"그럴 수 있을 때가 되면 벌써 때는 늦었을 테지요!"

"어째서 늦는다는 게냐?"

"몸이 망가져 버렸으니까요."

그러자 소매가 말했습니다.

"그런 일이 어디 있어! 네가 돌아가기가 무섭게 그 자들이 들이닥쳤어. 봉 선비 하고 대화 한 마디도 제대로 나누지 못했는데 … 무슨 다른 일이 있었겠니!"

"정말 그렇다면 … 그 자가 어디 포기하려 들겠어요? 죽이려 들 게 분명합니다! 그렇지 않고 발작이라도 하게 된다면 … 그것조차 우리로서는 행운[72]이 아니겠느냐고요! (…) 아무래도 오늘 밤에 다시 한번 가 보아야

---

71 【즉공관 방비】 强話. 亦妙語. 억지로 하는 말이지만 그럼에도 기막힌 말이로군.
72 행운[陰騭] : '음즐(陰騭)'은 음즐문(陰騭紋)을 말한다. 중국의 관상서에서는 두 눈 아래 꺼풀 부위를 '음즐(陰騭)'이라고 하며, 그 부위의 주름('음즐문')이 자손의 유무와 관련이 있다고 믿었다. 음덕궁(陰德宮)·자녀궁(子女宮)·누당(淚堂)·용당(龍堂)·봉대(鳳袋) 등으로도 불리는 이 부위가 밝고 빛나며 자주색이 감돌면 선행을 베풀어 덕을 쌓은 결과로 여겨졌다. 또, 만약 개과천선해서 남을 돕고 덕을 쌓으면 그 부위에 주름('음즐문')이 생겨서 불행을 행복으로 바꾸고 자손이 부귀를 얻는다고 믿었다. 나중에는 음즐문이 눈 아래뿐만 아니라 다른 부위들에서도 나타날 수 있다고 여겨졌으며, 원대의 관상

겠어요."

"오늘 밤에 만약에 가거든 너는 바깥에 멈추어서 나를 기다리면서 한 편으로는 사람들을 살펴거라. 그래야 일을 그르칠 염려가 없으니까!"

그러자 용향은 코웃음을 치는 것이었습니다.

"뭐가 우습니?"

"아씨께서 마음을 아주 모질게 먹고 '정말로 피할 수 있다'고 하시는 게 우스워서요."

두 사람이 이렇게 밤에 다시 만남을 가지러 가는 일을 두고 상의를 하려는데 뜻밖에도 오라비와 형수가 기거하는 안채에서 어린 여종이 하나 나와서 이렇게 알리는 것이었습니다.

"풍 노마님께서 오셨습니다!"

알고 보니 소매에게는 외조모가 있었습니다. 풍 씨댁에 출가해서 전당 문[73] 안에 살고 있었지요. 남편과 사별하기는 했지만 집안 형편이 제법

서인 『수경집(水鏡集)』에서는 음즐을 총 36개 부위로 소개하였다.
[73] 전당문(錢塘門) : 중국 남송대 임안성(臨安城)의 서쪽 성문. 원래는 절강성 항주시의 호

20세기 초기의 전당문

넉넉해서 대문 앞에 전당포를 하나 운영하고 있었습니다. 그래서 사람들은 저마다 그녀가 부잣집인 것을 눈치채고 이른바 '삼고육파'[74]치고 하나라도 그녀에게 아부하러 오지 않는 사람이 없을 정도였답니다. 그녀에게는 딸만 하나 있어서 양 씨네에 출가시켰는데 그것이 바로 소매의 모친이었지요. 그러나 이미 오래 전에 부부가 모두 세상을 등지고 말았습니다. 노마님은 외조카딸이 오라버니 내외 곁에서 지내고 있기는 하지만 남의 집에 출가시키지 않은 일을 늘 마음에 두고 있었습니다. 그러던 어느 날이었지요. 매파들에게 소매의 혼사를 거론했더니 매파들이 말했습니다.

"만약에 … 양 씨댁 큰나리의 명망에 기대어 누이 분을 다른 댁에 허락하기만 한다면 그 댁에서 노하지는 않겠지. (…) 반드시 '노마님의 친외조카인데 노마님 댁에서 예단을 받고 출가시키는 것'이라고 하셔야 합니

빈로(濱濱路)와 경춘로(慶春路)의 교차지점에 있었으나 1913년에 철거되었다.

74 삼고육파(三姑六婆) : 명대 강남지방의 유행어. 비구니[尼姑]·여도사[道姑]·여점쟁이[卦姑]의 '3고(三姑)'와 인신매매자[牙婆]·중매쟁이[媒婆]·무당[師婆]·포주[虔婆]·돌팔이의사[藥婆]·돌팔이산파[穩婆]의 '6파(六婆)'를 함께 일컫는 말이다. 여기에서 '고'는 젊은 여자를, '파'는 나이가 많은 여자를 가리킨다.

다. 그래야 두 집안의 격이 어울리니까요."

노마님은 그 말에 일리가 있다고 여겼습니다. 거기다가 외조카딸은 나이가 차서 그 신변을 정리해야 했지요.[75] 그래서 자신이 가마를 타고[76] 추가로 빈 가마를 하나 불러 그 길로 바로 양 씨댁으로 가서 소매를 맞아들여 집으로 갈 참이었습니다.

소매가 외조모를 마중하자 노마님은 앞서의 사연을 자세히 이야기해 주었지요. 그러자 소매는 속으로 깜짝 놀라면서 이렇게 발뺌했습니다.

"꼭 가야 한다면 … 외할머니께서는 일단 먼저 돌아가시지요. 이 조카딸 이틀 동안 신변을 정리하고 찾아뵙겠습니다!"

"정리할 게 뭐가 있느냐?[77] 네가 떠날 때까지 내가 여기서 기다렸다가 가면 되지!"[78]

노마님이 이렇게 말하자마자 용향이 말했습니다.

---

75 【즉공관 미비】遲了. 늦었다.
76 자신이 가마를 타고[自己撞了轎] : 현대 중국어에서 '자기대료교(自己撞了轎)'는 "스스로 가마를 메고" 식으로 번역하는 것이 보통이다. 그러나 명대 구어체 중국어에서는 이와는 정반대로 "자신이 가마를 타고"라는 의미를 나타내므로 이해 · 번역하는 과정에서 주의가 필요하다.
77 【즉공관 방비】老賬物. 늙은 밉상 같으니라구!
78 【즉공관 미비】毒甚. 참 고약하기도 해라.

"날도 잡아야 하구요!"

그러자 노마님이 말하는 것이었습니다.

"내가 날을 잡아서 왔단다. 오늘이 바로 황도[79]의 길일이라는구나. 지금 가거라!"
소매는 속으로 죽는 소리를 하면서 몰래 용향을 보고 말했습니다.

"그 사람을 … 어떻게 하지?"

"노마님께서 여기서 지키고 계실 테니 며칠 더 지체되면 다시는 봉 나리를 만날 수 없게 됩니다! (…) 차라리 일단 그렇게 하겠다고 둘러 대시고 … 이 용향이가 혼자 가서 그 나리한테 소식을 전하고 나서 다시 기회를 찾아보도록 하시지요!"

소매는 찝찝한 마음을 품은 채로 노마님을 따라서 가는 수밖에 없었지요.

---

[79] 황도(黃道) : 고대 천문학 용어. 지구가 한 해 동안 태양을 공전하는 궤도. 지구가 태양을 공전하면 1년만에 한 바퀴를 돌아 원래의 자리로 돌아오는데 이때 태양이 지나온 노선을 말한다. 이에 비하여 달이 지구를 공전하는 궤도는 '백도(白道)'라고 불렸다. 중국의 고대 점성술에서는 천문(天文)을 관찰하여 길흉을 점쳤는데, 그 중에서 청룡(靑龍)·명당(明堂)·금궤(金匱)·천덕(天德)·옥당(玉堂)·사명(司命)의 육신(六辰)을 행운의 신 즉 길신(吉神)으로 여겼다. 이 여섯 신이 활동하는 날에는 흉살(凶煞)을 없애서 만사가 고르게 이루어진다고 하여 "황도의 길일[黃道吉日]"이라고 불렸다.

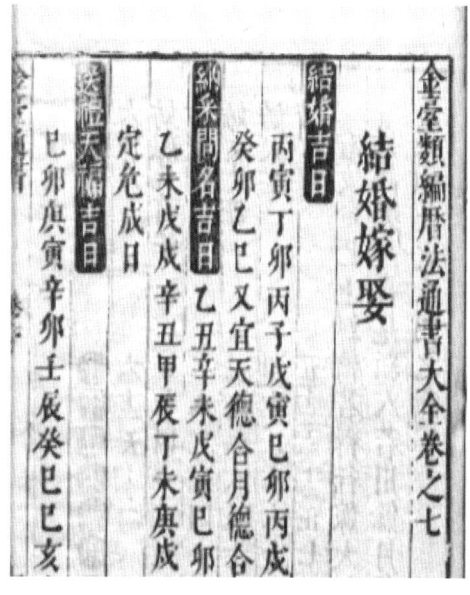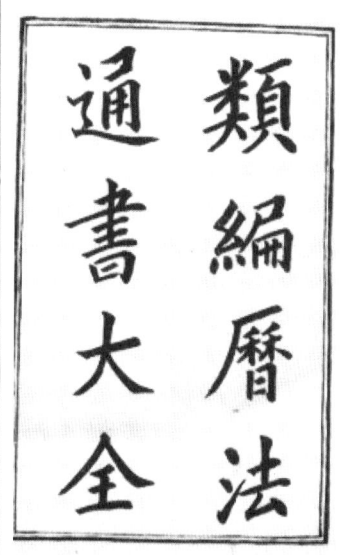

명대의 길흉택일 지참서 『역법통서대전曆法通書大全』의 표지와 혼례 택일 대목

그렇게 해서 이 날 봉 선비는 누각 위의 그녀를 보러 갔지만 다시는 얼굴을 볼 수가 없었습니다. 그리고 집 밖에서 수소문해 본 끝에 외조모집에서 데려갔다는 것을 깨달았지요. 그는 발을 동동 구르면서 한숨을 쉬었지만 후회해도 소용이 없었지요. 이렇게 되면 언제 집으로 돌아와 다시 만날 수 있을지 알 수가 없는 일이었습니다. 이렇게 언짢아 하고 있을 때였지요. 가만 보니 외삼촌인 금삼 원외 집의 금왕金旺이 와서 그녀를 맞아서 집으로 돌아가는 것이었습니다. 서울에 가서 회시[80]를 치루는 일을

80　회시(會試) : 중국 고대에 시행된 과거제도에서 최종 단계에 치러지던 시험. '회시'는 전국 각지 향시에서 합격한 거인들이 한곳에 모여 실력을 겨룬다는 뜻에서 유래한 말로서, 예부(禮部)의 주관으로 향시 다음해 2월에 도성에서 거행되었는데 시험이 치러지는 계절이 봄이라고 해서 '춘시(春試)' 또는 '춘위(春闈)'라고 부르기도 하였다.

상의하기 위해서 말했습니다.

"뜰의 책상자며 행장들은 모두 집에 챙겨 놓았으니 이제는 여기에 오실 필요가 없습니다요!"[81]

그러자 봉 선비는 입으로는 말이 없이 속으로 생각해 보았습니다.

'눈 앞에서 한 순간의 실수로 이렇게 서로 헤어지게 될 줄이야! (…) 생각해 보아도 어디 다시 만날 날이 있겠나? 다만, … 그녀가 그렇게 좋은 감정을 가지고 있으니 내가 어떻게 그녀를 포기할 수가 있단 말인가!'

그는 짐을 정리하면서 동쪽 담장을 바라보면서 하염없이 눈물을 흘렸습니다. 그러나 어떻게 할 방법이 없는지라 하는 수 없이 총총히 문을 나와 금삼 원외의 집으로 왔지요. 그런데 원외는 벌써 노자를 챙기고 매사를 잘 준비해 놓은 상태였습니다. 그는 송별주를 먹고 길에 오르는 그녀를 배웅하고 금왕에게는 '그녀를 따라가서 도중에 시중을 들면서 가라'고 일렀습니다.

그런데 원외가 한가하게 집안에 있는데 우연히 노파[82] 하나가 와서 진

---

81 【즉공관 방비】毒甚. 참 고약하군.
82 노파[牙婆] : '아파(牙婆)'는 명대에 인신매매나 직업소개를 생업으로 삼았던 나이 지긋한 여자를 가리키는 말로, 여기서는 "노파"로 번역하였다.

주와 비취를 팔면서 '전당문의 풍 씨댁에 따님이 하나 있는데 재주와 미모를 갖추었건만 여태 출가를 시키지 못했다'는 말을 꺼내는 것이었습니다. 그래서 원외가 그 규수의 팔자/守를 캐물어서 외조카와 한번 맞추어 보았지요. 그런데 운세를 봐 주는 점쟁이가 '최고의 부부로 남편은 영광을 누리고 아내는 고귀해져서 전혀 살이 없다'고 말하는 것이 아닙니까. 원외는 몹시 기뻐하면서 당장 사람을 보내 혼담을 넣게 했습니다. 그 댁의 풍 노마님은 '금삼 원외'라는 말을 듣더니 그가 고을의 부자임을 알고 사람을 시켜 외조카인 양 씨네 큰나리에게 알리게 해서 즉시 출가시키기로 했지요. 그리고는 길일을 잡고 예물을 보내는 등 몹시 기뻐하는 것이었습니다.

그러나 뜻밖에도 양 소매는 속으로 봉 선비만 그리워하고 있었습니다. 그녀는 웬 금 씨네에 출가하게 되었다는 말을 듣더니 몹시 언짢아 하는 것이었지요. 그렇다고 해서 속내 말을 털어 놓기도 난감하고 해서 용향을 마주보면서 마냥 울기만 할 뿐이었습니다. 그래서 용향은 이렇게 그녀를 달랬지요.

"인연은 정해져 있는 것입니다1 생각해 보면 그날 만약 인연이 닿았더라면 진작에 혼인이 성사되었을 테지요. 그렇게 눈 앞에 있는 분을 놓치고 만 것도 따지고 보면 인연이 아니었던 거예요. (…) 그래도 다행인 것이 … 만약에 그날 밤에 무슨 사달이라도 난 상태에서 지금 또다른 집안에 출가하게 되었더라면 어떻게 될 뻔 했어요?"

『소주청명상하도』속의 명대 점집. 지붕 옆에 좋은 날을 골라 혼사를 이루어 준다는 뜻의 '선일합혼 (選日合婚)'이라는 광고 문구가 보인다

　그러자 소매가 이렇게 말했습니다.

　"그런 말이 어디 있느냐! 내 당초에 아무리 그 분과 몸을 섞지는 않았
지만 그래도 잠시나마 연정을 나누었으니 마음은 이미 허락한 셈이다![83]
(…) 내 지금 '그래도 그 분과 만날 날이 있겠지' 하는 미친 생각에 잠시
참고 있는 것뿐이야. 만약 날더러 다른 사람한테 출가하라고 하시고 나
역시 당장 어쩔 도리가 없다면 자결을 해서라도 그 분의 그 정에 보답하

83　【즉공관 미비】有此意, 所以到底成就. 그런 마음을 품고 있었군. 그러니 결국에는 소원대
　로 성취하게 되겠지.

는 수밖에 없느니라. (…) 어떻게 그 분을 저버릴 수가 있겠니?"

"아씨의 그 착한 마음씨야 그렇다지만 … 하지만 지금 어떻게 그 분 하고 다시 만날 수가 있겠어요!"

"그 분은 지금 아마 서울에서 회시를 준비하실 테지. 만약에 … 인연이 아직 끊어지지 않아 전시에 급제하신다면[84] 그 분은 반드시 돌아와 나를 찾으실 거야! 그때 내가 외조모님과 작별하고 집으로 돌아오게 되면 어쨌든지 방법을 강구해서 한번이라도 만나 뵐 수 있게 되겠지. 그때 가서 그 분이 귀하신 분이 되신다면 혼인하는 일 정도는 어쩌면 만에 하나라도 돌이킬 수 있게 될지 모른다! 그렇지 않으면 나는 그 분에게 한 마디라도 이별 인사를 드릴 수 있다면 죽어도 눈을 감을 수 있겠구나!"

"아씨 말씀이 옳아요! 일단 참고 견디세요. 괴로워하다가 남들한테 들켜서 사달이 생기면 안되니까요."

두 사람이 이렇게 이야기를 주고받은 일은 잠시 접어 두고 계속 이야기를 들려 드리도록 하겠습니다. 봉 선비는 서울에 가자마자 단번에 급

---

84 전시에 급제하신다면[金榜題名] : '금방제명(金榜題名)'은 명대에 전시(殿試)에 급제한 급제자들의 명단을 가리킬 때 자주 사용하던 표현으로, 글자대로 풀이하면 '금빛 방에 이름이 들어가다' 정도로 새길 수 있다. 명단을 금처럼 누런 색 종이에 작성하고 거기에 황제의 권위를 상징하는 옥새를 찍었기 때문에 급제자 명단을 '금방(金榜)'으로 일컬었다고 한다.

제해 삼갑三甲 진사[85]가 되어 복건 땅 복주부[86]의 추관[87]이 되었답니다. 그는 속으로 이렇게 생각했지요.

'내 지금 당장 집으로 돌아가 매파에게 혼사를 부탁하는 것은 손바닥을 뒤집는 것만큼 쉬운 일이다. 그 인연이 아직도 유효하니 참으로 기쁜 일이다. 진사가 된 일 정도는 입에 담을 만한 경사도 아니로구나!'

그렇게 짐을 꾸려서 길을 나서려고 할 때였습니다. 금 원외 집에서 누가 서울로 와서 이렇게 전하는 것이었지요.

"댁에서 벌써 부인 되실 분을 정해 놓으시고 나리께서 금의환향해 혼사를 치르시기만 기다리고 계십니다요!"

그러자 봉 선비는 깜짝 놀라서 말했습니다.

---

85 삼갑진사(三甲進士) : 명대에 향시(鄕試)와 회시(會試)는 삼 년마다 한번씩 치루어졌다. 여기서 급제한 수험생들은 성적에 따라 일갑(一甲)·이갑(二甲)·삼갑(三甲)으로 구분되었고, 그 중에서 우수한 성적을 얻은 일갑 급제자들은 다시 수석은 장원(壯元), 차석은 방안(榜眼), 그 다음은 탐화(探花)로 일컬어졌다. 한 수재가 얻은 '삼등'은 탐화가 아니라 삼갑에 해당하는 것으로 낮은 점수를 받은 급제자들을 가리킨다. 명대 실시된 세고에서 '삼등'은 별도 없고 상도 없는 어중간한 점수대의 이도 저도 아닌 등급으로 간주되었다. 아래의 【황앵아】에서 "수모도 없고 영광도 없다[無辱又無榮]"고 한 것은 바로 이를 두고 한 말이다.
86 복주부(福州府) : 명대의 지명. 복건성의 정치·경제·문화 중심지로, 송대 이래로 동남 아 각지를 오가는 해운 선박들이 반드시 거쳐 가는 중요한 해운도시였다.
87 추관(推官) : 중국 고대의 관직명. 당대부터 설치되었으며 명대에는 각 부(府)에서 형옥 관련 업무를 담당하였다. 그 품급은 북경과 남경 두 도읍의 추관은 종6품이고 나머지 지역에서는 정7품이었다. 여기서는 앞서의 이형(理刑)을 가리킨다.

"무슨 … 부인을 어떻게 정했다는 게야?"

"전당문 안의 풍 씨댁 아씨이신데 … 듣자니 재주와 미모를 모두 갖추고 계신다는군요."

그러자 봉 선비는 표정이 바뀌더니 말하는 것이었지요.

"자네 주인마님도 참 오지랖도 넓으시구만! 내 속을 어떻게 안다고 허겁지겁 내 아내감을 정해 놓으셨다는 게야?"

금 씨네 하인과 금왕은 둘 다 이상하게 여기면서 말했습니다.

"원외님께서 좋은 마음으로 하신 일인데 나리께선 왜 역정을 내십니까요?"

"너희들은 모른다. 상관할 것도 없고!"

그는 이때부터 마음속에 시름이 늘어나고 말았습니다. 그야말로

혼사는 이루어도 속내와는 다르고	姻事雖成心事違,
새 사람은 기쁘건만 옛 사람은 눈물 흘리네.	新人歡喜舊人啼.
몇 번이나 속으로 슬퍼하지만	幾回暗裏添惆帳,
남들에게 이야기한들 누가 알아주리오!	說與傍人那得知.

봉 선비는 속이 답답했지만 일단 집으로 가서 방법을 강구하기로 했습니다. 그래서 서울에서 길을 나서면서 한편으로는 금 씨댁 하인을 먼저 돌려보내 날을 잡아 귀향한다고 알리게 했지요.

이쪽의 금 원외는 외조카가 돌아올 날이 임박한 것을 알고 혼례를 치룰 길일을 잡았습니다. 그리고 먼저 풍 씨댁으로 가서 두루마기용 예단과 비녀·반지 등 청기88의 예물들을 전달했지요. 그는 그대로 백옥으로

---

88 청기(請期): 중국 고대의 혼례 예법인 육례(六禮) 중에서 다섯 번 째 절차. 신랑 집에서 신부 집에 빙례(聘禮)를 보낸 뒤에는 길일을 잡아서 중매인을 신부 집에 보내어 혼례 날짜를 통지하였다. 형식적이기는 하지만 보통은 이 과정에서 신랑 집에서 신부 집의 동의를 구했기 때문에 '날짜를 정해 주기를 부탁한다'는 뜻에서 '청기'라고 불렀다.

만든 두꺼비를 답례로 삼았습니다. 이 두꺼비는 원래 한 쌍으로, 지난번에 하나를 외조카에게 선물로 주었고 이번에도 예물로 내놓아 완벽한 인정으로 삼았지요. 그는 매파를 시켜 그것을 풍 씨댁에 전달하고 이렇게 이야기하게 했습니다.

"금 씨네 신랑은 전시에 급제하여 곧 귀향해 혼사를 치룰 것입니다. 이미 출발해 곧 도착한다고 합니다!"

그러자 풍 씨댁 노마님은 더없이 기뻐하는 것이었지요. 곁에 있던 일가 친척들도 그것을 본 사람 치고 이렇게 칭찬을 하지 않는 사람이 없을 정도였습니다.

"소매 아가씨가 곱게 생겨서 이런 큰 복을 받으시는 거지!"

사람들은 모두 와서 소매에게 축하 인사를 건넸습니다. 그러나 정작 소매는 속내를 감추고 있을 줄 누가 알았겠습니까? 그녀는 내내 한숨을 쉬다가 속이 슬프고 답답했는지 묵묵히 자기 방으로 돌아가 버리는 것이었지요. 그런데 가만 보니 용향이 다가와서 말하는 것이었습니다.

"아씨! 방금 전의 그 예물 … 보셨어요?"

"그런 거 볼 마음이 어디 있겠니!"

그러자 용향은 이렇게 말했습니다.

"엄청난 희소식을 하나 … 아씨한테 알려 드려야겠네. (…) 이 용향이
가 외간사람들 하는 말을 들어 보니까 진사가 되어 아씨를 맞아들이는
그 사람 말이에요. (…) 성이 금씨이긴 한데 … 사실은 금 씨댁 외조카래
요! (…) 제 지난번 기억에 … 봉 나리가 무슨 '금 씨네 외숙부' 어쩌고 하
더라니까요? 어쩌면 … 그 사람이 봉 나리인지도 몰라요!"

"그런 일이 어디 있어!"

"방금 전에 예물 중에 비녀에 대한 답례라는 물건이 하나 있었잖아요?
그것도 옥으로 만든 두꺼비더라구요. (…) 지난번에 봉 나리가 아씨한테
주신 거 하고 똑같은 것이지 뭐에요 글쎄! (…) 그 댁이 아니라면 어떻게
그렇게 똑같을 수가 있겠어요?"

그러자 소매가 말했습니다.

"지금 그 옥 두꺼비 … 어디에 있더라? (…) 어떻게 좀 보여 주려무나!"

"제가 방금 전에 보고 좀 이상하길래 '아씨가 좀 보겠다고 하신다'고
둘러 대고 가져 왔답니다!"

하더니 소매 속에서 꺼내서 소매에게 건네 보여 주는데 정말 똑같은 것 같았습니다. 그래서 이번에는 자기 것을 팔에서 풀어서 나란히 놓고 보니 조금도 틀림이 없지 뭡니까! 소매는 지난날의 정을 떠올리며 자기도 모르게 눈물을 흘리면서 말하는 것이었지요.

"만약 … 정말 그렇다면 … 참으로 인연이 끊어지지는 않았나 보다! 옛날부터 '거울이 깨져도 다시 합쳐지고[89] 비녀가 쪼개져도 도로 합쳐진다'[90]고 하더니 … 정말 그런 일이 있기는 있나 보다! 그렇기는 하지만 … 봉서방님이 급제하셨다면 당연히 '봉 씨댁에서 예물을 보냈다'고 했을 텐데 어째서 … '금 씨댁'이라고만 했을까? (…) 여기에는 내막이 있을 거야! (…) 어떻게 진짜 소식을 수소문해서 정말 그것이 사실이면 좋겠는데 …"

---

89 거울이 깨져도~[破鏡重圓] : 남북조시대 진(陳)나라의 태자사인(太子舍人)이던 서덕언(徐德言)과 진나라 후주 숙보(叔寶)의 누이인 악창공주(樂昌公主)의 일화를 말한다. 진나라에서 이름난 명사로 진숙보의 큰 누이동생인 악창공주와 혼인하여 부마가 된 서덕언은 공주와 금슬이 좋아서 나랏사람들로부터 천생연분이라는 찬사를 받았다. 그러나 진숙보의 폭정으로 국운이 기울자 북방의 수(隋)나라가 그 틈을 노려 진나라를 침공하였다. 난리통에 생이별을 하게 된 두 사람은 청동거울을 둘로 쪼개어 각자 반 쪽씩 지니면서 훗날 정월 열닷새에 서울에서 거울을 파는 것을 신호로 재결합하기로 약속하였다. 결국 진나라가 멸망하고 수나라가 천하를 통일하자 서덕언은 당초의 약속대로 장안(長安)으로 왔으나 공주가 수나라 승상인 양소(楊素)에게 출가한 사실을 알고 좌절한다. 결국 희망을 버린 서덕언은 공주에게 전해 달라면서 자신이 가지고 있던 거울 반 쪽과 자신이 지은 시 한 편을 그 하인에게 건넨다. 거울과 시를 전달 받은 공주가 하염없이 눈물을 흘리는 것을 이상하게 여긴 양소는 그녀로부터 사연을 듣고 두 사람의 처지를 딱하게 여겨 결국 공주를 서덕언에게 돌려 보냈다고 한다. 참고로 이 이야기에 소개된 서덕언의 시는 일부 문구에서 원작과는 다소 거리가 있다. "거울과 사람 모두 떠나갔다가 거울은 돌아왔건만 사람은 미처 돌아오지 못했구나. 다시는 항아 같은 그녀 모습 볼 수 없게 되고 그저 빛나는 밝은 달만 남았구나![鏡與人俱去, 鏡歸人未歸. 無復姮娥影, 空留明月輝]"
90 비녀가 쪼개져도 도로 합쳐진다[釵分再合] : 헤어졌던 부부가 재결합하는 것을 말한다.

"사실이면 어떻고 아니면 또 어떻길래요?"

"그 분이 맞다면 더 없이 기쁜 일인 것은 말할 것도 없지! 만약 … 그 분이 아니라면 … 내가 지난번에 이야기했듯이, 저 댁에서 나를 태워 갈 때 … 목을 매고 죽고 말 거야!"

"이 용향이한테 꾀가 있답니다!"

"어떤 … 꾀이길래?"

그러자 용향은 이렇게 말하는 것이었습니다.

"신부맞이를 하는 날 매파가 먼저 알리러 가잖아요? 그때 이 용향이는 매파의 딸로 꾸미고 따라갈 거예요. 그리고 … 확인 결과 정말 그 분이라면 당장 돌아와서 알려드리면 되지요!"

"그렇게 하면 아주 좋겠구나! 바로 그 분이시라면 그 기쁨은 하늘만큼 클 텐데 …"

"저도 그걸 바라는 마음이 굴뚝 같아요. 제가 보기에 그럴 것 같은 느낌이 드는 걸요?"

두 사람은 그렇게 하기로 상의를 마쳤답니다.

이틀이 지났을 때 봉 선비가 금 씨댁에 도착했습니다. 그때 풍 씨댁 노마님은 벌써 금삼 원외가 잡은 날짜에 맞추어 혼사를 진행하여 먼저 매파를 보내 혼사의 진행을 알리고 그 댁 사람들을 모셔서 신부를 맞이하도록 안배했답니다. 그것을 안 용향은 길가까지 쫓아가서 매파를 보고 말했습니다.

"저도 가서 신랑 얼굴을 좀 볼래요! 누가 물으면 할멈 딸인데 데리고 왔다고 둘러대시면 됩니다!"

그러자 매파가 말하는 것이었지요.

"그래서야 이 늙은이가 몸둘 바를 모르겠구려![91] 그럼 같이 가 봅

명대 희곡 『비파기(琵琶記)』 삽화에 묘사된
당시의 혼례 장면

시다 그려! 다만, … 아가씨한테 한 가지 물어 볼 것이 있는데 말이유."

---

[91] 몸 둘 바를 모르다[折殺] : '절살(折殺)'은 송·원·명대 구어에서 자주 보이는 표현으로, '절살(折煞)'로 적기도 한다. 상대방의 특정한 행동이나 발언이 과분하거나 지나친 것을 두고 하는 말이다. 이때의 '절(折)'은 형용사로 '송구스럽다·민망스럽다'라는 뜻이며, '살(殺 / 煞)'은 정도보어로 극단적인 정도를 나타내는 '매우·몹시'에 해당한다. '절살'은 글자 그대로 '너무도 송구스럽다, 몹시 민망스럽다' 정도로 직역되는데, 여기서는 "몸둘 바를 모르겠다"로 의역하였다.

"무슨 일요?"

"그 댁 아씨는 엄청나게 큰 경사가 머지않았고 출가만 하면 부인夫人이 되실 텐데 어째서 … 기뻐하는 기색이 하나도 없수? 입으로도 궁시렁궁시렁 … 아주 언짢은 것마냥 말이유! 이게 … 어떻게 된 일인가 싶어서리!"

그러자 용향은 이렇게 둘러 대었습니다.

"모르셔서 그래요. 우리 아씨는 어려서부터 '마음에 드는 서방님을 직접 고르겠다'는 소원을 이루려고 하셨어요.[92] 그런데 이번에 노마님께서 혼사를 결정하실 때 아씨가 원하든 말든 남의 집에 출가시키려 하셔서 신랑이 어떤 분인지 모르니까 마음을 놓을 수가 없으신 거지요. 그래서 언짢아하시는 거랍니다!"

"신랑은 벼슬살이를 하는 분이신데 안 좋은 게 뭐가 있다고 …"[93]

"부부 사이라면 사람만 좋으면 그만이지 벼슬살이 하는 게 무슨 대수이겠어요? 그런데 … 할멈은 벼슬살이를 한다는 그 분 … 성씨가 어떻게 되는지 아세요?"

---

92 【즉공관 방비】 此説亦譸得妙. 이 거짓말 참 기막히게 꾸며냈군!
93 【즉공관 미비】 俗人之見, 自然如此. 범속한 사람의 식견으로야 당연히 그렇지.

그러자 매파가 말하는 것이었습니다.

"금씨에요. 여태 모르셨수?"

"듣자니 금 원외님의 외조카라던데 … 원래는 금씨가 아니라던데요?
성씨가 어떻게 되는지 아세요?"

"맞아요. 외조카이신데 지금 외간사람들은 그 분을 그냥 '금나리'라고
만 부르지요. 그 분 성씨가 … 좀 특이하다고 하기는 하던데 … 외우기 어
려워서 나도 잊어 버렸지 뭐야!"

"혹시 … 봉씨?"

그러자 매파는 생각을 좀 해 보더니 고개를 끄덕이면서 이렇게 말하는
것이었습니다.

"바로 그 요상한 성씨였지."

용향은 속으로 '거의 확실하구나' 싶어서 은근히 기뻐하는 것이었습
니다.[94]

---

94 【즉공관 미비】如畵. 눈 앞에 선하군 그래.

그렇게 길을 걸어서 어느 사이에 금 씨댁 대문 앞까지 이르렀을 때 용향이 매파를 보고 말했지요.

"할멈, 먼저 들어가세요. 난 문 밖을 좀 살펴 볼께요."

"그럽시다!"

매파는 안으로 들어가서 봉 선비를 만나 오늘 신부를 맞이하는 일정을 전해 주었습니다. 두 사람이 그렇게 묻고 대답하는 사이에 용향은 문 밖에서 그 광경을 지켜보고 있었지요. 용향은 정말 봉 선비가 맞는 것을 보고 자기도 모르게 덩실덩실 춤을 추더니 싱글벙글 하면서 말했습니다.

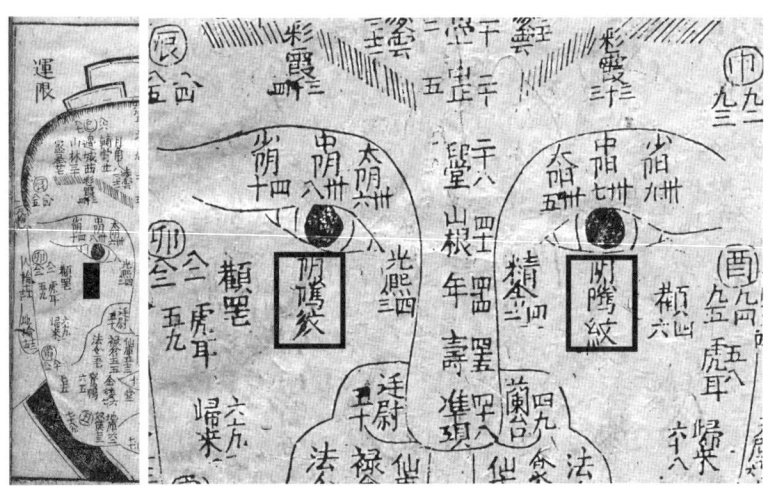

명대 관상서 『신각 원유장선생 비전상법』에 표시된 음즐문의 위치(좌)와 확대면(우)

"다행이다,[95] 다행이야!"

용향은 용향대로 그를 보아야겠다 싶어서 몸을 완전히 드러내는 통에 어느 사이에 문 안에 있는 사람들에게 들켜 버렸습니다. 봉 선비가 매파에게 물었지요.

"바깥에 저건 … 할멈을 따라 온 사람이요?"

"쇤네 딸이랍니다!"

봉 선비가 힐끔 곁눈질을 해서 보니 얼핏 용향 같았습니다. 그래서 즉시 사람들에게 매파를 안으로 들여서 차와 밥을 대접하게 하고 자신은 느릿느릿 나와서 보았더니 정말로 용향이지 뭡니까 글쎄! 봉 선비는 서둘러 말했습니다.

"무슨 바람이 불었길래 … 여기까지 오셨소? 아씨는 … 어디에 있고?"

그래서 용향이 말했지요.

---

95 다행이다[造化] : 횡재[造化] : '조화(造化)'는 현대 중국어에서는 '자연(Nature)·창조(creature)' 또는 '행운(fortune)'이라는 의미로 사용되지만, 명대 구어에서는 '생각지도 않았던 재물(windfall)'이라는 의미로도 사용되었다. 여기서는 '다행'으로 번역하였다.

"봉 나리께서 우리 아씨 안부는 왜 묻고 그러십니까? 신부 맞으실 채비나 하시지요!"

"용향 아가씨! (…) 이몸이 그 날 놀라서 헤어진 뒤로 한 시라도 그 댁 아씨를 생각하지 않은 적이 있다면 내가 천벌을 받아 죽을 게요! (…) 어쩔 수 없이 그 날 길을 떠나는 바람에 서로 헤어지고 기별을 전할 길조차 없었소이다! 다행스럽게도 서울에 가서 급제하고 이제 돌아와 매파에게 부탁해 아가씨의 행방을 수소문하려던 참이었소! 그런데 뜻밖에도 외삼촌께서 따로 미리 이 풍 씨댁과 혼사 날짜를 잡으셨지 뭐요! (…) 이제는 물릴 수 없게 되어 어쩔 수 없이 따르는 것이지 어디 내가 원해서 그런 거겠소이까?"

그러자 용향은 일부러 이렇게 말했습니다.

"이제는 원하지 않는다고 말하기도 어려우실 텐데요! 다만, … 우리댁 아씨의 그 아름다운 사랑을 저버리시는 바람에 … 지금도 여전히 눈물바다이십니다!"

봉 선비는 봉 선비대로 눈물을 훔치면서 말하는 것이었습니다.

"이몸이 오늘 일이 끝나고 나서 어떻게든 그 댁 아가씨와 약조해서 한 번 뵙고[96] 내 속내를 분명히 밝힐 수만 있다면 죽어도 여한이 없소이다!

(···) 지금 그 댁 아가씨는 어디에 계시오? (···) 그때는 댁으로 돌아가기는 갔던 게요?"

그래서 용향은 그에게 거짓말을 했지요.

"우리 아씨도 남의 집에 출가하시게 되었지요."

그러자 봉 선비는 놀라서 말했습니다.

"저런! (···) 뉘댁에 말이요!"

"이 고을에 무슨 금 씨댁이라던가 ··· 이번에 진사가 된 분이라던데···"

"또 허튼 소리 한다! 이 고을에서 또 무슨 금 씨댁에 새로 진사가 된 사람이 있다는 게요? 나 밖에 없는 것을!"

"나리가 ··· 언제 금 씨로 성씨를 바꾸셨데요?"

"이건 내 외가의 성씨올시다! 내 지금까지 급제자 명단에 올린 성씨는 모두 금 씨였지 봉 씨가 아니었소이다!"

---

96 【즉공관 미비】過了今日, 還會之何爲. 오늘이 지나고 나면 만나 보았자 무얼 하겠는가.

그러자 용향은 빙그레 웃으면서 말했습니다.

"벌건 대낮에 내가 귀신을 봤나? (…) 공연히 사람을 이렇게 오랫동안 애를 태우게 만드시다니요!"

"그러면 … 내가 이번에 맞아들이는 분이 … 바로 그 댁 아가씨? (…) 아니 그런데 왜 '풍 씨'라고 한 게요!⁹⁷

그러자 용향은 이렇게 말했습니다.

"우리 아씨도 풍 씨댁 노마님의 외조카이시거든요. 그래서 남들이 '풍 씨댁 따님'이라고 말한 거지 사실은 바로 양 씨네 분이라구요!"

"지난번에 헤어진 뒤로 내가 이웃사람에게 물었더니 '외할머니 댁에서 데려 갔다'고 하던데 … 그게 바로 풍 씨댁이었소이까?"

"바로 그렇다니까요!"

"그 말 정말 참말이오? 설마 … 내가 다른 집 여자를 아내로 들이는 걸 보고 일부러 그런 말로 나를 놀리는 게 아니고?"⁹⁸

---

97 【즉공관 미비】却不道怎的. 어떻게 된 영문일꼬?
98 【즉공관 미비】疑得是. 의아스러울 수밖에.

용향은 소매 속에서 옥 두꺼비 두 개를 꺼내더니 말했습니다.[99]

"보세요! 이 두 개가 벌써 짝이 되었잖아요. 하나는 나리가 아씨한테 주신 거고 … 하나는 그 댁에서 답례로 보내신 거예요. (…) 보시다시피 둘 다 여기 있잖아요? 그래도 의심을 하세요?"

봉 선비는 그제서야 껄껄 웃으면서 말하는 것이었습니다.

"이런 기이한 일이 다 있다니! 정말 이렇게 기쁠 수가 있나!"

"나리는 이렇게도 기쁘시겠지만 우리 아씨는 … 여태 제대로 알지도 못한 채 집에서 울고 불고 계시니!"

"만약에 … 상대가 이몸이 아니라면 … 그 댁 아가씨가 어떻게 나왔을까요?"[100]

"아씨께서는 옥 두꺼비가 똑같은 것을 보시고, 거기다가 '금 씨댁 외조카'라는 말을 들으시더니 의심이 좀 드셨던지 날더러 와서 탐문해 보라고 하셨어요. '나리가 아니면 당장 자결하겠다'고 하시면서 말이에요! 이제 당장 서둘러 돌아가서 알려 드려야겠어요. 곱게 단장하고 나리를

---

99 【즉공관 방비】 老大證見. 결정적인 증거지.
100 【즉공관 방비】 也要問. 당연히 물어야 하고 말고.

모실 수 있게 말이에요. 이번에 아씨의 기쁨도 보통이 아니실 겁니다!"

"또 한 가지 ⋯ 그 댁 아가씨께서 이 혼사가 임박해 있다 보니 ⋯ 용향 아가씨가 임시로 자기를 놀린다는 의심을 하면서 그래도 마음을 놓지 못하실까 봐서 걱정이올시다! 그 댁 아가씨가 지난번에 내게 주신 반지를 가지고 가서 보여 드리면 아가씨도 사실이라고 믿으실 테지요. 괜찮겠소이까?"

"나리 말씀이 옳습니다!"

봉 선비는 즉시 손가락에서 반지를 빼더니 용향에게 주어 보냈습니다. 그리고 한편으로는 악대와 술자리를 모두 준비하고 직접 가서 신부를 맞이하도록 분부하는 것이었지요.

혼례를 마치고 시가로 향하는 신부의 행렬 (구영, 『소주청명상하도』)

다시 이야기를 들려 드리지요. 용향은 서둘러 집으로 가서 소매를 만나 거듭해서 말했습니다.

"아씨! (…) 바로 그 분이에요, 그 분!"

그래서 소매가 말했습니다.

"그런 일이 다 있었단 말이냐?"

"못 믿으시겠다면 보세요 … 이 반지가 어디서 나왔겠어요?"

그리고는 반지를 건넨 다음 이렇게 말하는 것이었습니다.

"그 분이 손에서 직접 빼서 저한테 주신 거라구요! 절더러 아씨한테 가지고 가서 증거로 보여 드리라고 한 걸요!"

그러자 소매는 살포시 웃으면서 말하는 것이었지요.

"이건 … 참 이상한 일이로구나. 일단 … 그 분이 네게 무슨 말씀을 하셨는지 들려 다오!"

"그 분 말씀이 … '그 날 생이별을 한 뒤로 하루도 아씨 생각을 하지 않은 적이 없었다. 이번에 벼슬을 얻었기에 혼사를 치르러 오려던 참이었는데 외숙부께서 미리 혼처를 정하실 줄은 몰랐다.' 이렇게 말씀하셨어요. 그 분은 아씨인지 몰라서 몹시 내켜 하지 않으셨답니다!"

"그 분이 나인 줄도 모른 채 다른 집 규수를 맞아들였더라면 어떻게 될 뻔 했니!"

"그 분 말씀이 … '아가씨와 한번 만나 진심을 밝힐 수만 있다면 죽어도 눈을 감을 수 있겠다'며 눈물을 흘리시더군요. 제가 보니까 그 분 말씀이 정말 진실되길래 그제서야 지금까지의 일들을 분명하게 다 들려주었답니다! 그랬더니 몹시 기뻐하시더라구요!"

"그 분은 내가 그 분을 위해서 이렇게 절개를 지키는지는 모르고 그저 내가 경솔하게 남의 집에 출가하는 것만 거론하면서 나를 신용이 없다고 여기시면 … 어쩌면 좋아!"

그러자 용향이 말하는 것이었습니다.

"제가 아씨의 그 뜻을 모두 그 분한테 다 이야기해 드렸어요. 처음에 '알아보고 선비님이 아니면 출가하는 날 자결하겠다고 하셨다'고 했지요. 그랬더니 그 분도 그것을 염두에 두고 제가 아씨한테 알릴 때 아씨가 제 말을 믿지 못하고 잠시 꾀를 서서 아씨를 속여 신부 가마에 태우려고 하는 소리라고 의심할까 걱정이라면서 이 반지를 꺼내서 신물로 삼으셨어요!"

"반지는 어디서 꺼내 왔는데?"

"손가락에 단단히 끼고 있더라구요. (…) 그것만 봐도 그 분이 아씨를 잊지 않고 있다는 것을 알 수가 있지요!"

그러자 소매도 그제서야 마음을 놓는 것이었습니다.

얼마 뒤에 정당正堂 앞에서는 풍악이 일제히 울리면서 신랑이 의관을 차려 입고 대문으로 들어가 직접 신부를 맞이했습니다. 그리고 신부가 가마에 오르자 풍 씨댁 노마님도 가마에 올라 신부를 금 씨댁으로 보내서 금삼 원외와 양가가 인사를 나누었답니다. 이어서 축하주를 먹고 신방으로 들여보내어 양가가 두 사람이 부부의 인연을 맺게 해 주었지요. 신랑과 신부의 금슬이 아름답고 충만한 것은 말할 필요도 없었습니다.

이튿날, 양 씨댁의 오라비 부부도 신랑과 인사를 나누러 왔고 두 씨네 형제 두 사람도 축하 인사를 하러 왔지요. 두 씨네 형제를 발견한 봉 선비는 그날 밤의 일을 떠올리고 자기도 모르게 웃음을 터뜨리고 말았습니다. 그는 가만히 생각해 보았지요.

'원래 맺어질 인연이다 보니 결국에는 부부가 되었구나! 그렇지 않다면 그때의 생이별이 어찌 하찮은 일이겠는가?'

倫梅香認合
玉蟾蜍

고용된 시녀가 옥 두꺼비를 알아 보다

그렇다고 이 말을 입 밖으로 꺼낼 수는 없는지라 혼자서만 남몰래 천만다행이라고 여길 따름이었지요. 부부가 된 뒤에도 봉 선비는 자주 소매와 그때의 일을 언급했으며 두 사람은 그 때마다 몸서리를 치곤 했답니다.

이 일을 근거로 세상의 일들을 생각해 보면 참으로 우습기 짝이 없습니다. 봉 선비와 소매의 경우를 예로 들어 보아도 그렇지요. 아예 인연이 없었다면 모르겠습니다. 그러나 결국 부부가 될 인연이었다면 그 날 글방에 있을 때 군이 그런 풍파를 일으킬 필요가 어디 있었겠습니까? 조금만 늦게 만났더라도 목적을 이루었겠지요. 그렇지 않다고 해도 외조모 집으로 갈 것도 없이 그 다음날 바로 전날의 약속을 지켜도 되었을 것입니다. 그런데 어째서 그 전에도 그 후에도 지키지 않다가 하필 그렇게 방해를 당해야 했을까요?

나중에 가서는 양가 모두 준비를 하지 않고 있다가 뜻하지 않게 혼사를 진행하여 부부가 되었지요. 이 모두가 하늘님의 교묘한 안배인 것입니다. 마치 금방이라도 뜻을 이루는가 싶다가도 되려 봉변을 당한 것도 하늘님이 의도적으로 그렇게 안배한 거지요. 단번에 이루어지면 재미가 없다는 듯이 의도적으로 그렇게 만드신 게지요. 또 어떤 경우에는 한 동안 짝을 짓지 못한 것이 끝까지 혼인을 하지 못하는 경우도 있는데 그런 경우는 또 어떤 이야기를 들려 드려야 할지 모르겠군요. 어쨌든 이 이야기를 증명하는 시가 있습니다.

예로부터 여협객은 인재를 아낀다더니   從來女俠會憐才,
나중에 인연이 이루어진 것 역시 기이하구나!   到底姻成亦異哉.
난데없이 생이별 해 끝까지 불우한 탓에   也有驚分終不偶,
금대[101]에서 홀로 하소연 할 길 없는 한을 품노라!   獨含幽怨向琴臺.

---

101 금대(琴臺) : 거문고를 연주하는 자리. 단을 만들어서 그 위에서 한 것으로 보인다.

제10권

조 씨네 다섯 범이 함께 남의 집 분란 조장하고 막 씨댁 맏아들이 즉시 교묘한 속임수 무산시키다

趙五虎合計挑家釁 莫大郎立地散神奸

해제

　남송의 소흥紹興 연간에 오흥吳興에 막莫씨 성의 큰 부자 노인이 살았는데, 아내와 두 아들 세 손자를 두고 있었다. 막노인은 평소에 여색을 밝히는 데다가, 여종인 쌍하雙荷까지 건드려 임신시킨다. 성격이 불 같은 막노인은 쌍하를 집에 놓아 두지 않고 국수를 파는 주삼朱三에게 출가시킨다. 5달 뒤에 아들을 낳은 쌍하는 이름을 '소삼小三'이라고 지어 주고, 그로부터 10여 년이 지났을 때 막노인은 병으로 세상을 떠난다. 당시 현지에서 '조오호趙五虎'로 불리던 5명의 불한당은 주소삼이 막씨의 피붙이임을 알고 주삼을 부추겨 막 씨댁과 재산 싸움을 벌이게 한다. 그리고 재산을 분배 받으면 자신들에게도 1,000냥을 보수로 줄 것을 요구하면서 주삼에게 확인서를 쓰고 서명까지 할 것을 요구한다. 그들은 먼저 주소삼에게 상복을 입혀 막 씨댁으로 보내 부친상을 치루게 하면서 그 틈을 이용하여 그 집 재산을 가로채려 한다.

　주소삼의 의도를 간파한 막 씨댁 맏아들 막대랑莫大郎은 뜻밖에도 선뜻 그를 친동생으로 받아들이고 일가 친척들에게 일일이 인사를 시킨 다음 집에서 살게 해 주고 다정하게 대해 준다. 나중에 쌍하가 막 씨댁에 조문을 왔을 때에도 역시 예의를 갖추어 잘 대해 주니 귀가한 쌍하가 그 사실을 남편에게 알려 양가의 분쟁은 원만하게 해결된다. 당초의 계획에 차질이 빚어지자 '조오호'는 당초의 확인서를 들이대면서 주삼에게 1,000냥의 은자를 요구한다. 그러나 주 씨네는 가난하여 줄 돈이 없자 이번에는 막 씨댁으로 가서 주소삼을 상대로 돈을 요구한다. 그러자 불만을 품은 소삼은 관가에 진정을 넣어 판결을 내려 줄 것을 부탁한다. 진상을 파악한 당﨟 태수는 '조오호'에게 남의 재물을 가로채려고 사주한 죄를 물어 각자 20대의 곤장을 치고 먼 곳으로 귀양을 보낸다.

이 이야기는 남송대 소설가 주밀周密, 1232~1298?이 지은 소설집인 『제동야어齊東野語』 권20의 「막씨별실자莫氏別室子」 이야기를 소재로 지어졌다. 부일신의 『소문소』에 소개된 「사생원보死生怨報」에도 이 이야기가 다루어져 있다.

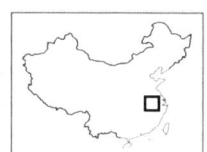

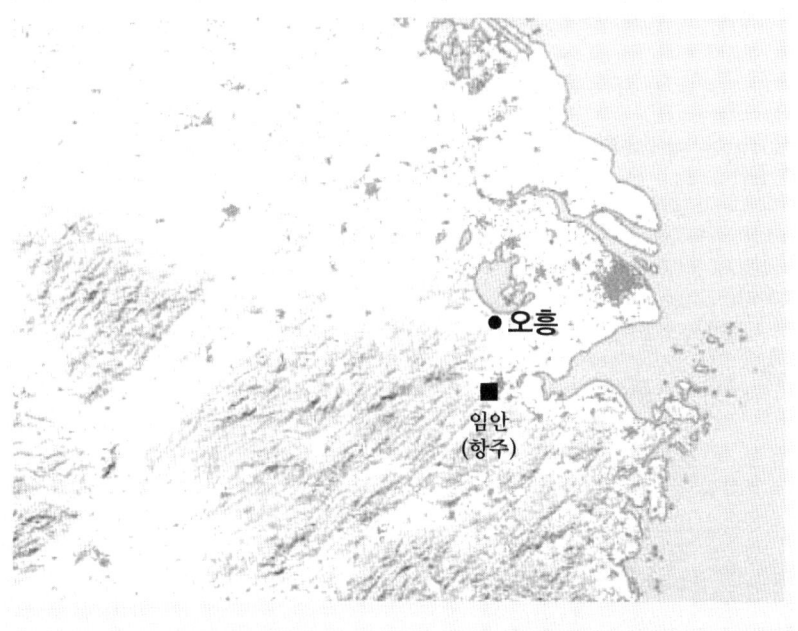

●오흥

■
임안
(항주)

번역

이런 시가 있습니다.

능구렁이 아가리 속 혀와	黑蟒口中舌,
나나니벌 꽁무니의 바늘	黃蜂尾上針.
이 둘은 그래도 덜 독한 셈이란다.	兩般猶未毒,
가장 독한 것은 여인네 마음이기에.	最毒婦人心.

이야기를 들려 드리도록 하겠습니다. 부인네들의 질투라는 것은 바로 칠거지악[^1]의 하나로, 아주 안 좋은 행실입니다. 그런데 이 병은 선천적으

---

[^1]: 칠거지악[七出] : '칠출(七出)'은 중국 고대에 남편이 아내를 내치는 일곱 가지 명분으로, '칠거(七去)'로 부르기도 한다. 『의례(儀禮)』「상복(喪服)」의 "쫓아낸 아내의 아들은 그 어미의 제사를 지낸다(出妻之子爲母)"에 대하여 가공언(賈公彦)은 다음과 같은 주석을 붙였다. "'칠출'이라는 것은 자식이 없는 것이 첫째요, 음탕한 것이 둘째요, 시부모를 섬기지 않는 것이 셋째요, 구설수에 오르는 것이 넷째요, 도둑질을 하는 것이 다섯째요, 투기하는 것이 여섯째요, 고약한 병에 걸리는 것이 일곱째이다[七出者 : 無子, 一也. 淫佚, 二也. 不事舅姑, 三也. 口舌, 四也. 盜竊, 五也. 妒忌, 六也. 惡疾, 七也]". 또, 『대대예기(大戴禮記)』「본명(本命)」에서는 "부녀자에게는 일곱 가지 내칠 사유가 있다. 시부모에게 순종하지 않으면 내치고, 자식이 없으면 내치고, 음탕하면 내치고, 투기하면 내치고, 고약한 병이 있으면 내치고, 말이 많으면 내치고, 도둑질을 하면 내친다. 시부모에게 순종하지 않아서 내치는 것은 그같은 행동이 인덕에 거스르기 때문이요, 자식이 없어서 내치는 것은 그 같은 결과가 그 집의 대를 끊었기 때문이요, 음탕해서 내치는 것은 그 같은 행동이 가문을 어지럽혔기 때문이요, 투기해서 내치는 것은 그 같은 행동이 집안을 어지럽혔기 때문이요, 고약한 병이 있어서 내치는 것은 그 같은 결과가 제삿음식을 함께 할 수 없기 때문이요, 입에 말이 많아서 내치는 것은 그 같은 행동이 친지들을 여의게 만들기 때문이요, 도둑질을 해서 내치는 것은 그 같은 행동이 도의에 어긋나기 때문이다[婦有七去 : 不順父母去, 無子去, 淫去, 妒去, 有惡疾去, 多言去, 竊盜去. 不順父母去, 爲其逆德也, 無子, 爲其絶世也. 淫, 爲其亂族也. 妒, 爲其亂家也. 有惡疾, 爲其不可與共粢盛也. 口多言, 爲其離親也. 盜竊, 爲其反義也.]"라고 하였다. 반면에 같은 책 같은 대목에서는 "부녀자에게는 내쳐지지 않을 세 가지 사유가 있다. 출가한 뒤로 돌아갈 데가 없는 경우에는 내치지 못한

로 만들어진 것처럼 아무리 애를 써도 고칠 도리가 없답니다.

　송나라 소흥[2] 연간에 관리가 한 사람 살았습니다. 그는 바로 태주[3]의 사법[4]으로, 성은 엽葉, 이름은 천薦이었지요. 그에게는 방方씨 성의 아내가 있었는데, 천성이 잔인하고 질투가 심해서 마치 범·이리 같았지 뭡니까. 그래서 수하의 하녀나 부녀자들에게 모질게 매질을 해 대기 일쑤였습니다. 게다가 쇠를 달구어 살을 지지고 송곳으로 뺨을 찌르기까지 했지요. 또 마음이 다급해지기라도 하면 상대방을 한 입에 꽉 물고 놓아주지 않았습니다. 살을 한 덩이라도 물어뜯겠다는 식으로 말이지요. 상대방이 몹시 미운 자일 때에는 그 피조차 날로 먹는 바람에 죽는 일까지 있었답니다.[5] 그래서 부녀자들 중에서 만약에 모습이 제법 사람답게 반반하기

　다. 시부모의 삼년상을 함께 치렀다면 내치지 못한다. 처음에는 가난하고 미천하다가 나중에 부유하고 존귀해졌다면 내치지 못한다[婦有三不去 : 有所娶無所歸, 不去, 與更三年喪, 不去, 前貧賤後富貴, 不去]"라는 '삼불거(三不去)'의 단서도 달았다. 당대의 율법인 당률(唐律)에서는 아내에게 칠출이나 의절의 근거가 없음에도 불구하고 내친 경우에는 1년 반 동안 유배형에 처했고, 칠출을 범했어도 '삼불거'에 해당되지 않는데도 내친 경우에는 100대의 곤장형에 처하고 도로 재결합시키게 하였다. 그러나 '삼불거'의 조건을 충족시키더라도 정황상으로 내칠 사유가 될 경우에는 처벌하지 않았다고 한다.

2　소흥(紹興) : 남송의 개국 황제인 고종(高宗) 조구(趙構, 1107~1187)가 1131~1162년까지 32년 동안 사용한 연호. "소흥 20년"은 서기 1150년에 해당한다.

3　태주(台州) : 중국의 지명. 지금의 절강성 태주시(台州市) 일대에 해당한다. 절강지방 중부에서 동으로는 황해, 북으로는 소흥(紹興)·영파(寧波), 남으로는 온주(溫州), 서로는 금화(金華)·여수(麗水)와 접하고 있어서 교통의 요지이다. 불교 천태종(天台宗)과 도교 남종(南宗)의 발상지이기도 하다.

4　사법(司法) : 중국 고대에 형벌 및 사법을 관장한 관직명. 남북조시대인 북제(北齊)에서는 법조참군(法曹參軍)으로 불렸으며, 당대에는 부(府)에서는 법조참군, 주(州)에서는 사법참군(司法參軍), 현에서는 사법으로 각각 구분하여 일컬었다. 송대에 이르러서는 사법참군과 함께 사리참군(司理參軍)을 두었다.

5　【즉공관 미비】原是个活虎. 알고 보니 살아 있는 범이었군!

라도 하면 '사법께서 이 년을 좋아하겠지' 의심하는 바람에 더더욱 그 고생이 말이 아니었지요. 사법 쪽이야 어디 그녀를 잘 설득할 수가 있겠습니까? 속으로야 정말 아니라고 여기면서도 그녀를 제지할 수 없으니 어쩔 재간이 없었습니다. 그렇다 보니 중년의 나이에 자식이 없는데도 소실을 들일 생각일랑 아예 품을 수조차 없었답니다.

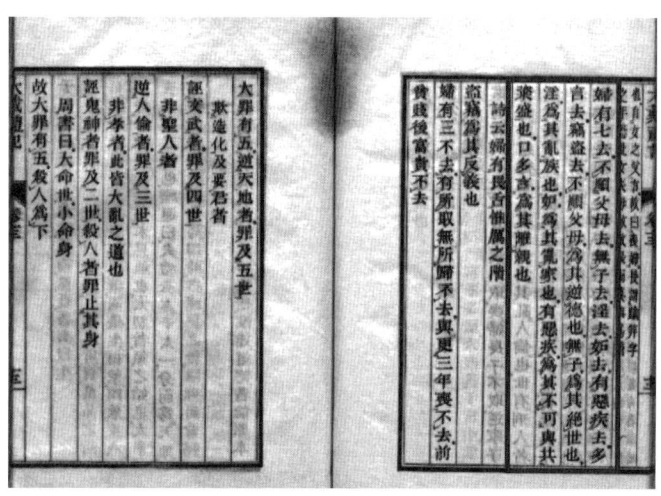

『대대예기』「본명」의 '칠거(七去)' 대목

나중에 사법의 나이가 육순을 넘기고 방씨 역시 쉰예닐곱 정도 되었을 때였습니다. 사법이 하루는 방씨에게 애절하게 빌면서 말했지요.

"내 나이 벌써 시들한 나이가 되었으니 … 또 무슨 환락을 즐기고 여색을 밝힐 마음이 있겠소?[6] 허나, … 늙어서도 자식이 없으니 나중의 일이

---

6 【즉공관 방비】可憐. 딱하구나.

걱정이구려! (…) 여종 하나를 구해 아들을 하나 얻어서 조상의 대를 잇는 대책으로 삼아야 겠어. (…) 당신이 … 이 일을 잘 성사시켜 주어야 … 되겠소!"

그러자 방씨는 벌컥 성을 내면서 말하는 것이었습니다.

"당신은 내가 낳지 못할 거라고 지레짐작하고 바람 필 생각을 하는군요? 내가 보기에는 나는 밤에 정력이 왕성해서 이 나이에도 낳을 수 있을 것 같은데요? 그러니까 … 허튼 생각하지 마세욧!"

"사내는 예순 넘어서도 자식을 볼 수가 있지. 허나 … 여자가 예순이 다 돼서 아들을 낳을 수 있는 경우를 언제 보았소?"

"당신 보기에는 내가 올해에 예순이 다 됐다 … 그거에요?"

"예순이지…! 두 해밖에 안 남았지 않은가?"

"세 해만 더 기다려 보세요.[7] 그때까지 자식이 없으면 당신 마음대로 음탕한 년 하나 구해서 좋아 죽든지 말든지!"

---

7 【즉공관 미비】肯約日子, 還算好的. 날을 잡아 주는 것 자체가 그래도 다행인 셈이지.

사법은 어쩔 수 없이 그 말대로 하기로 하고 더 이상 이야기를 꺼낼 엄두를 내지 못했답니다.

그렇게 세 해가 지났을 때였습니다. 사법은 다시 앞서의 이야기를 거론할 수밖에 없었지요. 방씨는 이미 언약을 한 터인지라 번복하기 난감했습니다. 그래서 못 들은 체 하면서 사법의 말을 따라 소실을 하나 들이게 하는 수밖에 없었습니다.[8] 그렇게 들이기는 들였습니다마는 마음속으로는 도무지 승복할 수가 없지 뭡니까. 그래서 꼬투리를 잡아서 난리를 피우곤 했지요. 그 바람에 집안이 잠시도 조용할 날이 없었습니다. 그러다가 하루는 사법을 보고 이렇게 말하는 것이었습니다.

"내 눈으로 당신들 놀아나는 꼴을 보는 건 정말 당치도 않아요! 난 나이도 많으니 여기서 싸우고 싶지 않습니다. 당신이 어디다 따로 집 한 칸 구해서 혼자 문 닫아걸고 살게 해 줘요. 거기서 수행이나 하면서 사람을 시켜 내게 음식을 챙겨 주기만 하면 나도 다시는 나오지 않겠어요. 당신들 마음대로 살아 봐요 어디!"

그 말을 들은 사법은 기쁨을 억누르지 못하고 말했습니다.

"다행이로군! 그렇게만 된다면야 하늘께서 내 소원을 들어 주시는 격

---

8 【즉공관 미비】肯不失信, 也是好的. 약속을 어기지 않는 것만 해도 다행이야.

이지!"

그렇게 해서 집 뒤에 따로 작은 독채를 하나 지었습니다. 그리고는 깔끔하고 조용한 방을 한 칸 꾸려 방씨를 들여보내 지내게 해 주었지요. 그리고는 사람들이 아침저녁으로 안부를 묻고 음식을 갖다 주니 오랫동안 아무 소리가 없었습니다. 사법은 은근히 반가워하면서 생각했지요.

'이렇게 조용하니까 그래도 사람 사는 집 같구나! 본처도 말년에는 심성이 이렇게 고아지면 좋으련만…[9] 착하게 지내기로 했다니 우리도 더욱 본처한테 예의를 갖추어야 되겠어!'

그리고는 소실을 보고 말했습니다.

"자네는 오랫동안 인사를 하러 가지 않았으니 한번 안부라도 물으러 가야지?"

소실은 주인의 지시에 따라 혼자 집 뒤로 건너갔답니다. 아 그런데 날이 저물어도 나올 기색이 보이지 않지 뭡니까 글쎄?

'혹시 … 둘이 마음이 잘 맞아서 아예 거기에 붙잡아 놓으려고 그러는

---

9 **【즉공관 방비】** 未得恭喜. 좋아 하기는 이르지.

겐가?'¹⁰

사법은 이렇게 생각하면서도 속으로 걱정이 되었습니다. 그래서 혼자 조용히 살피러 그곳으로 갔지요. 그런데 방 앞까지 갔을 때였습니다. 가만 보니 문과 창문이 철통 같이 닫혀 있고 두 사람 다 보이지 않지 뭡니까? 사법이 문을 좀 밀어 보았지만 열리지 않았습니다. 손으로 몇 번 두드려 보아도 안에 기척은 좀 있었지만 문을 열지 않는 것이었지요.

"이상하구나!"

앞쪽으로 돌아온 그는 힘든 일을 하는 하인 둘을 부르더니 함께 뒤로 가서 온 힘을 다해 문을 마구 밀고 차게 했습니다. 그러자 문틀이 떨어지면서 문이 어느새 한쪽으로 쓰러지는 것이었지요. 그렇게 우루루 몰려 들어가서 가만 보니 방씨가 땅바닥에 엎어져 있는 것이 아닙니까? 그 상황이 채 끝나기도 전이었습니다.¹¹ 사람들이 몰려온 것을 보더니 웬 물체가 훌쩍 뛰어서 문 밖을 향하여 마구 내빼는 것이었습니다. 사람들이 서둘러 고개를 돌려서 딱 보았더니 다름 아닌 범이지 뭡니까요! 깜짝 놀라

---

10 【즉공관 방비】未得恭喜. 좋아 하기는 이르지.
11 상황이 채 끝나기도 전이었습니다[說時遲, 那時快] : 송·원대 화본, 명대 의화본이나 백화소설에서 상투적으로 사용되는 표현. 보통 특정한 행위나 상황이 말보다 먼저 종결되는 것을 두고 하는 말로, 글자 그대로 풀이하면 "말하는 순간이 더디다는 생각이 들 정도로 그 순간은 빨랐다[說時遲, 那時快]" 정도로 번역할 수 있다. 『박안경기』에서는 이 표현을 편의상 "그 말이 채 끝나기도 전에" 또는 "그 행위가 끝나기가 무섭게" 식으로 상황에 맞추어 번역하였다.

서 다시 땅바닥을 보니 피와 살이 어지럽게 흩어져 있었습니다. 한 사람
은 몸통과 가슴과 배가 죄다 먹히고 겨우 머리와 두 다리만 남아 있었습
니다. 그 머리를 확인해 보니 소실의 머리가 아닙니까 글쎄! 사법은 괴롭
고 놀라워하면서 말했습니다.

명대의 종교서적 『신불기종(仙佛奇蹤)』에 소개된 허진군(許眞君)(좌)과
헌원집(軒轅集)(우). 명대에 범은 신선의 수호자로 묘사되는 경우가 많았다

"이런 해괴한 일이 다 있다니!"

그는 서둘러 그 범을 따라갔지만 범은 벌써 집 뒤로 뛰쳐 나가서 어디
로 갔는지 알 길이 없었지요. 그래서 사람들을 불러 모아 횃불을 붙이고
집 뒤 산으로 가서 구석구석을 다 뒤졌지만 행방이 전혀 보이지 않았습니
다. 이 일은 소흥 십구 년[12]에 있어났는데, 그때 누가 이렇게 말했답니다.

"어쩌면 방씨까지 범이 다 먹어치웠거나 … 그 범이 바로 그녀였는지도 몰라!"[13]

그런데 이상한 일이 한 가지 있었습니다. 범이 사람을 잡아먹을 줄 안다고 쳐도 어떻게 단단히 닫힌 문과 창문 안으로 들어올 수가 있겠습니까? 평소 심보가 고약했던 방씨는 처음부터 스스로를 범이나 이리와도 같이 여겼던 것이 분명합니다. 이제 집 뒤에서 오랫동안 독수공방 하다 보니 울분으로 가득 차 있었을 테지요. 그러다가 소실이 온 것을 보고 갑자기 부아가 치밀면서 결국 범으로 둔갑해서 마음대로 물어뜯다가 그녀가 목숨을 잃고 나서야 시신을 팽개치고 그 자리를 떠난 것입니다! 그것은 모두가 모진 마음이 변해 그렇게 된 셈이지요. 그래서 부녀자들은 천성적으로 질투를 타고 난다고 하는 것입니다. 이 경우는 바로 그 본보기인 셈이지요.

소생이 어째서 이 기이한 이야기를 들려 드렸을까요? 어떤 집안에서도 안사람이 질투를 해서 어이 없는 일을 벌이는 일을 벌이는 바람에 하마터면 남의 속임수에 넘어가 온 재산을 다 날려 버릴 뻔했기 때문입니다. 만약에 어떤 사람이 방법을 강구해서 평안하게 처리하지 않았다면 몇 해나 달달 볶이다가 겨우 해결을 보았을지도 모릅니다. 이 일을 증명

---

12 소흥 십구 년 : "소흥 19년"은 서기 1149년에 해당한다.
13 【즉공관 미비】 □是神虎, 人虎恐不能之. □야말로 신묘한 범이로군. 인간 범 따위는 그렇게 하지 못 할 테니!

하는 시가 있습니다.

> "사소한 언사는 하지 않느니만 못하니　　些小言詞莫若休,
> 현 관아나 주 관아를 거칠 것도 없단다.　　不須經縣與經州.
> 관아 앞에서 술 한 잔 사고 사과하는 편이　　衙頭府底賠杯酒,
> 고양이 얻자고 소를 판 격[14]이라네."　　贏得貓兒賣了牛.

이 시는 바로 송나라의 현자인 범엄范슌이 지은 것입니다. 송사를 벌이지 말도록 사람들에게 호소하는 내용이지요. 일반적으로 사람들이 자잘한 일 정도는 알아서스스로 수습하면 그다지 고생을 할 필요가 없습니다. 그러나 만약 한쪽이 승복하지 않고 관아를 찾는다면 관아의 입장에서야 돈을 챙기려 들지 않을 자가 하나도 없지요. 나중에 지는 경우는 말할 것도 없고 설사 이긴다 치더라도 거기에 쏟아부은 재물을 따져 보다 보면 관계가 회복되기 어려운 법입니다. 더욱이 사람들은 형제가 조부나 부친의 유산을 챙기려고 다투면서 조금도 서로 양보하려 들지 않고 차라리 엄청난 몫을 남이 챙겨 가 버리기를 바랄 정도이지 뭡니까. 또한, 모자란 관리들은 그들대로 수도 없는 고발장을 접하노라면 욕심이 생겨서 온갖 방법을 다 동원하기 마련입니다. 그래서 이쪽에서 고발장을 내면

> "내가 얼마를 너희에게 주도록 판결을 내리지!"

---

14 고양이 얻자고 소를 판 격[贏得貓兒賣了牛] : 명대의 속담. 작은 이득을 챙기려다가 큰 손해를 보는 경우를 두고 하는 말이다.

라고 말하고 저쪽에서 고발장을 내면

"내가 너희들의 후환을 없애 주겠네!"

하고 말하기 일쑤이지요. 이런 식으로 무작정 빌미와 허점을 만들어 놓고 나서 사람들이 쉴 새 없이 재산 싸움을 벌이게 해서 가산이 다 거덜날 때까지 끌고 갑니다. 또한, 껄렁한 유지들 입장에서는 사람들이 재산 다툼을 벌이는 것을 보면 거들기가 수월하지요. 그래서 이쪽에서 와서 하소연하면 그들더러

"나한테도 좀 주면 내가 편을 들어 주리다!"

하고 바람을 잡고 저쪽에서 와서 하소연하면 그들더러

"나한테도 좀 주면 내가 편을 들어 주리다!"

하고 바람을 잡습니다. 그렇게 해서 양쪽이 쉬지 않고 다투는 사이에 자기 혼자만 배를 불리는 거지요. 이 세상에 애초부터 그런 자들이 넘쳐 나는데 송사인들 어디 쉽게 벌일 수가 있겠습니까?[15] 예로부터 이런 말이 있지요.

---

15 【즉공관 미비】所宜熟玩. 익숙하게 잘 놀 줄 알아야 하는 법이지.

도요새와 키조개가 싸우면　　　　鷸蚌相持,

어부만 이득을 챙기는 법.　　　　漁人得利.

어부지리 이야기를 형상화한 도자기 장식물

　이렇듯 막판에 가서 생각해 보면 번번이 아무 상관도 없는 자들이 재산을 챙기곤 하는 것입니다. 이것이 어차피 한 집안 피붙이 사이이니 낭패를 좀 보더라도 재산은 역시 그냥 자기 집안에 고이 남겨 두는 편이 낫지 않겠습니까?

　오늘 소생이 이 자리에서 신조가 있는 사람 이야기를 들려 드리려고 합니다. 참으로 식견이 대단한 양반이지요. 이 일도 송나라 소흥 연간에 있었던 일입니다. 오흥[16] 지방에 노인장이 한 사람 살았지요. 성이 막莫으

16　오흥(吳興) : 송대의 지명. 지금의 절강성 호주시(湖州市) 오흥구(吳興區)에 해당한다.

로, 집안에 재산이 엄청나게 많고, 아내 하나와 아들 둘이 있었는데 벌써
손자를 셋이나 두고 있었습니다. 막옹은 부자들 근성이 있어서 본래 음
욕이 유난스러웠습니다. 그래서 젊은 시절에 벌써 소실을 들입네 여종을
삽네 하면서 풍류를 즐기려는 생각을 가지고 있었답니다. 거기다가 집안
을 일으키지 못할까 걱정하기는커녕 마음대로 몇이나 맞아들여서 '미인
이 삼천[17]'입네 '황금비녀 꽂은 이가 열둘'[18]입네 하는 호사를 부리는 것
조차 전혀 어렵지는 않았지요. 다만 한 가지 성에 차지 않는 일이 있었습
니다. 그것은 막옹의 마나님이 아주 강짜가 심하다는 것이었지요. 그녀
는 평생 동안 세 가지를 원망했답니다.

첫째, 천지를 원망하고,	一恨天地,
둘째, 부모를 원망하고,	二恨爹娘,
셋째로는 이런저런 장인들을 원망한다네.	三恨雜色匠作.

　　그녀가 어째서 그들을 원망했는지 아십니까? 그녀 생각에는 자기 몸
에 있는 그것이 다른 여자들에게는 달려 있지 말았어야 한다며 불만이
이만저만이 아니었습니다. 어째서 천지신명께서 무심하게 일을 하셔서

17　미인이 삼천[粉黛三千] : 당대의 유명한 시인인 백거이(白居易)의 걸작인 『장한가(長恨
　　歌)』에서 비롯된 말. 그 작품에서 "여섯 궁전의 미녀들이 무색해질 정도[六宮粉黛無顔
　　色]"와 "후궁의 미녀들이 삼천 명이나 되었단다[後宮佳麗三千人]"에서 앞뒤로 두 글자씩
　　따온 것이다. 원래는 당나라 현종의 후궁에 미녀가 많은 것을 노래한 말이었으나 나중에
　　는 단순히 미녀들이 많이 있는 상황을 가리키는 데에 사용되기도 하였다.
18　황금비녀 꽂은 이가 열둘[金釵十二] : 역시 백거이의 시인 「수사암회증동용광자(酬思黯
　　戲贈同用狂字)」의 "종유석 삼천 냥에 황금비녀 꽂은 이가 열두 줄[鐘乳三千兩, 金釵十二
　　行]"에서 비롯된 말이다. 역시 미녀들이 많은 것을 두고 한 말이다.

남자들이 자신을 애지중지하지 않게 만들고, 거기다가 남자들과 멀어지게 만들었냐는 것이었지요. 둘째로는 부모가 자신을 좀 늦게 출가시켜서 도무지 마음을 놓을 수가 없었습니다. 거기다 또 하나, 여자가 소변을 볼 때에는 변기[19]로 해결하면 그만인데 그 망할 놈의 도자기 장인이며 철물 장인들이 소변기를 남자와 함께 쓰도록 만들어 놓는 바람에 남자의 양물이 들락날락거리는 모습이 영 꼴불견이었습니다.[20] 이런 심보를 가지고

서진대의 소변기 '호자(虎子)' 범의 형태를 모티브로
만들어졌다고 하여 그렇게 이름 붙여졌다

---

19 변기[馬子] : '마자(馬子)'는 요강과 비슷한 중국의 전통적인 변기로, '호자(虎子)'라고 부르기도 한다. 『서경잡기(西京雜記)』에 따르면 "한나라의 장수인 이광이 그 형제와 함께 명산 북쪽에서 사냥을 하다가 그곳에 누워 있는 범을 발견하고 화살을 쏘아 단발에 죽였다. 그리고는 그 해골을 잘라내서 베개로 쓰므로써 맹수를 제압한 것을 과시하였다. 나중에는 구리로 그 형상을 본 따서 요강을 만들고 범을 혐오하고 모욕하려는 의도를 보여 주었다[李廣與兄弟共獵于冥山之北. 見臥虎焉, 射之, 一矢即斃. 斷其髑髏以爲枕, 示服猛也. 鑄銅象其形爲溲器, 示厭辱之也]" 당시에 한나라 조정에서는 '호자'를 옥석으로 만들어 요강을 '옥호(玉虎)'라고 불렀다. 송대의 조언위(趙彦衛)는 『운록만초(雲麓漫抄)』에서 "'마자'는 용변을 보는 용기인데 당나라 사람들이 호(범)를 꺼려서 마(말)로 부르기 시작하였다[馬子, 溲便之器也. 唐人諱虎, 始改爲馬]"라고 하였다. 때로는 은밀히 매춘을 하거나 행실이 좋지 못한 여자를 '마자'로 부르기도 했다고 한다.

있는데 막옹이 한창 나이일 때 그가 여자를 가까이 하도록 내버려 두었을 리가 있겠습니까? 나중에는 아들이 생기고 손자를 두고 나서는 더더욱 외간여자를 만나는 그런 일은 진작에 포기하는 수밖에 없었지요!

이 날은 막옹의 나이가 벌써 일흔이 다 된 때였습니다. 마나님 방에는 어린 여종이 하나 있었는데 이름이 쌍하雙荷로, 열여덟 살이었지요. 막옹은 밤에 잠을 잘 때 쌍하를 시켜 등을 쓸거나 허리를 두드리게 하곤 했습니다. 마나님은 남편 나이가 많아서 그런 일을 경계할 마음도 가지고 있지 않았지요. 더욱이 평소에는 남편이 자기 말을 잘 따르고 있었기 때문에 방심하는 것이 습관처럼 되어 있었답니다. 그러나 뜻밖에도 막옹의 나이가 많기는 하지만 색욕은 다하지 않았던가 봅니다. 그래서 자기 곁에서 시중을 드는 틈을 타서 그녀와 주물럭거리며 몰래 닭살 돋는 행각을 벌였지 뭡니까 글쎄! 쌍하는 상대가 상전인 것을 아는지라 아무 소리도 낼 엄두를 내지 못했지요. 거기다가 바야흐로 꽃다운 나이이다 보니 사랑에 눈을 떠서 자신부터가 그런 일들이 뇌리에 가득했답니다. 그래서 그 술을 다 마시고 은밀히 둘이서 정분이 나 버렸답니다. 이 노인네가 정을 통한 일을 조롱한 노래가 하나 있습니다.

> 노인네가 음욕 다시는 바꾸지 못하고 　　　　老人家再不把淫心改變,
> 젊은 여자만 보았다 하면 추근거리기 바쁘지만 見了後生家只管歪纏.

---

20 【즉공관 미비】奇想. 기발한 발상이로군.

일 치르려 할 때마다 불편한 걸 어디 알겠나?	怎知道行事多不便.
볼 비비려 하니 뺨은 주름 져 있고	搵腮是皺面頰.
입 맞추려 하니 허연 수염만 눈에 들어오더니	做嘴是白鬚髯.
막상 결정적인 순간 닥치고 보니	正到那要緊關頭也,
하필이면 물렁물렁[21] 또 물렁[22]해져 버리네!	卻又軟軟軟.[23]

계속 이야기를 들려 드리기로 하겠습니다. 막옹과 쌍하가 몇 번 정을 통하고 나자 집안사람들도 차츰 어느 정도 눈치를 챘습니다. 마나님 성질이 사납다 보니 아무도 일러 주는 사람이 없을 뿐이었지요. 아들과 며느리조차 노인네의 체면을 생각해서 다들 사실을 감추었습니다.[24] 그러니 그런 불미스러운 원수 짓거리가 벌어질 줄 누가 알았겠습니까!

그 여자아이는 날이 갈수록 눈썹이 짙어지고 눈이 풀리는가 하면 젖이 불고 배가 부르면서 수시로 헛구역질을 하는 것이었습니다. 처음에는 '무슨 병이라도 생겼나' 싶었지요. 그러다가 뱃속에서 뭐가 움직이는 것을 보고서야 아이를 배었다는 것을 눈치챘답니다. 속으로 당황한 그녀는 막옹을 보고 말했지요.

"이게 모두 나리께서 생각 없이 그 일을 벌인 탓이에요! (…) 이제 이

---

21 【즉공관 방비】大聲. 이 글자는 거성이다.
천진고적판과 강소고적판에는 이 방비가 누락되어 있다.
22 【즉공관 미비】殺風景. 정말 못 봐 주겠구만!
23 【즉공관 방비】平聲. 이 글자는 평성이다.
천진고적판과 강소고적판에는 이 방비가 누락되어 있다.
24 【즉공관 방비】孝哉. 효성스럽기도 하지!

렇게 되는 바람에 낭패를 보게 생겼잖아요! (…) 마나님 성미에 만약 알기라도 하시면 … 저를 가만히 내버려 두시겠냐구요! (…) 제 이 목숨도 머잖아 요절이 나게 생겼군요!"

하면서 그침 없이 눈물을 흘리는 것이었습니다. 막옹은 이렇게 그녀를 위로하는 수밖에 없었습니다.

"일단 당황하지 말 거라. 내가 알아서 해결하도록 하마!"

그리고는 막옹은 속으로 생각했습니다.

'정말로 큰일이 나지 않았나! (…) 순간적으로 욕정이 생기는 바람에 쌍하가 뱃속에 아이를 배게 만들었으니 … 마누라가 알기라도 했다가는 매질을 하고 욕을 퍼부으면서 용납하지 않고, 급기야 쌍하의 목숨까지 해치려 들 게 뻔하다. (…) 설사 죽이지 않는다 하더라도 … 늙은 내게는 자손이 넘치는데도 이런 사려깊지 못한 일을 저질렀구나! 그 바람에 난리가 나서 집안이 조용할 날이 없게 될 텐데 … 정말 민망하게 됐구나! (…) 차라리 쌍하가 아이를 낳기 전에 다른 집을 찾아 출가시키는 편이 낫겠다. (…) 쌍하가 아이를 밴 채로 남의 집에 가서 출산을 하게 해서 어쨌든 고비부터 넘기고 보자!'[25]

---

25 【즉공관 미비】未爲不是. 아니라고 할 수는 없겠지.

이렇게 꾀를 낸 그는 은밀히 쌍하를 보고 그 이야기를 했습니다. 쌍하 역시 그렇게 하기를 간절히 원했지요. 사나운 주인 마나님에게서 벗어날 수 있고 거기다가 젊은 남자에게 새로 출가하게 되었으니 그만큼 좋은 일이 어디 있겠습니까? 그제서야 그 엄청난 걱정들이 크게 사라져 버리는 것이었지요.[26] 정말 막옹은 마나님 앞에서 머리를 쥐어짜서 일부러 '종년이 괘씸하니 팔아 버려야겠다'고 둘러 댔지요. 마나님은 마나님대로 쌍하가 나이가 들수록 요염해지는 것을 보고 곁에 두어서는 안되겠다는 생각이 들던 참이었습니다. 그래서 마침내 매파의 말을 받아들여 성내의 화루교花樓橋에서 국수[27]를 파는 주삼朱三에게 출가시켰지요.

주삼은 나이가 설흔이 채 되지 않는데 인물이 더할 수 없이 단정했습니다. 그런데 쌍하가 그에게 출가하게 되었으니 '유능한 신랑에 아름다운 신부' 격으로 아주 잘 어울리는 부부가 되었습니다. 막옹은 '일만 잘 해결되면 된다'고 여겨 재물을 아끼지 않았지요. 주삼은 주삼대로 '이득을 보았다'고 여기고 꽤나 흡족하게 생각했답니다. 그러나 자신이 남의 아이를 밴 마누라를 구했다는 사실은 전혀 모르고 있었지요. 차츰 주삼이 눈치를 채자 쌍하는 그를 보고 사실대로 털어 놓았습니다.

"이 아이는 사실은 주인 마님의 씨입니다. 마나님이 눈치챌까 두려워서

---

26 【즉공관 미비】丫頭見識, 不過如此. 여종의 식견이니 이 정도일 수밖에!
27 국수[湯粉] : '탕분(湯粉)'은 글자 그대로 직역하면 '뜨거운 국물에 만 국수' 정도의 뜻이다. '탕(湯)'은 현대 중국어나 우리나라에서는 '국물(soup)'이라는 뜻으로 사용되지만 명대 구어체 중국어에서 그 자체는 '뜨거운 물(hot water)'이라는 뜻으로 사용되는 경우가 많았다.

저를 출가시켜 서방님을 평생 섬기게 해 준 거지요. (…) 서방님은 … 이 비밀을 폭로할 생각일랑 하지 마세요. … 저는 저대로 수시로 그 댁에 '재물을 좀 보태 달라'고 요구해서 한 마음으로 서방님만 모시면 되잖아요."[28]

호주 화루교

주삼은 장사를 하는 사람이었습니다. 그러니 작은 이득이라도 얻기만 바랄 뿐 어디 시비곡직을 따질 리가 있겠습니까? '남의 집에서 나온 여종 치고 참되고 바른 여자 없다'는 것 정도는 알고 있었지요. 게다가 이제 막 신혼을 맞은 상태였습니다. 그 사랑이 돈독하다 보니 자연히 얼버

---

28 【즉공관 미비】老翁自痴, 丫頭心已向厥夫矣. 영감 혼자 미련을 두고 있군. 여종은 마음이 진작에 그 사내한테 가 있는 것을!

무리고 참는 것이었지요.

쌍하를 맞아들인 지 다섯 달 남짓 되었을 때 아들 하나를 낳았답니다. 쌍하는 은밀히 사람을 시켜 막옹에게 그 소식을 알렸지요. 막옹은 어쩔 수 없어서 쌍하를 출가시키기는 했지만 속으로는 여전히 관계를 끊지 못하고 있었습니다. 그러던 차에 아들을 낳았다는 소식을 듣자 자기 피붙이라고 여기고 집안사람들을 속이고 우선 몰래 쌀 두 짐과 엽전 몇 꿰미를 보내어 쌍하가 먹고 쓰게 해 주었답니다. 그 뒤로도 장신구며 옷가지 등 아기가 입을 것들도 무엇 하나 대 주지 않는 것이 없었지요. 주삼은 뜻밖에도 마누라 덕분에 먹을 걱정을 하지 않아도 되게 되었답니다.

그 아들은 차츰 성장해 갔습니다. 막옹은 은밀하게 대 주는 입장이기는 해도 쓰고 지내기에 부족함이 없게 해 주었지요. 그러나 아무래도 남의 눈을 속이려다 보니 그 사실을 인정하기는 난처했습니다. 그 과정에서 그 아들은 주씨 성을 가지고 주삼을 따라 저잣거리에 가서 장사를 도왔답니다. 이때는 벌써 열 살 정도 되어 있었습니다. 그런데 동네 사람들이 쑥덕쑥덕 하면서 다들 막옹의 씨임을 눈치채고 있었지 뭡니까. 심지어 막옹 집의 아들과 며느리들조차 아버지에게 그런 '바깥에서 낳은 아들'[29]이 있는 것을 눈치채고 다들 몰래 그 집에 돈을 대 주고 있었지요. 그러나 다들 아랑곳하지 않고 끝까지 모르는 척 했답니다. 마나님은 마

---

29 바깥에서 낳은 아들[外養之子] : '외양(外養)'이란 글자 그대로 직역하면 '바깥에서 키우다'라는 뜻으로, 정식 혼인을 통하여 얻은 집안의 본처가 아닌 집 밖에서 부적절한 관계를 통하여 얻은 사생아를 가리킨다. 여기서는 편의상 "바깥에서 낳은 아들"로 의역하였다.

나름대로 속으로 의심을 좀 품기는 했지만 당사자가 눈 앞에 없는 데다가 아무도 감히 입에 담는 사람이 없다 보니 그런 마음을 먹었다가도 포기할 수밖에 없었습니다.

　그러던 어느 날 막옹이 갑자기 병이 들어 죽었지 뭡니까. 집안 식구들이 상복을 입고 장례를 치른 것은 말할 필요도 없었지요. 이때 성내에는 파락호들 중에서 남의 일에 간섭하면서 공밥을 먹는 근본 없는 불한당들이 있었습니다. 하나는 '철리충'[30]이라는 별명을 가진 송례宋禮이고 하나는 '찬창서'[31]라는 별명의 장조張朝, 하나는 '조정호'[32]라는 별명의 우삼牛三, 하나는 '쇄묵판관'[33]이라는 별명의 주병周丙, 하나는 '백일귀왕'[34]이라는 별명의 절름발이[35]였습니다. 이밖에도 이름은 알 수 없지만 수족 노릇을 하는[36] 젊은이들도 열 명 정도 있었습니다. 이들은 오로지 근거 없이

30　철리충(鐵裏蟲) : 글자 그대로 직역하면 '쇠 속의 벌레'로 번역되는 바 '쇠조차 갉아먹는 고약한 벌레' 정도의 의미로 사용한 것이 아닌가 싶다.

31　찬창서(鑽倉鼠) : 글자 그대로 직역하면 '곳간으로 비집고 들어가는 쥐'로 번역되는 바 '좀도둑' 정도의 의미가 아닌가 싶다.

32　조정호(弔睛虎) : 글자 그대로 직역하면 '이마에 쩨진 눈 무늬가 있는 범'으로 번역된다. '조정'은 눈꼬리가 비스듬이 치켜 올라간 눈을 가리키는데 일반적으로 사나운 범을 묘사할 때에 주로 사용되는 표현이다.

33　쇄묵판관(灑墨判官) : 글자 그대로 직역하면 '그침 없이 붓을 놀리는 판관'으로 번역된다. '쇄묵'은 그침 없이 붓을 휘두를 정도로 서예 또는 글월 솜씨가 뛰어난 것을 뜻한다.

34　백일귀왕(白日鬼王) : 글자 그대로 직역하면 '대낮에 출몰하는 귀신의 왕' 정도로 번역할 수 있다. 귀신은 음기가 강한 밤에 활동하기 마련인데 백주 대낮에 활개치고 다닐 정도로 기세가 등등하다는 뜻으로 보인다.

35　절름발이[瘸子] : '별자(瘸子)'의 경우 현대 중국어에서는 '곤란, 곤경, 쭉정이' 등의 의미로만 사용된다. 그러나 명대 구어체 중국어의 흔적이 많은 사천·호남·호북 등 중국 서남부의 표준어의 하나인 서남 관화(西南官話)에서는 '절름발이'라는 의미로 사용된다. 여기서도 전후 맥락을 따져 볼 때 그 의미로 사용되었다고 보는 편이 합리적이다.

36　수족 노릇을 하는[提草鞋] : '제초혜(提草鞋)'는 글자 그대로 직역하면 '짚신을 들어 주

남의 집 하찮은 꼬투리를 찾아내서 시비를 걸고 떼를 지어 말썽을 일으키기 일쑤였지요. 그 다섯 사람을 우두머리로 삼아 흑호현단[黑虎玄壇] 조 원수[37]의 사당에서 피를 마시고 동맹을 맺고 의형제가 되어 전부 성을 '조[趙]'씨로 바꾸었으며, 자신들을 통틀어 '조 씨네 다섯 범[趙家五虎]'으로 일컬었답니다.[38] 그리고는 어디에서 일이 생기든 간에 하나가 소식을 듣고 오면 다들 떼를 지어 가서 일을 해치우고 이득을 공평하게 나누곤 했습니다. 그들은 전부터 국수 장사 주삼네 아들이 막 씨댁 피붙이임을 눈치채고 있었지요. 그러던 차에 이날 막옹이 죽었다는 소식을 듣더니 다들 이렇게 의논하는 것이었습니다.

"큰 건수가 하나 생겼군! (…) 막 씨댁은 엄청난 부잣집이지. 헌데 … 노마님은 아들 둘만 두어서 그 이삼십만 금이나 되는 재산을 다 누릴 수는 없을 게야. 우리 … 주삼네 그 아이를 부추겨서 송사를 벌이게 해 보

다' 정도로 번역된다. 짚신은 싸구려 신인 데다가 때나 흙에 금세 더러워진다. 그런데 그런 것을, 그것도 남의 것을 들고 다닌다는 것은 그런 궂은 일을 하는 것 또는 그렇게 남의 수족(똘마니) 노릇이나 하는 것을 가리키는 셈이다. 실제로 서남 관화에는 "네가 저 친구 짚신을 들어라[你去跟他提草鞋]"나 "짚신 드는 일에서조차 너 따위는 필요 없다[提草鞋也不要你]" 식으로 사용되는 용례가 보인다. 이 경우 '짚신'이 궂은 일을 뜻하는 말임은 물론이다.

37 조 원수(趙元帥): 도교에서 신봉하는 재물의 신인 조공명(趙公明)을 말한다. 진(秦)나라 때에 종남산(終南山)에서 도를 깨우쳐서 '정일현단원수(正一玄壇元帥)'로 추존되었다고 하며, 때로는 조현단(趙玄壇)·흑호현단(黑虎玄壇) 등의 이름으로 불리기도 한다. 전설에 따르면 검은 얼굴에 짙은 수염을 하고 있고 쇠로 된 모자를 쓰고 철편(鐵鞭)을 들었으며 검은 범을 타고 다니면서 우레와 번개를 울리면서 역병과 재앙을 없애는 신통력을 가졌다고 한다. '흑호현단'은 글자 그대로 직역하면 '검은 범을 타고 검은 단상에 모셔진' 정도의 의미일 것이다.

38 【즉공관 미비】神其吐之乎. 신이 어디 그런 것들을 토해 내었겠는가!

세. 그 아이한테서 한 몫 뜯기만 해도 적어도 몇 만 금은 되겠지. (…) 우리가 거들면야 우리도 팔자가 피게 될 거야. 그렇게 하지 않고 그냥 송사만 벌이고 우리 중에서 처리할 건 처리하고 넘어갈 건 넘어가면서 … 이쪽이 안 한다면 저쪽에 붙더라도 어쨌든 몇 년 동안은 빌붙을 수가 있으니 집에서 밑천이나 까먹고 있는 것보다야 훨씬 낫지 뭔가!"[39]

그러더니 다들 손뼉을 치면서 말했습니다.

"횡재로세, 횡재야!"

그때 철리충이 말했습니다.

"우리 일단 그 암컷을 만나러 갑시다. 그 생각이 어떤지 보고 방법을 강구해서 그 암컷도 이 일에 끼도록 바람을 잡으면 되지요!"

"일 리가 있소이다!"

재물의 신으로 숭배된 조원수의 초상

---

39 【즉공관 미비】好算計. 훌륭한 계책이야.

이렇게 말한 사람들은 다함께 주삼네 집으로 몰려왔습니다.

평소 국수를 팔던 주삼은 이 범 다섯이 날마다 관아 주변을 어슬렁거리면서 늘 자기네 국수를 사 먹었으므로 단골 손님들인 셈이었습니다. 그래서 주삼은 그들을 보자 두 손을 모으고 말했지요.

"여러분께서 왕림하신 걸 보니 볼일이 있으신가 봅니다."

그러자 조정호가 말하는 것이었습니다.

"새댁 좀 나와 보라고 하슈. 내가 일러 줄 일이 있어서 그러니까."

"무슨 … 일인데요?"

그래서 백일귀가 말했지요.

"새댁이 있었던 막 씨댁 어른이 돌아가셨어요!"

쌍하는 안에서 그 소리를 듣고 통곡을 하면서 나오더니 말했습니다.

"방금 전에 거리에서도 그렇게 들었지만 설마 했었어요. 그런데 … 여러분도 오셔서 그리 말씀하시니 … 참말이 분명하군요!"

그녀는 통곡하면서 주삼을 보고 말했습니다.

"저와 서방님이 의지할 장인어른[40]을 잃어 버렸으니 이제 호강은 다 했네요!"

그 말이 끝나자마자 찬창서가 말하는 것이었습니다.

"무슨 그런 말을 하시나? 지금이야말로 … 두 사람이 호강할 때가 됐는데!"

그러더니 다섯 사람이 일제히 말했지요.

"우리 형제가 두 사람한테 횡재할 방법을 일러 주러 일부러 왔다우!"

주삼 부부는 둘 다 놀랍기도 하고 의아하기도 해서 말했지요.

"그게 … 무슨 말씀 … 이세요?"

그러자 철리충이 말하는 것이었습니다.

---

40 장인어른[泰山] : '태산(泰山)'은 원래 산동성(山東省) 곡부(曲阜)에 자리잡은 산으로, 예로부터 역대 제왕들이 제천의식을 거행했기 때문에 성산으로 숭배되었다. 나중에는 '높은 성산'이라는 상징성 때문에 고귀한 보배나 존경스러운 어른을 뜻하는 말로 전용되기도 하였다. 여기서도 아내의 부친 즉 장인을 높여 부르는 호칭으로 사용되었다.

"당신네 아들은 바로 막옹의 피붙이가 아닌감? (…) 지금 그 댁에 몇 만 꿰미나 되는 재산에 … 전답이며 가옥들은 말이오 … 당신네 아들에게 도 당연히 몫이 있어야 되지 않겠소? (…) 왜 그 댁에 가서 아들 몫을 달라고 하지 않소이까? (…) 그 작자들이 만약에 나누어 주려고 하지 않으면 달려 들어서 송사라도 벌여야지! (…) 모르긴 몰라도 당신들도 한 몫 챙겨 주라고 판결을 내릴 걸요? 들이받고 끝까지 송사를 밀어붙이기만 하면 당신네 아들도 고생을 안 하는 겁니다! (…) 피로 친자 확인을 해 보여 봐요.[41] 지들이 인정 안하고 배기겠어? (…) 그 방법이 가장 확실하고 말고!"

---

41 피로 친자 확인을 해 보여 봐요[與他滴起血來] : '적혈(滴血)'은 고대에 피로 친자를 확인하던 방법을 말한다. 고대 사람들은 갑과 을의 부자관계를 확인할 때 양자가 혈통적으로 가까울 때 같은 그릇에 물을 붓고 두 사람의 피를 떨어뜨리면 두 피가 하나로 응겨 붙으며, 시신을 확인할 때에도 산 사람의 피를 죽은 사람의 뼈 위에 떨어뜨리면 그 속으로 스며든다고 믿었다고 한다. 정확히 말하면 당대에 편찬된 남북조시대의 정사『남사(南史)』「예장왕종전(豫章王綜傳)」에서도 "세간에서 '산 사람의 피를 죽은 자의 뼈에 떨어뜨려 스며들면 부자지간'이라는 소문이 퍼졌다. 그래서 소종이 은밀히 제나라 동혼후의 묘를 파헤쳐 그 뼈를 꺼낸 다음 피를 떨어뜨려 시험해 보니 반응을 보이는 것이었다. 서주에 있을 때 차남을 얻고 달포쯤 지나 은밀히 그 아이를 죽였다. 매장한 뒤에 밤에 사람을 보내 그 뼈를 꺼내게 해서 다시 시험해 보았다고 한다. 그의 잔혹함이 이 정도였다[聞俗說以生者血瀝死者骨滲, 即爲父子. 綜乃私發齊東昏墓, 出其骨, 瀝血試之, 既有徵矣. 在西州生次男月餘日, 潛殺之. 既瘞, 夜遣人發取其骨又試之, 其酷忍如此.]." 수백 년 뒤인 송대의 검시 교재인『송제형세원집록(宋提刑洗寃集錄)』"검적골친법(檢滴骨親法)"조에서도 "만약에 갑이 아비이거나 어미이고 유해가 존재할 경우 을이 직접 낳은 아들이나 딸임을 판별할 때에는 어떻게 확인할 수 있을 것인가? 이 경우에는 을로 하여금 몸을 찔러 피 한두 방울을 내서 그 유해에 떨어뜨려 보면 된다. 친부모가 맞다면 그 피는 뼈 속으로 스며들고 그렇지 않다면 스며들지 않을 것이다. 이 방법을 민간에서 '적골친(뼈에 피를 떨어뜨려 친자 관계를 확인하는 법)'이라고 하는 것도 아마 이를 말하는 것이리라(謂如某甲是父或母, 有骸骨在, 某乙来認親生男或女, 何以驗之? 試令某乙就身刺一兩點血, 滴骸骨上, 是的親生則血沁入骨内, 否則不入. 俗云'滴骨親', 蓋謂此也)"라고 소개하고 있다. 이 친자확인법은 이처럼 수백 년 동안 명맥이 이어져 왔으나 실제로는 전혀 근거가 없는 비과학적인 검사법으로 무고한 피해자들을 양산해 내었다.

적혈인친(滴血認親). 부모와 자녀로 추정되는 양자가 떨어뜨린 핏방울이 한데 합쳐지면 친자로 인정되었다

주삼 부부는 그래서 이렇게 말했습니다.

"그게 분명한 사실이란 건 우리도 알지요. 하지만 … 경솔하게 일을 벌였다가는 당장 수습할 수조차 없게 된다고요. 예로부터 '가난한 사람은 부자와 다투면 안된다'[42]라고 하지 않습니까? 송사를 벌이려면 거기에 드는 재물이 있어야지요. (…) 우리가 어떻게 그 댁 사람들한테 맞설 수가 있겠습니까? 나중에 매끄럽게 일이 마무리되지 않으면 되려 불미스

---

[42] 가난한 사람은 부자와 다투면 안된다[貧莫與富鬪] : 명대의 유행어. 부자는 재물과 권세를 가지고 있기 때문에 두 가지를 가지지 못한 가난한 사람들은 그들을 상대하기 어렵다는 뜻으로 한 말이다. 이 표현은 『이각 박안경기』 제31권과 『박안경기』(초각) 제10권에도 보인다.

러운 꼴을 당하고 말 겁니다. (…) 더욱이 우리같은 집이야 하루라도 일을 하지 않으면 먹을 것이 생기지 않는데 … 무슨 손이 남고 무슨 여가가 있다고 송사를 다 벌이겠습니까요?”

그러자 철리충이 말하는 것이었지요.

“그 점이야 정말 고려하긴 해야지. 송사를 벌이려면 경비며 인력 두 가지에만 기대게 되어 있으니까! 허나 … 지금 내가 두 사람 하고 잘 상의해서 … 인력이 필요하면 우리 형제 몇이서 당신들이 관아에서 송사 벌이는 것을 도와주면 그만이요. 다만, … 그 경비라는 건 … 해결하기 어려워서 우리도 장담하기가 어렵소이다. 푼돈이라도 들이지 않으면 목돈을 챙길 수가 없는 법![43] (…) 해서 우리 다섯 형제가 각자 백 냥씩 내서 일단 그걸 밑천으로 당신네가 쓰게 해 드릴 생각이요! 그러니 … 천 냥짜리 차용증서를 써 주시오. 그러면 우리가 잘 간수하고 있다가 나중에 판결이 내려져 재산이 손에 들어왔을 때 … 당신들이 약속한 대로 나한테 갚으면 되오. (…) 당신네가 조금이라도 돈을 챙기면야 … 그 정도야 많은 액수도 아니지! 그 밖에 … 우리한테 보답이라도 … 할 요량이면 두 사람이 따로 의논해서 알아서 하구려! (…) 그때가 되면 거저 얻는 물건들이

---

43 푼돈이라도 들이지 않으면 목돈을 챙길 수가 없는 법[小錢不去, 大錢不來] : 명대의 속담. 돈을 들여야 이익이 생긴다 또는 돈을 들이지 않으면 아무 것도 생기지 않는다는 뜻으로 한 말이다. 청대 초기의 극작가이자 소설가인 이어(李漁, 1611~1680)의 소설 『무성희 (無聲戲)』 “푼돈이라도 들이지 않으면 목돈을 챙길 수가 없는 법이니 자네도 밑천을 좀 들이게나![小錢不去, 大錢不來. 你也拼些資本]” 등에서도 같은 표현을 확인할 수 있다.

고 … 어쨌거나 돈을 들이지 않아도 되니까 … 절대로 우리를 홀대하지 않을 거라고 믿소이다?"

"만약에 여러분의 그런 도움을 받을 수만 있다면 좋고 말고요! 헌데… 어디서부터 어떻게 시작할까요?"

주삼 부부가 이렇게 말하자 철리충이 말했습니다.

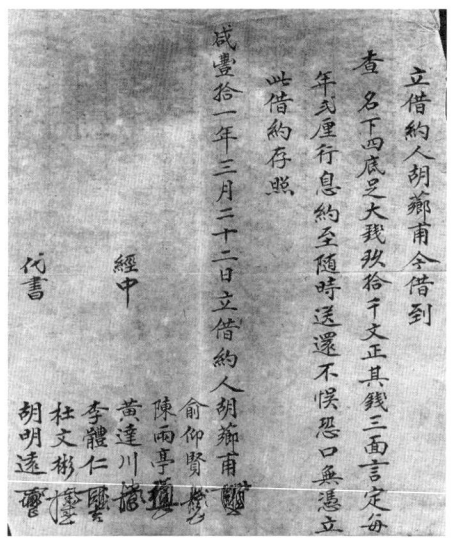

청대 함풍 11년(1861)에 작성된 차용증서

"우리가 시키는 대로만 하면 완벽합니다. 일단 … 차용증서부터 확실하게 작성합시다!"

주삼은 하는 수 없이 그가 하는 말대로 작성하고 서명을 하더니 아들까지 서명을 시킨 다음 그들에게 건네는 것이었지요.

"오늘은 우리 형제가 일단 돌아가리다. 한편으로는 은화를 잘 챙겨서 내일 다시 계획을 세우고 착수하도록 합시다!"

그들이 이렇게 말하자 주삼 부부가 말했습니다.

조 씨네 다섯 범이 함께 남의 집 분란을 조장하다

"여러분만 믿겠습니다!"

그렇게 해서 사람들이 헤어져 그 자리를 떠나고 나자 쌍하는 남편을 보고 말했지요.

"저 사람들 하는 이야기 … 어떻게 될지 모르겠군요. (…) 그렇게 해낼 수 있을까요?"

그러자 주삼이 말하는 것이었습니다.

"어쨌든 우리는 한 푼도 쓸 일이 없잖소. (…) 저들이 어떻게 하는지 보고 따를 만하면 무조건 따라서 합시다. 어쩌면 이득[44]이 좀 생길지도 모르니까. (…) 돈을 쓰는 건 저쪽이고 돈이 생기는 건 우리 쪽이니 손해 볼 일이 어디 있겠소?"

"그렇게 다짜고짜 차용증을 써 주지 말 걸 그랬어요."[45]

"우리 세 사람 살을 고기 삼아 저울에 달아 팔아도 몇 냥이 안 되는 걸. 그 자가 우리 천 꿰미짜리 차용증서를 가져갔지만 만약 재산을 빼앗아 오

---

44 이득[油水] : '유수(油水)'는 명대의 구어식 표현으로, 원래는 음식이나 식재료에서 흘러 나온 지방질 또는 기름을 가리키는 말이었으나 나중에는 여기서 보듯이 뜻하지 않았던 부당한 수입을 뜻하는 말로 사용되기도 하였다.

45 【즉공관 방비】 先見. 선견지명이로군.

지 않는다면 그 자가 어디에 가서 재물을 요구하겠소? 정말 빼앗아 온다면 그 자한테 좀 쥐어 주는 것도 어려운 일은 아니지.[46] 게다가 그 자한테써 주지 않고서야 그 자가 어떻게 은자를 가져다 쓰려고 들겠소? (…) 그증서가 있으면 저들이 안심하고 최선을 다해서 우리를 도우려 할 게요!"

"아무리 그래도 어쩌자고 아이한테까지 서명을 다 시켜요!"

"그 댁 가산을 받을 수 있는 사람은 아이인데 어떻게 안 시킬 수가 있겠소? (…) 그건 대수롭지 않은 일이오. 그저 저들이 어떤 식으로 일을진행하는지 두고 보기만 하면 그만이오."

부부가 상의한 일에 대해서는 이제 그만 들려 드리고 계속 아까 하던이야기를 들려 드리도록 하겠습니다. 다섯 범은 주 씨네 대문을 나서자마자 다같이 웃으면서 말하는 것이었습니다.

"이 집 녀석이 우리가 하는 말에 몸이 달았네 그려! 그건 그렇고 … 그렇게 큰 거짓말을 해 놓았으니 … 어디서 돈을 좀 구해다가 미끼를 좀 걸어야 하는데 말입니다?"

그러자 철리충이 말했습니다.

---

46 【즉공관 미비】庸人專以贍人貽後累. 평범한 사람은 오로지 간 큰 행동을 벌이는 바람에 뒷탈을 남기지.

"정말 우리가 우리 돈을 먼저 갖다 박게 되기라도 할까 봐서 그래요? 내가 작은 꾀를 좀 쓰는 것만 두고 보슈. 돈은 쓸 필요도 없으니!"

"무슨 기막힌 꾀라도 있수?"

하고 나머지 넷이 묻자 철리충이 말했습니다.

"내가 거친 삼베 한 필로 상복을 지어다 그 집 꼬맹이 녀석한테 입히기만 하면 되지요. 그 꼬맹이한테 그 길로 막 씨댁에 가서 상주 노릇을 하게 해서 막 씨댁 모자들이 성을 내고 초조하게 만들면 됩니다. 그런 다음 우리는 엽전 한 닢짜리 백지 한 장으로 그 집을 고소하면 되지요. (…) 이게 바로 오백 냥짜리 밑천이올시다!"

그러자 넷은 손뼉을 치면서 말했습니다.

"기막히군, 기막혀! 일이 지체되면 안되니까 냉큼 가세요, 냉큼!"

철리충은 정말 삼베 한 필을 구해다가 옷집에 가서 가공을 해 상복을 지은 다음 손에 들고

"밑천이 이렇게 생기지 않았는가!"

하더니 쪼르르 주삼네 집으로 달려 왔습니다. 주삼 부부는 그것을 받더니 말했습니다.

"여러분께서 … 어떻게 하시려는 건지 …"

"당신네 아들을 부르시오. 내 그 아이한테 상황을 설명해 주리다!"

철리충이 이렇게 말하자 쌍하는 아이를 보고 말했습니다.

"이 아저씨들이 … 너를 낳아 주신 부모님의 가산을 받아낼 수 있게 도와 주시겠다는구나. (…) 너는 가서 말씀대로만 하면 된다!"

그러자 그 아이는 꽤 영리해서 말했지요.

"저를 낳아준 아버지라면 … 그 집 가산은 당연히 제가 받아야지요! 하지만 … 저는 어린 아이인데 … 절더러 어떻게 받아내라는 거에요?"

그 말에 철리충이 말하는 것이었습니다.

"너는 내 놓으라고 말할 것도 없이 … 이 상복을 입고 있기만 하면 된단다. (…) 우리가 너를 거기로 데려가면 말이다. 너는 그 댁으로 들어가서 분향소 안에 도착했을 때 위패가 놓인 곳이 보이면 즉시 큰 소리로 통

곡을 하거라. 통곡을 하고 나면 절을 해야 되는데 … 네 번 절을 하고 나
서 바깥으로 나오거라. 혹시 누가 너한테 말을 걸더라도 너는 끝까지 무
시하고 그 길로 집 밖으로 나와야 된다? 우리가 모두 왼편 찻집에서 너
를 기다리고 있겠다. (…) 이건 … 하나도 어려운 일이 아냐!"

"고작 그렇게 하는 게 … 무슨 보탬이 되겠어요?"

하고 주삼이 묻자 사람들이 말했습니다.

청대 제왕묘(帝王廟, 북경)에 안치된 역대 황제의 위패

"이건 그 댁에 먼저 기별을 보내는 것이요. (…) 당신 아들이 그 집을
나오기만 하면 그 다음날 당장 고발장을 넣을 거요. 그리고 나서 우리가

당장 가서 당신 대신 수를 쓰면 됩니다! (…) 당신 아들은 어리기도 하거니와 … 관아에서 아이를 보면 불쌍하게만 여기고 절대로 아이를 난처하게 만들지 않을 게요. 더욱이 피붙이인 것은 분명한 사실이니까 … 단단한 땅을 디디고 있는 것만큼이나 안전하지. 그러니 … 그 가산은 결국에는 거뜬히 챙길 수가 있지요. (…) 가서 무조건 우리 말대로만 하면 된다니까 그러시네!"

그러자 주삼은 아내를 보고 말했습니다.

"여러분이 하신 말씀은 … 다 계산이 서 있는 게지. 아이한테 말씀대로 하도록 시키면 확실히 잘 해낼 거요."

"방금 그렇게 말씀하신 대로라면 저도 다 해낼 수 있어요. 저도 속으로는 저를 낳아 주신 아버지 영정을 가서 뵙고 한 바탕 통곡하고 절도 좀 드리고 싶어요."[47]

아이가 이렇게 말하자 쌍하는 눈물을 참으면서 말했습니다.

"착한 아들…, 그래야지!"

---

47 【즉공관 미비】此天籟也. 可憐, 可憐. 이것은 하늘의 뜻이다. 딱하구나, 딱해!

그러자 주삼이 말하는 것이었지요.

"나는 따라가기가 좀 그렇던 참인데 여러분이 같이 가 주신다니 아무 문제가 없겠군요! (…) 아들을 여러분에게 맡깁니다. 저는 저잣거리로 장사를 하러 갔다가 밤에 와서 소식을 듣도록 하겠습니다."

그리고는 주삼은 혼자서 집을 나서는 것이었습니다.

다섯 범은 주 씨네 아들과 함께 그 길로 막 씨댁으로 향했지요. 대문 앞에 다다르자 그들은 어떤 찻집으로 들어가서 차를 먹고 나서 주 씨네 아들에게 당부했습니다.

"저기 저 대문에 '상중'이라는 글씨가 적힌 간판⁴⁸과 금줄⁴⁹이 걸린 집이 바로 너희 아버지 집이다. (…) 들어가거든 내가 일러 준 대로 해야 한다?"

그리고는 상복을 아이에게 잘 입혀 주었습니다. 그 아이는 그들이 하는 말대로 영문도 모른 채 성큼성큼 대문 안으로 들어갔습니다. 그 길로 분향소까지 들어간 아이는 위패가 놓인 자리를 발견하자마자 정말로 하

---

48 간판[喪牌] : '상패(喪牌)'란 그 집이 상중임을 나타내기 위하여 대문 앞에 걸었던 나무 널판을 말한다. 우리나라에서는 이런 경우 널판을 걸지 않고 '근조(謹弔)'라고 적힌 등을 내 거는 것이 보통이다. 여기서는 편의상 "간판"으로 번역하였다.

49 금줄[孝簾] : '효렴(孝簾)'은 명대에 빈소에 드리우던 발을 부르는 이름이다. 여기서는 편의상 "금줄"로 의역하였다.

늘을 찾고 땅에 쓰러지면서 통곡을 하는 것이 그야말로 아들네들 본연의 모습 그대로였지요. 분향소 안에 있던 사람들은 통곡 소리가 들리자 조문객이 온 줄로만 알고 모두 다 보러 나왔습니다. 그런데 가만 보니 웬 꼬맹이가 아닙니까. 옷차림은 상주와 다를 바가 없었고, 거기다가 몹시 슬프게 통곡을 하면서 말끝마다 '친아버지'라고 불러 대지 뭡니까. 분향소 안에서 지켜보던 사람들은 영문을 모르고 저마다 놀라면서 말하는 것이었습니다.

"이게 … 어찌 된 일이람?"

막 씨댁 마나님은 그 아이가 통곡을 하면서 '친아버지'를 부르는 소리를 듣고 거기다가 상복을 입은 모습까지 보노라니

저도 모르게 속에서 부아 치밀고	怒從心上起,
악이 쓸개로부터 치솟는구나!	惡向膽邊生.

마나님은 큰소리를 질렀습니다.

"어디서 저런 들쾡이 같은 것이 다 나타나서 저렇게 해괴하게 우는 게냐!"

다행스럽게도 막 씨댁 맏아들은 물정을 알고 식견이 있는 사람이었습니다. 벌써 상황을 파악하고 서둘러 모친을 보고 이야기하는 것이었지요.

"어머니, 그러시면 절대로 안됩니다! 이 일은 중요한 일이에요. (…) 우리 집안에 상사가 생기면 간교한 자들이 탐을 내고 몰려 들어 시비를 걸면서 속임수를 벌일 것[50]이 분명합니다! 놈들의 올가미에 걸려 들면 이 집도 배겨날 수가 없게 됩니다! (…) 제가 시키는 대로 하셔야만 재앙을 피할 수가 있습니다!"

마나님은 그 짧은 순간에 맏아들이 옳은 말을 하자 적이 당황했습니다. 그래서 일단 말을 멈추고 소리를 낮춘 채 차가운 눈으로 밖에서 들이 닥친 그 아이를 바라보았지요. 그런데 가만 보니 그 아이가 통곡을 마치자마자 절을 하는 것이 아닙니까. 그렇게 네 번 절을 하고 나서 마악 몸을 돌리려는 찰나였습니다. 허겁지겁 뛰어나온 맏아들이 와락 끌어안더니 말하는 것이었지요.[51]

"너는 화루교에서 국수 장사를 하는 그 주가네 아들이 아니냐?"

---

50 속임수를 벌일 것[紮成火囤] : '찰화돈(紮火囤)'은 명대의 유행어이다. 속임수(미인계)를 써서 남을 속이고 잇속을 챙기는 일종의 사기 행위를 가리킨다. 『이각 박안경기』 제10권에도 같은 표현이 보인다. 때로는 동사를 앞에 붙여 '타행화돈(打行火囤)'이라고 부르기도 한다. 청대 학자 양동서(梁同書, 1723~1815)는 『직어보증(直語補證)』 '화돈(火囤)'조에서 이와 관련하여 명말·청초 황종희(黃宗羲, 1610~1695) 『사구록(思舊錄)』의 기사를 다음과 같이 소개하고 있다. "기표가 소주·송강의 순안으로 있을 때 사기꾼들을 모조리 잡아 들여 곤장을 쳐 죽이매 다른 군들에서조차 사기 범죄가 잦아들었다[祁彪佳爲蘇松巡按, 悉取打行火囤之流杖殺之, 列郡肅然]." 이로써 명대 말기에 사회적으로 이 같은 사기 행위들이 빈번하게 발생했음을 짐작할 수 있다.

51 【즉공관 미비】大手段人. 수단이 대단한 자로군.

"그런데요…"

아이가 이렇게 말하자 맏아들이 말했습니다.

"그렇다면 … 방금 아버지한테 절을 올렸으니 이제는 어머니를 뵈어야지. 나를 따라 오거라."

그는 덥썩 아이 손을 잡아채더니 분향소 천막 안으로 들어가서 마나님을 가리키면서 말했습니다.

효렴 예시. 효렴을 걷고 안에 관을 안치하였다

"이 분이 네 큰 어머니[52]이시다. 어서 절을 드려라!"

---

52 큰어머니[嫡母親] : '적모친(嫡母親)' 또는 '적모'는 직접 낳은 생모가 아니라 집안의 여자들 중에서 정실 본처로서 어머니 뻘 되는 여자를 가리킨다.

마나님은 창졸지간이었지만 아들이 하는 대로 따를 수밖에 없어서 아이의 절을 받았지요. 이어서 맏아들은 자신을 가리키면서 말했습니다.

"나는 바로 네 맏형이다. 내게도 절을 해야지?"

그래서 절을 하니 이번에는 둘째 형에게도 절을 하게 시켰습니다. 그렇게 차례로 큰 형수에 둘째 형수까지 다 절을 시키는 것이었습니다. 그리고 나서 이번에는 자신의 두 아들과 아우의 한 아들을 데려 와서 나란히 세우더니 주 씨네 아이를 보고 말하는 것이었지요.

"이 셋은 네 조카들이다. 이제는 네가 절을 받을 차례다!"

세 조카의 절을 받은 주 씨네 아이가 바깥으로 나가려고 할 때였습니다. 막 씨댁 맏아들이 또 말하는 것이었지요.

"어디 가니? (…) 너는 내 아우다. 아버님이 돌아가셨으니 여기 머물면서 상을 치러야지! 여기가 네 집인데 또 어디로 가려고 그래?"

맏아들은 아이를 데리고 안으로 들어가 자기 아내에게 맡기면서 말했습니다.

"당신이 내 어린 아우 머리 좀 빗기고, 옷도 좀 벗겨 줘요. 예전 옷은 다 벗기고 전부 새 옷으로 갈아 입히시오. (…) 이제는 우리집 식구가 됐으니까!"

아이는 맏아들이 자신을 이렇게 잘 대해 주는 것을 보면서 속으로 무척 반갑고 기뻤습니다. 그러나 사람들도 낯설고 얼굴도 익숙하지 않은 데다가 어머니^{쌍하}의 의사가 어떤지 알 수도 없었지요. 그래서 마음이 좀 불안해져서 기어이 집으로 돌아가려고 했습니다. 그런 상황을 눈치챈 맏아들은 사람을 시켜 화루교의 주 씨네에 가서 쌍하를 집으로 불러 오게 했답니다. 긴요하게 할 이야기가 있다고 하면서 말이지요.

쌍하는 아들의 체면이 걸린 일임을 깨닫고 거기다 당초 문상을 오려던 참이었으므로 서둘러 상복으로 갈아입고 막 씨댁으로 건너 왔지요. 막옹의 영전에서 통곡을 하면서 절을 하고 나니 막 씨댁 맏아들이 그녀를 보고 말하는 것이었습니다.

"자네 아들이 오늘 아침에 여기에 왔길래 … 우리가 벌써 형제로 받아들였네. 지금은 우리와 같이 상을 치르고, 나중에 자네들과 똑같이 재산을 나눌[53] 작정이니 걱정할 것 없네! (…) 아버님께서 생시에 자네에게 주었던 양식이며 옷 일체를 … 장부에 적힌 대로 우리가 달마다 자네한

---

53 재산을 나눌[分家] : '분가(分家)'는 명대 구어식 표현으로, 한 집안이 몇 개의 가정으로 나누어지는 것을 말하지만 이와 함께 그 과정에서 독립해 나가는 가정에 재산을 분배해 주는 것까지 가리키기도 한다. 여기서도 편의상 "재산을 나누다"로 번역하였다.

테 보내 줌세. 아버님 생시 하고 마찬가지로 말일세! 그건 자네 아들 체면을 생각해서라네. 그러니 자네는 특별한 일이 없으면 여기까지 올 것 없네. 자네는 지아비가 있는 몸이니 … 남들이 입방아를 찧는 일이 없도록 해야지. (…) 자네 아들한테도 누가 되면 쓰겠는가?[54] 다만, … 오늘부터 자네 아들은 호적을 문중으로 옮겨 막씨로 받아들이고 주가네에는 돌아갈 일이 없을 걸세. (…) 자네 아들한테 한 마디만 당부하고 … 자네는 혼자 돌아가도록 하게나!"

그 말을 들은 쌍하는 몹시 기뻐하면서 말했습니다.

"큰 도련님께서 돌아가신 나리 체면을 생각하셔서 이처럼 잘 처리해 주시니 저는 향 피우고 촛불을 붙이고 큰도련님 복 많이 받으시라 몇 번이고 빌겠습니다!"

말을 마친 쌍하는 안으로 들어가 막 씨댁 마나님과 큰 아씨 · 둘째 아씨를 만나 연신 절을 하면서 고맙다고 인사를 했습니다. 마나님도 이때만큼은 그녀를 냉대할 수가 없었지요. 사람들은 다른 이야기는 별로 하지 않고 그녀를 돌려보냈습니다. 쌍하는 아들에게 이렇게 당부했지요.

"여기서 잘 지내고 … 큰 어머니 하고 형님 형수님들을 정성껏 잘 모시

---

54 【즉공관 미비】處得斬然, 自可無異詞矣. 딱 잘라서 처리했으니 자연히 다른 말이 나올 일이 없겠군.

거라! 네가 좋은 곳에 살게 되었으니 나도 마음이 놓이는구나! (…) 방금 큰 도련님이 말씀하신 대로 나는 마냥 여기에 있을 수가 없단다. (…) 너는 여기서 좀 지내다가 칠칠 사십구재가 끝나고 다시 집에 오면 보자꾸나!"

아들은 자기 친어머니도 만나보고 당부하는 말도 듣고 나서야 마음을 놓았습니다. 쌍하는 쌍하 대로 기쁜 마음으로 남편에게 이 사실을 알려 주러 갔답니다.

중국식 국수 탕분

계속 이야기를 들려 드리도록 하겠습니다. 근본 없는 불한당 조 씨네 다섯 범은 찻집에 앉아서 눈이 빠져라 기다리면서 주 씨네 아들이 나오기만 기다리고 있었지요. 그 길로 일을 진행시키려고 고소장까지 다 잘 준비해 놓고 있는 참이었습니다. 그런데 뜻밖에도 한참을 기다렸는데도 나올 기색이 보이지 않지 뭡니까 글쎄? 곧 날이 저물 판인데도 아무 동정이 보이지 않자 그들은 이상하게 여기면서 말했습니다.

"혹시 … 우리가 여유를 부리면서 이야기를 나누고 있을 때 그 녀석이 나왔다가 우리를 제대로 알아보지도 못하고 바로 자기 집으로 가 버린 게 아닐까?"

장량 초상

그래서 한 사람을 주 씨네에 보내서 확인해 보게 했습니다. 그런데 '아들은 집에 돌아오지 않았고 어미는 불러 갔다'고 하니 더더욱 이해가 되지 않았지요. 돌아와서 일행에게 그 사실을 알렸더니 다들 이상하게 여기면서 마치 뜨거운 접시 위의 개미처럼 안절부절 못하는 것이었습니다. 다시 한 사람을 시켜 주 씨네에 가서 기다리게 했지요. 그런데 이번에도 '쌍하가 돌아왔는데 몹시

기뻐하면서 아들은 막 씨댁에 입적되어 남게 되었다고 했다'지 뭡니까 글쎄. 그때까지 찻집에서 기다리고 있던 사람들은 그 소리를 듣더니 다들 얼이 다 나가 버렸습니다. 그야말로

풀 뒤져 뱀 찾을 궁리나 하더니	思量撥草去尋蛇,
이번에는 잡을 뱀조차 없어졌구나.	這回卻沒蛇兒弄.
평소 집에서는 풍파가 없다 보니	平常家裏沒風波,
장량[55]·진평[56] 있다 해도 쓸모 없구나!	總有良平也無用.

이야기를 들려 드리지요. 이 작자들은 그 아이가 벌써 막 씨댁에 아들로 입적되었다는 소식을 듣고 나니 그때까지만 해도 활활 타오르던 불기운이 갑자기 얼음물을 몇 통이나 끼얹은 것처럼 의욕을 몽땅 꺾어 놓았지 뭡니까! 그들은 다들 고래고래 소리를 질러 댔습니다.

"정말 운수도 사납지! 그렇게 칠칠치 못한 집안을 만나다니! (…) 우리가 그렇게 한참 동안 의논을 했건만 정말이지 그 꼬맹이 녀석만 팔자

---

55 장량(張良, BC250~BC186): 중국 한대의 정치가. 한(韓)나라 명문가 출신으로, 자는 자방(子房), 시호는 문성(文成)이며 영천(潁川) 성보(城父) 사람이다. 소하(蕭何)·한신(韓信)과 함께 '한나라 건국 3걸'로 불린다. 한나라 고조(高祖) 유방(劉邦)이 한나라를 세우고 천하를 통일하도록 하는 데 기여함으로써 그로부터 "군막에서 계책을 세워 천리 밖의 전쟁을 승리로 이끈 것이 장자방이다"라는 극찬을 받기도 하였다. 전설에 따르면 기수(沂水)의 이교(圯橋) 어귀에서 거친 베옷을 입은 노인으로부터『태공병법(太公兵法)』을 전수받아 육도삼략(六韜三略)을 깨우쳐서 '슬기 주머니[智囊]'로 일컬어졌다고 한다. 도가의 이치에 정통하여 참혹한 죽음을 당한 한신과는 달리 권력과 자리에 집착하지 않고 공을 이루자 얼마 후 은퇴하여 '명철보신(明哲保身)'의 본보기로도 유명하다.

56 진평(陳平, ?~BC178): 전한 초기의 대신. 양무(陽武, 지금의 하남성 원양현) 사람이다. 진승(陳勝)이 봉기하매 처음에는 항우(項羽)의 부하로 있다가 나중에 유방에게 귀순하여 호군 중위(護軍中尉)가 되었다. 반간계(反間計)로 항우와 범증(范增)을 이간시키고 작위로 한신을 유방 휘하로 유인하는 데에 공을 세웠다. 한나라가 건국되고 나서 곡역후(曲逆侯)에 봉해졌으며 혜제(惠帝)와 여후(呂后)가 통치할 때에는 승상(丞相)에 임명되기도 하였다. 그러나 여씨 일족이 실권을 독점하는 데에 불만을 품고 여후가 죽자 주발(周勃)과 함께 여씨 일족을 주살하고 문제(文帝)를 옹립하였다.

를 고치지 않았냔 말이야!"

그러자 철리충이 말하는 것이었습니다.

"당황할 것 없수! 그 녀석이 팔자를 고칠 일도 없을 거유. 우리가 헛수 고만 하는 일도 없을 거고!"

"이 지경이 됐는데 … 그래도 그 집에서 한 몫 챙길 수 있다고요?"

"우리가 당초에 그에게 '막 씨댁에서 가산을 받아내면 우리한테 천 냥 의 은자로 보답해야 한다'고 했었지요? 그러니 그가 작성한 차용증서가 우리 수중에 있잖습니까. 그것도 주삼의 친필로다가!"

"그의 집안에서 일이 벌어지기도 전에 상황이 정리되고 말았어요. 그 바람에 우리는 그를 조금도 도와 준 일이 없잖아요. (…) 주삼한테 받아 다 주기도 곤란하고. … 게다가 주삼은 가난뱅이이니 돈을 달라고 해 봤 자 아무 쓸모가 없지요!"

그러자 철리충이 말하는 것이었습니다.

"어제 내가 그 아이한테도 서명을 시켰잖아요? 이제 상대를 찍어 물고 늘어지다가 얼마 지나서 그 아이한테 내놓으라고 하면 되요. 그 녀석이

'돈이 없다'고 하면 바로 고소하면 그만입니다. (…) 그 집 꼬맹이는 이제 막 부잣집 도련님이 되었으니 소송당하는 것을 겁낼 것이 뻔합니다. 남한테 부탁해서 우리 하고 합의하려 하더라도 반드시 이 차용증서의 금액을 갚아야 청산할 수가 있지요. 그러니 헛수고를 하는 건 아니지요."

"기발한 생각이네요! 사람들이 '철리충'이라고 부르는 이유가 다 있었구려! 정말 생각이 기발하기도 하지!"

"또 하나 … , 다만 지금은 좀 침착해야 해요. 첫째 … , 그 차용증서에 적힌 날짜가 얼마 지나지도 않았소이다. 헌데 바로 가서 내놓으라고 하고 거기다 고소까지 하면 관아에서도 의심을 할 테니까요. 둘째로 … 그 댁에서 이제 막 그 꼬맹이를 입적해서 가산은 아직 그 꼬맹이한테 나누어주지도 않았어요. 그러니 그 꼬맹이 입장으로서도 가져다 남에게 갚을 돈이 없는 거지요. (…) 그건 반년이나 한 해 뒤에나 가능한 일이올시다!"

철리홍이 이렇게 말하자 사람들도 맞장구를 쳤습니다.

"다 맞는 말입니다! (…) 일단 차용증서나 잘 간수해 놓고 좀더 참고 기다리다가 뜯어냅시다!"

사람들은 이렇게 해서 각자 헤어져 그 자리를 떠나는 것이었지요.

한편[57], 마음이 진정된 막 씨댁 마나님은 아들을 원망하면서 말했습니다.

"그 망할 놈의 새끼가 왔을 때 어쩌자고 아우로 거두어 준 게냐!"

그러자 맏아들이 말하는 것이었습니다.

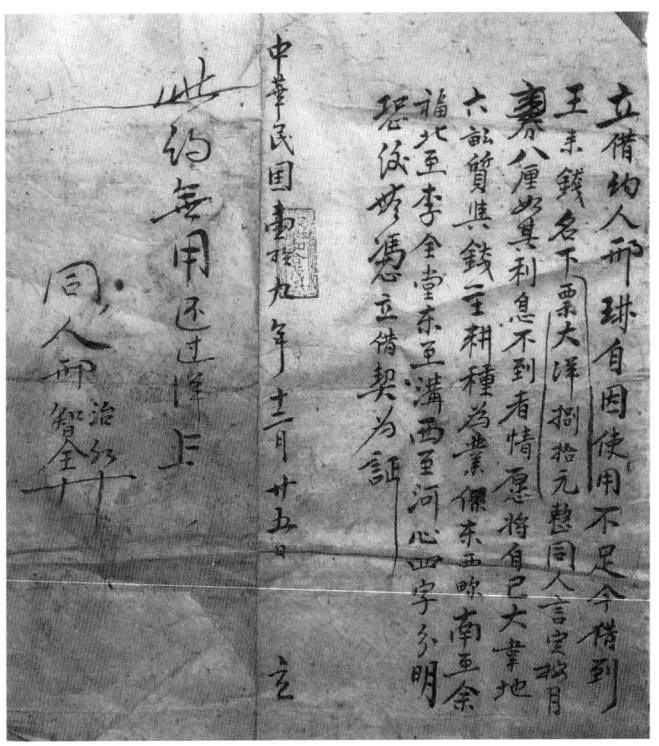

민국 19년(1930)에 작성된 차용증명서

---

57 한편[這裏] : '저리(這裏)'는 '여기, 이쪽'이라는 뜻으로, 명대의 이야기꾼들이 장면을 전환시키거나 시점을 변경할 때에 상투적으로 사용하던 표현이다.

"우리 집은 부자로 오래 전부터 명성을 들어왔습니다. 그러니 어느 누가 욕심을 내지 않을 턱이 있겠습니까? 그 아우는 실제로 아버님의 친아들입니다. 제가 그 아이를 받아들이지 않으면 불한당들에게 농락당해 오늘도 하나 내일도 하나 하는 식으로 쉬지 않고 송사를 벌일 걸요? (게다가…) 관아의 아전들도 저마다 돈을 뜯으려 들 것이고, 친척이며 지인들도 저마다 등을 치려고 들 것입니다! 거기다가 관아에서도 이득을 챙길 요량으로 입이라도 벙긋 한다면 쥐어주지 않을 도리가 없지요. 그렇게 되면 남이 그 땅마지기를 차지하게 될 지도 모릅니다. 그런 식으로 끝까지 싸움을 벌여도 그 사유를 묻고 나면 그 몫은 그 아이에게 주라는 판결을 내릴 것이 뻔한데 굳이 남의 재산을 늘려 줄 이유가 어디 있겠습니까?[58] 차라리 바로 거두어 들이면 많은 자들의 망상을 줄일 수가 있으니 안될 것이 무엇이겠습니까?"

마나님은 그 말을 분명히 듣고 나서 '그것도 일리가 있는 말'이라 여겼습니다. 그래서 온 집안이 사이좋게 지냈답니다.

그러던 어느 날이었습니다. 웬 무리가 대문 안으로 밀고 들어와서 '셋째 나리를 뵈어야겠다'고 하는 것이 아닙니까? 이 댁 문지기가 누구를 찾는지 확실히 확인하려고 하니 그 중 한 사람이 큰소리로 말하는 것이었습니다.

---

58 【즉공관 미비】格言. 마음에 새길 격언이로군.

"바로 주가네 덤받이[59]를 찾아 왔시다!"

그 말이 듣기가 거북했던지 맏아들이 밖으로 나와서 보니 다섯 사람이 기세도 등등하게 인사를 하더니만 묻는 것이었지요.

"동생 분 … 댁에 있습니까?"

"집에 있소마는 … 여러분은 … 무슨 용건이라도 있습니까?"

맏아들이 이렇게 말하자 그 다섯 사람이 말하는 것이었습니다.

"그 동생이 우리 집 돈을 좀 꾸어서 … 이렇게 받으러 왔시다."

"그건 … 모르는 일인데요? (…) 나와 보라고 하지요."

---

59 덤받이[拖油甁] : '타유병(拖油甁)'은 명대의 은어로, 글자 그대로 직역하면 '기름병을 끌고 오다' 정도로 번역되며, 과부가 전남편의 자식을 재가하는 집안에 데리고 들어오는 것을 가리킨다. 명대에는 전 남편의 자녀가 있는 과부가 재가할 경우 재혼하는 남편 집에 그 자녀를 데리가는 경우가 많았다 그러나 천재지변이나 인재로 그 자녀에게 불행한 일이 생길 경우 과부는 전 남편의 집안으로부터 비난을 받기 마련이었다. 이런 경우 재혼하는 남편 쪽에서는 그같은 분쟁에 휘말리지 않기 위해서 과부에게 문서로 다짐을 받았는데 그때 '전 남편 소생의 자녀는 재가할 때부터 지병이 있었다. 따라서 금후로 만약 예상하지 못한 일을 당하더라도 재혼한 남편은 이와는 무관하다'라는 식으로 작성하곤 하였다. 명대에 민간에서는 이 경우 병을 핑계로 댄다고 해서 '타유병(拖有病)'이라고 했는데 나중에는 이것이 민간에 전해지는 과정에서 발음이 비슷한 '타유병(拖油甁)'으로 잘못 전해지게 되었다고 한다. 여기서는 편의상 "덤받이"로 의역하였다.

맏아들이 안으로 들어가서 막내 동생에게 이야기해 주었지요. 그 아이는 영문도 모른 채 나와서 보더니 지난번의 조 씨네 다섯 범임을 알아보고 다가가서 인사를 했습니다. 그러자 그 사람들은 아이를 발견하고 말하는 것이었습니다.

"아이구 막내 나리! 지난번에 우리가 도련님을 여기로 데려다 드렸었쥬? (…) 도련님이 여기서 도련님이 되시더니만 … 이제 우리는 못 알아보시는 거유?"

그러자 아이가 말했지요.

"지난번에 여기 남게 하시고 문 밖으로 내 보내지 않으시는 바람에 나도 나올 수가 없었어요."

"이제 도련님이 되었으니까 그때 그 은자 천 냥 … 우리한테 갚아야 합니다?"

"그런 돈은 … 아는 바가 없는데요?"

"그 돈은 도련님 의부인 주삼 나리가 꾸었지만 … 도련님을 위해 썼고 … 도련님도 서명을 하지 않았수?"

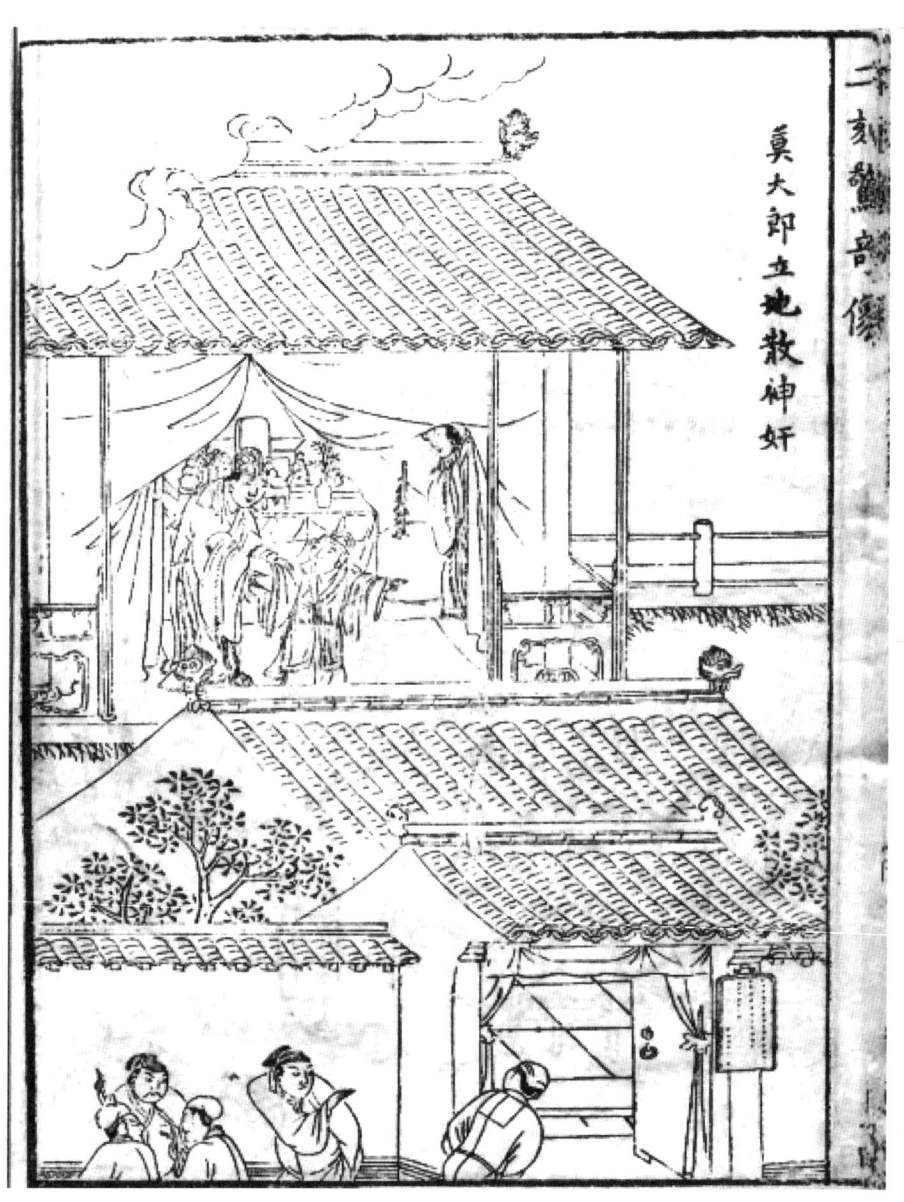

莫大郎立地散神奸

막 씨댁 맏아들이 즉시 교묘한 속임수를 무산시키다

"지난번에 나도 들었어요. '송사에 대비해서 돈을 써야 하므로 차용증서를 쓰겠다'고 하셨었죠. 하지만 지금은 송사가 벌어지지 않았는데 또 무슨 아저씨들 돈을 쓴단 말이에요?"

그러자 다섯 범은 발끈해서 말하는 것이었습니다.

"지금 여기 차용증서가 있잖아! (…) 그래도 잡아뗄건가?"

언성이 높아지길래 맏아들이 나와서 보니 다섯 범이 말했습니다.

"막내 동생 분이 주 씨네에 있을 때 우리 돈 천 냥을 꾸었는데 지금 잡아뗴지 뭡니까?"

"이 어린 아우가 어디에 쓴다고 그렇게 많은 돈을 꾸었단 말이요?"

"형님, 저 사람들 말 곧이 듣지 마세요!"

"여기 차용증서가 있으니까 나 하고 같이 관아에 가서 이야기 합시다!"

다섯 범은 이렇게 말하고 바로 흩어져 버렸습니다.

그리고 나서 맏아들이 동생에게 물었지요.

"이게 어떻게 된 일이냐?"

그러자 아이가 말하는 것이었습니다.

"저 사람들이 우리 어머니한테 막 씨댁을 고소하라고 부추기자 어머니는 '송사를 벌일 돈이 없다'고 대답했답니다. 그랬더니 저 사람들이 '차용증서 한 장만 쓰면 우리가 꾸어 드린다' 하더라구요. 나중에 저 사람들이 나를 이곳까지 데려 왔는데 형님이 저를 거두어 주신 덕분에 송사가 벌어지지 않았지요. (…) 저 사람들이 왜 나한테 돈을 갚으라고 하는지 모르겠어요."

그러자 맏아들이 말했습니다.

"그 불한당놈들이 정말 괘씸하구나! 우리가 놈들 마수에 걸려 들지 않았기에 망정이지! (…) 그런데 지금 차용증서가 그 놈들한테 있으니 포기하려 들지 않고 분명히 관아로 달려가려 들 것이 분명하다! (…) 네가 만약에 원님을 뵈었을 때 … 겁 먹지 말고 방금 있었던 일을 있는 그대로 이렇게 고하면 관아에서도 자연히 눈치를 챌 게다. 네 나이가 어리니 … 널더러 그 자들 돈을 갚으라는 판결을 내릴 리가 없단다. 그러니까 일단 안심하고 그 놈들이 어떻게 하는지 지켜 보도록 하자꾸나!"

이튿날, 다섯 범은 정말 관아로 가서 고발장을 넣고 주삼과 막소삼 두 사람의 이름을 거론하며 천 냥을 가로챈 일을 고발했습니다. 관아의 사령들이 막 씨댁으로 피고들을 소환하러 왔지 뭡니까. 막 씨댁 맏아들과 둘째아들은 의논한 끝에 막내 동생에게 진정서를 써 주고 당시의 상황을 진술하게 했습니다. 그리고 두 형을 증인으로 세워서 그 길로 부 관아로 출두했지요.

부의 태수는 성이 당^唐, 이름이 단^鍛으로, 아주 똑똑한 사람이었습니다. 그는 당사자들이 소환되어 오자 심문을 하면서 먼저 송례 등을 앞으로 불러내어 물었습니다.

"주삼은 어떤 자인가? 어디에 쓰려고 이렇게 많은 은자를 요구했단 말이냐!"

그러자 송례가 말했습니다.

"그가 말하기를 … 아들한테 밭과 땅을 사 준다면서 빌려 갔답니다!"

홍치 연간에 제작된 명대의 1냥짜리 문은

태수는 이어서 주삼을 불러서 물었습니다.

"너는 어쩔 생각으로 이 많은 은자를 꾸었더냐?"

그래서 주삼이 말했지요.

"쇤네는 국수 파는 놈입니다요! 돈도 안 되는 장사지요. 그렇게 많은 돈은 받아서 무얼 하겠습니까요?"

"여기 차용증서가 있습니다요. (…) 우리 다섯이어서 한 사람에 이백 냥씩 받기로 하고 그와 아들 막소삼한테 준 것이올시다!"

송례가 이렇게 말하자 태수는 차용증서를 받아서 보고 나서 주삼에게 물었습니다.

"네가 쓴 증서는?"

"쇤네가 쓴 증서이오나 … 은자에 관한 내용은 없었습니다요!"

주삼이 이렇게 말하자 송례가 말하는 것이었습니다.

"증서는 그가 쓰고 은자는 … 막소삼이 가져 갔습니다요!"

그래서 태수가 막소삼을 소환했지요. 막 씨댁 아이는 대답을 하고 올라 갔습니다. 태수가 보니 열 살 정도 되는 아이이지 뭡니까. 더더욱 기이하게 여기면서 말했지요.

"이 꼬맹이가 어디에 쓴다고 그렇게 큰 돈을 거두어 갔단 말이냐?"

그러자 송례가 항변하는 것이었습니다.

"그 아비 주삼이 차용증서를 쓰고 은자를 가져다가 이 막소삼에게 밭을 사라고 준 게지요! (…) 지금 그 자는 집에 엄청난 밭을 소유하고 있습니다요!"[60]

"아비는 성이 주가인데 … 어째서 아들은 막가인가?"

태수가 이렇게 묻자 주삼이 말했습니다.

"나리께 사실대로 고하겠습니다요! (…) 이 꼬맹이는 원래 막 씨댁의 서자입니다. 그 생모가 쇤네한테 출가한 거지요. (…) 그래서 아이는 당연히 성이 막씨인 거지요. 헌데, … 이 사람들이 막무가내로 아이를 위해 막 씨댁에 가서 가산을 받아내는 일을 돕겠다고 하면서 쇤네를 부추겨 차용증서를 쓰게 해서 송사에 써 먹으려 한 겁니다요.[61] 헌데, … 뜻밖에도 막 씨댁에 갔더니 그 댁 큰 어머니와 두 형님이 즉석에서 아우로 받아들이고 밭과 땅을 나누어 주셨답니다. 쇤네가 그 댁과 송사도 안 벌였는데 돈은 꾸어서 무슨 소용이 있겠습니까요? (…) 그런데도 저 자들이 지

---

60 【즉공관 미비】好指實. 제대로 보았군.
61 【즉공관 미비】朱三也合與杖. 주삼도 곤장을 맞을 만하다.

금 차용증서를 핑계로 억지로 그 돈은 내놓으라고 우기니 … 어떻게 이런 일이 있을 수가 있습니까요!"

태수가 막소삼에게 물었더니 그의 대답도 마찬가지였습니다. 그래서 태수는 고개를 끄덕이면서 말했지요.

"그랬군, 그랬어!"

그리고는 즉시 막 씨댁 맏아들을 불러서 물었습니다.

"너는 당시 어째서 쌍하의 아들을 선뜻 거두어 들였느냐?"

"성내의 불한당들이 공연히 평지풍파를 일으켰을 뿐입니다! 다행히 저는 당시 즉시 아우로 거두어 주었지요. (…) 그 자들은 거기다가 허튼 수작을 벌이면서 미련을 벌이지 못하다가 급기야 오늘과 같은 송사를 벌인 것입니다! 만약 당시 아우를 거두어 주기를 거절했더라면 송사에 휘말려서 그 패거리들이 발호할 빌미를 제공했을 것이 분명합니다. 아우의 그 천 냥을 그 자들한테 뜯겼을 것은 말할 것도 없고 집안에서 들인 소송 경비도 몇 갑절이나 되었을지도 모를 일입니다!"

맏아들이 이렇게 대답하자 태수는 웃으면서 말했습니다.

"기막히구나! 남다른 의리는 물론이고 거기다가 남다른 식견까지! 정말 존경스럽구나, 존경스러워! (…) 내 보아하니 송례 등 다섯 명은 천금이나 되는 돈을 남에게 꾸어 줄 것 같지 않았느니라. 주삼 역시 남에게서 천금이나 되는 돈을 꿀 것 같지 않았지. 그런데 알고 보니 실상은 그랬었구나. 참으로 괘씸하다! (…) 만일 막 씨네 맏아들에게 식견이 없었다면 이 패거리 배만 불릴 뻔 했구나!"

그리고는 붓을 들더니 이렇게 판결문을 작성했습니다.

"천금은 엄청난 이익이거늘 한낱 종이 한 장을 증거로 삼을 수 있겠는가? 주삼은 몹시 가난한데 돈을 꾸면 누구한테 준다던가? 막 씨네 아들은 젖비린내가 날 정도로 어린데 그 돈으로 무엇을 하겠는가? 그 상세한 내막을 자세히 심문해 보니 이제야 놈들의 속임수가 자명해지는구나. 송례는 계약서를 작성하게 하고 달팽이 뿔끼리 다투기만 바랬지만 막 씨네 맏아들은 형제의 우애로 집안에서의 분쟁을 사전에 해소하였다. 그 패거리가 부당하게 잇속을 채우려다가 좌절하고 말았으니 마치 쓸데없는 폐지만 믿고 군침 흘린 것과 다를 바 없구나! 그 간교한 패거리에게 중대한 타격을 입혔으니 그 증서를 즉시 폐기하라!"

千金重利, 一紙足憑. 乃朱三赤貧, 貸則誰與. 莫子乳臭, 須此何爲. 細訊其詳, 始燭其詭. 宋禮立鷰蹄之約, 希蝸角之爭. 莫大以對牀之情, 消鬪牆之釁. 旣漁羣謀而喪氣, 猶挾故紙以垂涎. 創其奸, 立毀其券.

그는 즉시 송례 등 다섯 명에게 각자 서른 대씩 곤장을 치도록 판결했습니다. 그리고는 "남에게 소송을 부추겨 평민을 기만하고 해치려 할 경우[敎唆詞訟詐害平人]"에 적용되는 형률에 의거하여 등에 곤장을 스무 대씩 친 뒤 이마에 경을 치고 각자 멀고 고생스러운 군대 주둔지로 귀양을 보내게 했지요. 오흥 성내에서는 이 다섯 범이 사라지자 서민들이 모두들 속이 다 후련해 하면서 다음과 같은 구호[62]를 몇 구절 지었답니다.

"철리충도 때로는 남 허점 파고들지 못하고   鐵裏虫有時蛀不穿,
찬창서도 때로는 배불리 먹지 못하고   鑽倉鼠有時喫不飽,
조정호도 위풍이 없고   吊晴老虎沒威風,
쇄묵판관도 모조리 나자빠지고   灑墨判官齊趺倒,
백일리귀도 멋대로 설치고 다니더니   白日裏鬼胡行,
이번에는 흔적조차 보이지 않는구나!"   這回兒不見了.

당 태수는 이어서 막 씨댁에 의리를 표창하고 상을 내렸습니다. 그리고 그들에게 "효의지문(孝義之門)" 네 글자가 씌어진 현판을 내리고 그들에게 부여된 요역의 의무를 면제해 주었지요. 그때가 되어서야 막 씨댁 마나님도 맏아들의 남다른 식견을 깨달았답니다. 세간에서 형제 사이에 화목하지 못하여 외간사람들에 의존하여 서로 송사를 벌이는 일을 돕

---

62 구호(口號) : 명대에 유행한 시의 일종. 현재는 구령(口令)이라는 뜻으로 사용되지만 원래는 문구를 다듬지 않고 즉흥적으로 읊는 시를 부르는 말이었다. 당나라의 이백(李白)이 지은 「구호오왕미인반취(口號吳王美人半醉)」도 구호시의 하나로 분류된다.

겠다고 하는 자들은 이 이야기를 귀감으로 삼아야 옳을 것입니다. 이런 시가 있습니다.

세간에 덤받이 있다고 하지만   世間有孼子,
따지고 보면 한 뿌리에서 난 가지이거늘. 亦是本生枝.
오로지 인색하게 구는 바람에   祇因慳所爲,
되려 외간사람들만 덕을 본단다.   反爲外人資.

어부는 앉아서 이익을 챙기건만   漁翁坐得利,
도요새와 키조개는 괜스레 서로 다투누나. 鷸蚌枉相持.
차라리 한쪽에 양보함이 어떠한가?   何如存一讓,
그 명성 바깥으로 새지 않으리니!   是名不漏卮.

1. 이각 박안경기의 창작과정

'이박'을 지은 능몽초凌濛初, 1580~1644는 명대 말기의 소설가·극작가이 자 출판가이다. 명대 절강浙江의 오정烏程 사람으로, 자가 현방玄房이며, 호 로는 초성初成과 즉공관주인卽空觀主人을 사용하였다. 그는 생전에 문학·예 술·경학·역사 등 다양한 분야에서 저술을 남겼지만[2] 그 중에서도 가장 두각을 나타낸 것은 소설·희곡·가요 등의 통속문학 분야였다. 그가 지 은 희곡을 당시의 유명한 극작가이던 탕현조湯顯祖, 1550~1616에게 보내고 조언을 부탁한 일이나, 당시 강남에서 연극 담론을 주도하던 또 다른 극 작가 심경沈璟, 1553~1610의 무대 연출 스타일을 비판한 일, 또 자신이 운영 하는 서방書坊을 통하여 『서상기西廂記』·『남음삼뢰南音三籟』 등, 당시 독서시 장에서 인기를 끌던 희곡·가요집들을 펴낸 일 등은 능몽초가 통속문학 의 소개와 창작에 얼마나 지대한 관심을 가지고 있었는지 잘 보여 준다. 동시대의 정치가이자 학자이던 사조제謝肇淛, 1567~1624는 능몽초의 출판 관과 관련하여 이런 평가를 내렸다.

오흥의 능씨가 간행한 책들은 책을 만들어 이익을 노리는 데에 급급한 데다

---

1 이 부분은 2023년에 선보인 학고방판 『박안경기』(전 6권)의 것을 주로 활용하였다.
2 능몽초의 각종 저술 일람표는 2023년에 학고방 출판사에서 펴낸 『박안경기』 제6권의 425~426쪽의 것을 참조하기 바란다.

가, 사람을 부리는 데에도 인색하여, 그 사이에서 엮고 다듬느라 오자가 빈번하게 나오니 이 얼마나 해괴한 일인지 모른다. 그러면서도 『수호전』・『서상기』・『비파기』니 『묵보』・『묵원』이니 하는 책들은 거꾸로 온 정신을 집중하여 정성과 심혈을 기울임으로써 천의무봉의 태세로, 쓸데없이 희곡을 눈과 귀의 놀잇감으로 꾸미는 데에만 몰두하니, 이 또한 안타까울 따름이다.[3]

『오잡조五雜俎』는 만력萬曆 병진년1616에 완성되었으니 여기에 언급된 것은 능몽초가 한창 출판활동에 전념하던 30대 시절의 상황인 셈이다. 정통문학을 중시하던 사제조로서는 능몽초가 소설・희곡・서화첩 같은 통속서들에만 지나친 정성과 투자를 집중하는 행태가 상당히 불만스러웠던 것으로 보인다. 그러나 우리는 사제조의 이 볼멘소리를 통하여 당시 독서시장의 동향에 촉각을 곤두세우고 있던 능몽초가 '경・사・자・집經史子集'의 정통문학보다는 소설・희곡 등 통속문학에 훨씬 더 깊은 애정을 가지고 있었음을 확인할 수 있는 셈이다.[4]

수향거사는 『이각 박안경기』의 서문에서 능몽초의 통속문학 창작과 관련하여 이렇게 소개하였다.

---

3 『오잡조』 권13 「사부1(事部 一)」: "吳興凌氏諸刻, 急於成書射利, 又慳於倩人編摩其間, 亥 豕相望, 何怪其然. 至於水滸西廂琵琶及墨譜墨苑等書, 反覃精聚神, 窮極要眇, 以天巧人工, 徒 爲傳奇, 耳目之玩, 亦可惜也."
4 문성재, 「명말 희곡의 출판과 유통 - 강남지역의 독서시장을 중심으로」, 『중국문학』 제 41집, 2004.5. 제156쪽. 물론, 능몽초가 이처럼 통속문학의 창작과 출판에 몰두한 것은 해당 분야에 대한 개인적인 관심이 결정적인 요인으로 작용했다고 본다. 그러나 여기에 는 당시 독자들의 성격이나 독서시장의 추세에 민감한 출판가로서의 그의 판단력도 한몫 했을 것이다.

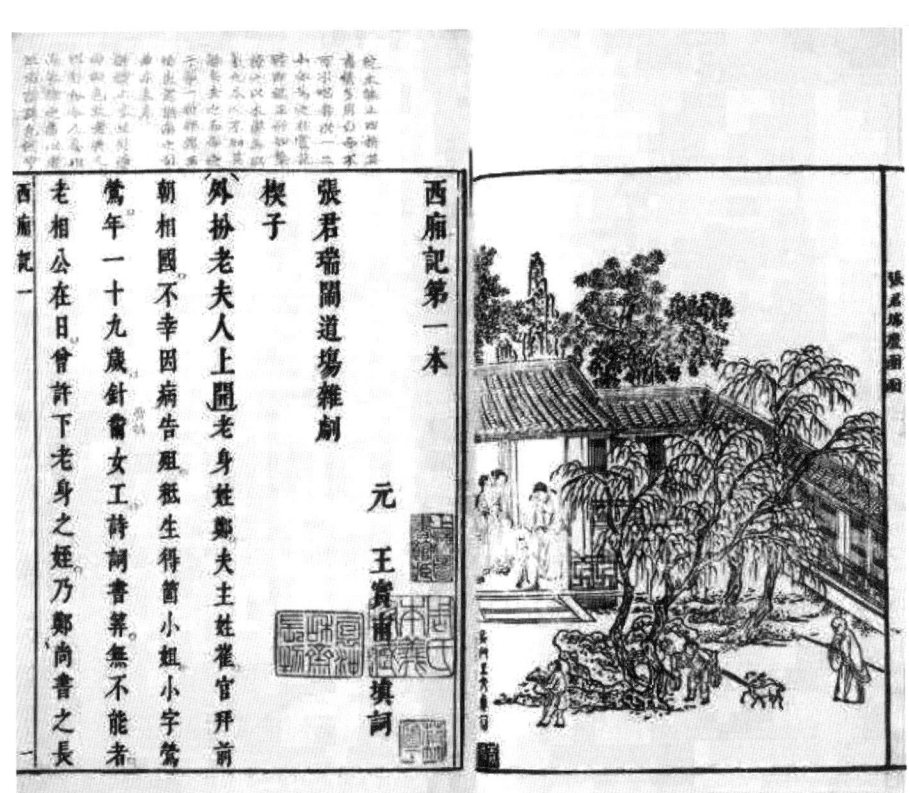

출판업을 가업으로 계승한 능몽초가 여러 색으로 인쇄해 펴낸 당시의 인기 희곡 『서상기(西廂記)』

　　즉공관주인이라는 분은 그 사람 자체도 기이하거니와 그 글도 기이하며 그

역정 또한 기이하다. 뜻을 제대로 펼치지는 못 했으나 원대한 그 재능을 발휘

하는 기회를 만나매 남는 재능을 내어 전기를 짓고 거기서 몸을 더 낮추어 연

의를 지으니, 이 박안경기를 두 번에 걸쳐 간행하게 된 까닭이다.[5]

5　수향거사, 「이각 박안경기 서」.

수향거사의 증언은 ①능몽초가 통속문학 저술과 출판에 종사하기 시작한 시점과, ②능몽초가 희곡과 소설을 창작한 순서에 관하여 우리에게 두 가지 사실을 시사해 준다. 수향거사의 증언에 따르면, 능몽초가 통속문학에 관심을 가지고 창작에 착수한 시점은 "과거에서 뜻을 제대로 펼치지 못한" 때부터이다. 능몽초가 과거시험에서 "뜻을 이루지 못한" "정묘년의 가을"은 그가 48세 되던 천계天啓 7년1627이었다. 이 해 가을에 응천부應天府, 지금의 남경에서 거행된 향시鄕試에 지원했다가 낙방했기 때문이다. 그러자 그는 통속문학의 창작에 본격적으로 뛰어들게 된다. "전기를 짓고 거기서 몸을 더 낮추어 연의를 지으니"라는 수향거사의 증언을 통하여 초기에는 희곡 창작에 종사하던 능몽초가 거기서 한 걸음 더 나가 창작 범위를 소설로까지 확장시켰음을 알 수 있다. 이때 몸을 낮추어 지은 소설이 바로 숭정崇禎 원년1628 10월에 소주蘇州의 상우당을 통하여 선보인 『박안경기』초각이다. 그렇게 우연히 선보인 『박안경기』의 대성공은 능몽초가 그 후속작을 준비하는 데에 결정적인 계기를 제공하였다.

억지로 지어낸 말과 투박한 이야기들이어서 장독을 덮기에도 부족한 내용임에도 불구하고 날개를 달고 날고 다리를 달고 달리는 것처럼 빠르게 유행하였다. 서상은 우연히 한번 시도해 본 것이 성공을 거두자 '또 내겠다'고 하는 것이었다. 그래서 내가 웃으면서 '한번으로도 충분하지 않소!' 하고 말은 하면서도 도중에 멈출 수는 없다고 여겨 일단 이번에도 마흔 편을 엮기로 한 것이다.[6]

---

6 즉공관주인(능몽초), 「이각 박안경기 소인」.

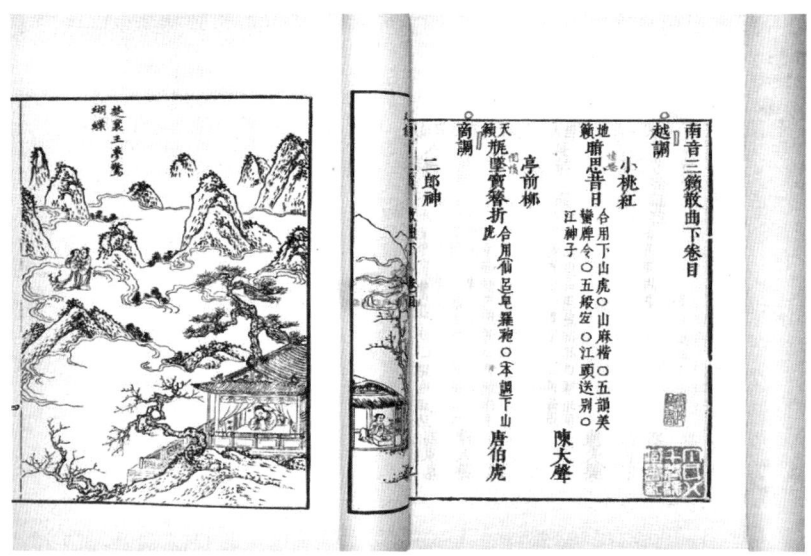

능몽초가 엮은 가곡집 『남음삼뢰(南音三籟)』의 본문과 삽화. 조판과 삽화에 상당한 공을 들인 것을 알 수 있다

　능몽초가 「이각 박안경기 소인」에서 밝힌 『이각 박안경기』 출판 경위에 따르면, 직접적인 계기는 전작 『박안경기』의 성공에 고무된 상우당 운영자 안소운安少雲의 간곡한 요청이었다. 그러나 본인 역시 "도중에 멈출 수는 없다"며 한번으로는 부족하다고 여겨 후속작을 내는 데에 동의했다는 것이다.

　그렇다면 『이각 박안경기』는 언제 정식으로 출판되었을까? 그 출판을 앞두고 수향거사와 능몽초가 각각 작성한 「이각 박안경기 서」와 『이각 박안경기 소인』을 보면 그 작성 시점이 "숭정 임신 겨울[崇禎壬申冬]"로 되어 있다. 능몽초가 살아 있을 때의 '임신년'은 명나라의 마지막 황제 주유검朱由檢, 1611~1644이 즉위한 뒤로 다섯 번째 해로, 서기 1632년에 해당

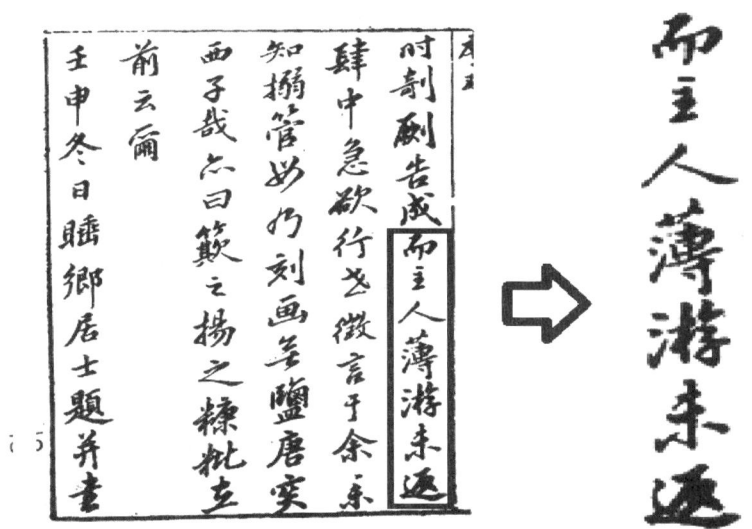

수향거사가 쓴 서문의 '박유미반' 대목. 이를 통하여 서문이 작성되던 시점에도 능몽초가 외지에 머물고 있었음을 알 수 있다

한다. 그 해의 "겨울"을 음력 11월부터 1월까지라고 본다면 양력으로는 1632년 연말보다는 그 이듬해인 1633년 연초일 가능성도 배제할 수 없다. 『이각 박안경기 소인』에는 능몽초가 그 글을 완성한 시점을 "임신년 겨울날[壬申冬日]"이라고 밝혔으나 수향거사의 서문과 날짜를 맞춘 것일 뿐 실제로는 해를 넘겼다고 보는 편이 합리적인 것이다.

『이각 박안경기』의 정식 출판이 해를 넘긴 숭정 6년[1633]에 이루어졌다는 사실은 수향거사의 증언을 통해서도 뒷받침 된다.

이제 책은 마침내 완성되었지만 (즉공관)주인이 벼슬을 지내느라 아직 돌아오지 않았다. 그러나 서사에서는 서둘러 책을 펴 내고자 하여 내게 서문을 청

탁하였다.[7]

    수향거사의 증언을 정리하면, 『이각 박안경기』를 인쇄할 목판은 모두 준비되었으나 그 직전에 작자인 능몽초가 공교롭게도 작은 벼슬을 지내 느라 객지에 머물고 있었고 '신상품' 출시 일정을 앞당기려는 안소운의 재촉으로 자신이 서문을 대신 작성했다는 것이다. 원문에는 능몽초의 벼슬살이를 '박유薄游'로 표현했는데, 중국의 대표적인 검색 사이트 바이두百度의 온라인사전에 따르면, 그 의미는 "하찮은 녹봉을 위하여 객지에서 벼슬살이를 하는 것爲薄祿而宦游於外"이다. 실제로 능몽초 연보를 확인해 보면 능몽초는 숭정 6년 봄에 "강서포정사 반증굉의 남창 관아에 머물렀 다"고 소개되어 있다. 그렇다면 원문의 '박유'는 능몽초가 포정사 관청이 있던 남창에서 반증굉의 고문으로 잠시 재직한 일을 가리키는 셈이다. 그리고 그의 귀환을 학수고대하고 있던 상우당 안소운의 독촉으로 허겁지겁 작성한 것이 우리가 이 책 서두에서 읽은 그 짧은 「이각 박안경기 소인」이다. 『이각 박안경기』가 정식으로 출판된 것은 숭정 6년이었다고 보는 편이 합리적이라고 보는 이유이다.

2. 이각 박안경기의 체제

    현존하는 『이각 박안경기』 판본들 중에서 가장 일찍 간행된 것은 숭

---

7   수향거사, 「이각 박안경기 서」.

정 5년1632에 소주의 상우당에서 간행한 판본이하 '상우당본'이다. 이 판본의 경우, 중국에는 현재 국가도서관國家圖書館에 소장된 것이 유일하다. 그러나 전체 내용에서 제13권~제30권까지의 분량이 사라진 채 절반 정도만 남아 있을 뿐이다. 그 뒤로 1941년에 일본의 닛코日光를 방문한 중국의 서지학자 왕고로王古魯, 1901~1958가 도쿄[東京]의 내각문고內閣文庫에서 또 다른 판본이하 '내각문고본'을 새로 발견하였다.

이 판본의 경우, 맨 앞에 수향거사의 「이각 박안경기 서」와 능몽초 본인의 「이각 박안경기 소인」이 차례로 배치되어 있다. 이어서 목차와 삽화가 배치되고 그 뒤에는 40편의 작품 본문이 온전하게 엮여져 있다.

1) 목차

전작『박안경기』와 마찬가지로, 수록된 작품 총 40편의 작품의 제목이 순서대로 소개되어 있다. 각 권의 제목은 장르가 다른 제40권을 제외한 나머지 39편이 모두 전형적인 명대 장회소설章回小說의 양식에 따라 앞뒤 두 구절의 대구對句로 구성되어 있다. 또, 각 구절의 글자 수는 7자구를 쓴 것이 총 18건, 8자구를 쓴 것이 총 18건으로 가장 많다. 반면에 6자구를 쓴 것은 제4권·제6권·제33권·제40권의 4건이 불과하며 그 중에서도 제40권은 제목이 대구가 아닌 단일한 구절로 붙여져 있어서 이채異彩를 띤다.

2) 삽화

명대에 간행된 소설이나 희곡은 일반적으로 앞머리에 1~2장의 삽화를 배치하는 것이 관례였다. 『이각 박안경기』에도 제1권부터 제39권까지 총 78장의 삽화가 한꺼번에 배치되어 있다. 다만, 장르가 다른 잡극 희곡인 제40권 『송공명이 원소절에 소란을 일으키다[宋公明鬧元宵雜劇]』의 경우에는 삽화가 누락되어 있다. 능몽초 당시에는 희곡이나 소설에 일반적으로 삽화를 넣는 것이 관례였다는 점을 감안할 때, 제40권에 삽화가 누락되어 있다는 것은 이 부분이 나중에 뒤늦게 추가되었을 가능성을 시사해 준다. 만약 이 부분이 능몽초가 『이각 박안경기』를 선보이던 숭정 6년 당시의 원본이 맞다면 상식적으로 제40권에도 똑같이 삽화가 들어가 있어야 정상이기 때문이다.

3) 본문

제40권을 제외하면, 제1권부터 제39권까지는 권마다 우선 맨 오른쪽에 세로로 제목이 두 줄로 배열되고, 거기서 몇 칸을 띄운 다음부터 본문이 오른쪽에서 왼쪽으로 배열되어 있다. 본문은 쪽마다 10행씩, 행마다 대체로 200자씩 들어가 있다.

목판의 중심 하단에는 '상우당[尙友堂]' 세 글자가 표시되어 있으며, 일부 작품에는 해당 작품의 목판을 제작한 판각공[版刻工]의 이름이 표기되어 있다. 내각문고본의 경우, 제1권 상단에 '유음이 그리다[劉欽摹]'라는 문구가 들어가 있는데, 그 의미를 따져 볼 때 삽화를 그린 화공[畵工]의 이름으로

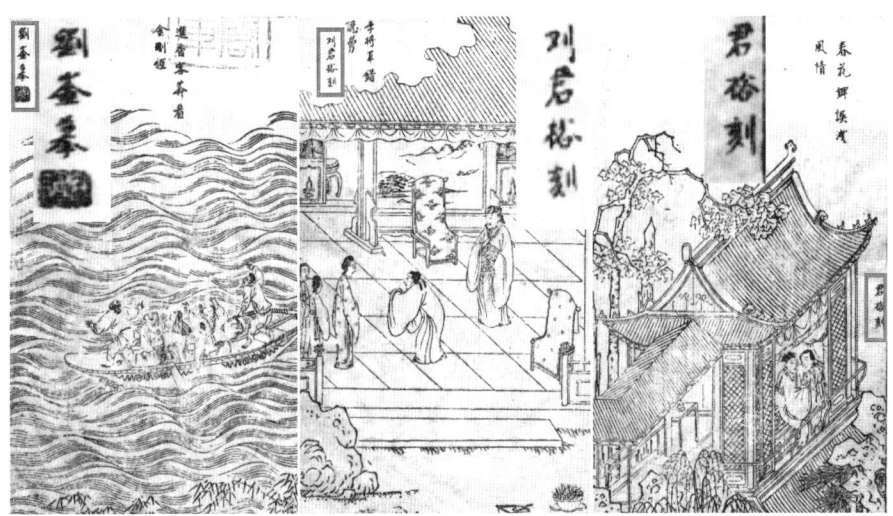

『이각 박안경기』 삽화에 표시된 판각공의 서명들. 왼쪽부터 '유음 모(劉少峯)', '유군유 각(劉君裕刻)', '군유 각(君裕刻)' 등의 글자들이 보인다.

추정된다. 이 밖에도 제6권 상단에 '유군유가 새기다[劉君裕刻]', 제18권 하단에 '군유가 새기다[君裕刻]'라는 문구가 표시되어 있는 것이 확인된다. 문구의 의미를 따져 볼 때, '유군유劉君裕'는 해당 작품의 목판을 제작한 판각공의 이름인 것으로 보인다. 화공 유음과 한 집안 사람으로 추정되는 그의 이름은 다른 도서에서도 확인할 수 있다. 역시 내각문고에 소장된 명대의 『이탁오선생비평 서유기李卓吾先生批評西遊記』 제100회의 삽화 오행산하정심원일정도五行山下定心猿一精圖에 그려진 바위 옆에 표시된 '군유유씨가 새기다[君裕劉刻]'라는 문구가 그 예이다. 이를 통하여 유군유라는 인물이 명대 말기에 다양한 책의 삽화를 판각하면서 맹활약한 유명한 판각공이었으며, 당시에 출판용 목판의 판각 및 삽화 제작이 일종의 가업으로 전승되면서 직업화·전문화되었음을 짐작할 수 있다.

3. 평점 작자의 독특한 서사장치

각 권의 본문에는 중요한 대목마다 군데군데 작자의 입장을 피력하는 평점評點이 안배되어 있다. 일반적으로 '평評'이란 작품의 특정한 대목에 다는 작자의 소감이나 논평을 가리키는데, 그 위치에 따라 각 쪽의 꼭지에 다는 미비眉批, 본문 행간에 다는 방비旁批, 또는 본문 옆에 단다고 해서 '측비(側批)' 등이 있었다. 또, '권점圈點'은 마침표처럼 구문이 끝나는 곳을 표시하거나, 독자들에게 환기시키고자 하는 대목이나 구절을 부각시키는 역할을 하는 것으로, '。、●' 등으로 표시되었다. 이 독특한 서사장치는 원래 '설화' 시대에는 공연장에서 이야기를 들려주는 이야기꾼이 일종의 내포작가로 작품 속에 개입하면서 독자적인 목소리를 내는 데에 주로 사용되었다. 그것이 『이각 박안경기』에서는 작자인 능몽초가 그 이야기꾼의 역할을 대신하면서 독자들에게 자신이 강조하는 주제나 메시지를 전달하는 소통의 장치로 활용되었다.

명대 독서시장에서 평점은 희곡이나 소설의 주요 대목에서 이따금 요식적으로 간단하게 사용하는 것이 보통이었다. 그러던 것을 능몽초는 『이각 박안경기』에서 무려 979개의 각종 평점을 사용하였다. 그에게 있어 평점은 작품마다 자신이 강조하고자 하는 내용이나 전달하려 하는 메시지를 독자들이 쉽게 파악할 수 있도록 유도하는 장치였다. 이야기꾼이 공연장의 관중들을 염두에 둔 서사장치라면, 평점은 서재에서 책으로 이야기를 읽는 독자들을 배려한 소통장치였던 셈이다. 대단히 상세하면서도 때로는 치밀하게 안배된 이 평점들은 일종의 내포작가로 작품 속에

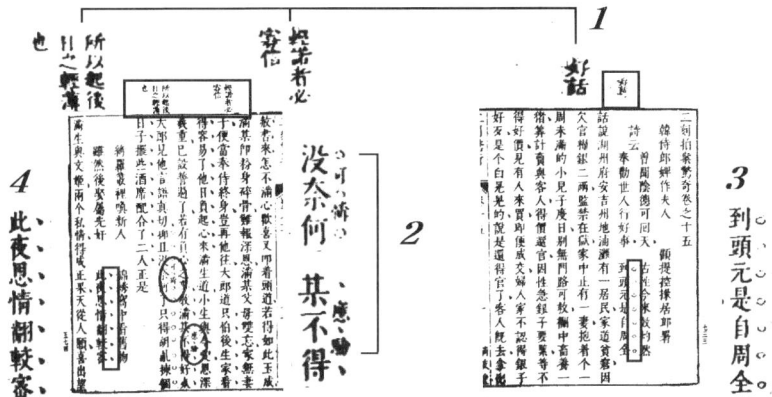

『이각 경기』의 평점 예시. 능몽초가 사용한 미비(1)와 방비(2), 권(3)과 점(4) 등 다양한 방식으로
자신의 의견을 개진하면서 독자와 소통하려 한 것을 볼 수 있다

직접 개입하면서 메시지를 전달하고 나아가 최종적인 목적'교화'을 달성

하고자 하는 작자능몽초의 의지를 느낄 수 있게 한다. 그래서 일본 학자 카

사미笠見는 평점이 고도로 활성화되어 작품 전체가 하나의 장편 논설과도

같은 성격을 보여 주는 것이 『박안경기』 서사의 가장 큰 특징"이라고 평

가하기도 하였다.[8]

4. 내각문고본의 의문점

지금까지 살펴보았듯이, 현재 존재하는 『이각 박안경기』의 판본들 중

---

8   카사미 야요이(笠見弥生), 「『초·이각 박안경기』의 언어에 관하여 (『初·二刻拍案驚
    奇』の語りについて)」, 『동경대학 중국어중국문학연구실기요(東京大學中國語中國文學研
    究室紀要)』, 제18호, 28쪽, 2015.

에 가장 온전하게 전해지는 것이 일본의 내각문고본임은 분명하다. 다만, 이 판본이 능몽초가 숭정 6년에 당시 독자들에게 선보인 바로 그 최초의 판본인지에 관해서는 몇 가지 의문이 제기되고 있다.

1) 상이한 표지

내각문고본이 숭정 6년의 원본이 아닐 가능성은 인쇄에 사용된 목판을 통해서도 제기된다. 대표적인 사례가 제5권 「양민공이 원소절에 아들을 잃고, 열셋째가 다섯 살에 황제를 알현하다」와 제9권 「경박한 신랑이 갑자기 신부와 이별하고, 고용된 시녀가 옥 두꺼비를 알아 보다」이다. 이 두 작품의 경우, 목판 가운데에 한결같이 "이속 경기二續驚奇"라는 문구가 표시되어 있다. 문제는 이 두 이야기를 제외한 나머지 36편의 작품에는 해당 위치에 모두 "이각 경기二刻驚奇"라는 문구가 표시되어 있다는 데에 있다. "2각 경기"를 '박안경기의 속편'이라는 뜻에서 "속 경기續驚奇"라고 이해할 경우, "이속 경기"는 '속 경기의 속편'이라는 뜻으로 이해해야 하는 셈이다. '이각 경기'와 '이속 경기'가 서로 다른 판본일 가능성을 배제할 수 없다는 뜻이다.

2) 중복된 작품

능몽초는 「이각 박안경기 소인」에서 "일단 이번에도 마흔 편을 엮기로 한 것이다聊復綴爲四十則"이라고 밝힌 바 있다. 상식적으로 해석한다면 이 "마흔 편"은 모두 전작 『박안경기』를 엮고 남은 "백량대를 짓고 남은 목

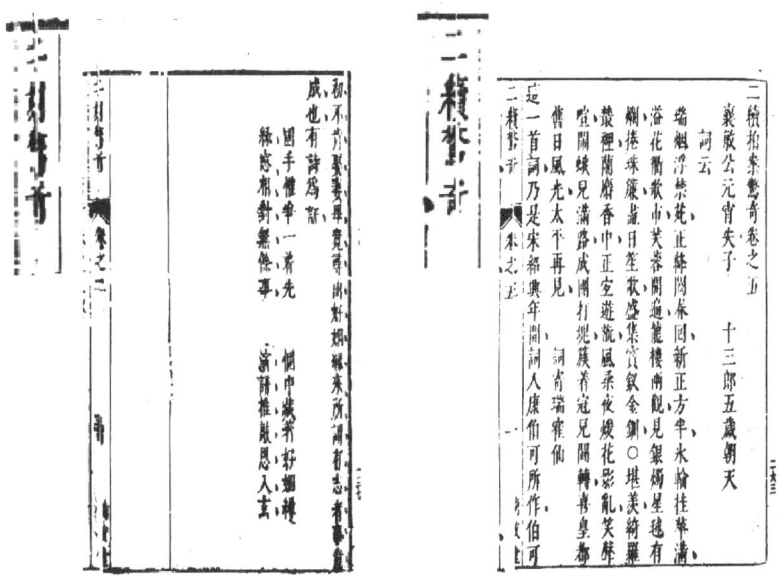

'이각 경기(二刻驚奇)'와 '이속 경기(二續驚奇)' 표시 사진. 동일한 판본에서 제목이 서로 다르게 표시되어 있는 것을 확인할 수 있다

재와 무창의 남은 대나무"를 새로 엮은 것이다. 전작에 수록된 작품들과 는 '구분되는 별도의' 의화본 소설들이라는 뜻이다. 내각문고본은 문구 에서 부분적으로 편차를 보이기는 하지만, 23번째 이야기인 제23권「언 니가 넋이 떠돌다 오랜 소원을 이루고 처제가 병상서 일어나 전날의 인 연을 잇다」가, 그보다 4년 전에 간행된 『박안경기』^{초각}의 제23권과 동일 한 작품이다. 상식적으로 엄정한 창작관을 고수한 능몽초가 전작에서 이 미 소개한 작품을 5년 뒤에 다시 끼워 넣었을 리는 없는 것이다.

3) 장르가 다른 작품

마지막 이야기인 제40권 「송공명이 원소절에 소란을 일으키다」가 장르의 성격상 소설novel이 아닌 희곡drama인 점도 납득하기 어렵다. 수향거사의 서문에서 보듯이, 희곡과 소설은 능몽초 당시에 각각 '연의演義'와 '전기傳奇'로 그 명칭이 분명히 구분되어 있었다. 그런데 장르가 다른 '전기'를 '연기'로 둔갑시켜 『이각 박안경기』에 '신작'으로 수록한다는 것은 논리적이지 않다는 뜻이다. 또, 『이각 박안경기』 목차 맨 뒤의 제40권 부분을 살펴보면 제목인 "송공명요원소 잡극宋公明鬧元宵雜劇" 바로 아래에 작은 글씨로 '부附'자가 들어가 있는 것을 확인할 수 있다. 여기서의 '부'는 정식 수록되는 본문과는 별도로 추가한 부록附錄임을 뜻한다. 이글자의 존재만으로도 이 희곡이 능몽초가 『이각 박안경기』를 출판할 때 처음부터 "40편[四十則]"의 하나로 기획되고 수록된 작품이 아니라 제40권 자리에 나중에 누군가에 의하여 부록으로 끼워 넣어진 것임을 알 수 있는 것이다.

당시 복단대覆旦大 교수였던 중국문학 사학자 장배항章培恒은 이같은 의문점들에 문제를 제기하면서 다음과 같은 결론을 내렸다.

내각문고에 소장된 『이각 박안경기』가 세상에서 유일한 판본이기는 하지만 상우당에서 처음 발간한 판본은 아니다. 원래 수록되었던 제23권과 제40권은 이미 망실되었고, 그래서 『박안경기』의 제23권과 「송공명이 원소절에

소란을 일으키다」잡극 희곡을 각각 끼워 넣음으로써 40권을 채운 것이기 때
문이다.[9]

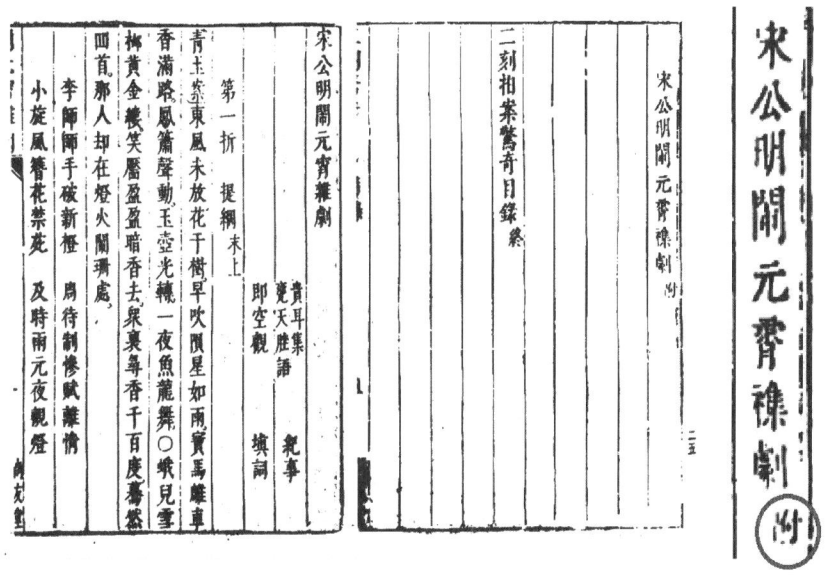

장르가 다른 제40권 희곡의 첫머리(좌)와 목차(우)의 '부(附. 동그라미 표시)'

5. 이각 박안경기의 소재들

중국 학계에서는 『이각 박안경기』를 "중국소설사에서 작자가 독자적
으로 창작한 최초의 화본소설집"이라고 높이 평가하고 있다.[10] 그러나

---

9 장배항(章培恒), 「영인본 『이각 박안경기』서」, 『이각 박안경기』, 제3쪽, 상해고적, 1985.
   "內閣文庫所藏 『二刻拍案驚奇』雖爲天下孤本, 而非尚友堂原刊足本: 原刊的第二十三卷
   與四十卷業已亡佚, 故將 『拍案驚奇』的第二十三卷與 『宋公明閙元宵雜劇』分別補入, 以湊
   足四十卷之數."
10 석창유, 「『박안경기』전언」, 『박안경기』(초각), 강소고적, 제1쪽, 1990.

능몽초가 이 소설집의 줄거리와 인물들을 모두 혼자서 창조해낸 것은 아니다. 엄밀하게 말하면 『이각 박안경기』는 『이견지^{夷堅志}』·『전등신화^{剪燈新話}』·『제동야어^{齊東野語}』·『정사^{情史}』·『지낭^{智囊}』 등, 송대와 명대에 서면체 중국어'문언'로 지어진 단편 소설이나 희곡에서 발굴한 소재를 재구성하고 당시의 독자들이 이해할 수 있도록 구어체 중국어'백화'로 쉽게 부연하고 자신의 주장을 삽입하는 방식으로 재창작한 결과물이기 때문이다. 실제로 『이각 박안경기』에 수록된 작품들의 출처를 살펴보면, 홍매^{洪邁}의 『이견지』에서 소재를 취한 것이 제2권·제7권·제8권·제11권 등 총 12편으로 가장 많다. 그 다음이 제6권·제24권 등, 구우^{瞿佑}의 『전등신화』에서 소재를 취한 것이다. 이와 함께 제10권 등과 같이 『제동야어』에서 소재를 취한 것도 보인다. 그 중에는 제28권·제37권 등과 같이 풍몽룡의 『지낭보^{智囊補}』나 채우^{蔡羽}의 『요양해신전^{遼陽海神傳}』 등, 능몽초와 비슷한 시기인 명대에 지어진 소설에서 소재를 취한 것들도 포함되어 있다. 이 밖에도 제3권·제9권 등처럼, 능몽초 당시에 민간에서 유행하던 연극 희곡을 소설로 각색하고 재창작한 사례도 더러 보인다.

능몽초가 『이각 박안경기』에 수록한 작품들의 출처를 소개하면 다음 표와 같다.

이각 박안경기				이야기 소재 출처		
순서	제목	시대	작자	제목	편명	영향
1	進香客莽看金剛經 出獄僧巧完法會分	명		古今圖書集成·神異典一	金剛持念	
2	小道人一著饒天下 女棋童兩局注終身	송	洪邁	夷堅志補 권19	蔡州小道人	
3	權學士權認遠鄕姑 白孺人白嫁親生女	명	葉憲祖	丹桂鈿盒雜劇		撮盒緣傳奇 鈿盒奇緣(傳靑眉)

	이각 박안경기			이야기 소재 출처		
순서	제목	시대	작자	제목	편명	영향
4	靑樓市探人蹤 紅花場假鬼鬧	명				紫金魚傳奇 今古奇觀(제36회), 十三郎五歲朝天
5	襄敏公元宵失子 十三郎五歲朝天	송	岳珂	桯史	眞珠旗姬	
			洪邁	夷堅志補8		
6	李將軍錯認舅 劉氏女詭從夫	원	瞿佑	剪燈新話		領頭書
			葉憲祖	金翠寒衣記	翠翠傳	
			馮夢龍	情史	劉翠翠	
7	呂使者情媾宦家妻 吳太守義配儒門女	송	洪邁	夷堅志支戊 권9	華寒州孫女	買笑局金(傅靑眉)
8	沈將仕三千買笑錢 王朝議一夜迷魂陣	송	洪邁	夷堅志8	王朝議	
9	芥兒郎驚散新營燕 傷梅香認合玉蟾蜍	명	葉憲祖	素梅玉蟾雜劇		蟾蜍佳偶(傅靑眉)
10	趙五虎合計挑家釁 莫大郎立地散神姦	송	周密	齊東埜語20	吳氏別室子	
11	滿少卿饑附飽颺 焦文姬生讐死報	송	洪邁	夷堅志補11	滿少卿	死生怨報(傅靑眉)
			馮夢龍	情史	滿少卿	
12	硬勘案大儒爭閒氣 甘受刑俠女著芳名	송	洪邁	夷堅志支庚 권10	吳淑姬嚴蕊	
			周密	齊東埜語	嚴蕊	
			馮夢龍	情史	嚴蕊	
13	鹿胎庵客人作寺主 剡溪里舊鬼借新屍	송	洪邁	夷堅志補 권16	剡縣山庵	
14	趙縣君喬送黃柑 吳宣敎乾償白鏹	송	洪邁	夷堅志補8	李將仕	賣情扎固(傅靑眉)
					吳約知縣	今古奇觀권38
			馮夢龍	情史	李將仕	剡縣君喬送黃柑子
15	韓侍郎婢作夫人 顧提控椽居郎署	명		不可綠		
			沈齡	三元記傳奇		
16	遲取券毛烈賴原錢 失還魂牙僧索剩命	송				
17	同窓友認假作眞 女秀才移花接木	명	洪邁	夷堅志堅甲 권19	毛烈陰獄	
18	甄監生浪呑秘藥 春花婢誤洩風情	명				
19	田舍翁時時經理 牧童兒夜夜尊榮	춘추				
20	賈廉訪贅行府牒 商功父陰攝江巡	송	洪邁	夷堅志補 권24	賈廉訪	
21	許蔡院感夢擒僧 王氏子因風獲盜	명				
22	凝公子狠使噪脾錢 賢丈人巧賺回頭婿	명	邵景詹	覓燈因話	姚公子	人鬼夫妻(傅靑眉)

순서	이각 박안경기 제목	시대	작자	이야기 소재 출처 제목	편명	영향
23	大姊魂遊完宿願 小姨病起續前緣	원	瞿佑	剪燈新話	金鳳釵記	원잡극 碧桃花와 유사
			沈璟	一種情傳奇		
			馮夢龍	情史	吳興娘	
24	庵內看惡鬼善神 井中譚前因後果	원	瞿佑	剪燈新話	三山福地志	
25	徐茶酒乘鬧劫新人 鄭蕊珠鳴冤完舊案	명	何喬遠	九朝野記		
26	懵教官愛女不受報 窮庠生助師得令終	명				
27	偽漢裔奪妾山中 假將軍還姝江上	명	工同軌	耳譚		撮盒緣傳奇
						智賺還珠(傅青眉)
28	程朝奉單遇無頭婦 王通判雙雪不明冤	명	馮夢龍	智囊補		沒頭疑案(傅青眉)
29	贈芝麻識破假形 擷草藥巧諧真偶	명		靈狐三束草	大別狐	
			馮夢龍	情史		
30	瘞遺骸王玉英配夫 償聘金韓秀才贖子	명		鴛鴦被雜劇	王玉英	
			王同軌	耳譚		
			馮夢龍	情史		
31	行孝子到底不簡屍 殉節婦留待雙出柩	명	李詡	戒菴漫筆		
			王同軌	耳譚		
			馮夢龍	情史		
32	張福娘一心貞守 朱天錫萬里符名	송	洪邁	夷堅志補 권10	朱天錫	義妾存孤(傅青眉)
33	楊抽馬甘請杖 富家郎浪受驚	송	洪邁	夷堅志丙 권5	楊抽馬	
34	任君用恣樂深閨 楊太尉戲宮館客	송	洪邁	夷堅志支乙 권5	楊戲館客	
35	錯調情賈母罵女 誤告狀孫郎得妻	?	馮夢龍	情史	吳松孫生	錯調合璧(傅青眉)
36	王漁翁捨鏡崇三寶 白水僧盜物喪雙生	?	洪邁	夷堅志支戊 권9	嘉州江中鏡	
37	疊居奇程客得助 三救厄海神顯靈	명	蔡羽	遼陽海神傳	遼陽海神	
			馮夢龍	情史		
38	兩錯認莫大姐私奔 再成交楊二郎正本	명				
39	神偷寄興 一枝梅 俠盜慣行三昧戲	명				失印救火
						盜銀壺
40	宋公明鬧元宵	송	施耐庵	水滸傳 제72회		
			張端義	貴耳集		
			童甕天	甕天脞語		

6. 능몽초의 소설 창작 원칙 사실주의 고수

능몽초는 '이박'을 창작하는 과정에서 일관되게 고수한 원칙이 있었다. 그것은 바로 "교화에 죄인이 되지 않는다[不爲敎化罪人]"와 "뜻을 설득하고 경계하는 데에 둔다[意存勸戒]"는 것이다. 물론, 서둘러 작성된 『이각 박안경기 소인』에는 그것이 어떤 의미인지 구체적으로 언급되어 있지 않다. 그러나 그 전작 『박안경기』의 서문에는 그가 고수한 창작 원칙의 내용과 이유가 비교적 자세하게 언급되어 있다.

> 근래에는 태평성대가 오래 이어지다 보니, 백성들이 방탕해지고 그 뜻 또한 방종으로 치닫는 경향이 있습니다. 그래서 경박한 망나니들은 붓을 좀 놀릴 줄 알게 되기만 하면 지레 세상을 오도하고 잘못된 것들을 두루 가져다 쓰면서 황당무계한 것이 아니면 믿으려 들지 않는 바람에 그 내용이 하도 외설적이고 더러워서 차마 듣기조차 민망스럽기 일쑤이지요. 유가의 가르침에 죄를 짓고, 다음 생에 업보를 쌓기로는 이보다 더한 경우가 없을 것입니다. 더욱이 종이도 그런 책들 때문에 값이 올랐건만 그런 이야기들이 날개 없이도 펴져나가고 다리 없이도 돌아다니곤 합니다[11]

서문에서 볼 수 있듯이, 능몽초는 유가에서 금기시하는 '괴·력·난·신怪力亂神'의 귀신 이야기와 지나친 음담패설을 다룬 책들이 당시의 독서

---

[11] 능몽초, 「박안경기 서」, 『박안경기』 제1권, 학고방 출판사, 2023. 아래의 인용문들 역시 『박안경기』 서문의 내용이다.

시장에 범람하면서 사람들의 도덕과 풍속을 부정적인 영향을 끼치는 데에 상당한 불만을 토로하고 있다. 유가적 교화를 무척 소중하게 여기는 정통 지식인인 그의 입장에서는 이 같은 사회병리 현상들을 일소하는 일이 정통 지식인에게 대단히 중요한 책무라고 여긴 듯하다. 그런 그에게 있어 교화의 죄인이 되지 않는 길은 소설을 통하여 어리석은 사람들을 계도하는 방법뿐이었다. 「박안경기 서」에서 밝힌 바에 따르면, 사실 능몽초가 『박안경기』를 짓게 된 가장 큰 이유도 당시 사람들의 땅에 떨어진 도덕관에 경종을 울리고, 나아가 잘못된 가치관을 바로잡자는 데에 있었다.

능몽초가 '이박'을 선보이면서 사실주의를 창작의 대전제로 표방한 것도 바로 이 때문이었다. 그는 "황당무계해서 믿을 수 없고[荒誕不足信]", "외설스러워 차마 들어 줄 수 없는[褻穢不忍聞]" 귀신 이야기나 음담패설이 횡행하는 현상을 비판하면서 "보고 듣는 범위 이내 및 일상에서 생활하는 영역[耳目之內, 日用起居]"에서 생생하고 익숙한 소재들을 토대로 소설을 창작할 것을 역설하였다. 그는 그 대안으로 기존의 퇴폐적인 창작 풍토와는 상반되는 접근방법, 즉 "보고 듣는 범위 이내 및 일상에서 생활하는 영역", 즉 일상생활을 토대로 한 소설 창작을 제안하였다. 이같은 사실주의적 접근방법은 「이각 박안경기 서」에서 수향거사가 당시의 소설가들에게 눈 앞에 펼쳐지는 '만물의 상태와 인간의 감정[物態人情]'에 주목하면서 사실주의[眞]의 예술적 경지를 지향할 것을 역설한 것과도 궤를 같이 한다. 『박안경기』의 서문·범례와 상우당의 패기[牌記] 등에 "교화의 죄인이 되지 않겠다"는 몇 번이나 다짐이 등장하는 것은 소설의 사회적 교화

에 대한 그의 각성과 의지가 얼마나 확고했는지 잘 보여 준다. 능몽초의
이 같은 창작 원칙은 실제로 『박안경기』에 이어 『이각 박안경기』에서도
일관되게 고수되었다.

> 그가 수집한 것들은 대부분 매우 사실적이고 근거가 있는 것들이다. 비록 더
> 러 신이나 귀신의 이야기를 언급하기도 하지만 그래서 역사가인 사마천이 역
> 사를 기술할 때와 마찬가지로 묘사가 사실적이다. … 이국적인 볼거리를 곁들
> 이므로써 세속의 유생들이 가진 편견을 깨는 것도 나쁠 것은 없을 것이며, 요
> 염한 미인이나 풍류 넘치는 밀회 따위를 다룬 이야기들의 경우도 소설집에 수
> 록해야 할 것들이다. 다만, 세상의 풍속을 더럽히는 이야기들의 경우만큼은
> 모조리 배제시키려 노력하였다. 즉공관주인의 말을 빌리자면 참으로 '세상에
> 서 내 이야기를 구할 수 있는 이들이 충신이나 효자가 되는 데에 어려움이 없
> 게 해 줄 것이고 그렇게 되지 못하는 자들이라도 음행을 일삼지는 않게 될 것'
> 이라는 격이다.[12]

능몽초가 '이박'에서 평범한 일상의 사회와 인물에서 소설적 재미를
찾으려고 노력한 것은 바로 '평범함도 기이함으로 승화될 수 있다[平淡爲
奇]'거나 '기이함이 없는 것을 기이함으로 여긴다[無奇之所以爲奇]'라는 확고
한 신념이 있었기 때문이었다.
그렇다고 해서 능몽초가 소설의 허구적인 요소들을 완전히 부정한 것

---

12 수향거사, 「이각 박안경기 서」.

은 아니다. 능몽초는 자신의 사실주의 창작 원칙을 관철하기 위하여 "사건의 진실과 허구, 이름의 사실과 거짓이 각각 반씩 섞이게 할 것[其事之眞與飾, 名之實與贗, 各參半]"을 제안하였다. 이는 사실주의에 입각하여 소설을 창작하되 필요에 따라서는 소설의 교화효과를 배가시키기 위하여 허구적인 요소를 양념처럼 적절하게 활용하는 융통성을 허용한 셈이다. 간혹 "작품들 속에서 귀신을 언급하고 꿈을 거론한 것들도 있지만 … 그 취지 역시 독자들을 설득하고 경계로 삼게 하는" 장치로서 운용한 것이라는 수향거사의 증언은 바로 이같은 배경 속에서 나온 것일 것이다. 실제로 그는 『이각 박안경기』에서 대부분 실제로 발생한 사건과 인물을 다룬 이야기들을 소개하면서 중간중간에 이국적인 볼거리나 풍류가 넘치는 남녀간의 사랑 이야기나 귀신 이야기들을 적절하게 활용하는 것을 주저하지 않았다. 그가 『이각 박안경기』에서 당시 사람들이 일상에서 볼 수 있는 각계각층의 다양한 인물들을 주인공으로 내세워 역시 일상에서 접할 수 있는 사건들을 위주로 스토리텔링을 이끌어간 것은 아무래도 "다룬 일들은 사람들의 정서나 일상과 가까운 것들이 많은 반면, 귀신·괴물 같은 허황된 것들은 그다지 다루지 않은 것이다[事類多近人情日用, 不甚及鬼怪虛誕]" 라는 『박안경기』 시절부터의 초심을 고수한 결과로 해석된다.

7. 『이각 박안경기』의 해적판들

능몽초의 『이각 박안경기』는 숭정 6년에 출판된 이래로 독서시장에서 상당한 인기를 얻었던 것으로 보인다. 『이각 박안경기』가 출판되고 나서

'즉공관주인' 또는 '박안경기'라는 이름을 차용한 해적판이 잇따라 등장했기 때문이다. 대표적인 해적판이 바로 『별본 이각 박안경기別本二刻拍案驚奇』이다.

　'또 다른 판본의 『이각 박안경기』'라는 뜻으로 해석되는 "별본 이각 박안경기"는 정식 제목이 『박안경기 2집拍案驚奇二集』이다. 현재 프랑스 파리 국가도서관에만 소장되어 있는 세계 유일본으로, 표지의 오른쪽 위에는 능몽초가 직접 엮었다는 뜻의 "즉공관주인 편차即空館主人編次"가, 왼쪽 아래에는 상우당의 목판을 사용했다는 뜻의 "본아 장판本衙藏板"이라는 문구가 들어가 있으며, 서두에는 『이각 박안경기』의 것과 똑같이 숭정 6년에 작성된 「이각 박안경기 소인」이 배치되어 있다. 중국의 서지학자 유수업劉修業, 1910~1993의 분석에 따르면, 이 판본의 목판은 제1권~제10권까지는 한 쪽의 절반[半葉]이 10행, 각 행이 20자씩으로, 내각문고본 『이각 박안경기』와 같은 것이지만 제11권 뒤로는 한 쪽의 절반이 9행에, 각 행이 21자씩으로 구성되어 있다. 지금까지 서지학자들이 연구한 바에 따르면, 이 판본은 『이각 박안경기』에 다른 소설집에 사용된 목판을 끼워넣은 것이라는 것이다. 실제로 그 다른 목판들의 체제는 북경대학교에 소장된 제3의 의화본 소설집인 『환영幻影』의 체재와 정확히 일치한다. 말하자면 "별본 이각 박안경기"는 능몽초가 직접 집필한 세 번째 소설집이 아니라 서상안소운?이 기존에 출판되어 인기를 끌고 있던 『이각 박안경기』에 『환영』에 수록되었던 작품들을 섞어 인쇄한 뒤에 능몽초가 새로 엮은 소설집인 것처럼 둔갑시킨 해적판이라는 뜻이다. 제목은 다른데 책

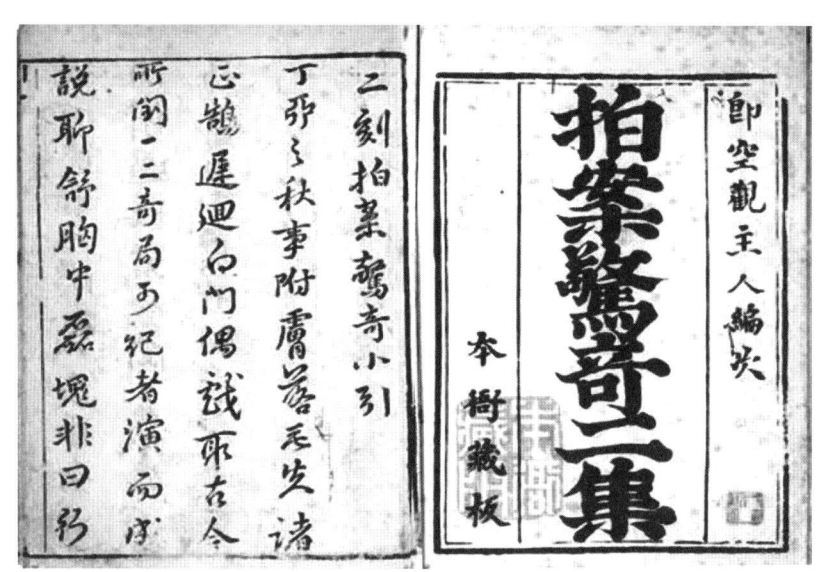

프랑스 파리 국가도서관에 소장된 『박안경기 2집』의 표지(우)와 『이각 박안경기 소인』(좌). 책 제목이 다른데 소개 글 내용은 그대로이다. 능몽초가 아닌 제3자가 만든 해적판이라는 뜻이다

을 소개하는 글의 제목은 그대로 「이각 박안경기 소인」인 것이 그 증거이다. 그 뒤에 지어진 『환영』작품들을 끼워 넣어 34권 총 34편으로 엮어져 있다. 게다가 「이각 박안경기 소인」의 "마침내 그 이야기들을 베끼고 모아 책으로 엮은 것이 마흔 편이나 되었다[遂焉鈔撮成篇, 得四十種]" 대목의 '40四十' 부분은 교묘하게 깎아내고 '34卅四'로 바꾸어 놓았다. 제목 역시 부분적으로 편차를 보인다. 제1권~제10권까지는 『이각 박안경기』와 동일하나 『이각 박안경기』제15권의 「한시랑비작부인, 고제공연거낭서(韓侍郎婢作夫人, 顧提控掾 居郎署)」가 여기서는 「강애낭신호주부인, 고제공연거낭서(江愛娘神護做夫人, 顧提控掾 居郎署)」제2권로 앞부분이 바뀌어져 있는 것이 그 예이다.

『환영』은 명나라 숭정 16년1643에 처음으로 간행되었다. 따라서 이 둘이 합쳐진 "별본 이각 박안경기"의 존재는 그 출판 시점이 그보다 나중, 즉 서기 1643년 이후임을 시사해 준다. 중국 근현대의 서지학자인 정진 탁鄭振鐸, 1898~1958 · 유수업의 연구에 따르면, 그 수록 작품들을 『이각 박안경기』 · 『환영』과 비교하면 다음 표와 같다.

권수	환영 제목	출처	제목 비고
권01	滿少卿饑附飽颺 焦文姬生讎死報	이각 권11	
권02	江愛娘神護做大人 顧提轄聖恩超主政	이각 권15	韓侍郎婢作夫人 顧提控掾居郎署
권03	美男人拾箭得婚 女秀才移花接木	이각 권17	同窗友認假作眞 女秀才移花接木
권04	甄監生浪吞秘藥 春花婢誤洩風情	이각 권18	
권05	遲取券毛烈賴原錢 失還魂牙僧索剩命	이각 권16	
권06	李將軍錯認男 劉氏女詭從夫	이각 권6	
권07	呂使者情媾宦家妻 吳太守義配儒門女	이각 권7	
권08	沈將仕三千買笑錢 王朝議一夜迷魂陣	이각 권8	
권09	莽兒郎驚散新鴛燕 㑮梅香認合玉蟾蜍	이각 권9	
권10	趙五虎合計挑家釁 莫大郎立地散神奸	이각 권10	
권11	不苟存心終不苟 淫奔受悔悔淫奔	환영 제3회	情詞無可逭 羞殺抱琵琶
권12	李侍講無心還寶物 王指揮有意救恩人	출처 불명	
권13	恤孤仗義反遭殃 好色行凶終有報	환영 제1회	看得倫理眞 寫出奸徒幻
권14	延名師誤子喪妻 設奸謀敗名殞命	환영 제27회	爲牌花月道 貫講差使書
권15	昵淫朋痴兒蕩産 仗義僕敗子回頭	환영 제8회	義僕還自守 浪子寧不回
권16	耽風情店婦宣淫 全孝義孤兒完節	환영 제6회	衆心還獨抱 惡計枉教施
권17	貪淫婦圖歡受死 烈俠士就戮反超生	환영 제9회	淫婦情可誅 俠士心當宥
권18	老衲識書生于末遇 忠臣保危主而令終	출처 불명	
권19	富差貧夫婦拆散 尋親行孝父子團圓	출처 불명	
권20	死殉夫一時義重 生盡節千古名香	환영 제7회	生報華募恩 死謝徐海義
권21	奸淫漢殺李移桃 神明官追尸斬鬼	환영 제13회?(본문 없음)	匿計佔紅顏 發棺蘇呆婿
권22	任金剛假官劫庫銀 張銅梁僞鑄誅大盜	환영 제15회?	動庫饑雖巧 擒兇智倍神
권23	認惡友謀財害命 舍正身斷獄懲凶	환영 제16회	見白鏹失義 因雀引明寃
권24	無福官叛而尋死 有才將巧以成功	출처 불명	
권25	狠毒郎圖財失妻 老實頭惡天得婦	환영 제25회	緣投波浪裏 恩向小窗親

권수	환영 제목	출처	제목 비고
권26	忠臣死義鐵錚錚 貞女全名香撲撲	환영 제5회	烈士殉君難 書生得女貞
권27	報父仇六載伸寃 全父尸九泉含笑	환영제 2회	千金苦不易 一死樂伸寃
		이각 권31회?	行孝子到底不簡屍 殉節婦留待雙出柩
권28	痴人望貴空遭騙 賊禿貪財却受誅	환영 제28회	修齊邀紫綬 說法騙紅裙
권29	財色兼貪何分僧俗 寃仇互報那怕官人	환영 제29회	淫貪皆有報 僧俗總難逃
권30	飲盡毒禍起蕭牆 刺哲謀珠還合浦	출처 불명	
권31	積陰功徒遷極品 棄糟糠暴死窮途	출처 불명	
권32	騙來物牽連成禍種 遇故主始終是功臣	출처 불명	
권33	逞奸計以婦賣姑 盡孝道將妻換母	환영 제4회	設計去姑易 賣舟送婦難
권34	孝女割肝救祖母 眞尼避地絶塵緣	출처 불명	

『이각 박안경기』의 명성을 차용한 또다른 해적판으로는『삼각 박안경기三刻拍案驚奇』가 있다. 이 판본은 두 가지 판본이 있다. 먼저, ① 현재 북경도서관에 소장된 판본은 속지에 또다른 의화본소설집으로 포옹노인抱甕老人이 엮은『금고기관今古奇觀』의 제목에서 착안한 것으로 보이는 "형세기관形世奇觀"이라는 문구가 가로로 붙어 있으며, 제1회부터 제7회까지만 남아 있다. 또, ② 북경대학교 도서관에 소장된 판본은 총 30회가 전해지는데 명대 말기 판본과 역시 같은 시기의 것으로 추정되는 필사본이 남아 있다. 현존하는『이각 박안경기』의 판본들을 표로 소개하면 대체로 다음과 같다.

이 판본은 원래 제목이『환영』이며, 저자는 "몽각도인·서호낭자 합집夢覺道人西湖浪子 合輯"으로 기재되어 있는 것을 보면 원래는 몽각도인과 서호낭자가 함께 엮은 소설집『환영』에 '표지 갈이'를 하여 마치 그것이 즉공관주인의 세 번째 소설집인 것처럼 둔갑시킨 것으로 보인다.『환영』에『형

소장자	제목	분량
마렴(馬廉)	삼각 박안경기	20여 회
북경도서관(정진탁 소장본)	형세기관	환영의 제1~7회
북경시 문물 부서	형세기관?	환영 총 21회
프랑스 파리 국가도서관	별본 이각 박안경기	제11~34회 총 24권이 이각과 다름 총 15회가 환영과 동일하나 나머지 9회는 환영과 다름
일본 좌백(佐伯)문고		

세기관』, 나아가『삼각 박안경기』라고 제목을 붙였다는 것은 누가 보더라도 능몽초가 지은『박안경기』와『이각 박안경기』의 명성과 인기를 빌려 독자들을 끌어들이려고 한 것임을 짐작할 수가 있다.『형세기관』이라는 또다른 제목이『금고기관』의 명성을 차용하려 한 것과 같은 맥락이다.

이처럼 해적판이 줄줄이 만들어질 정도로 인기를 끌던 능몽초의『이각 박안경기』와『박안경기』는 명나라가 망하고 청나라로 왕조가 교체되는 난세를 거치면서 그 인기가 급격히 사그라들더니 청나라에서는 아예 '금서'라는 낙인까지 찍히면서 독서시장에서 완전히 자취를 감추었던 것으로 보인다.

1세　만력 8년 5월 7일^{1580년 6월 18일}

절강浙江 호주부湖州府 오정현烏程縣 동성사포東晟舍鋪¹에서 부친 능적지凌迪知와 생모 장씨蔣氏 사이에서 태어남.

조부 능약언凌約言은 가정嘉靖 경자년庚子年 거인擧人 출신으로 벼슬이 남경南京의 형부刑部 원외랑員外郞에 이르렀고, 가정 병진년丙辰年 진사進士 출신인 부친은 당시 52세, 생모는 21세였다.

2세　만력 9년^{1581년}

아우 능준초凌浚初가 태어남.

12세　만력 19년^{1591년}

관학官學에 입학함.

18세　만력 25년^{1597년}

늠선생廩膳生으로 편입됨.

21세　만력 28년 12월 5일^{1600년}

부친 능적지가 72세로 사망함. 그 고을의 진사 주국정朱國禎이 조문을 옴.

1　동성사포(東晟舍浦) : 지금의 중국 절강성 호주시 직리진(織里鎭)에 해당한다.

23세 만력 30년^{1602년}

딸을 항주^{杭州}에 머물던 가흥^{嘉興} 출신 문인 풍몽정^{馮夢禎}의 손자 풍연생^{馮延生}에게 출가시킴.

11월 8일, 풍몽정이 혼인 예물을 지참하고 방문하자 외숙인 오몽양^{吳夢暘}과 함께 극단인 여삼반^{呂三班}을 불러『향낭기^{香囊記}』를 무대에 올리고 한밤중까지 접대함.

24세 만력 31년¹⁶⁰³

정월 25일, 사돈 풍몽정이 덕청^{德清}의 산소에서 차례를 지낸다는 소식을 듣고 호주에서 지인인 송종헌^{宋宗獻}·장염군^{張髯君}과 함께 현지로 가서 술을 마시며 이경^{二更}까지 담소를 나눔. 26일, 일행은 호주의 청산^{青山}으로 자리를 옮겨 나들이를 하고 수암상인^{守庵上人}을 만남.

2월, 풍몽정·복원상인^{復元上人}·송종헌과 함께 소주^{蘇州} 나들이를 하면서 배에서 시를 짓고 글을 논함. 이 자리에서 풍몽정은 능몽초가 입수한 원대에 출판된『경덕전등록^{景德傳燈錄}』의 발문^{跋文}을 쓰는 동시에『동파선희집^{東坡禪喜集}』과『산곡선희집^{山谷禪喜集}』에 평점^{評點}을 붙여 줌.

8월 5일, 항주의 풍몽정을 방문하러 갔다가 그 자리에 있던 복원상인과 상봉함.

이 해에 왕서등^{王犀燈}이 호주에 나들이를 왔다가 능몽초와 그 형 함초^{涵初}, 아우 준초의 융숭한 대접을 받고 병중에도 그 길로 능 씨네 차적원^{且適園}을 방문함. 얼마 후, 형 함초가 45세의 나이로 사망함.

26세   만력 33년^{1605년}

6월, 아내 심씨^{沈氏}가 장자 침^琛을 낳음.

9월 6일, 생모 장씨가 남경에서 사망함.

10월, 생모의 관을 고향으로 운구하고 풍몽정이 부고를 듣고 와서 조문함.

27세   만력 34년^{1606년}

국자감^{國子監} 제주^{祭酒} 유왈영^{劉曰寧}에게 글을 올림. 유왈영이 그 글을 병부^{兵部} 우시랑^{右侍郎}이던 경정력^{耿定力}에게 보이자 자신의 형인 경정향^{耿定向}의 진사 동기인 능적지의 아들이며, 경정향이 평소 능몽초의 글재주를 칭찬했다고 밝힘.

이 해에 선친의 지인인 남경 국자감 사업^{司業} 주국정^{朱國禎}과 인연을 맺음. 외숙부인 오윤조^{吳允兆}가 남경 처소를 방문하자 정담을 나누고 도서들을 감상한 후 자신이 지은 희곡의 서문을 써 줄 것을 부탁함.

같은 해에, 첫 번째 학술저서인 『후한서찬^{後漢書纂}』을 남경에서 출판하는 한편 선친의 지인인 왕서등에게 서문을 써 줄 것을 부탁함. 이 해부터 남경에 장기 체류함.

29세   만력 36년^{1608년}

자신의 희곡 5편을 당시 극작가로 명성을 날리던 탕현조^{湯顯祖}에게 보냄. 탕현조는 답장에서 그의 희곡에 대해 극찬함.

30세 만력 37년^{1609년}

3월~7월, 내방한 원중도^{袁中道}를 남경 진주교^{珍珠橋} 처소에서 접대함. (…)

가을~겨울에, 주무하^{朱無瑕}·종성^{鍾惺}·임고도^{林古度}·한상계^{韓上桂}·반지항^{潘之恒} 등과 진회하^{秦淮河}에서 모임을 가지고 시를 지음.

37세 만력 44년^{1616년}

12월, 첩 탁씨^{卓氏}가 차남 보^葆를 낳음.

40세 만력 47년^{1619년}

탁씨가 삼남 초^楚를 낳음.

42세 천계^{天啓} 원년^{1621년}

다색인쇄기법^[套版]으로 『동파 선희집^{東坡禪喜集}』과 『산곡 선희집^{山谷禪喜集}』을 판각하는 한편 진계유^{陳繼儒}에게 『동파선희집』의 서문을 써 줄 것을 요청함.

43세 천계 2년^{1622년}

가을, 학술저서인 『시역^{詩逆}』을 간행하면서 「시경인물고^{詩經人物考}」라는 글을 부록으로 삽입함. 이 저술의 교정은 능서삼^{菱瑞森} 등이 맡고 자신이 직접 서문을 씀.

44세　천계 3년[1623년]

4월, 상경하여 알선謁選에 참여함. 이때 마침 예부 상서禮部尙書 겸 동각 대학사東閣大學士에 배수된 지인 주국정도 능몽초와 같은 배로 상경함.

6월, 주국정과 함께 북경에 도착함.

45세　천계 4년[1624년]

계속 북경에 체류함. 이 해 중양절에 모유茅維 · 담원춘譚元春 · 갈일룡葛一龍 · 왕가언王家彦 · 주영년周永年 · 정도수程道壽 · 장이보張爾葆 등과 함께 가희인 학월미郝月媚의 집에 모여 술을 마시고 시를 읊음.

47세　천계 6년[1626년]

『규염옹虯髥翁』 등 13편의 잡극雜劇 희곡, 『교합삼금기喬合衫襟記』 등 3편의 전기傳奇 희곡 및 남곡南曲 선집인 『남음삼뢰南音三籟』를 완성한 것으로 보임.

48세　천계 7년[1627년]

가을, 남경에서 응천부應天府 향시鄕試에 응시했으나 낙방한 후 『박안경기』 집필을 시작함.

49세　숭정崇禎 원년 [1628년]

10월, 소주蘇州의 상우당尙友堂에서 『박안경기』를 정식으로 출판함.

11월, 첩 탁씨가 사남인 고蠱를 낳음.

50세　숭정 2년^{1629년}

심태^{沈泰}가 자신이 엮어 간행하는『성명잡극 이집^{盛明雜劇二集}』에 능몽초가 지은 잡극『규염옹』을 수록함.

51세　숭정 3년^{1630년}

자신의 학술저서인『공문양제자언시익^{孔門兩弟子言詩翼}』을 간행하면서 아우 능영초에게 교정을 맡기고 자신은 직접 서문을 씀.

52세　숭정 4년^{1631년}

복건^{福建}에서 벼슬을 사는 친척 반증굉^{潘曾紘}의 도움으로 복건 제학사^{提學副使} 하만화를 초청해 자신의 학술저서『성문전시적총^{聖門傳詩嫡冢}』16권에 대한 서문을 부탁함. 같은 해에, 책이 간행되자 뒤에「신공시설^{申公詩說}」1권을 부록으로 수록함.

53세　숭정 5년^{1632년}

10월, 첩 탁씨가 오남 목^㮊을 낳음.

겨울,『이각 박안경기』를 완성함.

54세　숭정 6년^{1633년}

봄, 강서 포정사^{江西布政使}로 있는 반증굉의 남창^{南昌} 관아에 머묾.

5월, 반증굉과 작별하고 복건지역을 편력함. (…) 복건에서 조학전^{曹學佺}·이서화^{李瑞和} 등과 교류함. … 이서화의 글을 읽고 그의 급제를 예견함.

가을(?), 『이각 박안경기』를 정식으로 출판함.

55세 숭정 7년^{1634년}

강서^{江西} 남부를 순무^{巡撫}하던 반증굉에 의해 그 막부에 초빙됨.

57세 숭정 9년^{1636년}

반증굉이 군사를 거느리고 근왕^{勤王}에 나서자 (…) 다시 상경해 과거에 응시하지만 이번에도 낙방함.

9월, 사촌형 반담^{潘湛}의 초청으로 호주^{湖州} 성 남쪽의 저산^{杼山}에 올랐다가 「유저산부^{遊杼山賦}」를 지어 낙심한 자신의 소회를 토로함.

58세 숭정 10년^{1637년}

장욱초^{張旭初}가 「오소합편^{吳騷合編}」을 엮으면서 능몽초의 산곡^{散曲} 「상서상서^{傷逝}」·「석별^{惜別}」·「야창화구^{夜窓話舊}」 등 3편을 소개함.

60세 숭정 12년^{1639년}

다시 향시에 응시했으나 이번에도 낙방함. 마지막으로 부공^{副貢}의 자격으로 상해^{上海} 현승^{縣丞}으로 발탁된 것으로 보임^{시점에 논란}. (…) 그 사이에 8개월 간 현령의 업무를 대리함.

왕년에 복건에서 알게 된 이서화가 송강부^{松江府}의 추관^{推官}이 되어 인사를 옴.

상해 현지 사대부들의 도움으로 조운^{漕運}의 임무를 맡아 조^[粟]를 북경까지 원만히 수송하고 귀환한 후「북수 전부北輪前賦」와「북수 후부北輪後賦」를 지음.

해상방위 관련 업무를 담당함. 당시 적폐가 극심하던 염전에서 '정자법井子法'을 추진하여 적폐를 해소하고 연해지역에서 그대로 적용하면서 여러 차례 상사의 칭찬을 받음.

63세 숭정 15년1642년

서주徐州의 통판通判으로 승진함. 이임할 때 상해의 백성들이 통곡하고 눈물을 흘리며 전송해 줌. 서주에 도착해 황하黃河가 메말라 거마가 다닐 수 있을 정도인 광경을 보고 세상에 우환이 생길까 우려하며 한숨 지음. 부임과 동시에 방촌房村에 배치된 후 방하 주사防河主事 방윤립方允立과 황하 치수의 묘책을 궁리한 끝에 좋은 효과를 얻어 우첨 도어사右僉都御史로 총독조운總督漕運·순무유양巡撫維揚을 겸한 노진비路振飛로부터 여러 차례 칭찬을 받음.

64세 숭정 16년1643년

병비유서兵備維徐의 임무를 맡은 하등교何騰蛟가 황제의 명령을 받들어 유적流賊 진소을陳小乙 토벌을 위해 여량홍呂梁洪의 한협제漢協帝·당악공唐鄂公의 사당에서 출진을 선포함. 공교롭게도 큰 바람이 불어 모래가 날리면서 관군에게 불리해져 하등교가 대책을 구하자 와불사臥佛寺에서 한밤중에「초구 10책剿寇十策」을 작성해 바침. (…) 하등교가 그 건의를 받아들이고 그를 '십구형十九兄'이라고 존대하자 감격해 성공을 위해 최선을 다할 것을 맹세함. (…) 하등교가 감기監紀의 소임을 맡기려 하자 사양한 후 혼자 말을 타고 적진으로 뛰어들어 조정에 귀순하도록 설득해 다음날 진소을 등이 무리를 이끌고 와서 투항함. (…) 하등교가 연자루燕子樓에서 고을의 문무 관리들을 위해 잔치를 베풀고 능몽초에게 술을 내리자 즉석에서 「탕산 개가碭山凱歌」・「연자루 공연燕子樓公讌」을 지음.

얼마 후 호광순무湖廣巡撫로 승진한 하등교가 능몽초를 감군첨사監軍僉事로 천거하고 휘하에 두려 했으나 그대로 방촌에 남아 치수에 전념함.

65세　숭정 17년¹⁶⁴⁴년

「별가 초성공 묘지명別駕初成公墓誌銘」에 따르면, 정월 7일 밤, 이자성의 유적이 서주 성을 공격하면서 일단의 군사를 나누어 방촌을 약탈하자 백성들을 지휘해 성을 굳게 지킴. (원래 현지 민병을 훈련시키고 유적이 공격해 오면 근방의 병력이 지원에 나서고 유적이 대거 공격해 오면 봉화를 올리고 모두가 지원에 나서기로 약속했으나 유적이 서주 성을 거세게 공격하자 각지의 민병들은 그 서슬에 두려움을 느끼고 아무도 지원에 나서지 않아 혼자 고군분투함)

9일 동이 틀 때까지 사수하던 중 적진에서 투항을 제안하자 성루에서 그들을 꾸짖고 조총으로 몇 명을 쏘아죽임. 격노한 유적들이 맹공을 퍼부어 함락을 눈앞에 두자 백성들의 목숨을 지키기 위해 자결하려 했으나 백성들도 통곡하며 사수를 맹세하자 그때부터 단식에 돌입함. (…) 종복이 벼슬이 낮은데 굳이 죽을 필요가 있느냐고 반문하자 "나는 내 절개를 지키려 하는 것이다. 어찌 벼슬이 높고 낮음을 따졌겠느냐" 하고 말하고 몇 되나 되는 피를 토함. (…) 적진에 자신은 죽을 목숨이니 백성들은 다

치게 하지 말라고 부탁하고 12일 아침 "우리 백성들을 다치게 하지 말라"고 세 번 외친 후 세상을 떠나니 사람들이 모두 통곡하고 자결로 충성심을 보인 자가 열 명 넘게 있었음. 다음날, 성루로 진입한 적군은 죽은 능몽초의 안색이 살아 있는 것 같은 것을 보고 놀라면서 약속대로 한 사람의 목을 베고 세 사람을 창으로 꿴 후 나머지는 모두 살려 줌. 얼마 후 관군이 도착하자 유적은 도주하고 하등교는 그의 죽음을 전해 듣고 비통해 하며 관리를 보내 제사를 지낸 후 그의 시신을 담은 관을 호주로 옮겨 대산戴山 남쪽에 안장함.